죽음서사와 죽음명상

이 저서는 2015년 정부(교육부)의 재원으로 한국연구재단의
지원을 받아 수행된 연구임 (NRF-2015S1A6A4A01013614)

죽음서사와
죽음명상

역락

나는 어릴 때부터 다양한 죽음을 목격했다. 그것은 죽음에 대한 나의 망상을 부추겼다. 죽음에 대한 망상은 내가 짊어지게 된 무거운 짐과 같았다. 고전 서사문학을 연구하는 학자가 되어서는 우리 서사 작품 속에도 죽음이 깊고도 넓게 깃들어 있다는 사실을 알게 되었다. 죽음은 내 삶과 학문에서 끊이지 않는 화두가 되었다.

불교 수행을 시작하면서 죽음의 번뇌와 두려움은 줄일 수 있는 것임을 알았다. 나는 수행을 통해서 내가 가진 죽음의 두려움을 극복하려 했고 학문을 통해서도 죽음을 고민하는 사람들을 도우는 길을 모색했다. 그 방안을 '죽음명상'이라 일컫기로 했다. 죽음명상은 죽음에 대한 이해를 바탕으로 하고 거기서 더 나아가 공감과 통찰, 고요한 삼매의 단계까지 이른다. 죽음명상은 내면화와 실천을 추구하는 것이다. 죽음에 대한 정견을 획득하고 죽음을 간접적으로 경험하기에 적절한 서사 작품을 선별하여 읽고 감상함으로써 죽음명상이 출발할 수 있었다.

그런 일을 하던 중 임사체험을 하고 깨어난 사람들과 그런 사람들의 체험담을 접하게 되었다. 임사체험은 당사자로 하여금 죽음에 대한 번뇌 망상으로부터 해방되게 한다는 역설적 비밀도 알게 되었다. 죽음을 회피

하지 않고 적극적으로 경험하는 것이야말로 죽음의 공포로부터도 해방되는 길이라는 원리를 알게 되었다. 그러나 모두가 죽음을 직접 경험한다는 것은 불가능한 일이다. 임사체험도 아무나 뜻대로 할 수 있는 것이 아니다. 이런 난감한 국면에서 다시 떠올린 것이 죽음서사였다. 죽음서사를 읽고 그에 대해 깊이 사유하고 명상하는 것은 죽음을 간접적으로 경험하면서 자기 죽음을 대비하는 훌륭한 방안일 것 같았다.

이 책은 우선 죽음서사 읽기와 감상을 기획하여 죽음명상의 실마리와 바탕을 마련하고자 했다. 죽음서사를 저승생환담, 임종담, 해탈성불담, 이승혼령담, 환생담, 이승저승관계담, 부활담 등으로 나누어 제시하고 각각에 대한 간략한 해설과 성찰 사항을 덧붙였다. 그리고 이것들을 활용하는 죽음명상 프로그램을 제시했다.

이와 함께 우리가 일상적으로 거듭 당면하는 타인의 임종과 망자를 위한 조문의 경험을 죽음명상의 일환으로 활용하는 방안을 제시했다. 이로써 망자의 명복을 빌어줄 뿐 아니라 그 죽음을 죽음명상 속으로 받아들일 수 있을 것이다.

나 자신의 죽음을 명상하도록 하기 위해서 '죽음에 대한 사띠 수행법'과 '수면수행법'을 제시했다. 언젠가 당면할 나의 죽음을 앞당겨 떠올려 명상하는 것 역시 죽음 경험이기 때문이다. 내가 숨을 들이쉬고 내쉬는 것, 매일 잠들었다 깨어나는 것은 내가 죽고 다시 환생하는 것에 비견된다. 그러니 내가 숨을 들이쉬고 내쉬는 것, 잠들어 꿈꾸다 깨어나는 과정에 대한 세심한 관찰과 성찰이야말로 누구나 할 수 있는 가장 직접적 죽음명상이라 할 수 있겠다.

이 책은 내가 교수의 자리에서 마지막으로 펴내는 것이다. 그동안 큰 은혜를 베풀어주신 중생에 대한 작은 보은이 되기를 기원한다. 지금까지

나는 내가 살기 위해 온갖 존재들을 죽이고 먹었다. 살생의 크나큰 죄업을 참회한다. 이 책을 펴내는 것으로써 그 죄업을 조금이라도 덜 수 있기를 축원한다.

부디 이 책이 죽음명상을 알맞게 이끌어서 우리 모두 죽음에 대한 막연한 두려움과 번뇌를 해소하고 죽음을 새로운 시작의 계기로 만들 수 있기를 기도한다.

2020. 12.

이 강 옥

○
차
례

서론

죽음에 대한 인식은 삶에서 매우 중요한 요소다. 그럼에도 불구하고 우리는 죽음에 대한 논의나 성찰을 기피하는 경향이 있다. 자기의 죽음은 물론 타인의 죽음에 대해 깊이 생각하지 않으려 한다.

누구나 타인의 죽음을 목도하게 된다. 타인을 위한 장례나 제례를 일상적으로 치르기도 한다. 그래서 죽음에 대한 상념으로부터 자유로울 수 없다. 그런데도 죽음을 자기 마음으로부터 몰아내려 한다. 심지어 자신의 죽음을 직면했을 때조차도 그 상황을 외면하고 계속 살려는 집착을 보인다. 이런 경향은, 죽음이란 것이 공포와 두려움, 깊은 어두움으로 표상되어 온 것과 관련 있을 것이다.

이 책은 이런 경향이 바람직하지 않다는 판단에서 출발한다. 이 책은 우리 모두가 자신의 죽음을 알맞게 당당하게 맞이할 준비를 해야 한다고 주장하려 한다. 죽음은 모면할 수 없는 것이며 내 삶의 한 부분으로 시종 작동되고 있다는 엄연한 사실을 떠올려 성찰하는 것만이 죽음 문제를 극복하는 길이라고 본다.

그대들이 만약 미리 칠통(漆桶, 무명번뇌)을 철저히 깨뜨리지 않으면 섣달 그믐날(죽을 때)을 당해 정신 차리지 못할 것이다. 어떤 사람들은 남이 참선하는 것을 보고 '아직도 저러고 있나?' 하고 비웃는다. 그러나 내 그런 사람에게 물으리라. "문득 죽음이 닥치면 그대는 어떻게 생사를 대적하겠는가?"

평상시에 힘을 얻어 놓아야 급할 때 다소 힘을 덜 수 있는데, 목마르기를 기다려 샘을 파는 어리석은 짓을 하지 마라. 죽음이 박두하면 이미 손발을 쓸 수가 없으니, 앞길이 망망하여 어지러이 갈팡질팡할 뿐이다. 평시에 구두선(口頭禪, 입으로 불경을 읽기만 할 뿐 참된 선(禪)의 이치를 닦지 아니하는 수행 태도)만 익혀 선(禪)을 말하고, 도(道)를 말하며, 부처를 꾸짖고 조사(祖師)를 욕해 제법 다해 마친 듯하다가 여기에 이르러서는 아무 쓸모가 없게 된다. 평시에 남들을 속여 왔지만 이때를 당해 어찌 자기마저 속일 수 있으랴. 권하노니, 육신이 건강할 동안에 이 일을 분명히 판단해 두라. 이 일은 풀기가 그리 어려운 것도 아닌데, 힘써 정진하려고는 하지 않고 어렵다고만 하니, 진정한 대장부라면 어찌 그럴 수 있겠는가.[1]

이처럼 죽음을 평화롭게 맞이하기 위해서는 여유가 있고 건강할 때 죽음을 사유하고 명상하여 죽음 준비를 해두어야 할 것이다. 나아가 죽음에 대한 그런 태도는 삶의 방식의 근본적 전환과 이어진다.

사회적 존재로서 인간은 돈이든 명예든 타인의 인정이라는 의미 체제에서 벗어날 수 없다. 하지만 인생은 결국 죽음을 향한 가벼운 발걸음에 불과하다는 진리를 잊어서는 안 된다. 죽음을 염두에서 잃어

---

1   황벽(黃檗), 「시중(示衆)」, 『불교성전』, 동국역경원, 2012, 647~648면.

버린 순간, 타락은 필연이다. 인간의 생각하는 능력은 삶과 죽을 운명이라는 두 가지 조건의 길항에서 나왔다. 근대 문명에 이르러서는 이 '갈등의 균형(생각하는 능력)'은 박살나고, 죽음은 자연사(自然事)가 아닌 삶의 대척에 서게 되었다.[2]

이와 같이 특히 근대에 들어와 '죽을 운명'에 대한 사유가 약해지니 삶에 대한 걱정과 대등하게 죽음명상이 이뤄지는 것이 어렵게 된 것이다. 이제 우리가 온전하게 살면서 타락하지 않기 위해서라도 죽음에 대한 사유와 담론이 소환되어야 한다. 죽음은 금기시되기보다 일상 대화나 사유, 수행에서 중요한 자리를 차지하게 되어야 한다. 죽음이 공포와 두려움으로 연결되지 않도록 노력해야 할 것이다. '오랜 기간에 걸쳐서 죽음을 똑바로 바라보고, 만져보고, 죽음에 대해 생각'[3]할 필요가 있다. 우리가 죽음을 어떻게 준비하느냐에 따라 삶은 타락하지 않게 되고 죽음은 평화로운 절차와 과정이 될 수 있는 것이다.

죽음에 대한 태도는 인식적인 것과 실천적인 것으로 나눌 수 있다. 인식적인 것은 조금의 정성만 있으면 가능하다. 요즘 죽음 관련 담론이나 정보는 넘칠 정도다. 진지한 마음의 자세로 그것들을 읽으면 족하다. 그러나 그 단계에서 머물면 별 효과가 없다. 인식적 이해를 바탕으로 하여 그것을 넘어서서 공감과 통찰, 평정과 내면화로 나아가야 한다. 그것이 죽음에 대한 실천적 접근법이다. 그 일련의 과정을 '죽음명상'으로 규정한다. 죽음을 알고 죽음을 내면화하여 평화로운 죽음에 이르는 일련의 과

---

2   정희진, 「무의미의 '승리', 김종철 선생님께」, 『경향신문』, 2020.07.01
3   샐리 티스데일, 박미경 역, 『인생의 마지막 순간에서, 죽음과 죽어감에 관한 실질적 조언』, 비잉, 2019, 31면.

정이 죽음명상인 것이다. 죽음에 대해 깨달은 분들의 통찰에 따라 죽음 현상을 떠올려 이해하고 그것이 내 속에 관철되는 것을 알아차린다. 마침내 죽음 앞에서 내 마음이 고요해지고 편안해지는 단계에 이르는 것이다.

이 책은 이런 '죽음명상'을 기획한다. 먼저 임종과 바르도, 환생 및 부활, 해탈 등의 단계로 구성되는 죽음 과정에 대해 공부하고 이해한다. 죽음에 대한 정견(正見)의 확립이다. 다음으로 죽음을 경험한다. 죽음을 직접 경험한다는 것은 불가능한 일에 가깝기에 간접적으로 죽음을 경험하도록 한다. 남의 죽음을 다루는 죽음서사를 읽고 감상하는 것이다. 죽음서사를 읽으면 죽음을 간접적으로나마 경험하면서 죽음을 더 실감나게 이해하고 성찰할 수 있다. 일상생활 중에서 죽음담론을 기피하는 경향이 있다 하더라도 남이 만든 죽음서사를 읽는 과정에서는 비교적 가볍고 편한 마음으로 죽음을 떠올리고 사색할 수 있는 것이다. 또 죽음서사에 깃들어 있는 죽음에 대한 뜻깊은 성찰을 소중하게 이양받을 수 있다. 이런 이유에서 죽음서사의 가치를 인정하고 그것을 정리하여 제공하는 것이 이 책의 가장 큰 특징이 될 것이다.

죽음서사는 저승생환담, 임종담과 해탈성불담, 이승혼령담, 환생담, 이승저승관계담, 부활담 등으로 나눌 수 있다. 저승생환담은 죽음경험을 간접적으로 할 수 있는 소위 임사체험담에 해당한다. 저승생환담은 경험 주체의 존재인식을 근본적으로 달라지게 하는 과정을 담고 있어 그것을 읽고 감상하는 것은 독자로 하여금 존재전환의 길을 모색하는 데 도움을 준다. 임종담과 해탈성불담은 사람이 죽는 과정에서 삶에 대한 집착을 내려두고 번뇌망상으로부터 해방되는 양상을 보여준다. 그런 임종담과 해탈성불담을 읽는 과정은 삶에 대한 집착을 경감시켜주고 해방의 길을 모색하는 데 도움을 줄 것이다. 이승혼령담은 혼령이 봉착하는 문제적 상황은 어떤 것이며 그 문제는 간절히 노력하면 해결될 수 있음을 감지하게 해준다. 환생담과 부활담은 해탈성불담과 반대의 방식으로 이곳의 삶을 보완하게 한다. 이승저승관계담은 보이지 않은 세상에 대한 상상력을 근간으로 하여 이곳의 삶을 확충하는 계기를 마련한다. 이런 까닭에서 죽음 서사의 읽기와 감상은 죽음명상의 중요한 터전이 된다.

나아가 우리 일상에서 죽음을 좀더 실천적으로 경험하고 성찰하는 방안을 모색한다. 일상적 조문(弔問)의 경험을 활용한다. 우리는 일상생활 중 끊임없이 타인의 죽음을 목도하고 자주 장례식장으로 가서 조문한다. 일상적 조문은 체면치레로만 다뤄질 것이 아니다. 죽은 타인에 대해 진정으로 생각해주고 명복을 빌어주는 과정은 자기 자신의 죽음을 성찰하고 대비하는 것이기도 하다. 조문 풍속의 혁신은 우리 사회를 더 성숙하게 만드는 데 필요한 조치라 할 수 있다.

이상이 타인의 죽음을 계기로 한 죽음명상이라면 마지막 장에서는 자기의 죽음을 직접 연상하고 경험하게 하는 명상법을 제시한다. 먼저 자기의 죽음 과정에 대한 사띠(sati)[4] 수행법을 제시한다. 다음으로 우리가 일상적으로 경험하는 행위 중 죽음 과정과 가장 유사한 수면 과정을 죽음 명상에 활용한다.

아직 분명한 학문 영역이 설정되지 않은 죽음명상을 구성해가는 데 가장 선도적 역할을 해야 할 학문 분야는 인문학일 것이다. 철학과 문학, 종교학 등이 그 과업을 주도할 수 있다. 인문학적 전통에서는 다양한 죽음 관련 담론이 존재하지만, 그것이 죽음명상이나 죽음교육에 응용되기에 알맞게 재구성되지는 못한 실정이다. 인문학 학문 분야가 좀더 적극적인

---

4   '사띠(sati)'에 대해서는 이 책의 제6장 각주 158을 참조하기 바람.

힘을 실어야 할 때다.

이 책은 이런 문제의식에 입각하여 서사문학, 문학치료학, 그리고 수행론의 자리에서 죽음담론과 죽음서사를 정리한다. 죽음관련 서사 작품들을 두루 조사하고 수집하고 그것을 활용하는 죽음명상 프로그램을 마련한다. 타인의 죽음 경험을 바탕으로 한 죽음명상에다 자기의 죽음 경험을 연상하는 죽음명상을 결합시킴으로써 마침내 죽음명상 프로그램이 온전하게 정립될 것이다. 자기 죽음을 담담하게 맞이하고 타자에게 평화로운 죽음을 가능하게 도와줄 수 있는 방안을 제시하는 것이 이 책의 궁극적 목표가 된다.

이 책은 크게 다섯 부분으로 구성된다. 먼저 죽음 현상에 대한 견해를 정확하고 알맞게 정리하여 죽음 정견(正見)을 제시하는 부분이다. 죽음에 대해서는 이미 동서고금의 현인들이나 종교적 지도자, 선지자, 도인 등의 견해가 두루 제출되어 있다. 일련의 죽음 현상을 '임종', '바르도', '환생', '부활', '해탈' 등으로 나누어 정리함으로써 죽음에 대한 이해를 돕는다.

두 번째 부분은 죽음서사 작품들을 수집 정리하고 분석한다. 죽음서사에서는 체계화되지는 않았지만 보통 사람의 죽음관과 죽음경험을 만날 수 있을 것이다. 죽음서사는 죽음에 대한 추상적 논의를 구체적 실감과 연결시키는 기반을 마련해줄 것이다. 죽음의 각 단계에 대한 이해와 실제 서사 사이의 공통점과 차이점을 살필 것이며 특히 차이점이 유발된 이유를 해명한다.

세 번째 부분은 정립된 죽음관련 정견과 채집 분석된 죽음서사를 활용하는 죽음명상 프로그램을 제시한다.

네 번째 부분은 일상적으로 경험하는 임종과 조문 경험을 통한 죽음명상 프로그램을 제시한다. 임종과 조문은 진지하게 자각하며 치를 때 나

자신에게도 소중한 죽음경험이 되는 것이다. 특히 장례와 조문 방식의 혁신을 통해 우리 일상에 깃든 죽음경험을 죽음명상의 수준으로 끌어올리는 방안을 모색할 것이다.

다섯째 부분은 '나의 죽음'을 직접적으로 떠올리는 사띠 수행을 정립하고 죽음과 환생의 일상화로서의 수면수행 프로그램을 제시할 것이다.

죽음담론은 종교적일 수밖에 없다. 종교는 죽음을 나름대로 해석하여 죽음에 대한 사람들의 고통과 고민을 해결해주려 한다. 그런 점에서 이 책은 우리 민족 신앙의 제반 지혜를 검토하고 수용함은 물론 죽음과 관련하여 다른 종교들이 가르치는 지혜를 두루 반영해야 옳다. 그러나 저자의 성향이나 능력, 지면의 한계 등의 이유로 모든 종교의 사례를 두루 반영하지 못한다. 이 책은 가능한 한 종교적으로 편중되지 않으려고 노력하겠지만 불교의 전통과 가르침에 더 자주 의존하게 될 것임을 밝힌다.

죽음명상의 체계

	죽음명상
	1. 죽음 정견 공부
	2. 죽음서사 읽기와 성찰
남의 죽음	3. 죽음 정견과 죽음서사를 통한 죽음명상
	4. 임종 명상
	5. 조문 명상
	1. 나의 죽음에 대한 사띠 수행 1
	2. 나의 죽음에 대한 사띠 수행 2
나의 죽음	3. 들숨과 날숨에 대한 관찰
	4. 내 몸의 불안정성과 시신의 해체에 대한 명상
	5. 수면 수행 명상

제1장

죽음 정견(正見)의 정립

1. 죽음에 대한 통념

　죽음에 대한 설명은 둘로 나누어 볼 수 있다. '나는 죽음에 대해 이렇게 생각한다.'라는 보통 사람의 통념과 '죽음이란 이런 것이다.'라는 성현의 가르침이다. 성현의 가르침이 좀더 진실에 다가가 있을 듯하지만, 그역시 개인적 경험이나 깨달음을 바탕으로 한다는 점에서 결정적 권위를가지는 것은 아니다.

　죽음명상은 먼저 나와 어깨를 나란히 하며 살아가는 주위 사람들이 죽음에 대해 어떤 생각을 하고 있는가를 살펴보는 데서 시작하는 게 좋다.그래야만 죽음명상이 내 삶에 뿌리내릴 수 있다.

　사람의 생명이 몸과 혼으로 성립된다 할 때, 죽음 자체나 죽음 뒤에 존재할지 모르는 사후세계에 대한 생각은 혼을 어떻게 이해하는가에 달렸다. 사람이 죽으면 몸이 썩어 없어진다는 것은 분명하지만 혼은 어떻게될지 사람마다 많이 다르게 생각하기 때문이다. 한 조사[5]에 의하면, 혼(이

조사에서는 영혼)은 반드시 존재한다고 여기는 사람이 20.4%이고, 영혼이 존재할 것 같다고 막연히 여기는 사람은 43.1%이다. 반면 17.0%는 영혼이 존재하지 않는다고 생각하고, 19.6%는 잘 모른다고 한다. 즉, 63% 이상이 영혼의 존재를 인정한 것이다.

'사람이 죽으면 영혼이 어떻게 된다고 생각하는가?'라는 질문에 대해서는 다음처럼 답했다.

(1) 죽음과 함께 영혼도 곧바로 소멸한다(4.7%)

(2) 무덤이나 집안에서 일정 기간 머물다 소멸한다(4.1%)

(3) 천당, 극락 등 사후세계로 들어간다(49.7%)

(4) 사람이나 다른 생물로 환생한다(20.1%)

(5) 바다, 강, 들판 등에 혼의 형태로 존재한다(4.7%)

(6) 잘 모른다(15.4%)

사람이 죽은 뒤에도 그 영혼이 명백하게 지속한다고 여기고 사후의 삶을 인정하는 경우는 (3)이다. 49.7%라는 그 비중은, 2004년 한국 갤럽 조사에서 사후세계를 인정하는 비중이 40.7%라는 결과[6]에 근접한다.

---

5   이상목, 「한국인이 신체관 영혼관 죽음관에 관한 인식연구」, 『석당논총』 34집, 2004, 134면.

6   「2004 한국인의 종교와 종교의식」 2, 2004년 한국 갤럽 조사, 한국 갤럽, 2004. 다른 한편 저자가 2014에 시행한 설문조사의 결과는 다소 다르다. 저자는 2014년 5월 10일에서 5월 19일에 걸쳐 Y대 사범대학에서 죽음의식 관련 심층 설문조사를 시행했다. 20대 대학생 65명, 30~50대 교수 20명을 대상으로 했다. 설문조사 항목 중 하나로, '사람이 죽으면 어떻게 된다고 생각하십니까?'라 질문하면서 다음 5 경우 중에서 하나를 선택하게 했다. (1) 모든 것이 끝난다 (2) 천당이나 극락, 지옥으로 간다 (3) 환생한다 (4) 해탈한다 (5) 기타. 그 결과 20대 대학생은 (1) 34% (3) 31% (2) 21% (5) 9% (4) 5% 순이었고, 교수는 (1) 50% (5) 22% (2) 14% (3) 14% (4) 0% 순이었다.(이강옥 만듦, <죽음 의식에 대한 설문조사> 참조.)

이 같은 사후세계에 대한 생각이 응답자가 신봉하는 종교와 관련되는 양상은 다음[7]과 같다.

	(1)	(2)	(3)	(4)	(5)	(6)
불 교	4.6%	5.1%	33.7%	35.4%	6.2%	14.9%
기독교	3.6%	2.1%	80.2%	6.3%	2.6%	5.2%
천주교	1.5%	1.5%	64.6%	10.8%	4.6%	16.9%
유 교	0%	12.5%	37.5%	12.5%	12.5%	25%
무 교	8.3%	5.8%	28.8%	23.7%	5.8%	27.6%

사후세계가 있다고 믿는 경향은 '기독교 > 천주교 > 유교 > 불교' 순이다. 죽어서 '천국'으로 간다는 기독교인의 믿음이 죽어서 극락으로 간다는 불교도인의 믿음보다 훨씬 강하다는 해석이 가능하다.

이런 설문 조사의 결과는 죽음명상 담론을 만들어가는 데 좋은 참고가 된다. 그런데 죽음관은 연령에 따라서도 큰 차이를 보인다. 어린 연령은 죽음에 대한 사유 수준이 낮다. 죽음을 앞둔 노인이라면 차분히 생각을 정리할 여건을 갖추지 못했다. 청장년이야말로 죽음에 대해 깊이 있게 안정적으로 사유할 여건을 갖추고 있다. 그들은 균형 있는 죽음신념을 갖고 있을 뿐 아니라 비교적 성숙한 언어로 그 신념을 진술할 수 있다. 그런 점에서 대학생을 상대로 한 죽음관 연구 결과에 주목하게 된다.[8]

---

7   이상목, 앞의 논문 139면에 제시된 통계결과를 간략하게 수정한 것임.
8   이누미야 요시유키, 「사생관 척도 개발 및 그 하위요인간의 관계에 대한연구-내세관, 죽음에 대한 태도 및 생명존중의지를 중심으로」, 고려대학교 대학원, 2002.

2002년 무렵 우리나라 대학생들의 대다수(94.3%)는 죽음이란 대자연의 현상으로서 삶의 자연스러운 측면이라고 본다. 또 상당수(30.1%)는 죽음 현상이야말로 죽음을 맞이하는 사람의 가치와 인생관을 나타내는 중요한 기회이며 자기가 살아온 인생의 집대성이라고 보기도 한다. 일부 대학생들(18.3%)은 죽음이 인생의 책임이나 삶의 고통으로부터의 해방을 의미한다고 여긴다. 반면 압도적 다수는(92.8%) 한 사람의 죽음은 남겨진 가족들에게 큰 충격과 실망을 안겨주는 사건이라고 본다. 죽음은 자기실현과 성공을 방해하는 적이며 인생의 좌절을 의미한다고 보거나(39.0%) 어떤 사람이 죽으면 그 사람의 사회적 영향이나 흔적이 허무하게 사라진다고 보는(35.2%)도 경우도 많은 편이다.[9]

이 연구는 사후세계를 인정하는 죽음관을 좀더 체계적으로 분석하기 위해 '내세지향성'과 '현세회귀성'이라는 대립적 개념을 설정했다. '내세지향성'은 사후세계를 행복하고 정의로운 영원한 세계로 간주하고 그곳을 지향하는 성향을 말한다. '현세회귀성'은 현세와 내세의 관계를 인정하면서 현세의 삶을 더 소중하게 여기는 성향을 말한다.

조사대상이 된 대학생의 절반 정도는 사람이 죽은 후에도 행복하고 정의로운 삶이 사후세계에서 지속된다고 본다. 반면 그보다 더 많은 수의 대학생들은, 죽어서 현세로 다시 태어나거나 현세의 사람들에게 어떤 영향을 줄 수 있다는 생각에 대해 부정적이다. 그런 점에서 대학생들에게는 내세지향성이 현세회귀성보다 더 강하게 나타난다.

높은 현세회귀성은 불교, 유교, 풍수사상, 및 무속신앙에서 볼 수 있는 동양적 내세관의 특징을 나타낸다. 또 현세와 내세의 밀접한 관계를 나타

---

9   위의 논문, 56~57면.

낸다. 반면 낮은 현세회귀성은 기독교에서 볼 수 있는 서양적 내세관이 보이는 특징이다. 높은 내세지향성은 인간존재의 영원성과 현세에 대한 내세의 우월성을 믿는 종교의 특성을 나타낸다. 낮은 내세지향성은 그러한 견해를 인정하지 않는 비종교적 특징을 나타낸다고 볼 수 있다.

이상 우리 주위 사람들이 죽음과 관련하여 가질 수 있는 생각의 요소들을 이항 대립적으로 정리하면 다음과 같다.

❶ 사람은 죽으면 그 삶이 사후세계로 이어진다./ 사람이 죽으면 모든 게 끝난다.

❷ 사후세계는 아름답거나 좋다./ 사후세계는 추하거나 싫다.

❸ 현세에서 어떻게 살았는지가 사후세계의 삶을 결정하는 중요한 요소이다./ 현세와 사후세계는 아무 인과 관계가 없다.

❹ 사람은 죽어서 인간으로든 다른 존재로든 환생한다./ 사람은 죽어서 환생하지 않는다.

❺ 사후세계의 존재들은 현세의 사람들과 소통한다./ 사후세계의 존재들은 현세의 사람들과 소통하지 않는다.

❻ 사후세계의 존재들은 후손이나 다른 사람에게 도움을 준다./ 사후세계의 존재들은 후손이나 다른 사람을 괴롭히거나 다치게 한다.

❼ 땅에 묻힌 조상의 뼈가 땅의 좋은 기운을 받으면 후손이 번성한다./ 땅에 묻힌 조상의 뼈가 어떤 상태에 있든 후손의 처지와는 무관하다.

❽ 조상이 공덕을 많이 세우면 후손들이 행복하게 잘 산다./ 조상이 공덕을 쌓는 것과 후손의 행복은 무관하다.[10]

물론 더 덧붙여질 수도 있지만, 우선 이런 대립적 항목들 중 자기가 어느 쪽에 더 가까운가를 점검함으로써 자기의 죽음관을 살필 수 있을 것이다. 이를 바탕으로 하여 앞으로 더 뚜렷한 죽음관을 형성할 수도 있을 것이다.

죽음에 대한 이런 대립적 항목의 존재는 이 책이 다룰 죽음서사를 분류하는 것과 연결된다.

죽음에 대한 생각	죽음서사
❶	저승생환담, 임종담, 해탈성불담, 이승혼령담, 환생담, 이승저승관계담, 부활담
❷	저승생환담, 환생담, 이승저승관계담, 부활담
❸	저승생환담, 환생담, 이승저승관계담, 부활담
❹	환생담
❺	이승혼령담, 이승저승관계담
❻	이승혼령담, 이승저승관계담
❼	이승혼령담
❽	저승생환담, 이승저승관계담, 환생담

---

10 이 부분은 저자가 이누미야 요시유키, 「사생관 척도 개발 및 그 하위 요인 간의 관계에 대한 연구-내세관, 죽음에 대한 태도 및 생명존중의지를 중심으로」, 고려대학교 대학원, 2002, 1~57면을 참조하여 대립적 명상 요소들을 추출한 결과이다.

2. 임종[11]

　삶과 죽음의 경계는 모호하다. 죽음 자체도 분명하게 정의하기 어렵다. 근대 의학이 심장 박동이 멈추는 것을 죽음으로 정의하는 반면 다른 쪽에서는 '숨이 멎음'이나 '온기의 사라짐'으로 정의하기도 한다. 죽음을 어떻게 정의하든 죽어가는 사람이 삶과 죽음의 경계가 되는 시점으로 다가가고 있음을 감지하게 된다. 죽음의 시각이 다가옴을 감지할 때 걷잡을 수 없는 슬픔을 느낀다. 그래서 임종이 가능한 것이다.

　임종은 망자의 죽음을 받아들이고 죽어가는 사람을 보내주는 절차요 의식이다. 임종은 생사를 달리할 사람, 죽어가는 사람과 계속 살아갈 사

11　<1.임종>부터 <6.해탈 혹은 열반>까지의 내용은 필자가 경험할 수 없는 것이고 또 확언할 수 있는 것도 아니다. 다만 필자가 다음 책들을 두루 읽은 결과와 선지식으로부터 들은 설법 내용을 정리할 따름이다. 물론 책들 사이에서 다른 의견이 두루 존재하고 선지식의 가르침도 통일되지 않는 경우가 적지 않다. 이런 상황에서 저자의 성찰과 사유가 일정하게 개입하였다. 참고한 책들은 다음과 같다.
전재성 역주,『한 권으로 읽는 앙굿따라니까야 생활 속의 명상수행』, 한국빠알리성전협회, 2007; 대림스님 옮김,『가려뽑은 앙굿따라 니까야』, 초기불전연구원, 2008; 대림스님 옮김,『앙굿따라 니까야』, 초기불전연구원, 2018; 대림스님 옮김,『청정도론』제1권, 제2권, 제3권, 초기불전연구원, 2009; 청화 옮김,『정토삼부경』, 광륜출판사, 2007; 대한성서공회,『신약전서와 시편·잠언』, 대한성서공회, 1998; 페데리꼬 바르바로 신부, 김창수 옮김,『마태오 복음서 주해』, 크리스찬출판사, 1982; 페데리꼬 바르바로 신부, 김창수 옮김,『마카베오 상 하/ 토비트/ 유딧/ 에스델』, 크리스찬출판사, 1984; 한국천주교 주교회의 성서위원회 인준,『한국 천주교회 창립 200주년 기념 신약성서』, 분도출판사, 1993;『대반열반경(大般涅槃經)』, 이중표,『정선 디가 니까야』, 불광출판사, 2019;『대념처경(大念處經)』, 이중표,『정선 디가 니까야』, 불광출판사, 2019; 툴쿠 퇸둡 림포체,『평화로운 죽음 기쁜 환생』, 도서출판 청년사, 도솔 옮김, 2007; 구나라뜨나,『우리는 어떤 과정을 통하여 다시 태어나는가』, 고요한 소리, 1980; 파드마 삼바바,『티벳 死者의 書』, 정신세계사, 1995; 강선희,『체험으로 읽는 티벳 사자의 서』, 불광출판사, 2008; 엘리자베스 퀴블러 로스『사후생』, 대화출판사, 2002; 디팩 초프라,『죽음 이후의 삶』, 행복우물, 2007;『아름다운 이별 행복한 죽음』, 비움과소통, 2015; 이강옥,『구운몽과 꿈활용 우울증수행치료』, 소명출판, 2018.

람 사이의 이별 의식이다. 죽어가는 사람의 생애에 대한 회고, 죽어가는 사람의 삶에 대한 긍정적 평가, 그에 대한 찬사, 임종하는 사람과 죽어가는 사람 사이의 상호 감사, 유언의 생성과 기록 및 전달 등이 임종을 구성하는 중요한 요소다.

우리는 비명횡사를 가장 가슴 아프게 생각하며 가능한 한 가족들이 모인 집에서 유언을 남기고 평화롭게 죽음을 맞이할 수 있기를 기원한다. 이럴 때 죽어가는 사람뿐 아니라 그를 지켜보는 임종자의 태도가 중요하다. 죽어가는 사람은 자기가 죽을 시각이 다가온다고 느끼면서도 두려워하거나 도피하려는 마음을 일으키지 않도록 평소 준비를 해두는 것이 바람직하다. 자신의 죽음을 담담하게 맞이할 수 있도록 한다. 죽음의 순간이야말로 내 삶에서 가장 중요한 기회이기도 하다는 마음을 가지도록 노력한다.

나의 죽음은 내 마음에 평화와 기쁨을 가져다 줄 수도 있다. 마음이 흐트러지지 않고 위대하고 든든한 어떤 것에 집중하고 의지한다. 남과 싸웠거나 남을 미워한 기억을 되살리기보다는 내가 자비롭게 남을 용서하고 사랑한 기억을 일으킨다. 남이 내게 만들어 보인 부정적 상황에 대해 탄식하기보다 남들을 위해 그 행복을 축원해준다. 증오하고 집착하고 혼란된 부정적인 마음이 아니라, 용서하고 내려두고 안정되며 평화로운 긍정적인 마음이 형성되도록 노력한다. 나의 일신이나 집안, 세상의 일들에 대한 걱정을 내려두고 편안하게 해방되기를 기도한다.

임종을 지켜보는 사람은 죽음을 맞이하는 사람이 잘 살아왔음을 감지할 수 있도록 도와준다. 죽어가는 사람이 마음의 평화와 기쁨을 누리도록 임종하는 사람도 차분하고 평화로운 태도를 유지하여야 하겠다. 소위 마지막 일념(一念)이 지속될 수 있도록 소리나 촉감에 유의한다. 이 순간 평화와 기쁨은 더 많은 평화와 기쁨을 불러온다.

임종하는 사람을 주위 사람들이 도와주는 데 특히 '조념(助念)'이 소중하다.[12] 곧 숨이 끊어질 것 같은 판단이 들면 주위 가족이나 친지들은 간절한 마음으로 염불하거나 기도해주는 것이다.

임종 단계에 이른 사람은 불안하고 혼미한 상태가 되기 쉬우니 주위에서 조념 염불 등을 해주는 것이 더욱 중요한 일이 된다. 불교에서는 숨이 끊어지고 24시간이 지나야 식(識)이 몸을 떠난다고 한다. 그래서 조념은 숨이 끊어진 뒤 24시간 동안 지속하는 것이 가장 바람직하다고 한다.[13]

임종에 대한 이러한 설명은 죽음 현상에 대한 통찰의 결과일 수도 있고 장례의식을 겪는 과정에서 유추해낸 지혜라고도 볼 수 있다. 우리가 다른 대안이 없는 한, 이런 통찰과 유추를 부정할 이유가 없다. 일단 장례의식으로서 받아들일 수 있다면 받아들이고, 그 의식의 실천과정에서 장례문화와 죽음관을 더 의미 있는 것으로 발전시켜나갈 수 있다.

3. 바르도

몸으로부터 이탈한 혼이 삶과 죽음 이후 사이의 경계 영역에 잠시 머무는 상황 혹은 그 기간을 바르도라 부른다. 남방불교는 '죽음의 마음

---

12 「임종삼대요(臨終三大要)」, 『아름다운 이별 행복한 죽음』, 비움과소통, 2015, 15~16면.
13 이때 가족 친지는 말이나 행동을 매우 조심해야 한다. (1) 임종할 사람에게 지나치게 슬픈 기색을 보이거나 눈물을 보이지 말아야 한다. (2) 임종할 사람에게 섭섭한 말을 하지 말며 집안일이나 세상일을 말하지 말아야 한다. (3) 떠들거나 소음을 내지 말아야 한다. 임종하는 사람에게 슬픈 마음을 일으키거나 애정에 끌리거나 다른 일에 마음이 산란하게 되면 정념(正念)을 혹은 일념(一念)을 잃고 '왕생'에 차질을 가져오게 한다. (위의 책, 126면)

(cuti-citta)-재생연결식-바왕가(잠재의식, 12연기의 有, 생명이 끝날 때까지 그 연속성을 유지
시켜주는 요인, life-continuum)'로 찰라적으로 연결된다고 설명하면서 바르도를
인정하지 않는다. 그러나 티벳불교나 대승불교 쪽에서는 바르도를 중요
하게 여긴다. 바르도 기간은 사람에 따라 다르지만 49일쯤 되는데, 바르
도 기간을 잘 보내는 것이 매우 중요하다 한다.

바르도 기간 중 죽은 몸은 생명력을 잃지만 몸에서 이탈한 혼은 여전
히 생생하게 존재한다고 설명된다. 이 무렵의 혼은 망자가 살아있을 때
행한 모든 행동을 기억하고 그로부터 영향을 예민하게 받는다. 망자가 살
았을 적에 보였던 부정적 습관은 망자의 혼에게 번뇌 망상과 두려움으로
느껴지고, 긍정적 습관들은 평화와 기쁨으로 느껴진다. 이런 현상은 주로
바르도 기간의 전반부에 일어난다고 한다. 바르도 기간의 전반부에서 혼
은 몸과 감정을 여전히 갖고 있다고 느끼기 때문이다. 그러다 후반부로
접어들면 '환생한다는 것'을 느끼기도 한다고 한다.[14]

---

14 파드마 삼바바도 비슷하지만 약간 다르게 설명한다. 즉, 바르도를 '치카이 바르도', '초
    에니 바르도', '시드파 바르도'로 삼분한다. 치카이 바르도는 죽음 뒤 3-4일 경까지인
    데, 이 무렵 의식체[혼]는 자신이 육체로부터 분리되었다는 사실을 알지 못하고 기절
    상태나 수면 상태에 빠진다. 존재의 근원으로부터 밝아오는 순수한 빛이 다가오지만,
    사자는 자신의 카르마 때문에 그 빛을 흐릿하게만 인식한다. 초에니 바르도에서 사자
    는 비로소 자신이 죽었다는 사실을 깨닫는다. 그래서 존재의 근원을 체험하지만, 육체
    를 소유하려는 강력한 욕망을 갖기 시작하기도 한다. 마지막 시드파 바르도에서는 의
    식체가 인간계나 다른 세계, 또는 극락세계에 환생한다. 이 세 단계가 보통 사람의 경
    우이다. 반면 수행을 깊이 하여 깨달음의 경지에 이른 사람은 바르도를 거치지 않고
    곧바로 '대평화의 니르바나'로 들어가거나, 곧바로 원(願)에 의해 세상에 환생한다.(파
    드마 삼바바, 『티벳 死者의 書』, 정신세계사, 1995, 86~87면; 같은 책, 227~447면) 또 단
    정쟈춰는 임종(臨終) 중음, 법성(法性) 중음, 수생(受生) 중음 등으로 나눈다. 임종 중음
    은 죽음의 첫 단계로 우리 몸의 생명을 이루고 있던 기본 요소들이 해체되어 사라지는
    과정이고, 법성 중음은 빛, 소리, 색깔의 양상으로 사람의 본성이 드러나는 과정이며,
    수생 중음은 죽은 이가 다시 태어날 때까지 저승에서 생활하는 기간이라 한다.(단정쟈
    춰, 『꿈·삶과 죽음을 바라보는 티베트 사람들의 지혜』, 호미, 2003, 7면) 이런 설명법은
    모두 동일한 통찰과 깨달음, 경험을 바탕으로 한 것이라고 저자는 이해한다.

바르도 기간 동안 혼은 어떤 제약으로부터 점점 더 자유로워지며 그 자체가 빠른 속도로 변할 수 있다. 그러나 몸의 지지를 받지 못하기 때문에 혼은 바람직한 쪽으로 나아가는 길을 발견하고도 집중하여 그쪽으로 나아가는 것이 매우 어려워진다고 한다.

중요한 사실은 혼이 자기가 살아생전 해오던 습관대로 나아간다는 것이다. 살아있을 동안 긍정적인 경험을 축적해놓았다면, 혼도 좋은 힘을 얻어 힘차게 나아갈 것이다. 그래서 살아있을 동안 긍정적인 경험을 쌓고 그것을 내면화해두는 것이 중요한 일이 되는 것이다. 살아있을 동안에 평화와 기쁨, 자비와 관용 등이 마음의 일부가 되었으면, 바르도에서 우리를 둘러싼 모든 정신 상태들과 현상들이 긍정적인 모습과 경험으로 일어날 것이다.

죽음 뒤의 상태는 잠들어 꿈을 꿀 때와 비슷하다고도 한다. 어떤 꿈을 꾸는가는 잠들기 전 마음의 상태에 의해 좌우되듯, 바르도 기간에 혼이 생각하고 보는 것은 살아있을 적 마음의 상태에 의해 좌우된다고도 한다.

4. 환생 혹은 부활

(1) 환생

바르도의 후반부가 되면 갖가지 색깔의 빛을 보게 된다. 빛깔은 환생할 세계에 대응한다고도 하는데 확실히 말하기는 어렵다.[15] 그 빛깔은 살아

---

15 어느 정도 선행을 했지만 대체로 거만하거나 욕망에 사로잡혀 있는 사람은 하얀빛을 보게 된다 한다. 하얀빛은 사람을 각각 천상계나 인간계에서 태어나도록 한다. 질투나 무지에 사로잡힌 사람은 부드러운 노란빛을 보게 된다 한다. 그것은 각각 아수라계와

있을 적의 업(業)의 에너지에서 생성된다고 한다.

업은 행위의 결과다. 몸으로 짓는 업인 신업(身業)과 말로 짓는 업인 구업(口業)과 뜻으로 짓는 업인 의업(意業)으로 구분된다. 이것을 삼업(三業)이라 하는데 그 각각의 앞에 의도[思]가 먼저 있다. 의도를 원인으로 하여 신구의(身口意) 삼업의 결과가 생기는 것이다. 의도가 생각 및 사유와 함께 구체화되면 의업이고, 의도가 몸과 함께 드러나면 신업이 되고, 의도가 말과 함께 드러나면 구업이 된다.

> "비구들이여, 그러면 어떤 것이 업들의 차이점인가? 비구들이여, 지옥에서 [과보를] 겪어야 하는 업이 있다. 축생의 모태에서 [과보를] 겪어야 하는 업이 있다. 아귀계에서 [과보를] 겪어야 하는 업이 있다. 인간 세계에서 [과보를] 겪어야 하는 업이 있다. 천상 세계에서 [과보를] 겪어야 하는 업이 있다. 비구들이여, 이를 일러 업들의 차이점이라 한다.[16]

어떤 세상의 무엇으로 환생하는가는 이생에 지은 행위 혹은 업에 의해 결정된다는 것이다. 더 정확히는 우리가 환생하는 세계라고 알려진 천상계·인간계·아수라계·축생계·아귀계·지옥계의 세계는 우리의 업이 만들어낸 세계라고 할 수 있을 것이다.

축생계에 태어나도록 한다. 핏빛을 보는 사람은 축생계에 환생하고, 눈보라나 비바람 색깔을 보는 사람은 아수라계에서 환생할 수 있다 한다. 악행을 저지르고 인색함과 탐욕의 감정을 여전히 가진 사람은 흐릿한 빛을 목격한다. 그것은 아귀계로 가도록 밀어붙인다. 증오심이 지배적인 감정인 사람은 통나무 조각이나 둥둥 떠다니는 검은색 양털 같은 빛을 본다 한다. 그것은 지옥계에 환생하도록 만든다. 이렇게 다시 태어날 세계가 평소의 업에 의해 대체로 결정되지만, 죽음의 순간이나 바르도 기간을 어떻게 보내는가에 의해서도 영향을 받는다.(강선희, 『체험으로 읽는 티벳 사자의 서』, 불광출판사, 2008, 155~204면)

16 대림스님 옮김, ≪꿰뚫음 경≫, ≪앙굿따라 니까야≫ 제4권, 초기불전연구원, 2018, 262면.

이 과정은 더 자세히 설명되기도 한다. 지어진 업은 식(識, 혹은 혼이나 마음으로 지칭될 수 있다)으로 머물러 식온(識蘊)으로 쌓인다 한다. 식(識)은 몸과 함께 하여 '나'가 되는데, 몸과 식(識)은 생존 기간이 다르다. 대체로 몸이 식혹은 혼보다 생존 기간이 짧다. 몸이 죽으면 여전히 '살아있는' 혼은 새로운 몸에 매달리고 붙고 의존하려 한다. 혼이 새로운 몸에 매달리고 붙고 의존하는 것은 혼이 무명(無明) 때문에 애(愛, 渴愛)를 버리지 못한 탓이다. 혼이 다른 새로운 몸과 결합하게 된 것이 환생 혹은 윤회인 것이다.[17]

새로운 몸과 결합한 혼은 다시 태어남과 늙음, 죽음과 슬픔, 비탄, 고통, 고뇌, 절망에서 벗어나지 못한다고 한다. 즉 불교에서 말하는 12연기의 과정을 되풀이하게 되는 것이다. 그 윤회에서 벗어나는 것은 수행(修行)을 통해서만 가능하다고도 한다.

특별히 사람으로 환생하는 과정에 대한 설명은 이러하다. 사람이 수명을 다하여 혼이 몸에서 떠나려 하는 순간의 마음상태(마음상태를 실체로 이해하기보다는 현상 혹은 상태로 이해하는 것이 바람직하다)를 난심위(亂心位)라 일컫는다. 살아있을 때는 마음이 제6식에 의해 통제되지만 이때는 그러지 못하기에 마음이 어지러워진다는 뜻이다. 이 순간 제8식(무의식)에 축적되어 있던 업의 종자(種子)들이 어지럽게 발현한다. 이런 업종자가 발현하지 않고 평정 적멸을 보장하는 불종자(佛種子, 부처의 종자)가 발현하도록 한다면 어떤 것에도 집착하지 않게 되어 생사윤회를 벗어난다. 반면 견사혹업(見思惑業, 보고 생각하는 것에 현혹되는 업)을 다 끊지 못했다면 윤회하게 된다. 이 경우 가장 강력한 힘을 지닌 업종자(인연이 무르익음)가 먼저 발현하고 이 업종자와 상응하는

17　이상『상윳따 니까야』소재『우현경(愚賢經)』및『디가 니까야』소재『삼십이상경』. 해피스님,『불교입문-소유하고자 하는 자를 위한 가르침』, 한국붇다와다불교 해피법당 근본경전연구회, 2020, 61면에서 재인용.

도(道)의 중음신(中陰身 : 죽은 순간부터 다음 세상에 태어나기까지의 중간 시기의 존재. 중유 혹은 중온)을 형성하게 된다. 이 중음신이 형성된 후에 인연 있는 부모의 정자와 난자가 결합하는 순간을 기다렸다가 모태에 들어가게 되어 생을 얻는다는 것이다.[18]

환생할 세계가 바르도 후반기에 혼이 목격하는 빛에 의해 암시된다는 것은 혜안이나 불안(佛眼)을 가진 분들의 관찰 결과일진대, 보통 사람으로서는 그것을 확인하거나 반박할 길이 없다. 불교적 성향이 강하거나 신봉 종교가 없는 사람이라면 이와 같은 설명을 일정하게 수용할 수 있을 것이다. 반면 기독교적 성향이 강한 사람이라면, 수정과 선택이 필요하다. 이들은 환생을 실제로 일어나는 현상으로 이해하기보다는, 일생동안 어떤 생각을 했고 죽는 순간 어떤 마음의 상태였는가에 의해 결정되는 일종의 의식 현상으로 이해할 수는 있을 것이다. 또 기독교에서 강조하는 부활이 환생과 어떤 점에서 유사하고 다른지를 성찰하는 계기로 삼을 수 있을 것이다.[19]

(2) 부활

부활은 성서의 여러 곳에 나타난다. 『다니엘서』 12장과 『마카베오서』 하 7장, 『요한복음』 11장 등이 두드러진다. 『다니엘서』에는 예수가 아닌

---

18 『아름다운 이별 행복한 죽음』, 비움과소통, 2015, 55면.
19 환생의 문제는 우리의 내세관과 긴밀히 관련된다. 우리의 내세관과 관련한 대표적 조사가 있으니 한국 갤럽의 '한국인의 종교와 종교의식'(2004)과 '한국인의 장례문화'(2006) 등이다. 2004년 현재 한국인 가운데 41%가 사후세계의 존재를 인정하는 반면, 42%가 사후세계를 인정하지 않는다. 50%는 윤회설을 믿는다고도 한다. 그런데 그 중에서 '극락이나 천국은 저 세상에 있는 것이 아니라 이 세상에 있다.'라는 항목에 대해 63%가 긍정하고 있다. (전반적 해설에 대해서는, 최준식, 「한국인의 죽음관 형성에 대해-전통에서 현대까지」, 『대한내과학회지』 77권, 대한내과학회, 2009, s1046-s1047면)

보통 사람도 죽었다 부활하여 영생을 얻는 사례를 제시하였다. 『마카베오서』하 7장은 소위 '마카베오의 일곱 형제와 어머니의 순교'를 서술하면서 부활의 메시지를 전한다. 죽어서 부활할 수 있는가 없는가는 그 사람의 평소 행실과 죽는 순간의 상태가 하느님의 뜻에 부합하는가 여부에 의해 결정된다고 한다. 죽음 뒤의 세상은 살아있을 때의 삶의 태도와 죽는 순간의 의식 상태와 긴밀히 연관된다고 보는 점에서 바르도와 환생을 설명하는 불교의 태도와 통할 수도 있을 것이다.

또 『마태복음』22장은 예수가 사두가이파 사람에게 부활을 명확히 설명해준 것이라 할 수 있다. 하나님은 조상 누구의 하나님 "이다"라 말했지, "이었다"고 말하지 않았다는 점에서 조상들은 완전히 죽어버린 것이 아니다. 죽은 조상들의 영혼이 이 세상에 여전히 살아 있다. 불멸의 영혼을 위해 육체의 부활을 인정한 셈이다.

『마가복음』22장 18절에서 27절까지에는 사두가이파 사람들의 또다른 이야기가 자세히 실려 있다.[20] 사두가이파 사람들은 일곱 형제가 차례로 한 여인을 아내로 맞이하는 경우를 소개하며, 이들이 죽은 뒤에 부활한다면 여인은 어느 형제의 차지가 되는가 하고 예수께 질문한다. 사두가이파 사람들은 영혼의 불멸성을 믿지 않기 때문에 육신의 부활도 부정했다고 전해진다. 그들은 천사와 영(靈)과 내세의 생명을 부정하였다. 그리고 하느님은 믿었지만 그 섭리를 믿지는 않았다고 한다.[21] 그들의 질문에 대하여 예수는 죽은 뒤 내세로의 부활을 강조했다. 다만 죽었다가 다시 살아난 존재는 이 세상의 생명과는 질적으로 다르다. 내세에 부활한 존재는

---

20 자세한 이야기는 이 책 '부활담 읽기'의 <부활에 대한 토론>을 참조할 것.
21 페데리꼬 바르바로 신부, 『마르코 복음서 주해』2, 크리스챤출판사, 1987, 298면.

지상의 물질적 조건에 따르지 않고 완전히 영적으로 생활한다. 우리 눈에 보이는 것과는 다른 존재가 된다. 내세에 부활하는 사람들은 더 이상 죽지 않기 때문에 결혼할 필요가 없다. 하느님의 빛 속에 사는 천사와 같은 존재가 되는 것이다. 그래서 일곱 남편을 가졌던 아내가 부활한다면 누구의 아내가 될 것인가라는 사두가이파 사람들의 질문은 성립되지 않는다고 예수가 해명한 것이다.[22]

하느님은 당신과 영원한 계약을 맺고 충실하게 섬긴 사람을 버리거나 돌보지 않으실 까닭이 없다. 그 사람은 죽지 않았고, 하느님과 합하여, 마침내 하느님과 하나가 될 것이다. 『시편』16장 10-11절, 49장 15절, 73장 23절 등은 그 확실한 믿음을 읊기도 한다. 하느님은 당신이 아브라함, 이사악, 요셉 등 몇 세기 전에 이 세상을 떠난 그 선조들에게도 여전히 하느님이라고 모세에게 말해준다. 그것은 하느님 앞에서 그들이 살아 있다는 증거다.[23]

성서에서 부활이 가장 두드러지게 보이는 곳은 『요한복음』의 나자로 관련 부분이다. 예수께서는 무덤에서 나흘 동안이나 죽어 있던 나사로를 부활시킨다.(11장 17절) 예수는 스스로가 부활이요 생명이니 예수를 믿는 이는 죽어도 살겠고 살아서 예수를 믿는 이는 영원히 죽지 않으리라고 했다.

이런 점에서 기독교적 부활은 불교에서 말하는 환생의 성격도 있고 의타적 해탈의 성격도 있다. 이런 성격에 대해 사람들이 열려진 대화를 나누는 과정에서 종교의 차이를 넘어선 죽음담론을 창출할 가능성이 있다.

---

22 페데리꼬 바르바로 신부, 『마르코 복음서 주해』 2, 크리스챤출판사, 1987, 299면.
23 위의 책, 300면.

부활에 대해서는 좀더 구체적인 서사를 통해 다시 살펴볼 필요가 있다. 그래서 이 책의 다음 장 '부활의 서사'에서 해당 서사 작품을 직접 읽으면서 부활에 대한 관념과 감각을 다시 검토하기로 한다.

5. 천국 혹은 극락

기독교나 가톨릭의 '천국', 불교의 '극락'은 긍정적 사후세계로서 가장 뚜렷하게 지속적으로 표상된 것이다.[24] '신선계'도 덧붙일 수 있겠으나 오늘날 그에 대한 관심은 크게 약해졌다. 연옥, 지옥, 지하계 등은 부정적 사후세계로서, 긍정적 사후세계에 대한 염원을 강렬하게 만드는 상대역으로 존재한다.

(1) 천국

『구약성서』에서 말하는 천국은 하느님이 거처하는 곳이다. 후기 유대교는 장차 부활할 의인들이 하느님과 함께 사는 곳이 천국이라 했다. 기독교도 예수의 진정한 신자와 추종자들이 가는 곳이 천국이라 설명한다. 그 뒤로 천국은 선택되거나 구원받은 자들이 죽은 뒤에 가는 장소가 아니라 예수와 함께 이곳에서 사는 삶의 상태를 상징하기도 한다. 이와 관련하여 『요한묵시록』 21장이 중요하게 인용된다.

나는 새 하늘과 새 땅을 보았다. 이전의 하늘과 이전의 땅은 사라졌

---

24 이상목, 「한국인이 신체관 영혼관 죽음관에 관한 인식연구」, 『석당논총』 34집, 2004, 134면.

고 바다도 이미 없기 때문이다. 나는 또 거룩한 도성 새 예루살렘이 하느님으로부터 (나와) 하늘에서 내려오는 것을 보았는데, 그것은 마치 자기 남편을 위해 단장한 신부처럼 차리고 있었다. 이때 나는 옥좌로부터 (울려 나오는) 큰 음성을 들었는데 이렇게 말했다.

"보라, 사람들 가운데에 있는 하느님의 장막이다.

그분은 그들과 함께 거처하시고

그들은 그분의 백성으로 지낼 것이다.

하느님 친히 [그들의 하느님으로서]

그들과 함께 계실 것이다.

그분은 그들의 눈에서 눈물을 다 씻어주실 것이다.

더 이상 죽음이 없고,

다시는 슬픔도 울부짖음도 고통도 없을 것이다.

이전 것들은 다 사라져 버렸기 때문이다.

그리고 옥좌에 앉으신 분이 말씀하셨다.

"보라, 내가 모든 것을 새롭게 한다."

그분은 또 이렇게 말씀하신다.

"기록하여라. 이 말은 믿을 만하고 참되기 때문이다."

그분이 또 내게 말씀하셨다.

"다 이루어졌다. 나는 알파이며 오메가요 처음이며 마지막이다. 나는 목마른 자에게 생명수의 샘에서 거저 마시게 하겠다. 승리하는 자는 이것들을 물려받을 것이니 나는 그에게 하느님이 되고 그는 나에게 아들이 될 것이다. 그러나 비겁한 자들과 믿음이 없는 자들과 흉물스러운 짓을 하는 자들과 살인자들과 음행하는 자들과 마술쟁이들과 우상 숭배자들과 모든 거짓말쟁이들에게는 불과 유황이 타오르는 못이 그 차지가 될 것이다. 이것이 둘째 죽음이다."

그리고 일곱 천사 중의 하나가 와서 나하고 이야기하며 말했다.

"오너라. 어린양의 아내가 될 신부를 너에게 보여 주겠다."

그는 영으로 나를 크고 높은 산 위로 데리고 가서는, 하느님으로부터 (나와) 하늘에서 내려오는 거룩한 도성 예루살렘을 내게 보여 주었다. 그 (도성)은 하느님의 영광에 싸여 있어서 그 빛은 매우 귀한 보석과 같았고 수정처럼 빛나는 벽옥과도 같았다... 그 성벽은 벽옥으로 쌓았고 도성은 맑은 유리같은 순금으로 되어 있었다. 도성의 성벽 주춧돌들은 온갖 값진 보석으로 꾸며져 있었다...

그 (천사)는 또 수정처럼 빛나는 생명수의 강을 내게 보여주었다. 그 강은 하느님과 어린양의 옥좌로부터 흘러나왔다. 그 도성의 거리 한가운데 곧 그 강의 이편 저편에 열두 번 열매를 맺는 생명나무가 있어서 한 달마다 열매를 맺었고 그 나무의 잎들은 민족들을 치료하는 데 쓰였다.[25]

여기서 천국은 심판 뒤 만들어진 지상 천년왕국 예루살렘으로 형상화된다. 이곳은 성막과 성전을 통해 하느님이 머무시는 지상 처소이며 하느님의 백성이 그분을 모신다. 하느님이 직접 선택하신 거룩한 도시이기에 하느님은 친히 모든 이의 눈물을 닦아주신다. 죽음이 없고 슬픔이 없어 애통해하는 일이 없는 곳이다. 그 지상 천국은 저주가 없는 곳이고 사탄의 유혹도 없는 곳이다. 목마름, 상함의 고통이 없다. 생명나무가 있어 열두 종류의 과실이 열린다. 그렇게 풍성하게 열매가 맺힌다는 설정은 그곳 존재가 굶주림으로부터 해방되었다는 것을 강조한다. 또 나무의 잎사귀들은 병을 치료해준다. 그러니 기독교 신앙을 가진 사람들은 살아서나 죽어서나 그곳으로 간절히 가고자 하는 것이다.

---

25 『한국 천주교회 창립 200주년 기념 신약성서』, 분도출판사, 1991, 911~915면.

(2) 극락

불교 쪽은 극락에 대한 의미부여가 강하다. 극락은 기독교 쪽의 천국에 대응한다. 윤회의 고리를 끊고 극락정토로 가는 과정에 대한 설명이 자세하다. 극락정토의 존재를 믿고 마음을 아미타불(무량광불)과 그의 정토에 집중하는 것이 중요하다고 한다. 이런 조건이 갖춰졌을 때 사람의 혼은 몸을 벗어나자마자 정토를 향해 솟아오르는 느낌을 받는다. 그 순간 사랑하는 사람이나 원수를 만날 수 있고 그들이 뒤에서 부르는 소리를 들을 수 있다. 그러나 그들은 정말로 사랑하는 사람도 아니고 원수도 아니다. 정토로 나아가는 자신을 방해하는 자신의 감정일 뿐이다. 오로지 정토에만 온 정신을 집중하여야 한다. 이 단계를 위해『티벳 사자의 서』는 이렇게 설명한다.

이때 그대에게 나타나는 환영을 따르지 말라. 거기에 매혹되지 말라. 마음이 약해지지 말라. 만일 그대가 나약해져서 환영에 이끌리게 되면 그대는 다시금 윤회계의 여섯 세계에 떨어져 방황하며 고통받을 것이다.

그대는 어제까지도 초에니 바르도[26]를 깨닫지 못했었다. 그 결과 방황하여 이곳에 이르렀다. 만일 지금이라도 진리를 단단히 붙들려고 한다면 그대는 그대의 영적 스승으로부터 설명을 들었듯이 밝고 순수하고 티 없이 맑으며 텅 빈 충만으로 가득한 무위(無爲)와 무집착의 상태에 그대의 마음을 머물게 해야 한다. 그럼으로써 그대는 자궁에 들어가지 않고 대자유에 이를 것이다. 그러나 그대가 그대 자신을 알 수 없을 때는 그대의 수호신과 영적 스승이 누구든지 강한 애정과 겸

---

26 각주 14를 참조할 것.

허한 믿음으로 그들에 대해 명상하라. 그들이 그대의 정수리에 그림 자를 드리우고 있는 것처럼 상상하라. 이것은 너무도 중요한 것이다. 마음을 다른 곳에 빼앗기지 말라.[27]

이처럼 윤회의 사슬을 벗어나 극락으로 나아가려면 새로운 몸을 받아 살려는 업(業)의 끌림에 넘어가지 말아야 한다. 그 단계에 나타나는 환영에 속지도 말아야 한다. 설사 업의 집착을 완전히 끊어내지 못했다 하더라도 임종 시에 극락왕생에 대한 믿음과 발원을 놓치지 않는다면, 아미타불이 나타나 이끌어주고 인도를 해준다고 한다.

『아미타경』이 설명하는 극락은 다음과 같다.

그 나라의 중생은 아무런 괴로움이 없고 다만 모든 즐거움만을 받으므로 극락이라 하느니라. 사리불아, 또한 극락 세계에는 일곱 겹의 난간이 있으며 일곱 겹의 그물이 드리우고, 또한 일곱 겹의 가로수가 무성한데, 이러한 것들은 모두 금·은·유리·파려 등의 네 가지 보배로 이루어져, 두루 온 나라를 둘러싸고 있으므로 그 나라를 극락이라 하느니라.

사리불아, 또 극락세계에는 칠보로 된 연못이 있는데, 여덟 가지 공덕을 갖춘 청정한 물이 그 안에 가득하며, 그 보배 못 바닥은 순전한 금모래가 깔려 있고, 사방 못 가에는 층계가 있는데, 금·은·유리·파려 등의 보배로 이루어졌느니라. 그리고 그 층계 위에는 누각이 있으며, 그것은 금·은·유리·파려·자거·진주·마노 등의 칠보로 장엄하게 꾸며져 있느니라.

---

27 파드마 삼바바, 『티벳 死者의 書』, 정신세계사, 1995, 370~371면.

또한 보배 연못 가운데는 큰 수레바퀴만한 연꽃이 수없이 피었는데, 푸른 꽃에서는 푸른 광채가 나고, 누른 꽃에서는 누른 광채가, 붉은 꽃에서는 붉은 광채가, 흰 꽃에서는 하얀 광채가 나는데, 지극히 미묘하여 향기롭고 정결하느니라...

그리고 극락세계에는 항상 천상의 음악이 청아하게 울려퍼지고, 황금으로 이루어진 땅 위에는 밤낮으로 끊임없이 천상의 만다라꽃이 비오듯이 흩날리고 있느니라. 그래서 극락세계의 중생들은 언제나 새벽마다, 가지가지의 미묘한 꽃을 꽃바구니에 담아서, 다른 십만억 불국토의 부처님께 공양을 올리느니라. 그리고 바로 식전에 극락세계에 돌아와서 식사를 마치고는 산책을 즐기느니라...

그리고 또 사리불아, 극락세계에는 여러 빛깔의 기묘한 새들이 있는데, 백조와 공작과 앵무새·사리새·가릉빙가·공명새 등이 밤낮없이 항상 평화롭고 청아한 노래를 하느니라. 그 소리는 한결같이 설법 아님이 없으며 오근(五根)[28]과 오력(五力)[29]과 칠보리(七菩提)[30]·팔성도(八聖道)[31] 등 성불하는 가르침을 아뢰고 있느니라. 그래서 극락세계의 중생들은 이 소리를 듣고, 부처님을 생각하고 불법을 생각하고 불제자를 생각하는 마음이 더욱 깊어지느니라... 이러한 새들은 모두가 아미타불께서 법문을 널리 베풀고자 하시는 자비로운 위신력이 변화하여 이루어진 것이니라...

사리불아, 극락세계에는 사늘한 미풍이 불어서 갖가지 보배 나무와

---

28 오근 : 신심, 정진, 바른 생각, 선정, 지혜.
29 오력 : 믿는 힘, 정진하는 힘, 생각하는 힘, 선정의 힘, 지혜의 힘.
30 칠보리 : 칠각지(七覺支). 불도를 수행할 때 참되고 거짓되고 선하고 악한 것을 살펴서 올바로 골라내는 일곱 가지 지혜. 택법각분(擇法覺分), 정진각분(精進覺分), 희각분(喜覺分), 제각분(除覺分), 사각분(捨覺分), 정각분(定覺分), 염각분(念覺分).
31 팔성도(八聖道) : 팔정도(八正道) 불교 수행에서 8가지 올바른 길. 정견(正見)·정사유(正思惟)·정어(正語)·정업(正業)·정명(正命)·정념(正念)·정정진(正精進)·정정(正定)

보배 그물을 흔들면, 마치 백천 가지 음악이 일시에 울리는 것과 같으니라. 그래서 이 소리를 듣는 사람은 누구나 다 부처님을 생각하고 불법을 생각하고 불제자를 생각하는 마음이 절로 우러나느니라.[32]

요컨대 극락은 아미타불의 원력(願力)에 의해 건설된 곳으로 중생이 스스로의 힘으로 갈 수 있을 뿐 아니라 간절한 믿음으로 기도를 하면 아미타불이 영접하고 인도해주어 갈 수 있는 곳이다. 그곳은 아름답게 장식되어 있고 온갖 사물들이 모습을 보이고 소리를 내는데, 그 모두는 중생이 들어서 진리를 깨달아 해탈하는 데 도움을 주는 부처님의 법문과 같은 것이다. 이렇게 편안하고 안정되게 수행하기 가장 좋은 곳이 극락인 것이다.

6. 해탈 혹은 열반

해탈은 수행에 의해 깨달음의 경지를 이루거나 성불하는 것을 말한다. 해탈하고 열반하면 고통스런 윤회의 사슬을 벗어난다고 한다. 물론 부처와 보살은 해탈 이후 중생을 구제하고 불국토를 실현하기 위해 이 땅에 화현(化現)하지만, 해탈은 결국 윤회를 벗어나는 것을 궁극의 지향점으로 삼는 것이다.

죽어서 이 땅에 부활한다거나 하느님에 의해 천국으로 초대된 사람의 상태도 비록 스스로 힘에 의한 것은 아니지만 해탈의 경지와 비교될 수

---

32 『아미타경』, 청화 옮김, 『정토삼부경』, 광륜출판사, 2007, 337~340면.

있다. '죽어서 천국으로 간다'는 기독교적 표현에 깃들어 있는 다양한 함의를 기독교인의 입장에서 되뇔 필요가 있다.

이상의 죽음 담론은 우리가 죽음에 대한 정견(正見)을 갖추는 데 도움을 준다. 아무 지표나 지식도 없이 무턱대고 죽음을 떠올리기만 하면 죽음에 대한 엉뚱한 망상만 일어나 기괴한 환상까지 만들어내게 된다. 죽음에 대해 정견을 갖추는 것은 죽음에 대한 우리의 알아차림이 일정한 방향으로 나아가게 한다는 이유에서 죽음명상을 수행하는 데 소중하다.

우리가 어떤 종교를 신봉하든, 죽는 순간 마음의 상태가 매우 중요하다는 깨우침이 죽음담론이 우리에게 주는 또 다른 혜택이다. 죽는 순간의 마음 상태는 그 사람이 한평생을 어떻게 행동하며 살아왔는가에 달려 있다.

1. 유교적 생사관

죽음 현상에 대해 큰 관심을 갖고 죽음의 의미를 두루 성찰한 야담집 편찬자들은 야담집에다 죽음서사를 적잖이 실었다. 신돈복의 『학산한언』, 임방의 『천예록』, 유몽인의 『어우야담』, 서유영의 『금계필담』 등이 특히 두드러진다. 신돈복과 임방은 죽음 관련 인식을 공유했다. 『천예록』과 『학산한언』의 죽음 현상에 대한 관심과 그에 대한 적극적 의미부여는 송시열의 생각과 서인-노론계 학풍과 연결된다.[33] 신돈복은 죽음과 혼에 대한 송시열의 진술을 『학산한언』에 인용했다.

송시열의 문인인 최신(崔愼, 1642-1708)은 『최신록(崔愼錄)』에다 스승 송시열의 죽음 담론을 옮겼다. 신돈복은 『최신록』의 일부 기록을 『학산한언』에 옮겼다.[34] 최신이 귀신은 있는지 묻자 송시열은 "있다"고 분명하게 대

---

33 이에 대해서는 정용수, 「임방의 문학론 연구」, 『부산한문학연구』 제12집, 동양한문학회, 1998, 291~292면; 이강옥, 『한국 야담 연구』, 돌베개, 2006, 284~291면 참조.

답한다. 그리고는 허우(許雨)란 사람이 겪은 귀신 이야기를 들려준다.

『최신록』에서 송시열은 귀신을 천지만물이 존재하는 원리로 보았다. 이런 견해는『중용』에서 시작된 것이다. 아울러 귀신을 사람이나 동물이 죽으면 형성되는 혼백으로 보기도 하였다. 송시열은『중용』이 '천지만물의 존재원리로서의 귀신'만을 말했다고 이해하면서, '사람이 죽어서 되는 귀신'의 개념을 배제하려 하였다. 이같이 사람이 죽어서 되는 귀신을 배제한 뒤, 특별한 귀신에 대해 논의했다.[35] 최신은 '사람이 죽어서 되는 귀신'에 초점을 맞추어 집요한 질문을 던진다. 귀신이 땅·하늘에 동화되는 것, 귀신의 모양과 색깔이 존재하지 않은 것 등에 대해 물었다. 송시열은 사람이 죽어서 되는 혼백이 곧 귀신이며 귀신은 모양과 색깔이 없지만 특별한 경우 잠시 형체를 나타낼 수도 있다고 대답했다. 이때 특별한 경우란, 죽음이 자연스럽지 않은 경우다. 그런 점에서 송시열은 귀신 현상을 도덕적 가치판단과 관련시켰다 할 수 있다. 그러나 혼백이 곧 하늘과 땅의 일부로 돌아가듯 귀신의 형색도 사라지게 된다.

최신은 거기에다 불교의 윤회설에 대한 송시열의 교시 내용도 기억하여 전한다.

또 말씀하시기를 "불교의 윤회설은 심히 허탄한 것이지만 간혹 그 럴듯할 때가 있지. 옛날에 한 사람이 태어났는데 피부에 돼지 털이

34　<崔愼華陽見聞錄曰>(신돈복,『학산한언』,『한국문헌설화전집』8, 동국대학교 한국문학 연구소, 1981 영인, 429면), <崔愼華陽見聞錄有曰>(『학산한언』, 433면)

35　問：“中庸曰, 體物而不可遺, 以此觀之, 鬼神無物不在, 雖至於人之一身, 莫不具鬼神也. 此與人死爲鬼之說不同, 何也?” 先生曰：“體物而不可遺者, 天地間屈伸往來底陰陽之實理, 無非鬼神也. 若夫人死而爲鬼之說, 魂升而歸於天, 魄降而歸于地, 卽所謂魂魄, 卽是鬼神, 非但人爲然, 禽獸亦然, 此與體物而不可遺者不同也.”(『최신록』,『宋子大全』Ⅷ,『한국문집총간』115, 민족문화추진위원회, 557면)

나 있었다. 주자는 그것이 돼지의 기운을 얻어 태어났기 때문이라 하셨다. 이처럼 간혹 그럴듯한 일이 있지만 지극히 드문 일일 따름이다. 불교의 설명처럼 사물마다 모두 윤회하여 태어나는 것은 아니다."[36]

원칙적으로 유가 사대부는 윤회나 환생을 인정할 수 없다. 사람이 죽으면 그 혼백이 하늘과 땅으로 되돌아간다고 생각하기 때문이다. 그러나 환생이 이루어지는 특별한 경우만은 인정했다. 이와 관련하여서는 신돈복도 주자의 말을 인용한 바 있다. 즉, 김귀봉(金貴奉)의 환생담[37]을 옮긴 뒤 다음과 같이 주자의 말을 언급했다.

주자서에 이르되 혹 묻기를 '불교에는 전생 후생의 설이 있는데 어떠합니까?' 하자 주자가 대답하기를 '죽으면 기가 흩어지고 사라져 종적도 없어지는 것이 일상적이다. 탁생하는 것은 우연하게 [기가] 모여 흩어지지 않고 생기(生氣)에 붙어 되살아난 것이다. 그러나 그것은 일상적인 것이 아니고 간혹 그러할 뿐이다.'라 하였다.[38]

윤회와 관련하여 신돈복이 인용한 주자의 말이나 송시열이 인용한 주자의 말은 비슷하다. 윤회는 특별한 경우만 이루어진다는 것이다.

또 『최신화양견문록(崔愼華陽見聞錄)』에는 염라대왕에 대한 송시열과 최신의 문답이 실려 있어 흥미롭다.

---

36 又曰 : "釋氏輪回之說, 甚爲虛誕, 而或有時適然者矣. 古有人生而膚有猪毛者, 朱子以爲禀得猪氣而生者也. 此或時適然而極其稀罕之事, 非如釋氏說, 物物皆輪回而生者也."(『최신록』, 557면)

37 <❻③ 김귀봉의 환생을 암시한 참서>(『학산한언』, 427면)

38 朱書曰 : '或問佛有前後身說是如何?' 朱曰 : "死而氣散泯然无跡者常也. 托生者是偶然聚得不散着生氣再生, 然非其常 蓋有或然者."(『학산한언』, 428~429면)

선생이 이르시되 "나 역시 죽었다 살아난 사람을 많이 보았는데 그들 모두가 '들어가서 염라왕을 만났다'고 했다. 경상도 거사 정억이란 사람도 역시 죽었다 다시 살아났는데 염라왕을 만났다고 스스로 말했다. 그리고는 염라왕이 시를 지어주며 그를 배웅했다는데 그 시는 이러하다... 그 사람은 평소 문자를 모르는데 이 시를 능히 외워서 사람에게 전했고 또 과연 77살에 죽었다. 세인들이 염라왕을 믿게 되는 것은 대개 이와 같은 일에서 비롯되는 것이다. 이것이 알 수 없는 이치가 아니겠는가?" "사귀(邪鬼)의 소행인듯 한데 어떤지 모르겠습니다." "그렇다."[39]

정억이란 사람이 한문을 모르는데 염라대왕이 그를 배웅하면서 지어주었다는 한시를 정확하게 외우고 있다는 사실은 염라대왕의 실존을 뒷받침하는 근거가 될 수도 있다는 것이다. 송시열은 '임사체험담'이나 '저승생환담'이 실재 경험을 토대로 하는 것임을 인정하고 있는 셈이다.

이처럼 최신과 송시열은 '사람이 죽어서 되는 귀신'이나 죽어서 가는 저승에 대해 거듭 언급했다. 그것은 무덤에 대한 특별한 관심을 일으켰다. 유몽인이 『어우야담』에서 보인 태도도 이와 연관된다.[40] 또 제사를 중시하고 제례(祭禮)를 정립하려는 동기와 관련된다. 예론의 대가로서 송시열은 제사에 대한 다양한 성찰을 하였다. 특히 송시열은 부자간 지극한

---

39 先生曰："我亦見其死而復生者多矣, 而皆云入見閻羅王矣. 至於慶尙道地有所謂居士鄭億者, 亦嘗死而復生, 自言入見閻羅王, 王作詩送之曰：'鄭億其名字大年, 飄然來訪紫微仙, 七旬七夕重相見, 歸去人間莫浪傳.'云. 其人素不識文字, 而能誦此詩以傳於人矣. 其人果死於七十七歲, 世人之信閻羅者, 蓋由於往往有如是之事矣. 此非不可知之理乎?" 曰："恐其邪鬼之所爲, 未知如何?" 曰："然."(『학암선생문집』, 경인문화사, 1996, 210면)

40 지금 파주의 일을 보건대 사람의 영혼이 무덤에 의탁함은 의심할 바 없는 일이다. 장지(葬地)를 살피고 시묘살이 하는 일을 경계하고 삼가지 않을 수 있겠는가?(『어우야담』 246면)

정이 기이한 유명(幽明)의 현상을 일어나게 했다고 봄으로써, '사람이 죽어서 되는 귀신'을 실재하는 현상으로 인정하기에 이르렀다.

귀신 현상이나 윤회는 일반적인 경우와 특별한 경우로 분리되었다. 일반적으로 말하자면 귀신은 형체가 없고 윤회는 이루어지지 않는다. 특별한 경우에 귀신은 형체를 갖고 나타날 수 있으며 또 윤회도 가끔 분명하게 이루어진다.[41] 특별한 경우에 귀신은 형체를 가지고 대낮에조차 나타나 사람과 관계를 맺을 수 있으며 또 전생의 어떤 기운을 타는가에 따라 윤회의 모양이 이루어지는 것이다. 귀신 현상과 윤회는 순조롭지 못한 죽음에 대해 문제를 제기한다는 점에서 도덕적이다.

신돈복도 이런 생사관(生死觀)과 혼령관을 수용하였다. 즉 사람이 죽어도 그 기가 흩어지지 않기에 제사를 지내면 감응하게 된다는 것이다. 특히 총명하고 강대한 기는 오래 남는데 신령이나 귀신의 존재를 그런 점에서 인정하게 된다 했다.[42] 그래서 『학산한언』에다 죽어서 저승으로 간

---

41 김시습의 『남염부주지(南炎浮洲志)』에서 박생(朴生)과 염라왕이 나누는 다음의 대화를 이와 관련하여 살필 수도 있다. 귀신과 윤회에 대한 박생의 질문에 대하여 염라왕은 사람이 죽으면 정기(精氣)가 흩어져버리기 때문에 저승 세계도 없고 윤회도 이루어지지 않는다고(至於死, 則精氣已散, 升降還源, 那有復留於幽冥之內哉?) 전제하면서도 특별한 예외를 인정한다. 즉 원한을 가진 혼(魂)이나 요절한 귀(鬼)는 쉽게 사라지지 않고 무당에 의탁하여 탄식하거나 다른 사람에 의지하여 원한을 드러낸다.(寃懟之魂, 橫夭之鬼, 不得其死, 莫宣其氣, 瞀瞀於戰場黃沙之域, 啾啾於負命啝寃之家者, 間或有之, 或托巫以致款, 或依人以辨懟.)그리고 정령(精靈)이 흩어지지 않으면 윤회가 이루어지는 듯하다. 그러나 비록 정기(精氣)가 그때에는 흩어지지 않고 있으나 필경에는 조짐이 없어지고(雖精未散於當時, 畢竟當歸於無朕.) 또 정령(精靈)도 오래되면 흩어져 소멸하니(精靈未散, 則似輪回, 然久則散而消耗矣.) 귀신도 없어지고 윤회도 이루어지지 않는다는 것이다.(박희병 표점·교석, 『한국한문소설 교합구해』, 소명출판, 2005, 140면)

42 주자께서 이르시기를, "사람이 죽어도 그 기는 곧바로 흩어져 없어지지 않는 까닭에 제사를 지내면 감응하는 이치가 있다."라고 하셨다. 하물며 위에서 말한 사람들은 총명하고 강대한 기를 두텁게 타고났는데, 어찌 예사로운 사람들의 실속 없이 얕은 기와 같겠는가. 마땅히 총명하고 강대한 기가 오래도록 남아 사라지지 않을 것이다. 세상 사람들은 정론이라고 하면서 신령이나 귀신이 없다고 말하는데, 이러한 주장에 어찌

사람, 죽어서 저승으로 못 가고 떠도는 특별한 귀신, 죽어서 환생한 특별한 사람 등의 이야기를 두루 실었던 것이다.

2. 불교적 생사관

『삽교집』(霅橋集)에는 안석경(安錫儆)과 승려인 찬연(璨淵)과의 윤회 관련 문답이 실려 있다. 30여 년을 사귄 그들은 유교와 불교의 같은 점과 다른 점들에 대해서 많은 이야기를 나누었다. 그중 안석경이 윤회수생설(輪回受生之說)을 믿느냐고 찬연에게 묻는 대목이 있다.[43] 찬연은 '윤회가 없다면 천하에 중이 되어 입정하고 영화를 버리고 욕망을 참으며 궁벽한 산에서 살다 죽으려 하는 자가 없을 것이라.'[44]라며 윤회에 대한 믿음을 나타냈다. 이 점에 대해서는 둘 중 한쪽이 오해를 했을 가능성이 크다. 불교에서 윤회란 무명(無明)에서 비롯한 12연기의 고리를 끊지 못해서 벗어나지 못하는 고통스런 굴레 같은 것이다. 수행의 목적은 그 윤회의 사슬을 끊고 벗어나서 열반 적멸하는 것이다. 그러나 찬연의 답변에는 윤회가 마치 출가 수행 승려에 대한 보상물인 것처럼 기술되었다. 안석경이 오해를 했을 것 같다. 바로 이어 찬연이 이렇게 말하기 때문이다.

> 우리 부처님이 입적하신 지는 이미 수천 년이 지났다오. 혹은 제왕
> 이 되었고 혹은 장군이나 재상이 되어 중생을 제도한 것이 몇 번이나

명확한 지식이 있다고 하겠는가!(신돈복, 『국역학산한언』 2, 128면)

43 又問輪回受生之說信乎(『삽교집』, 45면)

44 淵答曰 : "使輪回無驗, 則天下無爲僧而入定棄榮忍欲枯死窮山者矣!"

했는지 알 수 없다오.[45]

찬연은 부처님이 환생한 것이 중생제도를 위한 원생(願生)이었음을 분명히 설명했다. 찬연은 부처님의 사례를 제시함으로써 윤회를 인정했고 안석경도 그 생각을 일부 수용했다. 안석경의 이해는 송시열이나 신돈복과 크게 차이가 없다. 안석경은 지영(智永)이 방차율(房次律)로, 남암(南庵)이 진요자(陳堯咨, 970-1034)로, 계화상(戒和尙)이 소동파(蘇東坡)로 환생한 것이 믿을만한 서적에 언급되어 있다는 점을 인정한 뒤,

주자도 일찍이 유혼(遊魂), 주박(湊泊), 생기(生氣)의 말씀을 하셨으니 그것[윤회]이 이치가 없다고 할 수는 어려울 것이오. 그러니 이것은 상리(常理)가 아니고 이치가 변질된 것이니, 모든 사람에게 다 그러하다고는 하지 못할 것이며, 천만 명 중에 단 한명도 그러한 경우도 없다고도 말할 수 없을 것이라오.[46]

이렇게 단서를 붙이며 윤회를 인정한 안석경은 찬연에게 탁생(托生, 혼이 전세(前世)의 인연으로 인해 모태(母胎)에 몸을 붙임)이 언제 이뤄지는가를 묻는다. 그러자 찬연은 '아버지의 정(精)과 어머니의 피와 나의 인연이 합해져야만 사람 몸을 얻는데, 그때가 '바야흐로 태가 형성되는 순간'이라고 답해준다.[47]

---

45 吾佛之入寂, 今已數千年, 而或爲帝王, 或爲將相以度衆生者, 不知其幾番矣(45면)
46 朱子亦嘗有遊魂湊泊生氣之語, 不可謂無是理也. 然此非常理也, 乃理之變者也, 不可謂每人而有是, 亦不可謂千萬而無一人(45면)
47 "其托生也, 投入於將胎之時耶, 托入於方生之身耶?" 答曰："書云, 父之精母之血我之緣, 三者合而得人身, 盖投於方胎之際也"(『삽교집』하, 45면)

서유영도 <유일재>(有一宰)(금계필담, 196면)에 서술된 환생에 대해 '이로써 논하건대, 불가에서 소위 말하는 윤회와 환생이 거짓은 아니라고 하겠다'[48]라는 평을 덧붙였다. 어떤 조건도 달지 않고 윤회를 인정한 셈이다.

이처럼 야담집 편찬자들은 혹은 단서를 달고 혹은 단서를 달지 않으며 윤회를 인정하고 있다. 그래서 혼이 귀신이 되거나 저승의 혼이 이승으로 오고 가거나 죽은 사람의 혼이 다른 몸으로 환생하는 이야기들을 두루 실을 수 있었던 것이다.

야담집에는 불교 수행자가 죽음에 대한 정견(正見)을 나타낸 뒤 거기에 따라 죽음을 맞이하는 이야기들이 있다. <불교에 몸을 바친 이예순>(『어우야담』, 206면)에서는 부부 사이인 김자겸(金自兼)과 이예순(李禮順)이 불도를 수행하다 죽으면서 남기는 죽음론이 기록되어 있다. 김자겸은 김억령(金億齡)의 손자로 불도를 좋아하고 불도만을 닦다 병들어 죽을 지경에 이르러 일종의 임종게를 남긴다.

올 때 집착한 바 없었거늘	來時無所着
떠나가기는 맑은 가을 달과 같네	去若淸秋月
온 것이 실제 온 것 아니었으니	來亦非實來
가는 것 또한 실제 가는 것 아니네	去亦非實去

태어난 것을 '오는 것'으로, 죽어가는 것을 '가는 것'으로 지칭한 김자겸은 태어나고 죽는 것에 집착하지 않는다고 했다. 더 근본적으로 태어난 것이 실제로 태어난 것 아니고 그러니 죽는 것도 실제로 죽는 것 아니라

---

48 "由此論之 佛家所謂輪回與還生之說 信不誣矣"(『금계필담』, 명문당, 1985, 196면)

했다. 이것은 '불생불사(不生不死)'라는 불교 생사관을 그대로 나타낸 것이다. 즉, 우리는 죽는 것을 두려워할 이유가 없고 더 근본적으로는 죽음이란 성립하지 않는다. 우리가 원래 진짜로 태어난 것이 아니기 때문이다. 우리가 태어나 살아있다는 것은 환(幻)일 뿐이다.

김자겸은 여기에다 진정한 삶의 자세를 제시했다.

진상(眞常)은 크게 즐거운 본성이니　　眞常大樂性
오직 이것을 이치로 삼을지라　　　　惟此以爲理

태어나고 죽는 것, 오고 가는 것은 모두 가짜이고 오직 진상(眞常, 근본 마음자리)은 위대한 즐거움이니 이것을 절대적 진리로 받아들이라고 위로했다. 김자겸은 죽어가면서 도반인 오언관이 아내 이예순과 함께 살게 한다. 모든 분별을 넘어섰기에 가능한 일이었다. 그 뒤 이예순은 역적과 내통했다는 무고를 받아 체포되었다. 그녀는 감옥이 자신의 사대(四大, 地水火風, 몸)를 가둘 수는 있지만 원유(遠遊, 어디든 갈 수 있는 혼)를 가둘 수는 없다 했다.[49] 그리고 수행자의 삶과 죽음에 대해 이렇게 술회한다.

불학(佛學)은 타고난 불성을 돈오(頓悟, 문득 깨달음)하여 저절로 본성이 청정해져서 마치 흰 달이 하늘에 떠 있는 듯합니다. 사습(邪習, 안 좋은 습관)이 저절로 제거되고, 번뇌가 저절로 청정해지며, 점차 두루 통하여 자유자재하게 되어 신통한 변화는 막힘이 없고, 윤회의 길이 끊어지고 지옥이 영원히 멸합니다. 종전의 악업(惡業)은 구름이 소멸하고 비가 흩어지듯 하며, 지난 겁의 원친(冤親, 원한 관계인 자와 친한 자)들과 함

49　祇今衣上汚黃塵, 何事靑山不許人, 圄宇只能囚四大, 禁吾難禁遠遊神(『어우야담』, 208면).

께 각안(覺岸)을 건너게 되니, 몸은 무너져도 더욱 밝아지고 겁이 다해도 더욱 견고해집니다. 미세한 티끌 하나도 대개 이와 같거늘 그 나머지에 대해서는 말로 다 하기가 어렵습니다... 그런 까닭에 불도를 배워 겨우 한 가닥을 터득하자 산림에 자취를 감추고서, 위로는 성수(聖壽, 임금의 수명)를 축복하고 아래로는 부모의 은혜에 보답하여 일생토록 그것을 저버리지 않고자 하였습니다. 이제 대죄(大罪) 가운데 떨어졌으니 죽을 날이 얼마 안 남았습니다. 그러나 형해가 흩어지는 것은 다만 신발을 벗는 것과 같을 따름입니다. 생사의 이치는 밤이 지나면 아침이 오는 것과 다를 바 없습니다. 하물며 죄를 범하지 않고 죽게 되었으니, 죽는 것이 오히려 사는 것입니다. 이에 여한이 없습니다.

이예순은 불교 수행의 목표가 윤회의 사슬을 끊는 것이며, 지옥은 우리 착각에서 비롯된 것이기에 존재하지 않는 것이라고 분명히 말했다. 불도를 완성하여 생사의 이치를 뚜렷이 알고 받아들이게 되었기에 태어나고 죽는 것을 아침과 밤이 교체되는 것과 같이 보게 되어 '죽는 것을 오히려 사는 것'으로 받아들이게 되었음을 알렸다.

그럼으로써 생사에 연연하지 않고 죽음 앞에서 당당했다. 보통 사람들이 가진 생사관은 환(幻)으로서의 생사를 대상으로 할 따름이다. 생사가 환이라는 점을 직시하면 생사로부터 자유로워진다. 그리고 환으로서의 생사도 인정할 수 있다. '사대'인 몸과 '혼'을 나눠서 몸이 세속의 권력과 규율에 갇히기는 하지만 혼은 그로부터 자유롭다. 자유자재한 혼은 생사의 경계를 벗어나니 죽음 뒤에까지 작용한다는 관점이 가능하게 되었다. 이 점은 사대부의 '특별한' 혼령에 대한 생각과 통한다. 나아가 불보살의 환생담으로 발전된다.

3. 무속적 생사관

무속은 이곳을 이승이라 보고 죽어서 가는 곳을 저승이라 일컫는다. 저승은 이승의 투사물이라 할 정도로 이승과 긴밀히 연결되어 있다.

사람이 죽는다는 것은 저승에서 사자를 보내 혼을 잡아가기 때문이라 본다. 죽음 뒤의 혼은 저승세계가 관장하는 바, 무속이 말하는 저승세계는 불교와 도교의 영향으로 만들어진 것이다. 염라대왕을 비롯한 시왕(十王)은 도교의 영향으로 만들어진 것이고, 지옥의 형상화는 불교의 영향이다. 우리나라 절의 명부전(冥府殿)에 불교의 지장보살과 시왕이 함께 모셔진 것도 이와 관련된다.[50]

사람의 몸과 구분되는 혼을 '넋'이라 일컫고 그것을 '죽은 사람의 넋'= '사령(死靈)'이라 보고 '산 사람의 넋'='생령(生靈)'과 대비시킨다. 사령은 착한 '선령(善靈)'과 악한 '악령(惡靈)'으로 나눠지니, 선령 중에는 조상의 영이, 악령 중에는 원한을 품은 영이 대표적이다.

죽은 사람의 혼은 명부로 가서 시왕으로부터 현세에서의 선악과 공덕 등과 관련된 심판을 받게 되며, 그 결과에 따라 극락이나 지옥으로 보내진다. 시왕의 대표격이 염라대왕이다.[51] 지장보살이 제한적으로 무속에 수

50 　서대석,『무가문학의 세계』, 집문당, 2011, 257면.
51 　'죽음 세계와 관련된 신격으로 지장과 시왕이 등장한다. 다만 보편적으로 시왕은 전국의 오구굿에 모두 등장하지만, 지장은 몇 개의 지역에서만 등장하며, 그 신앙의 깊이 또한 차이가 있다. 한국 굿에서 지장이 연행의 형태로 존재하는 지역은 서울과 동해안, 제주도이다. 서울의 오구굿 중 규모가 큰 새남굿에서 이 지장이 중요한 신격으로 자리 잡는다. 서울의 진진오귀굿이나, 진오귀굿, 묵은진오귀굿(안안팎굿)과 달리 새남굿에서는 연지당이라는 하나의 독립된 굿상을 차리는데 이 연지당에 지장보살의 탱화를 건다. 밖도령돌기의 최종 종착지를 연지당으로 삼고 있고, 이곳에서 지장보살을 배알한 뒤 안도령돌기를 한다. 따라서 서울의 새남굿에서는 '지장보살'이 주요한 신격이라 할 수 있다. 동해안에서는 오구굿에 쓰이는 지화의 법을 지장보살이 냈다고 말한다.'

용된데 반해, 시왕은 무속과 무속의 오구굿에 널리 존재하고 있다.[52] 우리나라 불교와 무속은 죽음관에서 서로 영향을 주고받았다. 무속 쪽에 중심을 두고 말하면, 무속은 불교의 죽음 관련 담론을 자기식으로 변형하였다고 하겠다.

이런 무속의 생사관이 설화나 야담집의 죽음서사에 가장 보편적으로 관철되어 있다. 이승과 대비되는 저승이 실재하고 이승과 저승을 오가는 혼령이나 귀신, 저승차사도 존재한다. 귀신이란 죽은 사람이 제 갈 곳을 못 찾아 배회하는 존재[53]일 뿐만 아니라 이승의 비도덕적 인간들을 충격적이고도 효과적으로 응징하기 위해서 저승으로부터 파견된 존재이기도 하다. 귀신을 후자로 이해한다면 귀신은 도덕의 심판자가 된다. 그렇다면 귀신을 통하여 지금 이곳의 사람들의 도덕성을 되돌아보며 반성할 수 있는 것이다. 즉, 귀신의 형상화나 귀신에 대한 설명은 사람이 죽는 과정이나 죽은 뒤에 어떻게 달라지는가에 대한 성찰로 응용될 수 있다.

저승은 이승과 가장 동떨어진 공간이면서도 끊임없이 이승으로 차사나 혼령을 보내는 공간이다.[54] 저승의 염라대왕은 이승에서 문제적 삶을 살다간 존재를 징치하고 교육하는 가장 인상적이고 위력적인 존재이다. 이것은 불교의 망자 심판과 육도윤회(六道輪回)의 개념으로부터 큰 영향을 받았다고 할 수 있다. 사람이 죽으면 염라대왕을 비롯한 시왕들에게 죽기 전 삶에 대해 심판을 받는다. 저승의 업경대(業鏡臺)에는 이승에서의 죄가

(김형근, 「한국무속의 죽음세계 연구」, 『한국무속학』, 34, 2017, 한국무속학회, 67면)

52 위의 논문, 68면.

53 不得其死而爲遊魂, 則無所憑依故, 或行止於山野, 或出入於人家, 此如世間无賴子作拏村間, 見官人則避匿.(『학산한언』, 461면)

54 이승과 저승의 단절에 대해서는 신화적 성격이 강한 윤추월, <허웅아기>, 9-3, 제주시 남제주군 안덕면, 639면을 참조할 수 있다. 신동흔, 「이승과 저승 사이가 가로막힌 내력」, 『우리신화 상상여행』, 나라말, 2018, 34~40면.

다 비춰진다. 심판 결과에 따라 육도윤회를 하게 되니, 지옥, 아귀(餓鬼), 축생(畜生), 아수라(阿修羅), 인간 그리고 하늘 등에 태어난다. 이중 지옥과 축생으로의 윤회 과정과 결과가 가장 뚜렷하게 서사화된다. 이런 환생은 무속적으로 재구성된 것이어서 불교의 근본 생사관과는 매우 동떨어진 것이다. 혹은 중생의 욕망에 의해 변질된 불교의 생사관이 무속으로 수용되었다고 할 수 있겠다.

무속은 이와 같은 기본적인 죽음관과 저승관을 바탕으로 하면서 두 줄기의 다소 상반되는 관점도 갖추었다. <바리공주>와 <차사본풀이>를 통해서다. <바리공주>는 진오귀굿에서 구송되고 <차사본풀이>는 시왕맞이굿에서 구송된다. <바리공주>의 바리데기가 저승으로 가는 망자의 혼을 보호하는 역할을 한다면, <차사본풀이>의 차사는 저승으로 가는 망자에게 해를 끼치지 않는 역할을 한다. 망자가 바리데기와 함께 가는 저승길이 도움과 구원의 길이라면, 망자가 차사와 함께 가는 저승길은 강압에서 자유로운 길이다.[55] 특히 <바리공주>의 바리데기는 망자를 환생하게 하기도 한다는 점에서 소중하다. 망자는 인간으로서 죽음을 맞이했지만, 바리데기에 의해 조상신으로 다시 태어나게 되는 것이다.[56] <바리공주>와 <차사본풀이>의 이런 차별성은 '저승생환담' 및 '환생담'과 '이승저승관계담'이라는 죽음서사가 지속적으로 생산되고 향유된 근본적 동력이 되었다고 하겠다.

---

55 류정월, 무속신화의 젠더화된 죽음관과 위무의 두 가지 방식, 『여성문학연구』 35, 한국
    여성문학학회, 2015, 91면.
56 위의 논문, 93면.

죽음명상의 체계

	죽음명상
	1. 죽음 정견 공부
	2. **죽음서사 읽기와 성찰**
남의 죽음	3. 죽음 정견과 죽음서사를 통한 죽음명상
	4. 임종 명상
	5. 조문 명상
	1. 나의 죽음에 대한 사띠 수행 1
	2. 나의 죽음에 대한 사띠 수행 2
나의 죽음	3. 들숨과 날숨에 대한 관찰
	4. 내 몸의 불안정성과 시신의 해체에 대한 명상
	5. 수면 수행 명상

제3장

죽음서사 읽기를 통한 죽음의 간접 경험과 성찰

1. 죽음경험이 가져온 존재전환 - 저승생환담

저승생환담은 주인공의 혼이 몸에서 이탈하여 저승으로 갔다가 이승으로 돌아와 자기 몸으로 들어가 되살아나는 이야기를 말한다. 죽음이란 모든 사람이 경험하는 것이지만 살아있는 사람이 완전한 죽음을 경험하지는 못한다. 죽음의 과정과 죽음의 결과에 대한 호기심이 그래서 더 강할 수밖에 없다. 죽음에 대한 특별한 경험과 일반적 호기심을 바탕으로 하여 만들어진 것이 저승생환담이다.

한편 저승생환담은 소위 '임사체험'을 경험한 사람의 자기 진술에 뿌리를 내리고 있기 때문에 단순한 호기심이나 상상력만을 근간으로 한 것은 아니다. 임사체험의 진술과 그 청취는 동서고금을 막론하고 두루 이루어졌다. 우리나라 서사문학사에서도 저승생환담은 면면한 전통이 되어오고 있다.

❶① 선율환생善律還生

망덕사의 중 선율은 시주받은 돈으로 육백반야경을 이루려고 했다. 그러나 일이 끝나기 전에 음부(陰府)의 사자에게 잡혀서 명부(冥府)에 이르렀다. 명사(冥司)가 물었다.

"너는 인간 세상에서 무슨 일을 하였느냐?"

"저는 만년에 대품반야경을 만들었는데 그 일을 다 마치지 못하고 왔습니다."

"너의 목숨을 기록한 책을 보니 네 수명은 이미 다했다. 하지만 훌륭한 소원을 다 이루지 못했다니 다시 인간 세상으로 돌아가 일을 완수하도록 하라."

선율이 돌아오는 도중에 한 여자가 울면서 그의 앞으로 와서 절을 한 뒤 말했다.

"저도 신라의 남염주 사람입니다. 부모가 금강사의 논 1묘를 몰래 빼앗은 일에 연루되어 명부에 잡혀와 오랫동안 괴로움을 몹시 받고 있습니다. 법사님께서 고향으로 돌아가시거든 저희 부모님께 전해주십시오. 속히 그 논을 돌려주도록 해주십시오. 그리고 제가 세상에 있을 때에 참기름을 상 밑에 묻어 두었고, 곱게 짠 베를 침구 사이에 감추어 두었습니다. 법사님께서 그 기름을 가져다가 불등에 불을 켜고, 그 베는 팔아 경폭(經幅)으로 써주십시오. 그렇게 해주시면 제가 황천에 있으면서도 그 은혜를 입어 제 고통을 벗을 수 있을 것이옵니다."

선율은 말했다.

"그럼 네 집은 어디 있는가?"

"사량부 구원사의 서남쪽 마을이옵니다."

선율이 이 말을 듣고 곧 되살아났다.

그때는 선율이 죽은 지 열흘이 지나 남산 동족 기슭에 장사지냈으므로 무덤 속에서 사흘 동안이나 외쳤다. 지나가던 목동이 이 소리를 듣고 절에 가서 알렸다. 그러자 절의 스님이 와서 무덤을 파고 그를 꺼냈다. 선율은 그동안의 일을 자세히 말하고, 또 그 여자의 집을 찾아갔다. 여자가 죽은 지는 15년이나 되었는데 참기름과 베는 그 자리에 있었다. 선율이 여자의 말대로 하여 명복을 빌어 주었다. 여자의 혼이 찾아와서 말했다.

"법사님의 은혜를 입어 저는 이미 고통을 벗어났습니다."

그곳에 있던 사람들은 이 말을 듣자 놀라며 감동하지 않는 이가 없었다. 이리하여 서로 도와서 반야경을 완성시켰다. 그 책은 지금 경주의 승사장(僧司藏) 안에 있다. 해마다 봄 가을 두 차례씩 그것을 펴 전독(轉讀. 큰 경전을 읽을 때 띄엄띄엄 읽는 것)하여 재앙을 물리쳤다.

—일연, 최남선 편, 『삼국유사』, 민중서관, 1954, 224면.

이른 시기에 형성된 저승생환담이다. 선율이 불교경전인 『반야경』을 완성하고 간행하겠다는 서원으로 이승으로 돌아올 수 있었고 또 그 『반야경』이 재앙을 물리치는 역할을 하게 된 것을 강조한다는 점에서 불교 쪽 입장을 반영했다고 하겠다. 또 여자가 저승에 잡혀간 것이 그 부모가 금강사라는 절의 논을 빼앗은 탓이라는 식의 설정 역시 절 재산을 보호하려는 의지와 관련된다. 여자가 15년 전 남긴 베와 참기름을 공양물로 절에 바친다는 점에서도 절 공양과 보시를 부추기는 성격이 있다. 여자에 초점을 맞추면 환생담이 된다.

❶② 부처님께서 오셨다

나[교광진감 스님]는 대가(大家) 땅에 태행산 토굴이 있어서 고요히 살 수 있다는 걸 알았다. 그래서 출가하여 경을 주해하는 일이 내 뜻이라 말하고 그에게 먼저 그곳으로 돌아가 기다리게 했다. 그가 기쁨을 감추지 못했다. 나는 다음 해에 약속한 대로 그곳으로 가자마자 머리를 깎고 10년 동안 경전을 열람하여 법기(法器)를 예리하게 하려는 서원을 했다. 만력 4년 병자(1576) 겨울 10월이었다.

10년의 약속이 다 찼으나 주소(註疏, 경전 본문에 대한 해석)를 완성하지 못하고 주저하는 사이에 절 대중 중 많은 이가 병이 들어 불안한 분위기가 되었다. 내가 "제 한 몸으로 대신하고자 합니다."라고 축원하였다. 그러자 내가 곧 병이 들었다. 나는 반달이 넘도록 사경을 헤매니 권속들이 둘러싸고 보고만 있었다.

내 정신은 혼미했지만 어떤 사람이 나의 팔을 잡아당기며 "부처님께서 오셨다."고 깨워주는 것을 느꼈다. 깜짝 놀라 일어나서 서쪽을 향하여 무릎을 꿇고 우러러보았다. 팔을 잡아당기며 깨워주신 분은 관세음보살이었다. 부처님께서 가운데 서 계시고 두 보살이 좌우에 협시했다. 모두 황금색이었는데 밝은 빛이 각각 한 길쯤 발산되고 있었다. 나는 부처님께서 마중을 나와 극락에 왕생케 하심을 알았다. 그래서 급히 사뢰었다.

"왕생은 지극한 소원이오나 『능엄경』의 옛날 주(註)를 정돈하지도 못하고 새로운 주소(註疏)도 마치지 못했으니 이를 어찌 하오리까?"

"확실히 정돈되지 못했구나."

말씀이 낭랑히 들렸다. 말씀을 마치자 삼성(三聖, 극락정도의 주불인 아미타불과 협시보살인 관세음보살 및 대세지보살)이 모두 몸을 돌려 서방으로 떠나셨다. 나는 몸 뒤에 있는 금색 광배와 청라 후발이 점점 아스라이 멀어지는 것을 우러러 바라보았다.

나도 모르게 눈을 뜨자 몸에 땀이 비 오듯 했다. 모두들 다가와서 위문하기에 내가 본 바를 다 이야기해주고 나서 말했다.

"내가 경을 주석할 여가를 더 얻었다. 우선은 죽지 않을 것이니 너희들은 염려 말아라."

대중의 염불소리가 절집에 울려 퍼졌다. 때는 만력 병술(1586) 여름 6월이었다. 내가 점점 회복되자 대중도 내가 병들어 누웠을 때보다 훨씬 편안해졌다.

— 교광진감(交光眞鑑), 『대불정수능엄경정맥소』大佛頂首楞嚴經正脈疏,
불광출판사, 2018, 209~210면.

교광진감의 깨어남은 선율이 명부로부터 돌아온 것과 비교된다. 선율이 명부로 가서 염라왕을 알현한다면, 교광진감은 이승에서 관세음보살과 아미타 부처님을 알현한다. 둘다 불교 영험담의 한 전형이 될 수 있다. 절집 대중들의 병을 대신 앓고 자기 몸을 바치려는 교광진감의 축원이 받아들여졌다. 그러나 이 축원은 『능엄경』 주석을 완성하겠다는 서원과 상충되었다. 절집 대중의 병을 대신 하겠다는 축원은 계획에 없었던 갑작스런 것이었다. 아마 교광진감은 자기가 『능엄경』 주석을 완성하리라 서원했다는 사실을 순간적으로 망각했을 수 있다. 그만큼 병든 대중을 구하려는 자비심이 강했다. 그렇지만 경전 주석 작업이야말로 그보다 더 중요하면서도 우선적인 일이다. 그 스스로가 아미타 부처님을 만나는 순간 그 점을 확인했다. 삼성(三聖) 역시 『능엄경』 주석이 그 무엇보다 소중한 것임을 당연히 인정했다. 불교의 모든 경전에서 확인되는 바이기도 하다. 그래서 교광진감은 돌아와 살아나서 주석에 매진하게 된 것이다. 임사 경험이 이곳에서의 일에 충실하는 계기가 된다는 점을 잘 보여준다.

❶③ 저승에 다녀온 고경명

고경명이 순창군수를 지낼 때 역질에 걸려 죽었다. 온몸이 차가워졌으나 심장 아래만은 여전히 따뜻하여 밤이 다하도록 염을 하지 않고 있었다. 그가 꿈에서 깨어난 듯 벌떡 일어나 말했다.

"저승사자가 나를 인도해 가다가 어떤 관부에 이르렀다. 저승사자가 들어가서 관인에게 아뢰었다. 관인이 '접때 불러 오라고 한 사람은 이 사람이 아니야.'라고 말하고는, 저승사자에게 나를 이끌고 돌아가라고 재촉했다. 순창 경내에 들어오니, 길가의 민가에서 둥둥 북소리가 울려왔다. 저승사자가, '이곳에서 잠시 쉬면서 술과 음식을 찾아 먹고 가자.'라고 말했다. 내가 따라 들어가니 무당이 '우리 성주께서 오셨다.'라고 말하며 맞이해주었다. 잔을 받들어 술을 권하고 잘 대접하여서 저승사자를 흠뻑 취하게 해서 보냈다. 내가 바로 관아로 들어왔는 것 같은데, 얼떨결에 이렇게 깨어났다."

길가 그 민가에 종을 가보게 했다. 밤 제사가 아직 끝나지 않았다. 무당에게 물어보니 고경명이 해준 말과 내용이 같았다.

— 〈저승에 다녀온 고경명〉, 『어우야담』, 230면.

고경명(高敬命, 1533-1592)은 53살 때인 1585년(선조 18) 군자감정이 되었으나 병을 이유로 사직하였다. 그 해 순창군수로 다시 부임했다가 전염병에 걸려 혼수상태에 빠졌다가 며칠 만에 기적적으로 깨어났다. 이것은 사실이라고 전한다. 이 이야기는 그때의 경험과 관련되는 것이다. 그는 이로부터 3년 뒤인 1588년에 순창군수의 자리에서 파직되었다.

임사체험과 그에 대한 진술이 양반 사대부 사회에서도 이루어졌음을 알려주는 사례라 하겠다. 사실 저승생환담의 구도는 유교적 죽음관과 공존하기 어려운 것이다. 유교에서는 죽음의 세계와 귀신 등을 실체로 인정하지 않기 때문이다. 그래서 저승이나 염라대왕도 원칙적으로는 인정하기 어렵다. 그것이 그들의 철학이다. 그러나 고경명처럼 사대부 중에도 임사체험을 하는 경우가 있었으니, 이럴 경우 유교적 사유와 모순됨에도 불구하고 경험 자체를 애써 무시할 수 없었다. 이것은 사대부 사회를 배경으로 하는 저승생환담을 대변하는 이야기라 하겠다.

❶④ 잘못 저승갔다 온 동명이인同名異人

옛날에 강원도와 충청도에 배춘길(裵春吉)이라는 이름을 같이 가진 사람 둘이 있었다. 하루는 염라국 대궐 큰 대들보 하나가 부러졌다. 대들보를 고쳐야 하는데 좋은 나무가 없고 목수도 없었다. 그래서 저승사자를 불렀다.

"너 그동안 다니면서 좋은 나무 봐 둔 게 있느냐?"

"네, 강원도와 충청도 접경 아무개 집 문 앞에 아주 좋은 나무가 있었습니다."

"그럼 목수로는 누가 좋을까?"

"충청도 배춘길이가 아주 훌륭한 대목수라고 합디다."

"그 배춘길이를 잡아 오너라."

저승사자가 나가기는 했는데 목수도 아닌 강원도 배춘길이를 잡아 왔다.

염라대왕이 물었다.

"네가 나무 다루는 기술이 용하다지?"

"저는 곰배자루 두드릴 기운도 없습죠."

"아 이게 어쩐 일이냐? 대궐 대들보가 부러져 고치려고 너를 불러 왔는데 나무를 다루지도 못한다니 어찌 된 노릇이냐!"

사자를 다시 불러서 따져보니 이렇게 말했다.

"아 충청도 배춘길이를 잡아와야 하는데 강원도 배춘길이를 잘못 잡아왔습니다요."

"그럼 이 사람을 당장 데려다주고 충청도 배춘길이를 잡아 올려라!"

그래서 강원도 배춘길이는 풀려나 돌아왔다. 그는 꿈을 꾸었다 깨어난 것 같았다.

강원도 배춘길이가 돌아온 지 사흘 만에 집 앞의 큰 전나무가 쓰러졌다. 나무가 쓰러져 죽었다는 소문이 나자마자 충청도 배춘길이가 죽었다. 충청도 배춘길이는 죽은 전나무를 갖고 가서 저승 대들보를 세웠다고 한다.

— 김재옥 구연, 〈잘못 저승갔다 온 동명이인(同名異人)〉,
『한국구비문학대계』 3-3, 충청북도 단양군 어상천면, 1981.

사람이 죽으면 저승사자가 그 혼을 잡아서 저승으로 데려간다는 것이 우리의 통념이다. 혹은 저승사자가 혼을 데려가기 때문에 사람이 죽는다고도 설명한다. 이 이야기는 후자의 통념을 바탕으로 한다. 그리고 거기서 한발 더 나아간다. 즉 저승사자가 저승의 필요에 따라 이승 사람을 데려간다는 것이다. 그 과정에서 세속에 있을 법한 실수나 착오가 생긴 것이다. 저승생환 경험이 사람을 달라지게 하지 않고 이승 생활을 그대로 계속할 수 있게 된 것에 대해 안도하게 한다. 자기 성찰이 이뤄지지 않은 것이다.

❶⑤ 저승 갔다 온 사내

어떤 남자가 가난해서 돈벌이 하려고 일본인 집에 가서는,

"내가 못 살아서 왔으니 뭐든 돈벌이 할 수 있는 것은 다 하겠소."
했다.

"아 그렇소? 돈 좀 벌도록 해줄 테니 우리 집에 머무르시오."

이렇게 일본인이 대꾸했다. 일본인은 다른 일을 시키지 않고 며칠 잘 먹이고 놀게 했다. 그러고는 일본도(日本刀)를 갈아라 했다. 보통 칼은 한 나절만 갈면 끝나는데 그 일본도는 쇠가 단단해서인지 사흘을 갈아도 더 갈아라, 일주일을 갈아도 더 갈아라 했다. 무려 10일 동안 칼을 갈았다. 그리고는 칼을 갖고 만주로 데려갔다.

만주 사변 때 일본 병사들이 많이 죽었다. 병사가 죽으면 머리만 떼어 본국으로 보내고 몸은 화장했다. 일본인은 그 남자에게 죽은 병사의 목 떼어내는 일을 시켰다. 그러면서 병사의 몸에 붙었던 시계 같은 소지품을 가져가는 것을 허용했다. 그 남자가 돌아올 때는 쳐낸 목 하나에 얼마씩 돈을 계산해주었다. 그래서 많은 돈을 벌게 되었다. 돌아온 그 남자는 돈을 두 다발로 만들어 하나는 작은 방 책상 밑에 숨겨두고 다른 하나는 아내에게 생활비로 주었다.

그 남자는 칼로 병사의 목을 치는 데서 많이 놀라서인지 돌아온 지 얼마 되지 않아 죽었다. 아내는 남편이 그렇게도 힘든 일을 하느라 병들어 죽었으니 돈이라도 저승으로 가져가서 잘 살도록 관 안에 한 다발 돈을 다 넣어주었다.

남자의 친구 하나가 같은 동네에 살았다. 관 안에 돈 넣는 것을 보았다. 죽은 사람에게는 돈이 소용없을 테니 몰래 꺼내오려 작정했다. 그날 저녁 산으로 가서 괭이로 무덤을 파고 관 뚜껑을 여는데 '딱!' 소리가 났다. 그 소리에 관 안에 있던 그 남자가 살아났다.

"아무개가 아니냐?"

하고 그 남자가 친구의 이름을 불렀다.

"오냐. 맞아."

"너 돈 때문에 왔지? 날 업고 우리 집으로 가자."

친구는 어쩔 수 없이 그 남자를 업고 그 집으로 갔다.

장례를 마치고 노곤해서 잠이 들었던 아내는 "문 열어라!" 하는 소리에 눈을 번쩍 떴다. 처음에는 도둑놈이라고 생각하고 문을 열어주지 않다가 자세히 들어보니 남편 목소리였다. 문을 열어주고 보니 남편 친구가 남편을 업고 있었다. 남편을 마루에 눕혔다.

남편이 얼른 미음을 끓여오라 하여 끓여다 주었다. 미음을 다 먹은 편이 말했다.

"작은 방에 가면 책상 밑에 무슨 뭉치가 있을 테니 가져오시오."

그것을 가져다주니 남편은 그걸 친구에게 주었다.

"이것까지 다 가져가라."

이렇게 말하지 친구는,

"자네 집에 있던 것은 자네가 갖고, 내가 관에서 꺼낸 것은 내가 욕심을 내었으니 내가 갖고 가겠네."

이렇게 말하고는 다시 물었다.

"어찌 알고 내 이름을 불렀는가?"

남자가 사연을 말해주었다.

"저승 가니 저승사자가 날 보고는 너는 아직 올 때가 멀었으니 다시 돌아가라 했지. 그래서 재릅다리(삼 껍질을 벗겨내고 남은 대)를 타고 돌아오는데 중도에서 딱 부러져버렸지. 재릅다리가 딱 부러지는 소리와 함께 관 뚜껑 떼는 소리가 딱 났지. 그 순간에 내가 눈을 뜨게 되었네. 내가 저승에서 떠나올 때 저승사자가 '오늘 저녁에 너 친구 아무개가 돈 때문에 찾아올 거라.'라고 했지. 그래서 내가 자네 이름을 불렀던 것이네."

—안문진 구연, 〈저승 갔다 온 사내〉, 『한국구비문학대계』 8-9,
경상남도 김해군 진례면, 1982.

전통적인 저승생환담에 일본 제국주의 시절 조선인의 경험이 반영되었다. 그 과정에서 저승생환담의 전형적 구조가 변형되었다. '죽은 일본 병사들의 머리를 잘라내어 일본으로 보낸' 주인공의 실제 경험은 주인공 자신이 죽어서 저승으로 갔다가 다시 이승으로 돌아오는 이야기에 대응된다. 이승에서의 사건 전개와 저승에서의 사건 전개도 대응된다. 여기다가 주인공의 친구가 일으킨 돈 욕심이 중요한 모티프로 작동된다. 친구 무덤 속 돈을 몰래 가져가려던 욕심이 무덤에 묻혀있던 친구를 구출하게 만든다는 점에서 아이러니다. 살아난 주인공은 남은 돈까지 모두 친구에게 주지만 친구는 차마 그것만은 받지 않는다. 두 뭉치의 돈을 두 사람이 하나씩 나눈다는 결말은 돈과 죽음에 대한 성찰이 행복한 결과를 가져왔음을 뜻한다.

❶⑥ 저승 갔다 온 아주머니

서울에서 식당을 경영하던 아주머니는 자기가 죽어서 저승을 다녀왔다는 이야기를 들려주곤 하였다. 주인아주머니는 일찍 홀로 되었다. 아들 넷을 두고 남편이 먼저 죽은 것이다. 주인아주머니는 떡 장사를 하며 생계를 꾸려갔다. 그러다 장티푸스가 걸려 죽었다. 죽은 남편이 나타나서 따라오라고 해서 따라갔다. 밭두렁길 논두렁길로 한참 걸어가니 큰 반석이 나타났다. 그 반석을 들고 땅 아래로 내려가니 집들이 있었는데 꼭 합천 해인사 같았다. 그곳의 우두머리는 삼십 년 후에 데려올 사람을 이렇게 빨리 데리고 왔다며 꾸중을 했다. 조그만 작대기를 주며 강아지를 따라가라고 했다. 강아지를 따라가다가 강아지가 깊은 물 속으로 떨어지는 것을 보고서는 깜짝 놀라서 깨어났다. 죽은 지 사흘만이었다. 주인아주머니의 이야기는 이랬다.

내(주인아주머니 이야기를 들은 종업원)가 23살에 혼자 됐어요. 3살 먹는 아들 하나 데리고 서울로 올라가서 온갖 일을 다 하다가 식당에서 일을 하게 되었거든요. 식당 주인아주머니는 틈만 생기면 자기가 저승 갔다 온 이야기를 들려주었어요. 주인아주머니는 자주 이렇게 말했어요.

"저승이 딱 합천 해인사 같았지."

그럴 때마다 내가 궁금한 듯 그게 왜 그런지 물었어요. 그러면 주인아주머니는, "내가 젊었을 적에 합천 해인사 구경 간 일이 있었지. 그런데 죽어서 저승을 가보니 그곳이 딱 합천 해인사더라구."

그러면서 저승 다녀온 이야기를 되풀이했지요.

영감이 장질부사에 걸렸는데 아들 자식 넷을 놓아두고 죽어버렸대요. 그래서 아주머니가 떡 장사를 해서 아들들을 키우고 살았는데 곧 아주머니도 장질부사에 걸려 죽게 되었다지요. 죽어보니 먼저 죽은 영감이 나타나서 "가자."라고 하더랍니다. 그리고는 "시집올 때 갖고 온 요강단지 갖고 가자구." 하더래요. 요강을 안고 따라가니, 길이 아니라 논두렁 밭두렁 산길로 걸어가더래요.

이렇게 따라가니 앞에 큰 반석이 나타났고 그것을 때리니 문처럼 열리더랍니다. 거기로 내려가니 합천 해인사가 나타나더래요. 그 중 한 집으로 들어가니 어떤 사람이 앉아 있다가 물었대요.

"그래 여기는 어찌 왔노?"

"가자 캐서 왔십니더."

그러자 그 사람이 말했대요.

"이 사람은 삼십 년 후에나 올 사람인데 와 이리 일찍 데꼬 왔느냐?" 그러며 데리고 온 사람을 꾸중하더랍니다.

"여기 있으면 안 되니 돌아가서 삼십 년 후에 오너라."

그리고 작은 작대기 하나를 주며 말했어요.

"강아지를 따라가라."

강아지 한 마리가 졸래졸래 오길래 따라갔대요. 한참 가니 시퍼런 물이 흘러가는 깊은 고랑이 나타났더래요. 그 위로 작대기를 걸치니 강아지가 오들오들 떨며 걸어갔는데 가운데가 폭삭 부러져 강아지가 빠졌대요. 아주머니가 깜짝 놀라 그만 깨어났대요.

죽은 지 사흘만이랍니다. 이미 염을 했는데 묶은 줄이 툭 끊어지니 사람들이 "아이구, 깼다."고 소리쳤어요. 자세히 보니 숨을 쉬기 시작했대요.

입에 물을 적셔주니 말을 하기 시작하더래요 그 뒤로 식당 장사를 계속하고 있다 했어요.

저승에서 30년 수명이 남았다 했는데 그 사이 27년을 살았으니 이제 3년이 남았다는 거래요.

— 백말달 구연, 〈저승 갔다 온 아주머니〉,
『증편 한국구비문학대계』 8-16, 경상남도 함양군 서하면, 2014.

구연자가 이야기 속 인물의 이야기를 다시 들려주는 형식이다. 구연자가 자기 경험이 아니라 경험자로부터 들은 이야기를 전한다. 이것은 타인의 저승생환 담을 구연자가 되새기며 성찰했다는 증거다. 그런 점에서 죽음서사가 죽음에 대한 간접 경험을 가능하게 했다는 것을 알려준다. 이야기 자체가 죽음명상의 과정을 담고 있는 셈이다.

저승 염라국이 이승 합천 해인사와 비슷하다. 저승이 이승을 꼭 빼닮았다는 점에서 현실 경험이 죽음 이후로 확장됨을 알 수 있다. 또 우리가 평소 어떤 풍경을 경험하는가가 중요함을 알 수 있다. 그 풍경이 저승이나 극락, 천국의 풍경으로 나타날 수 있기 때문이다.

❶⑦ 저승에서 만난 배필

옛날에 열다섯 살 청년이 홀어머니와 함께 살고 있었다. 강가에서 낚시를 하다가 건너 쪽을 보니 한 할머니가 세 살 먹은 아이를 물속으로 빠뜨렸다 못둑으로 건졌다가를 반복하고 있었다. 보고 있기 너무 딱해서 쫓아 가 물었다.

"아이 할머니, 왜 그러시오?"

할머니는 흉년에 굶주려 아이 아비가 죽었는데 자기가 손자를 빌어먹이지 못할 것 같아 그런다 했다. 청년이 아이를 데리고 어머니에게로 가서 말했다.

"어머니, 동생이 생겼소. 친형제처럼 함께 살아요."

그로부터 서로 의지하여 함께 살았다.

그러나 청년은 얼마 안 가서 병들어 죽었다. 숨이 끊기지는 않은 것 같아 이불을 덮어주고 이레 동안 기다렸다.

청년이 저승으로 가니 저승 판관이 물었다.

"너는 남을 위해 어떤 좋은 일을 했느냐?"

"저는 남을 위해 좋은 일 한 게 없습니다. 나이가 어리니 어찌 좋은 일을 했겠습니까?"

"네 관상을 보니 죽어가던 사람 둘을 살렸구나."

판관이 이어서 말했다.

"너의 청춘이 아깝다. 얼른 돌아가서 육십 살 되거들랑 오너라."

청년이 돌아오다가 슬피 울고 있는 한 처녀를 만났다. 청년이 물었다.

"왜 이리 서럽게 울고 있소?"

처녀는 아무 대답도 없이 울기만 했다. 청년이 처녀를 데리고 도로 저승으로 갔다.

"판관님, 제 명을 둘로 나누어 각각 서른 해씩 살게 해주십시오. 그래서 이 처녀도 돌아가게 해주십시오."

"너의 인심이 가상하구나. 너도 60살, 처녀도 60살까지 살게 해주마."

그리고는 등짝에다 도장을 딱딱 찍어 보냈다.

이승으로 돌아온 처녀는 헤어지면서 아무 마을 큰 기와집 기수나무 밑에서 다시 만나자고 했다.

청년이 깨어나니 그 어머니는 여전히 울고 있었다. 어머니에게 말했다.

"어머니, 명주 바지저고리 두 벌만 해주시오."

"오냐, 해주지. 너 안 해주고 누구를 위해 해주겠냐?"

청년은 한 벌은 자기가 입고 또 한 벌은 보따리에 싸서 처녀가 가르쳐준 곳을 찾아갔다. 과연 기수나무와 기와집이 있었다. 그런데 막 새신랑이 장가를 왔다 했다. 집안에서는 통곡 소리가 났다. 신부가 나와야 혼례를 올릴 텐데, 아프다고 나오지 못하니 걱정이었다.

청년이 들어가 대감에게 큰절을 올렸다. 대감이 물었다.

"자네는 뉘 집 자식인가?"

"소생의 어머니가 유복자인 저를 키웠는데 제가 바람을 쐬려고 나왔다가 어떻게 하여 여기까지 오게 되었습니다."

"그러면 내 곁에서 재떨이나 비워 주고 담뱃불이나 붙여 주고 해라."

안에서 통곡 소리가 더 크게 났다.

"어째서 별당 안에서 곡소리가 납니까?"

"우리 딸이 몇 해 전에 죽어서 저승에 갔다가 나흘 만에 돌아왔지. 혼사를 치르려고 날을 받아났는데 병이 들어 아직 일어나지도 못하고 있으니 그 어미와 몸종이 저렇게 우는 거야."

"그러면 제가 보고 병을 고쳐보겠습니다."

"고쳐주기만 하면 내 재산 절반이라도 주지! 제발 고치기만 해봐..."

별당 안으로 들어가니 꿈에 보았던 처녀가 누워 있었다.

"낭자는 어찌해서 병이 이렇게 무겁게 들었소?"

처녀가 청년을 쳐다보았다.

"꿈에 본 도련님 당신이 어떻게 하여 여기까지 오셨나요?"

이렇게 말하고는 벌떡 일어났다. 그리고 아버지 대감과 어머니를 불렀다.

"어머니 아버지, 제 속적삼 벗기고 제 등을 살펴봐 주세요."

등을 보니 과연 도장이 찍힌 것이 보였다. 사랑방으로 나가 청년의 등을 살펴보니 역시 똑같은 모양이 나타났다. 둘은 천생배필이었다. 당장 그 마당에서 혼례를 올렸다. 둘이 같이 사니 그렇게 잘 살 수가 없었다. 과연 60년 수명을 꼭 채우고 갔다 한다.

— 김영희 구연, 〈저승에서 만난 배필〉,
『한국구비문학대계』 7–8, 경상북도 상주군 화서면, 1981.

총각은 할머니가 포기하려던 아이를 데려가서 보살펴주며 함께 살았다. 한 생명을 구해주고 보살펴주는 크나큰 음덕을 베푼 것이다. 총각은 어떤 계산이나 의도를 갖고 그를 보살핀 것이 아니다. 어쩌면 자기가 보살펴준다는 생각조차 일으키지 않았을지 모른다. 저승 가서 저승판관이 살아생전 선행을 한 게 있느냐고 물었을 때 아무 선행도 한 게 없다고 총각이 대답한 게 그 증거다. 그러나 판관은 그 음덕과 선행을 간파했다. 그리고 그 점이 인정되어 총각은 돌아오게 된다. 돌아오는 길에 서럽게 우는 처녀를 만난다. 그녀에게 자기 수명을 나눠주려 한다. 보시 중에서 자기 생명을 나눠주는 보시가 가장 어려운 것일 테다. 그 점 역시 판관이 크게 칭찬하며 총각 수명은 그대로 두고 처녀의 수명을 새롭게 부여해준 것이다. 둘은 이승으로 함께 돌아와 부부가 됨으로써 저승생환담이 혼사담으로 발전하였다. 그 혼사가 사람으로서 가장 베풀기 어려운 자기 수명의 베풂에 의해 가능했다는 것이 인상적이다. 사람이 남에게 어떤 마음으로 어떻게 베풀어야 할지 깊은 성찰을 하게 만드는 이야기다. 다음은 이와 반대로 남에게 베풀지 못하는 인색한 사람의 이야기다.

❶⑧ 저승 갔다 와서 새사람 된 인색한 영감

어떤 영감이 지독하게 인색해서 남에게 밥 한 숟가락 안 주고 하룻밤도 재워주지 않았다.

어느 날 웬 할머니 셋이 찾아와 재워주기를 청했다. 거절하자 할머니들은 부엌 아궁이 앞에서 날을 새도 좋다며 부엌으로 들어갔다. 그리고는 염불만 했다.

그 무렵 영감이 죽어 저승으로 갔다. 저승의 자기 곳간으로 가보라 했다. 곳간에는 짚단 하나가 달랑 있었다. 그걸 보니 옛날 생각이 났다. 평생 남에게 준 것이 없었는데 어느 날 거지가 찾아와 자기 아내가 출산하려 하니 짚단 하나만 달라고 해서 준 것이었다. 다른 사람들의 곳간에는 돈꿰미가 가득했다. 영감은 생각하는 것이 있어 삼년만 더 살게 해달라고 사흘 밤낮을 빌었다.

영감의 집 부엌으로 들어간 할머니들은 도사였다. 그들이 밤새도록 염불을 해주었으니 영감이 살아올 수 있었다. 영감이 깨어나 보니 염불소리가 들렸다.

"저게 무슨 소린가?"

"할머니들이 재워달라 하여 잘 데가 없다 하니 부엌 아궁이 앞에서 자고 가겠다며 들어가서는 저러고 있습니다."

그러자 영감이 말했다.

"빨리 모시고 들어오너라!"

밥을 잘 차리고 다담상까지 대접했다. 그리고 그간 있었던 이야기를 집안사람에게 들려주었다.

영감과 집안사람이 달라졌다. 뭐든 베풀기 시작했다.

그로부터 영감은 딱 삼 년을 더 살고 갔는데, 그동안 정말로 남에게 인심을 많이 베풀었다고 한다.

— 김매래 구연, 〈저승 갔다 와서 새사람 된 인색한 영감〉,
『증편한국구비문학대계』 8-26, 경남 통영시 산양읍, 2011.

인색했던 부자 영감은 저승 경험을 하고 돌아와 달라졌다. 옷이나 음식을 남에게 베푸는 것이 얼마나 소중한 일인가를 알려준다.

이야기 안에서 죽음교육이 이루어진다. 즉, 부자 영감이 저승을 다녀온 뒤 가문 사람들을 모두 불러서 자신의 저승 경험을 들려준다. 이 과정에서 경험 주체인 영감이 먼저 달라지고 다음으로 그 이야기를 들은 가문 사람들이 달라진다. 가문 사람들은 그 이야기를 다시 널리 구연했을 것인데 그것은 죽음교육이 사회로 확산되었음을 의미한다.

❶⑨ 저승 구경 갔다 온 사람

한 젊은이가 죽어서 저승으로 갔다. 염라대왕이 서류를 뒤적이더니 아직 올 나이가 안됐으니 돌아가라 했다. 그리고는,

"이왕 들어왔으니 구경이나 좀 시켜줘라."

하고 시자에게 명령했다. 시자가 기름이 부글부글 끓는 곳으로 인도했다. 젊은이가 대방경과 화엄경을 염송하였다. 기름 끓은 가마 옆에 사람들이 졸고 있었다. 뭘 하는 사람들이냐 물으니 이렇게 답했다.

"저 사람들은 살았을 때 죄를 많이 지었소. 그래서 기름 가마에 하루 만 번 넣고 만 번을 살려내오."

그 사람들이 말했다.

"오늘 당신이 대방경과 화엄경을 염송해준 덕에 우리가 하루 쉬게 되었소."

또 찾아간 곳은 독사가 우글거리고 있는 독사굴이었다. 사람들이 그 속으로 던져져 독사에 물리게 되어 있었다. 젊은이가 화엄경을 염송했다. 그 덕에 사람들이 안 들어가도 되었다.

또 한 할머니를 만났다. 그 할머니도 만 번 죽고 만 번 살아나야 할 처지였는데 젊은이의 불경 염송 덕에 그러지 않고 쉬고 있었다. 할머니는 젊은이를 알았다. 할머니가 부탁했다.

"돌아가면 우리 영감을 만나 주게나. 내가 전생에 죄를 많이 지어 이 고통을 당하고 있는데 몇 년을 더 겪어야 될지 모르겠네. 이런 나를 좀 지도해 달라고 부탁해주시게."

어떻게 지도해줄 수 있겠느냐고 젊은이가 물으니,

"법화경 기도를 좀 해달라고 해요."

라 했다. 그래서 법화경 사경을 몇 번 해주기로 했다.

젊은이가 돌아가려 하는데 강아지 한 마리를 주었다. 강아지를 앞 세우고 오다가 다리를 건너는데 강아지가 갑자기 툭 떨어지니 깜짝 놀라 깨어났다. 그래서 젊은이는 살아났다.

젊은이는 노인을 찾아가서 말했다.

"제가 죽어 저승에 가서 할머니를 만났습니다. 할머니가 법화경 몇 부를 사경해서 지도해달라고 부탁하셨습니다."

그러니 노인이 그러겠다고 했다. 노인이 젊은이에게 말했다.

"그러면 그간 소식을 다시 전할 테니 아무 날 아무 시에 아무 강가로 오시오."

노인은 바로 종이를 사고 글씨를 잘 쓰는 점쟁이를 데려와 경을 베꼈다.

그날이 되자 젊은이는 과연 노인이 죄를 벗었는지 못 벗었는지 알고자 그곳으로 갔다. 거기에는 다른 사람이 와 있었다. 젊은이가 "당신의 누구십니까?"라 물으니 이렇게 대답했다.

"그 어른이 날 더러 소식을 전하라 했소이다. 그분은 벌써 극락으로 가셨지요."

—정연옥 구연, 〈저승 구경 갔다 온 사람〉,
『한국구비문학대계』 2-5, 강원도 속초시 양양읍, 1981.

저승생환담이 불교의 입장에서 변용되었다고 할 수 있겠다. 화엄경이나 법화

경 등 불교 경전을 읽고 사경하는 효험이 얼마나 큰지를 적극적으로 주장하고 있기 때문이다. 저승생환담이 민간전승의 세계관을 바탕으로 하지만 그것이 불교 쪽에서도 충분히 활용될 여지가 있음을 알려준다. 스님들이 법문에서 알맞게 인용할 목적으로 만든 것이라 추정할 수도 있겠다.

❶⑩ 저승 다녀온 어머니

어머니가 돌아가셨는데, 큰아들이 오지 않아 염습을 미루다가 결국 했다. 염습한 지 얼마 되지 않아 큰아들이 도착했다. 큰아들은 '어머니'를 부르며 통곡했다. 그러자 염습한 끈이 탁 터지고 풀어지면서 어머니가 살아났다. 어머니는 그 사이 저승을 다녀온 이야기를 해주었다.

저승에 들어가니, 세상에서 무슨 일을 했으며, 남에게 무슨 좋은 일을 베풀었느냐고 물었지. 배고픈 사람 밥 주고, 물 달라는 사람 물 주었다 하니 "아주 꽃방석에 앉으라." 했어.

죄를 지은 사람은 솥에 거꾸로 달아매고 쪘는데 몸에서 물이 뚝뚝 떨어지더라. 어떤 사람은 구더기를 깔고 앉아 있었는데 이유를 물으니 이렇게 대답해주었지.

"저 사람은 남에게 장을 줄 적에 구더기가 부글부글하는 것을 떠주었소. 그 벌로 저렇게 구더기를 깔고 앉아 있다오"

꽃방석에 앉아 있는 사람이 있어 어째서 꽃방석에 앉아 있느냐고 물었지.

"저 사람은 남한테 너무나 잘해서 저렇게 꽃방석에만 앉아 있을 수 있게 되었소."

나는 아직 올 때가 안되었는데 다른 사람 대신 들어왔으니 돌아가라 했지. 돌아가려는데 하얀 강아지 한 마리를 주며, "이 꼬리를 붙들고 가라."고 알려주었지. 또 시뻘건 쇠굽을 밟고 가라고도 했어. 그래서 그걸 밟고 강아지를 따라왔지. 강아지가 다리를 건너다가 강 아래로 떨어지니 나도 따라 떨어지는 듯하다가 깨어난 것이야.

깨어나서 보니 염습한 자국이 아직 남아 있었어. 그리고 내가 말했지.

"너희들 왜 나에게 신발을 신기지 않았느냐? 내가 맨발로 눈밭을 걸어오느라 발이 다 얼었다."

그랬지.

그 뒤로 저승사자를 부를 때는 꼭 망자가 신던 신발을 놓아두고 불렀지.

— 한경호 구연, 〈저승 다녀온 어머니〉,
『증편한국구비문학대계』 2-10, 강원도 평창군 용평면, 2009.

저승에서 구더기를 깔고 앉는가 꽃방석을 깔고 앉는가가 대조되었다. 살아생전의 행동과 직결되는 대조이다. 저승에 가서도 편하게 대접받으며 살려면 살아있을 때 선행(善行)을 많이 해야 한다는 메시지를 담았다. 또 망자에게 신발을 신기는 장례를 강조한다. 초상을 치르는 과정을 진지하게 떠올리고 앞으로도 초상을 경건하게 치르게 한다. 초상 때의 특징이나 문제점이 망자에게 그대로 느껴져 그 뒤의 삶에 예민한 영향을 주는 점을 부각시킨 것이다.

❶⑪ 저승 이야기

충청도 괴산군에 한 노인이 계셨는데 이십여 년 전에 제가 만났지요. 그 노인이 하도 연만하시게 보여 연세를 물으니 130살이라 하셨지. 그 노인이 자기가 저승을 다녀왔다고 하였네. 그래서 저승 이야기를 부탁드렸더니 이렇게 이야기해주셨지요.

　내가 저승으로 가서 살아있을 때 아주 친했던 친구를 만나게 되었지. 그 친구는 저승 관청에서 호적계를 맡고 있었지. 그 친구가 말해줬네.

　"실은 자네를 내가 불러오게 했네. 내가 볼 일이 생겼는데 자리를 잠시도 비워둘 수 없어. 이승 친구들을 다 살펴봐도 나 대신 대리 근무를 할 사람은 자네뿐이었다네. 그래서 모셔오게 했다네. 한 이틀간만 봐주면 돌아갈 수 있도록 해주겠네."

　친구는 이렇게 말하고는 순식간에 사라져버렸어. 내가 대리 근무를 하면서 살펴보니 저승이 참 좋은 곳이라는 생각이 들었어. 이렇게 좋은 곳을 두고 왜 복잡한 인간 세상에서 살았던가 후회가 생기기도 하더군. 어떻든 이삼일이 지나니 친구가 돌아왔어. 그리고는 말했지.

　"친구야, 내가 호적계를 맡고 있는지라 자네 이름을 명단에서 누락시켜버리면 삼천갑자 동방삭(三千甲子 東方朔)처럼 오래도록 살 것이네. 어서 돌아가게나."

　그래서 내가 말했지.

　"그 참 매정한 말씀이네. 나는 저승이 이렇게 좋은 줄 몰랐다네. 이제 다시 인간 세상으로 돌아갈 마음이 없다네. 자식들과 이별하는 게 섭섭하기는 하지만 그래도 내 자네하고 여기서 살고 싶네."

　"허허, 이곳은 천국과 다름없는 곳이긴 하지. 그럼 좀 다른 곳을 구경하려나? 지옥으로 가보세. 인간사회에서 죄를 많이 지은 사람들이 어떤 형벌을 받고 있는가 보고나 가게나."

　한 곳을 가니 쇠가 끓는 물 속에서 몸부림치는 사람, 벌겋게 달아오른 쇠꼬치에 찔려 소리치는 사람, 칼에 찔려 신음하는 사람 등 눈 뜨고는 볼 수가 없었다.

"저들은 부모에게 불효하고 친구를 배신하고 부자로 살면서도 남에게 베풀지 않았다네. 독사 같은 마음을 품고 살았지. 그 죗값을 치르고 있는 셈이지. 또 다른 곳도 보려나?"

다른 곳에서는 더러운 진흙탕에 빠져 허우적대다 밖으로 나오면 사자들이 다시 집어넣고 또 허우적대다 밖으로 나오면 다시 사자들이 집어넣고를 반복하고 있었다.

"이곳은 두 번째 형장이네. 간음죄 등을 지은 사람들이 형벌을 받는 곳이지."

또 다른 곳에서는 사람이 소로 태어나 눈물을 흘리고 있고 또 어떤 사람은 새나 개로 태어나고 있었지.

이런 끔찍한 장면을 보고 내가 말했지.

"아이고, 인간 세상으로 다시 나가야 하겠네."

그러자 친구가 말했지.

"이런 죄를 범하지 않도록 세상에 나가면 잘 알리도록 하게나."

돌문을 열고 나와 외나무다리를 걸어가는데 다리가 무너져 떨어지는 순간 깨어났다 이거여.

─조기현 구연, 〈저승 이야기〉,
『한국구비문학대계』 6-4, 전라남도 승주군 주암면, 1984.

저승이 얼핏 겉으로 보면 살기 좋은 곳인 것처럼 보였지만 속사정은 그렇지 않다. 저승 공간 중 형벌 받는 곳은 지옥과 다를 바 없다. 저승 공간의 고통스런 환경은 당사자들이 이승에서 저지른 죄악에서 비롯하였다. 이승에서 살 때 죄악을 저지르면 반드시 저승에서 심판을 받아 응당한 형벌을 받고 고통스럽게 살게 된다는 점을 강조했다. 끔찍한 저승 풍경을 서사적으로 경험하는 것은 이승에서의 삶의 태도를 성찰하고 교정하는 계기를 마련해준다.

❶⑫ 저승 간 구두쇠

옛날에 재산 많은 구두쇠가 있었다. 거지에게 동냥을 주거나 스님에게 시주하는 일이 전혀 없었다. 한번은 한 여인이 길가에 아이를 출산하고 짚단을 얻으러 왔는데 그녀에게 짚단 두 단을 주었다.

구두쇠가 죽어서 저승으로 갔다. 저승의 자기 고방(庫房)에 가보니 짚단 두 단만 들어 있었다.

"이게 뭐요?"

물으니,

"당신이 살아생전 남에게 물 한 모금도 안 주고 다만 요 짚단 두 단만 주었지. 그것을 받아둔 것이지."

사자가 이어서 말했다.

"당신을 지금 내보내 줄 테니 좋은 일 많이 하고 활인(活人)도 많이많이 하시오. 쉰 살 되면 다시 오시오."

그렇게 돌아온 그 사람은 가난한 사람에게 논도 주고 밭도 주고 식량도 주며 활인을 많이 하고는 쉰 살이 되자 다시 저승으로 갔다.

사람으로 살아가면서 남을 도와주고 남을 살려줘야 한다. 구두쇠같이 내 것만 생각하면 안 된다. 공덕을 많이 닦아야 되고 말고. 이 세상에서 남에게 준 것은 물론 남에게 떼먹힌 것조차 저승 가면 다 받게 되어 있다 한다.

─하봉연 구연, 〈저승 간 구두쇠〉,
『한국구비문학대계』 7-3, 경상북도 월성군 안강읍, 1979.

대표적인 '저승 곳간 이야기'다. 저승의 곳간에는 이승에서 내가 남을 위해 베푼 물건만 들어가게 되어 있다. 남에게 베풀며 고통받고 죽어가는 사람 살려주며 살아야 한다는 교훈을 강력하게 제시한다.

❶⑬ 저승 갔다 온 인색한 사람

옛날에 어느 부잣집 양반이 남에게 베풀 줄을 몰랐다. 죽어서 저승에 갔더니, 자기 곳간을 열어 보여주었다. 저승의 자기 곳간은 텅텅비어 있었다. 반면 다른 이의 곳간은 가득 차 있었다. 저승사자가 가득 찬 곳간의 주인 이름을 양반의 손바닥에 적어주면서 깨어나면 찾아가 보라고 했다. 깨어난 양반이 그 이름 임자를 찾아갔다. 그는 아무 것도 가진 것이 없는 식모 여자였다. 그녀는 노인들에게 모든 것을 베풀며 살고 있었다. 이걸 본 양반은 크게 깨달았다. 그 뒤로 양반은 자신의 재산 반을 내서 남에게 베풀며 살았다고 한다.

—박태숙 구연, 〈저승 갔다 온 인색한 사람〉,
『증편한국구비문학대계』 7-19, 경상북도 청도군 금천면, 2009.

부자 양반과 가난한 여자를 대조시켰다. 이 이야기는 저승 경험을 이끌어와서 남에게 베푸는 것이 소중하고 남에게 인색한 것이 악덕임을 강조했다. '부자 양반=인색함'과 '가난한 처녀=베풂'을 대조시켜, 인색한 양반을 근본적으로 달라지게 만들었다. '존재전환'을 꽤한 저승생환담이라 할 수 있다. 저승생환담이 사람을 달라지게 만드는 가장 기본적인 골격을 보여준다.

❶⑭ 저승 갔다 온 이야기

의좋은 친구가 있었다. 한 사람은 부유했고 다른 사람은 가난했다. 가난한 친구가 부유한 친구로부터 아무 날에 갚겠다며 돈을 빌렸다. 약속한 아무 날에 돈을 갚으러 부유한 친구 집으로 가니 집에 없었다. 그 아들에게 말했다.

"약속대로 오늘 돈을 갚으려고 왔는데 자네 어르신이 안 계시니 그냥 돌아가겠네."

그러자 그 아들이 말했다.

"돈을 저에게 주시지요. 아버지 돌아오시면 전하겠습니다."

그래서 친구의 아들에게 그 돈을 주었다. 그런데 이튿날 그 아들이 죽었다. 돈을 갚은 가난한 친구가 가만히 생각해보았다. 친구 아들이 별안간 죽었으니 자기가 준 돈을 친구에게 전하지 않았을 것 같았다. 설사 친구를 찾아가서 "자네 아들에게 돈을 주었다."고 말해도 친구가 믿지 않을 것 같았다. 자식 죽은 것도 원통한데 돈까지 착복했다는 누명을 입는 것에 대해 친구가 크게 원통해 할 것 같았다. 그래서 아무 말도 못하고 돈을 다시 갚았다.

며칠 뒤 부유한 친구의 이웃 노인이 죽었다. 노인이 저승으로 가니 이웃 총각이 이미 저승의 요직에 앉아 있었다. 총각이 그를 보더니 절을 넙죽 하였다.

"아, 어르신, 어떻게 여기까지 오셨습니까?"

"오라고 부르니 왔지 어쩔 수 있나?"

"아닙니다, 어르신. 저승 명부를 보니 뭔가 잘못된 것 같습니다. 어서 돌아가십시오."

그리고는 뭔가 문득 생각이 난 듯 말했다.

"제가 아무개인데, 모처에 사시는 아무개 어르신으로부터 돈을 받았습니다. 우리 아버지에게 전해드릴 돈이었지요. 제가 그 돈을 받고서 미처 아버지에게 전해드리지 못하고 저승으로 왔습니다. 통감 몇째 권 속에다 넣어 두었습니다. 돌아가시거든 부디 제 아버지에게 그런 이야기를 전해주셔서 돈을 찾을 수 있도록 해주십시오."

이웃 노인이 돌아와 깨어보니 잠 들은 지 사흘 정도 되었다. 저승에서 만난 총각의 아버지를 찾아갔다.

"아무개에게 돈을 꿔준 적이 있지요?"

"네, 돈을 꿔준 일이 있습지요."

"꿔준 돈을 받았소, 못 받았소?"

"아 엊그제 갖다주길래 받았지요."

"아! 그렇담 잘못 받았소그려."

"그게 무슨 소리요? 내 돈을 꿔주고 되돌려 받은 것인데 무슨 잘못이 있단 말이요?"

"내가 엊그제 저승에 다녀왔다오. 저승에 가니 당신 아들이 좋은 옷을 입고 그곳 요직에 앉아 있었소. 명부를 보더니 내가 너무 일찍 왔다며 돌아가라고 하였소. 내가 돌아오려는데 당신 아들이 말했죠. 자기가 아무개 어른한테서 돈을 받았지만 아버지에게 전해드리지도 못하고 죽었다고요. 그 돈은 통감 몇째 권에 넣어 두었다 했소. 통감을 꺼내 보시오."

통감을 꺼내보니 과연 몇째 권 속에 돈이 들어 있었다. 그래서 가난한 친구를 오게 하여 말했다.

"아 참, 자네 고진 사람일세. 돈을 내 아들에게 이미 주었다고 말하면 내가 '자식 죽은 것도 원통한데 내 자식에게 누명을 덮어씌운다.'고 성질 낼 줄 알고 그 어려운 형편에 다시 돈을 꿔서 나에게 돈을 갖고 왔으니 이런 고지식하면서도 고마운 일이 있나!"

그리고는 돈을 되돌려주고 술대접을 거나하게 했다.

— 안대진 구연, 〈저승 갔다 온 이야기(1)〉,
『한국구비문학대계』 3-1, 충청북도 중원군 주덕면, 1979.

아들이 아버지 친구로부터 돈을 돌려받았는데 갑자기 죽는 바람에 돈을 자기 아버지에게 전하지 못했다. 돈을 갚은 친구는 그런 사실을 짐작했지만, 친구의 마음을 더 아프게 하지 않기 위해 돈을 다시 마련해서 한 번 더 돈을 갚는다. 진실이 영원히 묻힐 뻔한 상황에서 '저승 갔다 돌아오는 사람'이 개입하면서 진실이 밝혀진다. 저승 여행은 진실을 묻기도 하고 진실을 밝혀내기도

하는 계기가 되는 것이다. 친구의 마음을 아프게 하지 않기 위해 없는 살림에 돈을 두 번이나 갚은 사람의 배려심이 알려지며 감동을 준다. 이승의 채무 관계는 저승의 힘을 빌려서라도 해결돼야 한다는 메시지도 만들었다.

❶⑮ 저승사자 노릇한 울산 조병사趙兵使

울산(蔚山)에 조병사(趙兵使)라는 어른이 있었다. 용기가 있고 힘도 셌다.

옛날에는 강원도 사람들이 장수했다 한다. 강원도 사람을 잡으러 저승사자가 내려왔다. 저승사자는 집 안으로 들어갈 틈을 못 찾았다. 그 집이 탱자나무로 담장을 만들었기 때문이다. 도둑이나 귀신은 탱자나무가 부담스러웠다. 또 대문 안에는 삼족구(三足狗, 발이 셋 달린 개로, 구미호나 귀신을 알아보고 물리치는 능력이 있다고 한다.)를 앉혀 놨다. 저승사자는 그것이 더 무서워 대문 안으로 들어가지 못했다. 그래서 염라대왕이 저승사자를 거듭 보내도 그 집 사람을 잡아오지 못했다.

염라대왕이 말했다.

"울산 조병사를 잠시 저승으로 불러들여서 그 사람을 잡아 오게 하는 수밖에 없다. 조병사만은 잡아올 수 있을 테니 어서 조병사를 불러들여라."

조병사도 저승에서 자기를 데려갈 것을 짐작하고는 아들에게 당부했다.

"내가 아무 날 아무 시에 죽을 것이다. 내 말도 동시에 죽을 것이다. 내 시신과 말의 몸뚱이를 가만히 그냥 두어야 하느니라! 한 닷새에서 이레까지는 그대로 두거라."

과연 아무 날 아무 시가 되니 조병사와 말이 함께 죽었다.

저승에 당도한 조병사에게 염라대왕이 말했다.

"강원도 어느 마을에 가면 아무개가 있다. 네가 아니면 그 사람을 잡아올 수가 없다. 어서 가서 잡아오너라!"

염라대왕의 명령을 받은 조병사는 강원도 그 마을 그 집으로 내려갔다. 과연 그 집 주위에는 탱자나무들이 둘러싸고 있었고 대문에는 삼족구가 버티고 있었다. 도저히 들어갈 틈을 찾을 수가 없었다.

그런데 돌아가 보니 새파란 여자가 오라고 손짓을 하고 있었다. 과연 그쪽으로 넘어가서 집 안으로 들어갈 수 있었다. 잡아갈 사람은 대청에 앉아 머리를 빗고 상투를 틀고 있었다. 그 상투를 쥐고 망치로 때리니 꼼짝 못 하였다. 이렇게 잡아서 저승으로 데려다주니 염라대왕이 말했다.

"그래 너는 돌아가도 좋다."

조병사가 돌아오며 생각해보니 방금 잡아다 준 그 노인은 자기가 아는 사람이었다. 집으로 돌아오자마자 그 집으로 문상을 갔다. 새파란 여자가 오라고 손짓하던 그 모퉁이로 가보니 복숭아나무 한그루가 서 있었다. 봉숭아나무 잎사귀가 나불나불한 것이 여자가 손짓하는 것으로 보였던 것이다. 복숭아나무 가지를 타고서 그 집 담을 넘은 것이었다. 집안에 복숭아나무가 있으면 귀신이 잘 들어갈 수 있다는 사실도 알게 되었다. 살림하는 집 안에 복숭아나무를 안 심는 이유가 바로 거기에 있었다.

—손출헌 구연, 〈저승사자 노릇한 울산(蔚山) 조병사(趙兵使)〉,
『한국구비문학대계』 8-8, 경상남도 밀양군 산내면, 1981.

복숭아나무가 귀신을 부른다 하여 집안에 복숭아나무를 심지 않는 풍속과 관련되었다. 저승에서 이승의 유능한 사람을 저승사자로 임시 채용한다는 흥미로운 모티프도 담았다. 귀신을 부르는 복숭아나무(복숭아나무 가지로 귀신을 물리치는 무

속이나 풍속도 있다.)와 귀신을 물리치는 삼족구를 대비시켰다. 민간에 집 울타리로 탱자나무를 심는 이유도 설명될 수 있다. 탱자나무는 삼족구와 동일한 기능을 한다. 복숭아나무가 집안으로 저승사자 혹은 귀신을 끌어들이는 여자라면, 탱자나무와 삼족구는 저승사자 혹은 귀신이 집안으로 들어오는 것을 막는 것이라 할 수 있다. 저승생환담이 저승사자 및 귀신 관련 풍습과 긴밀히 연결됨으로써 서사적 박진감을 생성했다. 사람이 죽어가는 과정이 저승사자가 집 안으로 들어와서 잡아가는 행동으로 전환 표현되었다. 이로써 자기 죽음을 대상화하여 바라보게 한다는 점에서 좋은 죽음명상 텍스트가 될 수 있다.

❶⑯ 저승에 간 여인

옛날에 어떤 여인이 출산 후 세이레 만에 죽었다. 오후 4시쯤 죽었는데 남편이 마구 흔드니 정신이 조금 돌아왔다. 눕혀 놓은 아기 울음소리도 들리고 개 짖는 소리도 들렸다. 목에서 숨소리가 딸깍 나는 게 꼭 열쇠 채우는 소리 같았다. 그러다 다시 정신을 잃었다. 숨도 끊어졌다.

자기 집 문턱 밑을 보니 큰 기와집이 있었다. 저승이 멀다 했지만 자기 집 문턱 밑이 저승이었다. 기와집에서 영감이 나와 말했다.

"나를 따라가서 판관님들에게 문초를 받고 이 세상으로 다시 보내주면 나에게 오너라."

따라서 허허벌판이 나오고 모래사장과 넓은 꽃밭도 나왔다. 자세히 보니 바로 자기 집 마당가였다. 한참 가니 시퍼런 강이 나타났다. 앞서서 지팡이를 짚고 가던 영감은 앞에 강이 나타나니 다리를 놓아주면서 말했다.

"니가 이 다리를 걸어가지는 못할 테니 기어서 나를 따라 오너라."

다리를 건너자 벌판과 꽃밭이 나왔다. 벌판을 가다 보니 거대한 기와집 한 채가 나타났다. 기와집에는 열두 개 문이 달렸다. 영감이 열두 개 문을 두드리니 그 문들이 주르르 열렸다. 깃대에는 금 조롱이 달려있었다. 영감이 말했다.

"니가 꼭 내 말을 듣고 꼭 가서 내 말대로 대답해라."

서너 명 판관들이 검은 옷을 입고 투구를 쓰고 앉아 있었다.

한 판관이 말했다.

"아이는 몇 남매 두었고 남편은 몇 살이냐?"

아이는 4남매고 남편은 몇 살이라 대답했다.

"그러면 네가 아직 여기 올 때가 멀다. 빨리 저 판관님한테 가서 문초를 받고 돌아가야 하겠다."

가운데 판관에게 가니,

"젖 먹이는 어린애가 있으니 아직 올 때는 아니다. 빨리 돌아가거라."

세 번째 판관한테 가서 마지막 문초를 받았다. 그 판관도 말했다.

"너 시간이 없으니 너를 인도해준 할아버지를 따라 가거라. 빨리 돌아가면 생명을 다시 구할 수 있을 것이다."

영감을 따라 돌아오는데 영감이 말했다.

"니가 나를 빨리 따라오면 너의 생명을 늘려 주마."

그리고 이어서 말했다.

"남편은 몇 살이 되면 여기로 올 것이고 너는 몇 살이 되면 오게 될 것이다. 잘 살다가 오너라."

그리고는 보내주었다.

들판에 이르니 아이들이 뛰놀고 있었다. 버선을 신지 않은 아이가 꽃나무 가시에 발을 찔러 울고 있었다. 버선을 신은 아이들은 마음껏 뛰놀았다. 죽은 아이를 염할 때는 버선이나 신발을 반드시 신겨야 한다.

또 강이 나타났다. 영감이 다리를 놓아주면서 말했다.

"네가 이 다리를 잘 건너면 생명을 지키고 잘못 건너면 생명을 잃는다."

"어떻게 건너야 하나요?"

"이 다리를 잘 잡고 건너되 이번에는 걸어서 건너라."

바르게 서서 난간을 잘 잡고 건너가는데 갑자기 발이 푹 빠져버리니 깜짝 놀랐다. 따라오던 복슬강아지도 어디론가 사라져버렸다. 이렇게 깜짝 놀라 보니 이미 이 세상에 돌아와 있었다. 그래서 살아났다. 네 시쯤 죽었다가 저녁 아홉 시쯤 살아났다.

—서양순 구연, 〈저승에 간 여인〉,
『한국구비문학대계』 6-6, 전라남도 신안군 임자면, 1984.

구연전승되는 저승생환담의 완전한 모델이다. 저승 심판 과정에서 가족 관계가 강조되는 특징을 보인다. 특히 젖먹이가 있는 어머니는 아이에게 젖을 더 주어야 한다는 이유로 돌려보내지는 것이 인상적이다. 또 주인공이 저승에서 돌아오는 길에 만난 죽은 아이들의 모습도 특별하다. 맨발의 아이들이 꽃밭 가시에 찔려 울부짖고 있는 것이다. 그래서 아이 시신에 버선이나 양말, 신발을 꼭 신겨야 한다고 했다. 이 이야기를 읽어가는 과정에서 장례의식의 의미와 문제에 대해서 곰곰이 생각할 수 있다.

❶⑰ 살아서 진천, 죽어서 용인

진천(鎭川)의 이씨 노인이 병들어 죽었다. 염라국에 가니 문서를 관장하는 분이 "당신은 몇 해 더 살다가 와야 하니 돌아가시오." 했다. 저승사자가 이씨 노인을 데리고 진천으로 왔다. 그러나 몸은 이미 무덤에 묻혀 있었다. 혼이 그 몸에 들어가도 살아날 수가 없었다.

마침 용인(龍仁)의 김씨 노인이 죽어 그 혼이 염라국으로 가고 있는 중이었다. 저승사자가 "아, 잘 됐다. 김씨 노인 몸에 혼을 불어넣어주면 살아나겠네." 하며 용인으로 갔다. 용인 김씨 노인의 방에다 이씨의 혼을 들여 보내주었다.

김씨 노인이 죽은 지 몇 시간 만에 살아나니 김씨 노인의 가족은 깜짝 놀라면서도 좋아했다. 그러나 눈을 뜨고 주위를 둘러본 노인이 말했다.

"여기가 누구 집이요?"

가족들이,

"여기가 우리 집이지 누구 집이라니요?"

하고 되물었다. 그 김씨 노인의 부인이 말했다.

"아! 영감이 죽었다 살아나니 아직 정신이 깨끗하지 않구려!"

옆에 있던 아들도,

"아, 아버지가 돌아가셨다 살아나니까 정신이 없는가 봅니다."

라고 거들었다. 그래도 노인은,

"아니야, 여기는 우리 집이 아니오! 이 집 주인이 누구시오?"

라 고집했다.

아들이 대답했다.

"이 집 주인은 김 아무씨고 저는 그 아들 김 아무개 올시다."

"자네는 내 아들이 아니네. 내 아들은 이 아무개이고 내 집은 진천에 있어. 여긴 어디지?"

"여기는 용인입니다."

"아아, 그러면 더욱 아니야. 우리 집은 진천에 있다구."

그래도 용인 김씨 노인의 부인과 아들, 며느리는 '그래 돌아가신 지 몇 시간만에 살아났으니 정신이 없어 딴소리를 하시는 거야. 다른 사람이 어찌 우리 집엘 올 리가 있을까?' 생각하고 며칠 노인을 잘 보살피고 대접하였다. 그 노인이 몸이 편치 않다고 하며 다시 주장했다.

"난 이제 우리 집으로 갈 테야."

그렇게 하여 소문은 이씨 노인의 진천 아들의 귀에까지 들어갔다. 소문을 들은 진천 이씨 노인의 아들이 말했다.

　"그래! 우리 아버지가 혼으로라도 살아서 용인까지 가서 날 찾고 있다 하시니 내가 어찌 안 가볼 수가 있겠나?"

　아들은 용인 그 댁을 찾아갔다. 노인이 그 아들을 보더니 반기며 말했다.

　"아이구, 네가 여길 찾아왔구나! 애야, 난 지금 마음이 너무 불편하구나. 너 이름이 아무개인 줄 내가 정확하게 안다. 손자 아무개도 잘 있느냐?"

　"예, 다들 잘 있습니다."

　"그래, 내가 염라국에 갔더니 인간으로 더 살다 오라고 해서 돌아왔다. 어떻게 되었는지 내 혼이 다른 사람의 몸에 들어가게 되었구나. 어떻든 나는 네 아비임이 분명하다. 날 데리고 가거라!"

　그러자 김씨 아들들이 소리쳤다.

　"아, 안 됩니다요! 우리 아버지를 어디루 보낸답니까?"

　그러자 이씨 아들도 양보하지 않았다.

　"우리 아버진데 내가 모시고 가야 하겠소!"

　이렇게 다투다가, "아이 그럴 거 없이 군수님께 가서 판결을 받아봐요!" 하고 진천 군수를 찾아갔다. 군수에게,

　"사정이 이러하니 누가 모셔야 옳을지요?"

라고 물었다.

　군수도 난처해하더니 이렇게 판결했다.

　"원래 사람에게는 몸도 중요하지만 정신이 주인 노릇을 한다. 살아 생전에는 진천에 가서 살고 죽으면 용인에 몸을 묻어라."

—정해수 구연, 〈영혼과 육체가 뒤바뀌다〉,
『한국구비문학대계』 4-2, 충남 대덕군 탄동면, 1981.

혼이 다른 몸에 들어가는 상황을 설정함으로써 혼과 몸의 존재와 관계에 대해 성찰했다고 할 수 있다. 혼과 몸이 바뀌는 곤혹스런 상황이 사람 관계에도 큰 혼란을 가져왔다. 몸보다는 혼이 사람에게 중요하다는 원칙을 확인했다. 그래서 살아서는 혼의 주인인 이씨가 살던 진천에서 살고, 죽어서는 몸의 주인인 김씨가 살던 용인에 묻게 하는 결말을 만들었다. 혼과 몸의 관계에 대한 성찰을 위해 저승생환담 모티프가 활용되었다. 이 이야기를 천천히 읽어가며 감상하면 몸과 혼에 대한 선조들의 관념을 이해할 수 있다. 나아가 혼과 몸에 대한 나 자신의 생각도 성찰하고 정리할 수 있게 된다.

❶⑱ 인도환생

경상도 함양 땅에서 70살 김 진사가 죽었다. 그 혼이 날아가다가 보니 깊은 밤인데 아리따운 젊은 부인이 바느질을 하고 있었다. 남편인 젊은 초립동이가 자다가 혼이 나가버리고 숨을 헐떡이고 있었다. 김 진사 혼이 거기 들어 붙었다.

젊은 초립동이 혼이 돌아와 보니 자기 몸에 달라 붙을 수가 없었다. 그래서 몸은 청춘인데 속은 영감이 되었다.

아침까지 늦잠을 자고 있으니까 그 아버지가 말했다.

"저 놈이 장가를 일찍 가서 마누라한데 흠뻑 빠져 일어나 세수할 줄도 모르고 밥 먹을 줄도 모르고 서당에도 안 가네!"

이렇게 아버지가 호통을 치니 집을 나섰다. 서당으로 가려니 서당이 어디 있는 줄을 몰랐다. 동네를 한 바퀴 돌아보니 글 읽는 소리가 들려와 그곳으로 갔다.

선생은 아랫목에 앉아 있는데 영감이었다. 앉자마자 인사를 올리니 훈장이 꾸중했다.

"옛끼 이놈! 어린 것이 장가를 갔으면 서당으로 빨리 올 일이지!"

자기 책을 가져와 읽어야 할 텐데 자기 책이 어느 것인지 알 수 없었다. 옆의 학동이, "야, 이 자식아 글이나 읽어라!"

하고 책을 당겨주었다. 어디까지 배운 줄을 모르니 처음부터 쭉 읽어갔다. 옆의 한 놈이 고자질을 했다.

"선생님, 아무개는 서당에 잘 나지도 않았는데 방금 책 끝까지 다 읽어버렸습니다!"

선생이,

"잉? 정말이냐?"

하고 놀랐다. 그러고는 처음부터 다시 읽어보게 했다. 김 진사가 얼음 위에 방울 굴리듯 막힘 없이 쭉 읽어갔다.

"이 놈 봐라. 그럼 더 읽을 수 있겠나?"

훈장이 물으니 더 읽을 수 있다고 대답했다.

소학, 대학, 중용, 맹자, 그리고 시경, 삼경, 육경을 다 갖다줘도 줄줄 막힘 없이 읽어갔다. 훈장이 그 아버지를 불러 말했다.

"이것이 참 이상한 일입니다. 신동도 이런 신동이 없었습니다. 동몽선집 아무 곳까지밖에 안 배웠는데 이 아이가 모르는 게 없으니 이 녀석한테 내가 배워야 하겠습니까?"

그 아버지가 말했다.

"참으로 그렇단 말씀이십니까?"

그래서 자기 아버지 앞에서 읽게 하니 어디 한 군데 막히는 데가 없었다.

아버지는 훈장님께 술대접을 톡톡히 하고서 아이를 데리고 돌아왔다.

집에서 지내던 김 진사가 가만히 따져보니 자기 발인 날이 다가오고 있었다. 그 사실을 말할까 말까 하다가 결국 고백을 했다.

"제가 사실은 몸은 당신의 아들이나 혼은 경상도 함양 땅에 살던 진사 김 아무개 올시다. 당신 아들 노릇을 하기는 하는데 아무 날이

제 발인 날이니 좀 다녀와야 쓰겠어요."

그러자 아버지가,

"이 놈 자식 정신이 돌아버렸네!"

하고 벼락 호통을 쳤다. 아무리 그래도 김 진사는 물러서지 않았다.

자식 이기는 부모 없다고 결국 아버지가 일단 그 놈 하는 행동을 살펴보기로 했다. 종에게 은밀히 말했다.

"저 놈이 말한 것이 참말인가 거짓말인가 좀 가 보고 오너라!"

종이 김 진사를 따라서 갔다. 김 진사가 동네 입구에 이르니 동네 노인들이 모두 나왔다. 김 진사가 미친 사람처럼,

"조카 본 지 오래세."

"동생 본 지 오래세."

라고 외쳤다. 그러니 모두들 픽픽 웃었다.

"아이, 이런 미친놈이 어디 있어?"

하고 꾸짖었다.

그래도 초상집으로 들어가서 조문객 모양 영안실로 들어가서는,

"너희들, 이렇게 할 것 없다. 다 치워버려라. 너희 아버지 내가 왔다!"

라 외쳤다. 그러니 웬 미친놈이 다 있다고 사방에서 난리가 났다. 모두가 다 그러니 배길 수가 없었다. 그래서 '가만 있거라. 내가 어떻게 해서 증거를 제시할까?' 하고 궁리를 했다. 집안의 보책이나 집안 내력 같은 것은 다 말해도 소용이 없었다. 그래서,

"너그 엄마 이리 오라 해라!"

그리고 또 말했다.

"자, 이건 나 외에 누구도 모를 것이여!"

했다.

"자네 데리고 산 나밖에 모를 테니! 자네 거시기 옆에 검은 점이 이

렇게 있어. 이렇게 증명해도 나를 의심할 테냐?"

안에 들어가서 치마를 벗겨 보았다. 과연 거기에 검은 점이 있었다. 그러니 완전히 증명하게 되었다. 자식들이 영안실을 다 뜯어버리고 김 진사에게 인사를 올리고 아들 노릇을 다했다.

—이영신 구연, 〈인도환생〉,
『한국구비문학대계』 6-6, 전라남도 신안군 지도면, 1981, 194면.

혼과 몸의 분리와 환생 과정에서 있을 법한 문제 상황을 설정하고 스토리를 엮어나갔다. 이것은 우리 조상들이 삶과 죽음에 대해 평소 성찰하고 상상한 바를 함축한 것이어 죽음 텍스트로 참고할 만하다. 또한 이 이야기는 다소 희화화된 면이 있는데, 죽음 성찰의 진지함을 약화시키는 우려를 하게 하기도 하지만, 죽음과 환생을 가벼운 마음으로 생각하게도 하는 것이기에 나름대로 의의가 있다.

❶⑲ 신체와 혼령이 뒤바뀐 아버지

천씨(千氏)가 살았다. 아픈 데도 없었는데 갑자기 죽었다. 저승으로 가서 이름을 살펴보니 같은 이름에 주소가 다른 사람이 있었다. 그 사람을 잡아갈 걸 잘못 잡아간 것이었다.

돌아오는 데 한 4,5일 걸렸다. 자기 집에서는 장사를 지낸 뒤 시신을 메고 나가고 있었다.

'아이구, 내 몸으로 들어가야 할 텐데 내 몸은 이미 좀 상했을 게다. 이왕 이래 된 바에야 나와 이름이 같지만 주소가 달랐던 그 사람 있는 곳으로 가봐야 겠다.'

이렇게 생각하고 강원도 그 사람 주소지로 찾아갔다. 가보니 사람이 죽었다고 울고불고 난리였다. 천씨가 그 시체 안으로 들어갔다. 시체가 깨어나니 그곳 식구들은 죽었던 사람이 살아났다고 좋아 난리였다.

그러나 천씨의 혼은 갈피를 못잡았다. 전부 낯선 사람들이었다. 마누라도 낯설었다. 그러나 다시 죽을 수도 없고 하여 그냥 거기서 살았다. 살다보니 재미가 없어 못살 것 같았다. 자기 집으로 돌아가려는 마음이 일어났지만 몸이 다르니 자기 집에 가는 것도 곤란했다.

두어 달 살다가 도저히 견디지 못해 자기 집으로 돌아갔다. 자기 아들이 두건을 쓰고 짚신을 신고서 마당에 서 있었다.

"아무것이야!"

하니 아들이 가만히 보더니 처음 보는 사람이어,

"누구시지요?"

"너그 아부지 아이가?"

이러니 아들이 '이 어데서 온 미친 사람이 있나?' 하고 생각했다.

"너는 날 잘 못알아볼거라."

그리고는 저승에 갔다 오면서 이렇게 되었다는 사연을 이야기해주었다.

"내 몸은 니 아부지가 아니어도 혼은 니 아부지다!"

그리고는 자식과 마누라의 이름을 정확하게 말하고 살림살이에 대해서도 소상하게 이야기하였다. 모르는 게 없었다. 집안사람들은 그런 걸 다 아는 것을 보니 그럴 성 싶기도 하지만 세상에 어찌 이런 일이 있을 수 있는가 하여 의심도 일어났다.

한편 저쪽 집에서도 자기 아버지 실종되었다고 야단이 났다. 죽었다가 깨어난 자기네 아버지가 없어졌으니 더 안타까웠다. 며칠을 수소문해서 겨우 찾아왔다. 서로 이야기를 하여 사정을 어느 정도 알게 되었다. 자기 아버지가 거짓말을 하는 게 아니라는 것을 알게 되었다. 여기서는 자기 아버지라고 안 놓으려 하고, 저기서는 자기 아버지라며 데리고 가려고 하였다. 이리 신강이를 하다가,

"자, 우리 이러지 맙시다. 좋은 수가 있소. 고을 원님한테 해결을 부탁하자 말이요."

"그럼 좋다."

이래서 원님에게 찾아가서 사연을 쭉 이야기했다. 그러자 원님이 판결을 이렇게 내렸다.

"지금은 몸의 집에 가서 살다가, 죽거들랑 혼의 집 본 아들을 찾아오게 하라!"

그래서 할 수 없이 저 집으로 가서 살다가 죽고 나서 자기 집에서 혼을 모셔왔다 한다.

— 권중원 구연, 〈신체와 혼령이 뒤바뀐 아버지〉,
『한국구비문학대계』 7-14, 경북 달성군 유가면, 1983.

저승으로 가서 돌아오는 이야기가 혼과 몸의 문제에 대한 성찰로 나아간 경우다. 몸은 근방 썩어 없어지지만 혼은 상대적으로 오래 간다는 인식을 바탕으로 한다. 아버지의 혼이 남의 몸으로 들어갔을 때, 어느 쪽을 주체로 해석해야 할 것인가는 아들에게 곤혹스럽다. 결국 혼과 몸이 함께 살아있을 때는 몸을 중심에 두고, 혼이 몸으로부터 이탈했을 때는 혼을 중심에 둔다는 것이 원님의 입을 빈 지혜다. 살아있을 때 혼을 중심에 두어야 한다고 했던 <살아서 진천, 죽어서 용인>, <인도환생> 등 앞의 두 이야기와는 반대가 되는 주장을 한다. 그런 점에서 우리 선조들이 일상에서 혼과 몸 중 어느 쪽을 더 중시했는가는 일관되지 않았다고 하겠다. 이 텍스트들을 읽어가면서 혼과 몸에 대해 우리 스스로 사유하고 의미부여 하는 자유를 확보할 수 있다.

❶⑳ 세민황제본풀이

세민황제는 임금으로 있을 때 고집이 세고 마음이 사나웠다. 백성들을 괴롭혔다. 불법(佛法)을 멸시하여 불도를 믿는 사람에게 엄한 벌을 내리고 포악한 짓을 일삼다 죽었다.

저승에 가니 먼저 가 있던 사람들이 몽둥이를 들고 이승 때의 원수를 갚는다고 덤벼들었다. 저승차사가 말리면서 저승왕에게 데리고 갔다. 저승에 먼저 와 있던 백성들과 저승으로 새로 온 사람들이 모여들어 저승왕께 말했다.

"세민황제는 이승에 있을 때 우리의 돈을 많이 빼앗아가고 죄 없는 사람들을 괴롭히고 죽이고 포악한 짓을 일삼았습니다. 저희들의 원수를 갚아주소서."

저승왕이 세민황제를 불러다가 말했다.

"너 이 고약한 놈아, 이승에서 못할 짓을 많이 하여 무고한 사람들을 괴롭히고 죽게 하고 사람의 돈을 빼앗아 먹었으니 그때 못할 짓한 것만큼 옳은 일을 하여라. 못살게 한 사람 잘 살게 하고, 죽게 한 사람 되살려라. 빼앗은 돈은 모두 갚아주어라!"

세민황제가 말했다.

"옳은 일이야 여기서도 하겠지만, 여기 돈이 없으니 어떻게 돈을 갚겠습니까?"

저승왕이 화를 내며,

"네가 이승에서 빼앗은 돈은 다 어찌했느냐? 이제 어떻게 하겠단 말이냐? 만 년 동안 뱀 통에 들어가 살게 해줄까?"

하니,

"제가 정말 못할 짓을 했습니다. 저승왕께서 돈을 좀 빌려주소서."

하고 또,

"저를 살려주시면, 이승에 가서 나쁜 버릇 고치고 선한 마음을 먹어 만인 적선하여 돈을 벌어 갚아 드리겠습니다."

했다. 저승왕이,

"이승의 매일과 장상을 아는가?"

물었다.

"모르겠습니다."

하니,

"매일과 장상이 여기에 돈을 많이 가지고 있으니 그 돈을 빌려 썼다가, 이승으로 가서 갚아주라."

하고는 돈궤 지기를 불렀다.

"돈궤 돈을 이 세민황제에게 내어주라!."

세민황제는 돈을 빌려서 그 많은 사람들에게 갚아주었다. 그리고 자기 저승궤에 가보니 볏단 한 단만 달랑 들어 있었다. 저승왕에게 묻기를,

"어찌하여 저의 저승궤에는 볏단 한 단밖에 없습니까?"

"너는 세상에서 남의 것을 공짜로만 먹고 남에게 공짜로 준 적이 없다. 단지 어렸을 때 동네 늙은이에게 볏짚 한 단을 준 적이 있지. 살았을 때 활인을 많이 해야 저승궤에 재산이 많아지는 법이다."

"그러면 어떤 것이 활인지덕입니까?"

"배고픈 사람 밥 주고, 옷 없는 사람에게 옷 주고, 가난한 사람에게 돈 주고 하는 것이 활인지덕이다. 만인적선을 해야 하는 것이다. 어서 속히 이승으로 나가서 만인적선하고 돌아오너라. 네가 길을 가다보면, 어럭송아지(중소가 될 만큼 자란 큰 송아지)가 나서서 길을 인도해 주겠다고 할 것이다. 그러나 그 송아지의 말을 듣지 말고 곧은길로만 나가거라, 또 가다 보면 흰 강아지가 길을 인도해 주겠다고 할 것이다. 그러나 그 말도 듣지 말고 곧은길로만 바로 가다 보면 검천낭이라는 차사가 있을 테니 그 차사에게 물으면, 이승으로 나갈 수 있을 것이다."

이승으로 오다 보니, 과연 어럭송아지가 그리고 또 흰 강아지가 그렇게 했지만 저승왕이 시킨 대로 하여, 곧은길로만 가다 보니 검천

차사가 있어서 길을 물었다.

"당신이 세민황제입니까?"

"그렇소."

"그러면 이쪽으로 따라오시오."

얼마쯤 따라가니, 어떤 문을 열며,

"컴컴한 데로만 들어가면 이승으로 갈 수 있소."

하고 말하며 등을 떠미니 연못 같은 곳으로 텀벙 떨어졌다.

깜짝 놀라 깨어보니 이승이었다. 자기도 이승 사람이 되었다.

즉시 만조백관을 모아 조회를 열어 조사해 보니 장상은 신을 만들어 팔고 매일은 술장사를 하면서 살고 있었다. 세민황제는 허름한 몸차림을 하고 야행을 하다가 매일과 장상의 집으로 들어갔다.

"먼 곳에서 온 사람입니다." 하니 매일과 장상이 다정스럽게 말하였다.

"들어오십시오."

세민황제가 술을 달라 하니 매일 장상은 술상을 정성스럽게 차려 가져다 놓았다. 술 석 잔을 마시고 술값을 물으니,

"한 잔에 두 푼씩 여섯 푼만 내십시오."

했다. 왜 그렇게 받으냐 물으니,

"다른 집에서 두 푼을 받으면 한 푼을 받고 다른 집에서 네 푼을 받으면 두 푼을 받고 하는 것은 제 집에는 그전부터 항상 있는 일입니다."

했다. 이런 것이 적선인가 생각하며 세민황제는 며칠 후에 다시 매일 장상의 집으로 가서 신을 한 배 달라고 했다. 그랬더니 신 한 배를 더 내여 주었다. 그 연고를 물으니,

"신 한 배를 사는 자에게 두 배를 내주고 두 배를 사는 자에게 네 배를 내주는 것은 우리 집의 변치 않는 규칙입니다."

했다. 그래서 이것도 적선인가 생각하고 돌아갔다가 또 며칠 만에 매

일 장상의 집으로 가서 돈 열 냥만 빌려달라고 하니,

"그렇게 하십시오."

하며, 선선히 열 냥을 내어주었다. 세민황제가 물었다.

"모르는 사람에게 돈을 주었다가 갚지 않으면 어쩌겠는가?"

"옹색하여 가져다 썼다가 생기거든 갚아주시오, 돈이 안 생기거든 안 갚아도 좋으니 조금도 걱정하실 것 없습니다."

매일 장상이 웃으면서 대답했다.

세민황제가 매일 장상의 돈 열 냥을 받아 나오면서,

'이런 것이 정말 만인적선이로구나. 이렇게 하면서 매일 장상은 수만 명의 불쌍한 사람들을 살려주고 수만 냥의 돈을 다른 사람에게 공짜로 주었을 것이다, 그러니 매일 장상의 저승 궤에는 돈이 가득히 차고 있는 것이로구나.'

하고 생각하며, 무척이나 교화를 받게 되었다.

돌아와서 세민황제가 즉시 조회를 열고 적선지도를 닦기 위해 여러 가지 방침을 의논하니, 영의정이 말하기를,

"완전한 적선지도를 닦으려면 팔만대진경을 내어와야 합니다."

했다. 그러면 누가 어디로 가서 팔만대진경을 내어 올 것인가 의논을 거듭했다. 호인대사(好仁大師)라는 신하를 시켜서 극락세계에 보내어 팔만대진경을 내어오도록 하게 했다.

호인대사를 불러서, 극락세계의 팔만대진경을 내어오라 명령을 했다. 극락세계가 어느 땅 어느 구석에 붙은 줄도 몰랐던 호인대사는 허공을 우러러 측도하고 아무 목표도 없이 가다가 "죽어지면 죽어져라," 하고 이 땅의 막다른 곳까지만 걸어가 보자는 생각을 하고 발길 닿는 대로 걸어갔다. 가다가 험한 층암절벽의 중간에 이르러, 어쩔 줄을 모르고 정신이 희미해져 있는데 어디서인지 "호인대사, 호인대사." 하며 부르는 소리가 들렸다. 정신을 가다듬고 사방을 살펴보아도 사

람 흔적이 보이지 않았다. 그래도 자기를 부르는 소리는 계속 들리니 호인대사가 용기를 내어 말했다.

"귀신인가, 생인인가, 나를 살려주시오."

그러니,

"나도 죽어가는 사람인데 어떻게 다른 사람을 살리리오마는 일단 이쪽으로 뛰어 내리시오."

하는 소리가 들려왔다.

"그렇게 떨어지면 죽지 않소?"

하니

"죽지 않을 테니, 걱정말고 뛰어내리시오."

하는 소리가 더 분명하게 들려왔다. 호인대사가 죽음을 각오하고 뛰어내리니 그곳에 문답하던 사람이 있었다. 그 사람은 산 같은 바위틈에 끼어 간신히 머리만 밖으로 내밀고 있었다.

"당신의 이름은 무엇이오?"

"빠른개비라 하오."

"왜 이곳에 와서 이런 곤경을 당하게 되었소?"

"세상에 다니면서 포악한 짓을 많이 한 까닭에 옥황상제께서 천년 동안 이런 벌을 받게 한 것입니다. 그리하여 천년 만에 호인대사가 이곳을 지나가거든, 이 돌을 열어달라 하여 나와서 호인대사를 도와주라고 하였는데 지금이 꼭 천년이 되었습니다."

"그러면 내가 이 돌을 어떻게 해야 열 수 있소?"

"당신의 손으로 이 돌을 밀면 얼마든지 열 수가 있을 것입니다."

호인대사가 연약한 손으로 한 번 밀치니, 산 같은 바위가 훤하게 열리고 빠른개비는 펄쩍 뛰어나와 한없이 사례했다.

그리고는 "내 어깨에 매달려 단단히 붙잡고 떨어지지 마세요." 하며 호인대사를 업고는 번개같이 절벽 위로 뛰어올랐다. 절벽에서 풍덩 바다로 떨어지니 거기에 넓은 길이 열렸다. 그 길로 무한히 걸어 갔다. 가다가 보니 앞에 망망한 펄 바다가 생겨났다. 용왕에게 자그마한 배를 얻어다가, 그 배를 타고 수만 리를 가고, 그 다음 청수바다 황수바다 백수바다 흑수바다 적수바다를 지나서 극락세계로 올라가서 내막을 상세히 말하여 팔만대진경을 얻었다. 희색이 만면하여 오던 길을 되돌아왔다.

먼저 지나가던 곳을 건너오고 넘어와서 넓은 벌판 좋은 길에 나왔다.

"지금부터는 나 혼자 본국으로 가는 데 걱정이 없을 것이오."

하고 호인대사가 말하니 빠른개비도 대꾸했다.

"나도 호인대사 덕분에 풀려나고 호인대사도 내 덕분에 좋은 세상을 무사히 구경하여 소원하던 바를 달성하게 되었소 서로 귀인으로 만나 죽는 목숨 살렸으니 이 다음에 언제 다시 즐거운 낯빛으로 상봉하기로 하고, 이만 헤어집시다."

하고는 허공으로 사라졌다. 호인대사는 혼자 몸이 되어, 세민황제 앞까지 돌아와서 팔만대진경을 올렸다.

호인대사가 팔만대진경을 무사히 내어오기만 주야로 축원하고 있던 세민황제는 기쁨을 이기지 못했다. 호인대사를 기특하게 생각하며 수없이 칭찬하고, 즉시 높은 벼슬을 내렸다. 만조백관의 회의를 열어, 매일과 장상을 불렀다. 매일과 장상이 앞에 오니 저승 간 때의 사실 만단을 이야기하고 이승 온 후에 매일 장상의 집에 찾아가던 일까지 이어서 자세히 말하고는

"네가 그렇게 많이 적선한 것이 내게 크나큰 가르침이 되어, 나까지도 활인지덕을 베풀게 되었다."

하며 매일 장상을 실컷 칭찬하고 감사했다. 또,

"너는 저승으로 간다면 내게 받는 것보다도 몇 곱절이나 더한 칭찬을 저승왕으로부터 받을 것이다. 그리고 네 저승 궤는 내가 보았을

때보다도 지금은 더욱 불어나 있을 것이며 네가 죽어 가서 차지할 때에는 몇 곱절이나 더 불어나게 될 것이다."

이러하니 매일과 장상은 오히려 비웃는 듯 불쾌한 듯 미소하며 말했다.

"소인은 칭찬받기를 즐거워하지 않습니다. 그뿐 아니라, 오히려 부끄럽습니다."

세민황제가 이상스럽게 생각하며 말했다.

"그것은 무슨 까닭인가, 네가 일삼던 만인적선 활인지도가 장하지 않은가? 네 덕분에 나까지도 더욱 선한 마음을 먹어서, 선한 일을 하여 저승왕에게 칭찬을 받게 되지 않았느냐?"

매일 장상이 머리를 가로 흔들면서 말했다.

"소인은 원래부터 남에게 칭찬받는 것을 싫어하는 바입니다. 또 소인이 생각한 만인적선 활인지도는 수만의 일도 닦지 못하였습니다. 아직도 밥 없어 굶는 사람, 옷 없이 떠는 사람, 온갖 불쌍한 사람이 세상에 가득하니 어찌 만인적선을 하고 활인지덕을 닦았다고 하겠습니까? 소인은 세상에 모든 불쌍한 사람들을 구제하지 못한 오늘에는 저승을 간다 할지라도 저승왕을 뵐 면목이 없습니다. 소인은 아직 손붙이지 못한 일이 너무 많고 할 일이 너무나 태산같이 있으니 여기서는 조금도 만족할 수 없습니다."

이렇게 말하니 세민황제가 크게 감동하고 지금 자기를 자랑한 것이 매일 장상에게 부끄러웠다. 온 세상의 불쌍한 사람들을 모조리 구제해야 한다는 것을 새삼 깨달았다.

그러면서

"저승에서 빌려 쓴 돈을 저승왕의 명령에 따라 갚아주노라."

하고 빌린 돈에 이자까지 채워서 내어주었다. 매일 장상은 굳게 거절하며

"소인은 지금까지 남에게 빌려준 돈을 구변까지 합하여 받아본 적이 없습니다."

하였다. 세민황제가 말하되,

"이것은 저승왕의 명령에 의해 주는 것이어서 반드시 받아야 한다네."

하며 억지로 맡겼다.

그래서 세민황제는 모든 것을 매일과 장상과 의논하였다. 팔만대진경도 보고, 불도 법당 기도(佛道法堂祈禱)를 하며 모든 활인적선지도를 마련했다.

—'박봉춘본' 赤松智城·秋葉隆, 『朝鮮巫俗の硏究』, 大阪屋號書店, 1937; '조술생본', 진성기, 『제주도 무가본풀이사전』 민속원, 1991.

세민황제는 사납고 못된 왕이었다. 세민황제가 죽어 저승으로 가자, 생전에 세민황제에게 시달렸던 사람들이 저승왕에게 와서 원수를 갚아달라고 한다. 저승왕은 세민황제에게 생전 진 빚을 갚으라고 하지만 세민황제는 돈이 없어서 갚지 못한다. 할 수 없이 저승에 있는 매일 장상의 창고에서 돈을 꾸어 갚아주고, 다시 이승으로 돌아온다. 매일 장상은 짚신을 삼고 술을 팔며 사는데, 남들보다 싸게 받으면서 이득을 취하지 않고 있었다. 이것을 본 세민황제가 감명을 받아 호인대사에게 팔만대진경을 구해오도록 한다. 호인대사는 빠른개비의 도움으로 팔만대진경을 구해온다. 세민황제는 이것으로 활인적선의 도를 마련한다.

<세민황제본풀이>는 제주도 지방 서사무가인데, 현재 제의는 전해지지 않는다. 다른 이본인 조술생본에는 이승으로 환생해 돌아온 세민황제가 굿을 하여 매일 장상을 불러 돈을 갚고 영암 덕진산 깊은 물에 덕진 다리를 놓는 대목도 있다. 이런 점에서 인색한 사람이 저승을 다녀와서 적선을 하는 일련의 저승생환담의 원천이 되었을 법한 서사무가이다.

❶㉑ 덕진골 처녀가 놓은 다리

덕진 고을의 원은 백성들 재산을 빼앗기만 했다. 그걸 훤히 보고 있던 저승에서 도저히 그대로 둘 수 없었다. 저승사자를 보내 그 원을 잡아 오게 했다. 잡혀 온 원이 그제야 반성하며 제발 돌아가게 해 달라 애원하니 염라대왕이 꾸중했다.

"네 이놈, 너는 남의 것을 엄청나게 많이 빼앗아 먹었기에 돌려보내 줄 수가 없다."

그리고 한참 있다가 다시 말했다.

"네가 정말 돌아가고 싶거든 쌀 삼백 석을 내놔라."

그러나 원이 저승에서 쌀 삼백 석을 구하는 것은 불가능한 일이었다. 그래서 말했다.

"여기서는 쌀 삼백 석을 내놓을 수가 없습니다."

그러자 염라대왕은,

"빌려서라도 내거라!"

라고 일러 주었다. 어디서 빌릴 수 있는가 묻자 염라대왕은 덕진 처녀의 곳간을 소개해주었다.

"덕진 처녀의 곳간에 쌀 삼백 석이 있으니, 그 쌀을 빌려서 내고 돌아가서 갚거라."

과연 덕진 처녀 곳간 문을 열어보니 쌀 삼백 석이 들어있었다. 그리고 원은 자기의 곳간은 어디 있는가 물어서 가보았다. 원의 곳간에는 짚단 하나가 들어 있었다.

원은 쌀 삼백 석을 빌려 저승에 내고 돌아왔다. 그리고 덕진 처녀를 불렀다.

"내가 저승 가서 너의 쌀 삼백 석을 빌렸다. 그걸 갚을 테니 받거라."

"아이구, 저승에 저의 쌀이 있다는 건 제가 모르는 일이옵니다. 쌀 삼백 석을 돌려줄 필요가 없나이다."

덕진 처녀는 한사코 쌀 돌려받지 않으려 했다.

덕진 처녀는 냇가에서 음식 장사를 했는데 배고픈 사람에게는 밥을 주고 옷 없는 사람에게는 옷을 주었다. 음식 장사로 번 돈을 모두 이렇게 적선했던 것이다.

덕진 처녀가 안 받으려 했지만 원은 억지로 쌀 삼백 석을 주었다. 덕진 처녀는 그렇게 받은 쌀을 팔아서 다리를 놓아주었다. 물 건너는 사람에게 적선한 것이다. 덕진 처녀가 놓았다 해서 '덕진 다리'라 불렀는데 오늘날까지 다리는 있다고 한다.

—배동벽 구연, 〈덕진골 처녀가 놓은 다리〉,
『한국구비문학대계』 7-13, 대구직할시 동구 불로1동, 1983.

가난하고 미천한 덕진 처녀는 굶주리고 목마른 사람에게 음식과 물을 베푼 공덕으로 자기의 저승 곳간이 쌀로 가득 차게 만들었다. 한 고을에서 가장 높은 자리에 있던 원은 백성 수탈만 일삼았기에 자기의 저승 곳간에는 짚단 하나만 덩그러니 들어가게 했다. 짚단 하나가 들어가게 된 이유와 관련되는 대목은 여기서 탈락됐다. 다른 저승생환담에 거듭 나왔듯, 거지에게 짚단 하나 준 것이 그가 타인에게 보시한 유일한 물건이기 때문에 저승 곳간에 짚단 하나가 들어갔을 것이다.

원이 저승에서 빌려 간 쌀을 억지로 돌려주었기에 덕진 처녀는 큰 부자가 되었다. 그러나 그것조차 다른 사람들이 물을 편하게 건널 수 있도록 다리를 놓는 데 희사한다.

이로써 덕진 처녀는, '배고픈 사람에게 음식 주기', '목마른 사람에게 물 주기', '물 건너는 사람에게 다리 되기' 등 이승 생활의 선행을 판결할 때 저승 판관이 묻는 '세 가지' 질문을 완벽하게 충족시키는 일을 다했다. 그리고 이런 덕진 처녀의 언행은 우리가 어떻게 살아야 할 것인가에 대한 답을 제공하고 있다. 이것은 잘 죽기 위해 잘 살아야 한다는 죽음명상의 귀결이기도 하다.

'덕진 다리'가 대구에 있고 전라도 영광에 있고 또 다른 곳에도 있다고 하니, 우리나라 곳곳에 덕진 다리가 있고 또 덕진 다리가 있는 곳곳에 덕진 처녀와 같은 언행으로 살아가는 사람이 있다는 뜻으로 해석한다.

저승생환담은 우리나라 서사문학사에서 오랜 전통으로 이어져오고 있다. 저승생환담의 서사 골격을 살펴보고 그 골격이 변형되는 양상을 살펴본 뒤, 죽음명상 텍스트로서의 가치와 가능성을 알아본다.

저승생환담 중에서 죽음에 대한 성찰이 특별히 진지하게 이루어지는 사례들이 있다. 저승체험이나 임사체험이 존재전환[57]의 계기가 되는 양상을 유심히 살피는 것이 소중하다.

(1) 임사체험의 기본요소와 저승생환담의 형성

혼이 몸으로부터 이탈하고 몸이 정상적 기능을 상실하는 것을 죽음이라 할 수 있다. 혼이 몸에서 떠났다가 짧은 시간 안에 다시 몸으로 돌아온다면 죽음과 되살아남을 이어 경험하는 것이 된다. 이것을 임사체험이라 일컫는다. 임사체험은 다음 12가지 요소의 전부 혹은 일부를 포함한다.

① 의식(혼)이 몸으로부터 벗어난다.
② 모든 감각이 매우 예민해진다.
③ 감정이나 느낌이 대체로 긍정적으로 변한다.
④ 좁은 굴로 들어가거나 좁은 굴을 통과한다.
⑤ 신비롭고 눈부신 빛을 만난다.
⑥ 신비롭고 위대한 존재, 죽은 친척이나 친구를 만난다.
⑦ 시공간의 개념이 달라진 느낌이 든다.

---

57 이 책에서는 '존재전환'이란 말을 '삶의 태도의 전환'과 '존재 방식의 전환'이란 의미를 함께 함축하는 뜻으로 사용한다.

⑧ 삶을 스쳐 지나가는 주마등처럼 회고한다.

⑨ 비현실적인 영역을 접한다.

⑩ 특별한 지식을 접하거나 알게 된다.

⑪ 경계나 장벽을 만난다.

⑫ 자의 혹은 타의에 의해 몸으로 되돌아온다.[58]

임사체험이 가능하다고 보는 근거는 혼(혹은 의식)이 뇌와 떨어져서도 존재할 수 있다는 것이다.[59] 임사체험의 과정에서 혼은 몸에서 이탈하면서 자기 삶에 대하여 '회고 체험'을 하게 된다. 그것은 살았던 현실로부터 거리를 두고 있는 '죽음 이후의 세계'가 존재한다는 증거라고 판단된다.[60] 위에 제시한 임사체험의 요소들 중 ④는 우리나라 저승생환담에서 땅에 난 '구멍'으로 묘사되기도 한다. '저승길'도 그 앞뒤에 나타난다. ⑤는 우리나라 저승생환담에서 그대로 나타나기도 하고 어두움으로 나타나기도 한다. ⑥의 '신비롭고 위대한 존재'는 염라대왕이나 판관으로 대치된다. 죽은 친척이나 친구와의 만남은 우리나라 저승생환담에서 일반적으로 이

---

58 제프리롱·폴 페리(2010), 한상석 역, 『죽음, 그 후-10년간 1,300명의 죽음체험자를 연구한 최초의 死後生 보고서』, 에이미팩토리, 16~17면.

59 존 에클스 경(Sir John Eccles)은 의식을 연구하는 신경과학자인데, 의식이 실제로 뇌와 떨어져서도 존재할 수 있다고 주장했다.
"과학적 환원주의로 인해, 인간의 신비는 믿을 수 없을 정도로 손상되었다고 나는 확신한다. 과학적 환원주의란, 궁극적으로는 정신세계의 모든 것을 뉴런(neuron) 활동만으로 설명될 수 있다고 주장하는 물질주의를 기치로 한다. 그러나 그런 믿음은 오히려 미신으로 분류되어야 한다.... 우리는 '물질세계에 존재하는 몸과 뇌를 가진 물질적 존재'인 동시에 '영적 세계에 존재하는 영혼을 지닌 영적 존재'라는 것을 알아야 한다."
(위의 책, 137면)

60 '회고 체험'은 임사체험의 전형적인 특징이며, 현실의 존재를 초월하는 실재를 보여준다. 삶을 되돌아보는 체험은 '죽음 이후의 세계'가 존재한다는 사실을 증명하는 중요한 증거다.(위의 책, 156면)

뤄진다. ⑦의 '시공간 감각의 변화'도 우리나라 저승생환담에 나타난다. ⑧의 회고는 우리나라 저승생환담에서 선택적으로 나타난다. ⑨의 '비현실적인 영역'은 우리나라 저승생환담에서 '저승'이나 '지옥'등으로 나타난다. ⑩은 우리나라 저승생환담에서는 자기 죽음 시기를 알게 되거나 이승에서 알지 못했던 비밀 등을 알게 되는 것으로 나타난다. ⑪은 강이나 절벽으로 나타난다.

이처럼 임사체험을 구성하는 각 요소들은 우리 저승생환담에도 거의 대부분 나타난다. 그런 점에서 우리 저승생환담이 임사체험과 긴밀한 관련이 있다는 점을 짐작하게 된다.

우리나라 저승생환담 중 기본 요소를 두루 갖추고 있는 대표적 사례로는 용인 법륜사 창건주 상륜스님(1927-2007)의 체험담과 <❶⑯ 저승에 간 여인>[61]을 들 수 있다. 전자는 임사체험자의 직접적 진술이고 후자는 전승되던 이야기이다.

① 스님이 17살 때 죽었다.
② 시커먼 옷을 입은 두 저승사자가 와서 데려갔다. 그들을 밤색 말을 타고 스님은 걸어서 갔다.
③ 저승에 도착하자 염라대왕이 잘못 데려왔다고 저승사자를 꾸중했다. 울타리 넘어 마흔 살 김 아무개를 잡아왔어야 했다.
④ 염라대왕이 저승 심판에 대해 설명해주었다. 저승에는 명경대라는 거울이 있어 그 앞에 서면 전생에 자기가 한 일을 조금도 숨길 수가 없다. 자기가 전생에 착한 일을 한 것과 악한 일을 한

---

61 『한국구비문학대계』 소재 설화들은 한국학 디지털 아카이브(http://yoksa.aks.ac.kr/jsp/ur/Directory.jsp?gb=2)에서 제목이나 핵심어, 구연자를 검색하면 해당 작품들을 열람할 수 있을 뿐 아니라 구연 음성까지 들을 수 있다.

것에 따라 그 형벌이 정해지고, 천당이나 지옥이나 갈 것이 결정
된다고 했다.

⑤ 돌아가거든 사람들에게 이곳에서 보고 들은 사실을 그대로 알려
주면서, 죄짓지 말고 살라 전하고, 스님도 착한 일 잘 하고 살라
염라대왕이 당부했다.

⑥ 염라대왕은 스님을 다시 데려다 주고 울타리 넘어 김씨 아저씨
를 데려오라고 저승사자에게 명령했다.

⑦ 스님은 저승이 어떻게 꾸려지는지 잘 살폈다. 저승의 사람들은
각자의 역할을 열심히 수행하고 있었다.

⑧ 이승으로 돌아올 때는 말에 태워서 집까지 바래다주었다.

⑨ '쾅' 하고 천둥 치는 소리와 함께 정신을 차려보니, 온 집안 식구
들이 통곡을 하고 있다가 소스라치게 놀랐다.

⑩ 제일 먼저 울타리 넘어 김씨 아저씨가 어떻게 되었냐고 물으니
조금 전에 죽었다고 했다.[62]

이상은 상륜스님이 신도들에게 들려준 것이기에 실제 경험 내용과 크
게 다르지 않을 것이다. 저승으로 가는 방법, 저승사자의 실수, 저승에서
의 심판, 저승 구경, 염라대왕의 교시, 돌아오는 길, 이승에서의 증거들
등이 뚜렷하게 나타난다. 다만 죽는 순간의 느낌이나 저승 가는 길가의
풍경 등에 대한 언급은 없다. 염라대왕이 "그러니 돌아가거든 사람들에
게 이곳에서 보고 들은 사실을 그대로 알려주면서, 죄짓지 말고 살도록"
권면하라 당부하였다. 스님은 철저히 인과응보의 원리에 따라 저승심판
과 윤회가 이뤄진다는 가르침을 널리 알리는 사명을 받들게 된 셈이다.

---

62 강선희, 『체험으로 읽는 티벳 사자의 서』, 불광출판사, 2008, 83~84면.

<❶⑯ 저승에 간 여인>은 경험담이 거듭 구연되어 설화로 정착된 것이다. 이승과 저승의 거리, 저승으로 가고 오는 길목의 풍경, 저승의 관청 등을 자세하게 묘사하였다. 저승으로 가기 위해 건너야 하는 강의 모습과 그 강을 건너는 방식이 자세하다.[63] 특히 저승으로 갈 때와 저승으로부터 돌아올 때 목격한 꽃밭 풍경이 인상적이다. 꽃밭에서 울고 있는 아이가 있는데, 버선을 신지 않아 꽃밭 가시에 찔렸기 때문이다. 죽은 아이를 염할 때 꼭 버선을 신겨야 한다고 강조한다.

이 두 이야기의 골격을 중심으로 하고 다른 저승생환담들을 참조하여 우리나라 저승생환담의 기본 서사 요소와 서사 단락을 재구성할 수 있다.

(2) 우리나라 저승생환담의 서사 요소와 서사 단락

❶ 저승으로 가고 돌아오는 이유

주인공이 저승으로 가는 이유는 저승사자가 착오를 일으켜 엉뚱한 사람을 끌고 간 경우[64]와 그렇지 않은 경우로 양분된다. 저승사자의 착오에 의해 끌려간 사람은 착오라는 것이 밝혀지면서 그냥 돌아오기도 하지만, 저승으로 간 김에 저승 구경을 하거나 저승에서 만난 다른 사람의 부탁을 받고 돌아온다. 후자의 경우 이승에서 얽힌 어떤 문제를 잘 풀어준다. 가령, 돈을 빌려주고 갚은 과정에서 친구 사이에서 발생한 오해를 풀어준다.[65]

---

63 이 강은 저승과 이승을 나누는 강인데, '삼도천(三途川)'이나 '약수(弱水)' 등으로 일컬어진다. 우리나라 저승생환담은 이 강을 건너는 모습을 거의 빠짐없이 묘사한다.

64 <❶⑪ 저승 이야기>는 특이한 경우다. 저승에서 호적계를 맡은 친구가 자기 일을 잠시 맡게 하려고 이틀간 친구를 저승으로 불렀다가 이틀 뒤에 돌아가게 했다.

65 <저승갔다 온 이야기(1)>(안대진, 3-1, 충청북도 중원군 주덕면, 1979); <저승갔다 돌아와 남의 집 빚 해결해준 사람>(김병두, 『증편한국구비문학대계』 8-15, 양산시 주진동, 2009)

수명이 다 되어 저승으로 갔을 경우도 돌아올 이유가 있으면 돌아온다. <❶⑯ 저승에 간 여인>에서는 '보살펴야 할 아이들이 아직 많다'는 게 돌아오는 이유다. <❶① 선율환생>에서는 '『대품반야경』이란 경전을 모두 간행'하기 위해 이승으로 돌아온다. 이승에서 해야 할 '가치있는 일'을 마무리하기 위해 돌아오는 것이다. <❶⑧ 저승 갔다 와서 새사람 된 인색한 영감>에서 인색한 영감은 '남에게 베풀며 사는' 기회를 마련키 위해 돌아온다. <❶⑦ 저승에서 만난 배필>에서 주인공은 '두 사람의 생명을 살려준 큰 음덕' 덕으로 수명을 더 받아 돌아온다. <저승 갔다가 이승에서 진 빚 갚기 위해 다시 돌아온 남자>(이승렬, 『증편한국구비문학대계』 6-13, 전라남도 구례군 구례읍, 2009)에서는 향교의 전답을 팔아먹은 남자가 그 판돈을 '되갚기 위해' 돌아오며, <❶⑬ 저승 갔다 온 인색한 사람>에서 인색한 양반은 '저승 곳간이 가득찬' 사람은 이승에서 어떻게 살고 있는지 확인하고 배우기 위해 돌아온다.

'아직 올 때가 안 되어서' 돌아오는 이유인 사례도 많다.[66]

❷ 저승길과 저승의 모습

저승길의 풍경은 이승 공간과 다르지 않다. '저승길이 멀다더니 대문 밖이 저승이더라.'는 식의 발상이다. 길가에는 들판과 꽃밭이 있다. 꽃밭에는 아이들이 뛰노는데, 버선을 신지 못한 아이들이 발바닥을 찔려 울고

---

[66] <❶⑤ 저승 갔다 온 사내>; <저승 갔다 온 사람>(노병예, 2-5, 강원도 속초시 양양읍, 1981); <저승 갔다온 이야기(2)>(조동호, 3-1, 충청북도 중원군 주덕면, 1979); <저승 다녀온 사람>(김차남, 『증편한국구비문학대계』 8-16, 경상남도 함양군 지곡면, 2009); <❶⑩ 저승 다녀온 어머니; <저승갔다 돌아와 남의 집 빚 해결해준 사람>(김병두, 『증편한국구비문학대계』 8-15, 경상남도 양산시 주진동, 2009); <저승까지 다녀와 다시 살아 온 이야기>(엄태호, 『증편한국구비문학대계』 8-22, 부산시 동래구 명장2동, 2010)

있다. 아이들이 뛰놀 때 발바닥을 다치지 않도록 주의해야 한다는 육아 경험이 반영된 것이다. 또 유아 사망 시 관에 버선을 넣어주는 풍속을 해명한 것이라 짐작된다.

저승은 법원 같기도 하고 절 같기도 하다. 거기 사람들은 각자 맡은 직분을 수행하느라 여념이 없다. 염라대왕조차 이승의 벼슬아치처럼 그려지며 수령이 갈리듯 염라대왕도 교체가 된다.

여기에는 이승 현실을 저승까지 확장하려는 사고방식이 깃들어 있다. 저승과 죽음을 이야기하면서도 이승 현실의 감각을 포기하지 않는 것이다.

저승 존재들의 관계는 이승 사람들의 관계와 다름이 없다. 자기의 뜻과 욕심을 이루기 위해서 타인의 환심을 사며, 그러기 위해 대접을 하고 뇌물을 바치기도 한다. 특히 목숨을 더 늘리는 '연명담(延命談)'이 큰 비중을 차지한다.[67] 연명담에도 절실한 사정이 깃들어 있기는 하다. 어린이나 젊은이가 곧 죽을 운명을 알게 되었을 때 더 살려는 의지를 일으키는 것은 당연하다. 그렇지만 연명하기 위해 구사하는 방식이 세속에서 자기 욕망을 충족시키거나 문제를 해결하기 위해 구사하는 깨끗지 못한 청탁과 다를 바 없다는 점에서 문제적이다. 죽음 앞이라면 그간의 자기 삶을 돌아보고 반성하는 자세가 나타날 법도 하지만, 여기서 그런 점을 찾기 어렵다. 죽음을 맞이하는 마음의 준비나 의식도 찾을 길이 없다.

---

67 <저승사자 대접하여 명 이은 아들>(김돌룡, 7-8, 경상북도 상주군 낙동면, 1981); <저승사자 노릇한 울산(蔚山) 조병사(趙兵使)>(손출헌, 8-8, 경상남도 밀양군 산내면, 1981.); <저승사자 대접 잘 하여 오래 산 이야기>(박옥천, 8-6, 경상남도 거창군 위천면, 1980); <저승차사 대접하여 손자 구한 조부>(이점술, 7-14, 경상북도 달성군 유가면, 1983); <저승차사 대접하여 아들 구한 이야기>(최화분, 7-11, 경상북도 군위군 산성면, 1982).

❸ 저승 경험

염라대왕의 심판을 받는다. 죽은 가족들을 만난다. 자기의 저승 곳간을 구경하기도 한다. 지옥의 광경을 목도하기도 하는데,[68] 지옥에서의 처참한 고통이 살아있을 때 저지른 악행과 관련되는 것임을 알게 된다.

저승 경험 중 가장 중요한 자리에 있는 것이 염라대왕의 심판이다.[69] 염라대왕은 심판을 통해 이승에서 응당 갖춰야 할 삶의 태도를 교시한다. 배고픈 사람에게 밥을 나눠주고, 목마른 사람에게 물을 주고, 내를 건너지 못해 고민하는 사람을 위해 다리를 놓아주고, 가난한 사람에게 돈을 베풀어주었는가를 확인한다. 그런 행위를 한 사람은 '착하고', 그런 행위를 하지 않은 사람은 '악하다.' '착하게 살고 악한 짓 하지 말라'는 것이 저승 심판의 핵심 교시이다.

가족들은 저승에서도 함께 살아가는 경우가 많다. 저승을 이승의 연장으로 보려는 태도의 소산일 것이다. 어떤 저승생환담은 죽은 가족을 만나는 것이 목표일 때도 있으니, 그만큼 가족에 대한 집착이 강하다.

염라대왕의 심판과 가족 상봉은 한 텍스트에서 통합되기도 하고 나누어져서 각각이 더 강렬해지기도 한다. <선율환생(善律還生)>(『삼국유사』, 224면)과 <왕랑반혼전> 등에서는 통합되었다.

저승 심판과 가족 상봉은 분리되어 각각이 강조되기도 한다. <보살불방관유옥(菩薩佛放觀幽獄)>(『교감역주 천예록』, 406면)에서 저승 심판이 강화되고 있다.

---

68 <❶⑨ 저승 구경 갔다 온 사람>; <저승 다녀온 사람>(김금봉, 『증편한국구비문학대계』 1-13, 경기도 포천시 영북면, 2010); <❶⑩ 저승 다녀온 어머니>; <❶⑪ 저승 이야기>
69 <저승 갔다가 이승에서 진 빚 갚기 위해 다시 돌아온 남자>(이승렬, 『증편한국구비문학대계』 6-13, 전라남도 구례군 구례읍, 2009); <저승간 구두쇠>(하봉연, 7-3, 경상북도 월성군 안강읍, 1979).

검은 옷을 입은 관리가 마루 위에서 전지를 내렸다.

"세상에는 삼교가 있으니, 석가모니 있는 곳도 그 하나이니라. 지옥과 천당은 바로 사람들의 선행과 악행을 징치하는 곳이지. 너는 항상 부처를 욕하고 또 천당과 지옥도 믿지 않고 있다지? 자기 견해에만 편벽되이 집착하여 큰소리를 치기만 할 뿐 자기를 돌아보지 않았으니 마땅히 지옥에 처넣어 만 겁토록 밖으로 나오지 못하게 할 것이니라."[70]

염라대왕은 이렇게 엄혹한 어투로 홍내범(洪乃範)을 꾸짖고 지옥으로 보냈다. 홍내범의 억울함이 밝혀져 그가 지옥행은 면하기는 했지만, 저승 심판의 분위기가 생생하게 전해진다.

<선친을 만나고 온 신생>(국역 학산한언 2, 173면)은 가족 상봉이 부각되는 사례이다. 신생(申生)의 혼은 육신으로부터 분리되어 자유롭게 되자 문득 돌아가신 부모님을 찾아가 뵙고 싶다는 생각이 들어 저승으로 가서 부모님을 만난다. 부모님을 만나 음식 대접을 받고 하룻밤을 잔다. 또 살아있을 적에 한 번도 뵙지 못했던 할아버지까지 만난다. 부친은 자기 묘를 개장하지 말 것과 석물도 세우지 말 것을 당부한다. 돌아가신 가족 어른들은 저승에 가서도 가까운 곳에서 가족생활을 지속하고 있고, 이승의 집안 형편에 대해서도 훤히 다 알고 있다. 이런 설정은 가족 관계의 소중함을 강조하기 위한 것으로 해석된다. 아울러 선산(先山)의 풍경을 반영한 것 같기도 하다. 3대 이상의 묘가 한 공간에 모셔져 있고 묘제를 지낼 때마다 후손들이 그곳을 방문하는 경험이 이런 서사 전개에 반영되었다고 하겠다.

---

70 『교감역주 천예록』, 407면.

가족 관계를 중시하는 경향은 염라대왕조차도 이승에 살고 있는 자기 가족을 기억하고 그 가족에게 뭔가를 부탁하는 스토리를 만들기에 이른다. <염라왕이 부탁하여 새 도포를 구하다>(교감역주 『교감역주 천예록』, 81면)에서 황해도 연안의 처사는 저승사자의 실수로 인해 저승으로 잘못 잡혀갔다. 염라대왕은 처사를 돌려보내 주면서 개인적인 부탁을 한다. 염라대왕은 자기가 당상관(堂上官)을 역임한 박우(朴遇)란 사람이며 자기 가족들이 아직도 서울 어느 동네에 살고 있다는 사실을 알려준다. 그리고는 입고 있는 도포가 다 떨어졌으니 도포 한 벌을 지어 보내달라는 말을 자기 가족에게 전해달라고 부탁한다. 처사는 염라대왕의 부탁을 충실히 따랐고, 그 가족이 도포를 마련해 태워줌으로써 염라대왕은 새 도포를 입을 수 있게 된다.

저승에 있는 자기의 곳간을 확인하는 것은 저승 심판 못지 않게 중요한 저승경험이다. 저승으로 간 부자가 자기의 저승 곳간이 텅 빈 것을 발견하거나 나아가 가난하게 살아가는 사람의 저승 곳간이 가득 찬 것을 확인하기에 이른다. 저승 곳간과 이승 곳간의 상황이 정반대인 것이다. 이승에서 아무리 재산을 많이 비축해두어도 마음이 인색하여 남에게 베풀지 않으면 저승 곳간은 텅 비어 있게 되고, 이승에서 아무리 가난해도 남에게 베푸는 마음이 넉넉하면 저승 곳간은 가득 차게 되어 있다.

저승 지옥의 몸서리치는 광경도 목도한다. 문헌 자료인 <보살불방관유옥(菩薩佛放觀幽獄)>(『교감역주 천예록』, 406면)에서 염라대왕은 잘못 잡혀온 홍내범(洪乃範)에게 저승의 곳곳을 구경하게 하는데, 저승의 실상을 세상 사람들에게 알리려는 의도에서였다. 홍내범은 '감치불목지옥(勘治不睦之獄 : 화목하지 않은 이를 다스리는 지옥)', '감치조언지옥(勘治造言之獄 : 말을 날조한 자를 다스리는 지옥)', '감치기세지옥(勘治欺世之獄 : 세상을 속인 자를 다스리는 지옥)' 등에서 참혹한 고통을 겪고 있는 사람들을 생생히 목격한다.

지옥은 구전되는 이야기에서도 비슷하게 묘사된다. <❶⑨ 저승 구경 갔다 온 사람>에서는, 이승에서 죄를 많이 지은 사람들은 끓고 있는 기름 가마 속으로 하루 만 번 들어갔다가 만 번 살아나는 것을 반복하고 있다. 독사가 우글거리는 굴로 떨어져서 독사들에게 끊임없이 물리고 있다. <❶⑩ 저승 다녀온 어머니>에서는 사람이 거꾸로 매달아져 시루에 쪄지고 있다. 남에게 구더기 장을 퍼준 벌이라 한다. <❶⑪ 저승 이야기>에서는 부모에게 불효하고 친구한테 의리 없고 남에게 악독한 마음을 품은 사람이 가는 지옥 풍경을 보여준다. 죄인의 몸을 끓은 쇳물로 지지고 죄인을 장독에 넣어 불을 지르고 칼로 몸 곳곳을 찌른다. 구렁텅이 뻘밭과 구정물 통속으로 사람을 집어넣어 나오려 하면 밀어 넣기를 반복한다.

저승으로 간 사람은 이런 지옥의 장면에서 충격을 받는다. 그런데 그 다음의 반응은 그래서 악한 짓을 하지 않겠다고 다짐하는 것이 아니다. 가능한 한 그곳으로부터 빠져나가 이승으로 돌아가려 한다. 지옥의 고통을 환기하면서 악한 짓을 하지 말라고 말하는 주체는 염라대왕이다. 그런 점에서 악한 짓을 하지 말아야 한다는 메시지는 저승으로 간 사람에 의해 내면화되지 않고 염라대왕의 선언으로 이승에 전달된다.

우리나라 저승생환담은 임사체험담의 보편적 구성요소를 갖추면서도 염라대왕의 심판과 가족 구성원 간의 관계 지속을 강조하는 특징을 보인다.

이상의 논의를 근거로 하여 우리나라 저승생환담의 구성을 요약하면 다음과 같이 된다.

(가) 주인공이 저승길을 떠난다.

1. 주인공이 저승사자의 실수로 저승으로 떠난다.

2. 주인공이 이유도 없이 때가 아닌데 저승으로 떠난다.

3. 주인공이 병들어 죽어서 저승으로 떠난다.

(나) 주인공이 저승으로 가는 길가의 풍경을 구경한다.

1. 들판을 구경한다.

2. 꽃밭을 구경한다.

3. 강 혹은 바다를 만난다.

(다) 저승에서 돌아올 절차를 거친다.

1. 염라대왕이 저승사자의 실수를 인정하고 주인공을 돌려보낸다.

2. 주인공이 아직 할 일이 남아 있다며 돌려 보내줄 것을 간청한다.

3. 주인공이 아직 저승으로 올 때가 아니어서 돌려보낸다.

(라) 주인공이 저승을 경험한다.

1. 주인공이 염라대왕의 교훈을 듣는다.

2. 주인공이 자기의 곳간을 구경한다.

3. 주인공이 지옥을 구경한다.

4. 주인공이 가족을 만난다.

(마) 주인공이 저승에서 돌아오는 길가의 풍경을 구경한다.

1. 들판을 구경한다.

2. 꽃밭을 구경한다.

3. 강 혹은 바다를 만난다.

(바) 주인공이 이승으로 돌아와 주어진 시간만큼 산다.

1. 주인공이 완전히 다른 삶을 살아간다.

2. 주인공이 변함없이 살아간다.

3. 주인공이 이승으로 돌아와 저승에서 만난 사람의 부탁을 들어준다.

(3) 저승생환담에서 이루어지는 인성의 지속 혹은 전환

❶ 저승 경험과 인성의 지속

적지 않은 저승생환담은 당면한 죽음을 모면하고 수명을 연장하려는 욕망을 보인다. 자기를 잡으려고 온 저승사자에게 뇌물을 주거나 그를 속인다. 인간 세상에 횡행하는 사기나 속임수가 그대로 응용된 것이다. '배고픈 사람에게 밥을 주고, 헐벗은 사람에게 옷을 주며, 목마른 사람에게 물을 주고, 노자가 없는 사람에게 돈을 주는' 베풂이 아니라 자기 이해관계를 개입시킨 계략의 관철이다. 이 경우 부각되는 것은, 자기를 잡아 저승으로 데리고 갈 저승사자에 대한 계산된 선심이지 자기와 이해관계가 없는 타인에 대한 계산 없는 베풂이 아니다.

<저승사자 대접 잘 하여 오래 산 이야기>(박옥천, 경상남도 거창군 위천면, 1980) 에서 마음 씀씀이가 고약한 동방직은 눈먼 봉사가 자기 논에 물을 대놓으면 물꼬를 바꾸어 물을 빼돌린다. 그 사실을 알게 된 봉사는 그 사람의 수명을 점쳐보았다. 그는 곧 죽을 운명이었다. 동방직은 자기가 곧 죽을 것이란 사실을 알게 되자 봉사에게 살려 달라고 애원한다. 봉사는 동방직의 행실이나 마음 씀씀이를 문제 삼지 않고 그냥 그의 부탁을 들어준다. 그래서 동방직에게 음식을 깨끗이 장만하여 물 좋고 경치 좋은 곳에 배설해두라고 시킨다. 과연 책 보따리를 든 노인과 그를 도와주는 다른 두

명의 노인이 나타났는데, 동방직은 그들에게 음식과 신발 대접을 하고 노자까지 준다. 이렇게 두터운 대접을 받은 노인은 동방직의 수명을 연장시켜 준다. 봉사에게 못된 짓을 한 동방직은 노인의 모습으로 찾아온 저승사자들에게 극진한 대접을 한 덕에 죽음을 모면한 것이다. 저승사자들은 그 대신 다른 동방직을 잡아간다.

이 이야기에서는 죽을지도 모르는 상황에서 오히려 더 교묘한 속임수가 통한다. 더 문제적인 것은 죽어야 할 사람이 죽지 않고 죽지 말아야 할 사람이 그 대신 죽게 되는 것을 담담하게 기술하는 서술태도다. 이런 저승생환담에서는 죽음에 대한 진지한 성찰이나 명상이 이루어지지 않는다.

<저승 갔다 온 사람>(전금출, 『증편한국구비문학대계』 8-21, 부산시 기장군 기장읍, 2010)에서 저승으로 잡혀간 할머니는 끓는 가마솥으로 들어가라는 명을 받는다. 가마솥으로 들어가면 죽게 된다는 것을 간파한 할머니는 옆의 다른 사람을 밀어뜨리고 자기는 살아 돌아온다. 이승으로 살아오기만 한다면 기꺼이 남을 희생시킬 수 있다는 발상이다. 죽음 앞에서 이기적 욕망이 극단적으로 나타났다. <저승사자 대접하여 명 이은 아들>(김돌룡, 『증편한국구비문학대계』 7-8, 경상북도 상주군 낙동면, 1981)은 저승사자를 대접하여 명을 늘이기는 하지만, 다른 사람을 희생시키는 대신 염라대왕의 수명 장부를 조작하는 속임수를 쓴다.

'이기적 연명담'의 지향과 반대되는 지향을 보여주는 것이 <❶⑦ 저승에서 만난 배필>이다. 주인공 총각은 어느 할머니가 생활고 때문에 세 살 난 손자를 물에 빠뜨려 죽이려 하는 것을 보고 할머니와 손자를 자기 집으로 데려와 함께 살아간다. 총각은 곧 병들어 죽어 저승으로 간다. 저승판관이 "남에게 어떤 좋은 일을 했느냐?"고 묻는다. 총각은 "나이가 연소

한데 무슨 좋은 일을 할 수 있었겠습니까?"라며 선행을 숨긴다. 판관은 "너는 죽어가는 사람 둘을 살렸구나." 하며 총각이 할머니와 손자를 거둬준 것을 발견해내고 칭찬한다. 그리고는 60살의 수명을 더 주어 돌려보내준다. 그런 점에서 연명담이다. 그런데 총각이 이승으로 돌아오던 도중에 서럽게 울며 저승으로 가고 있는 처녀를 발견한다. 그는 그녀를 그대로 둘 수가 없었다. 그 처녀를 이끌고 다시 저승으로 가서는 자기가 받은 60살의 수명에서 반을 잘라 처녀에게 주시라 간청한다. 판관은 총각의 마음을 가상하게 여겨 총각에게 준 60살은 그대로 두고 처녀에게 따로 60살을 더 준다. 그리고 둘이 부부로 살아가도록 하고 등에다 표시를 해준다. 처녀는 헤어질 때 총각에게 아무 날 아무 동 큰 기와집 기수나무 밑으로 오라고 한다.

이승으로 돌아온 처녀는 병이 들어 자기의 혼인날인데도 누워있었다. 그때 총각이 그 집에 당도한다. 처녀는 총각의 목소리를 듣자마자 벌떡 일어난다. 총각과 처녀의 등에 똑같은 저승 표시가 있는 것을 발견한 처녀의 부모는 둘이 천상배필이라며 부부가 되게 한다. 과연 그로부터 둘은 60년을 함께 산다.

이 이야기는 남들에게 자비를 베푸는 청년의 마음을 아름답게 그렸다. 총각은 이승에서뿐 아니라 저승에 가서까지 딱한 처지에 빠진 타인에 대해 연민과 베풂의 태도를 견지한다. 할머니와 그 손자를 거둬준 것이 물질적 베풂이라면, 저승에서 처녀에게 해준 것은 보통 사람이 상상하기 어려운 수명의 베풂이다. 총각은 어떤 보답도 계산하지 않고 그렇게 베풀기만 하였다.

그런데 총각이 이런 자비를 실천한 것은 그가 저승 경험에서 충격을 받거나 교훈을 얻어 달라졌기 때문이 아니다. 그는 이승에 있을 때나 저승에 갔을 때나 자기 것을 남에게 베풀기만 하는 것이다. 저승 경험은 총각의 자비로운 인격이 더욱 뚜렷하게 드러나는 계기는 되었지만 총각으로 하여금 달라지게 하지는 않았다.

이 이야기의 행복한 귀결은 사람의 마음 씀씀이가 어떤 부정적 상황도 긍정적인 쪽으로 바꿀 수 있다는 믿음의 소산으로 볼 수 있다. 이 이야기는 이기적 저승생환담의 세계를 전복시켜 완전히 반대되는 윤리와 베풂의 미덕을 창출한 결과다. 그 점에서 '이기적 연명담'의 전복과 승화라고 하겠다.

<권두신이생종덕(勸痘神李生種德)>(『청구야담』 상, 245면), <시음덕남사연명(施陰德南士延命)>(『청구야담』 상, 364면) 등의 야담에서는 타인에 대한 연민과 자비가 이승과 저승을 살만한 곳으로 바꾼다. <권두신이생종덕(勸痘神李生種德)>에서 이생은 자기 말을 대신 주고 두신(痘神)의 짐꾼이 되어 저승으로 끌려가던 과부의 외동아들을 구해준다. 얼마 뒤 과부는 아들과 함께 이생을 찾아와서는 여생을 모시고 살겠다 하면서 자기 아들의 임사체험을 들려준다.

"우리 아이가 무사히 마마를 겪고 신(神)을 보내드렸는데 갑자기 기가 막혀 죽었습니다. 초빈(草殯)을 하고 며칠이 지났습니다. 초빈에서 연기 같은 기운이 일어났지요. 파 보니 염을 했던 줄이 모두 풀어지고 아이가 벌떡 일어나 앉아서는 두신이 서산 동암 이생원님 댁에 들어가 수작한 일과 우리 아이를 풀어주고 말로 대신한 일을 또렷이 들려주었습니다."

그 어미와 할머니가 이공의 은덕에 깊이 감격하여 뼈에 새겨 잊지 못했다. 아이를 데려 오고 집안의 온 물건들을 다 옮겨와 의탁할 곳으로 삼았다 한다.[71]

이생은 평소 안면조차 없었던 아이가 저승으로 가는 짐꾼이 되어 죽어 가는 것을 연민하고 그를 살리기 위해 인정을 베풀어 주었다. 그 힘으로 아이의 혼은 저승까지 가지도 않고 돌아올 수 있었다. 저승 염라대왕의 냉엄한 판결 대신 이승 사람의 자비로운 베풂이 실현된 것이다. 이생은 내를 사이에 두고 과부와 아이가 살도록 배려해주었는데, 그 후예들이 번성하여 큰 가문을 이루게 되었다는 것이 귀결이다. 남을 위한 베풂이 황량한 죽음의 서사를 행복한 삶의 서사로 전환시킨 것이다.

<시음덕남사연명(施陰德南土延命)>의 남씨는 타작마당에서 품을 팔던 용모 준수한 신동(申童)이 몰락한 양반임을 알고는 그를 특별히 보살펴준다. 양반 집안에 장가를 들게 도와주고 최고 기름진 전답을 주어 농사를 짓게 한다. 그 뒤 남씨는 열병에 걸려 혼절하여 저승으로 갔다가 되살아난다. 돌아온 그가 저승에서 있었던 이야기를 들려준다. 저승에 가보니 신동(申童)의 조부가 저승 관원 노릇을 하고 있었다. 그는 남생이 자기 손자를 지극히 보살펴주고 있는 일을 훤히 알고 있었다. 그는 자기 손자에게 은혜를 베풀어준 남생에게 보은하는 뜻에서 남생의 수명을 늘려주고 이승으로 돌아가게 해주었다.[72]

여기서도 염라대왕의 냉혹한 심판과 수명 관리 대신 시혜-보은의 따뜻한 관계가 설정되었다. 베풂과 자비심은 이승뿐 아니라 저승까지도 살만한 공간으로 만들 수 있다는 믿음과 희망을 보여준 것이다.

---

71 『청구야담』 상, 246면.
72 『청구야담』 상, 365면.

❷ 저승 경험과 자기 성찰

저승으로의 여행은 이승에서의 삶을 바라볼 수 있는 거리를 만들어준다. 바라보기의 거리는 멀수록 성찰은 더 또렷해진다. 이승을 낯익은 세계라 하고 저승을 낯선 세계라 한다면, 이승에서 저승으로 갔다 오는 저승생환담의 여정은 낯익은 공간을 떠나 낯선 세계로 갔다가 돌아오는 여행소설의 구조에 대응된다고도 할 수 있다. 그런데 낯선 공간에서 경험하는 것은 본질적으로 낯익은 공간에서의 경험 테두리를 벗어나지 못한다. 달리 말하면, 저승에 대한 상상은 이승의 삶의 경험을 벗어나기 힘들다.[73] 그래서 저승길과 저승의 모습이 이승 삶의 길과 모습을 연상하는 것은 당연하다. 이승에서의 경험이 저승길과 저승 풍경을 만들었기 때문이다.

<❶⑥ 저승 갔다 온 아주머니>에서 이야기의 서술자는 음식점 종업원이었다. 그녀는 음식점 주인의 임사체험 이야기를 구연한다.

주인은 장티푸스에 걸려 사경을 헤매게 된다. 그 무렵 먼저 죽은 남편이 '꿈인 듯' 나타나서 자기를 따라가자 한다. 죽은 가족의 존재는 이승의 삶이 저승으로 연결되게 하는 매개인 노릇을 한다. 주인은 혼자 힘든 삶을 꾸려왔다. 그런 그녀에게 죽음은 힘든 삶으로부터 해방되는 것이며, 그렇게 해방된 공간에서 못다 한 부부생활을 다시 영위해가는 것을 소망했을 것이다. 죽은 남편이 '시집올 때 가져온 요강'만을 가져가자고 말한 것도 부부생활을 암시한다. 요강은 시집으로 오는 가마 안에서 볼일을 보던 것이며 부부가 함께 자는 안방에 두고 은밀하게 사용하던 것이기도

---

73 이와 관련하여 김효주는 '존재론적 풍경'의 개념을 설정하고 해명하였다. 즉, '존재론적 풍경은 관찰과 연상, 전이와 투사를 거쳐서 내면의 성찰과 발견이라는 세 번째 단계까지 나아간다.'라 하여 풍경의 묘사에서 '전이와 투사'가 이루어짐을 강조했다.(김효주, 『한국 근대 여행소설 연구』, 역락, 2013, 48~49면)

하다. 죽은 남편이 아내에게 요강을 가져가자 한 것은 먼 길을 떠나자는 암시이며 그 길의 끝에 있는 저승에서 부부생활을 다시 이어가자는 암시이기도 하다.

그런데 저승을 다녀온 주인에게 가장 인상적인 사실은 저승의 풍경이 해인사 경내와 같더라는 점이다. 주인은 "저승이 딱 합천 해인사 같습디다."라는 말로 자기 체험담을 시작했다. 그런 저승으로 가는 길도 논두렁 밭두렁 산길이다. 그 길은 주인공이 살아생전 떡판을 머리에 이고 오고갔던 일상의 길이다. 드디어 다다른 곳에 큰 반석이 있는데 그걸 두드려 열고 들어간 곳이 저승이었다.

주인은 젊었을 적에 합천 해인사를 가본 적이 있었다. 저승이 합천 해인사로 표상된 것은 주인의 합천 해인사 경험에서 비롯했다고 볼 수 있다. 우리나라 절의 문과 전각의 모습과 성격을 고려하면 이런 표상은 자연스럽다. 절 안마당 대웅전으로 들어가려면 천왕문을 지나가야 하는데, 거기 사천왕들은 저승사자를 연상시킨다. 대웅전은 극락으로 가는 용선이거나 극락 자체이기도 하다. 그 옆에 있는 지장전은 지옥을 표상한다. 무엇보다 강렬한 인상을 주는 곳이 명부전이다. 명부전에는 염라대왕을 포함한 시왕이 주재하는 곳이기에 명부전이 저승 판관의 심판 장소로 인식되는 것은 자연스럽다. 그런 점에서 저승을 합천 해인사로 인지한 주인의 경험은 우리 문화에 익숙한 사람들에게서 보편성을 얻는다. 조금 특별한 날 사람들이 정성 들여 단장을 하고 절로 가서 참배를 하고 돌아오듯이 저승으로의 여행도 그와 다를 바 없다는 것이다. 주인은 일상생활 중에서 자신이 갈 저승의 길은 어떤 것이고 저승의 풍경은 어떤 것일까 하는 상상을 거듭했을 것이다. 그러는 과정에서 자연스레 떠오른 곳이 젊었을 적 여행했던 합천 해인사와 거기로 가는 길이었다.

저승이 합천 해인사로 표상된 것은 주인공의 또 다른 염원과 관련이 있을 것이다. 주인은 부디 자기가 가야 할 저승이 흔히들 말한 것처럼 무섭고 흉악한 곳은 아니었으면 하는 희망을 가졌을 것이다. 혹은 주인 스스로가 이승의 삶에서 최선을 다했기에 자기에게 전개되는 저승은 그리 절망적인 곳은 아닐 것이라 기대했을 것이다. 그런 소망이 저승을 합천 해인사의 풍경으로 만들어주었다고 본다.

<저승 다녀온 이야기>(남순녀, 『증편 한국구비문학대계』 7-20, 경상북도 청송군 안덕면, 2009)는 구연자가 직접 경험한 저승여행에 대해 이야기한다. 다른 요소는 없고 저승 가는 길이 어떻고 저승의 모습은 어떻고 돌아오는 과정은 어떻고를 담담히 기술한다. 저승은 질서정연하고 평화롭기만 하다. 그에 대해 구연자는 어떤 윤리적 평가나 인과응보적 사유를 개입시키지 않았다. 그곳은 이승의 평화로운 풍경과 다름없다. 이승의 삶을 충실하게 살아가면서 이승 공간의 경험을 아름답게 만들어나갈 때, 그것들은 모두 저승길과 저승의 풍경으로 전환되는 것이다. 그만큼 저승길과 저승 삶은 평화로울 것이다.

이상의 이야기들은 저승생환담의 전형적 서사 축을 따라 그 서사적 결속을 강조하기 보다는 저승으로 가는 길과 저승의 풍경 등 부분을 묘사하는 데 초점을 맞추었다고 할 수 있다. 서사적 결속의 느슨함은 풍경을 충실하게 묘사하는 것을 가능하게 하였다. 저승길과 저승 공간에 재현된 현실적 풍경들은 주인공과 구연자, 주위 인물들로 하여금 자기 삶을 돌아보게 하고 성찰하게 하였다. 이런 성찰의 분위기가 그 이야기를 듣거나 읽는 사람들로 하여금 서로 소통하고 서로의 처지에 공감하게 했다고 본다. 그런 점에서 명상 텍스트가 된다.

❸ 저승 경험과 인성의 전환

임사체험은 사람을 근본적으로 달라지게 한다. 심장마비에 의해 임사체험을 한 사람들을 대상으로 한 롬멜의 조사에 의하면, 임사체험자의 73% 정도는 임사체험의 결과 자신의 삶이 변화되었다고 답했다.[74] 임사체험자들은 되살아 난 뒤, 죽음을 두려워하지 않게 되고, 죽음 이후의 세계가 존재한다는 것을 강하게 믿게 되어 삶의 기준까지 달라졌다. 그들은 자신의 행복, 다른 이들의 행복, 자연과의 교감과 공감을 중시하게 되었다. 그들은 자기가 행한 모든 것, 사랑이나 연민, 증오나 폭력 등이 결국 자신에게 되돌아온다는 우주의 법칙을 이해하게 되었다는 것이다.[75]

우리나라 저승생환담 중에서도 임사체험자의 존재 전환을 보여주는 귀한 사례들이 있어 죽음명상에 적극 활용할 수 있다. <❶⑤ 저승 갔다 온 사내>에서는 일제 식민지 경험이 개입되어 삶과 죽음에 대한 성찰이 이뤄졌다. 주인공은 조선에서 살기 어려워 일본으로 건너가 어느 일본인의 칼을 갈아주는 일을 하게 되었는데 알고 보니 그 칼은 만주사변에서 전사한 일본군의 목을 자르는 데 쓸 것이었다. 전사자의 시신을 다 가져올 수 없어 목만 베어오기 위해서였다. 주인공은 그 일을 하면서 죽은 일본군들이 소지하고 있던 귀중품을 수거하여 돈을 많이 벌었다. 그리고 조선으로 돌아왔다. 그 사람은 돈의 절반은 책상 밑에 숨겨두고 절반을 생활비를 하라며 아내에게 주었다. 그는 곧 죽었다. 자기가 간 칼로 죽은 시신의 목을 친 것에 많이 놀란 탓이었다. 그 아내는 남편이 가난해서 그런

---

74 제프리롱·폴 페리, 한상석 역, 『죽음, 그 후-10년간 1,300명의 죽음체험자를 연구한 최초의 死後生 보고서』, 에이미팩토리, 2010, 201면.

75 위의 책, 205면.

짓을 하다가 죽었으니 저승에 가서나 잘 살라며 그가 준 돈을 모두 관에다 넣어주었다.

같은 동네에 사는 친구가 매장을 도와주었는데, 관에 넣은 돈이 탐났다. 어두워지자 친구는 몰래 묘를 파고 괭이로 관을 내리쳤다. '딱' 하는 소리와 함께 관 안에서 "아무개 아니냐?"라는 소리가 들려왔다. 주인공의 목소리였다. 주인공은 친구에 의해 구출되어 자기 집으로 돌아왔다. 정신을 차린 주인공은 책상 밑 돈뭉치를 가져오게 하여 그것을 친구에게 주었다. 친구는 그 돈뭉치는 받지 않았다. 대신 자기가 관 속에 있던 돈을 탐냈으니 그것만 자기가 가지겠다고 하였다. 관 안에 있던 주인공이 밖에서 괭이질을 하는 사람이 동네 친구란 것을 알고 그 이름을 외친 것은 저승사자가 "오늘 저녁에 돈 때문에 친구 아무개가 네 목을 베려 할 것이다."라는 말을 해주었기 때문이었다.

이 이야기는 돈에 대해 지나치게 욕심내는 것에 대해 강력하게 경종을 울리고 있다. 전반부와 후반부의 서사구조가 대칭된다. 전반부는 주인공이 전사한 일본군의 목을 잘라내는 일을 하여 돈을 벌었다가 목을 잘라낸 것의 충격으로 죽게 되는 부분까지이다. 후반부는 죽은 주인공이 무덤에 매장되지만 함께 묻힌 돈 다발 때문에 친구에 의해 두 번 죽을 위기를 맞는 부분이다. '일본군 두 번 죽임 → 돈 → 주인공 죽음' : '주인공 죽음 → 돈 → 주인공 두 번 죽을 뻔함'의 구도로 대칭된 것이다.

주인공의 목을 자를 수도 있었을 친구의 괭이질은 오히려 주인공을 구출해주었다. 주인공은 일본군을 두 번째로 죽여서 번 돈 때문에 스스로 두 번 죽을 위기에 봉착했다. 그러나 바로 그 돈 때문에 구출되기도 하였다. 이것은 삶과 죽음의 아이러니이다.

주인공은 돈을 버는 과정에서 받은 충격 때문에 죽었고 그 돈 때문에 무덤 속에서 다시 한번 더 죽을 위기를 겪었다. 그 점을 충격적으로 깨달은 주인공은 돈에 대한 집착을 버리게 되었다. 그가 자기 관 속에 들어있던 돈은 물론 책상 밑에 숨겨두었던 돈까지 친구에게 주려고 한 것은 그런 깨달음의 실천에 해당한다. 친구도 애초 자기가 뜻 두었던 관 속 돈을 마다하지는 않았지만, 책상 밑 돈뭉치는 남자의 생활비로 쓰라며 받지 않았다.

요컨대 주인공은 저승까지 다녀오는 명백한 임사체험을 통하여 죽음에 대한 공포를 극복했을 뿐 아니라 돈에 대한 집착을 버릴 수 있게 되었다. 그것은 충격과 성찰을 통한 일종의 깨달음이라 할 터인데, 주인공이 좀더 적극적 행동으로 나아가기 전에 서사는 끝난다. 그 다음 부분을 메우는 것은 죽음명상의 일환이 될 수 있다.

'덕진 다리 이야기' 유형 설화는 주인공이 자기를 근본적으로 돌아보고 그것을 계기로 하여 달라질 가능성만을 보여 준다. <덕진다리 이야기>(임성춘, 6-6, 전라남도 신안군 임자면, 1984), <❶㉑ 덕진골 처녀가 놓은 다리>, <제비원의 처자 원이와 연미사>(강대각, 7-9, 경상북도 안동군 북후면, 1981) 등이다. 이들에서는 인색한 사람과 자비로운 처녀가 대조된다. <덕진 다리 이야기>에서 부자가 저승으로 잡혀가는데 염라대왕은 벌금을 내면 돌려보내주겠다고 한다. 저승 곳간에 돈이 없던 부자가 어쩔 줄 몰라 하자 염라대왕은 덕진 처녀의 저승 곳간에는 돈이 가득 차 있으니 그 돈을 빌려서 벌금을 내고 이승으로 돌아가 갚으라고 명했다. 덕진은 이승에서 남의 집일을 해주고 있었는데 돈을 받지 않고 유치만 해두고 있던 처녀였다. 이 이야기는 덕진이 부자로부터 돈을 돌려받지 않고 그 돈으로 덕진 다리를 건설하여 사람들이 개천을 편하고 안전하게 건너게 해주는 쪽으로 귀결된다. 이 이야기에서는 이승에서 부자인 사람이 저승에서는 빈털터리이고, 이승에서 가난한 사람이 저승에서 부자인 것으로 설정함으로써 이승 저승 간의 경제적 전복을 이루게 하였다.

이런 전복은 기독교 성경의 가르침과 상통한다.

예수께서는 제자들을 둘러보시며 "재물을 많이 가진 사람이 하느님 나라에 들어가는 것은 얼마나 어려운 일인지 모른다." 하고 말씀하셨다. 제자들은 이 말씀을 듣고 놀랐다. 그러나 예수께서 다시 이렇게 말씀하셨다. "하느님 나라에 들어가기는 참으로 어렵다. 부자가 하느님 나라에 들어가는 것보다는 낙타가 바늘귀로 빠져나가는 것이 더 쉬울 것이다." 제자들은 깜짝 놀라 "그러면 구원받을 사람이 어디 있겠는가?" 하며 서로 수군거렸다. 예수께서는 제자들을 똑바로 보시며 "그것은 사람의 힘으로는 할 수 없으나 하느님은 하실 수 있는 일이다. 하느님께서는 무슨 일이나 다 하실 수 있다." 하고 말씀하셨다. 그때 베드로가 나서서 "보시다시피 저희는 모든 것을 버리고 주님을 따랐습니다." 하고 말하였다. 예수께서는 이렇게 말씀하셨다. "나는 분명히 말한다. 누구든지 나를 위해서 또 복음을 위하여 집이나 형제나 자매나 어머니나 아버지나 자녀나 토지를 버린 사람은 현세에서 박해도 받겠지만 집과 형제와 자매와 어머니와 자녀와 토지의 축복도 백배나 받을 것이며 내세에서는 영원한 생명을 얻을 것이다. 그런데 첫째가 꼴찌가 되고 꼴찌가 첫째가 되는 사람이 많을 것이다."(『마가복음』 10장 23~31절)[76]

예수께서는 이생에서 재물을 가진 자가 '하느님 나라'에 들어가는 것

---

76 페데리꼬 바르바로 신부, 『마르코 복음서 주해』 2, 크리스챤출판사, 1987, 260~264면.

은 어렵다는 것, 내세에는 '첫째가 골찌'가 되고 '골찌가 첫째가 되는' 사람이 많을 것임을 예언했다. 재물을 많이 가진 것보다 재물을 많이 가지기까지의 욕심과 인색함을 문제 삼았다는 점에서, 반대로 재물을 적게 가진 사람의 '버림'과 '베풂'을 인정했다는 점에서 우리의 '덕진 다리 이야기' 유형 설화와 상통한다고 할 수 있다.

<❶㉑ 덕진골 처녀가 놓은 다리>에서는 수탈을 일삼는 고을 원과 덕진 처녀가 대조된다. 백성을 수탈하는 고을 원을 그대로 둘 수가 없다고 판단한 염라대왕이 고을 원을 저승으로 잡아가서는 벌금으로 쌀 300석을 내라고 명한다. 고을 원은 덕진 처녀의 풍성한 저승 곳간에서 쌀을 빌려서 벌금을 낸다. 원이 이승으로 돌아와 쌀을 갚으려 하니 덕진이 받지 않고 그 돈으로 다리를 놓게 한다. 이 이야기에서는 덕진의 저승 곳간이 가득한 이유는 그녀가 배고픈 사람에게 밥을 주고 옷없는 사람에게 옷을 준 것이다.

<제비원의 처자 원이와 연미사>에서는 연미사 창건을 도운 덕진이 제비가 되어 날아가는 대목만 다르고 앞부분의 대조는 대동소이하다.

이상 세 이야기에서 부자는 자기의 저승 곳간이 텅 비어 있는데 반해 가난한 덕진 처녀의 저승 곳간은 가득 차 있는 것을 목격하고 충격을 받는다. 그리고 처녀의 저승 곳간에서 돈을 빌려 벌금을 내고 돌아와 갚는다. 하지만 부자의 인격이 근본적으로 달라지는 단계까지 이르지는 않는다. 그보다는 이승에서 자비로운 삶을 살아가는 덕진 처녀가 남을 위해 다리를 놓아주거나 절을 지어주는 것으로 귀결한다. 덕진 처녀는 전과 지금이 한결같다. 그런 점에서 존재의 지속이지 존재의 전환은 아니다.

이런 이야기가 발판이 되어 존재 전환을 이룬 작품들도 적지 않다. 인색한 사람이 저승으로 가서 저승의 자기 창고가 텅 비어 있는 것을 발견하고 큰 충격을 받고 돌아와 존재전환을 하는 것이다. <❶⑬ 저승 갔다 온 인색한 사람>에서 남에게 베풀 줄 모르는 부잣집 양반은 죽어서 저승으로 가는데, 윗대 조상이 양반의 저승 곳간 문을 열고 안을 보여준다. 양반의 곳간은 기대와는 달리 텅 비어 있었다. 가득 찬 곳간도 있었는데, 선조는 그 곳간의 주인이 아직 이승에서 살고 있으니 돌아가 찾아가 보라며 그 주인의 이름을 손바닥에 적어준다. 이승으로 돌아온 양반이 그 곳간의 주인을 찾아가보니 가진 것 없는 식모 여자였다. 가난하지만 노인들을 위해 베풀며 살고 있는 그녀를 보고 양반은 크게 깨닫는다. 그리고 자신의 재산 절반을 기부하여 베푸는 삶을 시작했다.

이 이야기는 출발부터 '돈을 모을 줄만 알고 남에게 나누어줄 줄 모르는' 양반의 행태를 문제 삼는다. 양반은 '알 수 없는 이유'로 정신을 잃고 저승으로 간다. 그에게 곳간 문을 열어주는 사람이 윗대 조상이라는 지적은, 이야기가 시작할 때부터 윗대 조상이 개입했을 가능성을 시사한다. 윗대 조상은 자기 후손이 인색한 삶을 지속한다면 저승에서나 다음 생에서 가난하게 살 것을 알았다. 조상은 후손의 앞날을 위하여 일련의 저승 여행을 기획한 셈이다. 그 기획 덕에 인색했던 양반이 남에게 베풀기 시작한 것이다. 최소한 자기의 저승 곳간을 채우기 위해서라도 이승에서 베푸는 삶을 살아야 한다고 다짐했다.

<저승 갔다 와서 적선하여 잘 된 사람>(박연이, 『증편한국구비문학대계』 8-21, 부산광역시 강서구 천성동, 2010)에서는 공장을 몇 개나 가진 사장이 갑자기 죽어 저승으로 간다. 저승에는 각자가 쓸 수 있는 곳간이 있다. 다른 사람들의 곳간은 가득 차 있었지만 정작 부자인 사장의 곳간은 텅 비어 있다. 저승사자가 설명하기를, 사장이 부자이기는 했지만 남의 인심을 잃었기 때문에 저승에서는 가진 것이 하나도 없게 되었다고 하였다. 그리고는 저승에 와

서도 잘 사는 방법을 알고 싶으면 방아 품을 팔면서 사는 아무개를 찾아 가보라 했다. 사장은 이승으로 돌아와 아무개를 찾아가는데, 그는 한 끼 식사도 제대로 못 하면서도 지나가는 행인에게 물을 끓여주고 죽을 대접하고 있었다. 사장은 그 사람을 자기 집으로 데려다가 데릴사위로 삼고 공장을 주겠다고 약속했다. 이로써 대조되던 두 사람이 관계를 맺어 대조가 보여주었던 문제적 상황이 극복되었다.

<❶⑧ 저승 갔다 와서 새사람 된 인색한 영감>에서는 저승과 이승이 동시적으로든 시차적으로든 긴밀하게 연결된다. 영감은 인색하게 살아왔다. 어느 날 세 할멈이 방문한다. 세 할멈은 문전박대를 당하지만 부엌으로 가서 어떤 축원을 계속한다. 그 무렵 영감은 죽어 저승으로 가게 된다. 자기의 저승 곳간을 보니 짚단 하나가 달랑 놓여있다. 옛날 거지가 영감을 찾아와 아기를 낳아야 하니 깔개로 쓸 짚단 하나를 달라 해서 주었는데 그 짚단만이 저승 곳간에 들어가 있었던 것이다. 자기의 저승 곳간이 빈약한 것을 확인한 영감은 큰 충격을 받는다.

이 국면에서 색다른 상황이 벌어진다.

그 할멈들이 사흘 밤낮을 빌었다 하네. 영감 살려내어 한 삼 년만 더 살게 해달라 빌었어. 그렇게 밤새도록 기도를 하니 영감이 살아왔어. 영감이 살아나 잠이 깨어나니 염불소리가 들렸어.

"저게 무슨 소린고?"

"아이구 웬 할머니들이 와서 재워 달라 해서 잘 데 없다 하니 부엌에서 자도 좋다하며 저렇게 하고 있습니다."

"얼른 모셔라!"

(청중 : 그기 보살님이다.)

그리고는 밥해서 잘 모셨지. 그 뒤로 꼭 삼 년을 살다가 갔는데, 인
심을 잘 썼다 하네.

영감이 저승에서 저승 관원들에게 '남에게 베풀 시간'을 달라며 애원
하는 동안, 영감의 부엌으로 들어간 할멈들도 영감의 귀환을 위해 간절히
기도해준다. 그 덕에 영감은 이승으로 잠시 돌아올 수 있었고 삼 년간
'인심'을 쓰고 살다 저승으로 간다. 이처럼 이승과 저승이 긴밀히 연결되
면서 주인공이 자기 삶의 방식을 반성하고 완전히 달라지는 과정을 보여
주었다.

<저승간 구두쇠>(하봉연, 7-1, 경상북도 월성군 안강읍, 1979)도 유사한 서사를 보
여준다. 구두쇠는 이승에서 거지에게 밥을 주거나 스님에게 시주를 한 경
우가 없다. 그러나 길가에 아기를 낳은 사람에게 짚단 두 단을 주었고 그
래서 저승에 가보니 자기 곳간에는 짚단 두 단이 들어있었다.

"그래 당신을 돌아가게 해줄 테니 좋은 일 많이 하고 활인(活人)도
많이 한 뒤 쉰 살에 다시 오라."

돌아온 구두쇠가 가난한 사람들에게 논도 주고 밭도 주고 식량도 주고
했다. '활인(活人)'을 거듭하다가 쉰 살에 죽었다는 이야기다.

이렇게 임사체험과 저승 경험은 주인공을 완전히 다른 사람이 되게도
한다. 자기 재물에 집착하여 인색하기만 했던 주인공은 자비롭고 시혜적
인 인물이 된다. 이런 변화가 자기와 타인을 행복하게 만든다. 주위 사람
들도 이런 이야기가 담고 있는 메시지가 무엇인지 분명하게 감지하고 내
면화한다. "그래서 우리 세상 사람... 너무 욕심 부리지 마라 하는 거 아닙

니까, 그렇죠?"[77]라고 서술자적 개입을 하며 청자의 공감을 이끌어내기도 한다. 이 부류의 이야기들은 저승생환담이 결국 어떻게 살 것인가에 대한 근본적인 질문을 던지고, 그 결과 달라진 삶을 실천적으로 보여주는 데로 귀결되었음을 알려준다. 이것은 현실에서의 삶의 방식과 태도에 대한 뚜렷한 비전을 마련한 것이라 하겠다. 그것은 마침내 어떻게 죽음을 예비할 것인가라는 고민을 해결하는 것이기도 하다. 두려움이나 고통 없이 죽어서 저승 심판을 잘 받는 길은 속임수나 뇌물을 구사하는 것이 아니라 이승에서 착한 마음으로 남을 살리는 일을 실천하는 것임을 저승생환담은 가르치는 것이다. 저승생환담은 삶에 대한 성찰을 촉구함으로써 죽음명상을 이끈다.

---

77 <저승 갔다 와서 적선하여 잘 된 사람>(박연이, 『증편한국구비문학대계』 8-21, 부산광역시 강서구 천성동, 2010)

2. 편안한 죽음과 구원 - 임종담

임종담은 수명을 다하고 자연스럽게 죽어간 사람이 보인 특별한 언행을 담은 이야기다. 사람이 죽는 순간이 중심에 놓인다는 점에서 해탈성불담과 비슷하지만, 귀결점은 다르다. 죽음에 대한 관습적 혹은 종교적 믿음에 이어지는 것이 임종담이라면 주체적 수행에 의해 죽음에 대한 상식을 벗어나 해방되는 것이 해탈성불담이다.

읽기 **임종담**

❷① 어머니의 왕생

저의 어머니께서는 80세인데 건강이 나빠져서 요양병원으로 모셨습니다. 10월 22일 밤 11시 30분 쯤 요양병원에서 전화가 왔습니다. 가보니 어머니는 산소 호흡기를 코에 꽂았고 폐에서는 올라온 물을 입으로 뽑아내고 있었습니다. 어머니는 몹시 고통스러운 것 같아 보였습니다.

병원에서는 더 이상 가망이 없다고 했습니다. 임종 후 10시간은 염불을 해 드려야 되는데 그게 가능하겠느냐 물으니 병원에서는 법적으로 사망 후 2시간을 넘길 수 없다고 했습니다. 시신의 부패나 감염 등 문제가 생길 수 있기 때문이었지요.

어머니를 집으로 모시기로 했습니다. 저와 아내는 어머니를 구급차에 모시고 시골집으로 가면서 '나무아미타불' 염불을 계속했습니다. 어머니의 상태를 지켜보았는데 계속 폐에서 물이 올라와서 간호사가 흡인기로 물을 수시로 빼 주었습니다. 시골집에 도착하여 이불 3개를 깔아서 눕히고 하나는 덮어드렸습니다. 머리를 남쪽으로 발은 북쪽으로 향하도록 하고 서쪽을 바라볼 수 있도록 베개를 베게 해드 렸습니다.

저는 가족들에게 두 마디씩 교대로 염불하는 방법을 설명해주었습니다. 어머니가 임종하시면 절대 울지 말라 했습니다. 임종 후 8시간에서 10시간 동안 염불할 계획을 말해준 뒤, 임종 후에는 어머니의 몸을 절대 만지지 말라 주의시켰습니다. 어느덧 새벽 2시가 되었습니다. 너무 늦어 스님께 연락을 드릴 수가 없는 게 아쉬웠지만 오직 조념염불에 집중하기로 마음먹었습니다.

나무아미타불 염불CD 속 스님이 '나무아미타불 나무아미타불' 두 마디 염불을 선창하면 저희 삼형제가 '나무아미타불 나무아미타불' 두 마디를 따라 하는 식으로 조념염불을 시작했습니다.

어머니를 살펴보니 산소 호흡기를 뺀 상태라서 숨쉬기가 더 가빠진 것 같았습니다. 폐에서 올라오는 피 섞인 물이 숨을 내쉴 때마다 입으로 흘러내려 입 아래에 휴지를 놓아서 받았습니다.

2~3명이 조념염불을 하면 나머지는 다른 방으로 가서 쉬는 방식으로 교대 조념염불을 해갔습니다. 조념염불을 하기 전에는 호흡이 가쁘고 입으로도 피 섞인 물이 계속 나와 곧 임종하실 것 같았지만 조념염불을 시작하고 얼마 지나지 않아서 숨쉬기가 한결 편안해졌고 새벽 무렵에는 피 섞인 물도 나오지 않았습니다. 어머니는 편안해진 것 같아 보였습니다. 나무아미타불 염불을 하니 아미타 부처님께서 함께 계신다는 것을 느낄 수 있었습니다.

어머니가 나무아미타불 염불을 듣고 위급한 상황에서 벗어났기에 임종하시기까지 며칠은 더 걸릴 수도 있겠다는 생각이 들었습니다. 스님께 전화를 드려서 어머니께서 위급한 상황은 벗어난 것 같다고 말씀드렸습니다. 어머니의 임종이 임박하지는 않은 것 같으니 어떻게 하면 좋을지 여쭈어 보았습니다.

스님께서 말씀하셨습니다.

"지금이 가장 중요한 순간입니다. 아미타 부처님께서 세우신 원력에 의지하여 염불해 드리는 것이 급선무이며 최선입니다."

조념염불을 직접 해주시면 좋겠다 말씀드리니 스님이 흔쾌히 받아주셨습니다. 스님은 다른 일정을 모두 취소하시고 시간이 되는 불자님들을 태우고 직접 운전해 오셨습니다. 스님은 방의 앞쪽에 아미타 부처님을 그린 불화를 모시고 향을 피웠습니다. 삼귀의로 예불을 올린 후 바로 조념염불을 시작하였습니다.

스님께서는 조념염불을 하시며 저의 어머니가 사바세계의 모든 애착을 내려놓고 염불하며 극락왕생 하도록 권하는 법문도 해 주셨습니다. 어머니는 법문을 들으시고 눈을 뜨거나 움직이지는 못하였지만 눈물을 흘리는 것 같았다고 스님께서 말씀하셨습니다. 스님께서는 제가 예전에 지장보살께 기도한 인연을 아시기에 나무아미타불 염불 도중에 '나무지장보살' 염불도 해 주셨습니다.

스님과 두 보살님이 어머니 앞에 앉아서 차례로 조념염불을 해주셨는데 그때 다시 어머니 입에서 피 섞인 물이 나와 법요집 표지와 법복에 묻었지만 태연하고 온화한 모습으로 계속해주셨습니다.

스님께서는 오전 11시에서 오후 3시까지 저의 어머니를 위하여 지극한 정성으로 조념염불을 해 주시고 두 분 보살님이 일이 있어서 3시에 가보셔야 한다고 하셨습니다. 스님께서 가시기 전에 저에게 법요집을 1권 주시기에 "조념염불 중에 피가 섞인 물이 튄 법요집을 저에게 주십시오."라고 말씀드리니 "그것은 스님용이라서 드릴 수 없습니다."라고 하시며 전혀 개의치 않으시는데 그저 죄송한 마음뿐이었습니다.

나중에 보살님이 카페에 올린 글을 보았습니다.

'저희가 첨에 뵈었을 때 창백한 모습이었는데 중간에 염불하다 보니 복수를 토혈하는 고통스런 광경에서도 얼굴빛이 연분홍색을 띠며 본얼굴 색으로 되돌아와 있었습니다. 저는 그 모습이 얼마나 예뻐 보이는지 기쁨이 넘치고 신심이 넘쳐 염불하는 내내 부처님이 나투시어 계심을 느꼈습니다. 환희심이 솟구치어 지금 생각해도 구름 위에 앉아있는 듯한 묘한 기분입니다.'

스님 전화가 와서 통화를 하고 들어가려고 하는데 제수씨가 방문을 열고 빨리 오라고 손짓했습니다. 바로 방으로 들어가서 보니 동생이 조념염불을 하고 있는데 어머니가 왼손을 들어서 서쪽을 가리키고 있는 것이었습니다. 어머니가 숨을 안 쉬는 것 같습니다. 나는 어머니의 임종도 지키지 못한 것이 아닌가 하여 가슴이 철렁하였습니다. 잠시 후에 어머니는 '후' 하고 숨을 내쉬며 왼손을 내려놓았습니다. 그리고는 다시는 호흡을 하지 않으시니 그게 마지막 임종의 순간이었습니다.

어머니께서는 요양병원에서도 눈을 뜨지 못하고 몸을 스스로 움직이지 못하며 말을 하면 알아듣고 간신히 대답하는 정도였는데 어떻게 임종 직전에 손을 들어서 서쪽을 가리킬 수 있었을까? 이런 생각을 하며 조념염불을 계속하다가 어머니의 손을 보니 왼손 두 번째 손가락으로 서쪽을 가리키고 있는 것이 아니겠습니까!

업장 두터운 이 미욱한 중생은 어머니께서 임종하시며 아미타 부처님의 접인을 받아 서방 극락정토로 왕생하시는 순간을 눈을 뜨고도 알지 못하였습니다. 저는 스님께 즉시 문자로 '스님 어머니께서 지금 편안히 임종하셨습니다. 나무아미타불.'이라 알려드리고 조념염불을 계속하다가 '스님 저의 어머니께서 왼손 둘째 손가락으로 서쪽을 가리키며 임종하셨습니다. 나무아미타불.'이라고 다시 문자를 드렸습니다. 스님은 '나무아미타불 부처님 감사합니다. 염불해주세요 나무아미타불.'이라고 답신을 주셨습니다.

스님께서는 저의 문자를 받으시고는 쉴 틈도 없이 다시 와주신다고 문자를 주셨습니다. 집에 오신 스님은 어머니가 팔을 들어 서쪽을 가리킨 순간을 제수씨에게 자세히 물어보았습니다. 어머니는 호흡이 가빠져 손을 힘들게 올리려 하셔서 제수씨가 손을 잡아드렸다고 했습니다. 그리고 밖에 있는 저에게 알려주려고 나왔다가 바로 돌아오면서 어머니가 왼손을 들어서 서쪽을 가리키고 있는 장면을 목격했다 합니다. 동생도 졸려서 눈을 감고 염불을 하고 있다가 제수씨 말소리에 눈을 떴는데 그때 어머니가 왼손을 들어서 서쪽을 가리키고 있었으며 감은 눈에서 눈물이 흐르는 것을 보았다 합니다. 그러니 어머니가 임종 직전 왼손을 들어서 서쪽을 가리킨 장면은 저와 동생, 제수씨가 모두 목격한 것입니다.

이후 오신 다른 스님들과 불자님들 그리고 저의 가족들이 모두 모여서 조념염불을 하다가 새벽 3시에 마쳤습니다. 모두들 떠나시고 난 뒤 서쪽을 가리키고 계신 어머니 왼손을 사진을 찍으려고 다시 보니 엄지와 검지로 서쪽을 가리키고 계셨습니다.

어머니께서 임종하신 지 12시간이 지나자 어머니 손 곁에 있던 베개를 치우고 한 번 더 핸드폰으로 사진을 찍어두었습니다. 아침이 되자 가까운 친척분들에게 전화를 드려서 어머니의 임종을 알렸습니다.

24일 아침 8시쯤에 어머니를 장례식장으로 옮길 구급차가 도착했습니다. 장례식장으로 떠나면서 동네 이장님께 어머니 임종 사실을 방송해 달라고 부탁했습니다. 오후 3시쯤 장례지도사가 어머니 염을 해드리는데, 가족이 모두 동참하여 염이 끝날 때까지 염불을 해 드렸습니다. 장례식장이 좀 외진 곳에 있었고 마침 다른 장례도 없어 눈치 안보고 마음 편하게 염불을 할 수 있었습니다. 저녁에 장례지도사에게 어머니 염을 하는데 문제가 없었는지 물어 보았습니다. 어머니 몸이 굳지도 않고 관절이 부드러워서 염을 하는 데 아무 문제가 없었다고 하였습니다.

어머니께 올리는 상식은 모두 채식으로 하고 술 대신에 음료수를 올렸습니다. 조문을 오시는 분들께도 모두 채식으로 하려고 하였지만 조문을 오시는 분들이 먹을 것이 없다고 하실 것 같아서 어머니께 올리는 상식과 저만 채식을 하는 것으로 하였습니다.

25일 문경의 시립 화장터에 예약을 했습니다. 10시에 발인하고 화장터에는 11시에 도착하였습니다. 어머니를 화장실로 모시며 "어머니, 불 들어갑니다. 나오세요." 이렇게 3번 말씀드리고, 옆의 제 지내는 곳에 가서 준비를 하는 동안에도 1시간 가까이 고성으로 염불을 해드렸습니다.

화장이 끝나자 어머니를 납골당에 임시로 모셨습니다.

어머니께서는 극락왕생하셨겠지만 마지막까지 최선을 다하고 어머니를 위하여 공덕을 지어 드리고 싶은 마음으로 절에서 49재를 올렸습니다.

— 정전스님, 보정거사 번역, 『아름다운 이별 행복한 죽음』,
비움과 소통, 2015, 93~101면을 저자가 요약하고 다듬었음.

불교의식에 따라 조념염불을 하며 임종을 맞이하고 화장을 하여 납골당에 모시는 일련의 과정을 정연하게 보여준다. 특히 '나무아미타불' 염불에 힘입어 망자가 왼손을 들거나 손가락으로 서쪽을 가리키는 경이로운 순간을 소개했다. 극락왕생한다는 말이 형상화되어 제시되니 독자들의 신심을 더 분발시킨다. 죽어가는 사람을 살아있는 사람이 어떤 마음과 방식으로 임종을 해야 할지를 잘 보여주기에 좋은 임종 교본이 될 수 있다.

❷② 백금 귀고리를 하고 떠난 소녀

결혼을 몇 달 앞둔 26세의 아름답고 사랑스러운 아가씨가 아버지와 함께 애인의 손을 잡고 정토마을을 찾아왔다. 며칠 전 친구랑 회를 먹고 급체한 것 같아 검사를 받은 결과 급성 위암 말기라는 진단을 받았다. 2개월밖에 살지 못할 것이라 했다.

아버지는 엄마와 별거한 지가 10년이 넘었다. 아버지는 자식의 병이 자기 잘못 탓이라는 죄책감에 시달렸다. 아버지 역할을 하지 못한 미안함 때문에 어떤 수단이라도 다 써서 딸을 살리려 했다. 아버지는 딸아이에게 새로운 치료를 받게 해야 한다면서 딸을 집으로 데려갔다. 중국 한의사가 그녀의 온몸에 뜸을 뜨고 한 뼘이나 되는 침을 놓았다. 몸은 만신창이가 됐다.

내[능행스님]가 찾아가니 아가씨가 말했다.

"제가 극락으로 가야 하는데, 스님이 곁에 안계셔서 너무 걱정했어요. 스님이 아미타불 노래를 불러줘야 제가 따라 부르죠."

내 무릎을 베게 하고 아미타불 노래를 들려주었다.

그러나 아버지의 무리한 시도 때문에 그녀뿐 아니라 온 식구가 녹초가 되었다. 어머니는 애를 죽인다며 펄펄 뛰었다. 아버지가 자리를 비운 틈을 타 구급차를 불러 그녀를 병원으로 데려왔다.

입원한 지 나흘째 되던 날, 그녀는 비로소 나와 함께 삶의 보따리를 싸기 시작했다. 예쁜 발찌도 빼고 옷이랑 그림 그리고 천 마리 종이학까지 모두 쌌다. 하지만 예쁜 백금 귀고리는 여전히 걸고 있었다.

"스님, 귀고리는 빼지 마세요."

"왜?"

"제가 정토에서 스님을 찾아오면 스님이 날 어떻게 알아봐요. 귀고리를 하고 있어 저인 줄 알지요."

"그래, 그게 좋겠구나!"

"우리 그때 다시 만나요."

"그래, 아미타 부처님 만나서 극락에 가거든 잘 갔다고 꼭 전해줘야 해. 알았지?"

그녀는 오후부터 숨을 몰아쉬기 시작했다. 아버지는 병실에 들어오지도 못하고 풀밭에 주저앉아 넋을 놓고 있었고, 동생과 엄마는 복도를 서성이고 있었다. 나는 그녀를 무릎에 누이고 함께 아미타불 노래를 불렀다. 눈은 초롱초롱했지만 혀는 말려 들어가고 있었다. 그래도 아미타불을 불렀다. 내가 그녀의 귀에 대고 말했다.

"마음속으로 불러도 된단다."

하지만 그녀는 고개를 흔들었다.

"그렇게도 극락세계에 가고 싶니?"

그녀는 고개를 끄덕였다.

나는 그녀를 위해 기도했다.

"부처님! 어서 이곳으로 강림하소서! 당신의 나라에 태어나기를 이토록 서원하는 이 아이를 당신의 감미로운 능라로 감싸 안아주시옵고 당신이 품에 편히 안기어 정토에 태어날 수 있도록 대자비를 베푸소서. 이 맑은 영혼을 당신의 손에 맡기나이다. 아미타 부처님이시여! 당신을 부르는 이 소리를 이제 그만 거두어주시옵소서. 거룩한 님이시여! 사십팔원원력(四十八願願力) 바다로 돌아가 당신의 자비를 구하오며 이 몸 던져 비옵니다. 나무아미타불."

그녀가 입가에 미소를 띠었다.

"부처님 오셨니?"

그녀는 너무나 아름답게 웃었다. 어머니가 들어오자 어머니의 목을 끌어안았다.

"엄마!"

"여기 있어."

나무아미타불 염불 소리가 들리지 않더니 숨소리도 멈추었다.

"잘 가거라."

어미는 한참 동안 죽은 딸을 그대로 안고 있었다. 다른 가족이 뛰어들어오고 의사와 간호사가 달려왔다. 모두 목석처럼 서 있었다. 나는 그녀를 가만히 눕혔다. 살아있을 때처럼 어여쁜 모습이여! 임종 시 일념 염불 공덕으로 부처님의 영접을 받았으리라. 극락세계와 부처님의 약속을 그녀는 의심 없이 그대로 믿었다. 죽음 앞에서 그녀에게 종교는 절대적이었다. 믿음은 아름다운 다음 생을 잉태하고, 그녀의 귓가에 들리던 삶의 마지막 종소리는 극락이 음악으로 넘쳐나게 했을 것이다. 그녀는 임종 후 여섯 시간이 지나 영안실로 내려갔다.

그런데 다음날 울다 지쳐 쓰러진 어머니의 꿈에 그녀가 나타났다.

"엄마! 나 부처님이 안고 가셨다. 부처님이 날 안고 극락으로 가셨다. (뜸 뜬 자리를 보여주며) 엄마, 이것 봐. 부처님이 다 없어지게 해주셨다. 나 이제 하나도 안 아프고 흉터도 없어. 아빠 용서해주고 잘살아. 내 걱정은 하지 말고 나는 너무너무 좋아! 스님께도 꼭 말해줘. 나 극락세계 갔다고 부처님이 날 안고 가셨다고. 엄마, 저기 가게 장부 저기 있네. 불쌍한 사람들 빚은 받지 마. 응? 엄마, 나 인제 간다."

미친 사람처럼 허둥대던 어머니는 가까스로 정신을 차렸다.

"내 새끼야, 잘 가거라."

―능행, 『섭섭하게, 그러나 아주 이별이지는 않게』, 도솔출판사, 2005, 25~30면.

우리나라 불교 호스피스 병원인 정토마을 자재요양병원을 세워 죽어가는 사람들을 마지막으로 보살피고 보내드리는 일을 하는 능행스님이 기록한 것이다. 능행스님이 목도한 가장 안타까우면서도 가장 아름다운 죽음 이야기다. 아가씨는 결혼을 앞두고 말기 암 진단을 받고 2달 정도만 살 수 있다는 선고를 받는다. 2달 뒤에 죽기에는 너무나 안타까운 나이다. 스님의 안내에 따라 아미타 부처님의 가피를 인정하고 아미타 부처님을 염불하고 극락정토로 갈 것을 간절히 기도함으로써 마침내 극락정토로 가게 된 셈이다. 비록 꿈의 방식이지만 아미타 부처님의 인도와 극락정토에로의 여로가 뚜렷하게 제시되었다는 점에서 환희롭다. 나의 죽음 이후의 세상을 어떻게 떠올리고 맞이해야 할지 생각하면서 읽어가게 된다.

❷③ 선도善導(당나라, 613~681년) 대사

어떤 이가

"염불하면 정토에 왕생하느냐?"

물으면, 대사는 답하되,

"나와 같이 염불하면 극락왕생하리라."

했다. 대사가 일 성(聲)을 염불하니 한 광명이 입에서 나오고 십 성을 하고 백 성을 하니 그 광명 또한 그 수대로 나왔다.

하루는 대사가

"나는 이제 서방정토로 돌아가겠다."

하고 절 앞 버드나무로 올라가서 서쪽을 향하여 축원했다.

"부처님이 나를 접인(接引)하시고 보살들이 나를 도우시어 나로 하여금 정념(正念)을 잃지 않고 극락에 왕생케 하소서."

하고 몸을 던져서 죽었다.

고종(高宗)이 그 신이함을 알고 절 현판을 내려주면서 '광명(光明)'이라 하였다.

극락세계가 분명히 있다 믿고 염불을 하면 꼭 왕생극락하게 될 것이다. 염불을 해도 못갈 것으로 생각을 하고 염불을 한다면 염불을 해도 왕생극락을 못하게 된다는 말씀인 것이다.

그리고 극락세계가 꼭 있다고 믿는 자는 왕생극락을 할 수가 있거니와, 만일 극락세계가 없는 것으로 생각한다면 이는 영원히 극락세계에 못 가게 된다는 말이기도 한 것이다.

이처럼 정토수행에 있어서는 그 믿는 마음이 근본이 되는 것이니, 극락세계가 분명히 있다는 것은 부처님의 말씀이며, 또한 부처님 당시에는 부처님의 신력(神力)으로 모든 대중에게 분명히 보여주었다.

― 정전스님, 보정거사 번역, 『아름다운 이별 행복한 죽음』, 비움과 소통, 2015.

『아미타경』, 『관무량수경』, 『무량수경』 등 정토신앙 계열 경전에는 아미타 부처님이 된 법장비구의 48대원, 아미타 부처님의 형상, 극락정토의 풍경, 염불 수행의 중요성과 방법 등이 소개되어 있다. 선도대사는 그에 의거하여, 그 누구도 염불하며 왕생하길 지성(至誠)껏 발원하면 꼭 왕생극락하게 된다고 가르쳤고 또 스스로도 극락왕생하였다. 이 길을 믿고 선택한 사람에게는 든든한 임종의 교본이 될 만하다.

❷④ 이토록 아름다운 임종

고인은 저와 매일 새벽기도를 함께 했던 분입니다. 저의 하루는 그분을 만나는 새벽 4시 30분에 시작되었습니다. 그분께서 향년 85세로 세상을 떠났습니다.

그분은 어느 날 심한 통증으로 갑자기 병원에 입원하셨지요. 암이었습니다. 통증이 심해서 몹시 괴로워했습니다. 저는 그분을 위해 '통증 없이 주님 앞에 서도록' 간절히 기도했지요. 병원에서는 임종 준비를 하라고 가족들에게 말했나 봅니다. 갑자기 퇴원해서 집으로 가신 겁니다. 무엇보다 진통제에 의존하던 그분께서 통증으로 괴로워하실 것이 걱정되었습니다. 그런데 통증은 사라지고 기력만 잃은 상태가 되었고 정신도 온전했습니다. 저는 하나님께서 저의 기도를 들어주셨다고 확신했습니다. 기적이 일어난 것입니다.

저를 더 감동하게 한 것은 임종 직전의 상황입니다. 임종 직전까지 가족들과 대화를 나누었다 합니다. 자녀들에게 하고 싶은 말씀을 다 하시고 자녀들은 어머니께 하고 싶은 말을 다했다고 합니다. 용서와 사랑에 관한 대화였다고 합니다. 그리고 찬송 가운데 임종하셨다고 합니다. 죽음 앞에서도 아주 초연하고 의연한 모습이었다고 합니다. 저는 그분의 임종을 참 아름답게 느낄 수가 있었습니다.

입관 예배가 은혜 가운데 치러졌습니다. 목사님께서는 "죽음은 끝이 아니라 새로운 시작"이라고 말씀해주셨습니다. 괴로운 인생길에서 입고 있던 육신을 벗어버리고 빛과 사랑이 있는 천국으로 향하신 것이라 말씀하셨지요. 영적 임종관을 다시 확인하는 기회가 되었습니다. 믿음으로 이런 사실을 받아들이게 되었지요. 믿음으로 빛과 사랑이 넘치는 천국을 바라보게 된다는 것입니다. 그 결과 이별의 슬픔보다는 하늘의 은혜가 넘치게 되었지요. 이것이 기독교의 영적 임종관입니다. 그날따라 입관실 벽에 걸린 성경 말씀이 가슴에 와 닿았습니다.

"너희 행사를 여호와께 맡기라. 그리하면 너의 경영하는 것이 이루리라."

신앙은 믿음이요 하나님 말씀을 믿고 행하는 삶이 바로 신앙이라는 것이지요. 믿음은 죽음의 두려움까지도 이기나 봅니다.

리무진 운구차가 고인을 모셨습니다. 찬송 가운데 "이제 승리했다."라고 말씀하시면서 육신의 눈을 감으신 고인! 살아 계실 때는 그분을 제 차로 병원에 모셔다 드리곤 했는데 제 차보다 더 좋은 차가 그분을 모시게 되었습니다. 먼저 운구차는 그가 평소 다니시던 작은 시골 교회에 들렀습니다. 친동생처럼 지내시던 분의 집에도 잠시 머물렀지요. 친하게 지내던 이웃들이 그의 마지막 길을 배웅해주었습니다. 평소 집처럼 지내시던 마을회관 노인정에도 들려 잠시 머물렀습니다. 함께 식사를 하던 때가 머리에 스치네요. 고인이 평생을 살던 집에 들렀습니다. 여기서 3남 4녀를 훌륭하게 키워낸 것입니다. "자식 농사 참 잘 지었네요."라고 그분께 말했던 일이 생각납니다. 그분은 빙그레 웃기만 하셨지요. 그분께서 얼마나 기뻐하실까 생각했습니다. 임종 하루 전 저를 불러 기도해 달라 하시던 그분이 지금도 살아 계신 듯합니다.

인간적으로 죽음은 슬픈 일입니다. 그러나 자꾸 은혜로운 임종이라는 생각이 드는 이유는 무엇일까요? 하나님의 영광이 나타나는 임종이어서 그럴까요?

화장을 하기 위해 추모공원에 도착했습니다. 운구차에서 내린 고인은 곧 화장 절차에 들어갔습니다. 엄숙한 순간이 다가온 것입니다. 유가족들이 마지막으로 고인과 이별했습니다. 육신으로 살던 그동안의 삶을 벗어버리고 영적으로 거듭 태어나는 순간이지요. 저는 순간 죽음은 육신의 정욕과 안목의 정욕 그리고 이생의 자랑에서 참 자유를 얻는 순간으로 느껴졌습니다. 그분의 죽음이 호상이라는 생각이 들었습니다. 순간 저의 임종도 생각해 보았습니다. '하나님 저에게도 이런 인간다운 임종을 맞게 해주십시오.'라고 기도했습니다.

이때가 인간적으로 가장 슬픈 때인 듯합니다. "안녕히 가세요. 하늘나라에서 다시 뵈어요." 혼잣말처럼 중얼거렸습니다. "김장로 잘 계세요." 그분의 음성이 들리는 듯했습니다.

고인을 화장하는 동안 가족들이 한자리에 모여 예배를 드렸습니다. 미국에서 살던 딸과 캐나다에서 살던 딸이 왔고 직계 33명의 가족들이 지켜보는 가운데 그분께서는 영원한 나라로 가셨습니다.

목사님께서는 가족들을 위한 마지막 위로의 말씀을 해주셨습니다.

고인의 신앙 발자취를 본받아 가족들이 신앙으로 살기를 간곡히 당부했습니다. 그리고 어떤 의미에서 기독교 장례는 본향으로 가는 길이기 때문에 축제이어야 한다고도 말씀하셨습니다. 이런 상황에서도 과연 기쁘고 즐거울 수가 있는가? 기독교 신앙은 참으로 역설적 신앙이라고 생각해 보았습니다. "축하하오. 호상이요."라고 말하는 자신을 발견했습니다.

추모공원은 아름답기까지 했습니다. 카페도 있구요. 죽음은 출생과 같이 생의 엄연한 사실이라는 거지요. 어떤 모습으로 임종을 맞이해야 하는가는 그래서 아주 중요하다는 겁니다.

쉼터도 있어 기다리기에 지루하지가 않았습니다. 권사님께서는 육신으로는 죽었을지 모르나 영적으로는 영원히 살아 계시다는 확신이 들었습니다. 믿음이 업그레이드되는 그런 기분이었습니다. 감사하게도 그분께서는 자녀들과 교인들에게 참 아름다운 임종을 보여주신 겁니다.

실내 방송에서 화장이 끝났다고 알려 왔습니다. 유골함이 나오기를 기다렸습니다. 장남이 어머니 유골함을 안았습니다. 실감이 나지 않았습니다. 육신은 유골이라는 흔적만 남기고 가는 것인가. 장지에 도착하니 마을 분들이 수고하고 계셨습니다. 참 고마운 분들입니다. 장남은 땅이 젖었지만 그대로 무릎을 꿇었습니다. 아마도 어머니 유골을 안장하면서 죄인이라고 느껴서 일거라 생각했습니다.

마지막 하관 예배를 드렸습니다. 고인이 좋아하시던 찬송이 고요한 숲속으로 퍼졌습니다.

"내 영혼이 은총 입어 중한 죄 짐 벗고 보니 슬픔 많은 이 세상도 천국으로 화하도다."

공교롭게도 고인이 안장된 곳은 바로 저의 농장 옆이었습니다. 귀농하여 정착하는데 어려움이 없도록 마을 사람들에게 저희 부부를 부

탁하고 떠나신 어머니와 같은 분이십니다. 저는 그분을 믿음의 어머
니로 생각했습니다.

다음날 아내가 새벽기도를 마치고 집으로 돌아오는 길에 고인께서
잠드신 곳에 들러보자고 했습니다. 잠드신 곳은 개울을 건너야 합니
다. 참 아름다운 산천에 잠들어 계셨습니다. 아내가 평소 그분께서 새
벽기도를 드릴 때마다 사용하셨던 작은 담요를 무덤에 덮어드리고 싶
었나 봅니다.

"권사님, 참 은혜롭고 그리고 아름다운 임종을 보게 해주셔서 감사
합니다. 천국에서 만나요. 사랑해요."

—덕봉, 『전인치유농장』,

http://blog.naver.com/PostView.nhn?blogId=petersun1118&logNo=220755583029

기독교 교인이 갑작스런 죽음을 얼마나 평화롭게 맞이하는가를 같은 교회를
다니며 가까이 지냈던 다른 교인이 담담하게 기술해주었다. 타인의 죽음을 대
하는 감동적이고 아름다운 자세를 볼 수 있게 하는 좋은 글이다. 기독교 교인
이 신앙생활에 충실할 때 죽음 앞에서 당당할 수 있다는 신뢰와 희망을 준다.
또 가까운 타인의 죽음 과정을 보면서 자기 죽음에 대해서도 성찰하고 준비
하는 죽음명상을 자연스럽게 실천하는 대표적인 사례로 삼을 수 있다. 그런
점에서 최고의 죽음명상 텍스트로 삼는다.

❷⑤ 손자의 따뜻한 기운에 소생한 할머니

돌아가신 할머니가 살아계셨을 때인 1986년의 일이다. 나는 서울에
서 대학원을 다니고 있었는데 급한 전화를 받았다. 할머니께서 위독
하시니 즉시 시골로 내려오라는 것이었다. 같이 서울에 계시던 고모
네, 삼촌네도 내려갈 준비를 했지만, 급한 마음에 나는 먼저 혼자 출

발하여 고향집에 도착했다. 놀랍게도 집에는 아무도 없고 할머니 혼자 깊이 잠드신 것 같았다. 곁에서 잠시 지켜보다가 손도 잡아드리고 어디가 편찮으시냐고 물어보며 대화를 계속했다. 한참 뒤에 별로 아프지는 않다고 대답하셨다. "바쁜데 왜 왔느냐?"라고 손자를 보게 된 기쁨을 간접적으로 표현하시기도 했다. 한참 뒤에 부모님과 마을의 고모네, 서울 삼촌과 고모네 등 온 가족이 들어왔다. 그런데 시골의 부모님과 고모님은 내가 할머니와 얘기를 나누고 있는 모습에 깜짝 놀랐다. 그분들은 할머니가 돌아가셨다고 생각해서 부고를 부칠 봉투며 고춧가루 등을 장만하시려 마을을 다녀오시는 길이었다. 이미 허리가 방바닥에 달라붙어서 돌아가셨다고 판단했다는 것이었다. 체온이 조금 남아 있기는 했지만 얼른 장례를 준비해야 한다는 마음에 다녀오신 오신 모양이었다. 그 후로 할머니는 건강을 되찾아 새벽기도까지 다니시며 4년을 더 사시다가 91세에 돌아가셨다.

내가 보기엔 아주 평화롭게 주무시다가 반가운 손자 목소리에 깨어나신 사건인 것 같은데, 마을에서는 손자의 따뜻한 손길과 효심이 죽어가는 할머니를 되살렸다는 소문이 한참 돌았었다. 그 후에 정말로 돌아가실 때도 마찬가지였다. 깊고 평안한 잠에 빠져드는 것 그 이상도 이하도 아니었다. 어디 편찮으시냐, 누구를 딱히 보고 싶으시냐 등을 묻자, 조금도 아프지 않다, 네가 왔고 네 아비, 어미가 있으니 됐다 하시고는 눈을 감고 주무셨다. 염을 하고 장례를 지낼 때까지도 그냥 아주 편하게 주무신다는 느낌이었다.

—영남대학교 교육학과 김상섭 교수 구술(2014.05.14)

할머니와 장손 간의 간절한 사랑이 죽음의 시각조차도 조정되게 하는 감동적인 이야기다. 같은 가족이라도 다른 구성원에게는 죽음 이후의 모습을 보인 반면, 장손에게는 시간을 거슬러 올라간 모습을 보임으로써 둘 사이의 마지막

대화와 교감을 가능하게 했다. 죽음을 삶의 연장으로 보는 구술자의 죽음관도 돋보인다. 사생관의 구체적인 귀감이 될 만하다.

자른 손가락의 피를 받아 돌아가시려는 부모님께 드려 부모님을 되살아나게 하는 전통적 효행담과 비교하며 읽으면서 죽고 사는 것에 대해 깊은 성찰을 할 수 있겠다.

❷⑥ 아버지 목숨을 늘리려는 정성이 하느님을 감동시키다

이종희(李宗禧)가 아홉 살 때 부모와 종들이 일시에 병들어 누웠는데 종희 혼자 아프지 않았다. 특히 아버지 광국(光國)이 열이 내려가지 않고 이틀 동안이나 기(氣)가 막히고 온몸에 냉기가 퍼져갔지만 살펴줄 사람이 없었다. 종희 혼자 허둥대다가 병든 여종을 일어나게 하여 미음을 끓이게 했다. 그걸 마신 뒤 칼로 네 손가락을 잘라서 사발 속에 피를 받으니 피가 사발에 가득 고였다. 젓가락으로 부친의 입을 벌리고는 피를 잘 저어 입에 부었다. 반 그릇쯤 마셨는데 벌써 숨이 돌아 콧구멍으로 미미하게나마 숨이 새어 나왔다. 종희가 놀라고 기뻐 한 그릇을 다 마시게 하니 아버지가 마침내 소생하였다.

다음날 신시(申時, 오후 3시에서 5시 사이)쯤 아버지가 다시 전처럼 숨이 막히니 종희가 울부짖으며 하늘에 기도했다. 그러고는 안석(案席) 위에 대고 여러 손가락을 마구 자르니 피가 많이 흘러나왔다. 한 병든 여종이 그걸 보고는 놀라 울부짖으며 종희를 끌어안았다. 그러자 종희가 그녀를 뿌리쳐 밖으로 내보내고 집안사람들이 놀라지 않도록 시켰다. 죽에다 피를 타서 한 그릇을 드리려고 하였다. 막 죽을 드리려 하는데 공중에서 종희를 부르는 소리가 들렸다.

"종희야, 너의 정성이 하늘을 감동시켰다. 명부(冥府, 사람이 죽은 뒤에 간다는 세계)에서 네 아버지를 살려줄 것을 허락했다. 이제 비통해하지 말고 마음을 놓거라."

집 안팎에 병들어 누워 있던 사람들도 모두 그 소리를 들었다. 모두,
"장단(長湍) 생원의 목소리다!"
하였다. 장단 생원은 종희의 외조부 윤겸(尹謙)인데 죽은 지 오래되었다.

종희의 아버지는 살아났고 열도 내려갔다. 날마다 점점 좋아져 마
침내 완쾌되었다. 그 어머니 역시 연이어 치료되었다.

종희의 일에 대해 이야기하지 않는 사람이 없었다. 마을 사람들이
본읍에 그 이야기를 알렸다. 원이 매우 기특하게 여겨 그 효행을 감
영에 보고했다. 관찰사 이성용(李聖龍)이 복호(復戶, 충신이나 효자 등에게 호역
戶役을 면제해주는 일)를 내려주고 조정에 아뢰어 그 마을에 정려문이 세
워졌다.

— 이강옥 옮김, 『청구야담』 상, 문학동네, 2019, 770면.

단지(斷指, 손가락 끊어 피를 받아 임종하는 부모님께 드리는 것) 이야기는 할고(割股,
자식이나 아내가 부모나 남편의 병을 고치기 위하여 자기 넓적다리의 살을 잘라내어 약으로
드림) 이야기와 함께 참 많다. 효행담이나 열녀담에는 빠지지 않는 모티프다.
임종하려는 부모님을 위해 자기 손가락 피를 받아 입에 넣어드려 생명을 연
장시키는 것이다. 이 이야기에서 어린 종희는 자기 피를 아버지가 삼키게 하
여 거듭 되살아나게 했다. 마침내 그 정성이 저승 외조부에게 포착되어 아버
지가 완쾌되고 어머니까지 치료되게 했다. 유교적 효행의 관점에서 만들어진
임종 이야기다. 불교적 관점에서 보면 생의 마지막 단계에서까지 생에 대한
집착을 조장하는 것이라 하겠지만, 유교적 관점에서 보면 자식이 임종하는 부
모를 위해 모든 것을 다 바치는 것을 최고의 미덕으로 인정한다. 이에 대해
근본적인 성찰이 필요하다.

❷⑦ 서경덕

선생은 갑진년(1544년) 겨울부터 계속 자리에 누워 계시다가 병오년
(1546년) 7월 7일 새벽녘 화담의 서재에서 돌아가셨다. 향년 58세였다.
임종할 때에 한 제자가 여쭈었다.

"선생님, 지금 심경이 어떻습니까?"

선생은 이렇게 대답했다.

"삶과 죽음의 이치를 안 지 내 이미 오래니 마음이 편안하다."

—박희병, 『선인들의 공부법』, 창비, 2013, 122면.

삶과 죽음의 이치를 알면 죽음을 편안하게 맞이할 수도 있다는 것을 서경덕
선생의 경우를 통해 짐작한다. 여기서 '이치를 안다'는 것은 단지 알음알이
차원에 머무는 것이 아니라 앎을 내면화하고 실천하는 단계에 이른 것을 지
칭한다고 보아야 할 것이다. 단지 알기만 하는 데 머물지 않고 앎을 나의 존
재 방식에 관철되게 해야 하는데, 그러기 위해서 어떻게 해야 하는지 우리가
거듭 사유하고 고민해야 할 것이다.

❷⑧ 엄마의 마지막 선물

나는 엄마가 인지저하['치매'를 지칭함]가 되면서 인간으로서 실격
되어버리거나 모자라거나 열등한 존재가 되어버렸다고 생각한 적이
단 한 번도 없다. 기능적으로 많이 떨어지고 불편해지신 것은 분명하
나 엄마라는 인간의 본질은 오히려 인지저하가 되면서 더욱 뚜렷해지
고 선명해졌다고 생각했다. 엄마는 마치 겨울의 나목들이 그렇듯 자
신에게 비본질적인 것은 다 덜어내 버리고 본질적인 것만 남겨두신
것처럼 보였다. 아주 심플한 인간이 되신 것이다. 장자(莊子)는 지인(至

시), 즉 높은 도에 이른 인간은 흡사 바보와 같다고 했다. 내가 존경하는 18세기 중국의 서화가 정판교(鄭板橋)는 '난득호도(難得糊塗)'라는 글씨를 남겼는데, '바보 같은 인간이 되기는 참으로 어렵다'라는 뜻이다. 엄마의 인지저하를 분식(粉飾)할 생각은 추호도 없지만 바보 혹은 바보 같은 상태를 조금도 못견뎌하는 근대인, 그리고 오늘날의 일반적인 한국인들의 생각이 꼭 옳다고 여겨지지는 않는다.

인지저하를 겪는 엄마를 보면서 나는 인간의 본질이 무엇인가를 다시금 곰곰이 생각해보게 되었다. 만일 동물보다 세련되고 합리적이고 체계적이며 논리적인 사고와 행동을 할 수 있는 것이 인간의 본질이라면 인지저하 상태의 엄마는 인간의 본질에 미달인, 하자가 많은 인간이라 할 것이다. 그런 입장에 서면 엄마는 '비인간(非人間)'이라고까지야 말할 순 없겠지만 인간과 비인간의 중간쯤에 있다고 할 수 있을지 모른다. 하지만 만일 타인에 대한 끊임없는 배려와 염려, 그칠 줄 모르는 사랑이 인간의 가장 중요한 본질이라고 한다면 엄마는 본질에 미치는 정도가 아니라 본질을 훨씬 상회하는 인간이라 할 것이다. 인지저하가 아닌 사람들, 즉 바보의 상태에 있지 않으며 '똑똑하고 정상적인' 사람들이 과연 얼마나 타인을 배려하고 염려하며, 타인에게 그칠 줄 모르는 사랑을 보이는가? 오히려 '똑똑하고 정상적인' 머리로 타인을 괴롭히거나 해코지하거나 혐오하거나 증오하고 있지는 않은가?

이런 입장에 서면 인지저하의 엄마를 꼭 열등하거나 결함 있는 인간으로만 보는 것은 큰 실례일 뿐만 아니라 사리에도 맞지 않는 일이 된다.

나는 1년 가까이 호스피스 병동에서 엄마와 함께하면서 '정상적 인간'으로서의 나를 되돌아보고 성찰하게 되었다. 엄마의 마지막 선물이다. 엄마는 생의 마지막에 내게 큰 공부를 시킨 것이다.

—박희병, 『엄마의 마지막 말들』, 창비, 2020, 75면.

이 책은 서경덕 선생의 임종담을 번역한 박희병 교수가 말기암과 인지저하 진단을 받은 어머니를 모신 호스피스 병동에서의 1년간 경험을 다루었다. 어머니가 발화한 단편적인 말씀을 하나하나 되새기며 거기에 생략되고 암시된 사연을 재구성하고, 그 과정에서 진정한 인간다움이란 무엇이며 삶을 어떻게 마무리를 해야 할지를 성찰했다. 또 생의 마지막 단계에 이른 분을 주위의 사람들은 어떤 태도로 바라보고 대해야 할지를 감동적이고 설득력 있게 서술한다.

특히 위 인용문에서 박희병 교수는 인지저하를 겪는 어머니에게서 인간의 본질이 더 뚜렷해지고 선명해졌다고 본다. 마치 겨울의 나목들이 그렇듯 자신에게 비본질적인 것은 다 덜어내 버리고 본질적인 것만 남겨두신 것처럼 보인 것이다. 이렇게 볼 수 있게 된 것은 '타인에 대한 끊임없는 배려와 염려, 그칠 줄 모르는 사랑'이야말로 사람의 가장 중요한 본질이라는 관점을 가진 덕이다. 필자는 이것이 어머니의 마지막 선물이며 어머니가 생의 마지막에 자식에게 공부를 시킨 것임을 강조했다. 독자들도 필자의 시선을 따라가면서 죽어가는 것에 대한 성찰과 명상을 이끌 수 있다. 그리고 에필로그의 다음 대목도 죽음명상의 소중한 계기로 삼을 수 있을 것이다.

"이에서도 삶과 죽음은 하나라는 진리가 관철됨을 볼 수 있다. 즉 산대로 죽는 것이다. 나는 외롭되 자유롭고 자유롭되 외로운 삶을 살아왔다. 가능한 한 남으로부터 방해받지 않고 나의 주체성을 최대한 지키며 살려고 노력해 왔으며 또 그리 살아왔다. 그러므로 죽음도 외롭되 자유롭게 주체적으로 맞는 것이 내가 살아온 삶의 방식과 부합한다고 할 것이다. 그런 죽음의 방식이 구체적으로 어떤 것인지, 그 선택지에 무엇이 있는지는 지금부터 잘 모색해보려고 한다."

❷⑨ 조완

병사 조완은 병사 조동점의 아들이다. 일에 연루되어 제주에 유배 갔는데 그때 목사 김영수가 죄수를 관리하기를 심히 엄히 했다. 매달

초하룻날을 당하여 죄수를 점고하는데 마침 날씨가 얼어붙도록 추워 조완이 털모자를 쓰고 들어갔다. 김영수가 크게 성을 내고 사람들에게 털모자를 벗겨 찢어버리게 했다. 조완이 분을 이기지 못하고 드디어 병들어 누워 위독하였다. 그가 관리로 서울로 가는 관인을 만나 부탁하기를, "우리 집은 대흥에 있는데 그대가 돌아올 때에 우리 집 안사람들을 찾아 내가 모월 모일에 죽을 것이라고 말해 달라."고 하였다. 그 관인은 웃고 믿지 않았다. 이윽고 관인이 서울로부터 돌아오다가 대흥 지경에 이르러 한낮에 주막에서 쉬고 있었다. 꿈에 조완이 평상시처럼 말하기를, "나는 지금 곧 죽을 것이다. 그대가 우리 집에 가서 알려주지 않겠는가?"라고 하였다. 관인이 크게 놀라 잠에서 깨어 바로 조완의 집에 가서 제주를 떠나올 때의 말과 꿈 이야기를 해주었다. 조완 집안사람들이 드디어 그 관인과 함께 제주에 가서 운구를 하였다. 조완이 죽은 것은 과연 그가 말한 그날이었다.

조완이 임종에 임박해서 집 주인에게 말하기를, "나를 따라온 자는 오직 겸인 한 사람이다. 그 겸인은 사람됨이 정직하지 않으니 염습을 그의 손에 맡겨서는 안된다." 하고 또 겸인에게 말하기를, "나는 죽고 나서도 네가 만약 착하게 마음먹지를 않는다면 반드시 너를 겁줄 것이다."라고 했다.

죽은 날 저녁 주인집의 아직 시집가지 않은 딸이 홀연히 눈을 부릅뜨고 주먹을 휘두르며 남자 소리를 내어 말하기를, "나는 조병사다. 그대는 나의 신령함을 모르느냐. 속히 겸인 놈을 잡아들여라."고 했다. 겸인이 뜰 가운데로 기어오니, 귀신이 말하기를, "너는 감히 내 수의 속에 넣어둔 것을 몰래 많이 훔쳐서 좋은 물건을 많이 가져갔구나. 내가 너를 죽이고 싶으나 천릿길을 따라온 일을 생각하니 차마 바로 죽이지 못하겠다. 빨리 여러 가지 물건들을 돌려보내고 불태워라." 하니, 그 겸인이 딸을 홀리며 감히 올려다보지 못하였다. 겸인의 몸속에 감추어둔 물건을 찾아내니 과연 징험이 되었다. 이에 온 고을 사람들이 크게 놀랐다.

귀신이 말하기를, "김목사는 통탄할 일이로다. 옛날 같이 놀던 일을 생각하지 못하다니! 털모자를 쓴 것이 무슨 그리 큰일이라고 여러 사람 앞에서 나를 욕보이는가. 여러 사람 앞에서 나를 욕보이는가." 하고 눈물을 쏟았다. 어떤 사람이 말하기를, "귀신이 목사를 몹시 원망하는데 어찌 목사를 겁주지 않는가?" 하자, 귀신이 말하기를, "명리(命吏, 왕명을 받은 관인이기 때문에 준엄하다는 의미를 포함함)인데 감히 모멸할 수 있겠는가?"라고 하였다. 김목사가 그 이야기를 듣고 요물이라고 생각하여 위엄을 떨치고 나아가 그 처녀에게 형벌을 내리려 하였다. 그 처녀를 보니, 말하고 행동하는 것이 완연히 조완이었다. 자신도 모르는 사이에 한탄을 하며 나가서 앞에 가서 위로하고 또 사과를 하니, 귀신이 말하기를, "사또는 너무나 야박합니다." 하고 어릴 때의 일을 이야기하는 것이었다. 그 이야기는 모두 김목사 혼자만이 아는 일이었다.

조완은 평상시 밥을 먹을 때에 숟가락으로 사발에 반을 그은 후에 먹었으며 또 각혈을 하곤 했다. 이날 저녁 그 처녀 또한 밥그릇을 반을 긋고 먹었으며 각혈을 하는 것이었다. 귀신이 떠나가자 그런 것을 다시 하지 않았다.

이미 운구를 하였는데도 귀신은 떠나지 않고 말하기를, "나의 유배 기한이 아직 차지 않았다. 돌아갈 때가 있을 것이다."라고 하였다. 하루는 귀신이 말하기를, "나는 이제 떠나가겠다. 타고 갈 것이 없으니 작은 되만한 배를 하나 만들어 그 위에 비단 돛을 달아 주시오." 하는 것이었다. 주인이 그 말과 같이 한 다음 또 술과 음식을 갖추어 그를 전별하였다. 귀신이 배불리 먹고 취하자 이윽고 비단 돛이 저절로 움직여 파도를 타고 나는 듯이 떠나갔다. 보는 사람들이 눈물을 흘렸다.

돛이 아득하여 거의 보이지 않게 되었는데 홀연히 돌아와 말하기를, "처음에 내가 유배 올 때에 나의 아내가 오래 못 살 줄 알고 이별하며 하나의 속곳을 주었다. 내가 시렁 위에 두고 그대로 왔네. 부인의 속곳은 함부로 할 수 없으니 이 배에 싣고 가야겠다."라고 했다. 또 말하기를, "내가 북병사를 마치고 돌아오다가 철령 위에서 모씨를 만났다. 그때 영조(英祖)가 그 사람을 면직시켜 서인으로 만들고 벙거지를 쓰고 가도록 명령하였다. 나는 비록 무인으로 취향이 다른 사람이지만 마음에 그를 딱하게 여겨 내 금단립을 벗어 그에게 주었다. 지금까지 잊을 수가 없다. 듣자 하니 그의 아들 또한 이곳에 유배 왔다고 하는데 보지 못함이 슬프다. 그 아들이 나를 알아볼 수 있을까." 말이 끝나자 배가 다시 움직였다. 이때 주인집 딸은 정신을 잃고 땅에 넘어졌다가 배가 보이지 않게 되자 벌떡 일어났다. 사람들이 다시 무슨 말을 물어보았으나 더 이상은 조완이 아니었다.

다음날 해남에서 온 사람이 있었는데 그가 말하기를, "어제 저녁 배가 떠난 곳에서 보니 작은 배가 비단돛을 달고 부인의 속곳을 싣고 제주로부터 와서 물가에 배를 대더라."라고 했다.

— 이규상 지음, 민족문학사연구소 옮김, 『18세기 조선인물지─병세재언록』,
창작과 비평사, 1997, 230면.

조완은 죽어가면서도 이승의 일에 집착하고 시비를 일으켰다. 죽고 난 뒤에도 자기 물건에 얽매여, 신뢰하지 못했던 겸인을 감시한다. 죽기 직전에 겪은 유감스런 일에 대해 분풀이를 하였다. 또 유감을 표시하기 위해 주인집의 딸에 깃들어 못다 한 말, 못다 한 행동을 다 한다. 죽고 나서도 살아있을 때의 상황에 더 집착하여 일을 처리하려 한 것이다. 그런 점에서 아주 편안히 모든 걸 내려놓고 떠나간 서경덕의 임종 장면과 반대의 극점에 놓인다. 두 경우를 대조하면서 나의 임종 태도를 선명히 그려볼 수 있겠다.

❷⑩ 곽생이 도술을 부려 신장을 초대하다

곽사한(郭思漢)은 현풍 사람으로 망우당(忘憂堂)[78]의 후손이다. 젊었을 적에 과거 공부를 하다가 이인을 만나 비법을 전수 받아서 천문 지리 음양 등의 서적에 통탈하게 되었다.

집이 무척 가난하였다. 나무꾼과 목동들이 날마다 친산을 침범하였다. 하루는 산 아래로 내려가 나무를 꽂아 표시를 만들고는 이렇게 적었다.

"만일 이 표시 안쪽으로 들어가면 반드시 예측 못한 화가 있을 것이다!"

이렇게 마을 사람들에게 경고를 하여 한 발자국도 경내로 들어가지 못하게 하였지만 모두들 비웃었다. 마을에 완악한 젊은 놈 하나가 있었다. 일부러 그 산 아래로 가서 나무를 하다가 표시 안쪽으로 들어갔다. 갑자기 하늘이 빙빙 돌고 땅이 흔들리며 바람이 불고 천둥이 쳤다. 칼과 창을 든 이들이 나타나 근엄하게 그곳을 지키니 빠져나갈 수가 없었다. 그 젊은 놈은 혼이 나가고 정신이 희미해져 땅에 쓰러졌다.

그 어미가 급히 와서 곽생에게 애걸복걸하였다. 곽생이 노여워하며 말했다.

"내가 이미 분명히 경계하였는데도 그걸 따르지 않아 이렇게 되었으니 이제 와서 왜 나를 성가시게 해요? 난 몰라요!"

그 어미가 울면서 다시 애걸복걸하였다. 식경 후에 곽생이 몸소 가서 보고 손을 끌어 내어주었다. 그 뒤로 사람들이 감히 표시에 다가가지 못하였다.

---

78 망우당(忘憂堂): 곽재우(郭再祐, 1552-1617)의 호. 조선 중기 의병장. 한성부 좌윤, 함경도 관찰사 등을 역임했다.

그 중부(仲父)가 병이 위독하였는데, 의원은 산삼을 얻어오면 고칠 수 있다고 하였다. 사촌 동생이 와서 애걸하였다.

"아버지 병이 지극히 위중한데 신삼을 구할 수 없습니다. 형님 재주가 있으신 거 이 동생이 평소부터 알고 있습니다. 제발 몇 뿌리만 구해주시어 아버지를 치료할 수 있도록 해주십시오."

곽생이 눈살을 찌푸리며 말했다.

"그건 매우 어려운 일이지만 병환이 그렇다니 온 힘을 다해 주선 안 할 수가 없겠네."

그리고는 그와 함께 뒷산 기슭으로 올라갔다. 소나무 그늘이 진 평원에 이르러 보니 인삼밭이었다. 약용으로 쓰게 가장 큰 것으로 세 뿌리를 캐어주며 경계하였다.

"이 일은 절대 발설해서는 안 돼. 또 다시 캐어갈 생각도 하지 말게나."

사촌 동생은 급히 돌아가 인삼을 달여서 약으로 썼더니 과연 효험이 있었다. 사촌동생은 돌아오면서 인삼밭으로 가는 길과 인삼 소재지를 알아두었다. 형이 없는 틈을 타서 몰래 가서 보았는데 전일 가보았던 곳이 아니었다. 속으로 놀라고 의아해하며 탄식하고 돌아와 그 형에게 사실을 말했다.

곽생이 웃으며 말했다.

"전날 너와 갔던 곳은 두류산이야. 네가 어떻게 하여 다시 그곳을 밟을 수 있겠느냐? 이후로 다시는 그러지 말거라!"

하루는 집에 있다가 건넌방을 깨끗이 청소한 뒤 아내에게 경계하는 말을 하였다.

"내가 3, 4일 동안 여기서 할 일이 있소. 절대 문을 열거나 몰래 보는 일이 없도록 하시오. 기한이 되면 내 스스로 나오리다."

그리고는 문을 닫고 앉았다. 집안사람들은 그 말에 따라 내버려 두었다. 며칠이 지난 후 아내가 의아한 마음이 생겨 창문 틈으로 몰래 살펴보았다. 방 안은 큰 강으로 변해있었고 강 위에는 단청을 한 누각이 서 있었다. 곽생은 누각 위에서 거문고를 두드리고 있었고 학창의(鶴氅衣, 웃옷의 하나. 소매가 넓고 뒤 솔기가 갈라진 흰옷의 가를 돌아가며 검은 헝겊을 넓게 대었다) 우의(羽衣, 도사나 신선이 입는다는 새의 깃으로 만든 옷)를 입은 대여섯 사람들이 마주 앉아 있었다. 노을빛 치마에 안개 같은 소매 자락의 선녀가 악기를 불거나 뜯고 마주 서서 춤을 추고도 있었다. 그 아내는 경이로워 아무 소리도 낼 수가 없었다.

곽생은 기일이 되자 문을 열고 나왔다. 그 아내가 몰래 본 것을 꾸중하며 말하였다.

"뒤에 또다시 그런 짓을 하면 내 여기에 오래 머물 수 없소."

곽생에게 절친한 친구가 있었는데 만고의 명장 신들을 한번 보기를 소원했다. 생이 웃으며 말하였다.

"그건 어렵지 않지. 다만 자네의 기백이 그걸 감당하지 못하여 해를 입을까 걱정이라네."

그 사람이 말했다.

"한번이라도 보기만 한다면 죽어도 한이 없다네."

생이 웃으며 말했다.

"자네가 그렇게 말했으니 일단 내 말을 따라하게나."

"그렇게 하겠네."

곽생은 그 사람에게 자기의 허리를 꼭 잡게 하고는 경계하였다.

"오직 눈을 감고 있다가 내 소리가 나면 눈을 떠야 하네."

그 사람은 그 말을 따라 하였다. 두 귀에는 바람과 천둥소리만 들릴 뿐이었다. 이윽고 그 사람이 눈을 떠보니 자기가 높은 봉우리 꼭대기 위에 앉아 있었다. 당황하고 아찔하여 그곳이 어딘가 물어보니 가야 산이라 하였다. 잠시 후 곽생이 의관을 차려입고서 향을 피운 뒤 앉았다. 마치 지휘하여 무얼 부르는 것 같았다.

얼마 안 있어 광풍이 크게 일어나더니 무수한 신장들이 공중에서 내려왔다. 열국(列國) 진(秦) 한(漢) 당(唐) 송(宋)의 여러 명장들이었다. 위풍이 늠름하고 모습이 당당했다. 어떤 이는 갑옷을 입고 어떤 이는 칼을 쥐고서 좌우에 나열하였다. 그 사람은 정신이 혼미하여 곽생의 옆에 엎드렸다. 이윽고 곽생이 모두 물러가게 하니 그 사람은 혼절하였다. 그 사람이 조금 정신이 돌아오자 곽생은 말했다.

"내 아까 말하지 않았나? 자네의 기백이 이와 같은데도 망령되이 나에게 간청하다 필경 병을 얻게 되었으니 정말 한탄스럽네."

다시 허리를 잡게 하고 올 때와 같이하여 집으로 돌아왔다. 그 사람은 경계증(驚悸症, 걸핏 하면 놀라는 병. 놀란 것처럼 가슴이 두근거리는 증세)에 걸려 얼마 되지 않아 죽었다.

이처럼 곽생이 신이한 술수를 사람들에게 보여준 것이 많았다. 나이가 80이 넘었는데도 소년 같이 건강했다. 하루는 병도 없이 앉은 채로 죽어갔다. 영남 사람들 중에는 그를 아는 이가 많았는데 그들은 곽생이 죽은 지 수십 년도 안 되었다고 하였다.

— 이강옥 옮김, 『청구야담』 하, 문학동네, 2019, 330면.

집착으로부터 완전히 벗어난 사람의 임종담이다. 살아있을 때가 그러했으니 죽을 때도 그러하다. 곽생은 기이하고 신이한 행동을 거듭 보였다. 그러니 안 하무인 격이 될 수 있을 텐데 그러하지 않고 여든이 넘어까지 소년 같은 모습을 보여주었다. 그런 그가 하루는 아무 병도 없이 앉은 채로 죽는다. 삶과 죽음을 자유자재로 맞이한 전형적 경우를 볼 수 있다.

❷⑪ 오물음이 해학으로 인색한 사람을 풍자하다

서울에 오(吳)씨 성을 가진 사람이 살았다. 그는 고담 잘하기로 세상에 이름을 날려, 재상가를 두루 다녔다. 외 나물을 즐기는 고로 사람들이 그를 오물음(吳物音)이라 불렀다. '물음'이란 익힌 나물을 뜻하고, '오(吳)'와 '외[瓜]'가 음이 비슷한 때문이었다.

그 무렵 한 늙은 종실이 있었는데 아들이 넷이었다. 재물을 모아 부자가 되었지만 인색하여 남에게 베풀지 않고 자식들에게도 재산을 나눠주지 않았다. 친구들이 재산을 나눠주라고 권하면 답하기를,

"나에게도 다 생각이 있다네."

하면서도 세월만 보내고 차마 재산을 나눠주지 못했다.

하루는 오물음을 초대하여 고담을 해 달라 부탁했다.

오물음이 한 계책을 생각하고 고담을 지어 이야기했다.

"장안에 갑부 이동지(李同知)라는 사람이 있었지요. 그는 수(壽)와 부귀와 다남자(多男子)를 겸하니 사람들이 다 좋은 팔자라 일컬었지요. 다만 소싯적 가난했던 데서 마음의 상처를 입었지요. 치산을 하여 부자가 되었지만 인색함이 심성에 베여서 자식이나 조카, 형제에게조차 한 물건도 나눠주지 않았지요. 그가 죽음을 앞두고 보니 세간 만사가 모두 허망한데, 자기는 재물 재(財) 자 한 글자에만 얽매여 거기서 벗어나지 못한 것이었지요. 병 중에서 생각하니 이제 어찌할 수도 없었지요. 여러 아들을 불러 유언을 하였습니다.

'내 고생하여 재산을 모아 갑부가 되었지만 지금 막 황천길을 가려하는데 아무리 생각해봐도 하나도 가져갈 도리가 없구나. 전일 재물에 인색했던 일들이 후회막급이다. 붉은 깃발 펄럭이고 만가(輓歌)가 처량한데 텅 빈 산에 나뭇잎 떨어지고 밤비가 황량한 들판에 흩날릴 때 비록 엽전 한 푼 쓰려 한들 어떻게 얻을 수 있을까? 내 죽은 뒤 염

하여 입관할 때 두 손에 악수(握手, 염을 할 때 시신의 손을 싸는 형겊)를 쓰지 말고, 관의 양쪽에다 구멍을 한 개씩 뚫어 좌우 손을 밖으로 내어 길가 사람들에게 보여 주거라. 나에게 비록 새물이 산과 같이 있어도 빈손으로 돌아간다는 것을 알게 하라."

그리고는 문득 숨을 거두었지요. 그가 죽은 후 여러 아들이 그 가르침을 감히 어기지 못하여 그대로 하였지요. 소인이 아까 길에서 상여행렬을 만났는데 그 양쪽 손이 관 밖으로 나온 것을 보고 괴이하게 여겨 물어보니 이동지의 유언 때문이라고 하더군요. 아! 사람이 죽기 전에 그 말이 착해진다 했으니 과연 그렇겠지요.'

종실노인이 그 이야기를 듣고는 은근히 자기와 비슷한 이야기라 자기를 조롱하는 뜻이 있는 줄 알았지만 그 말은 즉 이치에 맞은지라 즉석에서 깨닫고 오물음에게 후한 상을 주었다. 다음 날 아침 여러 아들에게 비로소 재산을 나누어주고 종족과 옛 친구들에게 보화들을 다 흩어주고는 산의 정자로 들어가 거문고와 술로 스스로 즐기니 죽을 때까지 재물의 이로움에 대해 말하지 않았다 한다.

대개 노인이 한마디 말에 문득 깨달은 것도 쉬운 일은 아니지만, 오물음은 골계(滑稽)의 부류인데, 순우곤(淳于髡)[79]이나 우맹(優孟, 중국 초나라의 이름난 배우)의 세상에 태어났어도 어찌 그들 못지않겠는가?

— 이강옥 옮김, 『청구야담』 상, 문학동네, 2019, 257면.

죽은 사람의 유언에 따라 죽은 사람의 빈손이 관 밖으로 나오게 한 풍경은, 사람이 죽으면 산 같이 쌓은 재물도 못 가지고 빈손으로 떠나간다는 엄연한 사실을 부각시킨다. "장차 죽으려 하는 사람의 말은 착하다."는 평결은 그 유

---

79 순우곤(淳于髡) : BC. 385년-BC. 305년. 익살과 다변(多辯)으로 유명했던 중국 전국시대 제나라의 학자. 초(楚)나라가 제나라로 쳐들어 왔을 때 조나라의 병사를 이끌고 이를 구했다고도 한다. 그의 변론은 『전국책(戰國策)』과 『사기(史記)』 등에 기록되어 있다.

언과 유언에 의한 실행이 정당함을 재삼 강조한다.

　이 임종담의 귀결은 인색했던 종실의 큰 깨달음이다. 종실은 이 이야기를 듣고 깨달은 바가 있어 자식들에게 유산을 나눠주고 친구에게도 재물을 흘어준다. 그리고 스스로 유유자적하게 여생을 보낸다.

　이 작품은 임종담이 거듭 향유되는 과정에서 사람들을 달라지게 만드는 지경까지 이르렀음을 알려준다. 임종담은 그냥 전승되는 단계에 머물지 않고 새로운 담론과 삶의 태도를 만들어내는 단계에 이른 것이다. 이것은 임종담이 야담으로 들어오면서 발전된 부분이라 하겠다.

(1) 임종 태도의 양극단

임종담에는 다양한 관점이 깃들어 있다. 임종의 자리에서 감동적인 화해나 용서가 이루어지고 사랑이 완성되는 이야기가 있는가 하면 반대의 이야기도 적지 않다. 또 임종을 원만하게 하지 못해서 생겨난 원혼의 이야기도 많다. 죽음에 대한 관념이 임종담에 어떻게 관철되고 변형되었는가를 살피면 죽음에 대한 종교적 해석과 민중의 감각 사이의 거리를 짐작할 수도 있다. 이런 거리를 해명하는 것은 실제 생활에서 임종을 지혜롭게 실천하는 방안을 마련하게 해줄 것이다.

우리가 타인이 죽어가는 모습을 목도하거나 상상하는 것은 스스로의 죽음을 대비하는 한 방안이다. 죽은 뒤 어떻게 되는지 분명하게 모른다 하더라도 죽는 순간 자기 죽음을 대하는 태도가 중요하다. 이와 관련하여 서경덕 선생이 한 모범을 보였다. 선생은 1544년 겨울부터 자리에 누웠다가 2년 뒤 1546년 7월 7일 새벽에 서재에서 임종했다. 향년이 58세였는데 심경이 어떠냐는 제자의 질문에, "삶과 죽음의 이치를 안 지 내 이미 오래니 마음이 편안하다."[80]고 했다. 생사의 이치에 통달했기에 평화롭고 편안한 죽음을 맞이할 수 있었던 것이다. 여기서 생사의 이치를 안다는 것은 단지 알음알이 차원에 머무는 것이 아니라 앎을 내면화하고 실천하는 단계에 이른 것을 지칭한다고 보아야 할 것이다. 단지 알기만 하는 것은 무의미하며 앎을 나의 존재 방식에 관철되게 해야 하는데, 그러기 위

---

80   先生自甲辰冬, 連在床褥, 丙午七月七日昧爽, 卒於花潭書齋, 享年五十八. 臨易簀, 有一門生
      問曰 : "先生今日意思何如" 先生曰 : "死生之理, 知之已久, 意思安矣."(박희병, 『선인들의
      공부법』, 122면)

해서 어떻게 해야 하는지 우리가 거듭 사유하고 고민해야 할 것이다.

<❷⑨ 조완>은 이와 상반된 태도를 보인다. 조완은 병사의 벼슬을 하다 제주도로 유배를 가게 되고 거기서 죽는다. 그는 자기의 사망 시기를 정확하게 예언하는 비범함을 보이지만 이승 사람 간의 관계와 시시비비에 집요하게 매달린다. 자기를 따라온 겸인이 정직하지 않다며 자기 시신의 염습을 그 손에 맡기지 말도록 명령한다. 또 그 혼은 주인집 딸의 몸속으로 들어간다. 그러자 주인집 딸은 남자 목소리로 "나는 조병사. 나의 신령함을 모르느냐? 속히 겸인 놈을 잡아들여라!"라 외친다. 과연 겸인은 조완의 수의 속에 넣어준 귀한 물건들을 훔쳐서 갖고 있었다. 또 조완의 혼은 죄수 점고를 받을 때 털모자를 쓰고 나왔다고 자기를 괴롭혔던 제주 목사 김영수(金永綬)에게 원망하는 말을 퍼붓는다. 운구를 하려니 "나의 유배 기한이 아직 차지 않았다. 돌아갈 때가 있을 것이다."라 말하며 움직이지 않다가 유배 기한이 지나서야 움직인다. 그때 "타고 갈 것이 없으니 작은 되만한 배 하나를 만들고 그 위에 비단 돛"을 달아 달라 했고 부인의 속옷을 실어 달라 부탁한다. 다음 날 해남에서 제주도로 온 사람은 떠나기 전 비단 돛을 단 작은 배가 속곳을 싣고 와서 물가에 당도하는 모습을 보았다고 증언했다.

조완의 임종은 떠나가면서도 이승에 끝까지 집착하고 시비를 일으키는 극단을 보여준다. 그 점에서 서경덕의 임종과 반대의 극점에 놓인다. 대부분의 임종담은 이 양극단 사이에 있다.

(2) 유언의 패러디

임종담에서 관심이 모이는 곳은 죽어가는 사람이 마지막으로 남기는 유언이다. 유언은 죽어가는 사람이 이 세상에 자기 존재를 기억되게 한다. 나아가 유언은 죽어가는 자와 남는 자 사이에서, 그리고 남는 자들 사이에서도 화해와 용서가 이뤄지게 한다. 그런 점에서 서경덕 식의 유언을 기대하지 조반의 언행을 유언이라 부르지 않는다. 이 책이 뒤에 소개할 '수면수행'에서 잠들기 직전 마지막 한마디 말을 떠올리는 것은, 나 자신이 실제로 죽음을 앞두고 남길 유언을 준비하는 것이기도 하다.

이렇게 유언의 일반적 성격을 고려할 때 <❷⑪ 오물음이 해학으로 인색한 사람을 풍자하다>는 특별한 자리에 있다. 이 야담은 유언 남기기 모티프를 패러디하였다. 큰 부자이지만 인색하여 재물을 남에게 나눠주지 않을 뿐 아니라 아들에게조차 상속을 하지 않는 늙은 종실이 있다. 이야기의 겉 액자에 존재하는 문제적 상황이다. 오물음이란 이야기꾼은 이 겉 액자의 문제상황을 염두에 두고 속 이야기를 만들었다. 속 이야기는 이동지의 임종담이다. 거기서 인상적인 유언이 제시된다.

> "내 죽어 염하여 입관할 제 두 손에 악수를 끼우지 말고, 관 양편에 구멍을 뚫어 내 좌우 손을 그 구멍 밖으로 내어놓아 길거리 행인들로 하여금 내가 재물을 산같이 두고 빈손으로 돌아감을 보도록 하여라."

죽은 사람의 유언에 따라 죽은 사람의 빈손이 관 밖으로 나오게 한 풍경은, 사람이 죽으면 산같이 쌓은 재물도 못 가지고 빈손으로 떠나간다는 점을 부각시킨다. "장차 죽으려 하는 사람의 말은 착하다."는 평결은 그 유언과 유언에 의한 실행이 정당함을 재삼 강조했다. 이 임종담의 귀결은 인색했던 종실의 큰 깨달음이다. 종실은 자식들에게 유산을 나눠주고 친구에게도 재물을 흩어준다. 그리고 스스로 유유자적하게 여생을 보내게 된 것이다.

이 작품은 임종담이 거듭 향유되는 과정에서 사람들을 달라지게 만드는 경지에까지 이르렀음을 알려준다. 임종담은 그냥 전승되는 단계에 머물지 않고 새로운 담론과 삶의 태도를 만들어낼 수 있게 된 것이다.

(3) 단지와 할고

임종담에서 두드러지는 또다른 모티프가 단지(斷指, 손가락 끊어 피를 받아 임종하는 부모님께 드리는 것)와 할고(割股, 자식이나 아내가 부모나 남편의 병을 고치기 위하여 자기 넓적다리의 살을 잘라내어 약으로 드림)이다. 단지나 할고를 하여 죽어가던 부모를 되살림으로써 효자 효녀로 칭송된다.

<❷⑥아버지 목숨을 늘리려는 정성이 하느님을 감동시키다>[81]에서 그 전형을 볼 수 있다. 아홉 살인 이종희(李宗禧)는 열병에 걸려 사경을 헤매는 아버지를 위해 자기의 네 손가락을 잘라 그 피를 받아서 아버지가 들이키게 한다. 반 그릇쯤 마신 아버지가 소생한다. 다음날 아버지가 다시 숨이 막히니 어린 종희는 울부짖으며 하늘에 기도한 뒤 남은 손가락을 마구 잘라 죽에다 그 피를 타서 아버지에게 드린다. 그때 공중에서 종희를 부르는 소리가 들린다. 종희의 정성에 감동한 명부가 아버지를 살려줄 것을 허락했다는 것이다. 이것은 이승에 중심을 두는 임종담이다.

조금이라도 죽어가는 부모의 수명을 더 연장시켜 드리려 했던 선조들의 마음은 오늘날 요양원이나 호스피스 병원에서 부모의 연명치료를 마다하지 못하는 우리들의 마음과 통하는 바가 있다. 죽어가는 사람에게 바치는 산 사람의 정성과 성의를 소중하게 생각한다. 하지만 수명을 그냥 연장시키기만 한다면, 더 살게 된 사람이나 그 사람을 곁에서 보살펴야

---

81 <효자 이발>(『국역 학산한언』 I, 64면)

하는 사람에게 그리 바람직하지 않은 상황을 가져오기도 한다. 이런 점을 염두에 두면서, 특히 오늘날 삶의 여건을 고려하면서 '연명치료 거부 사전의향서' 작성을 신중하게 고려할 것이다.

한편 김상섭 교수가 구술한 <❷⑤ 손자의 따뜻한 기운에 소생한 할머니>는 단지와 할고가 아니라 할머니와 장손 간의 간절한 사랑과 대화가 모두 돌아가셨다고 여기던 할머니를 되살아나게 하여 4년을 더 사시게 하는 감동적 사연을 알려준다. 이승의 삶에 집착하지 않으면서도 죽음을 삶의 연장으로 보는 태도에서 귀중한 죽음명상의 실마리를 찾는다.

박희병 교수의 <❷⑧ 엄마의 마지막 선물>은 어머니의 생명이 지속하는 한 주체적 삶이 가능하도록 최선을 다하는 모습을 보여준다. 인지저하를 겪는 어머니가 발화한 단편적인 말씀을 하나하나 되새기고, 끊기고 생략된 어머니의 삶을 재구성해가면서 진정한 인간다움이란 무엇인가를 사유하게 한다. 인지저하를 겪는 어머니에게서 더 뚜렷해지고 선명해진 인간의 본질을 찾게 되었으니, 그것은 '타인에 대한 끊임없는 배려와 염려, 그칠 줄 모르는 사랑'이라는 것이다. 필자의 시선을 따라가면서 우리시대에 더 절실한 죽음 성찰과 명상을 수행할 수 있을 것이다.

(4) 집착 내려두기

이승에서의 삶으로부터 완전히 자유로워지는 임종담도 있다. 죽음을 담담히 맞이하는 인물의 존재가 그런 임종담을 가능하게 한다. <❷⑩ 곽생이 도술을 부려 신장을 초대하다>에서 곽생은 기이한 행동을 거듭 보인다. 여든이 넘어까지 소년같은 모습으로 건강하다. 그런 그가 하루는 아무 병도 없이 앉은 채로 죽는다. <속리산 토굴에서 앉은 채로 열반에 들다> (『교감역주 천예록』, 71면)에서 희언(熙彥)은 늘그막에 속리산 토굴로 들어가 혼자 살며 밤낮 꼿꼿하게 앉아 수행하다 가부좌를 한 채 열반에 든다. <앉은 채로 왕생한 김세휴>(국역 학산한언1, 135면)에서 김세휴도 세속 생활을 하지 않는다. 그래서 그를 신선이라 보기도 했다. 밤이 되어도 새벽이 오기까지 꼿꼿이 앉아 있었다. 그가 금강산 유점사에서 앉은 채로 왕생하였다.

> 나는 이 이야기를 평강 임정원에게서 처음으로 들었다. 그 뒤, 안동의 문사인 권이가 이처럼 자세하게 전해주었다.[82]

이런 대목을 통해 김세휴 이야기가 유가 사대부들 사이에 전승되면서 죽음명상 텍스트 역할을 했음을 알 수 있다. 오늘날 죽음명상에서는 이들 이야기에서 집착을 내려둔 임종의 전형을 찾을 수 있으니 소중하다.

(5) 아미타불의 접인(接引, 중생을 극락정토로 인도함)과 극락왕생

임종에서 죽어가는 사람이나 주위에서 지켜보는 사람이 떠올리는 '다음 단계'는 다양하다. 그중 '환생'의 길이 아니면서 가장 일반적으로 떠올려지는 길은 극락정토로 가는 길일 것이다. 극락정토의 존재를 믿고 아미타불(무량광불, 무량수불)을 부르고 극락정토의 이미지와 풍경을 간절히 떠올리는 것이 중요하다. 소위 정토삼부경인 『아미타경』, 『무량수경』, 『관무량수경』에는 아미타불의 서원과 극락정토의 풍경이 제시되어 있다. 또 지송(持誦), 관상(觀像), 관상(觀想) 등 아미타 염불의 방법도 자세하게 제시되어 있다. 거기에 의존한 동아시아 아미타 신앙의 전통이 면면하여 '염불 수행'을 대표하게 되었다.

---

82 『국역 학산한언』 1, 136면.

아미타 염불 수행은 평소 간절하게 지속적으로 이뤄져야 마땅하다. 그런데 급작스럽게 죽음을 맞이하게 된 사람들이 많다. 그런 사람들에게는 극락왕생 염불이 더욱 필요하고 또 유용하다. 그것은 법장비구가 아미타 부처가 되기 전 48대 서원을 근거로 하며 특히 18번째 서원에 직접 관련된다.

어떤 중생이든지 지극한 마음으로 내 불국토를 믿고 좋아하여 와서 태어나려는 이는 내 이름을 열 번만 불러도 반드시 왕생하게 될 것.(무량수경)

그러니 평소 염불 수행을 하지 않았더라도 임종 직전 최소한 열 번을 아미타불을 불러 십념(十念)을 이루면 극락왕생이 가능하다는 강력한 믿음을 형성한 것이다. 그 십념은 본인은 물론 주위에서 대신 해줘도 효력이 있다하니 그것을 조념(助念)염불이라 일컫는다.

<❷①어머니의 왕생>에서 자식들과 스님, 법우들은 의식이 거의 없는 할머니를 위해 조념염불을 지속한다. 할머니는 복수를 토하는 고통스런 상황에서도 연분홍색의 얼굴빛을 보인다. 어느 순간 왼손을 들어서 서쪽을 가리켰고 그 다음 왼손 두 번째 손가락으로 서쪽을 가리킨다. 임종하면서 '아미타 부처님의 접인을 받아 서방 극락정토로 왕생'했음을 보여준 것으로 해석된다. <❷②백금 귀고리를 하고 떠난 소녀>에서 주인공 아가씨는 말기 암으로 진단 받아 두 달도 채 못살 것이라 예상되었다. 정토마을 자재요양병원으로 들어와 능행 스님의 안내에 따라 아미타 염불을 시작했다. 처음 하는 염불이었다. 아미타 부처님의 가피를 인정하고 아미타 부처님을 염하고 극락정토로 갈 것을 간절히 기도한다. 비록 어머니 꿈에

나타나서 전한 내용이지만, 그녀가 아미타 부처님의 인도를 받아 극락정토로 갔다는 사실이 환희롭다. 나의 죽음 이후의 세상을 어떻게 떠올리고 맞이해야 할지 생각하면서 이 영험담을 읽어가게 된다.

　덕봉의 <❷④이토록 아름다운 임종>은 독실한 기독교 신앙으로 평화롭게 임종하고 떠나가는 모습을 감동적으로 목격하게 해준다. 또 타인의 죽음과 장례 과정을 따뜻하고도 담담하게 바라보는 자세를 배울 수 있다. 가까운 타인의 죽음과 장례 과정을 보면서 스스로의 죽음에 대해서도 성찰하고 준비하는 죽음명상을 자연스럽게 실천하는 대표적인 사례로 삼을 수 있다.

3. 수행과 죽음으로 이룬 해방 - 해탈성불담

❸① 광덕과 엄장

문무왕 때에 중 광덕과 엄장 두 사람은 서로 친하여 밤낮으로 약속했다.

"먼저 안양(극락)으로 가는 이가 마땅히 서로에게 알려주도록 하자."

광덕은 분황 서리에 숨어서 처자와 함께 신 삼는 것을 생업으로 하면서 살았으며, 엄장은 남악에 암자를 짓고, 농사를 지으며 살았다.

어느 날 해그림자가 붉게 지고 솔 그늘이 고요히 저무는데 창 밖에서 소리가 들렸다.

'나는 이제 서쪽으로 가니 자네는 잘 지내다가 속히 나를 따라 오게나.'

엄장이 문을 열고 나가 보니 구름 밖으로 하늘의 음악소리가 들려오고 밝은 빛은 땅까지 드리웠다. 이튿날 엄장은 광덕이 살던 곳을 찾아가보니 광덕은 죽어 있었다. 광덕의 아내와 함께 광덕의 유해를 거두어 장례를 지냈다. 그리고 그 부인에게 말했다.

"남편이 죽었으니 나와 함께 지내는 것이 어떻겠소?"

광덕의 아내가 응낙하므로 엄장은 그 집에 머물게 되었다. 밤에 관계를 맺으려 하니 광덕의 부인이 말했다.

"스님께서 서방정토를 구하는 것은 마치 나무에 올라가 물고기를 구하는 것과 같습니다."

엄장이 놀라고 괴이하여 물었다.

"광덕도 이미 그랬는데 어찌 꺼리지요?"

광덕의 아내가 말했다.

"남편은 나와 십여 년을 살았지만 하룻밤도 동침하지 않았습니다. 이제 와서 어찌 몸을 더럽히겠습니까? 남편은 밤마다 단정히 앉아서 한결같은 목소리로 아미타불을 불렀습니다. 16관(극락세계를 관조(觀照)하는 16가지 수행법)을 만들어 미혹을 깨치고 달관하여 밝은 달빛이 창에 비치면 때때로 그 빛 위에 올라 가부좌를 틀었습니다. 정성을 다한 것이 이와 같았으니 서방정토로 가지 않으려 했어도 안 갈 수가 있었겠습니까?" 대체로 천리 길을 가고자 하는 사람은 그 첫걸음부터 알 수가 있는 법입니다. 지금 스님이 하는 짓은 동방으로 가는 것이지 서방으로 간다고는 할 수 없는 것입니다."

엄장은 이 말을 듣고 몹시 부끄러워하며 물러 나왔다. 그 길로 원효법사의 처소로 가서 수행법을 간곡하게 구했다. 원효는 삽관법을 만들어 그를 지도했다. 엄장은 자기 몸을 깨끗이 하고 잘못을 뉘우쳐 스스로 꾸짖고, 한뜻으로 도를 닦았으므로 또한 서방정토로 가게 되었다. 삽관법은 원효법사의 본전과 해동고승전 속에 있다.

그 부인은 바로 분황사의 여종이니 대개 관음보살 19응신 가운데 하나였다. 광덕에게는 일찍이 노래가 있었는데 다음과 같다.

달하, 이제
서방(西方)까지 가셔서
무량수불(無量壽佛) 전(前)에
일러다가 사뢰소서
다짐 깊으신 부처님을 우러르며
두 손 곧추 모아
원왕생 원왕생(願往生 願往生)[83]
그리는 이 있다고 사뢰소서

아아, 이 몸 남겨두고

사십팔대원(四十八大願)[84]이루실까

— 〈광덕 엄장〉, 일연, 최남선 편, 『삼국유사』, 민중서관, 1954, 219면.

광덕의 아내는 관음보살의 화신이다. 아내는 광덕이 평소에 어떻게 수행했는가를 광덕의 친구 엄장에게 이야기해준다. 광덕의 아내는 남편의 수행에 최선의 도움을 주었다. 광덕은 아미타불을 부르고 명상했다. 오직 그런 수행만 했지 어떤 세속적 욕망에도 흔들리지 않았다. 해탈 열반의 길에 세속은 걸림돌이 되지 않았던 것이다. 마침내 수행이 무르익어 광덕은 달빛 위에 오른다. 수행이 마무리 지점에 이르렀다. 밤이 다할 무렵 마지막 고개를 넘었고 아침이 되어도 하루해가 다해도 그냥 그대로 있었다. 노을은 지는데 광덕은 훨훨 서방으로 떠나갔다. 완전한 해탈 열반을 이루기까지와 이룬 순간의 모습이 잘 보인다.

이것을 읽으면서 나의 삶의 자세를 돌아보고 내 생의 마무리와 광덕의 해탈 순간을 나란히 떠올려 본다. 또 삶과 수행에서 친구보다 못한 엄장이 당혹해하면서도 분발하여 결국 친구 뒤를 이어 해탈하는 데서 열등한 나도 힘을 얻는다.

❸② 남백월이성南白月二聖, 노힐부득 달달박박

이 산의 동남쪽 3천 보쯤 되는 곳에 선천촌이 있고, 마을에는 두 사람이 살고 있었다. 한 사람은 노힐부득이니 그의 아버지는 이름을 월장이라고 했고, 어머니는 미승이었다. 또 한 사람은 달달박박이니 그의 아버지는 이름을 수범이라고 불렀고, 어머니는 범마라 했다.

이들은 모두 풍채와 골격이 범상치 않았으며 역외하상(域外遐想, 속세

83 원왕생 : 극락왕생하기를 원한다는 말
84 사십팔대원 : 아미타불이 법장비구(法藏比丘)였을 때 세운 48가지의 소원

를 초월한 높은 사상)이 있어 서로 좋은 친구 사이가 되었다. 20세가 되자 동북쪽 고개 밖에 있는 법적방(法積房, 절 이름)에 가서 머리를 깎고 스님이 되었다. 그 얼마 후 서남쪽의 치산촌 법종곡 승도촌에 오래된 절이 있는데 수행할 만한 곳이라는 말을 듣고, 함께 가서 대불전과 소불전 두 마을에 각각 살았다. 둘 다 처자와 살면서 생계를 이어갔으며, 서로 왕래하고 수행하며 속세를 벗어나고자 하는 뜻을 잠시도 잊지 않았다. 두 사람은 자기 몸과 세상이 무상함을 느끼고는 서로 말했다.

"기름진 밭과 풍년 든 해는 참으로 좋으나, 생각대로 옷과 음식이 생기고 저절로 배부르고 따뜻해지는 것만 못하다. 또 아내와 집이 참으로 좋기는 하나, 연지화장(蓮池花藏, 비로사나불이 있는 공덕이 한량없고 광대한 장엄의 세계)에서 여러 부처나 앵무새 공작새와 함께 놀며 즐기는 것만 못하다. 하물며 불도를 배우면 응당 부처가 되고, 참된 것을 닦으면 필연코 참된 것을 얻는 데에 있어서랴! 이제 우리는 이미 머리를 깎고 스님이 되었으니 마땅히 얽혀 있는 것을 벗어버리고 무상의 도를 이루어야 할 터인데, 이 풍진 속에 파묻혀서 세속 무리들과 함께 지내서야 되겠는가?"

둘은 세속을 떠나 깊은 산골로 들어가려 했다. 어느 날 밤 꿈에 서쪽으로부터 백호(白毫, 부처의 양 눈썹 사이에 난 흰 터럭으로 광명을 온 세계에 비추어 준다 함)의 빛이 비치더니 빛 속에서 금빛 팔이 나와 두 사람의 이마를 쓰다듬어 주었다. 꿈에서 깨어 이야기하니 두 사람이 똑같은 꿈을 꾸었다. 둘은 오랫동안 감탄했다. 드디어 백월산 무등곡으로 들어갔다. 달달박박은 북쪽 고개에 있는 사자암에 판자집 8자 방을 만들고 살았으므로 판방이라고 하였다. 노힐부득은 동쪽 고개 돌무더기 아래 물이 있는 곳에 역시 방을 만들어 살았으므로 뇌방이라 했다. 둘은 각자의 암자에 살면서 노힐부득은 미륵불을 성심껏 추구했고 달달박박은 아미타불을 염송했다.

그곳에로 옮겨간 지 3년이 채 되지 않은 경룡 3년 기유년(709) 4월 8일, 성덕왕 즉위 8년이었다. 막 날이 저물어가는데 스무 살쯤 된 한 낭자가 아름다운 얼굴에 난초와 사향의 향기를 풍기면서 북암으로 가서는 자고 가기를 청했다. 그녀가 글을 지어 바쳤다.

갈 길은 아득한데 해가 지니 온 산이 저물고,
길 막히고 성은 먼데 사방이 고요하네.
오늘 밤 이 암자에서 자려 하오니,
자비하신 스님이시여 노여워하지 마오.

달달박박은 말했다.
"절은 깨끗해야 하리니 그대가 가까이 올 곳이 아니오 여기 지체하지 말고, 어서 다른 곳으로 가보시오!"
그리고는 문을 닫고 들어가 버렸다. 낭자는 남암으로 가서 또 전과 같이 청했다. 노힐부득이 말했다.
"그대 이 밤중에 어디서 왔소?"
"담연(湛然, 정적의 경지)함이 태허(太虛, 우주의 근원)와 같은데 어찌 오고 감이 있겠습니까? 다만 어진 선비가 바라는 뜻이 깊고 덕행도 높고 굳다는 말을 들었기로 장차 도와서 보리를 이루고자 해서일 따름입니다."
그리고는 게(偈, 불교에서 의식용으로 쓰는 시나 노래) 하나를 주었다.

깊은 산길 해는 저물고
가도 가도 사람 사는 집은 보이지 않네
소나무 대나무 그늘은 한층 그윽하고,

골짜기의 시냇물 소리 더욱 새롭네.

길을 잃고 갈 곳을 찾는 게 아니지,

존사(尊師)의 뜻 이끌어주려 함일세.

부디 나의 요청만 들어 주시고,

길손이 누군지는 묻지는 마오.

노힐부득은 이 말을 듣고 깜짝 놀라면서 말했다.

"이 곳은 여자와 함께 있을 곳이 아니나, 중생의 요청을 따름도 보살행일 것이오. 더욱이 깊은 산골에서 날이 어두웠으니 어찌 소홀히 대접할 수 있겠소"

그녀를 맞이하여 예를 갖춘 뒤 암자에서 머물도록 했다. 밤이 되자 노힐부득은 마음을 가라앉히고 지조를 닦으며 희미한 등불이 비치는 벽 밑에서 고요히 염불했다. 날이 새려 할 때 낭자는 노힐부득을 불러 말했다.

"내가 불행히도 출산의 아픔이 느껴지니 스님께서는 짚 자리를 준비해 주십시오."

노힐부득은 가여운 마음이 들어 거절하지 못하고 촛불을 들고서 은근히 대처해주었다. 낭자는 출산을 끝내고 다시 목욕하기를 청했다. 노힐부득은 부끄럽기도 하고 두렵기도 했지만 가엾게 여기는 마음이 그보다 더해서 어쩔 수 없이 목욕통을 준비하였다. 낭자를 통 안에 앉게 하고 물을 데워 목욕을 시켜주었다. 잠시 후, 통 속의 물에서 향기가 풍겼고 물이 금빛으로 변했다. 노힐부득은 크게 놀라니 낭자가 말했다.

"우리 스님께서도 이 물에 목욕하는 것이 좋겠습니다."

노힐부득은 어쩔 수 없이 그 말에 따랐다. 갑자기 정신이 상쾌해지는 것 같더니 살갗이 금빛으로 변했다. 옆을 보니 연대(蓮臺)가 있었다.

낭자가 노힐부득에게 앉으라고 권하며 말했다.

"나는 관음보살인데 이곳에 와서 대사를 도와 대보리를 이루도록 한 것이오."

낭자가 말을 마치니 홀연 보이지 않았다.

한편 달달박박은 생각했다.

'부득이 지난밤에 반드시 계를 더럽혔을 것이므로 내가 가서 비웃어 주리라.'

가서 보니 노힐부득은 연화대에 앉아 미륵존상이 되어 있었다. 금빛으로 단장된 몸에서는 광채가 나고 있었다. 달달박박은 자기도 모르게 머리를 조아려 절하고 말했다.

"어떻게 이렇게 되었습니까?"

노힐부득이 그 내력을 자세히 말해주자 달달박박은 탄식하며 말했다.

"다행히 부처님을 만났으나 불행히도 나는 마음에 가린 것이 있어 만나 뵙지 못했네. 큰 덕이 있고 지극히 어진 그대가 나보다 먼저 뜻을 이루었네. 부디 지난날 우정을 잊지 마시고 나도 도와 주시오."

"통 속에 금액이 남았으니 목욕하는 게 좋겠소."

노힐부득의 말에 따라 달달박박이 목욕을 하고 무량수를 이루었다. 두 부처가 엄연히 서로 마주 보고 앉았다.

산 아래 마을 사람들이 소문을 듣고 다투어 달려와 우러르며 탄복했다.

"참으로 드문 일이로다!"

두 부처는 그들에게 불법의 요지를 설법하고는 구름을 타고 떠나갔다.

—〈남백월이성(南白月二聖) 노힐부득 달달박박〉, 일연, 최남선 편, 『삼국유사』, 민중서관, 1954, 155면.

노힐부득은 연민과 자비의 마음으로 보살행을 실천하였고, 그런 경험을 통해 미륵불로 성불했다. 여인으로 현신한 관음보살의 배려와 인도에 의한 것이기도 하다. 관음보살은 노힐부득을 여자의 출산과 출산 후의 목욕의 자리로 인도했다. 그것은 남자에게 전혀 예기치 못했던 두려움과 감동을 주었다. 그 느낌은 목욕물이 찬란한 금빛으로 변하는 기적을 불러왔다. 노힐부득의 성불은 여인의 출산과 출산한 여성과의 목욕 덕인 셈이다. 목욕통 물이 금빛으로 변했다는 것은, 출산 과정에서 여인이 흘리는 피가 금과 같이 귀하고 위대하다는 메시지를 담고 있다.

노힐부득과 달달박박이라는 대조 짝이 있다. 달달박박과 노힐부득은 상이한 생각과 수행 태도로 나눠졌다. 결국에는 한쪽이 다른 쪽을 인도해줌으로써 모두 성불하는 것이다. 위대한 합일을 이루어지게 한 원동력은 두 친구로의 분리와 대조에 있다. 관음보살은 일단 두 남자를 차례로 만나면서 한쪽은 꾸중하고 다른 쪽은 칭찬했다. 꾸중과 칭찬은 세속의 관점에서 보면 우열이나 선악의 분별을 초래하지만, 해탈의 입장에서 보면 하나의 다른 면모일 뿐이다.

❸③ 속리산 토굴에서 앉은 채로 열반에 들다

희언(熙彦)은 명천 땅에 사는 양민이었다. 열두 살에 칠보산 운주사로 출가하여 열세 살에 머리를 깎았다. 그곳에서 이십 년 동안 수행하였다. 성품이 매우 근실해서 손수 짚신을 삼느라 밤낮을 쉬지 않았다. 먹을 때 빼고는 촌음도 아껴가며 신 삼는 일을 계속하였다. 서른한 살에 비로소 직접 삼은 짚신으로 가는 베 56필을 구입했고, 다시 세 번에 걸쳐 서울과 평안도에 내다 팔아 가는 베 한 동을 마련하였다. 이것을 짊어지고 돌아오는 길에 안변 원산 땅을 지나가게 되었다. 길가에 짐을 풀고 쉬다가 별안간 자신의 짐을 내팽개치고 곧장 개골산으로 들어가 바로 곡기를 끊었다. 돈오(頓悟, 문득 깨달음)의 경지에 든 것이다.

득도한 후에는 사람들과 뒤섞여 지내면서도 자신의 비범함을 드러내지 않았다. 그래서 남들은 그가 기인인 줄 모르고 그저 범박한 무리 가운데 곡기만 끊은 사람 정도로만 여겼다. 그런데 벽암선사 각성(覺性)은 대번에 그가 비범한 인물임을 알아보고,

"천하의 고승이다!"

라고 하면서 그와 벗하였다. 그때부터 그의 이름이 알려졌다. 그는 고고(孤高, 고결한 품위를 견지함)와 각고(刻苦, 부지런히 힘씀)를 위주로 하여 도를 실천하였으며, 참선 입정(入定)을 하게 되면 가부좌를 틀고 밤낮으로 눕지도 잠을 자지도 않았다. 여름이든 겨울이든 법복 하나만 입을 뿐 갈아입는 법이 없었다. 열반에 이르러서는 바지도 없이 고작 한 폭의 베로 아래를 가렸을 뿐이었다. 평소엔 한마디 말도 하지 않다가 세간 사람이나 주위 스님이 찾아오면, 다만 합장을 하고 '성불하소서!'라고 말할 뿐이었다. 그 뜻은 대개 사람들에게 득도하여 부처가 되라는 말이었다. 그는 애초에 글을 배우지 못했었는데, 그가 득도한 후에 각성이 이야기를 나눠보니 불경의 말을 많이 알고 있었다고 한다.

광해군 때 수륙재(水陸齋, 수중고혼을 위한 재)를 산속에서 거행하면서 그의 이름이 높다는 이야기를 듣고 임금이 비단에 수를 놓은 가사를 하사하였다. 사자가 그의 앞에 가사를 내려놓았으나 눈을 감은 채 쳐다보지도 않다가 한참 뒤 가사를 밀치고 어디론가 떠나버렸다.

그는 지리산의 산사에 들어가 수십 년을 입정하고 꼿꼿하게 앉아 있기도 했다. 그때 산사의 스님들은 굶주린 그를 안타깝게 여겨 공양을 올렸으나 끝내 들지 않았다. 그래서 스님들이 몰래 솥 바닥의 누룽지에 물을 조금 타서 선사 곁에 놓아두고 누가 두었는지 알 수 없게 하였다. 그제야 선사는 이것을 먹고 밤이 되면 그릇을 돌려주고 가는데 반드시 누룽지를 가져다준 스님이 거처하는 방 앞에 놓아두었다. 그래서 사람들은 그가 남의 마음을 꿰뚫고 있다는 사실을 알게

되었다.

늘그막엔 속리산 법주사로 와서 토굴을 짓고 거처하였다. 밤낮으로 꼿꼿하게 앉아 지낸 지 30여 년 만에 마침내 입적하였는데 가부좌를 한 채 열반에 들었다. 여든이 넘은 나이였다. 다비식이 있던 날 밤, 산에서는 큰바람이 일어났다 한다.

—임방 저, 정환국 역, 『교감역주 천예록』, 성균관대학교 출판부, 2005, 71면.

희언(熙彦)은 늘그막에 속리산 토굴로 들어와 혼자 살며 밤낮 꼿꼿하게 앉아 수행했다. 위대한 수행자의 한 모범을 볼 수 있다. 가부좌를 한 채 열반에 든 모습에서 삶과 죽음에 초연한 사람의 표상으로 떠올릴 수 있다.

❸④ 앉은 채로 왕생한 김세휴

김세휴(金世庥)는 영변 사람이다. 일찍이 이인에게서 수련법을 배웠다. 추워도 솜옷을 입지 않았고, 배가 고파도 곡식을 먹지 않았다. 묘향산에 들어가 청량령과 설령 사이에서 거의 4,50년간 노닐었다.

평안도 사람들은 누구나 그를 신선이라고 하였다. 그 지역에 들어가서 김 신선의 집이 어디냐고 물으면, 나무하는 아이들이나 들밥을 해가던 아낙네들 치고 가리켜주지 않는 사람이 없었다.

그의 마음이나 생긴 모습은 중인을 넘지 않았으나 해맑게 여위어서 속인의 모습이 없었다. 하루에 먹는 것이라고는 다만 솔잎 가루 두어 숟가락을 맑은 물에 타서 마시는 것이 고작이었다.

밤에는 새벽이 되도록 꼿꼿이 앉아서 잠자지 않았다. 오경이 되면 반드시 방에서 나와 뜰에서 서성거리다가 잠시 후에 가벼운 발걸음으로 방에 들어가곤 하였는데, 인근의 사람들이 알까봐 두려워 하였다.

또 남의 운명을 점치는 데 정통하여 기이하게 적중시킨 일이 많았다. 그는 스스로 이렇게 말하였다.

"황정경을 거의 9천여 번을 읽었는데, 비로봉에 들어가 만 번을 읽고 돌아오려 하네."

나이 60여 세가 되어서도 나막신을 신고 낭떠러지에 걸려 있는 산꼭대기 길을 나는 듯이 달리곤 하였다. 승려들이 그를 마치 신명인 듯이 받들었다.

전하는 이야기에 영이로운 것이 많았는데, 황당무계하여 더러는 숨겼다.

그 뒤, 그는 금강산 유점사에서 앉은 채로 왕생하였다. 그 이듬해에 그 집안의 조카가 유해를 거두어 갔다.

— 신돈복 지음, 김동욱 옮김, 『국역 학산한언』 1, 보고사, 2006, 135면.

김세휴도 세속 생활을 하지 않는다. 그래서 그를 신선이라 보기도 했다. 밤이 되면 새벽이 오기까지 꼿꼿이 앉아 있었다. 남의 눈에 뜨이는 것을 원치 않았다. 그가 금강산 유점사에서 앉은 채로 왕생하였다.

"나는 이 이야기를 평강 임정원에게서 처음으로 들었다. 그 뒤, 안동의 문사인 권이가 이처럼 자세하게 전해주었다."란 대목을 통해서 김세휴 이야기가 유가 사대부들의 죽음명상 텍스트가 되었음을 알 수 있다.

❸⑤ 불목하니의 해탈

충주의 진사인 김의지(金義之, 1711-?)가 다음과 같은 이야기를 들려주었다.

수십 년 전, 어떤 한 승려가 간성의 건봉사에 머물고 있었다. 가난하여 본사에서 불목하니로 있으면서 항상 행랑채에 와서 자곤 하였는데, 대중들은 그를 사람 취급도 하지 않았다. 나무를 하고 나면 담담하게 달리 하는 일이 없었다. 대중들도 그에게 기이한 점이 있는 것을 알지 못하였다. 그러나 한 사미승이 그를 따랐는데 항상 그를 상

방에서 먹고 자게 하였다.

그가 건봉사에 머문 지 두어 해가 되었을 때, 홀연히 건봉사를 떠나 충청도 지방을 유람하다가 공주의 갑사에 머물게 되었다.

일 년이 지난 뒤, 사미승은 그가 그리워 건봉사로부터 그를 찾아갔다. 그 승려는 갑사 옆에 있는 한 쓸쓸한 암자에 혼자 살면서 자리를 지키며 공부에 정진하고 있었다. 그래서 사미승에게도 큰 절로 가서 거처를 정하고 자라 하였다.

몹시 추운 어느 날, 사미승은 그 승려가 생각나서 암자로 갔다. 멀리서 암자를 바라보니, 불빛이 하늘로 뻗치고 있었다. 매우 괴이하게 여긴 사미승이 가까이 다가가 창문을 보니, 환한 불빛이 잠깐 꺼졌다가는 다시 일어나곤 하는 것이었다. 사미승이 깜짝 놀라 아주 다급하게 창문을 열어보았다. 그 승려의 입 속에서 대접 모양의 불덩어리가 토해져 나왔다가는 도로 빨아 들여져 보이지 않았다. 밝게 빛나다가 꺼지는 것은 그 때문이었다. 사미승이 깜짝 놀라 물었다.

"스님께서 틀림없이 득도를 하셨는데, 제가 몰라뵈었습니다. 어떻게 수행을 하면 그 경지에 이르는지요? 좀 가르쳐 주십시오."

"너는 참으로 용렬한 사람인데, 어떻게 나의 법을 전할 수 있겠느냐? 그러나 알지 못하게 할 수는 없겠지. 내가 수련한 것은 바로 금을 연단하는 방법이니라. 단이 이루어지게 되면 절로 이런 광경이 벌어지는 것이지. 내가 비록 죽더라도 참으로 죽는 것은 아니란다. 전신이 오래도록 우주 사이에 머물며, 다시는 생사의 윤회를 할 걱정이 없는 것이다. 네가 그런 걸 다 알아서 무엇하겠느냐? 내가 죽는 때는 아무 해, 아무 달, 아무 날, 아무 시니, 너는 삼가 알아두었다가 다비를 잘 해다오. 너도 아무 해 무렵이 되면 죽게 될 것이다."

사미승은 그때부터 그 승려를 더욱더 공경하면서 정중하게 받들었다. 죽는다고 한 때가 되자 그 승려는 목욕을 하고 편안히 앉아서 입적하였다. 그 날 밤은 온 골짜기가 마치 대낮처럼 환하게 밝았다. 다비를 하자 무수한 사리가 나왔는데, 부도를 만들어 모셨다 한다.

— 신돈복 저, 김동욱 옮김, 『국역 학산한언』 1, 보고사, 2006, 121면.

자기 수행법에 대해 불목하니는 이렇게 말해준다.

"내가 수련한 것은 바로 금을 연단하는 방법이니라. 단이 이루어지게 되면 절로 이런 광경이 벌어지는 것이지, 내가 비록 죽더라도 참으로 죽는 것은 아니란다. 전신이 오래도록 우주 사이에 머물며, 다시는 생사의 윤회를 할 걱정이 없는 것이다."

이런 수행의 방식은 불교 수행과 다르지만 깨달은 뒤 다다른 경지는 불교 수행의 결과와 큰 차이가 없다. '죽는 것이 진짜 죽는 것이 아니다'는 것, '생사 윤회의 고통을 겪지 않는다'는 것 등에서다. 이 경지에 대해 곰곰이 성찰하게 한다.

❸⑥ 화두로 도를 깨친 스님

큰 절이 있었는데 그 주지 스님은 재물이 많았지만 욕심도 많았다. 상좌들을 두들겨 패서 일을 시키기도 했다. 막내 상좌가 열두어 살쯤 되었는데 그도 나무해 오라고 때려 내쫓았다. 날이 저물어 빈손으로 돌아오니 주지 스님이 야단을 쳤다. 그러자 이렇게 말했다.

"스님, 나무를 베니까 나무에서 물이 나오던데요. 나무가 너무 아파하는 것 같았고 그 물이 눈물 같아 불쌍해서 못 벨 것 같더라구요."

주지 스님이 가만 생각하니 일리가 있는 말이었다.

그로부터 상좌를 살펴보니 의지가 참 깊은 아이였다. 그래서 아껴 주었다. 어린 상좌는 틈틈이 공부를 했는데 어느덧 열다섯 살이 되었다. 하루는 스님에게 말했다.

"스님, 저하고 저 산 구경 좀 가십시다."

둘이 산으로 들어갔다. 이 산 저 산 넘어가니 큰 굴이 나타났다.

"스님, 스님, 저 굴 좀 들여다 보세요."

"그래, 왜?"

"우리 동네 부자가 죽어서 구렁이가 되었는데 저 안에 들어가 있어요."

"그래? 니가 어떻게 아니?"

"제가 나오라면 나옵니다."

주문을 외우니 큰 구렁이가 나왔다. 구렁이는 상좌를 보고 눈물을 흘렸다.

"도로 들어가거라."

상좌가 이렇게 말하니 뱀이 도로 들어갔다.

상좌와 스님이 또 한 고개를 넘어가니 또 굴이 나타났다.

"스님, 이 굴에는 아무 동네 장자가 죽어서 된 구렁이가 들어있어요. 그것도 제가 나오라면 나옵니다."

"그래? 나오게 해보아라."

상좌가 주문을 외우니 큰 구렁이가 나와서는 눈물을 흘렸다. 주문을 다시 외우니 쏙 들어갔다.

다시 고개를 넘어가니 큰 굴이 또 나타났다.

"저 굴에는 무엇이 있느냐?"

스님이 물으니 상좌는,

"저 굴은 스님이 돌아가시면 구렁이가 되어 들어갈 곳이랍니다."

스님이 깜짝 놀랐다.

"그게 무슨 말이냐?"

"욕심이 많으면 죽어서 구렁이가 되어 저런 굴에 들어가 지키지요."

그 말에 충격을 받은 스님이 상좌에게 부탁했다.

"그럼, 나를 좀 지도해 다오."

애원하니 상좌가 말했다.

"스님 그러면 제 시키는 대로 해요. 제 말만 들으면 돼요."

그로부터 몇 해 동안 스님은 상좌의 말만 따라 했다. 상좌가 열일곱 살이 되었을 때 말했다.

"제 시키는 대로만 하면 됩니다."

"그래 네 시키는 대로 하마."

"이곳을 떠나야 합니다. 바랑에다가는 금강경 하나만 딱 넣고 떠나요. 산모퉁이로 가서는 뒤를 돌아다 보지 말아요. 뒤를 돌아다 보면 좋지 않으니까, 뒤를 돌아보지 말고 가십시다."

"그래, 그러자."

스님은 시키는 대로 금강경만 바랑에 넣어 떠나갔다. 산모퉁이를 돌면서 자기도 모르게 그렇게 애를 쓰고 돈을 모아 일으킨 절 생각이 났다. 자기도 모르게 뒤를 돌아보았다. 절이 불타고 있었다.

"아무개야. 아무개야. 절에 불이 났다. 불이나 *끄고* 가자, *끄고* 가!"

그러자 상좌가 말했다.

"아, 스님! 돌아보지 말라 했는데! 이젠 다 글렀습니다. 스님 이젠 돌아가세요."

상좌는 스님을 돌려보내고 혼자 계속 갔다. 금강산으로 들어가서 도를 닦았다. 이십 년 도를 닦더니 도가 통했다. 도통하니 혜안이 생겼다. 혜안으로 살펴보니 스님이 죽은 것이 보였다.

'스님이 돌아가셨으니, 분명히 구렁이가 될 거야. 내가 가 봐야 한다.'

이렇게 생각하고 가보니 벌써 시신을 입관한 뒤였다. 다른 상좌들은 둘러앉아 재산을 나누느라 야단이었다.

상좌가 가마솥 몇 개에다 팥죽을 쑤게 했다. 맏 상좌에게 관 뚜껑을 열어달라 했다. 맏 상좌는 그게 예법에 맞지 않으니 그럴 수 없다 했다. 상좌가 대꾸했다.

"아니, 떼시오! 내 말을 들으시오! 떼어보면 사형들이 이유를 알게
될 테니 관 뚜껑을 얼른 떼어 주시오."

어쩔 수 없이 관 뚜껑을 떼어보니 시신이 구렁이로 변해 있었다.
구렁이는 고개를 내밀고 상좌를 보며 눈물을 줄줄 흘렸다. 상좌가
말했다.

"스님, 이리 나와서 팥죽을 잡수시오."

구렁이가 목을 빼고 팥죽을 먹었다. 상좌가 말했다.

"이 관에다 머리를 부딪쳐 돌아가시오."

구렁이가 관에다 자기 머리를 박고는 죽어버렸다. 구렁이는 죽어서
새파란 새가 되어 날아갔다. 상좌는 사형들로 하여금 남은 팥죽을 나
눠먹고 새를 쫓아가게 했다.

육신이 죽으면 혼이 날아가는데 죄 있는 혼은 짐승이 교미하는 것
만 눈에 들어온다. 상좌들은 스님의 혼을 따라가면서 교미하는 짐승
에게 들어가지 못하게 했다. 그러다 늦게라도 아들을 얻으려고 기도
를 드리고 동침하는 부부의 방이 나타났다. 상좌들은 스님의 혼을 그
문구멍으로 쏙 들어가게 했다.

이튿날 날이 밝아오자 상좌가 그 집으로 가서 말했다.

"댁에 태기가 있어서 아들을 낳을 테니 자라서 다섯 살이 되면 나
에게 보내주어야 하오."

아이가 생기지 않아 안타까워하던 부부인지라 아이가 생긴다는
말에 마냥 좋아서 그냥 그렇게 하겠다고 약속을 했다. 과연 아이가
생겼고 태어난 아이는 어느새 다섯 살이 되었다. 상좌가 그 집으로
갔다.

"아이가 다섯 살이 되면 보내준다 약속해서 내가 데리러 왔소이다."

그러니 부부는,

"아, 도저히 못 보내겠습니다. 일곱 살까지만이라도 여기서 지내고 나서 데려가세요."

라며 버텼다. 아이가 일곱 살이 되자 상좌가 다시 찾아갔다. 부부는 또 못 주겠다고 우겼다. 상좌는 더 이상은 미루지 못하겠다는 표정으로 그 집을 나갔는데 그 순간 아이가 쓰러져 죽었다. 그러다 상좌가 돌아오면 아이가 살아났다. 부모로서 아이를 살려야 할 것 같아 상좌에게 아이를 데려가라 했다.

데리고 온 아이에게 도 닦는 법을 가르쳤다. 큰 굴을 파고 돌문을 달았다. 상좌가 문을 열고 밥을 밀어주고 문을 닫았다. 굴 안에서 똥까지도 누는 등 모든 일을 다 했다.

상좌가 말했다.

"너는 이 문을 열지 못한다. 3년만 있으면 큰 황소가 이리로 달려들 텐데 그 다음에 내가 너를 놓아주마."

아이는 굴 안에서 황소가 달려들 때만 기다렸다. 그게 화두(話頭)였다. 황소가 들어오다니? 황소가 들어오면 문을 열어준다니? 아이는 내내 그런 의심을 했다. 그게 일심으로 화두를 드는 것이었다. 어느 순간 그 의심이 모여서 도를 확 깨쳤다. 황소가 확 들어오니 깨쳤다. 그래서 큰 도인이 되었다.

—정연옥 구연, 〈화두로 도를 깨친 스님〉,
『한국구비문학대계』 2-5, 강원도 양양군 서면, 1983.

이 이야기는 지리산 영원사를 창건한 영원조사(靈源祖師)의 이야기와 유사하다. 영원조사의 스승은 범어사의 승려였다.

득도에 가장 심각한 장애를 만드는 것이 욕심이라는 사실을 충격적으로 보여준다. 욕심 많은 사람은 죽어서 구렁이가 된다는 것이다. 또 어리고 비천한 존재가 나이 많고 고귀한 존재보다 도를 먼저 터득한다는 구도를 보여준다.

결국 후자는 전자의 도움과 구원에 의존해야 한다.

욕심으로부터 해방되어 도를 터득하는 것이 고귀하지만 참 힘들다는 것을 환생의 과정을 통해 보여준다. 결국 짐승이 아닌 사람의 아들로 태어나 화두 수행의 어려운 과정을 거쳐서 도인이 되었다.

'화두' 수행에 대한 일반 민중의 통념이 어떤 것인가를 알려준다. 그 통념이 화두 수행의 원리를 정확하게 이해한 것은 아닐지라도 독자로 하여금 그런 수준에서 출발할 수 있도록 도와주는 텍스트다.

참고로 영원조사가 '스승 동자'에게 준 화두는 이러하다.

'동자를 방안에 가두고 밖에서 문을 잠근 뒤 문에 작은 구멍을 뚫어놓고 "이 구멍으로 황소가 들어올 때까지 열심히 정진하라."고 일러주었다. 그 뒤 동자는 문구멍으로 황소가 뛰어 들어오는 것을 보고 오도(悟道)하여 전생의 모든 사실을 깨닫게 되었다고 한다.'(『한국민족문화대백과사전』)

❸⑦ 윤회를 깨우친 진재열의 죽음

1952년 3월 2일, 경상남도 고성군 개천면 옥천사(玉泉寺)에서는 윤회가 분명히 있다는 것을 입증해 보인 한 사건이 일어났습니다.

이 절에서 나무를 하던 부목(負木, 절에서 땔나무 대는 일을 하는 사람) 진재열이 몇 사람의 일꾼들과 함께 산에 나무를 하러 갔다가, 굴러내리는 통나무에 깔려 질식사를 하였습니다.

시신은 즉시 옥천사로 옮겨졌으나 진재열의 혼은 고향 집으로 갔습니다. 배가 많이 고픈 상태에서 죽었기 때문에 혼은 집에 도착하자마자 길쌈을 하고 있던 누나의 등을 짚으며 밥을 달라고 말했습니다.

어머니와 함께 길쌈을 하던 누나가 갑자기 머리가 아파 죽겠다고 펄펄 뛰었습니다. 누나를 아프게 한 것 같아 미안해진 그는 한켠에 우두커니 섰습니다. 어머니가 보리밥과 풋나물을 된장국에 풀어 바가지에 담아 와서는 시퍼런 칼을 들고 이리저리 내두르며 고함을 질렀습니다.

"네 이놈 객귀야! 어서 먹고 물러가라!"

기겁을 한 재열은 '그래도 절 인심이 좋구나' 생각하며 다시 옥천사 쪽으로 향했습니다.

얼마를 오다 보니 아리따운 기생들이 녹색 옷에 홍색 띠를 두르고 장구를 치며 놀고 있었습니다. 한 젊은 기생이 다가와서 같이 놀자며 옷자락을 잡아 이끌었습니다. 재열은 "환락에 빠진 여인들을 가까이 하지 말라."던 스님의 말씀이 떠올라 다시 발걸음을 옮겼습니다.

절 문 앞에 이르렀을 때, 평소와는 달리 수건을 머리에 질끈 동여맨 수 십 명의 무인들이 활로 노루를 쏘아 잡아 구워 먹고 있다가 재열을 보고는 함께 먹자고 권하였습니다. 재열은 이를 간신히 뿌리치고 옥천사의 자기 방으로 돌아왔습니다. 그 순간 죽었던 재열은 다시 살아났습니다.

그런데 조금 전 집에서 보았던 누나와 어머니가 누워있는 자기 앞에서 슬피 울고 있는 것이었습니다. 영문을 알 수가 없었던 재열은 울다 말고 기절초풍을 하는 어머니에게 물었습니다.

"어머니, 왜 여기 와서 울고 계십니까?"

"네가 어제 오후 산에 나무하러 갔다가 죽지 않았느냐! 그래서 지금 초상 치를 준비를 하고 있었다."

재열은 하도 어이가 없어 다시 어머니에게 물었습니다.

"어제 집에서 누나가 아픈 일이 있었습니까?"

"그럼, 멀쩡하던 아이가 갑자기 아파 죽겠다 하여 밥을 바가지에 풀어서 버렸더니 다시 살아나더구나."

재열은 고개를 끄덕였습니다. 그리고 잠시 후 기생들이 놀던 곳을 가 보았습니다. 그랬더니 비단 개구리들이 물장구를 치며 놀고 있었습니다. 또 무인들이 활을 쏘던 절 문 앞으로 가보니 벌들이 벌집을 짓느라고 날아다니고 있었습니다. 그제야 무릎을 쳤습니다.

"생사윤회(生死輪廻)가 바로 이러한 것이로구나. 내가 만일 그 기생 틈에 끼었으면 나는 분명 비단 개구리가 되었을 것이요. 무인의 틈에 끼었으면 벌이 되고 말았을 게 아닌가?"

재열은 윤회전생(輪廻轉生, 윤회하여 생을 바꾸는 것)을 분명히 깨닫고, 더 열심히 불도를 닦았습니다.

이 이야기는 지금도 옥천사에 가면 들을 수가 있습니다.

—일타큰스님, 『윤회와 인과응보 이야기』, 효림출판사, 2019, 116면.

몸이 죽음의 단계로 들어가면 어느 시점에서 혼이 빠져나간다는 현상을 실감 나게 잘 보여준다. 보통 혼은 저승으로 가면서 이미 죽은 존재를 만나거나 저 승 '심판'을 받는 것으로 서술되지만, 여기서 혼은 이승의 고향으로 간다는 점에서 특이하다. 거기다 혼은 양밥을 하는 어머니에 의해서 쫓겨난다. 이는 혼이 이승의 몸으로 돌아가게 되는 이중적 원인이 된다.

주인공은 고향에서 절로 돌아가는 도중에 중요한 경험을 한다. 기생이 함께 놀자고 유혹하고 무인들은 노루고기를 함께 먹자고 끌어들인다. 환락과 살생을 조장하는 것이다. 그 유혹을 물리치기가 쉽지 않지만 주인공은 스님의 평소 가르침을 환기하면서 물리친다. 기생은 비단개구리고 무인은 벌이라는 진실을 주인공은 되살아나서 확인한다. "내가 만일 그 기생 틈에 끼었으면 나는 분명 비단개구리가 되었을 것이요. 무인의 틈에 끼었으면 벌이 되고 말았을" 것이라는 주인공의 말에서, 사람이 동물이나 곤충으로 윤회하는 것이 누구나 순식간에 빠질 수 있는 욕망이나 충동에서 비롯된다거나 혹은 그 욕망과 충동 자체라는 진리를 깨닫는다. 정말 혼이 현상으로서나마 존재한다면, 혼이 자기 갈 길을 명심하며 주위 유혹과 장애 탓에 흔들리지 않아야 한다는 메시지를 던지고 있다. 그리고 혼이 그럴 수 있기 위해서는 살아가면서 좋은 업을 이루거나 치열한 수행을 해야 한다는 짐작을 할 수 있다.

❸⑧ 상좌승의 업보와 도통한 일

한 스님이 산의 토굴에서 공부를 하며 어린 상좌를 두었다. 상좌가 여섯 살 쯤 되었을 때 밖에서 판마지 (손가락 굵기의 연두빛 애벌레) 하나를 죽이고 왔다. 그로부터 삼 년 뒤 아이가 밖으로 나갔다가 뭔가에 쫓기는 듯 달려왔다.

"스님, 스님, 나 좀 살려줘요"

"너 왜 그러느냐?"

"큰 구렁이가 날 쫓아와요!"

스님은 아이를 큰 독에 들어가게 하고 쇳덩이로 꽉 덮었다. 뱀이 그 독을 슬슬 감고 한참 있다가는 떠나갔다.

스님이 독을 열어보니 아이가 죽어 있었다. 아이를 위해 초상을 치러주고 천도재도 올려주었다.

육 년 뒤 하루는 큰 돼지 한 마리가 땅을 마구 파 재끼자 그 구렁이가 나와서는 돼지와 싸움을 시작했다. 이윽고 구렁이가 자빠져 죽었다. 그러자 돼지는 산으로 올라갔다.

그 뒤로 다시 이십 년 동안 스님이 도를 닦았다. 어느 날 한 청년이 총을 메고 찾아왔다.

"하루 밤 재워주세요."

재워주니 아침에 일어나서 말했다.

"산으로 사냥하러 갑시다."

절에서는 살생을 금하지만 그냥 하는 대로 내버려 두었다. 한참 뒤 산에서 총소리가 나는가 했는데 청년이 총을 메고 왔다.

"뭘 사냥했는가?"

스님이 물으니,

"큰 돼지 한 마리를 잡았습니다."

"그래? 그 돼지를 짊어지고 오지 않고 왜 내버려 두고 왔느냐?"

"저는 그걸 죽이려고 했지 먹으려고 한 게 아닙니다."

"그래? 그러나 육 년 후 오늘 이 날 이 시에 자네는 범의 밥이 될 테니 그런 줄 알아."

"예? 스님, 그게 무슨 말씀입니까?"

"이게 다 인과응보야. 이런 일은 모면할 수가 없지."

"스님, 모면할 방법을 가르쳐주십시오."

스님이 말했다.

"딱 한 가지 방법이 있지. 불도를 닦아서 도인이 되면 범한테 물리지는 않을 거야."

청년은 그 자리에서 머리를 깎고 스님의 상좌가 되었다. 살기 위해 열심히 불도를 닦다가 드디어 그 해 그 시가 되었다. 스님이 말했다.

"오늘 열두 시가 되면 범이 너를 잡아먹으러 올 테니 너는 가사 장삼을 입고 앉아서 그저 무슨 경이든 경을 읽어라. 꼼짝 말고 앉아 경을 읽어라."

상좌가 스님 말씀대로 경을 읽고 있는데 열두 시가 되니 과연 저 큰 산이 울렸다. 그러더니 범이 걸어 나왔다. 다가온 범이 앞발을 들고 사람을 헤치려 하니 스님이 호통을 쳤다.

"네가 전생에 내 상좌여! 그런데도 현생의 상좌를 잡아먹으려 하다니! 너희들은 사형사제간이야. 원수에 원수를 갚으면 그건 살생의 죄를 짓는 것이야!"

그러자 범은 발을 내려놓았다. 옆에 있던 큰 돌에 세 번 부딪혀서 그만 죽어버렸다. 그 혼령이 아래 동네로 가서 남자로 태어났다. 스님이 그 집으로 가서 말했다.

"이 댁에 오늘 태기가 있어 곧 아들을 낳을 겁니다. 일곱 살이 되면 내 상좌로 보내주오."

마침 그 집에는 아들이 많았기에 그러기로 약속했다.

과연 일곱 살이 되니 찾아와 스님의 상좌가 되었다.

판마지가 죽어서 뱀이 됐고, 뱀이 아이 상좌를 죽였다. 그 아이가 죽어 돼지가 됐고 돼지가 뱀을 잡아 죽였다. 죽은 뱀이 청년으로 환생했다. 청년이 자기를 죽인 돼지를 죽였다. 그 돼지가 죽어 범이 됐다. 범이 원수를 갚으러 온 걸 스님이 지도를 해서 마침내 원수 싸움은 끝났던 것이다.

아이는 공부를 잘했다. 어느 날 밤 토굴에서 공부를 하고 있는데 한 예쁜 여자가 찾아왔다. 바구니 조그만 거 하나를 쥐고 와서는 그 바구니를 뜰에 놓고 방으로 들어왔다.

"스님, 저는 범한테 쫓겨왔습니다. 범이 밖에 있으니 하룻밤만 여기서 자고 가게 해주세요."

"못 잔다! 수도하는 스님이 혼자 있는데 어떻게 여자가 함께 잔단 말이냐? 못 잔다!"

여자가 그래도 계속 재워달라 애원하니 하는 수 없이 허락했다. 방 한가운데 막대기를 눕혀두고 말했다.

"여기서 자기는 하되, 난 이쪽에서 공부하고 넌 그쪽에서 자거라."

스님이 앉아서 공부를 계속하는데 한밤중이 되니 여자가 "배가 아파 죽겠다!"로 소리지르며 대굴대굴 굴렀다.

"스님이 여기를 좀 문질러 주면 낫겠어요!"

라고도 했다.

스님이, "안 된다!" 하니

"사람이 죽어가는데 자비심을 베풀어야 할 스님이 죽어가는 사람을 내버려 둘 수가 있습니까?"

그러니, 스님은 막대기에 수건을 감아서 여자의 배를 문질러 주었다. 조금 지나니 여자가 말했다.

"조금은 나아졌습니다."

그리고는 바구니를 들고서,

"이제 가겠습니다. 감사합니다."

라며 나갔다. 밖으로 나가자마자 바구니 안에서 돼지 새끼 하나를 꺼냈는데 그게 사자로 변했다. 옆에 있던 마늘을 달라 하여 주니 연꽃으로 만들었다. 여자는 연꽃 위에 올라앉아 사자를 타고 가면서 말했다.

"나는 문수보살이로다. 네 공부가 어떻게 되어가는지 살피려 왔도다."

그리고 떠나갔다. 그래서 스님도 도를 통했다 한다.

—정연옥 구연, 〈상자승의 업보와 도통한 일〉,
『한국구비문학대계』 2-5, 강원도 양양군 서면, 1983.

원수끼리 환생을 거듭하면서 서로 죽고 죽이는 사슬을 보여줌으로써 살생의 부당함을 알려준다. 그 원한의 사슬은 결국은 자비와 수행으로밖에 끊어질 수 없음을 생각하게 한다. 후반부에는 수행자가 남녀 관계의 위기에서도 자비를 베풂으로서 득도하게 되는 과정을 보여준다. 여기에 『삼국유사』의 <노힐부득 달달박박> 이야기와 『법화영험전』의 <우족관문이편탈업구(羽族慣聞而便脫業軀)>의 흥미소가 활용되었다. 이 역시 민간 차원의 수행득도담이라 하겠다.

❸⑨ 개가 된 어머니를 부처로 만든 효자

옛날 한 어머니가 바깥 구경도 안 가고 집에서 살림만 하느라 울타리 밖을 구경한 적도 없었다. 죽어서 저승으로 가니,

"너는 지독하게 살림만 했으니, 다시 개가 되어 그 살림을 지켜주거라. 도둑을 지켜주거라."

그래서 이 어머니가 개로 환생했다. 개가 되어도 마음은 사람이었다. 자기 집으로 가서 도둑만 지키고 있었다. 한번은 며느리가 고기를

구워 잠시 놔 둔 것을 먹어버렸다. 며느리가 그걸 알고 부지깽이로 개를 엄청 두들겨 팼다.

쫓겨나서 딸 집으로 갔다. 개가 딸을 보고 눈물을 뚝뚝 흘리니 딸이 말했다.

"아이고, 이 개야. 니가 두들겨 맞았구나? 왜 그렇게 되었노?"

그때 도사 스님이 나타났다.

"아이고 여보소. 그 개는 당신의 어머니요. 어머니가 살림을 너무 알뜰히 살았기에 죽어서도 개가 되어 이 세상으로 와서 그 살림을 지키고 있었다오. 얼른 그 금사망(金絲網, 금실로 얽어서 만든 그물, 굴레)을 벗겨 주어야 하오."

"어떻게 하면 벗겨드릴 수 있겠나요?"

"전 살림을 다 팔아서 조선팔도로 다니면서 구경을 시켜드리시오."

딸이 친정에 와서 그 말을 했다. 아들은 효자였다. 전 살림을 모두 팔고 망태를 만들었다. 망태 안에 개를 넣어 머리만 쏙 내놓고 조선 팔도로 다니며 구경을 시켜주었다. 그런데 팔도구경을 다 하고 나서도 개는 그냥 망태 안에 있었다.

"아이고, 우짜노?"

하면서 냇가에 앉아 쉬며 담배를 한 대 피고 있는데 그 사이 개가 온 데간데 없어졌다.

"아이고, 이걸 우짜노. 내가 우리 어머니 금사망을 벗겨드리려고 전 살림을 다 팔아 조선팔도 다 댕겼는데 그대로 개이고 그 개조차 온데 간데 없어졌네!"

이렇게 탄식을 하고 있는데 한 스님이 다가오더니,

"왜 그렇게 탄식하오?"

하고 물었다. 그래 사연을 전부 다 이야기하니 그 스님이 자루를 하나 주면서,

"당신 모친을 만나려면 이 자루에다 물을 가득 담아 오시오."

아들이 자루에 물을 담으니 물이 주루룩 빠져나가고 자루를 들어도 또 물이 흘러내리니 자루에 물을 담을 수가 없었다. 그래서 빈 자루를 도로 가져가서,

"아이고 스님, 아무리 해도 물이 안 담깁니다."

하니,

"당신 모친을 보고 싶거든 나를 따라오시오."

그래서 따라가니 그 어머니가 부처가 되어 앉아 있었다.

아들은 어머니 팔도구경을 시켜드리려고 살림을 다 팔아 없앴지만 그 살림을 다시 이루어 잘 살게 되었다.

—이귀조 구연, 〈개가 된 어머니를 부처로 만든 효자〉,
『한국구비문학대계』 8–8, 경상남도 삼랑진읍, 1981, 169면.

어머니는 집안 살림만 하다가 죽어 개로 환생했다. 그런 어머니의 일생이 집 지키는 일만 하는 개의 행태와 유사했기 때문일 것이다. 여기서 개가 된 어머니를 구원하는 길은 '전 살림을 다 팔아 가지고' 조선 팔도를 구경하는 것이다. 집안일만 하는 것과 조선 팔도를 구경하는 것은 극단적으로 상반된 행위다. 집안일만 한 하나의 극단 때문에 개로 태어났기에 그 다른 극단인 팔도구경을 하는 것을 통해 전생의 한계를 보완하여 마침내 부처로 태어난 것이다. 그런데 그런 전제조건이 '전 살림을 다 파'는 것이다. '전 살림'이 어머니가 일생동안 집안일만 하여 이룬 것이라면, 그것을 팔아 팔도 유람의 밑천으로 삼은 것이다. 살림을 다 팔아서 팔도 유람을 했다는 것은 재산에 대한 집착이나 세속적 계산으로부터의 해방을 의미하기도 한다. 고로 세속계산이나 욕심으로부터 해방되는 것이야말로 효도의 출발이요 어머니로 하여금 성불하게 하는 길이라는 생각이 깃들어 있다고 해석할 수 있다.

스님이 자루에 물을 담아오라고 시킨 것은 일종의 불교 수행의 화두라 할 수 있다. 자루에 물을 담을 수 없듯이, 재물도 영원히 내 소유로 남을 수 없

다는 것이다. 어머니가 자식을 위해 아무리 많은 재물을 모아주어도 그건 그 자리에 머물지 않는다는 것. 심지어 죽어서 개가 되어 지켜도 지켜지지 않는 다는 것을 깨닫게 했다. 그 힘으로 결국 어머니가 부처가 된 것이다.

❸⑩ 문유채가 출가하여 벽곡하다

문유채(文有采)는 상주 사람으로 행실이 착했다. 일찍이 부친상을 당하자 삼 년간 여묘(廬墓, 상제가 무덤 근처에서 여막廬幕을 짓고 살면서 무덤을 지키는 일) 생활을 하며 집에 발을 들여놓지 않았고 삼년상이 끝난 뒤에야 집으로 돌아왔다. 돌아와 보니 아내 황씨가 행실을 잘못하여 딸 하나를 낳아 같이 살고 있었다. 문유채가 황씨를 쫓아내자 그녀는 도망쳐 숨어버렸다. 황씨의 가족들은 문유채가 그녀를 죽였다고 의심하여 관가에 고발했다. 관가에서는 진실을 밝히지 못하고 칠 년간 문유채를 가두었다.

상서 조정만(趙正萬)이 목사가 되었을 때 그 억울함을 알고 황씨를 잡아와서 곤장을 쳐 죽이고 문유채를 풀어주었다. 문유채는 곧 출가하여 산사에서 머물며 벽곡법(辟穀法, 곡식을 안 먹고 솔잎, 대추, 밤 등을 날것으로 먹는 섭생법)을 수행했다. 십여 일 동안 아무것도 먹지 않고 대여섯 되를 한꺼번에 먹었다. 걷는 것이 나는 것과 같아 하루에 사백 리를 걸었고 겨울이나 여름이나 홑옷 한 벌로 지내도 추위와 더위를 느끼지 않았다. 그는 항상 나막신을 신고 사방을 돌아다녔지만 옥 같은 외모에 붉은 뺨에는 법도가 단아하니 보는 사람마다 좋아했다.

경술년 겨울 해주 신광사(神光寺)에 이르렀는데 때마침 큰 눈이 내렸다. 생은 홑겹의 바지저고리를 입고도 추운 기색이 없어 스님들이 이상하게 여겼다. 음식을 내주어도 사양하고 먹지 않았다. 잠을 잘 때는 스님들이 따뜻한 곳으로 이끌었지만 사양하며 차가운 곳을 고집했고 혼자 앉아 새벽까지 자지 않았다.

눈비가 그치지 않아 삼 일간 머물렀는데 먹지도 자지도 않았다. 스님들은 그가 이인(異人)임을 짐작하고 일제히 말했다.

"이 절이 비록 가난하기는 하지만 어찌 잠시 손님 대접할 자산이야 없겠습니까? 그런데도 생원님은 삼일 동안 머물면서 아무것도 드시지 않으니 절 중들이 무슨 죄라도 지었습니까? 이유나 들어 봅시다."

문생이 웃으며 말했다.

"저 역시 많이 먹습니다. 여러 스님들께서 꼭 저를 먹이고자 하신다면 각각 한 움큼씩 쌀을 모아 가져오세요."

수십 명의 스님들이 약간씩 쌀을 각출하니 한 말은 되었다. 그걸로 밥을 지어 주었다. 문생은 손을 씻고 그 밥을 한 덩이로 만들어 삼키고는 장을 마셨다. 잠깐 사이에 밥을 다 먹어 치우니 여러 스님들이 모두 놀라고 괴이하게 여겼다.

밥을 다 먹은 생이 떠났다. 우두머리 스님이 잘 걷는 자를 뽑아 그 뒤를 따라가 보게 하였다. 생은 석담서원(石潭書院)에 이르러 배알하고 심원록(尋院錄, 서원을 찾은 사람들이 방문 목적과 인적사항 등을 기록하는 명부)에 서명했는데, 그걸 보고 비로소 문유채임을 알게 되었다. 그의 발걸음이 회오리바람처럼 빨라 스님이 따라잡지 못하고 돌아갔다.

생은 평소에 언제나 패랭이를 쓰고 갈건을 입고 나막신을 신고는 날듯이 걸었다. 성품이 조용하여 시끄러운 곳을 싫어했기에 궁벽한 곳 빈 암자가 아니면 거처하지 않았다.

가을에서 겨울로 접어들 무렵 산꼭대기 버려진 절에 들어간 적이 있는데 눈이 쌓여 길이 막혔다. 소식이 끊기니 모든 스님들이 "처사가 필히 얼어 죽었을 걸세"라고들 말했다. 봄이 와 눈이 녹자 즉시 찾아가 보았다. 생은 홑적삼에 낙엽을 두껍게 깔고서 자세를 바르게 하고 숙연히 앉아 있었다. 안색은 오히려 좋아졌고 춥거나 배고픈 기색이 없었다. 홀로 동떨어진 암자에 앉아 염송하는 소리가 금석(金石) 소리처럼 쟁쟁했는데 혹 듣는 사람이 있으면 즉시 멈췄다.

경전 공부하는 스님이 어려운 구절을 함께 의논하려 하면 "그냥 읽을 뿐이지 그 뜻은 모른다오."라고 답했다. 끝내 더불어 수작하지 않으려고 했으니 이해가 얕은지 깊은지 헤아릴 수 없었다.

백화(白華)에서 마하(摩訶)로 거처를 옮기고 얼마 안 있어 서거했다. 배점(拜岾)에다 호장(薧葬, 객지에서 사망하여 고향으로 돌아가 장례를 치르지 못하고 교외에서 임시로 장례 지내는 것)을 했는데 여러 해가 지나도 반장(返葬, 객지에서 죽은 이의 시체를 죽은 이가 살던 곳이나 고향으로 옮겨 장사를 지냄)하는 사람이 없었다 한다.

김백련(金百鍊)이 말했다.

"풍산의 어느 스님한테 들었는데, 방에 혼자 있던 문생이 하루는 여러 스님들에게 가까이 오지 말라고 했다오. 한밤에 집의 벽이 떨며 갈라지는 벼락같은 소리가 들리자 실내는 대낮처럼 밝아졌고 그 빛이 큰 방까지 퍼졌소. 스님들이 모두 놀라서 나가 보니 문생의 눈은 이미 감겨 있었다오. 해화(解化, 도가(道家)에서 장생의 비술을 닦은 뒤 육신을 버리고 혼백만 빠져나가 신선이 되는 방법)했던 것이라오."

과연 그 말대로 이른바 '크게 쉬는 곳'으로 간 것이다.

— 이강옥 옮김, 『청구야담』 상, 문학동네, 2019, 799면.

문유채가 기구한 사연으로 출가하여 벽곡법과 염불 수행을 한 결과 몸에서 방광(放光)을 하고 해화(解化)하며 죽어간 과정을 보여준다. '한밤에 집의 벽이 떨며 갈라지는 벼락같은 소리가 들리자 실내는 대낮처럼 밝아졌고 그 빛이 큰 방까지 퍼졌소. 스님들이 모두 놀라서 나가 보니 문생의 눈은 이미 감겨 있었다오.'란 구절에서 해탈의 풍경을 보여준다. 그 풍경을 떠올리는 것은 각자가 자기 죽음의 이미지를 구축하는 데 도움이 된다.

(1) 통속적 흥미와 일상 속 부처 되기

보통 사람이 수명을 다하여 죽는 이야기가 임종담이라면, 해탈성불담은 죽으면서 온갖 삶의 굴레나 번뇌로부터 해방되는 특별한 죽음 이야기다. 해탈성불을 위해서는 수행과 득도가 필요하다. 민중들은 이런 수행 득도 이야기도 만들어 향유했다. 여기에는 수행 득도에 대한 민중의 소박한 견해나 관점이 깃들어 있다. 민중은 자기 수준에서 불교를 받아들이고 또 불교적 제 요소를 통하여 스스로 굴레와 번뇌로부터 해방되는 길을 모색하였다고 할 수 있다.

<부처가 되기 원하는 중 여자 한량>(최유봉, 1-4, 경기도 의정부시 남양주군, 1981) 은 부처가 되고자 하는 '중', 여자, 한량 중 누가 성공하고 누가 실패하는가를 보여준다. 상식으로 살피면 '중'은 가장 먼저 성불할 것이고 그와 동행하는 여자가 스스로든 '중'의 도움에 의해서든 성불할 것이지만, 한량은 그렇지 못할 것이다. 그러나 결론은 정반대다. 셋 중 유일하게 한량만 성불했고 중과 여자는 성불하지 못했다. 중과 여자는 남의 재물을 얻거나 착취한 탓이다. 수행보다는 삶의 태도를 근거로 하여 성불 여부를 결정했다.

<❸❾ 개가 된 어머니를 부처로 만든 효자>에서 어머니는 집안 살림만 하다가 죽어 개로 환생했다. 그런 어머니의 일생이 집 지키는 일만 하는 개의 행태와 유사했기 때문일 것이다. 여기서 개가 된 어머니를 구원하는 길은 '전 살림을 다 팔아 가지고' 조선 팔도를 구경하는 것이다. 집안일만 하는 것과 조선 팔도를 구경하는 것은 극단적으로 상반된 행위다. 집안일

만 한 하나의 극단 때문에 개로 태어났기에 그 다른 극단인 팔도구경을 통해 전생의 한계를 보완하여 마침내 부처로 태어난 것이다. 그런데 그런 전제조건이 '전 살림을 다 파'는 것이다. 아들은 '전 살림'을 기꺼이 팔아 개가 된 어머니에게 팔도 유람을 시켜드릴 밑천으로 삼았다. 그것은 재산에 대한 집착이나 세속적 계산으로부터의 해방을 의미하기도 한다. 그 결과 어머니가 성불했다는 것은 세속계산이나 욕심으로부터 해방되는 것이야말로 부처가 되는 길이라는 생각을 깔고 있다고 하겠다.

<부처가 된 아버지>(오분련, 8-9, 경상남도 김해군 이북면, 1982)는 일상생활을 꾸려가는 가운데도 득도하는 길이 있음을 보여준다. 김씨는 평소 이씨가 재산이 많은 것을 시기하고 부러워했다. 김씨가 먼저 죽자 이씨의 딸은 아버지로 하여금 김씨의 문상을 가서 김씨의 시신을 꼭 확인하라고 한다. 과연 확인해보니 김씨 시신을 구렁이가 감고 있었다. 김씨가 살았을 적에 욕심을 많이 낸 업보였다. 충격을 받고 돌아온 아버지에게 딸은 첫 번째 과업을 제시한다. 이씨가 소작료로 곡식을 받을 때 '말'을 바로 되지 말고 거꾸로 되라는 것이다. 말을 거꾸로 하여 되면 바로 하여 될 때보다 양이 반도 안 된다. 아버지가 소작농들에게 선심을 베풀라는 뜻이었다. 아버지 이씨는 그 뜻을 따르지 못한다. 딸은 실망한 듯 집을 나간다. 이씨가 그 딸을 따라 달려갔지만 따라잡기 역부족이었다. 아버지에게 자신의 비범함을 보여준 딸은 아버지에게 두 번째 과업을 내려준다. 밑 빠진 독에다 폭포수 물을 부어 가득 채운 뒤에 자기를 따라오라는 것이었다. 이 과업은 <❸⑨ 개가 된 어머니를 부처로 만든 효자>에서 스님이 제시한 '자루에 물을 가득 담아오라.'는 과업과 유사한 것이다. 이씨는 밑 빠진 독에다 하염없이 물을 붓다가 '사그러져' 부처가 되었고, 처녀는 하늘의 옥황상제계로 올라갔다.

이씨의 딸은 수행자의 수행 득도를 돕는 '보덕각시'의 변형 인물이라고도 할 수 있다.[85] 그녀는 세 번이나 충격을 주고 수행법을 제시해줌으로써 아버지 이씨를 성불시키려 했다. 세 번째 성공했다. 전형적인 성불담과 다른 점은 아버지 이씨가 수행에 대한 뜻이 전혀 없고 그에게 제시된 수행법이 일상적인 것이라는 점이다.

<비단장수 그만두고 스님이 된 구정선사>(8-16, 경상남도 함양군, 2014)는 대중적으로 비교적 널리 알려진 구정(九鼎)선사의 출가담이다. 구정선사는 비단을 팔아 돈을 많이 벌었는데 헐벗은 스님이 불쌍하여 한참 망설이다가 비단 한 필을 주었다. 그런데 주막에 도착하여 거지가 비단을 둘둘 감고 있는 것을 보았다. 그 스님은 자기가 헐벗으면서도 비단을 거지에게 준 것이었다. 일상에서 이런 충격을 받은 구정선사는 출가했다. 그리고 '스님은 자기도 알몸인데 왜 비단을 거지한테 주었을까?'라는 의심을 끊임없이 하였다. 이는 일상 경험의 충격이 의단(疑端, 의심이 덩어리가 되어 뭉치어져 지속되는 것)을 만든 경우이다. 그리고 스님을 찾아가니 스님은 구정선사에게 솥을 걸게 하고는 다 걸면 허물고 다시 걸라고 시키기를 계속했다. 일상적 행위를 통하여 인욕을 가다듬고 그로써 일체 망상을 끊게 만드는 선지식의 이끎이라 할 수 있다. 그러나 이 이야기에서는 수행 득도 쪽으로 서사를 계속 이끌어가지 못하고 다만 '구정'이라는 호를 쓰게 된 이유를 설명하는 데서 멈췄다.

이상 '일상적 성불담'은 일상적 행동을 매개로 하여 성불이 이루어지며 그 과정에서 어떻게 살아가는 것이 바람직한가에 대한 민중의 생각을

---

85 <불도를 깨우치게 한 처녀>(8-9, 경상남도 김해군 주촌면, 1175면)도 불완전한 형태로마 그 흔적을 보여준다.

보여준다.

깨달음의 경지에 이르지는 않지만 깨달음에 대한 성찰이 이루어진 사례를 <깨달은 허망>(한태식, 5-6, 전라북도 정주시 연지동, 1987)에서 찾는다. 한 처녀가 '허망'하다는 말을 실감하지 못하여 만나는 사람마다 물어보았지만 만족할 답을 듣지 못했다. 어느 날 물을 길으러 마을 우물로 갔다가 스님을 만나 그 스님에게 '허망'의 뜻을 묻는다. 스님은 처녀를 따라오게 하였다. 어느새 첩첩산중 한 절에 이르렀다. 스님은 처녀에게 함께 살자고 한다. 그로부터 처녀는 세 명의 아들을 낳아 마침내 삼 형제가 동시에 과거에 장원급제한다. 고향으로 돌아오던 삼 형제는 다리를 건너게 되었는데 홍수 물에 다리가 무너져 모두 익사한다. 그 소식에 충격을 받은 두 사람은 자살하려고 폭포로 간다. 스님이 처녀를 폭포수로 밀어버린다. 처녀는 폭포물에 둥둥 떠내려가다가 뭔가 걸려 주위를 돌아보니 폭포도 폭포수도 없고 다만 자기가 물을 긷던 마을 우물이 있었다. 자기가 이고 갔던 물동이도 그대로 있었다. 집으로 돌아가니 가족들은 "밥을 다 먹었는데 이제야 물을 가져오느냐?"고 핀잔을 준다.

화자는 "근게 일 세상을 산 놈의 것이 결국은 그날 아침이여."[86]라며 자기 이야기의 구성을 해설했다. <구운몽>이나 <조신>에서 전형적으로 나타난 꿈 혹은 환(幻) 경험을 재현한 것이다. 이 설화에서 처녀는 '허망'이란 뜻을 집요하게 찾아가다 결국 '허망'의 뜻을 알았을 뿐 아니라, 인생이 허망하다는 것도 깨닫기에 이르렀다. '허망'하다는 것이 어떠한 것이라고 진술하는 것은 실감을 주지 못한다. 반면 일상적 경험을 직접 하게 되면 실감을 할 수 있을 뿐 아니라 높은 도를 깨달을 수도 있다는 사실을

---

86 5-5, 전라북도 정주시 연지동, 1987, 104면.

알려준다. 정확하게는 이야기 속에서 일상적 경험을 하게 하는 것이다.

<부처가 되어도>(강신용, 7-7, 경상북도 영덕군 강구면, 1980)는 '도를 깨달으면 어떤 느낌이 들까?' 라는 세속적 관심을 바탕으로 한다. '탐방노인'과 '지방노인'이 등장한다. 탐방노인은 동굴에서 도를 닦고 있고 지방노인은 초가집에서 수행을 한다. 어느 날 밤에 한 여인이 지방노인을 찾아와 하룻밤 재워달라 요청하니 지방노인은 거절하고 탐방노인의 거처를 알려준다. 탐방노인은 그 여인을 받아준다. 여인이 누워 배가 아프다고 하다가 출산을 한다. 탯줄을 잘라 달라 하여 탯줄을 잘라주고 몸을 씻어 달라 해서 몸을 씻어준다. 그 물에 노인도 들어오라 하여 들어 가니 여인이 노인의 몸을 씻어준다. 노인이 몸을 씻고 나오니 여인은 보이지 않는다. 노인의 몸이 금빛으로 변하더니 금부처가 된다. 다음날 지방노인이 올라가서 금부처가 된 탐방노인을 발견한다. '하! 이거 참, 내가 그 여자를 괄시했더니 이분이 도통을 하고 나는 도통을 못했다.'며 한탄한다. 그리고 탐방노인의 자손에게 알려 탐방노인을 모셔가게 한다.

여기까지는 『삼국유사』의 <❸② 남백월이성 노힐부득 달달박박>과 유사하다. 이 설화는 여기서 한 단계 더 나아갔다. 탐방노인이 집으로 돌아오자 아들네가 그동안 고생만 하고 맛있는 것도 못 드셨겠다며 안타까워하여 온갖 음식을 다 갖다 드렸다. 하지만 탐방노인은 가만히 있기만 하며 아무것도 먹지 않았다. 부처가 되면, '귀하고 천한 걸' 모르고, '뭘 먹지도 않고', '뭘 귀한 줄도 모르고' 하니 부처가 되어도 별로 좋을 게 없지 않을까 하는 민중의 솔직한 생각이 들어간 것이다. '그래 뭘 도통이고 머고 부처가 되고 머 소용 없고, 사람이 사는 동안은 그저 내 맛나게 먹고, 내가 좋은 일도 보고, 나쁜 일도 보'[87]면서 살아야 한다는 것이 대중이 지향하는 행복한 삶이다. 대중들은, 부처가 되면 모든 분별로부터 해

방된 수준에서 향유할 수 있는 절대적 행복을 감지하지 못한다. 여전히 맛있고 맛없는 것, 귀하고 귀하지 않는 것을 분별하여 그 잣대로 부처의 경지를 짐작하니 부처는 정말 '사는 재미가 없다.' 식의 엉뚱한 짐작에 이른 것이다. 독자는 이 지점에서 나에게 행복이란 어떤 것일지 솔직한 성찰을 할 수도 있을 것이다.

(2) 욕심의 근절과 화두 수행의 희망

수행을 거쳐서 득도하기까지의 과정을 구체적으로 보여주는 이야기들이 있다. 먼저 '엉터리 염불 지성껏 한 사람 극락가기' 계통 설화들은 '엉터리 염불'로 득도하는 성불담의 한 패턴을 보인다. <정성드린 염불이라야 극락가는 법>(유영달, 3-3, 충청북도 단양군 가곡면, 1981)에서 할머니는 어떤 스님이 '나무관세음보살'만 석 달 정도 염송하면 좋은 곳에 간다는 말을 해주자 염불을 시작한다. 그러나 곧 그 염불을 잊어버리고는 며느리에게 자기가 뭐라고 염불했느냐 묻는다. 시어머니의 염불소리를 못마땅하게 여기던 며느리는 "남첨지 좋다불"이라고 염불했다며 조롱한다. 할머니는 그 이후 "남첨지 좋다불"이라고 염불을 계속한다. 아들 내외는 아무 일도 하지 않고 염불만 계속하는 어머니를 그대로 둘 수 없다며 할머니를 낭떠러지로 데리고 가 밀어뜨린다. 할머니는 선녀의 보호를 받아 연꽃에 내려앉으며 성불한다. 이를 본 아들 내외도 따라 염불하고 득도하려고 절벽으로 뛰어내렸다가 죽는다.[88]

---

87 7-7, 경상북도 영덕군 강구면, 1981, 507면.
88 <나무 서방>(6-9, 142면), <거짓 염불로 극락 간 시어머니>(6-12, 713면), <'저 건너 영감타불' 외어 신선된 할머니>(7-13, 227면), <'등너메 만절애비' 부르다 극락 간 홀어머니>(7-13, 299면), <엉터리 염불을 해도 진심이면 복받는다>(8-12, 493면), <가시나가 무슨 염불>(8-12, 493면) 등도 유사 설화다.

의심 없이 믿고 정성을 다하여 간절하게 염불만 하면 성불할 수 있다는 생각을 민중이 하였음을 보여준다. 그와 반대로 계산된 염불은 들통이 나서 파국적 결말을 가져온다고도 생각했다.[89] 이들 이야기들의 주인공들은 할머니이거나 지적 능력이 모자란 사람이다. 이들은 엉터리 염불을 의심 없이 절실히 염송했다. 이들은 분별 능력이 모자라는 존재이지만, 달리 보면 분별심으로부터 해방된 존재이기도 하다.

염불수행과 함께 불교설화에서 중요한 의미를 지니는 것이 화두 수행 득도담이다. 이들도 대중 수준의 질문과 해답을 근간으로 하고 있다.

① 스승 스님보다 제자 상좌가 먼저 득도한다.
② 욕심이 많았던 스승 스님은 죽어서 구렁이가 된다.
③ 상좌가 스승 스님을 사람으로 다시 태어나게 해서 자기에게 출가하도록 한다.
④ 사람으로 다시 태어난 스승 스님에게 상좌가 화두를 주고 수행하게 한다.
⑤ 화두의 충격으로 스승 스님이 득도한다.

아랫사람인 어린 상좌와 그 스승인 스님이 대조된다. 특히 '욕심으로부터 초연함' : '욕심에 끌려감'의 대조가 뚜렷하다. 죽은 존재의 혼이 교미혹은 성교 중에 있는 태속으로 들어가면 같은 종으로 환생한다는 설정에서 우리 민속의 환생에 대한 통념을 살필 수 있다. 화두 수행과 득도 모티프는 민중이 화두 수행을 이해한 수준을 그대로 보여준다.

---

89 이에 대한 자세한 분석은 이강옥, 「오세암 설화와 동자의 수행득도」, 『어문학』 128집, 한국어문학회, 2015, 178~180면을 참조함.

<구렁이가 된 스님>(이수춘, 7-8, 경상북도 상주군 공검면, 1981)은 위 이야기와 같은 유형의 후반부 요소가 결여된 반면, 전반부는 더 세밀하다. 먼저 스님과 상좌는 수행을 위해 함께 길을 떠나는데 도중에 스님이 되돌아간다. 상좌가 여러 해 뒤 공부를 마치고 절로 돌아오니 스님의 사십구재를 지내고 있었다. 상좌는 부엌으로 가서 설거지를 했는데 사기그릇들을 삼태기에 넣어 마구 흔들어 도로 내려놓아 보니 하나도 깨어지지 않았다. 다른 승려들이 그것을 보고 상좌가 도를 통했음을 인정한다. 상좌가 흰죽을 끓이고 주문을 외니 죽은 스님이 구렁이가 되어 나온다.

서술자는 스님이 상좌와 함께 공부하러 가다가 되돌아온 것이 절 재산에 대한 욕심 때문이라고 설명한다. 구렁이가 된 것도 욕심이 많은 탓이라 했다. 상좌는 그런 스님을 위해 흰죽을 끓인다. 구렁이는 흰죽을 통해 이중적으로 전환된다. 흰죽의 흰색은 백업(白業)을 연상한다.[90] 흰죽은 구렁이가 전생에 가졌던 욕심을 덜어내고 선업(善業)을 촉진하는 역할을 할 것이다. 그와 함께 흰죽은 식욕의 대상이 되기도 한다. 흰죽 앞에서 욕망을 다소 덜어내어서인지 구렁이는 먹기를 중단하는데, 상좌는 고함을 질러 끝까지 다 먹도록 강요한다. 결국 구렁이는 흰죽을 다 먹고 배가 터진다. 흰죽을 끝까지 많이 먹는다는 것은 다시 욕심을 재생시킨 것이지만, 그 덕으로 배가 터져 죽어 새가 되어 날아갈 수 있게 되었으니 흰죽은 스

---

90 '희다(白)는 것은 선(善)하고 청정한 것을 일컫는다. 복덕의 인연을 성취한다는 것은 다음과 같다. 이 열 가지 백업(白業)의 길(十白業道)로부터 죽이지 않고, 훔치지 않고, 삿된 음행을 하지 않고, 거짓말 하지 않으며, 한 입으로 두 말 하지 않고, 험한 욕을 하지 않고, 쓸모없는 말도 하지 않고, 시샘하지 않고, 화내지 않으며, 잘못된 세계관을 갖지 않는 것이 발생한다. 이것을 선(善)이라고 부른다. 몸이나 입이나 생각으로 이런 선업(善業)을 생하는 사람은 금세에는 명예와 이익을 얻고 후세에는 천상(天上)이나 인간계의 고귀한 곳에 태어나게 된다.'(용수보살 저, 청목 역, 『중론(中論)』, 경서원, 2012, 282면)

님의 혼을 구렁이 몸으로부터 벗어나 자유로운 새가 되게 해준 것이다. 흰죽은 욕망으로 가두기도 하고 욕망의 화신인 구렁이로부터 해방시켜주기도 하였다. 이 이야기는 여기서 끝이 났으니, 화두 수행이나 득도 요소가 탈락된 셈이다.

<도를 깨친 상좌승>(박분준, 8-9, 경상남도 김해군 상동면, 1982)은 상좌라는 인물상을 더 인상적으로 만들었다. 절 부엌에 청룡과 황룡이 늘어져 있는 꿈을 꾼 스님이 깨어나 부엌으로 가니 거지 행색의 사내아이가 있었다. 거지 아이를 상좌로 삼으니 과연 총명하고 재주가 있어 다른 승려들의 질투를 받을 정도였다.

스님은 자기가 죽으면서 팥죽 한 동이를 끓여달라고 상좌에게 부탁한다. 팥죽은 양기(陽氣)가 회생되게 하고[91] 액(厄)을 물리쳐주기도 한다.[92] 스님은 죽어 구렁이가 되었다. 그가 과도한 욕심을 부렸다는 증거다. 팥죽은 그 욕심이란 액을 제거하는 역할을 할 것이다. 팥죽은 『원각경』에서 밝힌 바[93]와 같이 생사윤회로부터 해방되어 깨달음을 이루는 조건인 탐욕 없애기의 출발이 된다고 할 수 있다.

구렁이가 된 스님이 팥죽을 먹은 것은, 전생의 욕심을 제거하고 새로운 몸을 받기 위해서였다. 팥죽을 다 먹은 구렁이가 산길을 올라가자 상좌도 따라 나선다. 구렁이는 자식 얻기를 기도하고 있는 부부의 집 문구멍으로 들어갔다. 상좌는 그 부부를 만나서 곧 임신이 될 터인데 남아를 낳으

---

91 김효경, 「조선 왕실의 세시풍속과 액막이」, 『역사민속학』 33, 한국역사민속학회, 2010, 214면; 『영조실록』 권115, 영조 46년 10월 8일(경진)
92 같은 논문, 같은 곳.
93 중생이 생사에서 벗어나 모든 윤회를 면하고자 할진대 먼저 탐욕을 끊으며 애갈을 없앨지니라(衆生, 欲脫生死, 免諸輪廻, 先斷貪欲, 及除愛渴; 김탄허 현토번역, <미륵장>, 『원각경』, 교림, 2011, 55면)

면 절의 상좌로 출가시키라고 당부했다. 과연 부부가 남아를 낳았다. 스님의 환신인 셈이다. 그리고 부부는 약속대로 아이를 상좌에게 출가시켰다. 어느 날 상좌가 바늘로 문구멍을 뚫어놓고, "스님요, 스님요, 여기 바늘 구멍으로 황소 한 마리 들어올 건데 우짜든지 못 들어오도록 꼭 막아주시오."라 소리쳤다. 바늘구멍으로 황소가 들어오는 것은 불가능한 일이다. 바늘구멍으로 들어오려는 황소를 막는 일 역시 불가능한 일이다. 그럼에도 불구하고 황소가 바늘구멍을 뚫고 저돌적으로 확 달려든다는 상황을 떠올리는 것만 해도 엄청난 충격을 일으켰다. 바늘구멍을 뚫고 달려든 황소가 떠미는 순간, 환생 스님은 깨닫는다. '바늘구멍으로 황소가 들어오다'는 말은 일종의 화두로서 먼저 깨달은 상좌가 환생한 스님에게 내려준 것이었다. 환생한 스님은 그 화두를 통해 의단(疑端)을 간절히 지속하여 화두와 내가 하나가 되어 의심 덩어리가 불덩어리가 되어 다른 것이 끼어들 틈이 없는 상태인 타성일편(打成一片)이 되어야 할 것이다.[94] 이 설화에서는 화두 참구의 과정을 충격적 행위로 형상화하여 보여주었다. '바늘구멍을 뚫고 온 황소'라는 화두에 등장하는 '황소'가 실제로 방문을 제치고 달려들어 화두 참구하는 사람을 '떠밀어서' 충격을 주는 것이다. 이런 변형은 일반 대중의 수준에 맞는 것이고 서사 세계에서만이 가능한 설정이다. 문제는 화두와 주체가 하나가 되기보다 여전히 분리되어 있다는 점이다.

<❸⑥ 화두로 도를 깨친 스님>은 화두 수행에 의한 득도 설화의 골격들을 종합하고 있다. 서사단락은 다음과 같이 정리된다.

---

94 조계종 교육원 불학연구소·전국선원 수좌회 편찬위원회, 『간화선』, 조계종출판사, 2005, 233~235면.

① 큰 절 주지 스님은 부자였지만 욕심이 많아 스님들에게 가혹했다.

② 나무 하러 갔던 상좌가 나무를 못하고 그냥 왔다. 나무에서 나오는 물이 눈물 같아서 베어오지 못했다고 했다.

③ 상좌가 스님을 데리고 산의 동굴로 데려가 동네 부자의 화신인 구렁이를 보여주었다. 빈 동굴을 보여주면서 그곳은 스님이 죽으면 구렁이가 되어 들어갈 곳이라 말해주었다.

④ 사람이 욕심이 많으면 구렁이가 된다고 상좌가 가르쳐주니 스님은 자기를 지도해달라고 간청했다.

⑤ 상좌는 금강경만을 바랑에 넣고 함께 절을 떠났다. 스님에게는 절대 뒤를 돌아보지 말라고 당부했다.

⑥ 스님은 산모퉁이를 돌면서 자기가 애써 키운 절이 아까운 생각이 나서 뒤를 돌아보았는데 절이 불타고 있었다. 그래서 불을 끄고 가자 하니 상좌는 일이 글러졌다며 스님을 절로 돌아가게 했다.

⑦ 상좌는 금강산으로 가서 수행하여 득도했다. 도인의 혜안으로 살펴보니 스님이 죽어 구렁이가 되어 있었다.

⑧ 상좌가 도착해보니 스님 입관은 이미 끝났고 다른 제자들이 살림을 나누느라 야단법석이었다.

⑨ 상좌가 팥죽을 쑤라고 했다. 그리고 스님 관의 뚜껑을 열어보니 구렁이가 들어있었다.

⑩ 구렁이는 고개를 내밀고 눈물을 흘렸다.

⑪ 상좌가 구렁이에게 팥죽을 먹고 관에다 머리를 부딪게 했다. 구렁이는 죽어 새파란 새가 되어 날아갔다.

⑫ 상좌는 새가 교미하는 짐승의 태속에는 들어가지 못하게 하여 마침내 기자정성(祈子精誠)을 올린 늙은 부인의 태속으로 들어가게 했다. 늙은 부부에게 아들을 낳을 테니 다섯 살이 되면 자기에게 출가시키라고 요구했다.

⑬ 늙은 부부는 아들을 포기할 수 없어 약속을 지키지 않았다. 상좌가 다녀가면 아이는 죽었고 상좌가 오면 아이가 다시 살아났다. 그제야 늙은 부부는 아이를 상좌에게 출가시켰다.

⑭ 상좌는 아이를 굴 안에 들어가게 하고 돌문을 막았다. 3년간 밖으로 나오지 못하고 도만 닦게 했다. 상좌는 "니가 여기서 3년만 있으면 여기서 큰 황소가 이리로 달려들 테니까 그 뒤에 내가 너를 놓아 주마."라고 약속했다.

⑮ 아이는 굴 안에서 황소 들어오기만을 기다렸다.

⑯ 어느 순간 황소가 확 들어오니 아이가 깨달아 큰 도인이 되었다.

⑰ 이야기꾼의 논평 : "[웃음] 그것이 그 의심 그것이 화둡니다."

먼저 화두 수행을 이끌어주는 선지식 역할을 하는 상좌의 존재가 더욱 설득력 있게 형상화되었다. 상좌는 나무의 눈물을 보고 나무를 베지 못하는 존재다. 그는 단지 비범하기만 할 뿐 아니라 온갖 중생에 대해서 한정 없는 자비심을 가진 존재로 부각된 것이다.

다음으로 상좌는 인색했던 동네 부자가 죽어서 된 구렁이를 스님에게 보여줌으로써 지나친 욕심을 경계한다. 스님도 곧 그런 구렁이가 될 것이라고 경고하여 스님 스스로가 상좌에게 구원을 요청하게 한다.

셋째, 상좌가 스님과 함께 도를 닦기 위해 길을 떠났다가 스님을 다시 돌아가게 하는 과정과 이유가 자세하다. 길을 떠나면서 뒤돌아보지 말라는 주의를 상좌로부터 들었음에도 불구하고 결국 되돌아본 것은 그가 세속 욕망을 완전히 덜어내지 못했기 때문이었다.

넷째, ⑧, ⑨, ⑩을 통하여 절의 승려들이 얼마나 세속적 욕망에 사로잡혀 있었는가를 보여주었고, 스님이 죽어서 구렁이가 된 것이 재물에 대한 욕심 탓임을 더 분명하게 밝혔다. 그리고 구렁이의 굴레를 벗어던지기 위해 스님이 간절히 구원을 청하는 대목이 새롭게 덧붙여졌다. 이는 관찰과 수행의 간절함을 다른 식으로 나타낸 것이기도 하다.

다섯째, 인도환생(人道還生, 사람이 죽어서 다시 사람으로 태어나는 일)의 과정을 구체적으로 보여줌으로써 환생에 대한 우리 민속의 통념을 수용했다.

마지막으로 '황소가 굴 안으로 들이 닥치다.'는 화두를 제시하고 3년간 돌문을 틀어막음으로써 무문관(無門關) 수행을 뚜렷이 보여주었다. 그리고 그것이 화두 수행이라는 것을 서술자 자신의 목소리를 통해서 설명했다.

이와 같은 설화들에는 수행 행위를 통하여 득도하는 과정을 잘 드러나 있다고 할 수 있다. 그것은 대중들이 평소 불교 수행에 대해 가졌던 질문과 나름대로의 해답을 담은 것이다. 화두 수행의 원칙에서 보면 미흡하고 엉뚱한 점도 없지 않다. 특히 화두를 드는 주체와 화두가 하나가 되어야 할 터인데 여전히 분리되어 있고 심지어 화두 속 존재인 황소가 실물로 행동하는 상황은 화두 수행 원칙에 크게 어긋난다. 그렇지만 화두 수행에 대한 민중 수준에서의 이해를 드러내 보여준다는 점에서 좋은 참조가 된다.

(3) 남녀 관계와 성불의 길

수행과 성불의 과정에서 남녀 관계는 골칫거리이면서 중요한 계기를 마련해주기도 한다. 특히 관음보살은 자비의 화신으로서 남녀 문제와 자주 관련된다. 지장보살이 저승 중생들의 고통을 덜어주고 그들을 구제하려는 서원을 이루려 하는 것과 대응하여, 관음보살은 천 개의 손, 천 개의 눈으로 고난에 처한 이 세상 중생들의 호소를 듣고 그 아픈 곳을 어루만져준다. 그래서 관음보살은 불교의 테두리를 넘어서는 구원자로서의 표상을 갖게 되었다.

<낙산이대성 관음 정취 조신>(삼국유사)의 조신 이야기에서 조신은 김흔공의 딸을 사모하지만 신분의 차이 때문에 사랑을 이루기가 힘들었다. 조신은 사랑을 이뤄달라고 낙산사 관음보살에 매달린다. 그러나 김흔공의 딸이 결국 다른 남자와 결혼을 해버린 것을 알고는 절망한다. 조신은 관음보살 상 앞으로 가서 자기 기도를 들어주지 않은 관음보살을 원망하며 애달프게 운다. 그러다 잠이 들어 꿈속에서 김흔공 딸과의 사랑을 이룬다. 조신은 관음보살의 도움으로 소원을 이룬 셈이다.

그러나 조신의 결혼생활은 고통스런 것이었다. 마침내 고통스런 결혼생활을 끝내고 헤어진다. 그뒤 조신은 '세속살이에 대한 뜻이 없어졌다.'고 한다. 사재를 털어 절을 짓고 선업을 열심히 닦는다. 관음보살은 조신으로 하여금 여자와 사랑을 경험하게 함으로써 수행에서 비약적 전환이 일어나게 한 셈이다. 행불행과 관계없이 사랑 경험은 수행을 촉진한 것이 분명하다.

관음보살은 스스로 여인의 몸으로 나타나 남자와 관계를 맺기도 한다. <광덕 엄장>(삼국유사)과 <❸② 남백월이성 노힐부득 달달박박>의 경우다. <광덕 엄장>에서 광덕의 처는 '분황사의 비(婢)' 노릇을 하지만 사실은 19 응신(應身) 중의 한 분이다. 관음보살은 사바세계의 중생을 위하여 19가지의 모습으로 나타나는데, 특히 여자의 몸으로 나타나 설법을 하여 중생을 제도하기도 한다.[95] 광덕의 처는 광덕과 살면서 광덕의 수행을 도와준 것으로 암시되었다. 광덕은 10여 년을 처와 함께 살았지만 한 번도 동침하

---

95 『묘법연화경』, 신종원, 삼국유사에 실린 분황사 관음보살 설화 역주, 『신라 문화제 학술 논문집』 20권, 경주사학회, 1999, 40-41면 참조할 것.

지 않았다. 광덕의 처는 그에 대해 불평은커녕 광덕의 수행 자세를 훌륭하게 생각했다. 광덕은 밤마다 단정히 앉아 아미타불만을 불렀는데, 그렇게 수행했기에 엄장보다 먼저 극락으로 갈 수 있었다.

광덕과 그 처는 수행과 성불을 위해 부부의 인연을 맺었지만, 어떻게 부부가 되고 함께 살아가면서 처가 어떤 도움을 주는지 자세하지가 않다. 그런 점에서 <광덕 엄장>에서는 '남성을 도우는 관음보살상'이라는 캐릭터가 구체적으로 형상화되지는 않았다고 하겠다.

이에 비해 <❸②남백월이성 노힐부득 달달박박>의 관음보살은 더 생생하게 구체적으로 형상화되었다. 노힐부득과 달달박박은 친구로서 서로의 수행과 성불을 위해 도울 것을 약속하고 각각 암자를 지어 수행한다. 저녁 무렵 여인이 달달박박을 먼저 찾아와서는 하룻밤 재워달라고 요청하는 시를 읊는다. 여인은 이 시를 통해 자기가 당면한 상황을 그대로 전했다. 그러나 깊은 산속 암자에서 여인과 단둘이 한밤을 보내게 된다는 것이 달달박박에게는 큰 부담으로 느껴졌다. "암자는 정결을 지켜야 하니 당신이 가까이 올 곳이 아니오. 이곳에 머물지 말고 빨리 떠나가시오." 이렇게 말하고는 문을 닫고 들어가 버렸다. 달달박박은 계율과 원칙에 철저한 인물이라고 할 수 있지만, 절박한 여인의 호소를 외면했다.

이런 달달박박의 행동에 대해 여인은 그리 섭섭한 반응을 보이지 않는다. 그냥 넌지시 달달박박의 태도를 살펴본 듯하였다. 여인은 노힐부득이 있는 남암으로 간다. 노힐부득에게도 같은 요청을 하자 노힐부득은 달달박박과는 다른 태도를 보인다. "당신은 어디서 왔길래 밤늦게 도착하였소?" 노힐부득은 일단 여인의 사정을 좀 더 자세히 들어주려 한 것이다. 이에 대한 여인의 대답이 걸작이다.

"(나는)깊이 태허(太虛)와 한 몸이니 어찌 오고 감이 있겠오?"

여인의 대답은 양변을 떠나고 분별심을 넘어선 경지를 보여준다. 이것은 노힐부득에게 중요한 암시를 준 것이었다. 여인은 이어서 더 친절하게 자기의 목적을 풀어준다.

"현사(賢師)의 뜻과 소원이 깊고 무거우며 덕행이 높고 견고하다는 소문을 들었으니 장차 보리를 이루는 데 도움을 줄까 하오."

여인은 달달박박에게 보여준 태도와는 아주 다르게도 노힐부득에게는 자기 속마음을 알려주었다. 달달박박은 여인으로부터 불공평한 대접을 받았다고도 할 수 있다. 그러나 책임은 달달박박 자신에게 있다. 그는 처음부터 여인에게 마음을 열어주지도 않았고 여인의 처지에 대해 차근차근 알려고 하지도 않았기 때문이다.

노힐부득에게 주는 게송도 달달박박에게 준 것과는 질적으로 다르다.

> 천산의 길에 날이 저무니
> 사방의 발길이 모두 다 끊어졌네
> 대나무 소나무 그늘 더욱 깊어졌는데
> 계곡의 메아리 더욱 새롭네
> 잠자리 구걸하는 건 길을 잃었기 때문이 아니고
> 존사에게 길을 인도하기 위해서라오
> 부디 나의 청을 따르기만 하지
> 내가 누구인 줄 묻지를 마오

여인은 노힐부득의 성불을 도우려는 의도를 갖고 있었고, 그 점을 분명히 알려주고 있다. 노힐부득은 여인의 게송을 듣고 깜짝 놀란다. 그리고는 말한다.

"이곳은 부녀자들이 더럽힐 곳이 아니라오. 그러나 중생의 소원을 따라주는 것도 보살행의 하나겠지요. 하물며 깊은 골 밤이 깊었으니 어찌 홀대할 수 있겠소?"

이러니 노힐부득도 여인의 의도를 정확히 간파하지는 못했다고 하겠다. 여전히 계율이냐 보살행이냐는 분별심에서 갈등한다. 그러나 중생 구제라는 보살행을 생각하고 여인을 받아들인다.

노힐부득과 여인은 가장 은밀한 곳에서 하룻밤을 함께 지내게 되는데, 여기서 남녀 간 육체적 사랑 행위를 연상하게 된다. 그러나 노힐부득은 자비심으로 여인을 받아들였기에 청정지계를 잃지 않는다. 밤이 다하도록 청심(淸心)을 가다듬고 염불을 그치지 않은 것으로 보면 경계의 분별심에서 완전히 벗어나지는 못했다.

이 단계에서 여인이 보인 반응은 뜻밖의 것이다. 육체적 사랑을 암시하는 게 아니라 출산의 조짐을 말하기 때문이다. 출산은 남녀 간 육체관계가 이루어지고서 열 달 이후에야 나타나는 현상이다. 관계도 맺기 전에 아이를 낳는 이런 설정은 무얼 암시하는 것일까?

노힐부득은 계율과 보살행의 갈림길에서 고민하는 모습을 먼저 보여주고는, 계율보다 보살행을 선택했다. 출산의 조짐을 느낀 여인이 거적자리를 펴서 출산을 도와달라 하였다. 여인이 남자 앞에서 출산한다는 것은 남자에게 나신을 보여주는 것을 의미한다. 그때 노힐부득은 '비긍(悲矜, 불쌍히 여기는 자비심)'의 마음이 생겼다. 그래서 여인의 요구를 들어주었다. 출산을 한 여인이 목욕할 수 있도록 해달라 했다. 노힐부득에게 '참구(慚懼, 부끄럽고 두려운 마음)'의 마음이 일어났다. 벗은 몸을 보는 것이 부끄럽게 했을 것이고 앞으로 어떤 지경에 이를 것인지 몰라 두려워했을 것이다. 그렇지만 그보다 더 강렬한 것은 '애민(哀憫, 불쌍히 여기는 마음)'의 정이었다. 이렇게 여인은 노힐부득으로 하여금 한 남자로서 복잡한 갈등을 겪게 하였다. 결국은 엄격한 계율에 집착하기보다는 자비와 연민의 마음을 따랐다.

여인이 목욕통에 몸을 담그자 향기가 퍼진다. 물이 금빛으로 변한다. 여인은 놀라고 있는 노힐부득에게 함께 목욕을 하자며 들어오라 한다. 이번에도 노힐부득은 어쩔 수 없이 따른다. 노힐부득이 목욕통 물에 몸을 적시는 순간 정신이 맑아지고 자기 몸도 금색으로 변했다. 옆을 보니 연대(蓮臺)가 만들어져 있었다. 거기에 앉으라 했다. 그리고는,

"나는 관음보살이로다. 대사가 대보리를 이루도록 도와주러 왔다."

는 말을 남기고 여인은 모습을 감추었다.

노힐부득은 한 남자로서 여인에 대해 연민을 억누를 수 없었다. 또 그 자비의 마음으로 보살행을 실천하였다. 노힐부득은 이런 경험을 거치면서 마침내 성불을 하였다. 노힐부득이 일련의 특별한 경험을 하게 된 것은 달달박박과 다른 노힐부득만의 자세에서 비롯되었다. 아울러 여인으로 현신한 관음보살의 배려와 인도에 의한 것이기도 하다. 특히 여인은 자기 나신을 노힐부득에게 보여주었다. 또 노힐부득으로 하여금 출산을 시중들게 하였다. 『삼국유사』의 텍스트는 이 장면을 구체적으로 묘사해주지는 않지만 그 행간을 통하여 관음보살의 출산 장면과 그 장면을 보고 시중을 드는 노힐부득의 모습을 충분히 재구성해낼 수 있다. 관음보살은 암시를 거듭 주면서 노힐부득을 여자의 출산과 출산 후의 목욕의 장으로 인도한 것이다. 그것은 남자에게 전혀 예기치 못했던 두려움과 감동을 주었다. 그 느낌은 목욕물이 찬란한 금빛으로 변하는 기적을 불러왔다. 노힐부득의 성불은 여인의 출산과 출산한 여성과의 목욕 덕이었다 해도 과언은 아니다. 목욕통 물이 금빛으로 변했다는 것은, 출산 과정에서 여인이 흘리는 피가 금과 같이 귀하고 위대하다는 메시지를 담고 있다고

도 할 수 있겠다. 아기를 낳고 금빛 피를 흘리는 여성상. 그 금빛 피로써 한 남자를 성불시키는 여성상. 여기서 우리 문화가 만들어낸 찬란한 관음보살상을 발견할 수 있는 것이다.

(4) 해탈의 풍경

<신선이 된 남추>(국역 학산한언1, 140면)에서 남추는 30세에 죽는데 관 속의 시신도 사라진다.

넓은 바다에서 배 지나간 자취 찾기 어렵고　滄海難尋舟去迹
푸른 산에서 학 날아간 흔적 보기 어렵네　　青山不見鶴飛痕[96]

이렇게 남추는 사람이 죽어서 스스로 흔적 남기지 않는 것을 넓은 바다를 지나가는 배나 푸른 산 위로 날아가는 학이 흔적을 남기지 않는 것에 비유했다. 자기의 죽음을 엄연한 자연현상과 동일시하여 물끄러미 바라보기만 하는 태도는 죽음을 앞두고 흔들리는 보통 사람들에게 공경하여 받들 만할 범례가 될 수 있다.

어떻게 이런 경지가 가능했을까? <❸⑤ 불목하니의 해탈>과 <❸⑩ 문유채가 출가하여 벽곡하다>는 일정한 수행과 절실한 경험이 그런 경지가 가능하게 함을 보여준다. <❸⑤ 불목하니의 해탈>에서 불목하니는 어떻게 수양하면 득도하느냐는 질문에 이렇게 대답한다.

"내가 수련한 것은 바로 금을 연단하는 방법이니라. 단이 이루어지

96　『국역 학산한언』 1, 141면.

게 되면 절로 이런 광경이 펼쳐지지. 내가 죽더라도 참으로 죽는 것은 아니란다. 전신이 오래도록 우주 사이에 머물며, 다시는 생사의 윤회를 할 걱정이 없는 것이다."[97]

연단법 수련이 무르익으면 그런 경지가 나타난다는 것이다. 그 경지는 불교 수행의 결과와 큰 차이가 없다. '죽는 것이 진짜 죽는 것이 아니다'는 것, '생사 윤회의 고통을 겪지 않는다'는 것 등에서다. <❸⑩ 문유채가 출가하여 벽곡하다>에서 문유채(文有采)는 벽곡법(辟穀法) 수행법을 소개한다. 거기다 그의 뼈아픈 속세 경험을 소개한다. 그가 부친상을 당해 삼 년간 여묘 살이를 할 때 아내 황씨가 외간 남자와 사통하여 딸을 낳아 살았다. 황씨를 쫓아내었는데 황씨 친가 가족들은 그가 그녀를 죽였다고 관가에 무고한 것이었다. 문유채는 7년간 감옥생활을 했다. 결국 황씨가 잡혀 진실이 밝혀졌다. 문유채는 출가하여 산사에서 수행을 시작한다. 서술자도 문유채가 '크게 쉬는 곳'으로 갔다고 설명한다. 이렇듯 해탈하기까지의 수행법과 속세에서의 특별한 경험 등을 긴밀하게 연결시켰다는 점에서 야담 해탈성불담의 특별한 국면을 볼 수 있다.

이들 해탈성불담에서 가장 인상적인 대목은 해탈이나 시해 순간을 특별한 풍경으로 보여주는 것이다.

죽는다고 한 때가 되자 그 승려는 목욕을 하고 편안히 앉아서 입적하였다. 그날 밤은 온 골짜기가 마치 대낮처럼 환하게 밝았다. 다비를 하자 무수한 사리가 나왔는데, 부도를 만들어 모셨다고 한다.[98]

---

97 『국역 학산한언』 1, 122면.
98 『국역 학산한언』 1, 123면.

"방에 혼자 있던 문생이 하루는 여러 스님들에게 가까이 오지 말라고 했다오. 한밤에 집의 벽이 떨며 갈라지는 벼락같은 소리가 들리자 실내는 대낮처럼 밝아졌고 그 빛이 큰 방까지 퍼졌소. 스님들이 모두 놀라서 나가 보니 문생의 눈은 이미 감겨 있었다오."[99]

마을 앞에서 밭을 매던 사람들이 공중에서 하늘나라의 음악소리가 명랑하게 울려 퍼지는 것을 듣고 고개를 들어보니, 남추가 구름속에서 백마를 타고 천천히 가다가 한참 뒤에는 보이지 않는 것이었다. 그로부터 3년이 될 때까지는 공중에서 집안사람들에게 보내는 편지가 쌓였다. 3년이 지난 뒤에는 더 이상 편지가 오지 않았다.[100]

이런 풍경은 천국이나 극락의 풍경과 함께 죽음명상에 구체적 감각과 실감을 제공할 수 있다.

고승과 도인의 해탈성불담은 『삼국유사』에서부터 고려와 조선시대 불교설화, 선어록 등에 두루 실려 있으며 최근세 구비설화나 선승들의 일화에서도 찾을 수 있다. 특히 『삼국유사』에서는 평민이거나 천민인 광덕·엄장, 노힐부득·달달박박, 욱면비, 관기·도성 등의 해탈 모습이 생생하다. 그것은 고승들의 경우와 분명하게 구분된다. 가령 광덕이 해탈할 때는 하늘로부터 음악소리가 들려오고 하늘의 빛이 땅에 드리워진다. 해탈장면에서 형상성이 강조되는 것이다. 물건이나 물질을 매개로 하면서 눈길을 강렬하게 끌기도 한다. 달달박박이 발견한 것도 금빛 미륵존상이 되어 연화대에 앉아 빛을 내고 있는 노힐부득의 형상이었다. 달달박박도 그

---

99   이강옥 역, 『청구야담』 상, 801면.
100 『국역 학산한언』 1, 141~142면.

물에 목욕하고는 무량수불이 되어 찬란한 빛을 내었다.[101]

　염불 수행을 하던 욱면비가 승천하는 장면도 매우 인상적으로 형상화된다. 절 마당에서 염불하는 욱면비는 공중의 '하늘 소리'에 의해 대웅전 안으로 들어가게 되고 서쪽으로부터 들려오는 '하늘 음악소리'를 신호로 하여 지붕 용마루를 뚫고 승천한다. 그녀는 연대에 잠시 앉아 진신의 모습을 보여주며 빛을 발산했다 하니 그 자리에서 성불했다고 할 수 있다. 이와 같은 욱면비의 승천이야말로 그 어느 고승들의 득도나 해탈 모습보다 찬란하고 강렬한 인상을 준다.

　해탈 순간의 이런 형상과 소리는 보고 듣는 이로 하여금 세속적 감각을 넘어서 한 차원 더 고결한 감각으로 나아간 듯 느끼게 한다. 거기서 위대한 죽음에 대한 희망과 동경을 불러일으킬 수 있을 것이다.

101　이는 중생의 현신성불(現身成佛)에 해당하는데, 이에 대해서는 그 당시 신라의 밀교 사상과 관련이 있을 것이라고 추정된다. 즉 신라 승려 明曉가 당나라로부터 밀교 계통 경전인 『不空羂索陀羅尼經』의 일부를 번역하여 갖고 왔는데, 이 경전은 중생이 度脫할 때 관음보살이 나투어 도와준다 하였다. 그런데 그때 관음보살은 불신을 그대로 나투지 않고 중생의 모습으로 나툰다 하니 노힐부득의 성불을 도와주는 관음보살이 이런 양상에 가깝다는 것이다.(서윤길, 「신라 現身成佛의 밀교적 영향」, 『불교학보』 42, 동국대학교 불교문화연구원, 2005, 14면)

4. 이승에 머문 혼령의 문제 해결 – 이승혼령담

읽기 **이승혼령담**

❹① 수령이 안가安家에서 죽은 아버지를 뵙다

황간의 선비 박회장(朴晦章)은 우암 송시열의 문인이다. 그는 스승의 원통함을 상소했다가 벽동군으로 귀양을 갔고 경신대출척 이후 사면을 받아 다시 돌아왔다. 나(『천예록』의 편찬자 임방(任埅))와 친하게 지냈다. 한번은 벽동군에 귀양가 있을 때의 이야기를 나(임방)에게 들려주었다.

나(박회장)는 그곳의 수령과 친했는데, 수령은 무인(武人)으로 지금 그의 이름은 잊었어. 하루는 그와 마주 앉아 한가롭게 대화를 하고 있었지. 그런데 한 이방이 들어와 고하기를 '안명로가 유배에 처해져 곧 이곳으로 정배된다.'고 하는 것이었어. 그러자 수령이 이런 말을 하더군

"이 사람의 집안에서 대단히 괴상한 일이 일어났지요. 인간 세상에서는 없는 일이..."

그래서 내가 물었지.

"도대체 무슨 일이기에?"

"우리 집과 안씨 집은 담장을 마주한 이웃으로 살고 있었지요. 그래서 명로하고만 친한 게 아니라 그 아버지까지 잘 알고 있었답니다. 그의 아버지는 세상을 떠난 지 이미 오래된 때였지요. 명로와 항상 왕래하던 사이였기에 그날도 명로를 만나 이야기를 하고 있었지요. 그런데 마침 명로가 일이 있어서 집안으로 잠시 들어가게 됐고, 나는 혼자 바깥채에 앉아 있었답니다. 그런 중에 홀연 큰 발막(상층 계급의 부

유한 노인이 신던 마른신)을 끌며 오는 소리가 밖에서 들려오지 않겠습니까? 내가 있는 방 앞에 도착하더니 손으로 창문을 밀치고 얼굴을 들이밀며,

"내 아이가 여기에 있는가?"

라고 하면서 방안을 한참 둘러 보더니 명로가 없자, 곧장 다시 문을 닫고 발막을 끌며 안으로 들어가는 거예요. 얼굴을 보아하니 틀림없는 명로의 아버지였지요. 그러자 나는 모골이 송연해지더군요. 혼자 생각했지요. '심신이 피곤해서 환영이 보이는 걸까? 이 같은 귀신이 보인단 말인가?' 거의 마음을 진정시킬 수 없는 상황이었지요. 조금 뒤에 명로가 나와서는 새파랗게 질려 있는 내 얼굴을 보더니 웃더군요.

"자네 내 아버님을 뵈었는가?"

"그렇다네. 도대체 어찌된 일인가?"

그랬더니 그가 말하더군요.

"놀라지 말게나. 이는 우리 집에서 늘상 있는 일일세. 아버님이 돌아가시고 나서도 이처럼 자주 왕림하신다네. 어떤 땐 매일 오시기도 하고 달마다 나타나시기도 하지. 찾아오시는 정도가 일정치는 않으나, 다만 밤에는 오지 않으시고 낮에만 나타나시지. 말씀과 행동은 평소 때와 똑같아 집안사람들은 이상하게 생각하지 않는다네. 그런데 다른 사람이 갑자기 보게 되어 황당해 하는 것도 당연하지..."

이 말을 듣고 나는 물었지.

"이야기가 어찌 그리도 황당하단 말인가?"

그러자 고을 원은 정색을 하더군.

"당신은 무슨 이유로 안씨 집의 일을 가지고 사람을 상대로 공연히 허튼소리를 지어낸다고 생각하십니까? 내가 거짓말을 만들어내는 자

가 아니거늘, 어째서 의심을 두십니까?"

나는 고을 원이 아주 정직하고 믿음이 있는 사람임을 알기에 이 말을 믿고 전하는 것이라네. 그의 말은 정녕 거짓말이 아니었다네.

이런 내용이었다.

—임방 저, 정환국 역, 『교감역주 천예록』, 성균관대학교 출판부, 2005, 312면.

죽은 아버지가 밤이 아닌 낮 동안에 찾아와 산 사람과 대화도 나눈다는 안씨 집안 이야기이다. 이야기 속 박회장은 이 이야기 속 사건이 실제 일어난 것이라 인정해야 한다고 주장했다. 그런데 이 이야기가 실려 있는 『천예록』을 편찬한 임방은 이런 견해를 덧붙였다.

"사람이 죽어 귀신이 되어 밤에 나타난다는 것도 있을 수 없는 일인데, 하물며 대낮에 나타난단 말인가? … 하물며 안씨 집의 죽은 아버지가 매일 집으로 찾아온단 말인가? 아! 세상이 후대로 내려올수록 풍속이 말단으로 흘러 인도(人道)가 혼란에 빠지니 신도(神道)도 이러한 것이 아니겠는가? 이는 일상적인 이치가 아닌 것이다. 예로부터 들은 바가 없는 일인 만큼, 이 일은 변괴로 돌릴 수밖에!"

이렇게 한 사례를 두고 사대부들 사이에도 의견이 분분했다. 형체를 드러내고 소리를 내는 혼령을 인정하는 것도 쉽지 않은데 밤이 아닌 대낮에 나타났기에 더 큰 당혹감을 불러 일으켰을 것이다. '대낮의 혼령'은 끊임없는 사색과 성찰을 촉구한다는 점에서 죽음명상 텍스트가 된다.

❹② 용천역의 귀신

용천역은 황해도의 길가에 있었다. 연산군 때 홍귀달(洪貴達)이 이곳에서 죽었다. 홍귀달은 자(字)가 겸선(兼善)이다. 뒷날 송일(宋軼)이 중국 사신을 맞이하는 영위사로서 그 역에 묵게 되었다. 송일의 자는 가중(嘉仲)이다. 밤이 되니 차가운 기운이 멀리서부터 가까이 다가오는데 뼛속까지 스며드는 것 같아 견딜 수가 없었다. 그때 갑자기 문 밖에서 소리가 들렸다.

"가중이! 가중이!"

송일은 그 소리를 듣고 그가 홍귀달임을 대답했다.

"겸선 어른이 아니시오?"

"그렇다오!"

송일이 동자를 불러 의자를 마주 놓고 상 아래에서 그에게 읍하고 앉도록 하니, 마치 물체가 의자에 앉는 듯했는데 차가운 기운은 더욱 강해졌다. 홍귀달이 말했다.

"내가 죽을 때 날씨가 매우 추웠는데, 지금껏 한기(寒氣)가 풀리지 않으니 나에게 술을 좀 데워 주시오."

송일이 술 석 잔을 데우도록 명하고, 음식을 갖추어 의자 앞에 차려 놓았다. 한참 있다가 홍귀달이 말했다.

"이제야 한기가 조금 풀렸소. 고맙소. 술을 구해 한기를 풀고자 하여, 사신의 행차가 숙소에 이르기를 매양 기다려 왔소. 이는 내가 고의로 범한 것은 아니오. 영공은 복록이 오래도록 두텁고, 자손들도 매우 번성할 것이니 아무 염려 마시오."

드디어 인사를 하고 떠났다.

그후 송일은 영의정이 되었고 자손들 여럿이 경상(卿相)에 이르렀으니 여성군 송인, 판서 송언신, 참판 송일 등이 모두 그의 후손이다.

예전에 참판 조존세(趙存世)가 선천 수령을 지내고 돌아오는 길에 그 관에서 묵었다. 아직 저물녘이 안 되었는데 방 천장에 있는 조정(藻井, 방 천장 중앙을 꽃 무늬 모양으로 장식하고 네모나게 정방형으로 꾸민 것)이 저절로 열리더니, 어떤 남자가 그 틈으로 얼굴을 내밀고 조존세의 첩을 내려다보면서 "아름답구나, 아름답구나!" 했다. 또 어떤 객이 공사로 인해 이곳에 머물렀는데 가위에 눌려 헛소리를 했다. 곁에 있던 사람이 소리쳐 부르니 깨어났다가 잠시 뒤 다시 가위 눌리며 시중들던 아이에게 말했다.

"너희들은 모두 나가고 내 곁에 가까이 오지 말거라. 내 지금 도적놈을 붙잡아 묶고 죽여야겠다."

모시고 있던 아이들이 모두 나간 뒤 한참 지나 더욱 다급한 소리가 들려왔다. 촛불을 밝히고 들어가 보니 객이 스스로 허리띠를 풀어 자신의 목을 매 거의 죽을 지경이었다. 아이들이 달려들어 간신히 그를 살려냈다. 대개 이 관에는 귀신이 많으니 비단 홍귀달의 혼령뿐만이 아니라고 한다.

—유몽인 지음, 신익철 외 옮김, 『어우야담』, 돌베개, 2006, 232면.

용천역에서 죽은 홍귀달이 한기(寒氣)가 풀리지 않아 그곳을 맴돌고 있다. 뒷날 송일(宋軼)이 용천역에서 하룻밤을 지내게 되었다. 그때 홍귀달의 귀신이 나타나서 한기를 풀기 위한 술을 데워달라 부탁한다. 그때까지 용천역에서 묵었던 관인들은 홍귀달이 나타나면 깜짝 놀라 졸도하여 죽었다. 하지만 송일은 침착하게 말을 잘 들어 주어 홍귀달의 고충을 해소해준다. 그리고 그에 대한 보답으로 앞날을 예언받는다.

이렇듯 귀신이 나타난다면 분명 무슨 이유나 소원이 있게 마련이어, 그 말을 잘 들어주고 그 문제를 잘 해결해주면 일이 다 잘 되게 되어 있다.

아울러 뚜렷한 이유도 없이 혹은 막연한 질투심으로도 귀신이 나타나기도 한다. 이런 이야기들을 통해 일상적으로 살아가면서 일상적 공간에 대해 항상 조심하고 삼가야 한다는 생각을 하게 될 것이다.

❹③ 두 삼촌이 내 몸 속에

나는 중학교 때부터 캐나다로 유학을 떠나 밴쿠버에서 어머니와 같이 살게 되었다. 고등학교를 졸업하고는 동부의 한 유명한 대학에 입학했다. 내가 학교기숙사에 들어가게 되니 어머니께서는 한국으로 다시 돌아가셨다.

그러던 어느 날 나는 갑자기 음식을 마구 먹어 치우기 시작했고 배가 부르면 곧 모든 것을 토하게 되었다. 이런 일이 매일 반복되었다. 소위 거식증에 걸린 것이었다. 평균치의 남자 대학생인 나의 몸무게가 겨우 35키로 정도가 되어 뼈만 남은 해골의 모습이 되었다. 부모님은 나를 서울로 불러들여 나의 거식증을 고치려고 무진 애를 쓰셨다.

그런데 거식증만이 생긴 게 아니라 나의 성격도 폭력적으로 바뀌었다. 나는 어머니를 때리기까지 하여 갈비뼈를 부러뜨리고 얼굴에 큰 상처를 내기까지 했다. 도저히 자식이 하는 행동이라고 상상할 수 없는 일들이었다.

친척들 집에 갈 때는 내가 간다고 미리 알려서 먹을 것이 눈에 띄지 않게 숨겨달라고 부탁을 해야 했다. 아귀처럼 먹고 난 후 모두 토해내는 나의 행동이 몇 달간 이어지면서 가족들의 생활도 다 허물어졌다.

그러다가 외할머니의 기일이 되어 외할머니께서 생전에 열심히 다니시던 절에 갔다. 함께 갔던 외삼촌이 스님께 나의 사연을 말씀드렸다. 스님께서 뭔가를 알아차리신 것인지 또 다른 절의 스님을 소개하면서 찾아 가보라고 하셨다. 어머니랑 함께 그 절의 스님께 갔더니 그 스님은 내 몸 속에 삼촌 둘의 혼이 들어있다고 했다. 한 삼촌은 선량하고 부드러운 분이고 다른 삼촌은 약간 성질이 있었던 분인데, 이 두 분이 내 몸 속에서 서로 싸우느라고 내가 게걸스럽게 먹고 또 다

토해내고 폭력을 휘두른다고 했다. 두 삼촌의 혼을 내 몸에서 떼어내어 저승으로 제대로 보내드려야 내가 정상인으로 살아갈 수 있을 거라고 말씀하셨다. 어머니는 나의 삼촌이 한 분밖에 없었다고 알고 있었는데 과연 돌아와서 할머니께 확인해보니 돌아가신 삼촌이 한 분이 더 있었다.

그 후 나는 그 스님의 절에서 몇 달을 지냈다. 스님이 두 삼촌의 혼을 보내드리기 위해 어떤 기도를 하셨는지는 잘 모른다. 서서히 내 거식증이 약해지고 폭력적인 성격도 사라져갔다. 몸도 예전의 모습이 되어 20대 중반의 젊은이가 되었다. 나는 다시 캐나다 동부의 대학으로 가서 중단했던 학업을 마치고 서울로 돌아왔다.

그 사이 결혼하여 아들을 하나 두었다. 지금은 대기업의 과장으로 행복한 가장을 잘 꾸려가고 있다.

—영남대학교 익명 명예교수의 구연(2020.04.22.)을 재진술함.

자기 몸으로부터 빠져나온 혼이 있다면 응당 그것이 깃들어야 할 새로운 자기 자리도 있어야 할 것이다. 혼이 새로운 자기 자리를 얻지 못한다면 자기 자리가 아닌 다른 자리에 깃들어야 한다. '이승혼령담'에 등장하는 대부분 혼은 이처럼 제 자리를 얻지 못한 경우이다.

엉뚱한 자리에 깃든 혼은 그 자리의 주인과 조화를 이루지 못한다. 엉뚱한 곳에 깃든 혼은 대체로 그 자리의 주인에게 불편하고 불행한 상황을 초래하는 것으로 서술된다. 위 이야기의 주인공에게 나타난 거식증과 폭력적 행동 등이 그런 상황이다. 조카의 몸 속에 깃든 두 삼촌의 혼은 먼저 서로 다투게 되고 그것이 몸의 주인인 조카의 일상적 질서까지 파괴했다. 결국 조카의 몸에서 혼들을 떼어내어 응당 가야 할 곳으로 보내줌으로써 조카의 일상도 회복되었다.

이렇듯 '이승의 혼'은 사후에 제 자리를 찾아가지 못한 혼을 뜻하며, 많은 경우 갖가지 해악과 불행을 불러일으킨다. 사람의 몸이 죽어 혼이 이탈한다면 이승의 어떤 것에도 집착하지 말고 제 자리가 있는 그곳으로 나아가야 한다는 식으로 생각하는 것이 바람직할 것 같다. 이 이야기는 실존하는 인물의 경험담이다. 이런 경험담을 감상하면서 스스로가 혼이 되었을 때 어떻게 하리라고 자기 암시를 해두는 것은 자기 혼이 새로운 자기 자리로 가는 길을 찾는데 필요할지도 모르겠다.

❹④ 죽은 뒤에 쓴 김용의 시

음성 사람 김용(金容)은 갑오년(1594년)에 관직을 구하느라 한양 나그네 생활을 하다가 역질에 걸려 죽었다. 굶주린 자가 그의 시신을 훔쳐다가 구워 먹었다. 그 후 표제(表弟) 김계문이 장원 급제를 했다. 김계문은 김충의 손자다. 김계문 또한 역질에 걸려 죽을 지경에 이르렀다. 얼핏 잠이 들었는데, 꿈에 김용이 그의 곁에 앉아서 시를 지어 주었다.

수풀에 던져진 해골 자취 또한 묻혔는데	骸棲林莽迹還沒
혼은 구름 안개 따라 끊어졌다 이어지네	魂逐雲烟斷復連
고달픈 삶에서 차질과 굴욕도 많았지만	役役生前多謬辱
죽은 뒤 이 몸의 애달픔 가장 견디기 가장 어렵네	哀哀身後最堪憐

그리고는 "너는 오늘 소생할 것이다"라고 김계문에게 말해주었다. 김계문이 꿈에서 깨어나자 열이 내려 살아났다. 김용은 생전에 글을 조금 지을 줄 알았지만 그다지 잘 하지는 못했다. 그가 귀신이 되어 지은 시는 구슬프고 애절하여 생전의 것보다 낫다.

—유몽인 지음, 신익철 외 옮김, 『어우야담』, 돌베개, 2006, 239면.

김용(金容)은 서울로 올라와 벼슬을 구하다가 역질에 걸려 죽는다. 더 안타까운 일은 굶주린 자가 김용의 시신을 구워서 먹었다는 것이다. 그 뒤 사촌 동생인 김계문(金繼文)은 장원 급제를 한다. 이승에서의 삶이 너무나 다르다. 그러나 김계문 역시 역질에 걸려 죽을 지경에 이르렀으니 이제 형편이 근접했다. 김계문이 얼핏 잠이 들어 꿈을 꾸었는데 김용이 시를 지어준다.

불행한 삶을 살다 죽어서 더 불행해진 김용은 그 경험을 시로 표현함으로써 사촌 동생에게 희망을 안겼고 스스로도 시명(詩名)을 얻었다. 혼령이 자기 불행을 근간으로 사촌 동생을 치유해주었을 뿐만 아니라 자기 한을 시적으로 승화시켰다고 할 수 있다.

❹⑤ 아들 찾아온 안규의 혼령

승지를 지낸 안규(安圭)는 중국에서 사신이 왔을 때 연위사(延慰使, 중국 사신을 접대하던 관리)가 되어 봉산에 이르렀지만 병을 얻어 죽고 말았다. 그의 맏아들 안중필도 연위사가 되었지만 아버지가 돌아가신 곳을 차마 다시 밟을 수 없다고 상소를 올려 교체되었다. 판서를 지낸 이병상이 그 대신 출발해서 봉산의 객관에 이르렀다. 곧 날이 저물어서 잠자리에 들어 잠을 청하였다. 미처 잠이 들기 전인데 문밖에서 신발 끄는 소리가 들려왔다. 털모자에 해진 옷을 입은 관인이 방문을 열고 눈여겨 살펴보더니,

"이 사람이 아니군."

하며 방문을 닫고 사라졌다. 이병상이 괴이하게 여겨 즉시 관리와 통인을 불러 자신이 본 사람에 대해 물으니 모두들 말하였다.

"이곳은 날이 저물어 어두워지거나 음산하게 비가 내릴 때면 승지 영감의 혼령이 털모자에 해진 옷차림으로 아무 때나 거리낌 없이 출몰한답니다."

아마 안규의 혼령이 자기 아들이 오게 되었다는 말을 듣고 와서 보고자 하였으나, 이병상을 발견하고는 몹시 놀라 사라졌을 것이다. 이는 안규의 혼령이 객관에 머물면서 미처 돌아가지 못하였다는 것을 말한다.

—신돈복 지음, 김동욱 옮김, 『국역 학산한언』 2, 보고사, 2007, 116면.

자식을 비롯한 가족과 함께 더 오래 살지 못하고 객지에 죽은 것을 안타까워한 안규의 혼이 귀신의 모습으로 그곳에 머문다. 가족 간 사랑이 얼마나 끈질기고 소중한 것인가를 생각하게 한다. 아들을 만나고자 하는 아버지의 정이 삶과 죽음의 경계까지 넘게 했다는 것은 살아가면서 거듭 떠올려야 할 화제다.

❹⑥ 권정읍이 무당에게 내려 사랑을 이야기하다

순창 기생 분영(粉英)는 70여 세였다. 의녀(醫女)로 일하다 늙어서 고향으로 물러나 있었다. 늙었지만 자태가 풍만했고 얼굴에 윤기가 있었으며 말하고 웃는 것에 여유가 있고 품격이 있었다. 고을 사또가 노래를 부르게 하니 맑고 깨끗하며 태연하고 유연하여 늙은이의 목소리라 믿기가 어려웠다. 고을 사또가 물었다.

"내 들으니 기생들은 다들 정인(情人)이 있어 죽을 때까지 잊지 못한다던데 정말 그러한가?"

"그러하옵니다. 소인도 평생 잊지 못하는 서방님이 계시지요."

"그게 누군가?"

"정읍(井邑) 현감을 지내고 안국동(安國洞)에 사셨던 권익홍(權益興) 어른입니다. 권공은 키가 크고 마른 편이었지요. 술을 무척 좋아하셨고 풍모나 말재주가 사람을 그리 움직일 수 있을 정도는 아닌 분이었지요. 우연히 소인을 사랑하게 되면서 정을 두텁게 주셨지만 잠자리를 함께 할 때는 특별히 친근하달 것도 없었어요. 괴이한 것은 우리가 하루라도 동침하지 않을 수 없었다는 것입니다. 하루라도 서로 보지 않으면 마음이 어수선하고 즐겁지 않았으니 서로 사랑하는 정이 어느 정도인가 짐작할 수 있지요.

공께서 돌아가시자 저는 세상 재미를 잃고 더 이상 살아갈 수가 없을 것만 같았습니다. 비록 평소처럼 가무와 풍류의 자리에도 억지로 따라가기는 했지만 제 마음은 이미 식은 재처럼 싸늘해져 있었습니다. 귀하신 재상 나리님들과 부잣집 어르신들이 온갖 치장을 다 갖추고서 번갈아 저를 즐겁게 해주시려 했지만 어떤 것에도 도무지 마음이 일어나지 않았지요. 날이 가고 달이 가도 내 일념은 오직 권공만을 향했지요. 달을 보아도 생각하고 술을 마주해도 생각하며 걷잡을 수 없는 눈물을 얼마나 흘렸는지 모르겠습니다. 매번 눈물을 흘리며 간절히 슬퍼할 때면 반드시 꿈에 나타나시기도 했지요.

일찍이 서소문 밖 무너진 다리 옆에서 한 선비를 만나 노래 두세 곡을 불렀습니다. 그리고는 함께 그 댁으로 가보니 집주인은 없고 여종이 사랑채로 맞이하여 불을 켜주고 기다리게 했지요. 제가 너무 피곤하여 옆에 있던 침구에 누우려 하는데 홀연 어두워졌습니다. 이윽고 권공이 모관(毛冠)을 쓰고 다 떨어진 옷을 입고 큰 신을 끌고서 문을 열고 들어왔습니다. 저의 등을 어루만지며 이렇게 말씀하셨지요.

'네가 왔구나.'

제가 안부를 물으니 평소처럼 흐뭇해하셨지요. 권공께서는 초상 발인 때의 일들을 꽤나 길게 말씀해주셨지요. 또 말씀하셨습니다.

'네가 나에 대한 일념을 저버리지 않은 걸 내 다 안다. 내 마음속으로 매우 감동했단다.'

그리고는 오랫동안 처연하게 있다가 시신에서 심한 냄새가 나는 것 같아 여쭈었지요.

'공의 체취가 어찌 이러하나요?'

'죽은 지 오래된 사람인데 어찌 안 그럴 수 있겠나?'

이 이외에도 이야기가 자못 많았지만 다 기억하지 못합니다. 한참 뒤 권공이 깜짝 놀라 벌떡 일어나며 말씀하셨죠.

'말을 그쳐봐! 조용히 해봐!'

귀를 기울여 들으시다가 유연히 일어나며 말씀하셨어요.

'닭이 울어서 나는 가야 하네.'

두 손에 신발 한 짝씩 들고서 빠르게 달려 나갔습니다. 저도 치마를 걷어 올리고 뒤를 따라갔는데 곧바로 대문 밖으로 나가시는 모습이 꼭 나는 듯하였습니다. 큰길에 이르자 모습이 가물가물해졌는데 갑자기 공중으로 솟아오르더니 학처럼 날아서 점차 아득해지고 곧 보이지가 않았습니다.

저는 저도 모르게 실성통곡했는데 한참 뒤 놀라 깨어보니 꿈이었습니다.

저는 처량하게 울다 목이 메어 일어나 앉으니 등불은 이미 꺼졌고 같이 갔던 사람들은 모두 다 돌아가고 아무도 없었습니다. 주인 역시 돌아오지 않았더군요. 바람이 창틀 틈 사이로 불어오는데 텅 빈 방은 적막하기만 했습니다. 뭇 새들이 어지럽게 우짖는 소리만 들려올 뿐이었습니다. 앉아서 울고 있으니 어느새 날이 샜지요. 걸으면서도 통곡하며 집으로 돌아왔습니다.

그 뒤 남대문 안으로 이사를 했는데 남별궁(南別宮)에서 큰 굿을 한다는 소문을 들었지요. 여염집 부녀자 중에서 구경 간 사람만도 천여 명이라 되었습니다. 저도 여염집 여자처럼 꾸미고 한 여종을 데리고 갔어요. 무당이 꽃을 흔들고 요령을 울리며 빙글빙글 돌고 훌쩍훌쩍 뛰며 춤을 추었습니다. 그러다 갑자기 천여 명 사이를 헤치고 곧바로 저에게 다가와서는 두 손을 마주 잡고서 눈을 부릅뜨고 바라보며 어지럽게 말을 하였습니다.

'너 분영이 아니냐?'

저는 크게 놀랄 뿐 그 영문을 알지 못했습니다. 한참 뒤 무당이 말했습니다.

'나 권 정읍이야. 네가 어떻게 여기까지 왔어? 내 평생 술 좋아하는 건 너도 알지? 왜 나에게 술 한 잔 권하지 않아?'

굿을 주관하는 사람을 찾아가 물어보고서야 그 굿이 권 정읍의 동생 권익륭(權益隆) 댁에서 차린 것임을 알게 되었습니다. 제가 여염집 여자처럼 차리고 왔는데도 무당이 이처럼 알아보니 놀랍고 괴이했지만 그 굿판이 권공을 위한 것임을 알고 나니 그런 마음은 눈같이 사라지고 슬픈 감회가 구름처럼 일어났습니다. 다시 앞으로 나아가 무당을 잡고 한 번 통곡했다가 땅에 엎드려 머리를 조아리니 구경하던 사람들이 모두 다 깜짝 놀랐습니다. 이윽고 제가 자리에 있던 여종을 돌아보고서 몇 꾸러미 엽전을 꺼내어주며 홍로주(紅露酒)를 사오게 하였습니다. 홍로주 술맛은 매우면서도 조화롭고 맑지요. 술을 깨끗한 그릇에 가득 채웠습니다. 또 돼지 머리를 사오게 하여 그 가운데에 칼을 꽂아서 술과 함께 쟁반에 담아 가운데 자리에 올렸습니다.

무당은 옷을 갈아입고 꽃을 흔들며 저에게로 다가와서 울기도 하고 웃기도 하며 온갖 이야기를 다 들려주었습니다. 옛날 있었던 일들을 다 말하는데 조금도 틀리지 않더군요. 완연히 권공이 다시 살아온 듯하였습니다.

한마디 들을 때마다 제가 통곡하니 옆에서 듣던 사람들이 다들 몹시 비통해하며 눈물을 흘렸습니다.

저녁이 되어서야 굿이 끝나 돌아왔습니다. 저는 마음과 정신에 주인이 없어진 듯 슬픔과 애달픔만이 가슴에 가득 차서 당장 자결하고 권공을 따라가고만 싶었습니다.

이날 밤은 달이 밝았습니다. 어두커니 앉아 그 달을 바라보며 가슴을 치고 크게 통곡하였습니다. 오열하고 목이 메고 통곡하다 그치고 그쳤다가 또 다시 통곡하니 두 눈이 퉁퉁 부었습니다.

다음 날 저녁, 잠을 청하고 있었지만 아직 잠들지 못할 무렵 권공이 관복을 차려 입고 엄연히 문을 열고 들어와 앉아 있는 것이 보였습니다. 저는 그것이 권공의 정령(精靈)인 줄 알았지만 기쁨을 이길 수 없어 털끝만큼도 두려워하지 않았습니다. 잠자리로 들어가 동침을 하니 예전의 느낌과 똑같았지요. 이렇게 왕래하기를 몇 년간 하였는데 그간의 이야기는 신령스럽고 괴이한 것이 매우 많지만 다 말씀드릴 수가 없네요.

그 뒤에 제가 세력 있는 댁으로 들어가게 된 뒤부터는 더 이상 왕래하지 않으셨지요. 꿈에 나타나는 일도 드물어졌답니다.

— 신돈복 지음, 김동욱 옮김, 『국역 학산한언』 2, 보고사, 2007, 93면.

권익흥은 분영을 너무나 사랑했던 나머지 죽은 뒤에도 찾아와 생시와 다를 바 없는 사랑을 나누다 자신의 대상 날에 떠나간다. 간절한 사랑이 혼을 이 세상에 머물게도 한 것이다. 이에 대해 편찬자 신돈복 자기 생각을 진지하게 진술한다.

"무릇 사람의 마음에 맺힌 것이 있으면 비록 죽더라도 오히려 흩어지지 않다가 생각하는 것이 절실하고 지극하면 또한 감응하는 바가 있게 된다… 이 이야기는 남녀간의 사랑이 죽고 사는 것에 얽힌 것이니 본디 기록할 만한 것이 못된다. 그러나 이 이야기에서 저승과 이승의 이치가 사라질 수 없다는 것을 충분히 볼 수 있다. 닭이 울게 되면 이미 환하게 밝은 이승의 세계에 속하게 된다. 귀신은 어두운 곳에 처하며 밝은 곳을 등지므로 닭이 우는 소리를 들으면 놀라는 것이 마땅하다. 제사를 지낼 때는 한밤중 자정이 되어 닭이 아직 울기 전에 지내는 것이 옳다."

신돈복은 남녀 간 사랑이 이승과 저승의 경계를 넘게 한다는 현상보다는 닭이 울어 날이 밝아지면 이승의 세계가 되어 귀신이 물러간다는 질서를 읽어냈다. 사랑이 이승 저승의 질서를 흩트리는 것보다는 이승 저승 질서가 유지되는 것을 더 바람직한 현상으로 본 것이다.

이에 대해 우리도 다양한 각도에서 죽음 뒤의 삶과 사랑을 성찰할 수 있을 것이다.

❹⑦ 하늘에서 귤 세 개를 던져주는 혼

좌랑(佐郞) 이경류(李慶流)[102]는 병조좌랑(兵曹佐郞)으로 임진왜란을 맞았다. 그 둘째 형은 붓을 던지고 무관직을 얻었다. 조방장(助防將) 변기(邊璣)가 출전하자 이경류의 둘째 형을 종사관으로 삼는 임금의 재가가 내렸지만 이름을 '이경류'로 잘못 썼다. 둘째 형이 말했다.

"너의 이름으로 잘못 썼기는 했지만 임금께서 나를 재가했기에 내가 가야 한다."

그러자 공이 말했다.

"이미 저의 이름으로 재가가 내려졌으니 마땅히 제가 가야 합니다."

그리고는 군장을 꾸려 모친께 작별인사를 드리고 창황이 진으로 나아갔다.

변기는 영남우도에 출전하여 크게 패하고 도망쳤다. 진중에 큰 혼란이 일어났다. 공은 순변사(巡邊使) 이일(李鎰)이 상주에 있다는 소식을 듣고 말을 타고 달려가서 윤섬(尹暹), 박지(朴篪) 공과 같은 막하에 들어갔다. 전투가 또 불리하여 진이 무너지고 윤 박 양공이 모두 전

---

102 이경류(李慶流) : 1564년(명종 19)~1592년(선조 25). 조선 중기의 문신. 본관은 한산(韓山). 1591년(선조 24) 식년문과에 을과로 급제, 전적을 거쳐 예조좌랑이 되었다. 임진왜란이 발발하자 병조좌랑으로 출전하여 상주에서 상주판관 권길(權吉)과 함께 전사하였다. 상주의 충신의사단(忠臣義士壇)에 제향되었다.

사했다.

공이 진 밖으로 나가려 하니 종이 말을 잡고 기다리고 있다가 울며 말했다.

"일이 이미 이 지경에 이르렀으니 제발 속히 서울로 돌아가는 것이 좋겠습니다."

공이 웃으며 말했다.

"나랏일이 이렇게 되었는데 내 어찌 구차히 살기를 바라겠느냐?"

그리고는 붓을 꺼내 노친과 백씨에게 영결하는 편지를 써서 도포 자락 속에 넣어서 종에게 전하게 하고 다시 적진으로 나아가려 하였다. 종이 끌어안고 계속 울었다.

공이 말했다.

"너의 정성이 아름답구나. 내 너의 말을 들으마. 배가 매우 고프니 밥이나 좀 얻어 오너라."

종은 그 말을 믿어 의심하지 않았다. 종이 민가를 찾아가 밥을 구해 오니 공은 이미 없었다.

종이 적진을 바라보며 통곡하고는 돌아갔다. 공은 밥을 핑계 삼아 종을 따돌리고는 몸을 돌려 적진으로 다시 달려가 맨손으로 사람을 쳐 죽이다가 전사했다. 그때가 향년 24살 4월 24일이었고 그곳은 상주 북문 밖 들판이었다.

종이 말을 끌고 돌아오니 온 집안사람들이 비로소 흉보를 들었다. 편지를 쓴 날을 기일로 삼아 초상을 치렀다. 그 종은 스스로 목을 베어 죽었고, 말도 먹지 않고 굶어 죽었다. 남긴 옷과 관으로 염을 하고 입관하여 광주(廣州) 돌마면(突馬面) 선영 왼편 기슭에다 무덤을 만들었고 그 아래에다 종과 말의 무덤을 만들어주었다.

상주 사람들은 제단을 설치하여 제사를 지내주었고 조정은 도승지(都承旨)의 벼슬을 추층하였다. 을묘년 정조 임금께서 친필로 충신의사단(忠臣義士壇)을 써주시고 북평(北坪)에 누각을 세워서는 삼종사와 함께 배향하여 봄과 가을에 제사를 지내도록 하였다.

공은 죽은 뒤 밤마다 집으로 왔다. 목소리나 웃는 모습이 살아있을 때와 똑같았다. 부인 조씨와 수작하는 것도 옛날과 다르지 않았다. 음식을 내어주면 보통 때와 같이 마시고 씹었는데 나중에 보면 음식은 그대로였다. 매일 어두워지면 왔다가 닭이 울면 즉시 문밖으로 나가 떠났다.

부인이 물었다.

"공의 유해는 어디에 계신지요? 그곳을 알면 옮겨와 장사를 지내드리지요."

그러자 공이 근심 어린 낯빛으로 말했다.

"허다한 백골이 쌓인 가운데서 어떻게 분간할 수 있겠소? 그대로 두는 게 나아요. 또 나의 백골이 묻혀 있는 곳이 해로운 곳도 아니라오."

그 외 집안일을 처리하는 것이 평시와 똑같았다. 소상 뒤에는 격일로 내려오더니 대상 일이 되자 작별 인사를 하였다.

"오늘 이후로 난 오지 않을 거라오."

그때 아들 제(穧)는 겨우 4살이었다. 공이 어루만지고 탄식하며 말했다.

"이 아이는 반드시 과거에 급제할 거요. 그러나 불행한 일이 있을 것인데 그때 내 다시 오리라."

그리고는 문을 나갔다. 그 뒤로 다시는 모습이나 그림자가 나타나지 않았다.

그로부터 20여 년 뒤, 광해군 조에 아들 제가 급제하였다. 사당에 알현할 때 공중에서 신은(新恩, 얼마 전 과거에 급제한 사람)은 나아가고 물러가라는 소리가 들려오니 사람들이 모두 기이하게 여겼다.

그 늙은 모친이 병환이 있었다. 때가 5, 6월 사이이고 병환 중이라 목이 말라 시중드는 사람에게 말하였다.

"어떻게 귤을 좀 구해 올 수 없겠느냐? 그것을 먹으면 목 마르는 병이 나을 것도 같은데."

며칠 뒤 공중에서 형님을 부르는 소리가 들려왔다. 백씨가 마당으로 내려가 위를 쳐다보니 공이 운무 가운데서 귤 세 개를 던져주며 말하였다.

"어머니께서 귤을 드시고 싶어 하시기에 제가 동정호로 가서 얻어 왔습니다. 이걸 가져다드리면 병환에 차도가 있을 겁니다."

도암(陶庵)[103]의 신도비명(神道碑銘)에 '공중에서 귤을 던져주니 정신이 황홀하네.'란 구절이 이를 두고 한 말이다.

해마다 기일 제사를 지낼 때 문을 닫으면 언제나 수저 소리가 들려왔다. 종가에서 제사를 지낼 때에는 사람 머리카락이 떡에 들어있었는데 제사가 끝난 뒤 바깥채에서 종을 부르는 소리가 들렸다. 집안사람들이 괴상하게 여겨 들어보니 사랑채에서 소리가 들려왔다. 종이 명을 받들고 들어가니 떡을 찐 여종을 잡아 오게 하여 말했다.

"신도(神道)는 사람의 털을 기피하는데 너는 어찌 살피지 않았느냐? 회초리를 맞아야 하겠도다!"

그리고는 회초리질을 명했다. 그 뒤로 해가 오래되어도 기일만 되면 집안사람들이 감히 소홀히 하지 못했다.

— 이강옥 옮김, 『청구야담』 하, 문학동네, 2019, 208면.

이경류는 임진왜란이 일어나자 무신인 형님을 소환하는 문서에 문신인 자기

---

103 도암(陶庵) : 이재(李縡 : 1680-1746)의 호. 노론(老論)으로서 낙론(洛論)의 대표적 학자임.

이름이 잘못 기입된 것을 확인하지만 형님의 반대를 무릅쓰고 출전한다. 그리고 전사한다.

이른 시기에 죽었기에 그 혼이 차마 떠나가지 못한다. 밤마다 집으로 와서는 부인 조씨와 지내다가 닭이 울고 날이 새면 떠나간다. 집안일도 살아있을 때와 똑같이 처리한다. 이러다가 대상이 지나자 더 이상 오지 않는다고 하면서 다만 아들이 과거에 급제하는 날 오겠다 하였는데 과연 약속을 지켰다. 자식에 대한 사랑이 이렇게 표출됐다. 또 병환에 목이 마른 어머니가 귤을 드시고 싶다 하니 바로 동정호 귤을 가져와 드린다.

이경류의 전사와 기이한 행적은 그 뒤 거듭 화제가 되었다. 그를 두고 의리에 맞는 죽음, 가족 간 도리와 사랑 등에 대해 성찰할 수 있다

(1) 이승에 혼이 머무는 까닭

죽음 과정에서 혼으로부터 분리된 몸은 금방 썩게 되지만 혼은 일정한 기간 동안 유지된다 한다. 짧게는 몸과 분리된 순간 혼이 사라진다고 볼 수 있다. 49일 동안 중음천(中陰天)을 돈다고 보기도 하고 혹은 소상이 치러지기까지 1년, 혹은 대상이 치러지기까지 2년 동안 이승에 머문다고도 한다. 더 강한 혼이나 심각한 문제를 간직한 혼은 더 긴 시간 동안 이승의 특정 공간에 머무는 것으로 인식된다. 이럴 때 다소 불편하고 이상한 상황이 만들어진다.

어떤 혼은 알 수 없는 이유로 어떤 공간에 깃들게 되는데 소위 '귀신'이 된 것이다. <❹① 수령이 안가에서 죽은 아버지를 뵙다>, <귀신이 많은 승정원>(『어우야담』, 254면), <성균관의 귀신>(『어우야담』, 265면) 등이 거기에 해당한다.

<❹① 수령이 안가에서 죽은 아버지를 뵙다>에서 송시열의 문인인 박회장(朴晦章)은 귀양지에서 그곳 수령으로부터 기이한 경험담을 듣는다. 수령은 안명로(安命老)의 이웃에 살았다. 안명로의 아버지는 죽은 지 오래 되었는데 여전히 그 집에서 거처하며 아들을 찾기도 하고 이웃과 이야기를 나누기도 했다는 것이다. 안명로 아버지의 혼이 자기 집에 머무는 이유나 목적은 분명치 않다. 이에 대해 편찬자 임방은 이런 생각을 개진했다.

사람이 죽어 귀신이 되어 밤에 나타난다는 것도 있을 수 없는 일인데, 하물며 대낮에 나타난단 말인가?… 안씨 집의 죽은 아버지가 매일

집으로 찾아온단 말인가? 아! 세상이 후대로 내려올수록 풍속이 말단
으로 흘러 인도(人道)가 혼란에 빠지니 신도(神道)도 이러한 것이 아니
겠는가? 이는 일상적인 이치가 아닌 것이다. 예로부터 들은 바가 없
는 일인 만큼, 이 일은 변괴로 돌릴 수밖에.[104]

임방은 귀신이 뚜렷한 이유도 없이 대낮에 나타나는 것을 용납하기 어
렵다고 보았다. 이에 비해 <❹⑤아들 찾아온 안규의 혼령>은 자식을 보
고자 했다는 이유가 분명하고 또 밤에 출현했기에 특별히 부정적으로 진
술되지 않았다.

<귀신이 많은 승정원>(『어우야담』, 254면), <성균관의 귀신>(『어우야담』, 265면)
등도 이유도 모르게 승정원과 성균관에 귀신이 횡횡한다고 했다. 이런 귀
신들은 산 사람을 불편하게 하지만 파국으로 몰지는 않는다. 반면 <조카
집을 탕진한 안씨 귀신>(『어우야담』, 270면), <기녀 귀신의 빌미>(『어우야담』, 273
면), <여귀가 된 궁녀와 황건중>(『어우야담』, 263) 등에서는 귀신에 홀린 산 사
람이 그 충격으로 죽을 지경에까지 이른다. 이 형국은 산 사람과 유명을
달리하는 귀신은 분리되어 존재해야 한다는 생각을 반영한 것이다. 또 이
런 류의 이야기야말로 죽음과 죽음 뒤 상황에 대해 근거 없는 두려움을
일으켰다고 하겠으며, 역으로 그런 두려움이 이런 이야기에 반영되었다
고도 볼 수 있다.

(2) 혼이 안게 된 문제

이승에 남은 대부분의 혼령은 강렬한 욕망을 가지거나 해결해야 할 문

---

104 『교감역주 천예록』, 314면.

제를 안고 있다. 우선 남녀 간 욕정이나 사랑에 집착한 결과 귀신이 머무른 경우가 많다. <동선관에서 부사가 귀신을 만나다>(『청구야담』 하, 414면)에서 풍채가 좋고 얼굴이 잘 생긴 이병상(李秉常)은 어느 날 잠자리에서 음산한 기운을 느끼는데 곧 마른 나무토막 같은 노파의 시신이 옆에 있는 것을 발견한다. 노파는 죽은 지 3일이 되었는데 문득 시신이 행방불명되었다. 노파는 평소 이병상의 풍채와 얼굴을 보고 흠모했고 죽을 순간에도 일념을 풀지 못했는데 그 욕망이 시신을 움직이게 한 것이었다. <귀신과 정을 나눈 박엽>(『어우야담』, 253면), <아내감을 구하는 귀신>(『어우야담』, 258면) 등에서도 욕정을 가진 귀신이 이승에 머물며 산 사람과 뒤섞여 산다.

<❹⑥ 권정읍이 무당에게 내려 사랑을 이야기하다>는 분영이란 기생을 사랑했던 권익흥이 죽은 뒤에도 찾아와 생시와 다를 바 없는 사랑을 나누다 자신의 대상 날에 떠나간다. 이에 대해 편찬자 신돈복 자기 생각을 진지하게 진술한다.

무릇 사람의 마음에 맺힌 것이 있으면 비록 죽더라도 오히려 흩어지지 않다가 생각하는 것이 절실하고 지극하면 또한 감응하는 바가 있게 된다... 이 이야기는 남녀 간의 사랑이 죽고 사는 것에 얽힌 것이니 본디 기록할 만한 것이 못 된다. 그러나 이 이야기에서 저승과 이승의 이치가 사라질 수 없다는 것을 충분히 볼 수 있다. 닭이 울게 되면 이미 환하게 밝은 이승의 세계에 속하게 된다. 귀신은 어두운 곳에 처하며 밝은 곳을 등지므로 닭이 우는 소리를 들으면 놀라는 것이 마땅하다. 집집마다 제사를 지낼 때는 한밤중 자정이 되어 닭이 아직 울기 전에 지내는 것이 옳다.[105]

---

105 『국역 학산한언』 2, 98~99면.

편찬자 신돈복은 이 이야기를 두고서 남녀 간 사랑이 이승과 저승의 경계를 넘게 한다는 현상보다는 닭이 울어 날이 밝아지면 이승의 세계가 되어 귀신이 물러간다는 질서를 읽어냈다. 사랑이 이승 저승의 질서를 흩트리는 것보다는 이승 저승 질서가 유지되는 것을 더 바람직한 현상으로 본 것이다.

<❹⑦하늘에서 귤 세 개를 던져주는 혼>에서는 임진왜란에 참전하여 전사한 젊은 이경류가 밤마다 부인을 찾아온다. 이경류는 어두워지면 왔다가 밝아지면 사라지기를 반복했다. 말과 행동은 평소와 전혀 다를 바가 없다. 그러다 자신의 대상 날에 작별을 고한다. 대상 날이야말로 이승과 저승의 구분이 분명해지는 시점으로 인식한 것이다. 이경류는 그 뒤로 자신의 기일이나 아들이 급제한 것과 같은 특별한 날에 다시 왔다. 소갈증에 걸린 어머니를 위해 동정의 귤을 가져다주는 효행담과 자기 제사 떡에 머리카락을 떨어뜨린 종에게 회초리질을 하는 기이담이 이어졌다.[106]

(3) 혼의 소원을 풀어주는 사람

그 외 대부분 귀신 야담에서는 귀신이 당면한 문제를 해결하기 위해 산 사람에게 나타난다. <❹②용천역의 귀신>에서는 용천역에서 죽은 홍귀달이 한기(寒氣)가 풀리지 않아 그곳을 맴돈다. 뒷날 송일(宋軼)이 중국 사신을 맞이하기 위해 가다가 용천역에서 묵게 되었다. 그때 홍귀달의 귀신이 나타나서 한기를 풀기 위한 술을 데워달라 부탁한다. 지금까지 이 역에서 묵었던 관인들이 홍귀달이 나타나면 놀라기만 하다 죽었는데 송

---

106 이경류 이야기의 전개 양상에 대해서는 이강옥, 「야담집에서의 이경류 이야기의 전개와 그 의미」, 한국문학논총, 한국문학회, 2012, 61~93면; 이강옥, 『한국 야담의 서사세계』, 돌베개, 2018, 486~514면 참조.

일은 침착하게 말을 잘 들어 주어 홍귀달의 고충을 해소해주었다. 그리고 그에 대한 보답으로 앞날을 예언받는다.

<종랑의 시신을 묻어준 무사>(『어우야담』, 255면)에서 종랑의 집안사람들은 전염병에 걸려 몰살했다. 죽은 종랑의 혼이 무사를 유혹하여 동침한다. 아침에 종랑의 혼은 종적을 감추었는데 무사는 이웃집 아낙네의 말을 듣고 종랑을 비롯한 그 집안사람들의 시신을 찾아내 장례를 치러준다. 그날 밤 종랑의 혼은 무사의 꿈에 나타나 보답을 약속하니 무사는 과연 과거에 급제하고 높은 관직에 오른다. <김상국이소(金相國履素)>(『금계필담』, 133면)에서 정승 김이소는 연경에서 돌아오는 길에 요동의 '손가점'이란 곳에서 하룻밤을 묵게 된다. 밤이 깊어지자 재상의 모습을 한 귀신이 문을 열고 들어와 앉는다. 누군지 물어보니 자기는 해흥군(海興君, 李橿)이라 대답한다. 해흥군은 연경으로 가던 길에 그곳에서 죽었던 것이다. 해흥군은 그동안 다른 귀신들에게 붙잡혀 산해관을 벗어날 수가 없어서 지금까지 거기서 살고 있다며 김이소에게 자기가 산해관을 벗어날 수 있도록 도와달라 부탁한다. 김이소는 머리에 돌절구를 이고 있는 것 같은 고통을 참으며 입으로 아무 소리도 내지 않으며 해흥군을 구출해주었다. 돌아온 김이소는 그 사실을 해흥군의 본가에 전해주는데 과연 얼마 지나지 않아 해흥군의 혼령이 본가를 찾아왔고 제사 때마다 의자에 앉아 제수 만드는 것을 감독하니 종들이 두려워하여 태만할 수 없었다.

<선행의 보답을 받은 최규서>(『국역 학산한언』 2, 108면), <영월암의 원혼>(『계서야담』, 135면), <처녀귀신의 원한을 풀어준 조현명(趙顯命)>(『계서야담』, 393면), <부인이 붉은 깃발을 알아보고 귀신의 원한을 갚아주다>(『청구야담』 하, 503면), <정석유에게 나타나 자신의 행적을 알린 제말의 혼령>(『국역 학산한언』 2, 83면), <진기경과 원혼의 복수>(『어우야담』, 238면) 등도 혼령들이 특정 공간이

나 사람에 대해 분제나 원한을 안고 있다가 담력이 센 주인공에게 부탁하여 원한을 풀고 문제를 해결할 수 있게 되어 마침내 그 보답으로 주인공의 좋은 앞날을 알려준다는 점에서 공통된다. 여기서 귀신이나 혼령들은 악감을 먼저 갖고서 사람을 해치려 하는 것이 아니다. 부당한 처사를 받아들일 수 없어 원혼이 되어 산 사람에게 자기 원한을 해결해주도록 부탁하는 것이다. 몸에서 분리된 혼이 문제를 안게 되거나 원한을 갖게 되면 그 문제를 해결하고 원한을 풀 때까지 이승을 떠날 수 없다는 관념을 바탕으로 하고 있다. 또 산 사람은 능력껏 원혼의 문제와 원한을 풀어주어야 한다고도 생각한 것 같다. 그것은 산 사람이 산 사람의 억울함을 풀어주어야 한다는 정의감과 다를 바 없다. 심지어 <죽은 아들의 복수를 한 이순신>(『어우야담』, 236면)에서는 살아있는 아버지 이순신이 직접 죽은 아들의 원수를 갚기도 한다.

(4) 산 사람을 도와주는 혼

반대로 힘과 능력을 가진 혼령은 살아있는 자손의 문제를 해결해주기 위해 나타난다. <김우서를 도운 부친의 혼령>(『어우야담』, 243면)에서 병마절도사 김우서(金禹瑞)의 부친은 죽은 뒤에도 집을 떠나지 않고 아들 우서를 돕는다. 길흉화복을 먼저 알려준다. 친구 집 여종이 물건을 훔치자 그 사실도 알려준다. 병이 있는 집안의 요청을 받아 병도 낫게 해준다. 아들 김우서가 무과 시험에 응시하여 과녁을 겨냥하는데 활 방향을 조정해주어 명중하게 해준다. 김우서가 을묘왜변(1555년)에 출전하여 왜구를 추격할 때도 왜구의 발뒤꿈치를 겨냥하여 쏘게 하여 군공을 세우게 한다. 이렇듯 김우서의 부친은 오히려 죽었기 때문에 더 능숙하게 아들의 완벽한 멘토와 구원자 역할을 하게 되었다.

<❹④죽은 뒤에 쓴 김용의 시>에서 음성 사람 김용(金容)은 서울로 올라와 벼슬을 구하다가 돌림병에 걸려 죽는다. 더 안타까운 일은 굶주린 자가 김용의 시신을 구워서 먹었다는 것이다. 그 뒤 사촌 동생인 김계문(金繼文)은 장원 급제를 한다. 이승에서의 둘의 삶이 너무나 다르다. 그러나 김계문 역시 돌림병에 걸려 죽을 지경에 이른다. 김계문이 자는데 꿈에서 김용이 나타나 시를 지어준다.

수풀에 던져진 해골 자취 또한 묻혔는데	骸棲林莽迹還沒
구름 안개 따라가는 혼은 끊어졌다 이어지네	魂逐雲烟斷復連
고달픈 삶에서 차질과 굴욕도 많았지만	役役生前多謬辱
죽은 뒤 이 몸의 애달픔 가장 견디기 가장 어렵네	哀哀身後最堪憐

삶의 역설이 오묘하게 나타났다. 불행한 삶을 살다 죽어서 더 불행해진 김용은 그 경험을 시로 재현함으로써 사촌 동생에게 희망을 안겼고 스스로도 시명(詩名)을 얻는다. 혼령이 자기 불행을 근간으로 사촌 동생을 치유해주었을 뿐만 아니라 자기 한을 시적으로 승화시켰다고 할 수 있다.

이렇듯 이승에 머문 혼령이 자기 존재를 나타내는 이야기에는 혼령과 산 자 사이의 공존과 보살핌을 실현하는가 하면 여전한 욕망을 충족시켜 산 자를 파멸하게 하고 정의를 실현하기도 한다. 그런 점에서 이 역시 이승의 삶의 태도를 돌아보게 하는 힘이 매우 강하다 할 수 있다.

5. 이승에 얽매인 저승 – 이승저승관계담

❺① 허웅아기

먼 옛날, 세상에 아직 많은 사람이 나오지 않았을 때의 일이다. 하늘에 해가 두 개 달이 두 개 있어서 낮에는 더워서 죽고 밤에는 추워서 죽던 시절이었다.

그때 한 마을에 허웅아기가 살았다. 열다섯 살에 시집을 가서 한 살짜리 아기와 두 살짜리 아기를 두었는데, 어느 날 저승왕이 부르는 바람에 죽어서 저승으로 갔다. 허웅아기는 무명 짜는 일을 잘해서 늘 무명을 짜면서 살다가 죽었는데, 저승에 가서도 그 일을 했다. 허웅아기가 저승에서 구슬프게 울면서 무명을 짜고 있으니 저승왕이 왜 우느냐고 물었다.

"한 살 난 아기, 두 살 난 아기와 낭군님을 내버려 두고 혼자 오니까 자꾸 울음이 납니다."

저승왕이 불쌍히 여겨서 말했다.

"그러면 네가 밤이 되면 이승에 가고 낮이 되면 저승으로 오거라. 날이 새기 전에 꼭 돌아와야 한다."

그리하여 허웅아기는 밤마다 이승으로 돌아올 수 있었다. 허웅아기는 밤에 아기를 돌보며 머리를 갈라서 곱게 땋아 주었다. 아기들이 엄마 있는 아이처럼 곱게 머리를 하고 다니자 동네 할머니가 물었다.

"아기야, 머리를 누가 그렇게 해 줬느냐?"

"우리 엄마가 해 줬습니다."

"무슨 너희 엄마가, 죽은 엄마가 온단 말이냐?"

"밤이 되면 왔다가 다시 갑니다."

"아이고야, 너희 엄마가 오면 나한테 말해라. 너희 엄마가 가지 않게 해 주마."

밤에 집으로 온 허웅아기는 누가 볼까 봐 문을 탁탁 잠갔다. 밤에 아기가 할머니 말대로 밖으로 나가려 하니까 허웅아기가 오줌도 방에서 누라며 못 나가게 했다. 그렇게 밤을 지내고서 아기가 나가니까 할머니가 말했다.

"아기야, 어젯밤에 너희 엄마가 왔었느냐?"

"예, 왔다가 갔습니다."

"나한테 와서 말하라니까 왜 안 했느냐?"

"엄마가 못 나가게 문을 아주 잠가 버려서 못 왔습니다."

그러자 할머니는 은실 금실을 꺼내서 자기 발에 잡아매고 아기 발에도 매 주면서 말했다.

"밤에 누워서 자다가 엄마가 오거든 이 실을 종긋종긋 잡아당겨라."

아기는 집에 와서 누웠다가 밤에 엄마가 오자 실을 잡아서 살랑살랑 흔들었다. 그러자 할머니가 집으로 찾아 들어와서 허웅아기를 붙잡고 말했다.

"아이고, 설운 아기 네가 왔구나. 다시 가지 마라. 다시 가지 마라."

"아무리 해도 가야 합니다. 어떻게 해야 안 갈 수 있습니까?"

"우리가 집 밖에 가시나무를 쌓아 놓으면 차사들이 못 들어온다."

할머니는 허웅아기를 방에 머물게 하고 문을 잠근 다음 가시나무를 베다가 그 집 둘레에 수북이 쌓아 놓아서 사람도 귀신도 다니지 못하게 했다. 그렇게 허웅아기가 저승에 안 가고 버티고 있으니까 저승왕이 차사를 불러서 말했다.

"허웅아기가 꼭꼭 시간을 지켜서 오는데 오늘은 오지 않으니 괘씸

하다. 가서 잡아와라."

차사가 명을 듣고 허웅아기 집에 이르러 보니 문을 꼭꼭 잠가 놓고 가시나무를 빙 둘러쌓아서 들어갈 수가 없었다. 차사가 지붕 꼭대기로 펄쩍 뛰어 올라가서 보니까 할머니가 허웅아기를 꽉 붙잡고 있었다. 차사는 지붕에서 허웅아기 머리카락 몇 올을 뽑아서 혼을 빼 가지고 저승으로 데려갔다. 그러자 허웅아기는 방 안에서 탁 쓰러져 몸이 굳어 갔다.

그 뒤로 저승과 이승은 서로 딱 끊어지고 말았다. 저승왕은 죽어서 저승으로 들어온 사람이 다시 이승으로 가지 못하게 했다. 저승차사가 혼백을 빼낸 육신은 움직이지 못하고 굳어서 썩어졌다. 그 전까지는 귀신도 사람처럼 움직이고 말을 해서 귀신을 부르면 산 사람이 대답하고 산 사람을 부르면 귀신이 대답해서 분간하기 어려웠는데 이때부터 둘 사이가 완전히 갈라졌다. 해와 달을 하나씩 쏘아 없앤 천왕은 이승 세상에 귀신이 다니지 않도록 했다.

사람이 죽어서 초혼을 할 때면 머리카락을 끊어다 놓고 손톱을 잘라 놓고서 한다. 염을 할 때는 종이 주머니를 만들어서 머리털을 넣고 손톱 발톱을 잘라 담갔다가 죽은 사람의 입속에 넣는다. 저승으로 간 뒤에 이승에서 이러저러했다는 말을 내지 못하게 하려고 두 턱을 물리는 것이다.

—윤추월 구연, 〈허웅아기〉, 『한국구비문학대계』 9-3,
제주도 남제주군 안덕면, 1983, 639면.
강을생본 〈허궁애기본〉, 진성기 『제주도무가본풀이 사전』, 민속원, 1991
신동흔, 『우리신화상상여행』, 나라말, 2017, 34면.

<허웅아기>는 서사무가의 변형이다. 허웅아기는 어린아이를 두고 일찍 저승으로 갔기에 이승의 아이에 대한 걱정이 많았다. 그에 대해 저승왕도 공감하고 배려를 해줬다. 밤이 되면 이승으로 와서 아이들을 돌볼 수 있게 해준 것

이다. 다만 날이 새면 반드시 저승으로 돌아오는 것을 규칙으로 삼았다. 이로써 이승의 삶과 저승의 삶은 조화롭게 공존할 수 있었다.

그러나 그 조화는 동네 할머니의 개입으로 깨진다. 동네 할머니는 허웅아기가 자기 아이들을 지속하여 잘 돌봐주기를 염원했을 것이다. 그래서 허웅아기를 붙잡아두고 낮이 와도 보내주지 않았다. 이에 대해 저승왕이 화를 내고 사자들을 보내 마침내 허웅아기의 혼을 뽑아갔다. 허웅아기의 육신은 이승에서 썩었고, 그래서 그 혼도 더 이상 이승으로 오지 못하게 되었다.

이 이야기에는 죽은 사람과 산 사람, 저승과 이승이 분리되어도 일정하게 연결되었으면 하는 소망이 깃들어 있다. 아울러 그 소망과 달리, 죽은 사람과 산 사람, 저승과 이승은 엄연히 분리될 수밖에 없다는 충격 경험 역시 담겨 있다. 이 이야기를 통해 우리가 이승과 저승을 어떻게 분리시키고 또 어떻게 긴밀히 연결시키며 살아갈 수 있을지에 대해 성찰할 수 있을 것이다.

❺② 도랑선비 청정각시

청정각시는 양반자제 도랑선비한테 시집을 가게 됐다. 신랑이 혼례를 위해 성대한 혼수와 하인을 갖추어 신부집에 이르렀을 때 무언가가 뒤통수를 치는 것 같았다. 혼례를 마치고 큰상을 받은 도랑선비는 그대로 누웠으며, 밤이 되어 신방에 든 뒤에도 각시를 본체만체했다. 청정각시는 마음이 상했지만, 실상 그는 정신이 혼미해서 오락가락한 것이었다. 놀란 신부댁에서 이리저리 조치를 했지만 신랑은 여전히 정신을 차리지 못했다. 신랑이 겨우 집으로 돌아간 뒤 각시는 신방을 그대로 두고서 지성껏 빌었다. 하지만 돌아온 것은 신랑의 부고였다.

울부짖으며 산발한 청정각시는 신랑댁으로 가서도 사흘 동안 물만 마시며 울었다. 신랑을 매장한 뒤로도 밤낮으로 울기만 했다. 하늘에서 그 곡성을 들은 옥황상제는 황금산성인에게 사정을 알아보게 했다. 성인을 만난 각시가 남편을 만나게 해달라고 애걸하자 묘 앞에 이부자리를 펴고 사흘간 기도하라고 했다. 각시가 그렇게 하자 도랑선비의 모습이 나타났으나 손을 잡으려 하자 문득 사라져버렸다. 각시가 다시 애걸하자 황금산성인은 머리를 뽑아 삼천 마디 노끈을 꼰 뒤 두 손바닥에 낸 구멍 사이로 꿰어 공중에 걸고 위아래로 힘껏 훑어야 한다고 했다. 그대로 하자 도랑선비가 나타났으나 청정각시가 안으려는 순간에 또 사라졌다. 청정각시는 다시 성인이 시킨 대로 열 손가락에 기름을 바르고 불을 붙여서 불전에 발원했다. 하지만 남편은 각시가 안으려는 순간 또다시 사라졌다. 성인은 청정각시에게 안내산 금상절 가는 고갯길을 기물 없이 닦으면 남편을 만나리라고 했다. 각시가 타고 남은 손가락으로 풀을 뽑고 돌을 고르며 길을 닦아 고갯마루에 이르러 혼절했다. 깨어 보니 반대쪽에서 길을 닦으려 올라오는 이가 있었다. 도랑선비였다. 청정각시는 덥석 달려들어 도랑선비를 껴안았다. 도랑선비는 청정각시 정성 덕에 함께할 수 있게 됐다면서 아내의 손을 잡았다.

둘은 손을 맞잡고 산에서 내려와 집으로 돌아가는 길에 위태한 다리를 건너게 됐다. 각시가 먼저 다리를 건너고서 뒤를 돌아보는 순간 센 바람이 남편을 휘감아 다리 아래 물속으로 처넣었다. 각시가 실신해서 비명을 지르자 도랑선비가 자기와 살려면 향나무 가지에 명주실을 걸고서 목을 걸어 죽으라고 했다. 죽는 법을 깨달은 각시는 집에 돌아와 목을 매어 자결했다. 청정각시가 저승으로 가서 보니 도랑선비는 서당에서 아이들한테 그림 그리는 법을 가르치고 있었다. 안으로 달려들어 도랑선비와 만난 각시는 거기서 무한한 행복을 누렸다. 뒷날 그들은 인간 세상에 환생해서 신으로 모셔졌다. 망묵굿 때에 양쪽의 두 상은 도랑선비 청정각시 부부가 받는 상이다. 절간에서 제사를 올릴 때도 부처님에 이어 부부가 함께 상을 받는다.

— 김근성 구연, 〈도랑선비 청정각시〉, 손진태, 『조선신가유편』, 향토문화사, 1930;
위는 신동흔이 요약한 것임. 신동흔, 「서사무가 속의 울음에 깃든 공감과 치유의 미학
—특히 〈도랑선비 청정각시〉를 중심으로」, 『한국무속학』 제32집,
한국무속학회, 2016, 49~50면).

<도랑선비 청정각시>는 망묵굿에서 불리는 서사무가요 신화다. 사람이 죽었을 때 그 혼을 천도하는 굿이 망묵굿이다. 망자를 위로하는 굿에서 부르는 <도랑선비 청정각시>는 망자가 아니라 주로 망자를 떠나보내고 충격과 고통 속에서 살아가게 된 청정각시의 사연을 이야기해준다. 망자를 위로하는 것과 남은 자를 위로하는 것은 다르지 않기 때문일 것이다. 혹은 우리 서사무가는 망자를 위해서보다 살아남은 자의 슬픔과 고통을 위안하고 치유하기 위한 것이기 때문일 것이다.

청정각시는 혼인날 남편을 사별한다는 기막힌 불행을 극복하기 위해 자기 혼과 몸으로 할 수 있는 정성을 다 바친다. 그것은 저승과 이승으로 갈라진 부부 사이를 다시 잇기 위한 최고의 간절한 행위이다. 배우자를 사별하고 살아가는 사람의 심리적 고통을 보여주는 것이기도 하여 독자나 청자에게 충분한 공감을 준다. 그러나 그것으로 저승과 이승의 벽을 완전히 넘어설 수는 없다. 삶과 죽음의 경계는 명백하기 때문이다. 도랑선비가 청정각시에게 자결을 요구하는 것은 그것이 이승과 저승의 경계를 넘어서는 유일한 방법이기 때문이다. 도랑선비의 말을 통해 요구된 자결은, 좀더 근본적으로 보면, 청정각시가 이승에서 보여주고 감내하는 정성과 고통은 여전히 한계가 있는 것이라는 점을 전제로 한다. 청정각시의 몸부림은 이승의 몸과 몸 속 생명에 대한 집착을 내려둔 것은 아니기 때문이다. 고로 자결은 이승에서의 몸과 생명에 대한 욕망까지도 내려두어야만 부부가 온전하게 함께 살 수 있다는 메시지를 던지는 것이다. 청정각시는 그것까지 내려두었기에 저승으로 가서 남편과 함께 할 수 있었다. 바로 그 전환이야말로 청정각시뿐 아니라 도랑선비까지도 인간에서 신으로 좌정하게 했다. 불행을 숭고한 신성(神聖)으로 전환한 데서 죽음이

새로운 시작이라는 위대한 명제를 확인한다. 이런 점에서도 <도랑선비와 청정각시>와 망묵굿이라는 죽음 굿이 살아남은 자를 위한 것이라는 역설이 가능해진다. 나아가 <도랑선비와 청정각시>와 같은 망묵굿에서 부르는 서사무가가 단순히 살아남은 자를 위로하는 데 머물지 않고 더 위대한 존재로 다시 태어나게 한다는 점을 확인할 수 있다.

❺③ 저승 손님의 유혹

이집중은 음관으로 일찍이 사직제(社稷祭)에 차출되어 제관 아무개와 함께 재실에서 잠을 자게 되었다. 아무개는 아직 잠이 들지 않았는데, 곤히 잠을 자던 이집중이 갑자기 일어나 옷의 띠를 가져다 자기 목을 매더니 두 손을 엇갈려 잡아당기는 것이었다. 아무개가 괴이하게 여기며 지켜보았다. 잠시 후 이집중이 캑캑 소리를 내기에 그를 붙잡고 소리치며 목을 맨 띠를 풀어주었다. 이집중은 한참 후에야 깨어나서 이렇게 말했다.

"꿈에 어떤 객이 저세상의 즐거움에 대해 지극하게 말하면서 함께 가자고 거듭 얘기하였소. 나는 그 말을 듣고 혹해서 옷 띠로 스스로 내 목을 매었고 그 객은 두 손으로 목 조르는 것을 도왔소. 그런데도 아무런 고통을 느끼지 않았소. 그대가 아니었다면 아마 소생하지 못했을 것이오."

내가 어릴 적에 집안 형에게 들은 이야기도 있다. 형의 집은 낙산을 등지고 있었는데 산 위에 소나무 가지 하나가 옆으로 뻗어 있었다. 한 마을 아이가 부모도 있고 원망하는 마음도 없었는데, 그 가지에 스스로 목을 매었다. 마을 사람들이 구해 주자, 그 아이는 이렇게 말했다.

"어떤 사람이 나를 잡아끌며 저세상 살이가 정말 즐겁다고 말해주었어요. 그의 말에 따라가는데 아무 아픔도 느끼지 못했어요."

나는 이런 이야기를 늘 괴이하게 여겨왔다.

—유몽인 지음, 신익철 외 옮김, 『어우야담』, 돌베개, 2006, 275면.

저승사자는 길을 가다 방문한 손님같이 이승의 일상에 개입한다. 그만큼 저승은 이승과 긴밀하게 연결됐다. 저승사자는 당장 죽어야 할 이유 없이 잘 살아가는 사람에게 저승의 삶은 즐겁다고 유혹한다. 유혹에 넘어간 사람은 저승사자를 따라가려 한다. 그러나 저승으로 따라가는 것이 스스로의 목을 매는 행위로 처리됐다는 것은 자살 문제를 떠올리게 한다. 자살은 길을 떠나는 것처럼 자연스럽게 서술되기에 문제적이다.

이 이야기는, 이승의 일상을 부정하는 자살이 한 순간 쉽게 시도되는 것을 보여준다. 그로써 자살에 대한 경각심을 가져야 한다는 계몽을 하고 있다고 할 수 있다. 또 이 이야기는 자살한 사람에 대한 긍정적 해명을 해주기도 한다. 자살한 것은 참 안타까운 일이지만, 자살하여 간 곳은 즐거운 삶이 보장되는 저승이라고 설명해줌으로써 망자에 대한 안타까움을 덜게 할 수도 있다.

❺④ 저승의 복식

홍중성(洪仲成)은 아내를 일찍 여의었는데, 당시 아들아이가 하나 있어 아직 말도 배우지 못한 때였다. 4,5년이 지난 뒤 아이가 낮잠을 자다가 놀라 소리를 지르며 울었다. 유모가 안아주며 까닭을 물으니 아이가 말했다.

"어떤 부인이 옷을 잘 차려 입었는데, 붉은 장옷에다 푸른 비단으로 만든 긴 띠를 매고 있었어요. 그 부인이 흐느끼면서 나를 안고는 '내 아들아! 불쌍하고 불쌍하구나!'라고 했어요. 그래서 놀라 울었어요."

유모가 그 생김새를 물으니, 곧 아이 어머니의 모습이었다. 유모가 그 말을 듣고 통곡하며 말했다.

"너의 어머니께서 막 돌아가셨을 때 붉은 장옷과 푸른 비단으로 된 긴 띠를 사용하여 염습했다 저승에서 입고 계신 것이 필시 그 옷과 띠일 것이다."

이로써 미루어 보건대, 옛날 소정(邵후)의 귀신이 옷을 빌려 입고 진정을 했던 것, 형양(榮陽)의 깁적삼이 반소매였던 것, 엄무(嚴武)의 첩이 비파의 현에 머리채를 드리운 것 등이 허탄한 일이 아닌 것이다.

— 유몽인 지음, 신익철 외 옮김, 『어우야담』, 돌베개, 2006, 229면.

염습할 때 입은 옷을 그대로 입고 어린 아들의 꿈에 나타난 엄마는 죽고 난 뒤에도 모자간의 관계를 복구하려는 간절한 소망을 실현하고자 했다. 이 텍스트에 서려 있는 그런 소망을 포착하여 가족 관계를 성찰할 수 있다.

❺⑤ 제사에 참석한 친구가 옷이 낡았다고 부끄러워하다

약봉(藥峯) 서성(徐渻)의 기일을 맞이하여 집안에서는 성대한 제수를 갖춰 제사를 지냈다. 그런데 신주를 모신 직후, 약봉이 의관을 정제하고 나타나 엄숙한 자세로 신주를 모셨던 의자에 앉더니 맏아들을 불렀다. 맏아들은 종종걸음으로 나가 의자 아래에 무릎을 꿇었다. 그러자 약봉이 일렀다.

"아무개 영감이 밖에 와서 기다리고 있단다. 네가 나가서 내가 그러더라며 모셔 오너라."

맏아들은 아버지 말씀대로 즉시 밖으로 나가 보았다. 때는 새벽달이 막 뜨려는 참이었는데 과연 그 영감이 달빛 아래 서 있었다. 아들은 그의 앞으로 다가가 인사를 드리고 아버지의 명을 전하고 집안으로 인도하였다. 영감은 아들을 따라 들어와 의자 위로 올라가 자리를 함께 하였다. 처음 달빛 아래 서 있었을 때 흐릿하고 분명하지 않아 마치 그림자 같더니, 들어와 등불 아래를 지날 때 영감의 거동과 차림새는 매우 거룩하였다.

약봉이 또 그의 아들을 불러 일렀다.

"아무개 영감이 또 문밖에 와 있으니, 너는 내가 그러더라며 그분도 모셔 오너라."

아들은 다시 나가 절하고 아버지 말을 전하면서 모시고 들어와 앞의 분처럼 자리에 오르시라 하였다. 그러자 약복은 또다시 아들을 불러 일렀다.

"아무개 영감이 또 문밖에 와 있구나. 너는 내 말을 전하고 그 분도 모시고 오너라."

아들은 다시 나가 뵈었다. 그런데 앞서 두 영감은 오사모(烏紗帽)를 쓰고 비단 도포에 금띠를 둘렀는데 세 번째 도착한 이 영감만은 찢어진 두건에 해진 옷을 입고 있었다. 역시 아들은 아버지의 말을 전하면서 모시고 들어가려 하자, 이 영감은 불안해하면서 머뭇거렸다.

"기제사는 한 집안의 큰 예인데 내 의관이 이렇게 해지고 더러우니 감히 들어가 참석하기가 그렇네. 내 뜻을 들어가 알려주었으면 좋겠네."

아들이 이 사실을 아버지에게 고하자, 약봉이 다급해 하였다.

"나와 그분은 정으로 치자면 일가와 같단다. 의관이 좋고 나쁨을 따질 필요가 무어 있겠느냐? 그런 정 없는 소리 하지 말고 들어오셨으면 좋겠다고 전하거라."

아들이 이 말을 다시 전갈하였으나 영감은 그래도 머뭇거리며 들지 아니하였다. 아들이 더욱 간곡히 들기를 청하자 그제야 마지못해 들어와 대청마루로 올라갔다. 집에서는 갑작스레 손님들이 들이닥친 터라 다른 음식은 준비하지 못하고 다만 술 석 잔을 올리는 것으로 대신하였다.

제사가 끝난 후 촛불 그림자 아래로 세 영감들이 차례로 나가는데 모두 취한 얼굴이었다. 약봉도 술이 취해 뒤를 따라갔다. 세 영감 모두 재상을 지낸 분들로 바로 약봉의 평생지기들이었다. 때문에 약봉의 아들들이 모두 그들의 얼굴을 익히 알고 있었고, 찾아와 뵙게 된 이때도 살아있을 때와 전혀 다름이 없었다.

약봉의 아들과 세 번째 도착한 영감의 자제와는 모두 과거에 급제하여 조정에 나란히 섰으니, 세교(世交)의 친분이라 할 만하였다.

약봉의 아들이 하루는 조용히 물었다.

"춘부장을 염할 때 어떤 의관으로 하셨습니까?"

그랬더니 그의 아들은 슬퍼하며 흐느꼈다.

"선친의 초상 때 일을 어찌 차마 말하겠소? 우리 집이 평소 청빈한데다 그때 마침 선친께서 멀리 북관(北關, 함경북도 북쪽 지방)으로 귀양을 가 계시다가 임진왜란을 만나셨지요. 그 사이에 유명을 달리하셨다오. 천릿길 절역의 변방이라 벗도 없고 상주를 부를 수도 없었다오. 게다가 창과 방패가 요란한 때였으니 의관과 염구(斂具)를 준비했다 치더라도 길이 막혀 있는 상태였지요. 집안에는 평상시에 입고 다니시던 해진 털모자와 때 낀 도포만 있었을 뿐이었소. 어쩔 수 없이 그것으로 염할 수밖에."

약봉의 아들이 기제사에 참석한 일을 자세하게 이야기하여 주었더니, 그의 아들은 이를 듣고 비통해 마지않았다. 그리하여 마침내 관복을 새로 지어 묘소에서 제를 올리고 불태웠다. 다음날 꿈에 그의 아버지가 나타나 새 관복을 얻었다며 기쁜 마음을 표시했다고 한다.

—임방, 정환국 역, 『교감역주 천예록』, 성균관대학교 출판부, 2005, 214면.

염습할 때 수의에 때가 묻고 해어졌다면 저승에 가서도 문제가 된다고 인식했다. 저승 생활에서 의식주 중 최소한 옷에서만은 이승에 의존하게 함으로써 저승을 이승으로부터 완전히 분리시키지 않으려 한 것 같다.

이 옷보다 더 단단한 결속력을 갖게 하는 것이 음식이다. 더욱이 기제사를 해마다 지내야 한다면 역시 최소한 일 년에 한 번은 그 음식을 먹기 위해 저승 존재는 이승으로 오게 되어 있다. 제사 전후로 이승과 저승 존재는 만나게 되며 그와 관련된 이야기가 많다. 야담 중, <❺⑤제사에 참석한 친구가 옷이 낡았다고 부끄러워하다>, <서성의 제삿날 맏아들이 꾼 꿈>(『국역 학산한언』 2, 100면), <민기문에게 나타난 친구의 혼령>(『어우야담』, 240면) 등이 대표작이다. 제수를 혼령이 흠향한다고 믿고서 제수 마련을 소홀히 하지 않으려 했다.

옷과 제수는 망자와 산자가 완전히 단절된 것이 아니라 이렇게 일 년에 한 번만은 만날 수 있게 하는 장치일 수도 있겠다.

❺⑥ 반함 구슬을 되돌려준 혼령

경성에 한 재상이 있었는데 청백리라고 알려졌다. 그가 죽고 나자 집안 생계가 궁핍해져 자식들이 혼인을 하거나 제사를 지내는 데 몹시 어려움을 겪었다. 혼기가 찬 딸이 하나 있어 날을 잡아 초례를 치르려 할 무렵 집에서 제사를 지내게 되었다. 때마침 그날 재상의 옛 친구가 새벽에 일이 있어 별빛을 받으며 길을 가다가 길에서 재상을 만났다. 앞에서 벽제하는 소리를 외치고 뒤에서 행차를 호위하며 오기에 채찍을 들고서 읍을 하였다. 재상은 몹시 취한 듯했는데 서로 안부를 나누고 나서 말했다.

"오늘 내 자식이 나를 맞이하고 술을 권하기에 크게 취한 채 돌아가네. 자네가 돌아가면 여러 아이에게 말해 주게나."

이어서 읍을 하고 작별했는데, 몇 걸음 가지 않아 말을 멈추더니 밀봉한 작은 종이 하나를 주면서 말했다.

"내 자식이 형편이 몹시 어려운데 혼사를 치르게 되어 이것을 주고자 했네. 내가 취해서 그만 주는 걸 잊어버렸네. 자네가 좀 전해주게나."

그 친구는 재상의 집으로 가서 그의 말을 전했다. 여러 자식들이 제사를 막 마치던 중에 그 말을 듣고는 함께 통곡했다. 봉투를 열어보니 그 안에 큰 구슬 세 개가 있었다. 부인에게 보이니 부인이 말했다.

"이것은 우리 집안의 엽잠(葉簪, 이파리 무늬를 새긴 비녀) 비녀에 달렸던 구슬이다. 초상 때 반함(飯含, 염습할 때 죽은 사람의 입에 구슬과 씻은 쌀을 물림)으로 사용했는데, 이것이 어디에서 다시 나왔단 말이냐?"

그 엽잠 비녀를 가져다가 맞추어 보니 세 개의 구슬이 모두 꼭 들어맞았다. 집안의 위아래 모든 사람들이 다 땅에 엎드려 통곡하며 말했다.

"우리 집안이 한창 번성하던 때의 가업을 잃고, 자손들이 가난하고 궁핍해져 혼사조차 치르기가 어려워지니 망자의 혼령께서 필시 이 때문에 마음 아파하신 것이다. 그리하여 반함 했던 구슬을 돌려주어 혼사를 돕고자 하신 것이다."

그 친구 또한 한참을 통곡하고는 돌아가 술과 과실을 갖추고 제문을 지어 제사를 올렸다.

―유몽인 지음, 신익철 외 옮김, 『어우야담』, 돌베개, 2006, 241면.
신돈복 지음, 김동욱 옮김, 『국역 학산한언』 2, 보고사, 2007, 90면.

죽어서 저승에 간 재상은 자식들이 가난해진 것이 못내 안타까웠다. 딸의 초례를 앞두고는 사정이 더 어려워졌다. 마침 자기 제삿날이 되어 왔다가 길에서 친구를 만난다. 친구가 보니 재상은 취해 있었다. 떠나던 재상이 돌아서서 친구에게 종이 봉지를 주며 깜빡 잊었다며 그것을 자식에게 전해달라 부탁한다. 자식들이 그걸 받아 살펴보니 재상의 초상 때 반합(飯含)으로 썼던 구슬이 들어있었다. 재상이 구슬을 돌려주어 혼사에 보태게 한 것이었다.

저승의 망자가 이승의 가족들의 생계와 혼사를 걱정해주고 도와준다는 설정은, 망자가 거주 공간만 다를 뿐 나머지 면에서는 이승의 가족들과 함께 사는 것과 다름없음을 알려준다. 가족 구성원 간의 관심과 정은 이승과 저승, 삶과 죽음의 심연조차 넘어서게 한 것이다.

❺⑦ 천연두 앓는 아이가 관아를 떠들썩하게 하여 대청에 오르다

영광에 이생이 있었는데 향품(鄕品, 지방의 향청에서 잡일을 맡아보던 직책)이었다. 그 아들이 말을 막 시작할 무렵 천연두를 앓아 위독했다. 하루는 아이가 갑자기 벌떡 일어나 앉더니 이생의 이름을 부르며 말했다.

"아무개야 이리 오너라! 아무개야 이리 오너라!"

이생이 이상하게 여기면서도 대답하니 아이가 말했다.

"너는 아이를 업고 가리키는 대로 가야 한다."

이생이 말했다.

"두역(痘役, 천연두)은 바람을 쐬어서는 안 되는데 네가 어디로 간단 말이냐?"

아이가 갑자기 통곡하며 종기 부분을 손톱으로 긁어대니, 이생은 탈이 날까 두려워 아이를 업었다. 아이가 관가 쪽을 가리키며 말했다.

"저리로 가자."

이생이 말을 듣지 않으니 아이가 또 통곡했다. 이생이 부득이 관아로 갔다. 아이가 관아 안으로 들어가려 하자, 이생이 저지하고 문지기도 막았다. 아이는 발을 구르며 크게 울부짖었는데 그 소리가 안채까지 들렸다. 태수가 무슨 일인지 묻자 문지기가 실상을 이야기해주었다. 태수는 들어나 보자며 아이를 들어오게 했다. 이생이 아이를 업고 대청 앞에 이르자, 아이는 갑자기 뛰어내려 성큼성큼 태수의 윗자리로 올라가 홀로 당당히 안석에 기대앉아서는 노여운 듯 태수의 아명을 부르며 말했다.

"너는 어찌 이리도 무례하냐? 내가 너의 아버지다! 내가 속광(屬纊, '임종'을 달리 이르는 말. 옛날 중국에서 사람이 죽어갈 무렵에 고운 솜을 코나 입에 대어 호흡의 기운을 검사했다는 데서 유래한다.) 때부터 말을 못해 집안일을 다 부탁하지 못했으니 저승에서도 한을 억누르기 어려웠다. 이승에서는 얼굴을 대면할 길도 없었으나, 근래 역귀가 되어 읍내 이생의 집에 머물면서 다행히도 친밀해져 이렇게 너를 만나게 되었다. 이제 혼을 놓아주어 영원히 이승을 떠나려 한다."

태수는 혼란스러워 어찌할 바를 모르고 반신반의했다. 아이가 말했다.

"만일 내 말이 믿기지 않거든 우리 집안의 은밀한 일들을 이야기해 진위를 따질 수 있도록 하겠다."

그러고는 문벌과 자손과 논밭, 집들에 대해 조목조목 다 설명하니 과연 하나도 잘못된 것이 없었다. 태수가 용서를 빌었다. 아이가 말했다.

"네 누이가 의지할 데도 없이 고생하며 살고 있다. 그 아이 팔자가 기구한 고로 내가 언제나 모처의 부곽전(負郭田, 성(城)을 등지고 있는 논밭.) 열 묘(畝)를 주어 시집갈 밑천으로 삼게 하려 했다. 그런데 내가 병으로 갑자기 위태로워지는 바람에 뜻은 있었지만 마무리를 못했다. 네 누이의 가난이 뼈에 사무쳤으니 더욱 불쌍하다. 네 집은 부자이고 벼슬도 이어지니 창고가 풍성하구나. 그런데도 처자를 살찌우는 데만 급급하여 남매의 지극한 정을 생각해주지 않으니 그것이 나로 하여금 한을 돋우고 수심을 품게 한다. 내 특별히 와서 너에게 경고하노라."

태수가 울며 말했다.

"소자의 불초함으로 저승길에 근심을 끼쳐드렸습니다. 이제 이전의 허물을 꼭 고치고 누이에게 재산을 속히 나눠주겠습니다."

아이가 말했다.

"이생의 집도 곡식이 다 떨어져 제수를 마련하지 못하고 굶주림이 매우 심하니 네가 도와주거라."

아이는 말을 마치고 고꾸라졌는데 주위에서 급히 간호하니 한참 뒤에 소생했다. 아이는 엉엉 울기만 할 뿐 조금 전의 일을 하나도 기억하지 못했다. 태수는 아이를 가마에 실어 이생의 집으로 보내주고 쌀과 돈도 후하게 주었다. 그날 저녁 아이의 병이 홀연 나았다 한다.

—이강옥 옮김, 『청구야담』하, 문학동네, 2019, 742면.

근대 이전 우리 선조는 두역신 혹은 마마신이 사람에게 들어가면 천연두 병이 생기고 나가면 병이 낫는다고 여겼다. 여기서는 태수의 아버지가 죽어서 두역신이 되어 이생 아들의 몸에 깃든 상황을 설정하였다. 이생의 아들은 막 말을 배울 때였는데 그런 아이가 갑자기 말을 유창하게 하기 시작한다는 것은 다른 존재가 깃들었다는 명백한 증거다.

태수의 누이와 이생은 가난하다. 이 이야기는 그 점에 초점을 맞추었다. 태수의 죽은 아버지는 두역신이 되었지만 가난한 딸자식을 여전히 불쌍히 여기고 안타까워한다. 가난한 이생에 대한 동정심도 갖고 있다. 두역신의 위력을 발휘할 수도 있었지만 그 보다는 자기 아들에게 명령하는 방법을 취했다. 이생 아이의 몸을 빌려 자기 목소리를 낸다. 자기 아들인 태수의 매정함을 따끔하게 꾸중하고, 누이와 이생을 도와주게 한 것이다.

두역신의 존재를 통해 저승과 이승이 여전히 긴밀한 관계를 유지하며 이승의 문제는 저승까지 개입하여 해결해줘야 할 사안임을 강조했다. 이승에서 살고 있는 사람들은 다같이 소중한 존재이니 가난이나 고통을 겪고 있는 사람이 있다면 어떤 방식으로든 도와줘야 한다는 메시지를 던지고 있다.

❺⑧ 염라왕이 부탁하여 새 도포를 구하다.

황해도 연안부에 한 처사가 살고 있었다. 어느 날 병을 앓아 베개에 의지한 채 신음하고 있었다. 훤한 대낮이었는데 갑자기 귀졸 두 세 명이 들이닥쳤다.

"염라국에서 너를 잡아 오라 하신다!"

그 말과 동시에 이들은 철족쇄로 처사의 목을 죄어 끌고 나갔다. 수십 리를 가서 한 곳에 도착하였다. 하늘을 찌를 듯이 높은 성채가 나타났다. 귀졸은 처사를 그 성문 안으로 끌고 들어갔다. 안으로 몇 리쯤을 더 가자, 아스라이 빈 하늘에 걸려 있는 커다란 궁전이 드러났다. 궁문에 다다르자 두 귀졸은 처사를 양쪽에서 끼고 들어가 궁정 아래에 엎드리게 하였다. 궁전 위를 올려다보니 어떤 임금이 어탁 위에 앉아 있었다. 좌우로 여러 벼슬아치가 도열하여 있었고, 수백이나 되는 장수와 병졸은 그 앞에서 사령을 전하느라 분주하였다. 의장이 가지런히 정돈되어 있고 호령 또한 엄숙하였다.

처사는 식은땀이 등을 적셨으나 감히 더 올려다보지 못하였다. 얼마 뒤 한 관리가 궁전 앞에 서서 전갈하였다.

"너는 어디에 살며 이름은 무엇이더냐? 나이는 지금 얼마나 되었으며 하는 일은 또 무엇인가? 모두 자세히 진술하되 행여 숨기려고 해서는 안 될 것이니라."

처사는 몸을 덜덜 떨며 아뢰었다.

"저는 성이 뭐고 이름은 아무개이옵니다. 나이는 몇 살이고 대대로 황해도 연안부에서 살고 있사옵니다. 타고난 성품이 어리석고 무뎌 다른 일은 하지 못하옵고, 평소 자비로운 마음으로 염불을 하면 지옥에 떨어지는 죄는 받지 않는다는 말을 들은 터라 날마다 염불하며 공양을 드리는 일만 하고 있을 뿐이옵니다."

관리는 이 말을 듣고 즉시 들어가 고하였다. 한참이 지나 관리가 다시 전갈하였다. 처사더러 섬돌 아래로 가서 엎드리라고 하더니 일렀다.

"너는 잡아 올 대상이 아니었느니라. 이름이 같은 관계로 잘못 온 것이야. 다시 나가도록 하여라."

처사는 합장을 하고 일어나 감사의 절을 하였다. 그러자 다시 어탁에서 전갈이 왔다.

"내 집이 서울의 어느 동네에 있는데 흔히 '아무개 댁'이라 부르고들 있느니라. 지금 너를 돌려보내는 길에 한가지 부탁을 하노라. 내가 이곳에 들어온 지도 많은 세월이 흘렀다. 이 도포가 거의 다 해져 솔기가 터질 지경이란다. 우리 집 식구에게 알려 새로 한 벌을 만들어 보내도록 해준다면 참 다행이겠구나. 네가 세상에 나가거든 꼭 내 집을 찾아가 이 사정을 자세하게 전해주거라. 소홀함이 있어서는 안 될 것이야."

이에 처사는 대답하였다.

"지금 친히 하교를 내리셨으니 어찌 감히 마음에 새겨 전갈하지 않을 수 있겠습니까? 다만 유명의 길이 다른지라 염라 세계의 이야기를 세상 사람은 모두 터무니없다고들 하옵니다. 소인이 비록 영을 전한다 하더라도 믿고 따르지 않으면 장차 어찌하옵니까? 반드시 신물(信物)을 주어 증명으로 삼았으면 하나이다."

그러자 관리가 다시 전갈하였다.

"너의 말이 정말 맞도다. 그렇겠지! 내가 세상에 있었을 적 당상관(堂上官)으로 재직하면서 허리에 차던 옥관자(玉貫子) 하나가 있었단다. 한쪽에 약간의 흠이 나 있지. 이 옥관자가 책 상자 안에 『시경(詩經)』 제3권과 같이 있을 것이야. 이는 나만 알고 집안사람들은 알지 못하느니라. 네가 만약 이 말을 전하여 증명하면 반드시 믿을 것이니라."

"그건 그렇게 하면 되겠나이다. 그런데 새로 도포를 만든다 하더라도 어떻게 이곳으로 보낼 수 있겠나이까?"

관리가 다시 전갈하였다.

"재를 지내고 도포를 불태우면 되느니라."

이리하여 처사가 돌아가겠다고 아뢰자, 두 귀졸에게 내보내주도록 명하였다. 처사가 이 귀졸에게,

"어탁에 앉아 계신 분은 누구시오?"

라고 물었더니,

"바로 염라왕이시다. 성은 박(朴)이요, 이름은 우(遇)이니라."

라고 사실을 알려주었다. 길을 나서서 큰 강에 이르자 귀졸이 양쪽에서 그를 붙잡고 그 강으로 밀어 넣었다. 처사는 너무 놀라 깨어보니 자신은 죽은 지 이미 3일이 된 몸이었다.

병이 낫자마자 당장 서울로 올라가 알려준 집을 찾아가 물었더니 과연 그곳은 박우의 집이었다. 그의 두 아들은 이제 막 과거에 급제하여 이름난 관리가 되어 있었다. 처사가 대문에서 뵙고자 했으나 문지기는 통문을 해주지 않았다. 붉은 대문은 아득하기만 하고 사람들의 발길은 뚝 끊기고 말았다. 그러던 중에 우연히 나이가 지긋한 종을 만나 주인을 꼭 뵈어야 한다고 간청하자, 들어가 주인께 이 사실을 알렸고, 잠시 뒤 나와서 그를 데리고 들어갔다. 두 아들은 대청마루 위에 앉아 있다가 그를 섬돌 아래에 앉게 하고 물었다.

"너는 누구이며, 무슨 할 말이 있느냐?"

"저는 평안도 연안에 살고있는 선비이옵니다. 저번 아무 달 아무 날에 죽게 되어 염라국에 들어갔다가 직접 선대감(先大監)을 뵈어 이러이러한 일이 있었습죠. 그래서 이렇게 감히 와서 전갈하옵니다."

아들들은 이 말을 반도 채 듣지 않고 버럭 화를 내며 꾸짖었다.

"어떤 늙은 괴물이길래 감히 우리 집안으로 찾아와 이런 요망하고

터무니없는 이야기를 늘어놓는단 말인가? 속히 끌어내거라."

그러자 처사는 크게 소리를 질렀다.

"여기 한 가지 이를 증명할 게 있소이다. 만약 이 일과 부합하지 않는다면 그때 끌어내도 늦지 않을 거요."

그러자 아들 중 한 사람이 다그쳤다.

"그래, 증명할 것이란 무엇이더냐?"

처사는 바로 옥관자의 일을 아뢰었는데, 그 증거가 명백한 것이었다. 두 사람은 비로소 의문이 들기 시작했다. 결국 책 상자를 꺼내 보니 과연 『시경』 제3권에서 옥관자 한 조각이 나왔다. 조금도 어긋나지 않는 사실이었다.

그의 집에서는 박우가 죽은 후 이 옥관자를 잃어버리고 아직 찾지 못하고 있던 차였다. 그제야 처사의 말이 터무니없지 않다는 사실을 알고 온 집안이 마치 처음 초상 때처럼 마냥 곡을 하였다. 대감의 부인은 집안 식구 전부를 불러놓고 이에 대한 자세한 내용을 물었다. 그러고는 집에서 새 도포를 짜 날을 정해 영전 앞에서 재를 올리고 태워보냈다. 향을 사른 지 3일째 되는 날, 집안의 자식들과 처사 모두가 꿈에서 박우를 만나게 되었다. 박우는 꿈에 나타나 새 도포를 보내준 성의에 고마워하였다.

그 집에서는 처사를 한동안 붙들어 두고 음식과 의복을 풍성하게 마련하여 극진히 대접하였다. 그리고 이후로도 왕래가 끊이지 않았다.

박우는 바로 정승을 지낸 박점(朴漸)의 증조부이다. 조정에서 벼슬할 적에 청렴하고 정직하여 세상의 존경을 받았다. 일찍이 해주 목사로 있을 때 황해도 관찰사와 서로 사이가 벌어진 일이 있었지만, 강직하고 과단성 있게 일을 처리하기도 했다.

내(『천예록』 편찬자 임방)가 수양(首陽, 해주)에 있을 적에 고을 사람인 진사 최유첨(崔有瞻)이 나에게 들려준 이야기이다.

— 임방, 정환국 역, 『교감역주 천예록』, 성균관대학교 출판부, 2005, 81면.

처사가 저승으로 가서 돌아온 서사는 '저승생환담'의 전형에 해당한다. 그런데 처사가 저승에서 심각한 심판을 받지 않고 친지를 만나지도 않는다는 점에서 특이하다. 염라왕의 부탁을 받고 돌아와 처리해준다는 점에서 저승생환담의 서사구도와 많이 다르다. 염라왕은 이승에서 해주 목사 벼슬까지 한 사람으로, 정직하고 강직했다. 이런 인품 덕에 저승의 염라왕에 취임할 수 있었을 것이다. 염라왕 박우는 여전히 이승에 의존적인 면을 갖고 있다. 특히 옷이다. 그 사이 옷이 해진 것이다. 이 이야기는 염라왕의 해진 옷을 새 옷으로 대체하는 과정에 초점을 맞춘다. 그 과정에서 저승이 이승과 얼마나 긴밀하게 관계를 지속하고 있는지를 보여준다.

처사의 이야기를 듣고 염라왕 박우의 아들들이 보인 반응 즉, "어떤 늙은 괴물이길래 감히 우리 집안으로 찾아와 이런 요망하고 터무니 없는 이야기를 늘어놓는단 말인가?"라는 말은 이승에 연결된 저승이란 설정에 대해 보통 사람들이 먼저 보이는 반응일 수 있다. 그런 일반적 반응과 통념을 두고 거듭 성찰하게 만든다는 점에서 이 이야기가 죽음명상 텍스트로서 가치를 가진다고 하겠다.

❺⑨ 김치金緻의 기이한 삶과 죽음

감사 김치(金緻, 1577~1625년)는 호가 남봉(南峰)이며 백곡(栢谷) 김득신(金得臣, 1604~1684년)의 아버지다. 젊어서부터 사람의 운수를 잘 알아맞춰 기이하고 신이한 일이 많았다.

연산군 시절 홍문관 교리 벼슬을 하였는데 뒤늦게서야 후회하고 병을 핑계로 하여 사직하였다. 용산 위에다 집을 짓고 두문불출하며 자취를 숨기며 손님도 사절하였다. 하루는 심부름하는 사람이 와서 말했다.

"남산동에 사시는 심생이 뵙기를 청하옵니다."

김공이 사양하며 말했다.

"존객께서 제가 병든 것을 모르고 오셨소이다. 인사를 끊은 지 오래되니 지금 맞이할 수 없음을 매우 한스럽게 생각하오이다."

그리고 돌려보냈다.

김공은 평일 매번 자기 사주를 넣어 평생 운수를 점쳤는데 물 수(水) 변 성을 가진 사람의 힘을 얻으면 가히 큰 화를 면할 수 있다는 점괘를 얻었다. 문득 방금 온 손님의 성을 따져보니 성에 물 수 변이 있어, 자기에게 힘을 실어줄 사람인 것 같았다. 급히 심부름 하는 사람을 보내어 중로에서 모셔오게 했으니 그가 바로 심기원(沈器遠, 미상~1644년)이었다.

심생이 노비를 따라 돌아오니 김공은 바삐 일어나 맞이하였다.

"늙은이가 인사를 끊은 지가 오래되었고 때마침 병도 들어서 귀한 손님께서 왕림하셨는데도 절하고 맞이하는 예를 잃었으니 부끄럽기가 그지없습니다."

객이 말했다.

"한 번도 뵙지 못했지만 어르신께서 추수(推數, 다가올 운수를 미리 앎)에 정통하다는 소문을 듣고 외람됨을 무릅쓰고 감히 이렇게 여쭈러 왔습니다. 저는 마흔의 궁핍한 선비로 명도가 기구하여 오늘 이렇게 와서 어르신의 신령스런 눈에 한번 질정(質正) 받고자 합니다."

그리고는 소매 속에서 사주를 꺼내어 보여주었다. 또 말했다.

"제가 올 때 절친한 친구가 자기 사주도 부탁하기에 거절하기 어려워 부득이 가지고 왔습니다."

김공이 일일이 보고는 극구 칭찬하며 말했다.

"부귀가 바로 앞에 왔으니 다시는 묻지 마세요."

마지막으로 객이 또 한 사주를 내보이며 말했다.

"이 사람은 부귀도 원치 않고 다만 평생 질병만 없이 사는 것이 소원이니 수명이 얼마나 될지를 알고 싶답니다."

공이 힐끗 한번 보고는 즉시 시자에게 자리를 깔고 상을 펴라 시켰다. 스스로는 일어나 관복을 입고 꿇어앉아서 그 사주를 상 위에다 놓고 향을 피우며 말했다.

"이 사주는 귀하여 감히 입으로 다 말할 수가 없습니다. 비상한 사람의 명수(命數)가 있으니 흠모하고 공경하지 않을 수 없습니다."

심생이 물러나려 하자 공이 말했다.

"병 중의 늙은이가 수심과 어지러움을 떨쳐내기 어려우니 존객께서 부디 잠시 더 머무르며 병든 사람의 회포를 위로해주시면 감사하겠습니다."

그리고는 유숙해주도록 하였다. 밤이 깊어 인적이 끊어지자 공이 무릎을 가까이하며 다가와 말했다.

"사실 저는 병 핑계를 대고 있었습니다. 이 늙은이가 하필 이런 때 불행하게도 벼슬에 나가 조정에서 발을 더럽혔습니다. 뒤늦게 깨닫고 후회하여 문을 닫아걸고 병을 핑계 삼아 칩거하고 있지요. 그러나 오래되지 않아 조정이 뒤바뀔 것입니다. 저는 당신이 와서 물을 것을 이미 알고 있었습니다. 그러니 외면하지 말고 사실을 다 말씀해주십시오."

심생이 크게 놀랐다. 처음에는 숨기려 했지만 마침내 진실을 다 말해주었다. 공이 말했다.

"이 일은 성공할 수 있으니 조금도 걱정하지 마십시오. 어느 날에 거사하려 합니까?"

"아무 날로 정했습니다."

공이 깊이 생각하다 한참 뒤에 말했다.

"이날이 길하기는 길합니다. 그러나 이런 대사는 살파랑(殺破狼)[107]이 있는 날을 택하는 게 좋습니다. 아무 날은 작은 일을 하기에는 길하지만 대사를 도모하기에는 좋지 않습니다. 제가 당신을 위해서 택일을 해드리겠습니다."

역서를 펴서 골똘히 보더니 말했다.

"삼월 십육일이 길일입니다. 이날은 살파랑을 범하는 날이니 거사를 할 때 설사 고변하는 자가 생겨나더라도 조금도 해가 되지 않고 필경 무사히 순조롭게 평정될 것입니다. 반드시 이날에 거사하는 게 좋습니다."

심생이 매우 기이하게 생각하고는 말했다.

"그러면 공의 성함을 우리들 녹명책(錄名冊)에 기입하도록 하겠습니다.

공이 말했다.

"그건 소원하는 바가 아니올시다. 다만 공께서 성사하신 뒤에, 죽게 될 이 목숨을 구해 주시고 저에게 화가 미치지 않도록 해주시는 것만을 소망합니다."

심이 흔쾌하게 응낙하고 떠나갔다.

인조반정을 이룬 뒤 많은 사람이 김공의 죄를 용서하기 어렵다고들 말하였다. 심공은 온 힘을 다해 김공을 구해주었다. 김공을 경상도 관찰사로 초배(超拜, 등급을 뛰어넘어 벼슬을 내림)해주었으나 곧 세상을 떠났다.

일찍이 공은 중국 술사에게 자기 사주를 물은 적이 있었다. 술사는 한 구절의 시를 써 주었다.

---

107 살파랑(殺破狼) : 칠살(七殺) 파군(破軍) 탐랑(貪狼)의 세 별을 말한다. 이 세 별은 언제나 삼합궁(三合宮)에서 만나 명운(命運)을 변화시키는 중심이 되므로 합하여 살파랑(殺破狼)이라고 부른다.

화산(華山)의 소탄 나그네
머리에 한 가지 꽃[一枝花]을 꽂았지.

그러나 그 뜻을 해독할 수가 없었다. 김공이 경상도 관찰사가 되었을 때 순시를 하다가 안동부에 이르러 돌연 학질에 걸렸다. 그걸 물리칠 방법을 두루 물어보니 어떤 사람이 당일 검은 소를 거꾸로 타면 낫는다고 하는 것이었다. 그 말에 따라 소를 타고 마당 안을 돌아다니다가 말에서 내리자마자 방 안에 누웠다. 두통이 극심해져 한 기생에게 머리 지압을 하게 하였다. 기생의 성명을 물어보니 일지화(一枝花)라 대답하였다.

공이 홀연 중국 사람의 시구를 떠올리며 탄식하였다.

"죽고 사는 것은 운명에 달렸도다."

그리고는 새 자리를 펴게 하고 새 옷으로 갈아입고 의관을 갖추었다. 다시 누워서 베개를 반드시 베고는 유연히 숨을 거두었다.

이날 삼척 원 아무개가 관아에 있었는데 김공이 추종자를 거느리고 문 안으로 들어오는 것을 보고는 깜짝 놀라 일어났다.

"공께서 어쩐 일로 타도까지 오셔서 하관을 내방해 주십니까?"

김공이 웃으며 말했다.

"나는 살아있는 사람이 아닐세. 아까 작고하여 염라왕으로 부임하는 길에 자네를 보러 왔다네. 내 부탁할 게 하나 있어. 내가 부임해가면서 새 장복(章服, 벼슬아치들이 입던 공복(公服))을 입지 못한 게 한스럽다네. 자네가 평일의 정의를 생각해서 좀 마련해줄 수 없겠나?"

삼천 원이 속으로 그게 허탄한 일인 줄 알았지만 그렇게 간곡히 청하니 상자 속에서 비단 한 필을 꺼내 주었다. 김공은 흔연히 받아서는 작별인사를 하고 떠났다. 삼척 원이 매우 놀라고 의아해서 사람을 보내 알아보니 과연 그날 김공이 순시하던 안동부에서 죽었다고 했다. 이런 까닭으로 김공이 염라대왕이 되었다는 소문이 세상에 널리 퍼진 것이다.

구당(久堂) 박장원(朴長遠, 1612~1671년)과 김공의 아들 백곡(栢谷)은 절친한 친구 사이였다. 구당은 일찍이 북경에서 추수(推數)하여 왔는데 보니 모년 모월 죽을 것이라고 쓰여 있었다. 그해 정초에 인마를 보내어 백곡을 초대하여 와서는 한 장의 종이를 주면서 편지를 써달라고 부탁했다. 백곡이 말했다.

"어디로 보내는 편지를 쓰라는 것인가?"

구당이 말했다.

"자네가 돌아가신 존장께 보내는 편지를 얻고 싶네."

백곡이 황당하여 써주지 않자 구당이 말했다.

"자네 나를 황당하게 생각하는가? 황당하든 않든 간에 일단 나를 위해 써주기나 해주게."

재삼 간청하니 백곡이 부득이하여 붓을 들었다. 구당이 이렇게 불러주는 대로 쓰게 하였다.

"제 절친한 친구 박 아무개의 수명이 올해에 끝나려 합니다. 부디 불쌍하고 어여삐 여기시어 수명을 좀 연장시켜 주십시오."

겉봉투에는 '아버님 전에'라 쓰고 안 봉투에는 '소자 아무개 아룀'이라 썼다.

편지를 다 쓰자 구당은 방 하나를 깨끗이 치우고 백곡과 함께 그 편지를 태우며 말했다.

"오늘 이미 죽음을 면했다는 것을 알게 되었네."

과연 박장원은 그 해를 무사히 보내고 수십 년 뒤에 죽었다. 일이 허탄하고 망령스럽지만 어떻든 김공의 혼백은 보통 사람과는 크게 달랐다.

그 뒤 밤마다 추종을 많이 거느리고 등촉을 나란히 들고는 장동(長

洞)과 낙동(駱洞) 사이를 왕래했다. 간혹 친구를 만나면 말에서 내려 회포를 풀고는 했다. 어느 새벽 한 소년이 낙동을 지나다가 길 위에서 김공을 만나 이렇게 물었다.

"영공께서는 어디서 오십니까?"

김공이 대답하였다.

"오늘 새벽이 나의 기일이라네. 음식을 흠향하러 갔다가 제물이 불결하여 흠향도 하지 못하고 슬퍼하며 돌아가는 길이네."

그리고는 홀연 보이지가 않았다. 그 사람이 즉시 그 집에 갔는데 집은 창동에 있었다. 주인이 제사를 끝내고 나오자 소년은 김공과 주고받은 말을 전했다. 백곡은 크게 놀라 곧바로 내청으로 들어가 제물을 살펴보았다. 불결한 물건은 없었는데 다만 떡 속에 사람 털이 하나 들어가 있었다. 온 집안사람들이 다 놀라고 황송해했다.

그 뒤 다른 사람이 길에서 김공을 만났는데 김공이 이렇게 말했다.

"내 일찍이 남의 강목(綱目)¹⁰⁸을 빌려 보았는데 돌려주지 못했소 제 몇 권 몇째 장에 금박을 끼워두었지요. 돌려줄 때 혹 그걸 살펴보지 못하면 금박을 잃어버릴 우려가 있다오. 반드시 이 말을 우리 집에다 좀 전해주구려. 강목 책 안을 상세히 살펴본 뒤 돌려주라고요."

그 사람이 가서 그 말을 전하자 백곡이 강목을 살펴보니 과연 금박이 끼어 있었다. 사람들이 모두 기이하게 생각했다. 그 외 신이한 일들이 참 많지만 다 기록할 수가 없다.

— 이강옥 옮김, 『청구야담』 하, 문학동네, 2019, 299면.

앞의 <❺⑧ 염라왕이 부탁하여 새 도포를 구하다>와 유사하다. 이런 유화가

---

108 강목(綱目) : 주희(朱熹)가 지은 중국(中國)의 역사책(歷史冊)인 『통감강목(通鑑綱目)』의 준말.

항간에 두루 구연되었음을 짐작할 수 있다. 여기서는 김치가 저승 염라왕이 되기 이전의 파란만장한 정치적 역경을 자세히 보여줌으로써 저승과 저승왕 염라왕이 이승의 삶과 매우 긴밀하게 이어져 있음을 주장한 셈이다.

특히 염라왕이 되고 난 뒤, 김치의 아들 김득신의 친구 박장원이 김치에게 자기 수명을 더 구걸하는 과정은 평범한 현실 세계에서 무엇을 청탁하는 과정과 거의 차이가 없다. 이렇게 이승과 저승을 연결시키는 과정을 관찰하면서 삶과 죽음의 관계를 따져볼 수 있으니 유용한 죽음명상 텍스트가 된다.

(1) 망자와 살아남은 자를 위한 위무

저승과 이승이 이어져 다양한 관계를 맺는 이승저승관계담은 죽음이 모든 것을 끝장내지 않으면 좋겠다는 바람을 담은 것이기도 하다. 그런 점에서 어떤 죽음으로 인해 단절의 슬픔과 절망에 빠진 사람을 위무하는 역할을 충분히 한다고 할 수 있다. 이승저승관계담은 죽음이 모든 상황의 끝이 아니라 또 다른 삶의 시작일 수 있다는 것을 관찰하고 수용하게 한다.

<❺①허웅아기>에서 어린아이 둘을 두고 죽어 저승으로 간 허웅아기는 두고 온 아이에 대한 걱정으로 울음을 멈추지 못한다. 그 울음소리를 저승왕이 들었다는 것은 죽음이 이별한 사람에게 초래하는 고통을 그가 감지하게 되었음을 뜻한다. 저승왕은 똑같은 기준에 따라 사람을 저승으로 데려올 게 아니라 사람의 사정을 두루 고려하여 큰 무리가 생기지 않도록 데려와야 한다고 생각하게 되었다. 그래서 허웅아기에게 밤 동안만 이승의 아이들 곁에 머무는 것을 허용한 것이다.

동네 할머니가 허웅아기를 붙잡아두고 낮이 와도 보내주지 않은 것은 죽음과 저승을 부정하고 이승에서의 삶을 지속하려는 욕심의 실현이다. 이는 저승왕의 호의를 배반한 것이며 이승과 저승의 질서까지 흩트린 것이다. 그래서 허웅아기가 이승과 저승을 오가는 것은 더 이상 가능하지 않게 되었다. 이승과 저승을 일사적으로 오고가는 것이 불가능하게 된 형편은 이런 서사로 설명되었다. 이승과 저승의 공존에 대한 소망과는 달리, 죽은 사람과 산 사람, 저승과 이승은 엄연히 분리될 수밖에 없다는 사

실을 안타깝게도 각성하게 하는 것이다.

<❺②도랑선비 청정각시>는 망묵굿(함경도 지방에서 죽은 사람의 혼을 천도하기 위해 행하는 굿)에서 불리는 서사무가이다. 망자를 위로하는 굿에서 불리지만 그 내용은 신랑이 죽고 충격과 고통 속에서 살아가게 된 청정각시의 사연이다. 우리 서사무가가 저승으로 갈 망자보다는 슬픔과 고통 속에서 계속 살아가야 하는 사람을 위안하고 치료하는 성격이 더 강하기 때문일 것이다.

청정각시는 혼인날 남편과 사별하는 기막힌 불행을 극복하기 위해 자기 혼과 몸으로 할 수 있는 정성을 다 바친다. 그것은 저승과 이승으로 갈라진 부부 사이를 다시 잇기 위한 가장 간절한 행위이다. 배우자를 사별하고 살아가는 사람의 심리적 고통을 보여주는 것이기도 하여 독자나 청자에게 충분한 공감을 준다. 그러나 그것으로 저승과 이승의 벽을 완전히 넘어설 수는 없다. 삶과 죽음의 경계는 명백하기 때문이다. 도랑선비가 청정각시에게 자결을 요구하는 것은 그것이 이승과 저승의 경계를 넘어서는 유일한 방법이기 때문이다. 도랑선비가 청정각시에게 자결을 요구한 것은 청정각시가 이승에서 보여주고 감내하는 정성과 고통이 여전히 한계가 있는 것이라는 생각을 전제로 한다. 청정각시의 초인적 몸부림조차 이승의 몸과 몸 속 생명에 대한 집착을 내려둔 것은 아니기 때문이다. 도랑선비의 자결 요구는 이승에서의 몸과 생명에 대한 욕망까지도 내려두어야만 부부가 온전하게 함께 살 수 있다는 메시지를 던지는 것이다. 청정각시는 그것까지 내려두었기에 저승으로 가서 남편과 함께 살 수 있었다. 바로 그 전환이야말로 청정각시뿐 아니라 도랑선비까지도 인간에서 신으로 좌정하게 하였다. 불행을 숭고한 신성(神聖)으로 전환한 데서 죽음이 새로운 시작이라는 위대한 가르침을 확인한다. 이런 점에서도

<도랑선비와 청정각시>와 망묵굿이라는 굿이 살아남은 자를 위한 것이라는 역설이 가능해진다. 나아가 이런 서사무가가 단순히 살아남은 자를 위로하는 데 머물지 않고 일상적 존재를 더 위대한 존재로 다시 태어나게 한다는 점을 확인하게 된다.

(2) 이승 가족을 걱정하는 저승 혼

이승과 저승 세계는 각각 그 자체의 원리와 규범에 따라 꾸려진다. 그 원리와 규범은 원칙적으로 상반된다. 그러니 이승과 저승은 빛과 그림자처럼 구분되고 단절되는 가능성이 크다.

그런데 단절되기는커녕 더 긴밀하게 연결되는 경우가 허다하다. 야담이나 전설에서 그런 경우가 많다. 야담이나 전설에서 저승은 이승과 이어지고 저승의 존재들은 이승 존재들과 관계를 지속하거나 새로운 관계를 만들려 한다.

특히 저승의 존재나 저승으로 가야할 존재가 이승 공간에 나타나거나 남아 있는 경우가 허다하다. 이 현상은 이승에 대한 집착과 관련될 테다. 이승을 못 잊는 것이다.

> 조선의 옛날 여인들은(남자도 예외는 아니지만 특히 여자들은) 죽은 뒤의 제사에 모든 희망을 걸고 이 세상을 떠난다. 제사를 보장받을 수 없는 사람은 죽어서도 저승에 가지 못한다. 그리고 모처럼 승천해도 1년에 한 번 하늘나라에서 지상을 찾아오는 날을 아들이 잊어버리면, 어머니의 영혼은 망령처럼 이승을 계속 떠돌지 않으면 안 될 것이다.

김석범 작가의 『화산도』에 나오는 이 구절은 근현대에 이르러서도 제사의 관습이 지속되는 까닭을 설명해준다. 제주도 4·3 사건을 다루는 이 소설에서 주인공 이방근이 돌아가신 모친의 기일을 기억하지 못하자 집 안일을 돕는 부엌데기에 지나지 않는 '부엌이'조차 그를 책망한다. 그리고 작가는 위와 같이 우리나라 여성들이 제사에 집착하는 까닭을 요약하여 설명해준 것이다. 사람이 죽은 뒤 시간이 흘러도 그 혼은 일 년에 한 번 이승 후손을 만나 즐거운 시간을 가질 수 있다는 사실에 희망을 걸게 된다. 선조의 기일에 그 혼과 후손이 만나는 것은 이승과 저승이 원만하게 관계를 맺는 가장 바람직한 방식이라 할 수 있다.

이런 정기적 관계 이외에 이승 존재와 저승 존재가 만나는 것은 다소 문제적인 상황이다. 저승 존재에게 이승 사람이 필요하게 되고, 이승 사람에게 저승 존재가 절실히 필요한 비정상적 상황이 만들어진 경우다.

<혼령이 되어 아들을 찾은 임광>(『계서야담』, 676면)은 명부에서 '수찰하는 임무'를 맡은 임광이 개령 관아로 가서 아들을 만나는 모습을 평소와 똑같이 보여준다. 개령에 아들이 현감으로 있기 때문이다. 임광은 떠나면서 아들에게 이런 말을 한다.

> "명부에서 나에게 수찰(搜察)하는 임무를 맡겼는데 마침 여기를 지나게 되었다. 아버지와 자식 간의 정은 살아있거나 죽었거나 간에 무슨 차이가 있겠느냐? 내가 너를 보려고 왔다."[109]

부자간 정은 공과 사, 생과 사를 뛰어넘어 이어진다는 임광의 말은 이 부류 이야기를 향유하던 우리 선조들의 상정을 대변한다. 특히 생과 사를

---

109 『계서야담』, 677면.

뛰어넘는다는 것은 이승 사람과 저승 존재가 어떤 식으로든 연결되는 것을 정당화해주는 조건이 된다. 저승 존재는 이승 사람을 찾아와서 못다한 관계를 잠시나마 회복하기도 하지만, 이승 사람도 저승 존재에게 부탁을 할 수 있다고 여겼다. 가령 <❺❾ 김치의 기이한 삶과 죽음>에서 염라왕 김치의 아들 김득신(金得臣)은 자기 친구의 청탁을 받아 아버지 염라왕에게 친구의 수명을 연장해달라는 편지를 보내기까지 한다. <❺❻ 반함 구슬을 되돌려준 혼령>은 이승과 저승 사이의 상정이 더 강렬하게 된 국면을 보여준다. 저승의 재상은 자기 자식들이 가난해진 것을 못내 안타까워 한다. 딸의 초례를 앞두고는 집안 사정이 더 어려워진 것을 알았다. 그무렵 자기 제삿날이 된다. 제삿날 이승으로 왔다가 돌아가는 길에서 친구를 만난다. 친구가 보니 재상은 취해 있었다. 물어보니 여러 자식이 거듭 술잔을 권해 취했다고 했다. 작별을 고하고 떠나갔던 저승 재상이 되돌아왔다. 친구에게 종이 봉지 하나를 주며 이렇게 말한다.

"내 자식의 집이 너무 가난한데 또 혼사까지 치르게 되어 이것을 주고자 했는데 취해서 깜빡 까먹었다네. 자네가 나를 대신해서 좀 전해주게나."[110]

친구가 종이 봉지를 전해주려고 재상 집에 이르니 자식들은 제사를 마무리하고 있었다. 자식들이 봉지를 받아 펴 보니 구슬이 나왔다. 생각해보니 그 구슬은 재상의 초상 때 반함(飯含)으로 썼던 것이었다. 재상이 구슬을 돌려주어 딸자식의 혼수 마련을 위해 쓰게 한 것이다. <친구에게 나

---

110 『어우야담』, 241면.

타나 자손의 궁핍함을 덜어준 신경연의 혼령>(『국역학산한언』 2, 90면)에서 일찍 죽은 평사공(評事公)은 저승의 중요 관리 노릇을 하고 있었다. 이승의 후손이 가난하게 살고 있는 게 걱정이었다. 이승으로 왔던 평사공은 우연히 만난 친구에게 자기가 값나가는 옥관자와 보검을 싸서 후손 집 대들보 위에 두었는데 아는 사람이 없다며 친구가 가서 그 말을 전해달라 부탁한다. 과연 평사공 후손의 집에 가서 그 이야기를 해주고 확인해보니 옥관자와 보검이 대들보에 걸려 있었다. 후손은 그것으로 가난을 벗어난다.

이렇게 되면 저승에 있는 망자의 혼은 거주 공간만 다를 뿐 나머지 면에서는 이승의 가족과 함께 사는 셈이다. 가족 구성원 간의 사랑과 배려는 이승과 저승, 삶과 죽음 사이의 심연을 넘어서게 한 것이다.

이처럼 이승으로 다가온 저승 존재의 이야기가 있다면, 다른 한편 저승으로 다가간 이승 사람의 이야기도 있다. <❺③ 저승 손님의 유혹>은 저승으로 다가간 이승 사람의 이야기다. 여기에는 두 개의 일화가 들어있는데 둘 다 이승과 저승의 긴밀한 오고 감을 보여준다. 이집중(李執中)이 음관으로 차출되어 제관(祭官) 아무개와 함께 재실에서 잠을 자게 된다. 곤히 잠을 자던 이집중이 갑자기 일어나 옷의 띠로 자기 목을 매어 자결을 시도했다. 아무개가 만류하여 깨어난 이집중은 꿈에서 어떤 객이 저승의 즐거움을 말하면서 함께 가지고 거듭 유혹했다고 말했다. 이것은 자살과 관련하여 많은 생각을 하게 만든다. '저승→이승'이 아니라 '이승→저승'의 방향은 '스스로 이승에서 저승으로 간다'는 뜻인데, 이것은 이승의 관점에서 보면 자살을 의미한다. 그래서 이에 대한 진지한 성찰이 동반되어야 하는 것이다.

(3) 이승의 수의와 저승의 의복

저승이 이승과 가장 빈번하게 연결되는 부분은 '옷'이다. 염습할 때 입힌 수의가 출발점이 된다. <❺④ 저승의 복식>에서 어린 아들은 자기를 낳자마자 엄마가 죽었기에 그 얼굴을 몰랐다. 네다섯 살이 된 아이의 꿈에 한 여인이 나타나 아이를 안고 운다. 아이는 그 여인이 입은 옷이 엄마의 수의라는 유모의 말을 듣고 그 여인이 엄마인 줄 알게 된다. 엄마는 그동안 저승에서 그 수의만 계속 입고 이승에 남겨둔 아이 생각만 한 것이었다. 수의가 모자 관계를 복구하는 수단이 되었다.

<❺⑧ 염라왕이 부탁하여 새 도포를 구하다>, <❺⑨ 김치의 기이한 삶과 죽음>, <❺⑤ 제사에 참석한 친구가 옷이 낡았다고 부끄러워하다>, <서성의 제삿날 맏아들이 꾼 꿈>(『국역 학산한언』 2, 100면) 등에서 저승 존재들은 입은 옷이 낡아서 이승 사람에게 교체해 달라고 부탁한다. 적어도 옷의 제작에서는 저승은 독자적 능력이 없다. <❺⑧ 염라왕이 부탁하여 새 도포를 구하다>의 경우 저승에서의 시간이 흘러 그 사이 옷이 낡아졌다면 <❺⑨ 김치의 기이한 삶과 죽음>에서는 저승을 향해 떠나는 시점에 이미 옷이 해져 있었다. <❺⑤ 제사에 참석한 친구가 옷이 낡았다고 부끄러워하다>와 <서성의 제삿날 맏아들이 꾼 꿈>에서는 이승에서 염습할 때 수의에 때가 묻고 해졌기에 문제가 되었다. 이렇게 저승은 의식주 중 먼저 옷에서 스스로 해결하지 못하고 이승에 의존해야 하는 것으로 설정되었다. 옷을 통해 저승을 이승으로부터 완전히 분리시키지 않으려는 상념이 개입한 것으로 짐작된다.

(4) 음식을 흠향하다

저승이 이승과 결속되게 하는 더 강력한 계기는 음식이다. 기제사를 지내야 한다면 저승 존재는 최소한 일 년에 한 번 이상은 이승의 후손이 차려주는 음식을 먹기 위해 이승으로 오게 되어 있다. 제사 전후로 이승 사람과 저승 존재는 다양하게 만나게 되며 그와 관련된 야담 작품은 <❺❺ 제사에 참석한 친구가 옷이 낡았다고 부끄러워하다>, <서성의 제삿날 맏아들이 꾼 꿈>, <민기문에게 나타난 친구의 혼령>(『어우야담』, 240면) 등을 비롯하여 그 수가 많다.

> 민기문(閔起文)이 승지를 지낼 때 파루의 종소리를 듣고 대궐로 가다가 말 위에서 잠깐 졸았다. 그때 죽은 친구 유경심(柳景深)이 길에 나타났다. 안부를 묻고 어디 가는지 물어보았다.
> "우리 집 아들들이 술과 안주를 마련하고 맞이하길래 다 먹고 돌아가는 길이라네."
> 꿈에서 깨어나자 갑자기 술기운이 코를 엄습했다. 기이하게 여겨 그 집으로 사람을 보내 알아보니 유경심의 아들이 말했다.
> "오늘이 선친의 제삿날이어서 제사상을 막 치우고 있습니다."[111]

이렇게 저승 혼령이 자기 기제사 때 이승으로 와서 대접을 받는다는 모티프는 거의 패턴화 되어 있다. 이승 사람들은 고생하여 마련하여 올리는 제수를 혼령이 기꺼이 흠향한다고 믿고 싶었을 것이다. 제수 마련에 요령을 부리는 후손들에게 이런 이야기를 들려주어 경각심을 주고 싶었을 것이다.[112] 혹은 힘들게 제수를 마련해야 했던 후손들이 스스로 그 중

---

111 『어우야담』, 240~241면.

요성을 다그쳤을 것이다.

---

112 실제로 이런 자의식이 묻어있는 부분도 있다. "그 뒤 밤마다 추종을 많이 거느리고 등촉을 나란히 들고는 장동(長洞)과 낙동(駱洞) 사이를 왕래했다. 간혹 친구를 만나면 말에서 내려 회포를 풀고는 했다. 어느 새벽 한 소년이 낙동을 지나다가 길 위에서 김공을 만나 이렇게 물었다.
"영공께서는 어디서 오십니까?"
김공이 대답하였다.
"오늘 새벽이 나의 기일이라네. 음식을 흠향하러 갔다가 제물이 불결하여 흠향도 하지 못하고 슬퍼하며 돌아가는 길이네."
그리고는 홀연 보이지가 않았다. 그 사람이 즉시 그 집에 갔는데 집은 창동에 있었다. 주인이 제사를 끝내고 나오자 소년은 김공과 주고받은 말을 전했다. 백곡은 크게 놀라 곧바로 내청으로 들어가 제물을 살펴보았다. 불결한 물건은 없었는데 다만 떡 속에 사람의 털 하나 들어가 있었다. 온 집안사람들이 다 놀라고 황송해했다.(『청구야담』 하, 305면)

6. 벌이기도 하고 상이기도 한 환생 – 환생담

❻① 평안감사가 꿈을 통해 자기 전생을 알다

옛날 한 중신(重臣)이 있었는데 어릴 적에 자기 생일만 되면 밤마다 꿈에서 평소 알지 못했던 곳 어떤 집으로 가는 것이었다. 백발의 늙은 부부는 세발과 목욕을 하고 새 옷을 깨끗이 갈아입은 뒤 풍성하고 정갈한 음식을 상위에 차렸는데 옆에는 의자가 놓여있어서 제청(祭廳, 제사를 지내기 위해 제물을 마련해놓은 대청)의 모습이었다. 자기는 그 의자에 앉아서 음식을 배불리 먹는데, 그럴 때마다 늙은 부부는 상 아래에서 밤새 통곡을 하였다. 해마다 이와 같으니, 비록 꿈속에서 겪지만 해가 거듭된 지라 마을 거리의 모습, 집의 크기, 담장의 둘레, 수목의 빽빽함, 심지어 문호의 방향과 청사의 넓이, 돌계단의 굴곡조차 모두 눈앞에 펼쳐져 있는 듯 또렷하게 기억되었다. 비록 남에게 이야기는 하지 않았지만 마음 속으로 언제나 의심하고 괴이하게 여겼다.

뒤에 평안감사가 되어 평양으로 도임하는 길이었다. 감영에 조금 미치지 못한 부내의 한 마을을 보니 눈에 몹시 익었다. 해마다 꿈속에서 간 곳과 조금도 다르지 않아 기이하게 여긴 감사는 전배(前陪)[113]를 멈추게 하고 교유서(敎諭書)[114]와 절월(節越)[115] 등속을 길가에 두고

113　전배(前陪) : 벼슬아치가 행차할 때나 상관을 알현할 때에 앞을 인도하던 관리나 하인.
114　교유서(敎諭書) : 교서와 유서. 임금이 내리는 명령서들이다. 특히 유서는 관찰사, 절도사, 방어사가 부임할 때 임금이 내리는 명령서.
115　절월(節越) : 절부월(節斧鉞). 조선시대 관찰사, 유수, 수사, 대장, 통제사 등이 부임할 때 임금이 내려준 절과 부월. 절은 수기(手旗)와 같고, 부월은 도끼 비슷하다.

는 혼자 말을 타고 마을로 들어갔다. 과연 거기 한 집이 있는데 꿈속에서 본 것과 똑같았다.

감사가 그 집으로 들어가니 공방은 자리를 가지고 와 마루 위에 폈다. 온 마을 사람들은 놀라서 사라졌다. 그 집 늙은 부부가 나와서는 황송하여 어쩔 줄 모르고 마당 아래에 엎드렸다. 감사는 그들에게 올라와서 얼굴을 들어보라 했다. 꿈속에서 통곡하던 늙은 부부의 얼굴 그대로였다. 연세가 얼마고 자식과 손자들은 있는지 물었다. 노옹이 말했다.

"아들 하나가 있었지만 요절한 지 오래되었습죠."

몇 살 때 요절했느냐 물으니 이렇게 대답했다.

"열다섯에 죽었나이다. 그 아이는 나면서부터 영특하여 총명이 다른 아이들에 비해 출중했습니다. 상놈의 일에 묻히게 하는 게 실로 안타까워 서당에 가서 공부하게 했습지요. 그러니 보는 족족 외워 문리가 날마다 나아져 아래위를 막론하고 온 고을 사람들이 모두 다 칭찬을 금치 못했지요. 하루는 평안감사님 도임 행렬을 보았나이다. 그리고는 '사내대장부라면 평안감사는 해야지!' 하며 탄식을 했습니다. 이날 이후로 병들어 누어 신음하더니 병세가 점점 위중해져 아무 년 아무 달 아무 일에 죽었나이다.[116] 소인은 슬픔을 어쩔 수 없어 해마

---

116 아이가 평안감사의 행차를 보고 탄식하다 죽는 과정에 약간의 비약이나 탈락이 있다. 비슷한 이야기가 『금계필담(錦溪筆談)』에 실려 있는데, 이 과정이 좀 더 실감나게 서술되어 있다. 『금계필담』에서는 늙은 부부 대신 기생인 모친만 등장한다. 아이의 죽음에 대한 모친의 회상 부분의 일부를 옮긴다.
'순사또가 도임하는 위엄을 보고 돌아와 소첩에게 말했지요. "나도 자라면 평안감사가 될 수 있겠지?" 그러기에 첩은 말했습니다. "얘가 헛말을 하는구나! 넌 바탕이 미천하여 공명이 최고로 이루어진다 해도 이방이나 호방 이상이 될 수 없단다. 그러니 어찌 감히 감사가 되기를 바란단 말이냐?" 그러나 아이가 분해하며 말했죠. "남아가 이 세상에 태어나 평안감사도 못된다면 뭣 하러 산단 말이냐!" 그리고는 시름시름 앓아 병이 깊어 갔습니다. 온갖 말로 타일렀으나 끝내 마음을 바꾸지 않고 몇 달 뒤 마침내 죽었습니다.'

다 그날이 되면 소찬을 간략하게나마 마련하여 제사를 지내주나이다."

감사가 들어보니 그 아이가 죽은 연월일이 자기가 태어난 연월일과 똑같아 더욱 기이하게 여겨졌다.

"도임 후 당신을 부를 터이니 꼭 오시오."

이렇게 늙은 부부에게 부탁하고 떠났다. 감영에 도착한 지 3일 후, 감사는 늙은 부부를 불러 음식을 후하게 대접하고 자기 꿈속의 일에 대해 이야기해 주었다. 그리고 영문 근처에 집 한 채를 사들여 거기 거처하게 하고 논도 사주었다. 늙은 부부에게 아들이 없기에 제위답(祭位畓, 제사에 드는 비용을 마련하기 위한 논)을 마련하여 본부 작청(作廳, 군아에서 아전(衙前)이 일을 보던 곳)에 부쳐두고 늙은 부부가 죽은 뒤에 제사를 지낼 비용으로 삼았다. 작청에서 제사를 지내주도록 하였다.

감사는 그 뒤로 그 꿈을 꾸지 않았다.

— 이강옥 옮김, 『청구야담』 상, 문학동네, 2019, 111면.

영특하지만 천민(혹은 평민) 신분으로 태어난 소년이 어깨 너머로 서당 공부를 하며 평안감사가 되는 것을 꿈꾸다가 자기의 천한 신분으로는 그게 불가능하다는 것을 알고는 죽는다. 평안감사로 출세하는 것에 대한 집착이 엄청나게 강하다. 이런 집착과 욕망에 바탕을 두고 죽어서 양반의 자식으로 환생한 것이다.

스스로 이뤄지게 한 환생은 자기 의식 성향을 지속하게 하지 전환하거나 달라지게 하지 않는다. 전생-현생, 현생-내생의 세계 전환은 있어도, 주체 의식의 전환은 없다. 동일한 의식지향이 증폭될 따름이다. 이런 환생을 통해 이승의 욕망에 대한 성찰이 진지하게 이뤄질 수 있을 것이다.

❻② 오달성吳達聖

영조 임신년(1752년)에 온 건륭제 칙사의 부사(副使) 오달성은 한인(漢人)인데, 배와(坯窩) 김상숙(金相肅)이 자기 맏사위 마전(麻田) 현감 이구영(李耉永)에게서 오달성에 대한 이야기를 듣고 나에게 전해준 것이다.

오부사는 임진년(1592년)에 전사한 이경류(李慶流)의 후신이라 한다. 이경류는 병조좌랑으로 임진왜란 때 조방장 변기(邊璣)의 종사관이 되었는데, 상주에서 전사했다. 그의 혼이 자기 집으로 돌아와 모습을 드러내지는 않고 보통 때처럼 말하니 그 집에서 그의 부인 방에 한 영좌(靈座)를 설치하여 두었다. 매일 자기 어머니 방에 아침저녁으로 문안을 드리는데 어머니가 매양 죽을 당시의 모습을 보여달라고 하였다. 혼은 그때마다 만류하면서 말하기를 "어찌 차마 못 볼 형상을 꼭 보시려 합니까?"라 하였다. 어머니가 굳이 요청하니, 혼은 마침내 칼에 맞은 형상을 드러냈다. 어머니는 통곡하며 기절하고 말았다. 혼이 힘껏 간호하여 어머니가 소생하였다. 어머니가, "이런 때문에 네가 모습을 보이려고 하지 않았구나!"라 말하였다.

혼은 영좌에서 자기 외아들 이제(李穧)에게 글을 가르쳤다. 이제는 마침내 급제하여, 벼슬이 대구 원에 이르렀다. 이제가 마마에 걸려 증세가 심했다. 의원이 말하기를, "동정호의 귤을 써야 되는데, 멀어서 가져올 수가 없다."라 하니, 혼은 "내가 가져오겠다."라 하고는 잠시 뒤에 귤 10여 개를 따가지고 왔다. 그것을 쓰니 병세가 나아졌다.

하루는 혼이 집안사람들에게 작별을 고하면서 "나는 장차 다른 곳으로 가서 화신(化身)할 것이다. 또 아무 해 재생할 것인데, 응당 중원 강남 땅에 태어날 것이다. 뒤에 고국을 찾아와 풍물을 한번 구경할까 하노라."고 했다.

혼은 이내 떠나갔다. 혼이 있을 때는 제사의 영험이 있었지만 혼이
떠나버린 후로는 영험이 전혀 없어졌다고 한다.

그의 자손들이 이 사적과 강남 땅에서 재생하리라는 말을 기록하여
사당 안에 보관해 두었다. 오부사가 우리나라에 왔을 때 햇수를 따져
보니 꼭 들어맞았다. 자손들은 중국 사신이 묵는 집에 들어가 오부사
를 만나려고 여러 사람에게 의론했다. 사람들이 곧 국법에 금하는 일
을 범할 수 없을 뿐 아니라 일이 허황하다며 적극 말려서 그만두었다.

오부사는 매양 우리나라를 도와주었고, 폐해를 준 관행들을 제거한
것이 한둘이 아니었다.

—이규상 지음, 민족문학사연구소 옮김, 『18세기 조선인물지 병세재언록』,
창작과 비평사, 1997, 219면.

임진전쟁 때 전사한 이경류의 혼은 밤마다 자기 집으로 와서 부부생활을 하
고 아들을 가르치는 등의 기이한 현상을 내보이다 자신의 대상 날 떠나간다.
이경류는 중국의 칙사의 부사(副使) 오달성(吳達聖)으로 환생했다. 예언대로
오달성은 조선을 방문했는데 그 뒤로 조선을 언제나 도와준다. 오달성이 조선
을 도와주기는 하지만, 이경류가 조선을 돕겠다는 서원을 했기에 오달성으로
환생한 것은 아니다. 다만 이경류가 나라를 위해 기꺼이 목숨을 바치며 한 생
을 마무리하였다는 점에서 다음 생의 환생이 이루어졌고, 그 환생 인물인 오
달성도 그 정신이 깃들어 조선을 도와주게 되었다는 것이다. 인과응보의 성격
이 여기에서도 확인된다. 인과응보와 환생에 대해 성찰할 수 있는 좋은 텍스
트다.

❻③ 김귀봉金貴奉의 환생을 암시한 참서

김귀봉은 양근(경기도 양평)의 남중면 성덕에 사는 상민이었다. 키와 체구는 작았으나 단단하였고, 매우 조심성 있는 성품이었다. 남들에게 화를 내는 법이 없었고, 비록 사소한 일이라도 일절 속이거나 숨기는 적이 없었다. 이러한 성격 때문에 동네 사람들은 누구나 다 그를 칭찬하였다. 매년 봄가을 강신(講信, 양반들이 모여 술을 마시며 향약(鄕約)에 관해 의논하던 모임) 때마다 그 자리에 참석한 많은 양반들이 술잔을 나누며 그를 칭찬했다.

그의 나이 47세 때에 병으로 죽어 아내만 홀로 남았다. 그가 죽고 3년이 지난 뒤에 어떤 사람이 먼 곳으로부터 와서 귀봉의 집을 찾았다. 마을 사람들은 무슨 사단이 있나 싶어 알려주지 않았다.

그 사람이 마을을 떠나 마을이 바라보이는 정평에 이르렀을 때 들나물을 캐고 있는 노파 한 사람을 만나게 되었다. 지나가는 말로 귀봉의 집을 물으니, 노파가 말하기를,

"귀봉이란 사람이 있었지만 죽은 지 3년이 되었다오."

하므로 그가 말하였다.

"귀봉이란 사람에게 처자가 있는지 물어도 되겠소?"

"내가 바로 귀봉의 아내가 되는 사람이오."

"저는 대흥(충남 예산의 고을)에 있는 송 도사(종5품 벼슬) 댁 종입니다. 2년 전에 우리 상전께서 아드님을 한 분 두셨는데, 등 한가운데 '양근 남중면 성덕 김귀봉'이라는 글자 열 개가 시퍼런 빛깔로 분명히 보였지요. 상전께서 매우 기이하게 여기시고, 내게 노잣돈과 길 양식을 대주시며 찾아가서 실제 자취를 조사해보라고 하셨다오. 그래 내가 묻는 것이라오"

귀봉의 아내가 그 말을 듣고 크게 기이하게 여기며 그를 집으로 데

리고 가서 밥을 지어 대접하였다. 그리고는 귀봉이 쓰던 식기와 담뱃대 등의 물건을 주었으나, 그는 받지 않고 돌아가 일일이 송 도사에게 아뢰었다.

송 도사는 몹시 감탄하며 기이하게 여겼다. 자신의 아들이 귀봉의 후신임을 알게 되었던 것이다.

그로부터 얼마 지나지 않아 귀봉의 아내가 대흥에 있는 송 도사 집으로 찾아와 그 종을 만나서는 집에 들어가 아이를 보게 해달라고 청했다. 종이 말하기를,

"이는 세상에서 꺼리는 일이니 다그쳐서는 안 될 것이오. 먼발치에서 보는 것이야 괜찮겠지요."

하였다. 귀봉의 아내는 온종일 문병(門屏, 밖에서 집안을 들여다보지 못하도록 대문이나 중문 안쪽에 가로막아 놓은 담이나 널빤지) 사이에서 기다렸다. 해가 저물 무렵에 계집종이 아이를 업고는 마당가를 오락가락하는 것이었다. 귀봉의 아내는 멀리서나마 볼 수 있는 기회를 얻었다. 비록 아주 조그맣게 보이긴 하였으나 생긴 모습이 죽은 남편인 귀봉과 흡사하였다. 귀봉의 아내는 슬픈 감정을 이길 수가 없어 하루를 그곳에 머물고 돌아갔다.

— 신돈복 지음, 김동욱 옮김, 『국역 학산한언』 2, 보고사, 2007, 68면.

김귀봉은 남에게 화를 내는 일이 없었고 사소한 일에서라도 남을 속이지 않는 사람이었다. 동네 사람들도 다들 그의 인격을 칭찬했다. 그가 죽어서 충청도 예산 송 도사 댁 아들로 환생했다고 보았다. 등에 '양근 남중면 성덕 김귀봉'이란 글자가 새겨져 있는 것이 그 증거였다. 이 점은 다음에 실은 『삼국유사』의 김대성 이야기와 상통한다. 김귀봉 자신의 어떤 소망이나 집착이 아니라 고매한 인격과 선행에 대한 일종의 축복 차원에서 환생이 이루어졌다. 그 점에서 삶과 죽음, 환생의 고리에 대한 성찰을 가능하게 한다.

❻④ 대성大城 효孝 이세 부모二世父母

모량리의 가난한 여인 경조에게 아이가 있었는데 머리가 크고 정수리가 평평하여 성과 같아 이름을 대성이라 하였다.

집이 가난하여 생활할 수 없었으므로 부자인 복안의 집으로 가서 품팔이를 하여 그 집에서 준 약간의 밭으로 의식의 밑천으로 삼았다. 그때 고승 점개(漸開)가 육륜회(六輪會)를 베풀고자 하여 복안의 집에 와 보시할 것을 권하자, 복안은 베 50필을 주었다. 점개는 주문을 읽어 복을 빌었다.

"시주께서 보시하기를 좋아하니 천신이 항상 보호하실 것이며, 한 가지를 보시하면 만 배를 얻게 되오니 안락하고 장수하실 것입니다."

대성이 이 말을 듣자 뛰어 들어가 그의 어머니에게 말했다.

"제가 문간에 오신 스님이 외우는 소리를 들으니 한 가지를 보시하면 만 배를 얻는다고 합니다. 생각하니 저에겐 전생에 닦은 선행(善行)이 없어 지금에 와서 곤궁한가 합니다. 그러니 이제 또 보시하지 않는다면 내세에는 더욱 곤궁할 것입니다. 제가 고용살이로 얻은 밭을 법회에 보시해서 후일의 응보를 도모하면 어떻겠습니까?"

어머니도 좋다고 하여 밭을 점개에게 보시했다. 얼마 후 대성은 세상을 떠났다.

이날 밤 재상 김문량의 집에 하늘의 소리가 들렸다.

"모량리에 살던 대성이란 아이가 네 집에 태어날 것이다."

집안사람들은 매우 놀라서 사람을 시켜 모량리를 조사하게 했다. 대성이 과연 죽었는데 그날에 하늘의 소리가 들렸던 것이었다. 그 후 김문량의 아내는 임신해서 아이를 낳았다. 아이는 왼손을 꼭 쥐고 펴지 않더니 7일만에야 폈는데 금으로 만든 쪽지에 '대성(大城)'이라는 두 글자가 새겨져 있었다. 그래서 대성이라 이름짓고 모량리의 어머니를 모셔다 함께 봉양했다.

어느덧 장성하여 사냥을 좋아했다. 하루는 토함산에 올라 곰 한 마리를 잡고는 산 밑의 마을에서 잤다. 꿈에 곰이 귀신으로 변해 시비를 걸었다.

"너는 왜 나를 죽였느냐? 내가 다시 너를 잡아먹으리라."

대성이 겁에 질려 용서를 빌었다. 귀신이 말했다.

"그럼 네가 나를 위해서 절을 세워 주겠느냐?"

대성은 그러겠다고 맹세했다. 꿈에서 깨어보니 땀이 자리를 흥건히 적시고 있었다. 그 후로는 들로 나가 사냥하지 않고 곰을 죽인 그 자리에 곰을 위해 장수사(長壽寺)를 세웠다. 그로 인하여 마음에 감동되는 바 있고 자비의 원이 더욱 깊어졌다. 이에 현생의 양친을 위해 불국사를 세웠으며, 전생의 부모를 위해 석불사를 세워 신림, 표훈 두 성사를 청해서 각각 주석하게 했다. 아름답고 큰 불상을 세워 키워주신 부모의 노고에 보답했으니 한 몸으로 전생과 현생의 부모께 효도한 것은 옛적에도 보기 드문 일이었다. 착한 보시의 영험을 어찌 믿지 않겠는가?

석불을 조각하려 했다. 커다란 돌을 다듬어 감개를 만들려 했는데 갑자기 그 돌이 세 조각으로 갈라졌다. 대성이 속상해하다 얼핏 잠이 들었는데 밤중에 천신이 내려와 다 만들어 놓고 돌아갔다. 깨어난 대성은 남쪽 고개로 급히 달려가 향나무를 태워 천신께 공양을 올렸다. 그래서 그곳을 향령(香嶺)이라 했다. 불국사의 운제(雲梯, 높은 사닥다리)와 석탑은 돌과 나무에 조각한 기공이 경주의 여러 절 중에 으뜸이다.

—일연, 최남선 편, 『삼국유사』, 민중서관, 1954, 239면.

김대성이 원에 의해 환생하여 두 번의 생애에 걸쳐 보시와 자비행을 실천하는 과정이 감동을 준다. 석굴암과 불국사의 창건이 효행과 연결되었다. 이 점에서 이 환생담이 평범한 사람들의 생활 감각에 뿌리를 내리고 있음을 알 수 있다.

❻⑤ 전생의 노루 한 쌍이 타고난 인연

옛날 어느 평양 사람이 예쁜 여자에게 장가를 갔다. 하루는 평안감사가 그 예쁜 여자에게 수청을 들게 했다. 그 사람은 마누라를 평안감사에게 뺏길 것 같았다. 세상살이가 싫어졌다. 밥도 안 먹고 있다가 함께 도망쳤다. 산 계곡 길을 걸어가다 보니 강원도 대관령에 이르렀다. 날이 저물어 작은 오두막집으로 갔다.

오두막집에는 할머니와 숯 굽는 아들 총각이 살고 있었다. 단칸방이라 그 사람과 아내는 부엌에서 자겠다 했다. 총각이 그러면 안 된다며 내외를 방으로 들어오게 했다. 아랫목에 총각이 눕고 그다음에 할머니가 눕고 그다음에 마누라가 눕고 그다음에 그 사람이 누웠다. 자다 보니 자기 마누라가 총각 옆에 누워있었다. 기가 막히는 일이었다. 하지만 여러 날 걸어와 몸이 고달파 오줌 누러 나갔다가 들어와서 아랫목과 윗목을 분간하지 못해 저렇게 되었나 보다 이해해주었다. 그러나 어수선한 생각이 자꾸만 나서 뜬눈으로 밤을 세웠다.

아침이 되어,

"자 이제 날도 밝았고 아침도 먹었으니 떠나자."

하고 그 사람이 말하자 마누라는,

"저는 몸이 고달파서 도저히 더 못 갈 것 같으니 하루만 더 놀다 가요."

했다. 마누라는 남편이 자기 마음을 모르는 줄 알았지만, 남편은 마누라의 속셈을 알고 있었다.

'저 여편네가 저 총각하고 자더니 반해서 저러는구나!'

그 사람은 어떻게 할 수 없었고 또 함부로 나대다가는 총각한테 무슨 봉변을 당할지도 몰랐다.

"에이고 모르겠다. 너하고 나하고는 평양서부터 함께 살 인연이 아니었다. 너는 너대로 살아라. 나는 나대로 가야겠다."

이렇게 말하고는 혼자 떠나갔다. 가면서 '아내가 여기까지 와서 숯 굽는 총각하고 살 바에는 차라리 평안감사 수청을 들어 호강하고 사는 게 더 좋았을 텐네' 하는 생각이 들었다. 그 참 기묘한 일이었다.

그 사람은 더 깊은 산 속 절로 들어갔다. 스님한테서 십 년 동안 점치는 법을 배워 어느새 점을 잘 치게 되었다. 자기 아내가 무엇 때문에 그 숯검쟁이에게 반했는지 점을 쳐보았다.

대관령에 암수 노루 한 쌍이 있었는데 암놈은 죽어 자기 아내가 되었고 수놈은 숯 굽는 총각이 된 것이었다. 그걸 천생연분이라 하는 것 같았다. 평안감사도 싫고 자기 남편도 싫어 결국 거기까지 와서 자기 원래 배필을 만난 것이었다.

—신노식 구연, 〈전생의 노루 한 쌍이 타고난 인연〉,
『한국구비문학대계』 7–9, 경상북도 예안면, 1983, 873면.

현생의 부부 사이에 생긴 특이한 상황을 전생의 특별한 인연으로 설명하려 했다. 가까운 사람의 전생이 동물이었을 수도 있다는 발상을 받아들인다면, 이해되지 않는 행동을 하는 타인을 좀 더 너그럽게 용인할 수 있을 것이다. 그러나 반대로 타인에게 부당한 행동을 하는 나 자신을 변명하는 논리가 되기도 한다. 존재 간 관계가 환생 과정에서 지속되기도 하고 결정적으로 달라지기도 한다는 점에서 많은 생각을 하게 된다.

❻⑥ 전생의 인연을 찾아간 이야기

금슬이 좋은 부부가 부유하게 살고 있었다. 어느 날 마누라가 사라져 버렸다. 남편이 마누라를 찾아다니기 시작한 지 몇 년 뒤 어느 날 밥을 이고 가는 마누라를 발견했다. 따라가 보니 시커먼 숯쟁이와 마주 앉아 밥을 먹기 시작했다. 자기와 사는 것이 저렇게 흉악한 놈하고 사는 것보다 백배 천배 더 나을 건데 하는 생각을 누를 수가 없었다.

한참 넋을 놓고 바라보고 있는데 숯쟁이가 갑자기 찔러 죽이겠다며 칼을 들고 자기를 향해 달려왔다. 남편은 황급히 도망을 쳤다. 그리고는 곧바로 절로 들어갔다. 부처님 앞에서 고요히 명상을 해보니 전생이 보였다. 숯쟁이는 전생이 돼지였고 자기 마누라는 이였다. 자기만 전생이 사람이었다.

전생에 이였던 마누라는 따뜻한 깔 방석에 붙어서 남편을 파먹었다. 그러다가 돼지에게로 옮겨가서 죽을 때까지 돼지를 파먹고 살았다. 그 은혜를 갚기 위해 남편과는 잠시만 살아주고 남은 시간 내내 숯쟁이와 살려고 간 것이었다.

—홍분임 구연, 〈전생의 인연을 찾아간 이야기〉,
『한국구비문학대계』 7-15, 경상북도 구미시, 1983, 156면.

현생의 특이한 상황에 대한 설명으로서 전생을 가져왔다. 현재의 특별한 부부 관계는 전생의 특별함에서 비롯했음을 알기에 어쩔 수 없다는 것, 그래서 상대의 잘못이나 못마땅함을 지금 상대방의 탓으로만 돌려서는 안 되고, 또 자기에게 상처를 준 타자를 지나치게 책망해서도 안 된다고 생각하게 된다. 이런 전생 살피기는 타인에 대해 관대한 태도를 가질 수 있게 한다. 다르게 읽으면 지금의 부부관계가 원만하지 못한 것은 전생의 결정적 차이에서 비롯한 것이기 때문에 어쩔 수 없다는 자포자기에 이를 수도 있다. 일종의 이혼을 인정하는 것이다. 그런 점에서 이 텍스트는 부부생활에 대한 성찰의 계기로 활용할 수 있다.

❻⑦ 백인百人재의 범 눈썹

부부가 가난하게 사는데 아이가 자꾸 생겼다. 다섯을 낳았는데도 또 생기니 죽을 지경이었다. 남자는 나무를 해 시장에 팔고 마누라는 디딜방아에 품을 팔아서 생계를 꾸려갔다. 남자는 아무리 생각해도 희망이 없는 것 같았다. 이리도 가난하게 사느니 차라리 죽는 게 나을 것 같았다.

백인재라는 고개가 있는데, 그 고개를 넘다가 죽는 게 다반사지만 죽지 않으면 팔자를 고친다는 소문이 있었다. 백 명이 함께 넘어야 죽을 위험이 없어지는데 남자는 혼자 넘기로 했다. 고개를 넘어가니 바위 위에 도복을 입은 백발노인이 앉아 있었다.

"뭘 하러 여기까지 올라왔느냐?"

"혼자 고개를 넘으면 잡아먹는다 했는데 당신은 왜 나를 잡아먹지 않소? 나는 당신 밥이 되려고 올라왔소."

"당신은 내가 못 잡아먹는다."

"못 잡아먹는 이유가 뭐요?"

"당신은 사람이기 때문이다. 사람은 못 잡아먹는다. 난 이 산의 산신령이다."

"아... 제가 사람인 줄 어떻게 아십니까?"

저쪽에서 백 명이나 될 듯한 사람들의 소리가 들려왔다. 산신령이 긴 눈썹을 쑥 빼 주며 말했다.

"이걸 눈에 대고 저 사람들을 보아라."

그것을 눈에 대고 보니 백 명 중에 진짜 사람은 한둘밖에 없었다. 나머지는 소나 말, 닭과 같은 짐승이었다.

남자가 그 눈썹을 가지고 고개를 내려오는데 등짐장사와 그 아내가 산등성이에서 쉬고 있었다. 그 눈썹을 눈에 대고 보니 남자는 닭이고 여자는 사람이었다. 두 사람을 데리고 자기 집으로 왔다. 그 눈썹으로 자기 아내를 보니 닭이었다. 자기가 사람이 아닌 닭을 만나 부부생활을 했기 때문에 일이 잘 안 풀려 그렇게 가난했겠지 생각했다.

그날 밤 단칸방에 네 사람이 함께 잤다. 주인 남자는 자기 부인과 등짐장사가 붙어 자게 하고는 한밤중에 등짐장이를 깨워서 남의 마누라에 손을 댔다고 으름장을 놓았다.

"네 이놈아! 내 마누라가 그리도 탐이 난다면 그냥 데리고 가거라!" 하고 윽박질렀다. 자기 아내에게는,

"네 이년! 너는 이 등짐장사 영감쟁이가 나보다 더 좋아 그 옆에 붙었나?"

하며 귀때기를 내갈겼다.

"당장 나가라! 안 그러면 다 죽는다!"

등짐장수는 자기 짐도 버려두고 주인마누라를 데리고 도망쳤다. 강원도 산중으로 들어가 팥밭이나 일구려 했다.

주인 남자는 등짐장이 마누라에게 말했다.

"당신이 저 영감쟁이와 산다면 평생 고생을 면치 못할 거요. 저 영감은 닭이고 당신은 사람이라오. 나도 사람이니, 사람은 사람과 살아야지 짐승과 살면 안 되지요. 내일 장에 이 사기를 팔러 갑시다."

전에 장을 돌 때는 두세 곳을 들러야 겨우 한 짐을 팔았는데 이번에는 한 곳에서 순식간에 다 팔았다.

그 뒤로 뭐든 다 잘 팔리어 돈을 많이 벌었다. 논도 사고 밭도 사고 집도 짓고 아이도 낳았다. 이렇게 사오 년이 지났다. 하루는 비가 줄

줄 내리는데 가만히 생각해보니

'우리는 사기그릇 한 번 만에 잘 팔아 이만큼 잘 되었지만 저들은 맨손으로 나가 틀림없이 죽을 거다.'

이런 생각이 들어 눈물이 핑 돌았다. 정말 애처로운 마음이 일어났다. 그래 마누라와 의논을 했다.

"당신 생각해보라고. 옛날 당신 영감과 우리 마누라, 아닌 밤중에 맨손으로 내쫓겼는데 틀림없이 죽었을 성싶어. 우리가 이만큼 살 정도가 되었으니 그 사람들 시신이라도 편히 쉴 산을 정하고 안장(安葬)이라도 해줘야지!"

"한번 찾아보아요. 저도 마음속으로 기다렸답니다. 찾아보아요."

그들은 보따리와 노자를 준비해서 길을 떠났다.

한편 그 옛날 등짐장사와 주인마누라는 쫓겨나 팥밭이나 이루려고 산중으로 갔다. 밭을 이루려고 땅을 파는데 큰 덩어리 하나가 묻혀 있었다. 잘 살펴보니 금덩어리였다. 그걸 팔아 집을 짓고 논밭도 사고 하여 잘살게 되었다.

주인 남자가 산중으로 들어가니 기와집 두 채가 나타났다.

'아 이리 깊은 골짜기에도 저런 부자가 있는 가배!'

하며 담배 한 대를 피우니 날이 저물었다. 나무꾼이 지나가길래 물었다.

"저 기와집 주인이 부자요?"

"예, 부자이지요."

"저 집이 길손을 받아주나요?"

"아무렴요, 어떤 손님이라도 환영해주고 노자까지 챙겨주지요."

"어디서 온 사람인가요?"

"예, 잘은 모르지만 몇 해 전에 땅을 일구다가 금덩이를 주워서 벼락부자가 되었다지요, 아마."

나무꾼의 이야기를 들어보니 기와집 주인은 분명 자기가 내쫓은 등짐장수와 자기 마누라일 것 같았다. 그 집으로 가보니 과연 손님을 위해서 객실을 잘 꾸며두었다.

그날은 비가 줄줄 내렸다. 등짐장수가 생각했다.

'우리는 나와서 이만큼 잘 되었는데, 그 사람들은 사기그릇 한 짐 팔아서 얼마나 벌 수 있었을까? 어떻게 사는고? 내 재산이 풍족하니 우리 넷이 여기서 넉넉히 살 수 있겠지. 내가 그 사람들을 데려와야지.'

등짐장수가 이런 생각에 잠겨 있는데 남자가 그 집으로 들어갔다. 전 마누라는 남자를 한눈에 알아보았다. 엎어질 듯 달려가 손을 잡아 이끌고 들어갔다.

그간의 내력을 다 이야기하니 어느덧 네 사람은 한마음이 되었다. 서로 형제자매가 되어 함께 잘 살았다 한다.

— 황경호 구연, 〈백인(百人)재의 범 눈썹〉,
『한국구비문학대계』 7-2, 경상북도 월성군 외동면, 1983, 184면.

남편은 가난의 책임을 전적으로 아내에게 돌리는데, 그 점은 비판적으로 읽을 필요가 있다. 그러나 그것을 전생의 문제로 연결시켰다는 점이 특별하다. 전생이 같은 존재끼리 부부가 되어 살아야 잘 산다는 것이다. 전생이 사람인 존재는 전생이 사람인 짝을 만나 살고, 전생이 동물인 경우는 전생이 동물인 짝을 만나 살아야 잘된다는 것이다.

'전생'이 동물인 사람은 '지금' '겉으로는' 사람으로 보이지만 '본질'은 동물이라는 것을 뜻한다. 전생이 사람이거나 동물이라는 것을 사람의 성향이나 동물의 성향을 암시하는 것으로 읽을 수도 있다. 그래서 사람끼리 살면 잘 되는 것처럼 동물끼리 살아도 잘된다. 마지막 부분에서 쫓아낸 '사람 부부'와 쫓겨난 '동물 부부'가 서로에 대해 연민의 마음을 가져 마침내 형제자매로 살아가게 된다. 이 점은 '부부 짝 바꾸기' 이야기가 진정으로 추구하는 바가 무엇인지 암시하는 대목이다.

생을 마무리하는 단계에서 부부로서의 삶을 성찰하는 매우 유용한 텍스트가 된다.

❻⑧ 노름장이의 횡재

옛날에 앞집 초가집은 아주 가난해서 짚신을 삼아 팔아 생계를 꾸려갔다. 뒷집 기와집은 부자였다. 짚신쟁이는 짚신을 열심히 삼으며 살았지만 뒷집 기와집 아들은 노름을 일삼았다.

기와집 아들이 노름으로 돈을 다 잃고 노름방 뒷전꾼이 되어 술이나 얻어먹는 지경이 되었다.

하루는 기와집 아들이 노름판에서 놀다가 밤중이 되어 고개를 넘어가고 있었다. 뒤에서 백발노인이 불러서는 말했다.

"네가 왜 사람 같잖은 것들과 노느냐? 너는 사람이니 사람 같잖은 것들이랑 어울리지 말아라. 저 노름판 사람들은 다 사람이 아니니라."

백발노인은 자기 눈썹을 하나 빼 주며 다시 말했다.

"너 이것으로 한쪽 눈을 가리고 앞에 가는 저 사람들을 보아라."

눈썹을 눈앞에 대고 보니 닭도 기어가고 소와 돼지도 기어가고 있었다. 앞에 가던 누구도 사람으로 보이지는 않았다.

"전부 돼지나 소가 아니면 닭이지? 저런 것들과 놀지 말아라. 앞으로 조심하거라!"

백발노인은 이렇게 당부하고 사라졌다. 산신령인지도 몰랐다.

다음 날 아침 기와집 아들은 노인이 준 눈썹을 눈에 대고 자기 마누라를 보았다. 마누라는 닭이었다.

'마누라가 닭이라니! 그래서 우리 살림을 모두 다 후벼 냈구나!'

이런 생각이 들었다.

한편 짚신을 만들어 팔아 생계를 꾸려가는 앞집의 마누라는 이렇게 불평했다.

"뒷집 양반은 노름만 하고 다녀도 잘만 사는데, 당신은 맨날 짚신을 삼는데도 아침 밥 저녁 죽도 못 먹으니 쯧쯧..."

그래서인지 앞집도 뒷집도 맨날 싸움이 일어났다. 싸움을 하다가 어떤 말까지 하는고 하니,

"그러면 내가 뭐 뒷집에 가서 살고, 뒷집 기와집 남자가 여기 와 살게 할까?"

라 하기도 했다.

그러던 어느 날 앞집 짚신쟁이 마누라가 뒷집 기와집에 놀러 갔다. 기와집 남자가 노인이 준 눈썹을 눈에 대고 보니 짚신쟁이 마누라는 완전한 사람으로 보였다.

'옳다, 앞집 남자가 맨날 마누라 바꾸자 했으니, 에이 오늘 저녁 마누라 한번 바꿔 보자.'

그날은 음력 섣달 그믐날이었다. 두 남자가 마누라를 바꾸어 잤다. 아침에 일어나서는 동네 사람 볼 면목이 없다며 기와집 남자와 짚신쟁이 마누라가 함께 도망을 쳤다. 가다가 한 부잣집 기와집에 하루를 묵게 되었다.

밤이 깊어지자 그곳 사람들이 의논을 시작했다.

'섣달 그믐날에 사람을 당집에 바치면 동네가 편하고 바치지 않으면 동네에 불이 나고 도적이 들고 난리가 나는데 어쩌지?'

모두 걱정을 했다. 그리고는 결정했다.

"오늘 저녁 잘됐네. 저 두 사람을 당집으로 메고 가서 바치자!"

저녁을 먹고 잘 시간이 되었는데 동네 머슴들이 찾아왔다.

"이 집보다 더 깨끗하고 좋은 집이 있으니 그리로 갑시다!"

두 사람은 어쩔 수 없이 시키는 대로 따라갔다. 가보니 방 한 칸을 참 깨끗하게 청소하고 요와 이부자리를 깔아놓았다. 거기 누워 잠을 청하는데 벼락 치는 소리가 났다. 문이 턱 열리면서 한 대장이 큰 칼을 들고 턱 버티고 섰다.

기와집 남자는 기죽지 않고 호령했다.

"니가 사람이냐 귀신이냐? 사람이거들랑 어서 들어오고 귀신이거들랑 무슨 소원이 있는지 이야기해봐라!"

이렇게 호령하니 대장 모습을 한 그것이 큰 한숨을 쉬더니 칼을 집고는 서서히 멀어져 집 뒤 구덩이로 쑥 들어가 버리는 것이었다.

그 뒤로 기와집 남자와 짚신쟁이 마누라는 잠을 푹 잘 잤다. 아침이 되니 밖에서 사람 소리가 요란했다. 송장 치우러 온 사람들이었다. 사람들이 문을 열어보았다. 두 사람이 살아있으니 아무 소리도 못내고 종손 집으로 달려갔다.

"아이고 마, 사람이 살아있습니다, 살아있어요. 장사도 못 치루고 왔습니다."

한편 두 사람은 세수를 하기 위해 뒤안의 옹달샘으로 갔다. 바가지로 물을 퍼서 세수를 하려는데 샘 안에 구슬 같은 것 두 개가 보였다. 하나는 작고 다른 하나는 좀 컸다. 그걸 건져내었다.

동네 사람들은 두 사람이 안 죽고 살았다고 당집에서 살도록 해주었다. 샘에서 건진 구슬은 알고 보니 금덩이였다. 두 사람은 동네 제일가는 부자가 되었다.

기와집 남자가 가만히 생각해 보았다. 자기들은 잘살게 되었지만 본처는 어떻게 살까 걱정이 되었다. 춘삼월 호시절에 옷을 잘해 입고 고향으로 갔다. 가보니 본처는 짚신쟁이가 만든 신을 발가락에 걸고 있었다.

"이거 다 놔두고 같이 가자."

기와집 남자는 두 사람을 데리고 돌아왔다. 작은 금덩이는 두 사람 주고 큰 것은 자기가 했다. 그래서 두 집 다 부자가 되었다.

— 조규엽 구연, 〈노름쟁이의 횡재〉, 『한국구비문학대계』
8-7, 경상남도 밀양군 상남면, 1981, 403면.

전생이 짐승인 사람을 '사람답지 않은' 사람이며 그런 무리와는 어울리지 말라는 산신령의 충고에서 사람 위주의 사고법을 찾을 수 있다. 혹은 관계 맺는 사람의 본질을 잘 살펴보라는 조언으로도 해석할 수도 있다.

아울러 이 이야기에는 남 탓을 하기 위해 전생 요인을 악용하는 면도 있어 잘 살펴야 한다. 즉, 기와집 남자가 노름판에서 집안 재산을 다 탕진하고는 마누라의 전생 탓으로 그 책임을 돌리고 있는 것이다.

이 이야기의 후반부는 '사람끼리' 부부가 되어야만 잘 살 수 있다는 것을 보여주기 위해 모함과 패륜도 눈감아준다. 그러기 위해 기이한 상황을 적극 활용한다. 새 쌍이 된 부잣집 남자와 짚신쟁이 아내는 샘 안에서 금덩이를 얻어 큰 부자가 되고 마침내 여전히 가난하게 살고 있는 본처와 짚신쟁이를 데려와 같이 산다. 이런 해피엔딩 역시 앞의 문제적 행동을 그냥 덮어버리는 역할을 한다.

자기 책임을 솔직하게 인정하기보다 온갖 핑계를 끌어와 남 탓을 하는 우리의 자화상을 발견하게 되는 듯도 하다는 점에서 이 이야기는 삶의 자세를 반성하는 텍스트가 될 수 있다.

❻⑨ 원님으로 환생한 머슴

강원도 영월 보은사(報恩寺)라는 절이 있었다. 절이 퇴락해서 방안에 물이 새기까지 했다. 주지 스님이 시주를 받으러 나가서,

"시주를 해주시오."

라 하니 부자 주인은,

"남은 피땀 흘리며 일을 했는데, 당신은 마른 손바닥 싹싹 비비며 돈 달라 하네. 그런다고 주겠어? 돈없어 나가!"

라 했다. 스님이,

"아직, 점심을 잡숫고 계시니 점심밥이나 좀 주십시오."

하니,

"밥도 더 없어. 어서 나가."

라 했다. 그러니 옆에 있던 집의 머슴이 자기 밥상을 돌려 놓고,

"대사님, 이 밥을 잡수시오."

했다.

"아 일꾼이 먹어야지, 내가 먹어야 되겠소?"

"저는 새참을 많이 먹어서 밥 생각이 없습니다. 제가 한 술도 안 떳으니 어서 드셔요."

주지 스님이 밥을 맛있게 다 먹었다.

"아, 잘 먹었다."

"그래 시주는 뭣 하러 받으려 댕기오?"

"절이 퇴락해서 비가 오면은 방안에 물이 새들어오네. 절을 중수하려고 사주를 받는다네."

"그, 그렇습니까? 그럼 제가 이 집에 머슴을 13년을 살았는데 자직 돈 한 푼 안 받고 그대로 두었습니다. 그 새경을 스님께 시주할 테니 절을 고치십시오. 주인 어르신, 13년 산머슴 새경을 스님께 드리십시오."

"아, 이놈아! 돈을 어디 달아놓았나? 그것도 장만해야 있지, 갑자기 달라 하면 어떻게 하나?"

"예, 그럼 며칠 기한을 정하고서 돈을 해 주십시오."

그러자 스님이,

"야, 그러면 며칠 기한하고 올 테니 그때 돈을 만들어 주시오."

과연 며칠 뒤 스님이 왔다. 주인은 13년 머슴 새경을 주었다. 스님은, "이다음에 꼭 다시 오리다."란 말을 남기고 떠나갔다.

가져간 돈으로 절을 중수하고 돈이 남았다. 남은 돈을 이자 놓고 '그 머슴을 찾아와서 이 절에 모시고 주지로 삼아야지.' 생각하며 그 머슴을 찾아 갔지만 그는 어디론가 떠나고 없었다.

머슴이 어디로 떠났는가 주인에게 물으니 모른다 했다. 어째서 이 집을 나갔느냐고 물으니 주인이 말했다.

"13년 머슴 살고 공연히 새경을 중놈 주겠다고 하여 내가 화가 났는데, 그때 나와 다투고 나갔어. 그해 일 년 머슴 산 것도 내던지고 그냥 나갔어."

머슴 이름이 김상구인 것을 알게 된 스님들은 '김상구란 사람 좀 만나게 해 주십시오.' 하고 아침저녁으로 기도를 드렸다.

사실은 김상구가 14년 머슴을 사니 나이가 많아져 눈도 어둡고 근력이 부족하여 일을 잘못하게 되었다. 주인이 못마땅하게 여겨 그를 쫓아낸 것이었다. 김상구는 쫓겨나와 비렁뱅이가 되었다.

어느 날 어느 집에 가서 밥을 좀 달라하니,

"이 뒤 골짝 절에 가면 밥도 주고 옷도 주고 할 텐데 왜 이리 고생하며 다니냐?"

하고 말해주었다.

김상구는 가리켜준 절로 가다가 낭떠러지로 굴러떨어졌다. 얼굴과 머리에 큰 상처를 입은 그는 사람 살려달라고 울부짖었다. 그 절 주지가 그 소리를 들었다. 주지 스님이 달려가 거꾸로 처박혀서 울고 있는 그를 끄집어내서 바위에 올려놓고 물었다.

"당신이 어째 이렇게 됐소?"

"이이고 배가 고파 밥을 얻어먹고 있는데 이 밑 동네에서 이 절로 가라고 했습니다. 밥도 주고 옷도 준다 해서 올라오다 이렇게 되었습니다."

"그래 당신 성명이 뭐요?"

"김상구라 그럽니다."

"아! 김, 김상구요? 그럼 십 년 전에 절에 시주한 일이 있지요?"

"예, 있지요."

"소승이 그때 시주 얻어간 그 중이올시다. 아이고 가십시다."

그래 업고서 올라갔다. 절 신도들이 모두 기다리고 있다가, 절을 올렸다. 아주 깨끗한 방으로 모시고 모두들 친절하게 대했다. 먹고 사는 걱정은 없어졌다.

그런데 김상구는 불공 드리는 법을 몰랐다.

"아이고 나는 밤낮으로 먹고 앉아서 뭘 해야 하나?"

스님이 목탁을 주면서 가르쳤다.

"이 목탁을 통통 두드리며 '관세음보설, 관세음보살, 죽어서 극락세계에 들어갔다가 인도환생하게 해주십시오' 이렇게 염불하세요."

그래서 다른 일은 전혀 하지 않고 오직 목탁을 두드리며 '관세음보살, 관세음보살, 죽어서 극락세계에 들어갔다가 인도환생하게 해주십시오.'라고 염불만 했다.

3년을 그렇게 하니, 관세음보살이 불쌍히 여겨주셨는지 관세음보살님이 실려서 도가 통했다. 가만히 앉아 있어도 세상일이 환하게 다 보였다. 자기가 죽어서 어떻게 될 것까지 알게 되었다. 가만히 보니 자기가 아무 달 아무 날 아무 시에 죽게 되어 있었다. 주지스님을 불렀다.

"저 산 꼭대기에다 방을 하나 깨끗하게 만들고, 아무 달 아무 날 아무 시에 나를 그 방으로 옮겨주십시오."

과연 그 달 그 날 그 시가 되어 그곳으로 옮겨주니,

"밖에서 문을 잠궈 주세요. 스물 한 해가 지나면 문을 열 사람이 올

겁니다. 그 전에는 이 문을 절대 못 열어요."

스물 한 해가 지났다. 그 고을 원이 그 절에 와서,

"김상구란 사람이 여기 와 있다가 죽은 일이 있느냐?"

라고 물었다.

"예, 죽은 일이 있습니다."

"그럼 어떻게 했느냐?"

"저기 집 방안에다 모신 지가 올해로 스물 한 해 되옵니다."

"아, 그러냐? 오늘 그 문을 내가 열려고 왔다. 그 문을 열어 달라."

그 전에는 다른 사람이 아무리 열려고 해도 안 열렸는데 이번에는 아주 쉽게 열렸다. 들어가 보니 시신이 반듯이 누워있었는데 살은 사라지고 뼈만 고스란히 남아 있었다. 원이 다가가서 손으로 어루만지며 눈물을 흘리면서 말했다.

"이 몸뚱이가 내 몸뚱이라. 이 양반이 죽어서 극락세계로 들어갔다가 인도환생 해서 내가 된 것이지. 그래서 내가 이 고을의 원으로 왔다네. 오니 이 양반이 현몽하여 나에게 자세히 이야기해주었다네. 그래서 내가 여기를 찾아왔어."

시신을 따뜻한 곳에다 장사 지내주고, 비석을 세웠다. 절을 다시 크게 일으켜 주었는데 그래서 보은사(報恩寺)라고 이름 붙였다 한다.

—최승락 구연, 〈원님으로 환생한 머슴〉,
『한국구비문학대계』 7–8, 경상북도 상주군 화서면, 1981, 933면.

머슴인 김상구는 두 생에 걸쳐 보은사에 보시를 했다. 현생의 마음가짐에 의해 형성되는 업은 다음 생으로 이어진다는 것을 그대로 보여준다. 이생에 어떻게 사는가가 죽음과 환생에 그대로 영향을 준다는 설정은 이생의 삶의 자세를 가다듬게 한다. 그 점에서 죽음명상의 중요한 텍스트가 될 수 있다.

여기에는 아주 간단한 수행의 방법도 제시되었다. 목탁을 두드리며 '관세음보살'을 부르고 '죽어서 극락세계로 들어가'고 '인도환생(사람으로 태어나는 것)'을 간구하는 것이다. 여기서 관세음보살에 대한 타력신앙이 나타난다. '관세음보살'이 불쌍하게 여겨 도를 통하게 해주었다는 것이다.

❻⑩ 개로 환생한 시어머니

예전에 한 할머니가 구경도 안 하고, 사람 많이 모인 곳에는 가지도 않고 매일 집에서 목화솜으로 실만 잣다가 죽어 저승으로 갔다. 저승 왕이, "구경은 좀 했느냐?"고 물어 "집에서 실만 잣다 왔다."고 하니, "다시 가서 개나 되어 도둑이나 지켜 주라." 하여 개로 환생하게 했다.

며느리가 임신을 하여 개고기가 먹고 싶어 자기 집의 개를 잡아먹자고 졸랐다. 그러자 아들은 "집의 개를 잡아먹을 수는 없으니 이 개를 팔아 다른 개를 사서 잡아 먹자."고 타일렀다. 그러나 며느리는 끝까지 집에 있는 개를 잡아 먹자고 고집했다. 아들이 자기가 내일 물을 끓이고 개 잡을 준비를 해줄 테니 개 잡는 일은 마누라가 직접 하라고 부탁했다. 대청 밑에서 그 말을 듣고 있던 개는 눈물을 펑펑 흘렸다.

'내가 저승 가서 세상 구경 못 했다고 개로 환생시켜져 여기 도둑을 지키고 있는데, 나를 잡아먹으려 하는구나.'
하고는 이웃에 사는 딸의 꿈에 현몽했다.

"아무것아, 내가 엄마다. 내가 저승에 가니 구경도 안 하고 사람이 모인 곳에도 못 가보았다고 개가 되어 다시 집으로 가서 도둑이나 지켜주라고 하였다. 네 올케가 나를 잡아먹으려 하고 있으니 네가 가서 못 잡아먹게 하여다오."

깨어난 딸이 남편에게 자초지종을 이야기해주었다. 딸이 남편과 함께 오빠네 집으로 갔다. 도착하니 날이 벌써 훤해졌다. 올케는 벌써

개 목을 매는 줄을 들고 있고 오빠는 장작불로 가마솥 물을 펄펄 끓이고 있었다. 사립문을 화들짝 밀어제치며 들어가서는,

"아이구 오빠, 그거 뭣 하려고 그러고 있소?"

하고 고함을 질렀다.

"너그 올케가 개고기가 먹고 싶다 하여 개 잡으려 한다."

"아이고! 저 분이 개가 아니고 우리 어머니요! 어머니가 저승 갔지만 사람 많이 모인 데도 못 가보고 구경한 곳도 없다고 하니, 도로 돌아가서 개로 태어나 그 집 도둑이나 지켜주라 해서 그렇게 오셨데요! 제발 함부로 잡지 마세요! 우리 어머니요!"

그 말을 들은 아들은 두꾸매이(곡식 담기 위해 짚으로 만든 용기)를 만들어 그 안에 개를 담고 곳곳을 다니면서 구경을 시켰다.

"어머니, 여기는 어디고 저기는 어디입니다."

이렇게 설명도 해주었다.

구경을 다 하고 집으로 돌아오는 길이었다. 동구나무 앞을 지나는데 갑자기 구름이 일어나고 번개가 치고 뇌성이 들려왔다. 소나기가 퍼부어 앞이 안 보였다. 그래서

"어머니, 비가 와서 못 가겠소. 비를 피했다 가겠소."

했다.

자기 옷을 벗어서 두꾸매이를 둘러싸니 개는 눈만 빼꼼히 보였다. 아들은 비를 그냥 맞고만 있었다. 그러니 뇌성벽력이 그치고 하늘이 맑아졌다. 옆을 보니 함 하나가 놓여 있었고 개는 보이지 않았다. 그 함을 짊어지고 집으로 돌아와 열어보았다. 돈이 가득했다.

어머니를 구경시켜준 효자라고 하늘이 돌본 것이다. 그 돈 덕으로 아들은 잘 살았다.

― 김맹순 구연, 〈개로 환생한 시어머니〉,
『한국구비문학대계』 8-4, 경남 진양군 미천면, 1983, 321면.

'개로 태어난 어머니' 유형 설화 중 한편이다. 어머니는 집안 살림만 하고 어디 다른 곳 구경도 못 하였다고 그 집 개로 환생되어 돌려 보내졌다. 어머니의 일생이 집 지키는 일만 하는 개의 행태와 유사했기 때문일 것이다. 아들이 팔도구경을 시켜주는 이야기로 나아가기는 하지만 그 전에 매우 독특한 위기에 이른다. 임신한 며느리가 개를 잡아먹자고 우기는 것이다. '며느리'가 '시어머니'를 잡아먹으려 하는 것이고, 며느리가 임신한 뒤로 그런 생각을 갖게되었으니 '손주'가 '할머니'를 잡아먹으려 한 뜻도 된다. 개가 어머니의 환생인 줄 모르던 아들도 그에 따른다. 그 이야기를 들은 어머니 개가 딸에게 현몽하여 환생의 진실을 알려주게 한다. 뒤늦게 환생의 진실을 알게 된 아들은 개로 환생한 어머니를 둘러매고 팔도구경을 떠난다. 팔도구경을 다하고 돌아오는데 소나기가 내리고 뇌성벽력이 쳤다. 개는 사라지고 대신 함이 있었다. 함 속에 많은 돈이 들어있어 아들이 잘살게 되었다는 결말은 '개로 태어난 어머니' 유형 설화 중에서 '아들의 잘됨'만을 강조한 대표적 사례이다. 며느리가 시어머니를 잡아먹으려고까지 했는데도 아들을 부자로 만들어준다는 점에서 그렇다. 그리고 어머니가 어떻게 되었다는 언급도 없다. 다음 이야기와 함께 읽는다.

❻⑪ 돌아가신 어머니 여행시킨 효자

어떤 여자가 자손을 키우고 살림살이만 하느라 아무 곳도 구경하지 못했다. 죽어 저승엘 가니, 저승왕이 말했다.

"너는 저승으로 못 들어온다. 세상에 팔도강산 구경을 안 다녔으면서도 저승엘 올려고 하느냐? 너는 도로 가서 마루 밑 개나 되어 자손의 집이나 지켜주거라."

저승왕은 여자를 아들 집의 개로 환생시키려고 했다. 그래서 여자는 개의 태속으로 들어갔다. 아들은 집에서 암캐를 키웠는데 과연 그날

로 새끼를 배었다. 암캐가 새끼를 낳으니 암캐를 팔고 새끼 암캐를
키웠다.

여름이 되자 아들은 기운이 빠져 개를 잡아먹자고 했다.

"일하고 나니 근력이 없어. 여름에는 개고기가 인삼이라지? 그러니
까 개를 잡아먹자."

"아이구, 그럼 그렇게 하세요."

이튿날 개를 잡으려고 보니 개가 보이지 않았다. 온 동네를 다 찾아
보아도 없었다.

"내가 우리 누님댁에 갈 때 개가 나를 따라왔으니 누님댁에 갔는가
모르겠다."

아들이 누님댁으로 가는데 도중에 하늘에서 소리가 들려왔다.

"아무개야, 그 개 잡아먹지 마라. 네 어머니가 살림살이하고 자손
키우느라 팔도강산 구경을 못했다. 그래서 저승으로 들어가지 못하고
개로 태어났다. 개 잡아먹지 마라."

아들이 누님 집에 가보니 개가 마루 밑에 들어가 눈물을 흘리고 있
었다. 아들이 개에게 큰 절을 하고 누이에게 자초지종을 이야기했다.

아들은 허리띠를 빌려 개를 업고 바로 팔도구경을 떠났다.

'어머니, 우리 어머니 응? 팔도강산 구경시키야겠다구.'[청중 : 눈물 날
일이지]

아들이 개를 업고서 팔도강산 구경을 떠났다. 이삼사 월 긴긴 해에
꽃은 피어 화산이요 잎은 피어 청산이라 얼마나 힘이 들었겠는가? 이
제 팔도명산 중 한 곳을 남겨두게 되었다.

"어머니 좀 쉬지요."

하며 어머니를 내려놓고 앉아서 쉬었다. 그러다 잠이 들었다.

깜짝 놀라 일어나 보니 어머니가 사라졌다. 이리저리 찾아보다가
위쪽으로 올라가 보니 개가 구덩이를 파놓고 죽어있었다.

아들이 통곡했다.

"한 곳만 더 가면 우리 어머니 팔도강산 구경 다 다닌 셈이 될 텐데, 한 곳 남겨두고 우리 어머니 돌아가셨구나!"

아들은 그 구덩이에 어머니를 묻고 울면서 집으로 돌아갔다. 그런데 그 뒤로 일들이 다 잘 되었다.[청중 : 응, 그 명당이구먼!] 그가 전라도 송씨였는데, 일이 다 잘 되는 걸 보고 그곳이 명당인 줄 알았다. 전라도 송씨네 개명당이었다. 명당이어서 정승 판서까지 나고 부귀영화가 말할 수 없었다. 자손까지. 그래서 구경을 다녀야만, 응?

—장소저 구연, 〈돌아가신 어머니 여행시킨 효자〉,
『한국구비문학대계』 4-5, 남 부여군 내산면, 1982, 490면.

이 이야기도 '개로 태어난 어머니' 유형 설화 중 한편으로서 어머니를 구원하기 보다 명당 무덤 덕으로 아들이 잘되는 데 관심이 가 있다는 인상을 준다. 개를 잡아먹으려 하는 주체가 며느리가 아니라 아들이라는 점에서 더 충격적이다. 그렇지만 아들은 하늘이 가르쳐준 진실을 알고는 바로 어머니를 구경시켜드리기 위해 길을 떠난다. 팔도구경을 거의 다 마치려는 시점에 잠시 쉬는 틈에 개가 사라졌다. 찾아보니 개는 구덩이를 파놓고 죽어있다. 거기에 개를 묻어주었다. 그뒤로 아들의 집안이 번창한다. 그 무덤이 '개명당'이기 때문이라는 것이다. 여기서는 개로 환생한 어머니가 아들이 잘되도록 '명당자리'까지 정해주고 구덩이까지 파놓고 죽었다. 아들에 대한 어머니의 집착이 가장 강하게 구현된 것이다.

❻⑫ 지장보살의 어머니

과거 한량없는 아승지 겁 전에 부처님께서 세상에 출현하셨으니 명호는 '청정연화목여래'이었고 수명은 사십 겁이었다. 그 부처님의 상법시대에 한 나한이 있어 중생을 복되게 하였는데 차례로 교화하다가 어떤 여인을 만나니 이름은 광목이었다. 광목이 음식을 공양 올리니, 나한은 소원이 무엇인지 물었다.

광목이 대답하였다.

"제가 돌아가신 어머니를 천도해 드리고자 하나 어머니가 가신 곳이 어디인지 모릅니다."

나한이 이를 가엾게 여기고 선정에 들어 살펴보니 광목의 어머니가 악도(惡道, 악한 일을 많이 저지른 사람이 죽어서 간다는 고통의 세계. 지옥)에 떨어져 큰 고통을 받는 것이 보였다.

나한이 광목에게, "그대의 어머니가 지금 악도에서 아주 큰 고통을 겪고 있는데 생전에 어떠한 죄업을 지었소?"라고 하니,

"저의 어머니는 물고기와 자라 같은 것을 즐겨 드셨는데 그 중에도 새끼 자라를 지지고 볶아 마음껏 드셨으니 그 수가 아마 천만의 여러 배가 될 것입니다. 존자께서는 가엾이 여기셔서 어떻게든지 구하여 주시옵소서."라고 하였다.

나한이 가엾이 여기고 방편을 지어 광목에게 권했다.

"그대는 지극한 정성으로 청정연화목여래를 생각하고 그 여래의 형상을 그리거나 조성하여 모시도록 하시오. 그렇게 하면 산 사람도 죽은 사람도 모두 좋은 과보를 얻을 것이오."

광목이 이 말을 듣고는 곧 아끼던 재물을 팔아 청정연화목여래의 형상을 그려 모시고 공양을 올리며 공경하는 마음으로 우러러 예배하였다. 그러다 문득 새벽꿈에 부처님을 뵈니 금빛이 찬란한 수미산과 같았다.

부처님께서는 큰 광명을 놓으시며 광목에게, "그대의 어머니는 머지않아 그대의 집에 태어날 것이다. 그리고 배고프고 추운 것을 느낄 만하면 곧 말을 하게 될 것이다."라고 하셨다.

그 뒤 광목의 집에서 여종이 자식을 낳았는데 태어난 지 사흘도 되지 않아 머리 숙여 슬피 울며 광목에게 말했다.

"생사의 업연과 과보는 스스로 받게 마련이라 어둠 속에서 오랫동안 있었습니다. 나는 그대의 엄마였습니다. 그대와 헤어진 뒤 큰 지옥에 떨어졌다가 이제야 그대의 복력을 입어 생을 받았지만 낮은 신분의 천한 사람이 되었습니다. 게다가 단명하여 열세 살이 되면 다시 악도에 떨어질 것입니다. 나의 이 업보를 벗겨 줄 무슨 방법이 없겠습니까?"

광목은 이 말을 듣자, 자기 어머니임을 의심하지 않고 목매어 슬피 울면서 물었다.

"우리 어머니가 맞다면 본래 지은 죄업을 아실 겁니다. 어떠한 업을 지었기에 악도에 떨어졌습니까?"

종의 자식은,

"살생을 하고 불법을 헐뜯어 욕한 이 두 가지 악업으로 보(報)를 받았는데 그대가 복을 지어 나를 구제하지 않았다면 이 업에서 도저히 벗어날 수 없었을 것입니다."

라고 대답했다.

광목이,

"지옥에서 받은 죄보는 어떠합니까?"

하고 물으니, 종의 자식은,

"그 고통은 백천 년을 두고 말해도 다 말할 수 없습니다."

라고 대답했다.

광목이 이 말을 듣고는 더욱 슬피 울면서 허공을 우러러 말했다.

"원하옵나니, 저의 어머니를 지옥에서 영원히 벗어나게 하여 주시옵소서. 열세 살에 수명을 마치고 나서도 무거운 죄보로 다시 악도에 떨어지지 않게 하여 주시옵소서. 시방의 모든 부처님이시여, 저를 가엾게 여기시어 제가 어머니를 위하여 말하는 저의 이 광대한 서원을 들어 주시옵소서. 만약 제 어머니가 삼악도와 하천한 신분과 여인의 몸을 영원히 여의고 영겁토록 그러한 업보를 다시 받지 않는다면, 저는 오늘부터 백천만억 겁 동안 모든 세계의 모든 지옥과 삼악도(악인이 죽어서 간다는 세 가지 괴로운 세계. 곧 지옥도, 축생도, 아귀도를 가리킨다)의 한량없는 죄많은 중생들을 구원하여 그 모든 죄보의 무리들까지도 다 성불하게 한 후에야 정각을 이루겠습니다."

이렇게 서원을 마치자 청정연화목여래의 말씀이 들려 왔다.

"광목아, 그대는 어머니를 위하여 큰 자비로 광대한 원을 세웠구나. 내가 살펴보니 그 공덕으로 그대의 어머니는 열세 살이 지나면 지금의 업보를 벗고 바라문으로 태어나서 백 살까지 살 것이며, 그 보가 지난 뒤에는 무우(無憂)국토에 태어나서 헤아릴 수 없는 겁을 살다가 나중에는 불과를 성취하여 널리 항하의 모래알처럼 많은 인간과 하늘을 제도할 것이다."

부처님께서 다시 정자재왕보살에게 말씀하셨다.

"그때 광목으로 하여금 복을 짓게 한 나한이 무진의보살이고, 광목의 어머니는 해탈보살이며, 광목이라는 여인은 지장보살이다.

이처럼 지장보살은 과거 까마득하게 먼 겁 동안에 이와 같은 자비로 항하의 모래알처럼 많은 원을 세우고 널리 중생을 제도하여 왔느니라. 미래의 세상에 남자나 여자 중에 선행을 하지 않는 자, 악을 행하는 자, 인과를 믿지 않는 자, 사음과 거짓말을 하는 자, 이간질과 나쁜 말을 하는 자, 대승을 비방하는 자 등 모든 죄업 중생들은 반드시 악도에 떨어질 것이지만, 선지식을 만나 그의 권유로 손가락을 한 번 튕길 동안만이라도 지장보살에게 귀의한다면 이 모든 중생들은 삼악도의 죄보에서 벗어나게 된다."

— 〈제4품 염부중생업감품〉, 『지장경』

지장보살의 전생은 광목이란 여자였다. 광목은 자기 어머니가 악도에 떨어져 고통받고 있는 것을 알게 되었다. 어머니를 구원하는 방법을 나한에게 묻자 나한은 광목의 어머니가 평소 어떤 업보를 지었을까 알아보았다. 광목의 어머니는 물고기와 자라를 즐겨 먹었다. 특히 새끼 자라를 볶아 먹는 걸 좋아했으니, 그렇게 살생한 자라의 수가 엄청났다. 나한은 광목이 어머니를 구원하는 방법을 알려주었다. 지극한 정성으로 청정연화목여래를 생각하고 여래의 형상을 그리거나 상을 조성하여 모시고 공양을 올리며 공경하는 마음으로 우러러 예배하라 했다. 광목은 나한이 가르쳐주는 대로 하며 지극한 정성을 다하였다. 그 덕에 어머니가 악도를 벗어나 사람으로 태어나고 마침내 성불했다. 이런 일련의 구원이 환생에 의해 가능하다는 점이 중요하다. 환생은 한 생에 지은 업보를 지워내어 스스로 생을 승화시키는 방안이 되었음을 알려준다.

(1) 환생의 두 방향

　사람이 죽으면 환생한다고 믿는 사람과 믿지 않는 사람이 있다. 우리나라뿐 아니라 세계적으로도 환생에 대한 믿음 양상은 다양하다. 불교나 힌두교 문화권에 가까울수록 환생을 믿는 경향이 더 강하다.

　우리나라 민중들에게 환생은 자연스럽게 수용되었다. 조선 시대 사대부조차도 환생을 전적으로 인정하기는 어려웠지만 '특별한 사례'로서의 환생을 인정하기도 했다.

　환생 이야기가 널리 구연된 것은 환생이 기괴한 것이면서도 삶에 대한 진지한 성찰을 하게 하기 때문이다. 환생담 속에는 흥미와 지혜가 섞여 있다.

　우리나라 환생담은 『천예록』, 『청구야담』, 『계서야담』, 『병세재언록』 등의 야담집과 『삼국유사』 등의 문헌에 두루 나타난다. 또 『한국구비문학대계』 등 구전설화 수록 문헌에서도 적잖은 비중을 차지한다. 환생은 예부터 오늘날까지 삶과 죽음에 대한 우리의 생각에서 중요한 부분을 차지했음을 뜻한다.

　환생담은 '환생이 이루어지는 것'과 '이루어진 환생'으로 나뉜다. '지금의 나'를 기준으로 이렇게 나눈다.

❶ 지금 내가 뭔가로 환생한다.
❷ 이전의 무엇이 지금 나로 환생했다.

❶에서는 지금 나의 어떤 생각, 의지, 욕망 등이 나의 환생을 이끈다. ❷에서는 지금의 나는 과거 어떤 존재가 환생한 결과인가를 추정하고 설명한다.

대체로 환생은 인과응보의 원리에 따라 이루어지기도 하고, 또 전생 인물이 강력하게 소망했던 방향으로 이루어지기도 한다. 이처럼 전생의 어떤 요소가 현생을 어떻게 결정하는가라는 '전생 → 현생'의 방향이 환생담의 주된 흐름이다. 반면 현생의 특별함을 설명하거나 현생 문제를 해결하는 데에 전생 요소를 이끌어오는 '현생 → 전생'의 방향도 존재한다.

(2) 사람이 사람으로 환생하다

❶ 의지나 욕망에 의한 환생

주체의 의지나 욕망이 강력하게 개입하여 환생한다. 환생의 주체는 현생에서 이루지 못한 뜻이나 욕망을 포기할 수 없어 다음 생을 기약한다. 뜻을 이루지 못해 한을 가졌거나 집착심을 강하게 갖게 된 인물이 생을 달리 해서라도 한을 풀고 뜻을 이루고자 한다. 주체의 강렬한 열망이나 집착에 의해 환생이 이루어지는 것이다.

<❻①평안감사가 꿈을 통해 자기 전생을 알다>에서 천민(혹은 평민) 신분으로 태어난 영특한 소년이 어깨 너머로 서당 공부를 하며 평안감사가 되기를 소원하다가 자기의 천한 신분으로는 그게 불가능하다는 것을 알고는 죽는다. 그리고 양반의 자식으로 환생한다. 죽음과 환생의 절차를 거쳐서야 비로소 신분의 한계를 넘어선 것이다. 그만큼 환생은 이생의 간절한 소망을 바탕으로 하고 있다.[117]

---

117 <죽은 아이의 후신이 된 재상>(『금계필담』, 194면)도 유사한 이야기다.

❷ 인과응보

어떤 환생은 주체의 욕망이나 집착을 넘어서는 어떤 경지와 관련된다. 그런 점에서 인과응보의 성격이 강하다. 마음의 어떤 특징이 환생을 초래하지만 집착이나 욕심과는 거리가 멀다. <❻③ 김귀봉의 환생을 암시한 참서>에서 양근 남중면의 김귀봉은 남에게 화를 내는 일이 '없었고 사소한 일에서라도 남을 속이지 않았다. 동네 사람들 모두는 그의 인격을 칭찬하였다. 그가 죽고 3년이 지난 뒤에 충청도 예산 송도사(都事) 댁에서 사람을 보내왔다. 2년 전에 송도사가 아들을 얻었는데 그 등에 '양근 남중면 성덕 김귀봉'이란 글자가 새겨져 있었다는 것이다. 김귀봉의 처는 그 아이를 먼발치에서나마 보고 자기 남편이 환생한 존재임을 확인하게 된다. 여기서 김귀봉 자신의 어떤 소망이나 집착이 아니라 고매한 인격과 선행[118]에 대한 일종의 축복 차원에서 환생이 이루어졌다.

임진왜란 때 전사한 이경류(李慶流, 1564-1592) 이야기는 여러 문헌에 전해온다. 이경류가 전사한 뒤 그의 혼은 밤마다 자기 집을 찾아온다. 혼은 부부생활을 하고 아들을 가르치는 등의 기이한 일을 하다가 자신의 대상 날 떠나간다. 『병세재언록』에 실린 이경류 이야기[119]가 특별한 까닭은 이경류가 건륭제(乾隆帝) 칙사(勅使)의 부사(副使) 오달성(吳達聖)으로 환생했다고 전하기 때문이다.[120] 이경류의 혼은 자기의 대상 날에 집안사람들에게 작별을 고하면서 '나는 장차 다른 곳으로 가서 화신(化身)할 것이다. 뒤에 고국을 찾아와 풍물을 한번 구경할까 하노라'고 했는데, 과연 그대로 환

---

118 '귀봉과 같은 사람은 평생 악한 일을 하지 않아 신령스러운 일이 나타났던 것임을 알 만하다.'(『국역 학산한언』, 70면)
119 <❻② 오달성>
120 吳副使是李先祖 壬辰殉節人 李公慶流之後身也(위의 책, 같은 면)

생한 셈이다. 영조 임신년(1752년)에 건륭제 칙사로 오달성(吳達聖)이 조선을 방문했는데, 그 시기가 혼이 예언한 시기와 부합했다. 오달성은 조선을 언제나 도와준다. 이경류의 혼이 오달성으로 환생한 데에는 이경류 자신의 간절한 동기가 개입한 것 같지가 않다. 오달성이 조선을 도와주기는 하지만, 이경류가 조선을 도우겠다는 서원의 힘으로 환생한 것은 아니다. 다만 이경류가 나라를 위해 기꺼이 목숨을 바치며 한 생을 마무리하였다는 점에서 다음 생의 환생이 이루어졌고, 그 환생 인물인 오달성도 이경류의 정신과 일맥상통하는 선에서 조선을 도와준다는 것이다. 인과응보의 성격이 여기에서도 확인된다.

<송상기>(『병세재언록』, 228면)는 제사 흠향을 중심으로 전신(前身)과 후신(後身)의 관계를 인상적으로 서술한다. 판서 송상기는 어릴 때부터 그날이 되면 꿈을 꾸게 되고 꿈속에서 어떤 사람의 집에 가서 제사 음식을 받아먹었다. 송상기가 죽은 해에 해남으로부터 한 사람이 찾아와 이런 말을 했다. 즉, 올해 자기 아버지 제삿날에 아버지가 말하기를 "나의 후신은 판서 송상기다. 매번 판서의 혼이 와서 제사 음식을 받아먹었는데 올해는 혼이 오지 않을 것이다. 목숨이 다했기 때문이다."라 했다는 것이었다. 그리고 송상기를 찾아가 그 사실을 알려주라고도 했다는 것이었다. 송상기도 그해 그날은 꿈속에서 제사 음식을 받아먹지 않아 의아해하고 있었던지라 그 말을 듣고 모든 게 이해되었다. 과연 그 해 송상기는 죽었다. 『병세재언록』의 편찬자 이규상은 자기가 송상기의 자손들에게 물어보았는데 과연 그런 일이 있었다고 말했다는 일화를 덧붙임으로써 환생 현상을 인정하는 태도를 보였다.

(3) 사람이 짐승으로, 짐승이 사람으로 환생하다

동물이 사람으로 환생하기도 하고 사람이 동물로 환생하기도 한다. 동물이 사람으로 환생하는 대표적인 사례는 <욱면비염불서승(郁面婢念佛西昇)>(『삼국유사』, 217면)나 <주천자 이야기>(8-6, 경상남도 거창군 마리면, 1981, 838면), <허적과 허목>(『한국구비문학대계』 1-6, 경기도 안성군 이죽면, 1982, 663면) 등이다. <욱면비염불서승>에서 부석사의 소는 불경을 실어 나른 공덕 덕에 욱면비로 환생하여 결국 성불했다. <주천자 이야기>에서는 주지 스님을 구출해준 구렁이가 사람으로 태어나 중국 천자가 된다. 여기서 구렁이는 자신이 행한 공덕으로 자연스럽게 인도환생하는 것이 아니라 스스로의 의지와 전략에 따라 그렇게 된다. 사람으로 환생하는 것이 꼭 긍정적인 변신만은 아닌 경우가 <허적과 허목>이다. 이무기가 자기를 죽인 사람(허적의 아버지)에게 원수를 갚기 위해 여러 대에 걸쳐 그 아들로 태어나는 것이다. 원한이 인도환생을 초래한 것이다. 야담인 <무인가망요화자(武人家蟒妖化子)>(『교감역주 천예록』, 472면), <정북창망기소재액(鄭北窓望氣消災厄)>(『청구야담』 상, 150면) 등과 유사한 이야기다. 이들 이야기에서는 사람에 의해 살해된 뱀이 자기를 죽인 사람에게 복수하기 위해 그 사람의 아들로 환생한다는 공통점이 있다. 뱀의 복수담이라고 넘어갈 수도 있지만 뱀이 아버지의 아들로 환생한다는 상황이 너무나 충격적이다. 아버지와 아들이 원수지간이 된 것이다. 아들이 아버지를 원수로 생각하고 아버지를 언젠가 죽이려 한다는 것은 가부장제에서 있을 수 없는 상황이다. 조선 가부장제 하 부자관계의 위기가 반영된 것으로 짐작한다.

다른 한편 사람이 동물로 환생하는 것은 기피되는 경향이 있었다. 게으른 사람이 소로 태어난다거나 욕심 많은 사람이 뱀으로 환생한다는 것

등이 그러하다. 또 사람이 한 생에서 이루지 못한 것에 대해 한을 품게
되고 그 한을 풀기 위해 새, 뱀, 소 등으로 환생하는 것이다.[121]

(4) 전생 확인으로 부부생활을 성찰하다

부부가 짝을 바꾸는 '부부 짝 바꾸기' 이야기가 구비설화에 많다. '부부
짝 바꾸기 환생담'[122]이라 불린다. 부부가 짝을 바꾸어 살아가는 내용인
데, 그 결정적 계기가 전생 혹은 본질을 확인한 것이다.

❶ 전생 인연의 실마리

<❻⑥ 전생의 인연을 찾아간 이야기>에서 부부는 유족한 생활을 하고
있었다. 어느 날 아내가 사라진다. 그 이유를 알 수 없었던 남편은 아내를
찾아 나선다. 몇 해 만에 아내를 찾았는데, 아내는 가난한 숯쟁이와 행복
하게 살고 있었다. 남편이 그 모습을 훔쳐보고 있자 숯쟁이가 죽이려고
달려든다. 남편은 도망쳐서 절로 들어간다. 그리고 아내의 그런 변심과
외도의 까닭을 알기 위해 도를 닦아 전생을 볼 수 있게 되었다. 전생에
숯쟁이는 돼지, 아내는 이, 자기는 사람이었다. 전생에서 이는 사람의 몸
에 잠시 깃들어 있다가 떨어져 돼지의 몸으로 옮겨가서 죽기까지 살았다.
죽은 뒤 모두 사람으로 태어났는데, 아내는 전생에 신세를 진 정도를 고
려해서 남편과는 잠시 살고 숯쟁이와는 오래오래 살아주게 되었다는 것
이다.[123]

---

121 이은경, 「환생설화 속에 나타난 재생의 유형과 恨의 의미 연구」, 단국대학교 교육대학
     원, 2003, 1~70면.
122 이강옥, 「부부 짝 바꾸기 이야기의 존재 양상과 죽음명상 텍스트로서의 가치」, 『우리
     말글』 68집, 우리말글학회, 2016.3.31., 205~238면.
123 <전생의 인연으로 만난 정승 마누라와 숯구이 총각>(7-13, 대구시 동구, 1985, 157면)

<⑥⑤ 전생의 노루 한 쌍이 타고난 인연>은 '평안감사의 수청 강요'라는 현생의 장애를 설정했다. 부부는 수청 강요를 피해서 집을 떠나는데 이로써 현생의 문제적 상황이 서사의 출발이 되었다. 그러나 그 뒤의 서사에서는 전생 요인이 주도한다. 아내가 대관령 숯쟁이 총각에게 이끌리어 결국 둘이 남고 주인공만 혼자 길을 떠나는 바, 그것이 전생 인연 때문이라는 것이다. 전생에 한 쌍의 노루가 대관령에서 살다가 죽어서 암노루는 주인공의 아내로 환생했고 수노루는 숯쟁이 총각으로 환생하였다가, 결국 전생 인연을 따라 주인공의 아내와 숯쟁이 총각이 함께 살게 된 것이다.

이상 두 이야기에서 전생과 현생은 공간적으로 분명히 구획되어 서사의 기초를 마련하고 있다. 그리고 현생 상황의 특별함이 전생의 인연에 의해 완전하게 설명되었다. 서사의 귀결점은 '숯장이와 아내의 혼인 인정'이지, 그 이상 다른 가치나 의미를 창출하지 않는다. 가령 그래서 부자가 되었다거나 사람은 사람과 살아야 잘 된다거나 하는 메시지를 제시하지는 않는 것이다. 그런 점에서 '부부 짝 바꾸기 이야기'의 가장 기초적 단계를 보여준다고 하겠다.

❷ 현생의 경제적 절망과 소망

<호랑이 눈썹의 효험>(7-4, 경상북도 성주군 대가면, 1980, 194면), <이상한 안경>(8-3, 경상남도 진양군 수곡면, 1981, 190면), <신기한 호랑이 눈썹>(9-3, 제주시 남제주군 안덕면, 1983, 664면) 등은 가난한 삶에서의 절망과 아이러니를 잘 보여준다. 절망한 남편이 가출하여 죽으려 한다. 그때 반전의 상황이 만들어진다. 아이러니를 예견케 하는 것이다.

도 유사하다.

<호랑이 눈썹의 효험>에서 주인공은 호랑이에게 잡아먹히려고 호랑이에게 다가가지만 호랑이는 주인공을 잡아먹기는커녕 자기 눈썹을 뽑아주며, '그 눈썹을 가지고 다니면 살 일이 보일 기다.'라는 조언을 준다. <이상한 안경>은 주인공이 찾아간 사람을 아예 '복(福) 주는 사람'으로 설정했다. 그 사람은 주인공에게 안경을 주면서 주인공이 부자가 되는 방법까지 친절히 알려준다. <신기한 호랑이 눈썹>에서도 호랑이가 자기 눈썹을 주인공에게 뽑아주면서, 서울 어느 역을 찾아가면 살길이 생길 것이라 조언해준다.

이를 보면, 주인공으로 하여금 가출하게 하고 그 뒤로 전생을 자각하게 하는 것은 주인공이 현생에서 당면한 경제적 절망을 이겨내고 그 어려움을 극복하게 하려는 전략임을 알 수 있다. 주인공을 죽일 것이라 예상되었던 존재가 오히려 주인공이 경제적으로 재기하는 전략을 제공하는 것이다. 이것이 이차적 아이러니이다.

<전생의 인연 찾아서 잘 산 이야기>(7-15, 경상북도 구미시 원평1동, 1987, 158면)에서는 현생의 절망과 아이러니가 더 선명하게 서술된다. 주인공은 고아로서 부잣집의 머슴살이를 해왔다. 인성이 착하고 행실이 근면한 그를 주인도 가상하게 여겨 사위로 삼았다. 이렇게 서두에서 행복한 삶에 대한 기대감이 최고조에 이르렀다.

그래 사우를 삼아가 이래 있는데 암만 알뜰이 해도, 암만 그 저 알뜰이 해도 자슥도 없고 돈도 가실(가을) 지내고 나만 마 없고 없고마 아무 것도 안돼. 저 총객이라 카는데 참 둘이 만내가 살아도 머슴 산 사램이 그 부잣집 딸캉 살림을 내조도 그래 없어지고 마. 없어져서. 그래 가주고 참 그 사람 마음이 적심이라서,

"내가 이래가주고 안 되겠다. 내가 산골짝이 범이 배가 고픈데 범의 뱁이나 되야 되겠다."[124]

　최고조에 이른 기대감이 무산된 형편을 이렇게 뚜렷이 서술했다. 그만큼 서사의 관심이 현생의 경제적 궁핍에 집중되었다. 대신 계시자의 조언이나 전략은 희미하게 처리되었다. 범(영감이라고도 했음)은 눈썹을 하나 빼주기만 한다. 그 눈썹으로 무엇을 어떻게 보고 그 기능을 무엇에 활용할 지는 주인공이 스스로 알아내야 할 과업이다. 주인공은 조력자나 계시자의 도움 없이 그 눈썹을 통하여 세상 사람들의 전생 혹은 본질을 정확하게 꿰뚫어 본다. '사람(주인공)-암탉(아내) : 수탉(옹기쟁이)-사람(옹기쟁이의 아내)'라는 전생의 비밀을 알았다. 부부는 '유유상종'이 되어야 한다며 그 원칙을 실천한다. 주인공은 그 원칙을 실천하여 '부부 짝 바꾸기'를 완수하고 경제적 궁핍을 완전히 해결한 것이다.

　주인공이 주장하는 '부부 유유상종' 원칙은 짐승에 대한 사람의 우월감이나 짐승에 대한 사람의 차별의식과는 무관하다. 주인공이 사람으로 설정된 점에서 사람 중심적 관점의 혐의가 없진 않다. 하지만 <궁합이 생긴 원인>(7-12, 경상북도 군위군 의흥면, 1984, 546면)에서는 그런 혐의가 불식된다. 전생과 현생 부부의 짝이 닭(주인공 남편)-개(아내) : 개(응금장사)-닭(등금장사의 아내)로 설정되어 있기 때문이다. 주인공의 전생은 사람이 아니라 닭이다. 전생이 사람인 경우는 사람끼리, 전생이 짐승인 경우 역시 동종의 짐승끼리 짝이 되어야 부부생활이 원만해지고 경제적 형편도 좋아진다는 것이다.

124　7-15, 경상북도 구미시 원평1동, 1987, 158면.

❸ 사람다움의 성찰

부부생활을 시작한 뒤로 살림살이가 어려워진 부부가 그 원인에 대한 근본적 의문을 가졌다가 마침내 짝의 전생이 자기와 다른 종이었기 때문이라는 답을 얻는다. 결국 유유상종의 원칙에 따라 짝을 바꾸어 잘 살게 된다는 구도가 성립되었다. 이 구도는 매우 단단하여 오랫동안 서사적 틀로 작동했다고 할 수 있다.

그런데 이 지점에서 어떤 가치관과 세계관을 내세우기에 이른다. 가령 <사람이 동물로 보이는 범이 준 안경>(7-2, 경상북도 월성군 외동면, 1980, 302면)은 사람 잡아먹는 호랑이가 사람을 골라서 잡아먹는다는 사실에 초점을 맞춘다는 점에서 특별하다. 가난에 절망한 주인공이 호랑이 앞으로 가서 "내 본디 복이 없어 빌어먹어도 처자식을 다 굶어죽이게 되었으니 이렇게 살면 뭐하나! 나를 속히 잡아먹어라!"라고 소리친다. 그러자 호랑이는 "아이구, 당신은 사람이라 못 잡아먹소!"라 대꾸한다. 그리고는 안경을 주면서 "이걸 끼고 한번 보시오. 나는 이걸 끼고 보아 개나 노루, 토끼로 보이는 사람만 잡아먹소. 사람이 사람으로 보이면 못 잡아먹소"라며 사람으로 보이는 사람은 못 잡아먹고 짐승으로 보이는 사람만을 잡아먹는다고 한다. 그리고 호랑이는 주인공에게 사람으로 보이는 여자를 만나서 살라고 조언해준다.

여기에 사람과 짐승에 대한 차별의식이 나타난다. 전생이 사람인 존재는 잡아먹어서는 안 되는 소중한 존재이지만 전생이 짐승인 사람은 잡아먹어도 좋은 존재로 호랑이에게 인식되었다. 부부도 전생이 '사람-사람'의 쌍은 바람직한 것으로 지적되지만, '짐승-짐승'의 쌍은 고려되지 않는다.

이런 차별적 시선은 야밤 농침 장면에서 가장 강해진다. 주인공은 자기 집을 찾아온 등금쟁이 부부가 하룻밤 자고 가는 것을 허락한다. 그는 안경을 통하여 등금쟁이가 닭이고 그 부인이 사람인 것을 확인하고 쾌재를 부른다. 그리고 등금쟁이 아내를 자기 새 짝으로 삼고 자기 아내는 등금쟁이와 살게 만들려는 꾀를 낸다. 모두가 잠든 한밤중에 자기 스스로 등금쟁이 아내 옆으로 가서 눕고 자기 아내를 등금쟁이 옆으로 밀어제친다. 아침이 밝아오자 등금쟁이가 자기 아내를 겁탈했다고 뒤집어씌운다. 그리고 이왕 그렇게 되었으니 등금쟁이가 자기 아내를 데리고 가고 등금쟁이 아내는 자기에게 주고 가라고 윽박지른다.

네 사람 사이에서는 어떤 끌림이나 애정이 생기지 않는다. 오직 주인공이 등금쟁이 아내를 자기의 새 아내로 맞이하기 위하여 잠자리를 바꾸고 또 바꾸게 했을 뿐이다. 사람끼리의 짝짓기에만 관심이 가 있는 것이다.

이 이야기의 구연자도 호랑이가 전생이 개나 토끼인 사람을 잡아먹지 전생이 사람인 사람은 절대 잡아먹지 않는다는 것을 강조한다. 그런 말과 함께 이야기판에 동참한 사람들을 보고도 "사람이 하나 될지 둘 될지 모릅니더"라고 한 것은 '사람다움'을 강조하는 말이며 '사람답지 못한' 사람을 문제삼는 것이다. 그만큼 이 이야기에 윤리적 비판의식이 강하게 개입하고 있다. 이것은 부부 짝 다시 만들기 이야기가 창출한 새로운 세계관이다.

<❻❼백인재의 범 눈썹>은 어떤 면에서 이 유형 이야기의 정점에 이른 것이라 할 수 있다. 여기의 주인공도 혼인 생활에서 아이만 자꾸 생겨나 그 부담 탓에 잘 살 희망이 없어지자 '차라지 죽는 게 낫겠다.'고 생각한다. 그런데 그는 단지 죽기 위해 가출하는 것이 아니다. 주인공은 백인재라는 재가 있는데 '그 재를 안 죽고 넘기만 하면 팔자를 고친다.'는 소

문을 듣는다. 주인공이 백인재 쪽으로 올라간 것은 거기서 맞아 죽기 위해서일 뿐 아니라 '팔자를 고'치고 싶기도 했기 때문이다. 타살당하는 것보다 팔자 고치는 것이 더 바람직한 목표다.

백인재 정상에서 주인공이 만난 존재는 산신령(범)이다. 이 산신령도 사람은 잡아먹지 않고 짐승만 잡아먹는다고 한다. 그리고 자기 눈썹을 뽑아 주면서 그것을 눈에 대고서 세상 사람들을 살펴보라고 권한다. 세상 사람 백명 중에 진짜 사람은 한둘밖에 없고 나머지는 사람 아니고 짐승이라는 것이다. 여기서 현생 사람들의 삶의 태도에 대한 윤리적 비판의식이 나타난다. 그 전제는 짐승이 사람만 못하다는 것이다.

그 뒤로 주인공의 계략이 서사를 주도한다. 주인공은 자기 집에서 하루를 묵어가게 된 등검쟁이와 그 부인의 전생을 알아본다. 등검쟁이는 수탉이고 그 아내는 사람이었다. 주인공은 자기 아내가 암탉이고 자기가 사람이라는 전생의 비밀을 환기한다. 등검쟁이의 아내를 자기의 새 짝으로 삼고 암탉인 자기 아내를 등검쟁이에게 주어버릴 전략을 세운다. 그 전략은 <사람이 동물로 보이는 범이 준 안경>(7-2, 경상북도 월성군 외동면, 1980, 302면)과 같이, 다른 세 사람이 피곤하여 곯아떨어진 틈에 자기 아내를 등검쟁이 옆으로 밀어 서로가 나란히 자는 형국을 만들고는 등검쟁이를 깨워서 그 뺨을 때리며 꾸짖는 것이다. 그리고 당장 자기 아내를 데리고 떠나지 않으면 죽이겠다고 협박한다. 이렇게 사건이 전개되는 과정에서 주인공을 제외한 어느 누구도 전생 인연을 떠올리지 않는다. 오직 짝을 바꾸고자 하는 주인공만 전생 정보를 활용하여 자기 의도를 관찰시키는 것이다. 주인공은 희망이 없는 자신의 부부관계를 혁신하려 한다. 주인공은 자기 집에 남아 자기의 새 짝이 된 등금쟁이 아내에게도 '사람 우위'의 발언[125]을 하여 마음을 다잡게 한다.

가난을 극복하고 부자가 되려는 의지는 부부 짝을 바꾼 뒤에도 작동한다. 새로 만난 주인공 부부는 등짐쟁이가 놓아두고 간 사기짐을 팔아 부자가 된다. 시장에서도 자기들의 전생이 사람이었던 것의 덕을 본다. 전에는 장을 두세 번 거쳐야 겨우 사기그릇 한 짐이 팔았는데, 이제 사람 부부가 파니 온갖 손님들이 달려들어 순식간에 다 판다.

주인공은 사람이 우월하다 믿고 사람끼리 부부가 되는 것 당당하게 생각했지만, 무고한 등금쟁이를 모함하여 내쫓고 그 사기짐을 빼앗은 것이 언제나 마음에 걸렸다. 등금쟁이가 불행해졌다면 더욱 마음이 아파오고 죄책감이 커질 것이다. 등금쟁이의 전생이 수탉이기는 하지만 그에게 누명을 입히고 그를 불행해지도록 만든 것은 사람인 자기였기 때문이다. 주인공은 등금쟁이와 전 아내에 대한 미안함과 연민의 감정을 억누르지 못하고 눈물을 흘리는 지경에 이른다. 그리고 시체라도 찾아서 안장을 해주려는 요량으로 그들을 찾아 나선다.

이 지점에서 등금쟁이 쌍의 사연으로 전환하는데 여기에 선화공주 이야기의 후반부가 활용된다. 오갈 곳 없이 쫓겨난 등금쟁이는 산으로 들어가 밭을 일굴 수밖에 없었다. 밭을 일구다가 금덩어리를 발견하여 벼락부자가 되었다. 이로써 주인공은 등금쟁이와 자기 아내를 내쫓은 만행에 대한 비난을 모면하게 되었다. 오히려 그들까지도 부자가 되는 계기를 마련해주었다고도 볼 수 있으니, 그것이야말로 '사람'이었기에 당연히 초래할 수 있었던 행복한 상황인 셈이다.

---

125 당신은 저 영감캉 살어가는 평생 이 고사(고생)을 면치 모한다. 영감은 장딸이고 당신은 사람이고, 나도 사람이고 당신을라 또 사람이다. 그리 사람카 사람캉 접촉이 되야 되지, 짐성캉 사람카 접촉이 되이, 그기 사람 어이 형펴이 풀릴 수가 있나? 그르니, 이 내일 짜아는(장에는) 우리가 이 사기를 가지고 아무 데 장 보러 가재!(192면)

결국 두 쌍의 새로운 부부는 형제자매가 되고 살림을 한 곳에 합쳐서 함께 잘살게 된다. 요컨대 <❻⑦ 백인재의 범 눈썹>에 이르러 '사람다움' '사람 우위'의 세계관이 피력되면서 경제적 문제도 함께 해결되었다고 볼 수 있다. 그리고 이 두 항목의 결합 덕에 이 작품이 서사적 정점을 보일 수 있게 되었다고 본다.

❹ 일상적 비교와 실감의 획득

보통 사람이 살아가면서나 죽어가면서까지도 자기를 남과 비교하는 버릇을 고치지 못한다. 비교하는 것은 사람이 살아가면서나 죽어가면서도 스스로 불행해지고 절망하게 되는 결정적 원인이 된다. 행복감과 불행감은 철저히 상대적인 것이다.[126] 자신을 남과 비교하여 불행해하는 사례는 우리의 일상에서 가장 비근하게 존재하는 것이다. 서사에서 이런 비교 구도를 설정했다는 것은 서사가 일상을 구체적으로 실감나게 담았다는 근거가 된다. 부부 짝 바꾸기 이야기 중에서 비교 구도가 나타나는 경우는 실감의 면에서 다른 경우들과 뚜렷이 변별된다.

<착한 제수>(8-9, 경상남도 김해군 상동면, 1983, 2021면), <호랑이 눈썹이 맺어준 인연>(8-9, 1049면), <❻⑧ 노름장이의 횡재>에는 현생에서 비교되는 쌍이 설정되었다는 점에서 보통 사람의 일상생활 감각에 닿아있다. 이들 작품을 통하여, 부부 짝 바꾸기 이야기가 화중의 일상적 실감을 바탕으로 하여 구연되었다고 짐작할 수 있는 것이다.

---

126 이렇게 '나가 있다'고 생각하는 한 비교를 아니 할 수가 없고, 비교를 하게 되면 항상 자기학대를 하면서 살게 되는 것입니다... 엄밀히 말하면, 좋고 나쁜 일은 다가오는 것보다 자신이 만드는 경우가 더 많습니다. '나'가 있기 때문에, 비교하기 때문에 끊임없이 좋고 나쁜 일들이 새롭게 생겨나는 것입니다.(고우큰스님, 『연기법과 불교의 생활화』, 도서출판 효림, 2006, 25~26면)

<착한 제수>, <호랑이 눈썹이 맺어준 인연>은 서로 보완 관계에 있다. 둘 다 '인색한 아내 : 착하고 후덕한 제수'를 비교하여 대조한다. <착한 제수>에서 제수는 주인공이 방문하자 '떡하고 술하고 닭잡고 개잡고' 하여 '칙사 대접'을 한다. 좋은 대접을 받은 주인공은 그 보답으로 동생을 자기 집으로 초대한다. 아내는 내키지 않은 마음으로 시숙을 대접하고는 빨리 돌아가지 않는다고 구시렁거리기까지 한다. 아내의 인색과 박정함에 상심한 주인공은 그런 꼴 안 보게 차라리 죽는 게 낫겠다며 큰 바위 위로 올라간다. 거기에 있던 범이 눈썹 하나를 빼주며 그걸 대고 아내를 관찰해보라고 조언한다. 주인공이 범의 눈썹을 눈에 대고 아내를 보니 아내는 큰 황소였다. 이에 대해 '그러니 소 새끼 짓'을 한 게로군 했다. 자기도 개였고 동생은 말[馬]이었지만 오직 제수만이 사람이었다. 주인공의 전생을 개로 설정했다는 데서 사람 우위의 관점이 약화되었다고 하겠지만 제수가 착한 사람일 수 있었던 동력을 전생이 사람인 데서 찾았다는 점[127]에서 사람 우위의 관점은 어느 정도 남아 있다.

<착한 제수>는 이 대목에서 끝나버렸기에, 제수가 착하고 주인공의 아내가 인색한 이유를 해명하기만 했다는 인상을 준다. 서사의 마무리가 완전하지 못한 것이다. 그런 이유에서인지 같은 날 같은 자리에서 다른 사람(박분준)이 그 다음 단계까지를 이야기해준 것이 <호랑이 눈썹이 맺어준 인연>이다. 이 이야기의 전반부는 <착한 제수>와 다를 바 없다. 주인공이 죽기 위해 깊은 산속으로 들어가고 거기서 큰 범을 만난다는 것도 같다.

---

127 그래 제수써를 대이까네, 말간 사람이거든. 사램이 죽어서 사람이 됐는기라. 그리이 착실하고, 그래 부모한테도 효성하고 형제간에도 우애 있고 부모한테 잘 하는 사람이 언제나 사람이 죽어 가 사람이 티있답니더(태어났답니다). 그래서 그렇다 카는 그기라.(8-9, 1024면)

주인공은 범(산신령)이 주는 눈썹을 가지고 시장터로 가서 보니 사람으로 보이는 경우는 몇 안 되고 대부분이 개나 닭, 돼지 등 짐승으로 보였다. 주막에 들러보니 주막 아주머니는 사람으로, 그 남편은 개로 보였다. 주막집 남편은 아주머니를 때리며 난리판을 치고 있었다. 집에 돌아와서 보니 자기 아내는 개로, 제수는 사람으로, 동생도 사람으로 보였다. 마침내 주인공은 주막 아주머니를 새 짝으로 맞이하는데 그 뒤로 부부관계가 좋아지고 형제간 우애도 돈독해졌다는 것이다. 주인공이 주막 아주머니를 새로 맞이하는 것은 다른 이야기들에서 등금쟁이나 숯쟁이 아내를 맞이하는 것에 대응된다. 다만 다른 이야기들에서는 짝을 맞바꾸어 해피엔딩을 가져왔는데, 여기서는 두 쌍이 아닌 세 쌍의 부부가 등장하기에 더 복잡해졌다. 주인공 부부, 주인공의 동생 부부, 그리고 주막집 부부가 그것이다. 그런데 주인공 부부와 동생 부부는 차마 짝을 바꿀 수가 없고, 주인공 부부와 주막집 부부가 짝을 맞바꾸는 것은 상대적으로 쉬웠다. 주인공과 주막집 아주머니는 똑같이 전생이 사람이라는 점에서 새 짝이 될 수 있다. 반면 주인공의 아내와 주막집 주인은 똑같이 전생이 개이지만 이 이야기에서는 둘이 맺어졌다는 언급이 없다. 구연자가 둘이 새 짝으로 맺어질 수 있는 조건을 갖추기는 했지만 그에 대한 서술을 빠뜨렸을 가능성이 있다. 일단 그렇게 볼 때 동생 부부는 짝 바꾸기와는 무관한 존재들이었다는 것을 알 수 있다. 그래서 동생 부부는 비교의 대상 역할을 해주는 것으로서만 서사 속으로 들어왔다고 보아야 한다.

<❻❽노름장이의 횡재>는 비교의 상대와 짝 바꾸기의 상대가 동일하게 설정됨으로써 서사적 긴밀도가 높아지고 서사적 성취가 드높아진 경우라 하겠다. 기와집 아들 부부와 짚신 삼는 집 부부가 비교된다. 기와집 아들은 노름으로 재산을 다 탕진하고는 노름판 뒷전꾼으로 전락했다. 노

름꾼들은 그를 성가시게 여겨 그가 나타나면 노름판을 옮겨갔고 그래도 그는 계속 따라다녔다. 한번은 기와집 아들이 노름꾼들을 따라가는데 어떤 노인이 '사람 같잖은' 놈들과 놀지 말라고 충고한다. 그러면서 노인은 자기 눈썹 하나를 빼어 준다. 그 눈썹으로 한쪽 눈을 가리고 보면 사람이 전부 짐승으로 보일 것이니, 앞으로 절대 그런 사람 아닌 놈들과 어울리지 말라고 당부한다. 노인이 준 눈썹을 통하여 기와집 남자는 결국 자기 아내가 닭임을 알아냈다. 그래서 자기 집 재산이 거덜난 것도 자기 노름 탓이 아니라 전생이 닭인 아내 탓이라는 결론에 이른다.

이 이야기는 이어서 짚신 삼는 집의 형편을 소개한다. 먼저 짚신 삼는 사람 아내의 불만을 서술한다. 기와집 사람은 노름을 해서 돈을 탕진해도 먹을 때는 잘 먹는데 자기는 매일 짚신을 삼아도 조석 끼니를 이어가기도 어렵다고 분통을 터뜨리는 것이다.

이렇게 기와집도 짚신 삼는 집도 부부 싸움이 그칠 날이 없다. 짝에 대한 불만은 짝을 바꾸고자 하는 욕망으로 나아간다. 그것이 경제적 어려움에서 비롯했다는 것도 분명하다. 기와집 남자는 자기 집으로 놀러온 짚신 삼는 집 여자를 노인의 눈썹을 통하여 보고는 그녀의 전생이 사람임을 확인한다. 그리고 그날 저녁 아내를 바꾸고자 결심하는 것이다. 전생이 사람인 기와집 남자와 짚신 삼는 집 여자가 새 부부가 되고 나머지가 또 다른 부부가 된다.

이 이야기가 현실의 실감과 사정에 충실하다는 점은 그다음 단계를 서술하는 데서도 확인할 수 있다. 일단 두 쌍의 부부가 짝을 맞바꾸는 데 성공했지만, 그것을 윤리적으로 용납하지 않는 주위의 시선을 의식하는 것이다. 그것은 그들이 넘어서야 할 현실의 장벽이다. '남 부끄러워서' 그 동네에서는 더 이상 살 수가 없다고 판단하고는 야반도주하고자 생각한

쪽은 짚신 삼는 남자가 아니라 기와집 남자라는 점이 절묘하다. 짚신 삼는 남자와 새 짝은 전생이 짐승이고 기와집 남자와 새 짝은 전생이 사람이다. 동네 사람들의 윤리적 시선을 민감하게 의식하여 못 견뎌 하는 쪽은 '사람다움'을 잊지 않는 기와집 남자와 새 짝이라는 것이다.

이렇게 하여 윤리적 지탄을 피하기는 했지만 여전히 남는 것은 경제 문제다. 이 이야기는 그들이 경제적 어려움을 타개하는 과정도 매우 특이하게 보여준다.

① 기와집 남자는 새 짝과 길을 떠나 저물어서 어느 큰 기와집에 도착했다.
② 그 동네는 해마다 섣달 그믐날이 되면 당집에 인신공희를 해왔는데 마침 찾아온 두 사람을 희생으로 바치려고 당집에 묵게 했다.
③ 밤중에 정체불명의 존재가 두 사람을 공격하려 했지만 잘 물리치고 살아남았으니 동네 사람들은 두 사람을 그 당집에서 살게 했다.
④ 기와집 남자가 아침에 세수를 하려고 옹달샘에서 물 한 바가지를 퍼올렸는데 거기서 생금덩이[128] 두 개를 얻었다.
⑤ 부자가 된 기와집 남자는 옛날 아내 생각이 나서 찾아가는데 그들은 여전히 짚신을 삼으며 가난하게 살고 있었다. 데리고 와서 작은 금덩이를 주고 함께 부자가 되어 잘 살았다.
⑥ 평결 : "그래 사람캉 사람캉 만내면은 마 잘 살 수가 있다 카는 그런 이얘깁니더. 사람과 사람과는…"[129]

---

128 앞에서는 구슬이라 했다.
129 8-7, 411면.

이렇게 후반부는 우리 설화에서 오랜 전통으로 계승되어 온 인신공희 화소와 득금 화소가 결합되어 있다. 옹달샘 바가지에서 금을 얻는다는 것이 환상적이기는 하지만 서사적 전개가 구체적이고 정교해졌으며 그렇게 하여 얻은 부를 두 쌍의 부부가 공유하게 한다는 점이 인상적이다. 기와집 남자를 내세워 '사람끼리 만남'의 저력과 유용성을 보여주었다. 나아가 그렇게 얻은 부를 상대 쌍과 공유한다는 설정은 무조건 남 탓만 하던 전반부의 인식 태도가 한 단계 승화되었다고 평가할 수 있다. 부부 짝 바꾸기 이야기가 여기서 세계관을 근본적으로 혁신시켰다는 점에서 존재전환을 인정할 수 있다. 삶과 죽음, 환생이 서로 긴밀히 연결되어 이곳에서의 삶의 태도와 삶을 바라보는 안목을 조정하고 혁신하는 데 응용되는 과정이 매우 성찰적이다. 그것을 통해 삶과 죽음을 성찰하는 것이 가능할 것이다.

(5) 환생에 대한 기대

환생은 사람의 운명을 향상시켜주기도 하고 끝없는 나락으로 빠뜨리기도 한다. 환생한다는 것을 염두에 두며 이생을 살아간다면 환생의 선순환을 희망할 수 있기에 긍정적이다. 『지장경』에서 광목이 악도에 빠진 어머니를 구원하는 방식이 환생이라는 사실은 이와 관련하여 거듭 사색할 가치가 있다.

불교나 힌두교 등의 가르침을 받들지 않는다 하더라도 이생에서의 존재가 죽음 직후 완전히 사라진다고 인정하고 싶지 않은 사람들은 많다. 그런 사람들이 차마 환생을 근원적으로 부정하지 못하는 것이다. 안타까운 죽음을 애도하면서, "다음 생에 다시 만나자."라든가, "부디 좋은 곳에 다시 태어나라."라는 말이 일상적으로 사용된다는 것은 죽음에 대한 이런 생각이 우리에게 깃들어 있음을 증명한다. 그런 점에서 환생담의 이런 저런 특징과 차이를 살펴보는 것은 환생에 대한 우리 나름이 생각을 정돈하는 데 도움이 될 것이다.

7. 살아있는 자의 하느님 - 부활담

읽기 **부활담**

❼① 마카베오의 일곱 형제와 어머니의 순교

어떤 일곱 형제가 어머니와 함께 체포되어 채찍과 가죽끈으로 고초를 당하며, 법으로 금지된 돼지고기를 먹으라는 강요를 임금에게서 받았다.

그들 가운데 하나가 대변자가 되어 이렇게 말하였다.

"우리를 심문하여 무엇을 알아내려 하시오? 우리는 조상들의 법을 어기느니 차라리 죽을 각오가 되어 있소"

그러자 임금은 화가 나서 냄비와 솥을 불에 달구라고 명령하였다.

그것들이 달구어졌을 때, 남은 형제들과 어머니가 지켜보는 가운데 그 대변자의 혀를 잘라내고 머리 가죽을 벗기고 손발을 자르라고 지시하였다.

그리고 완전히 불구가 되었지만 아직 숨이 붙어 있는 그를 불 곁으로 옮겨 냄비에 집어넣으라고 명령하였다. 냄비에서 연기가 멀리 퍼져 나갈 때, 나머지 형제들은 고결하게 죽자고 어머니와 함께 서로 격려하며 이렇게 말하였다.

"모세께서 백성에게 경고하시는 노래에서 '주님께서는 당신의 종들을 가엾이 여기시리라.' 분명히 밝히신 것처럼, 주 하느님께서 우리를 지켜보시고 우리에게 참으로 자비를 베푸실 것이다."

첫째가 이런 식으로 죽자 그들은 둘째를 조롱하려고 끌어내었다. 그들은 머리 가죽을 머리카락째 벗겨 내고 물었다.

"네 몸의 사지가 잘려 나가는 형벌을 받기 전에 이것을 먹겠느냐?"

그는 조상들의 언어로 "먹지 않겠소" 하고 대답하였다. 그래서 그도 첫째처럼 고문을 당한 끝에, 마지막 숨을 거두며 말하였다.

"이 사악한 인간, 당신은 우리를 이승에서 몰아내지만, 온 세상의 임금님께서는 당신의 법을 위하여 죽은 우리를 일으키시어 영원한 생명을 누리게 하실 것이오."

그다음에는 셋째가 조롱을 당하였다. 그는 혀를 내밀라는 말을 듣자 바로 혀를 내밀고 손까지 용감하게 내뻗으며, 고결하게 말하였다.

"이 지체들을 하늘에서 받았지만, 그분의 법을 위해서라면 나는 이것들까지도 하찮게 여기오. 그러나 그분에게서 다시 받으리라고 희망하오."

그러자 임금은 물론 그와 함께 있던 자들까지 고통을 아무것도 아닌 것으로 여기는 그 젊은이의 기개에 놀랐다.

셋째가 죽은 다음에 그들은 넷째도 같은 식으로 괴롭히며 고문하였다. 그는 죽는 순간이 되자 이렇게 말하였다.

"하느님께서 다시 일으켜 주시리라는 희망을 간직하고, 사람들의 손에 죽는 것이 더 낫소. 그러나 당신은 부활하여 생명을 누릴 가망이 없소."

그다음에는 다섯째가 끌려 나와 고초를 당하였다.

그는 임금을 바라보며 말하였다.

"당신도 죽을 몸인데 사람들에게 권력을 휘두르며 당신 마음대로 하고 있소. 그러나 우리 민족이 하느님께 버림받았다고 생각하지는 마시오. 두고 보시오. 그분의 위대한 능력이 어떻게 당신과 당신 후손을 괴롭히는지 당신이 보게 될 것이오."

그다음에 그들은 여섯째를 끌어내었다. 그는 죽을 때가 되자 이렇게 말하였다.

"헛된 생각을 하지 마시오. 우리는 지금 우리 하느님께 죄를 지은 탓으로 고난을 당하고 있소. 그래서 이렇게 엄청난 일들이 벌어진 것이오. 그러나 감히 하느님과 싸우려 한 당신이 벌을 받지 않으리라고는 생각하지 마시오."

특별히 그 어머니는 오래 기억될 놀라운 사람이었다. 그는 일곱 아들이 단 하루에 죽어가는 것을 지켜보면서도, 주님께 희망을 두고 있었기 때문에 용감하게 견디어 냈다. 그는 조상들의 언어로 아들 하나하나를 격려하였다. 고결한 정신으로 가득 찬 그는 여자다운 생각을 남자다운 용기로 북돋우며 그들에게 말하였다.

"너희가 어떻게 내 배 속에 생기게 되었는지 나는 모른다. 너희에게 목숨과 생명을 준 것은 내가 아니며, 너희 몸의 각 부분을 제자리에 붙여 준 것도 내가 아니다. 그러므로 사람이 생겨날 때 그를 빚어내시고 만물이 생겨날 때 그것을 마련해 내신 온 세상의 창조주께서, 자비로이 너희에게 목숨과 생명을 다시 주실 것이다. 너희가 지금 그분의 법을 위하여 너희 자신을 하찮게 여겼기 때문이다."

안티오코스는 자기가 무시당하였다고 생각하며, 그 여자의 말투가 자기를 비난하는 것이 아닌가 의심스러워하였다. 막내아들은 아직도 살아 있었다. 임금은 그에게 조상들의 관습에서 돌아서기만 하면 부자로 만들어 주고 행복하게 해주며 벗으로 삼고 관직까지 주겠다고 하면서, 말로 타이를 뿐만 아니라 약속하며 맹세까지 하였다.

그러나 그 젊은이는 전혀 귀를 기울이지 않았다. 그래서 임금은 그 어머니를 가까이 불러 소년에게 충고하여 목숨을 구하게 하라고 강권하였다.

임금이 줄기차게 강권하자 어머니는 아들을 설득해 보겠다고 하였다. 그러나 어머니는 아들에게 몸을 기울이고 그 잔인한 폭군을 비웃으며 조상들의 언어로 이렇게 말하였다.

"아들아, 나를 불쌍히 여겨다오. 나는 아홉 달 동안 너를 배 속에 품고 다녔고 너에게 세 해 동안 젖을 먹였으며, 네가 이 나이에 이르도록 기르고 키우고 보살펴 왔다.

애야, 너에게 당부한다. 하늘과 땅을 바라보고 그 안에 있는 모든 것을 살펴보아라. 그리고 하느님께서, 이미 있는 것에서 그것들을 만들지 않으셨음을 깨달아라. 사람들이 생겨난 것도 마찬가지다.

이 박해자를 두려워하지 말고 형들에게 부끄럽지 않게 죽음을 받아들여라. 그래야 내가 그분의 자비로 형들과 함께 너를 다시 맞이하게 될 것이다."

어머니가 말을 마치기도 전에 젊은이가 말하였다.

"당신들은 무엇을 기다리는 것이오? 나는 임금의 명령에 복종하지 않겠소 모세를 통하여 우리 조상들에게 주어진 법에만 순종할 뿐이오

히브리인들을 거슬러 온갖 불행을 꾸며 낸 당신은 결코 하느님의 손에서 벗어나지 못할 것이오. 우리는 우리의 죄 때문에 고난을 당하고 있소 살아 계신 주님께서는 꾸짖고 가르치시려고 우리에게 잠시 화를 내시지만, 당신의 종들과 다시 화해하실 것이오.

그러나 당신은 악랄하고 모든 사람 가운데 가장 더러운 자요. 그러니 하늘의 자녀들을 치려고 손을 들고 헛된 희망에 부풀어 공연히 우쭐대지 마시오. 당신은 모든 것을 지켜보시는 전능하신 하느님의 심판에서 벗어난 것이 아니오.

우리 형제들은 잠시 고통을 겪고 나서 하느님의 계약 덕분에 영원한 생명을 누리게 되었소 그러나 당신은 주님의 심판을 받아 그 교만에 마땅한 벌을 짊어질 것이오.

나는 형들과 마찬가지로 조상들의 법을 위하여 몸도 목숨도 내놓았소 그러면서 하느님께서 우리 민족에게는 어서 자비를 베푸시고 당신에게는 시련과 재앙을 내리시어 그분만이 하느님이심을 고백하게

해주시기를 간청하오.

또한 우리 온 민족에게 정당하게 내렸던 전능하신 분의 분노가 나와 내 형제들을 통하여 끝나기를 간청하고 있소"

화가 치밀어 오른 임금은 다른 어느 형제보다 그를 더 지독하게 다루었다. 모욕에 찬 그의 말에 격분했던 것이다.

그리하여 그는 주님을 온전히 신뢰하며 더럽혀지지 않은 채 죽어 갔다. 마지막으로 그 어머니도 아들들의 뒤를 이어 죽었다.

— 페데리꼬 바르바로 신부, 김창수 옮김, 『마카베오서』 7장,
크리스챤출판사, 1982.

일곱 형제와 그 어머니가 순교하는 것으로 귀결되지만, 돼지고기를 먹어서 조상의 법을 어기도록 요구한 임금의 강요를 그들이 기꺼이 거부하고 순교할 수 있었던 원동력의 일부는 '다시 살아남'에 대한 믿음이었다. 특히 '온 세상의 임금님께서는 당신의 법을 위하여 죽은 우리를 일으키시어 영원한 생명을 누리게 하실 것이오.'라는 둘째 아들의 마지막 말과 '하느님께서 다시 일으켜 주시리라는 희망을 간직하고, 사람들의 손에 죽는 것이 더 낫소. 그러나 당신은 부활하여 생명을 누릴 가망이 없소.'라는 넷째 아들의 말에서 '부활 가능' 과 '부활 불가능'의 구분이 감동적으로 나타난다. 순교한 자는 하느님의 약속에 의하여 육체가 부활하는 것을 믿은 것이다. 부활에 대한 믿음은 죽음 앞에서 당당해지게 한다. 이것이 죽음명상에서 부활을 사유하는 까닭이다.

❼② 부활에 대한 토론

그날 부활이 없다고 주장하는 사두가이파 사람들이 예수께 와서 물었다.

"선생님, 모세가 정해준 법에는 '어떤 사람이 자녀가 없이 죽으면 그 동생이 형수와 결혼하여 자식을 낳아 형의 대를 이어야 한다'고 하였습니다.

그런데 우리 이웃에 칠 형제가 살고 있었습니다. 첫째가 결혼을 하고 살다가 자식 없이 죽어서 그 동생이 형수와 살게 되었는데 둘째도, 셋째도 그렇게 하여 일곱째까지 다 그렇게 하였습니다. 그들이 다 죽은 뒤에 그 여자도 죽었습니다. 칠 형제가 모두 그 여자와 살았으니 부활 때 그 여자는 누구의 아내가 되겠습니까?"

예수께서 이렇게 대답하셨다.

"너희는 성서도 모르고 하느님의 권능도 모르니까 그런 잘못된 생각을 하는 것이다. 부활한 다음에는 장가드는 일도, 시집가는 일도 없이 하늘에 있는 천사들처럼 된다. 죽은 사람의 부활에 관하여 하느님께서 너희에게 하신 말씀을 아직 읽어 본 일이 없느냐?

'나는 아브라함의 하느님이요, 이사악의 하느님이요, 야곱의 하느님이다'

라고 하지 않았느냐? 이 말씀은 하느님께서 죽은 이들의 하느님이 아니라 살아있는 이들의 하느님이라는 뜻이다."

이 말씀을 들은 군중은 예수의 가르침에 탄복하여 마지않았다.

—페데리꼬 바르바로 신부, 김창수 옮김, 『마태오 복음서 주해』 22장 23~33절, 크리스챤출판사, 1982.

예수께서 사두가이파 사람에게 부활을 명확히 입증했다. 하느님은 "나는 아브라함의 하느님이요, 이사악의 하느님이요, 야곱의 하느님이시다"라고 했으니 하느님은 죽은 이들의 하느님이 아니라 살아있는 이들의 하느님이라는 것을 분명히 했다. 조상들이 하느님 곁에 있으니 이 세상에 아직 살아 있는 셈이다. 이런 영혼의 불멸은 육체의 부활을 전제한다. 몸이 없는 영혼의 상태는 부자연스럽기 때문이다. 이렇게 하여 부활이 입증되었다. 부활에 대한 믿음을 이끌 수 있는 텍스트라 하겠다.

❼③ 라자로의 죽음

어떤 이가 병들어 앓고 있었다. 그는 마리아와 그의 동기 마르타가 살던 마을 베다니아 출신 나자로였다. 마리아는 주님께 향유를 바르고 자기 머리털로 그분의 발을 닦아 드린 적이 있었는데 그의 동기 라자로가 앓고 있었던 것이다. 자매가 예수께 사람을 보내어 "주님, 보살펴 주소서. 주님이 사랑하시는 이가 앓고 있습니다." 하고 말씀드리게 하였다. 예수께서 들으시고 "이 병은 죽을병이 아니라 하느님의 영광을 위한 것입니다. 하느님의 아들이 그 일로 말미암아 영광스럽게 될 것입니다." 하고 말씀하셨다.

예수께서는 마르타와 그 동기와 라자로를 사랑하고 계셨다. 그러나 예수께서는 그가 앓고 있다는 소식을 들으시고도 계시던 곳에서 이틀을 더 머무셨다. 그런 뒤에야 예수께서는 제자들에게 "다시 유대로 갑시다." 하고 말씀하셨다.

제자들이 그분에게 "랍비, 바로 얼마 전에 유대인들이 랍비를 돌로 치려고 하였는데 다시 그리로 가시렵니까?" 하고 여쭈었다. 예수께서 대답하셨다. "낮은 열두 시간이나 되지 않습니까? 낮에 걸어 다니는 사람은 이 세상의 빛을 보기 때문에 다치지 않습니다. 그러나 밤에 걸어 다니는 사람은 자신 안에 빛이 없기 때문에 다칩니다." 이렇게 말씀하신 다음, 예수께서는 그들에게 "우리 친구 라자로가 잠들어 있습니다. 내가 가서 그를 깨우겠습니다" 하고 말씀하셨다. 그러자 제자들이 "주님, 그가 잠들어 있다면 곧 낫겠습니다." 하고 말씀드렸다. 예수께서는 라자로의 죽음에 대해 말씀하셨는데 그들은 라자로가 잠을 자는 데 대해서 말씀하신다고 생각했다.

그제야 예수께서는 그들에게 분명하게 말씀하셨다. "라자로는 죽었습니다. 당신들이 믿도록 하기 위해서는 내가 오히려 거기에 없었던

것을 당신들 때문에 기뻐합니다. 자, 그에게로 갑시다." 그러자 디디
모스라고도 하는 토마가 동료 제자들에게 "우리도 주님과 함께 죽으
러 갑시다" 하였다.

예수께서 가시어 보시니 라자로가 무덤에 묻힌 지 이미 나흘이나
되었다. 베다니아는 예루살렘에서 십오 스타디온쯤 되는 가까운 곳이
어서 많은 유대인들이 마리아와 마르타에게 와 있었으니, 이는 그 동
기의 일로 그들을 위로하려는 것이었다.

마르타는 예수께서 오신다는 말을 듣고 그분을 마중하러 나갔고 마
리아는 집에 앉아 있었다. 마르타는 예수께 이렇게 말씀드렸다. "주
님, 주님이 여기 계셨더라면 제 동기는 죽지 않았을 것입니다. 그러나
지금도 저는 주님이 하느님께 청하시는 것은 무엇이든지 하느님께서
주님께 베풀어주실 줄로 알고 있습니다." 예수께서 마르타에게 "당신
동기는 다시 살아날 것입니다" 하고 말씀하셨다. 마르타가 "마지막
날 부활 때에 그가 다시 살아나리라는 것은 저도 압니다" 하고 말씀
드렸다. 예수께서 그에게 말씀하셨다. "나는 부활이요 생명입니다. 나
를 믿는 사람은 죽더라도 살 것입니다. 또 살아서 나를 믿는 사람은
누구나 영원히 죽지 않을 것입니다. 당신은 이것을 믿습니까?" 마르
타가 대답하였다. "예, 주님. 주님은 이 세상에 오시기로 된 그리스도
요 하느님의 아들이심을 믿습니다."

이렇게 말한 다음 마르타는 물러가서 자기 동기 마리아를 불러 "선
생님이 오셔서 너를 부르신다." 하고 남몰래 말했다. 마리아는 이 말
을 듣자 얼른 일어나 예수께로 나갔다. 예수께서는 아직 마을로 들어
오시지 않고 마르타가 마중했던 곳에 계셨다. 마리아와 함께 집에 남
아서 그를 위로해 주던 유대인들도 그가 급히 일어나서 나가는 것을
보고 뒤따라 나갔다. 그들은 그가 무덤으로 가서 거기서 곡하려는 줄
로 생각하였던 것이다.

마리아는 예수께서 계신 곳에 와서 당신을 뵙자 그 발 앞에 엎드려 "주님, 주님이 여기 계셨더라면 제 동기는 죽지 않았을 것입니다." 하고 말씀드렸다. 예수께서는 마리아도 울고 또 그와 함께 온 유대인들도 우는 것을 보시고 심령이 격앙하여 산란해지셨다. 예수께서 "그를 어디에 묻었습니까?" 하고 말씀하시자 그들은 "주님, 와서 보십시오" 하고 여쭈었다. 예수께서는 눈물을 흘리셨다. 그러자 유대인들은 "보시오, 얼마나 그를 사랑하였는가!" 하고 말하였다. 그러나 그들 중 몇몇은 말하기를 "소경의 눈을 뜨게 한 분이 이 사람을 죽지 않게 할 수는 없었단 말인가?" 하였다.

예수께서는 다시 속으로 격앙하시어 무덤으로 가셨다. 무덤은 굴이 있는데 거기에 돌이 놓여 있었다. 예수께서 "돌을 치우시오." 하고 말씀하시자 죽은 이의 동기 마르타가 "주님, 나흘이나 되어 벌써 냄새가 납니다." 하고 여쭈었다. 예수께서는 그에게 "믿기만 하면 하느님의 영광을 보게 되리라고 내가 당신에게 말하지 않았습니까?" 하고 말씀하셨다. 그러자 사람들이 돌을 치웠다. 예수께서는 눈을 들어 우러러보시며 말씀하셨다. "아버지, 제 청을 들어주셔서 아버지께 감사드리옵니다. 아버지께서 언제나 제 청을 들어주시는 줄을 저는 알고 있사옵니다. 그러나 여기 둘러서 있는 군중 때문에 제가 말씀드렸사오니, 이는 아버지께서 저를 보내셨음을 그들로 하여금 믿게 하려는 것이옵니다." 이렇게 말씀하시고는 큰 소리로 "라자로야, 나오너라!" 하고 외치셨다. 그러자 죽었던 이가 손과 발이 띠로 묶인 채 나왔는데 그 얼굴은 수건으로 감싸여 있었다. 예수께서 그들에게 "그를 풀어 주어 가게 하시오." 하고 말씀하셨다.

—한국 천주교 주교회의 성서위원회 인준, 『요한복음』11장 11~43절, 『한국 천주교회 창립 200주년 기념 신약성서』, 분도출판사, 1993.

죽어서 무덤 속에 묻힌 라자로를 다시 살아나게 하는 과정과 장면이 가장 구체적이고도 생생하게 서술되었다. 부활이 예수님과 하느님에 대한 믿음에서 이루어진다는 것을 뚜렷하게 보여준다.

"나는 부활이요 생명입니다. 나를 믿는 사람은 죽더라도 살 것입니다. 또 살아서 나를 믿는 사람은 누구나 영원히 죽지 않을 것입니다."는 예수님 말씀을 되새기면서 이 부활의 메시지를 성찰하게 된다.

❼④ 예수의 부활

세 시에 예수께서 큰 소리로 "엘로이, 엘로이, 레마 사박타니?" 하고 부르짖으셨다. 이 말씀은 "나의 하느님, 나의 하느님, 어찌하여 나를 버리셨나이까?"라는 뜻이다. 거기에 서 있던 사람들 몇이 이 말을 듣고 "저것 봐! 이 사람이 엘리야를 부르는구나." 하였다. 어떤 사람은 달려오더니 해면을 포도주에 적시어 갈대 끝에 꽂아 예수의 입에 대면서 "어디 엘리야가 와서 그를 내려 주나 봅시다." 하고 말하였다. 예수께서는 큰소리를 지르시고 숨을 거두셨다. 그때 성전 휘장이 위에서 아래까지 두 폭으로 찢어졌다.

예수를 지켜보고 서 있던 백인대장이 예수께서 그렇게 소리를 지르고 숨을 거두시는 광경을 보고 "이 사람이야말로 정말 하느님의 아들이었구나!" 하고 말하였다. 또 여자들도 먼 데서 이 광경을 지켜보고 있었는데 그들 가운데에는 막달라 여자 마리아, 작은 야고보와 요셉의 어머니 마리아, 그리고 살로메가 있었다. 그들은 예수께서 갈릴레아에 계실 때에 따라 다니며 예수께 시중들던 여자들이다. 그 밖에도 예수를 따라 예루살렘에 올라 온 여자들이 거기에 많이 있었다.

날이 이미 저물었다. 그날은 준비일, 곧 안식일 전날이었기 때문에 아리마태아 사람 요셉이 용기를 내어 빌라도에게 가서 예수의 시체를 내어 달라고 청하였다. 그는 명망 있는 의회 의원이었고 하느님 나라를 열심히 대망하고 있는 사람이었다. 이 말을 듣고 빌라도는 예수가 벌써 죽었을까 하고 백인대장을 불러 그가 죽은 지 오래 되었는지 물어 보았다. 백인대장에게서 예수가 분명히 죽었다는 사실을 전해 듣고는 시체를 요셉에게 내어주었다. 요셉은 시체를 내려다가 미리 사 가지고 온 고운 베로 싸서 바위를 파서 만든 무덤에 모신 다음 큰 돌을 굴려 무덤 입구를 막아 놓았다. 막달라 여자 마리아와 요셉의 어머니 마리아가 예수를 모신 곳을 지켜보고 있었다.

안식일이 지나자 막달라 여자 마리아와 야고보의 어머니 마리아와 살로메는 무덤에 가서 예수의 몸에 발라 드리려고 향료를 샀다. 그리고 안식일 다음 날 이른 아침 해가 뜨자 그들은 무덤으로 가면서 "그 무덤 입구를 막은 돌을 굴려 내 줄 사람이 있을까요?" 하고 말을 주고받았다. 가서 보니 그렇게도 커다란 돌이 이미 굴려져 있었다. 그들이 무덤 안으로 들어갔더니 웬 젊은이가 흰옷을 입고 오른편에 앉아 있었다. 그들이 보고 질겁을 하자 젊은이는 그들에게 "겁내지 말라. 너희는 십자가에 달리셨던 나자렛 사람 예수를 찾고 있지만 예수는 다시 살아나셨고 여기에는 계시지 않는다. 보라. 여기가 예수의 시체를 모셨던 곳이다. 자 가서 제자들과 베드로에게 예수께서는 전에 말씀하신 대로 그들보다 먼저 갈릴레아로 가실 것이니 거기서 그분을 만나게 될 것이라고 전하라." 하였다. 여자들은 겁에 질려 덜덜 떨면서 무덤 밖으로 나와 도망쳐 버렸다. 그리고 너무도 무서워서 아무에게도 말을 못하였다.

일요일 이른 아침, 예수께서는 부활하신 뒤 막달라 여자 마리아에게 처음으로 나타나셨는데 그녀는 예수께서 일찍이 일곱 마귀를 쫓아내어 주셨던 여자였다. 마리아는 예수를 따르던 사람들이 슬퍼하며 울고 있는 곳으로 찾아가 이 소식을 전해주었다. 그러나 그들은 예수께서 살아 계시다는 것과 그 여자에게 나타나셨다는 말을 듣고도 믿으려 하지 않았다.

그 뒤 제자들 가운데 두 사람이 시골로 가고 있을 때 예수께서 다른 모습으로 그들에게 나타나셨다. 그 두 사람도 돌아와서 다른 제자들에게 이 소식을 전했으나 그들은 그 말도 믿지 않았다.

그 뒤 열 한 제자가 음식을 먹고 있을 때 예수께서 나타나셔서 마음이 완고하여 도무지 믿으려 하지 않는 그들을 꾸짖으셨다. 그들은 예수께서 살아나신 것을 분명히 본 사람들의 말도 믿지 않았던 것이다.

예수께서는 그들에게 이렇게 말씀하셨다.

"너희는 온 세상을 두루 다니며 모든 사람에게 이 복음을 선포하여라. 믿고 세례를 받는 사람은 구원을 받겠지만 믿지 않는 사람은 단죄를 받을 것이다. 믿는 사람에게는 기적이 따르게 될 것인데 내 이름으로 마귀도 쫓아내고 여러 가지 기이한 언어로 말도 하고 뱀을 쥐거나 독을 마셔도 아무런 해도 입지 않을 것이며 또 병자에게 손을 얹으면 병이 나을 것이다."

주님이신 예수께서 제자들에게 말씀을 다 하시고 승천하셔서 하느님 오른편에 앉으셨다.

— 한국 천주교 주교회의 성서위원회 인준, 『마가복음』 15장 34절~16장 19절,
『한국 천주교회 창립 200주년 기념 신약성서』, 분도출판사, 1993.

예수께서 십자가에 매달려 숨을 거두는 장면부터 부활하여 제자를 만나고 마지막 가르침을 내리는 데까지 생생하게 서술했다. 안식일 후 첫날 예수의 빈 무덤을 확인한 여인들은 섬뜩한 공포를 경험하고 몸을 떤다. 예수는 부활한 뒤 처음으로 막달라 여자 마리아에게 나타났다. 마리아는 슬피 울고 있던 예수의 제자들을 찾아가 예수의 부활 소식을 전해준다. 그러나 그들은 예수께서

부활하여 그 여자에게 나타나셨다는 말을 믿지 않는다. 다음으로 예수는 시골로 가고 있는 두 명의 제자들에게 다른 모습으로 나타난다. 두 사람도 다른 제자들에게 그 소식을 전했지만 제자들은 믿지 않는다. 마침내 열 한 제자가 음식을 먹고 있을 때 예수가 직접 나타난다. 그리고 스승의 부활을 믿지 않던 제자들을 꾸짖는다. 제자들은 부활한 예수의 모습을 분명히 본 사람들의 말을 믿지 않은 것이다. 예수는 열 한 명의 제자 앞에 직접 나타나서 결국 그 부활을 인정하고 믿게 만든다. 온 세상을 두루 다니며 복음을 선포하라는 것이 마지막 계시였다. 복음을 선포하는 방식과 기적을 가져오는 방식까지 제자들에게 가르쳐준 예수는 하늘로 올라가 하느님의 오른편에 앉았다.

이 텍스트는 예수가 죽는 과정은 상세히 묘사하지만 예수가 부활하는 장면을 보여주지 않고 예수가 묻혔던 빈자리만을 보여준다. 그 대신 죽은 예수가 나타나는 장면을 세 번 보여준다. 첫째 번은 한 명, 둘째 번은 두 명에게 직접 나타난다. 그리고 부활했다는 사실을 제자들에게 알리게 한다. 그러나 제자들은 믿지 않는다. 여기까지 부활에 대한 믿음의 미약함을 문제 삼았다. 마침내 열 한 제자들에게 직접 나타난다. 그러니 제자들이 예수의 부활을 믿지 않을 수 없다. 그 전제에서 예수는 복음을 선포하라는 명을 내리고 복음을 선포하는 방식을 가르쳐준다. 예수가 부활해서 하고자 한 가장 중요한 일을 수행한 것이다.

❼⑤ 죽은 자들의 부활

형제 여러분, 내가 여러분에게 전한 복음을 다시 일깨워 드립니다. 여러분은 이 복음을 전해 받았고 그 안에 굳게 서 있습니다. 내가 전한 복음의 말씀을 여러분이 지키면 여러분은 그 복음으로 구원받을 것입니다. 물론 여러분이 헛되이 믿는 경우에는 그렇지 못할 것입니다. 실상 나도 전해 받았고 또 여러분에게 제일 먼저 전해 준 것은 이

것입니다. 곧, 그리스도께서는 성경 말씀대로 우리 죄를 위해서 죽으시고 묻히셨으며, 또 성경 말씀대로 사흘만에 일으켜지시고, 게파 베드로에게, 다음에는 열두 제자에게 나타나셨습니다. 이어서 그분은 한 번에 오백 명이 넘는 형제들 앞에 나타나셨습니다. 그 중의 대부분은 아직도 살아남아 있지만 몇몇은 잠들었습니다. 이어서 그분은 야고보에게, 그 다음에는 사도들에게 나타나셨으며 맨 마지막으로는 배냇병신 같은 나에게도 나타나셨습니다. 실상 나는 사도 중에서 가장 작은 자이며 더구나 하느님의 교회를 박해하였으니 사도라고 불릴 자격조차 없는 몸입니다. 그러나 내가 오늘의 나로 있는 것은 하느님의 은총 덕분입니다. 내게 대한 그분의 은총이 헛되지 않았던 것입니다. 외려 나는 그들 모두보다 더 많이 수고하였습니다마는 내가 아니라 나와 함께 있는 하느님의 은총이 한 것입니다. 결국 나나 저들이나 우리가 선포하는 것은 이런 것이고 또 여러분이 믿는 것도 이런 것입니다.

그리스도께서 죽은 자들 가운데서 일으켜지셨다고 선포되고 있는데도 여러분 가운데에는 죽은 자들의 부활이 없다는 말을 하는 사람들이 더러 있다니 어떻게 그럴 수 있습니까? 죽은 자들의 부활이 없다면 그리스도께서도 일으켜지지 않으셨을 것입니다. 그리고 그리스도께서 일으켜지지 않으셨다면 우리의 선포도 실상 헛된 것이고 여러분의 믿음도 헛된 것입니다. 그뿐 아니라 우리는 하느님의 거짓 증인들로 판명될 것입니다. 도대체 죽은 자들이 일으켜지지 않는다면, 하느님이 일으키시지도 않은 그리스도를 그분께서 일으키셨다고 우리는 하느님을 거슬러 증언한 셈이기 때문입니다. 만일 죽은 자들이 일으켜지지 않는다면 그리스도께서도 일으켜지지 않으셨을 것입니다. 그리스도께서 일으켜지지 않으셨다면 여러분의 믿음은 덧없는 것이고 여러분은 아직도 여러분의 죄 가운데 있을 것입니다. 따라서 그리스도 안에 잠든 이들도 멸망했을 것입니다. 우리가 만일 이승에서만 그리스도께 희망을 걸었다면 우리는 모든 사람 중에서 가장 가련한 인생들일 것입니다.

그러나 그리스도께서는 이제 죽은 자들 가운데서 일으켜지셨으니, 잠든 이들의 맏물이십니다. 한 사람으로 말미암아 죽음이 왔으니 역시 한 사람으로 말미암아 죽은 자들의 부활도 이루어지는 것입니다. 아담 안에서 모든 이가 죽듯이, 그와 마찬가지로 그리스도 안에서 모든 이가 살아나게 될 것입니다. 그러나 각각 자기 차례가 있습니다. 맏물은 그리스도이십니다. 그다음은 그리스도의 내림 때에 그분께 속할 사람들입니다. 그러고는 종말입니다. 그때 그리스도께서는 일체의 지배와 일체의 권력과 일체의 권세를 쳐 없애고 나서 그 나라를 하느님 아버지께 넘겨 드릴 것입니다. 실상 하느님께서 모든 원수들을 그리스도의 발아래 잡아 놓으실 때까지 그리스도는 다스리셔야 하기 때문입니다. 마지막으로 없어질 원수는 죽음입니다. 사실 하느님께서는 모든 것을 그의 발아래 굴복시키셨습니다. 그러나 모든 것이 굴복하였다고 했으니 그이에게 모든 것을 굴복시키신 분이 제외된다는 것은 명백합니다. 그러나 모든 것이 아드님께 굴복하게 되면 그때는 아드님도 자기에게 모든 것을 굴복시키신 하느님께 몸소 굴복하실 것입니다. 그리하여 하느님께서는 모든 것 안에서 모든 것이 되실 것입니다.

죽은 자들을 대신하여 세례를 받는 이들은 도대체 무엇을 하려는 것입니까? 죽은 자들이 아예 일으켜지지 않는다면 무엇 때문에 그들을 대신하여 세례를 받습니까? 또 우리는 무엇 때문에 시시각각 위험을 무릅쓰고 있습니까? 나는 날마다 죽음을 무릅쓰고 있습니다. 형제 여러분 그것은 내가 우리 주 그리스도 예수 안에서 여러분에 대해 느끼고 있는 긍지에 못지않게 확실한 것입니다. 그런데 설사 내가 에페소에서 여느 사람처럼 맹수와 싸운다 한들 내게 무슨 이득이 있겠습니까? 죽은 자들이 일으켜지지 않는다면 우리는 "먹고 마십시다. 내일이면 죽을 터이니 말입니다." 착각하지 마시오 나쁜 교제는 훌륭한 습관을 퇴폐케 합니다. 여러분은 정신을 똑바로 차리고 죄를 짓지 마시오. 하느님을 알지 못하는 이들이 더러 있기 때문입니다. 나는 여러분에게 부끄러운 줄 알라고 이 말을 합니다.

—〈그리스도의 부활〉, 〈죽은 자들의 부활〉,
『한국 천주교회 창립 200주년 기념 신약성서』, 분도출판사, 1993, 600~603면.

바울은 보통 사람들의 사후 부활에 대한 온갖 논란에 대해 나름대로 분명한 논리를 세워 변호했다. 바울은 죽은 자의 부활이 확실하기 때문에 세례를 받지 않고 죽은 자들을 위하여 대신 세례를 받는 행위는 정당하니 그것을 인정해야 한다고 주장했다. 이로써 부활 신앙의 필연성과 사실성을 변증하였다.

(1) 순교자의 부활

기독교 신앙은 예수의 부활과 함께 서고 함께 넘어진다고 한다.[130] 그만큼 예수의 부활에 대한 믿음이 중요하고, 그 부활을 전제한 여타 죽은 사람들의 부활 서사가 거듭 전승되었다고 할 수 있다. 성경 곳곳에서도 부활의 서사가 포진되어 있으니, 믿음과 명상에서 부활 서사는 소중하게 다뤄진다.

부활 신앙은 죽음 이후의 삶으로 축소될 수 없다. 오히려 이 세상에서의 충만한 삶을 지향한다. 부활은 죽음 이후의 상태에 대한 사변이 아니라, 희망 속에서 삶을 열정적으로 긍정하는 사랑의 동력을 제공한다. 부활에 대한 믿음은 죽음에 대한 불안과 자기 상실에 대한 불안으로부터 우리를 해방시켜주기 때문이다.[131]

『마카베오서』하 7장은 소위 <7①마카베오의 일곱 형제와 어머니의 순교>로 일컬어지면서 부활과 관련하여 귀하게 읽힌다. 제9절은 맏아들의 순교를 기술하는 부분이다.

마지막 숨을 거두며 말하였다.

"이 사악한 인간, 당신은 우리를 이승에서 몰아내지만, 온 세상의 임금님께서는 당신의 법을 위하여 죽은 우리를 일으키시어 영원한 생명을 누리게 하실 것이오."

---

130 신옥수, 「몰트만(J. Moltmann)의 부활 이해 : 통전적 성격을 중심으로」, 『선교와 신학』 50, 장로회신학대학교 세계선교연구원, 2020, 295면.
131 위의 논문, 313면.

여기서 순교자는 육체의 부활과 후세의 보상에 대해 강한 신앙을 가지고 있음을 보여준다.[132] 특히 넷째 아들의 경우는 이렇다.

그는 죽는 순간이 되자 이렇게 말하였다.
"하느님께서 다시 일으켜 주시리라는 희망을 간직하고, 사람들의 손에 죽는 것이 더 낫소. 그러나 당신은 부활하여 생명을 누릴 가망이 없소."(14절)

이렇듯 넷째 아들은 순교한 자는 하느님의 약속에 의하여 육체가 부활하는 것을 믿었다.[133] 이 부분에서 『마카베오서』의 서술자는 육체의 부활과 관련하여 순교자와 박해자를 대조시킨다. 순교자는 부활하므로 박해자보다 장래에 대한 좋은 조건을 갖추고 있다. 박해자는 부활의 은혜에 참여하지 못하고 오직 영원한 멸망만을 맞게 될 뿐이다.[134]

(2) 부활에 대한 토론

『마태복음』 22장 31절-33절은 <❼② 부활에 대한 토론>이라 일컬어지는 부분이다.

죽은 사람의 부활에 관하여 하느님께서 너희에게 하신 말씀을 아직 읽어 본 일이 없느냐?

---

132 페데리꼬 바르바로 신부, 『마카베오 상 하/ 토비트/ 유딧/ 에스델』, 크리스챤출판사, 1984, 247면.
133 유사한 상황은 <이사야> 26 14-19, <에제키엘> 37 : 1-14, <다니엘> 12 : 1-3에도 나타난다.
134 페데리꼬 바르바로 신부, 『마카베오 상 하/ 토비트/ 유딧/ 에스델』, 크리스챤출판사, 1984, 248면.

'나는 아브라함의 하느님이요, 이사악의 하느님이요, 야곱의 하느님이다'

라고 하지 않았느냐? 이 말씀은 하느님께서 죽은 이들의 하느님이 아니라 살아있는 이들의 하느님이라는 뜻이다."

예수께서 사두가이파 사람에게 부활의 존재를 명확히 입증한 셈이다. 페데리꼬 바르바로 신부는 이 구절을 가장 분명한 부활의 근거라며 이렇게 설명한다.

하느님은 "나는 아브라함의 하느님이요, 이사악의 하느님이요, 야곱의 하느님이시다"라고 말하셨다. 그것은 이 조상들이 아직도 어디엔가에 존재하고 있음을 암시하고 있다. 왜냐하면, "이다"라고 말씀하셨지, "이었다"라고는 말씀하지 않으셨기 때문이다. 그러므로 이 조상들은 아직도 완전히 죽어버린 것이 아니다. 하느님께서는 살아있는 그들의 하느님이시다.

"죽은 이들의 하느님이 아니라 살아있는 이들의 하느님이라는 뜻이다." 이 세상에서 죽은 조상들의 영혼은 아직 살아있다. 영혼의 불멸성이 있다면 육체의 부활이 있어야 한다. 몸이 없는 영혼의 상태는 부자연스럽기 때문에 영원히 그대로 있을 리 만무하다.[135]

이처럼 하느님은 죽은 자의 하느님이 아니라 산 자의 하느님이며 영혼의 불멸성은 육체의 부활을 전제하는 것임을 주창함으로써 부활을 입증했다.

---

135 페데리꼬 바르바로 신부, 『마태오 복음서』, 크리스챤출판사, 1984, 534면.

(3) 나자로와 예수의 부활

『요한복음』의 나자로 관련 부분은 부활이 가장 극적으로 서술된 곳이라 할 수 있다. 무덤에 묻힌 라자로를 예수님이 살아나게 하는 과정과 장면이 구체적이고도 선명하다. 부활이 예수님과 하느님에 대한 믿음의 구현임을 가장 뚜렷하게 보여준다.

이런 부활은 당연히 사대 복음서에서 거듭 나타나는 예수님의 부활 계시를 보이기 위한 단초이다. 사대 복음서에는 예수님이 십자가에서 숨을 거두는 장면부터 부활하여 제자를 만나고 마지막 가르침을 내리는 데까지 생생하게 재현했다. 예수님은 부활하여 여러 사람 앞에 나타났다. 먼저 막달라 여자 마리아에게 나타났다. 그녀는 예수께서 일곱 마귀를 쫓아내어 주셨던 여자였다. 막달라 여자 마리아는, 예수를 잃고 슬피 울고 있던 '예수 따르던 사람들'을 찾아갔다. 그리고 예수님이 부활했으며 자기가 직접 눈으로 보았다고 말해 준다. 그러나 그들은 예수님께서 부활하여 그 여자에게 나타나셨다는 사실을 믿지 않았다. 다음으로 시골로 가고 있는 두 명의 제자들에게 다른 모습으로 나타났다. 두 사람도 다른 제자들에게 그 소식을 전했지만 그들 역시 믿지 않았다. 그러자 예수님은 열 한 제자 앞으로 직접 나타났다. 그들은 선생님이 죽었다고 생각하면서도 음식을 먹고 있었다. 그들은 선생님에 대한 믿음이 없었다. 열 한 제자들은 예수님이 부활하신 모습을 직접 본 사람들의 말도 믿지 않았다. 예수님의 열 한 제자들이 예수님의 부활을 전한 사람들을 믿지 않았을 뿐 아니라 예수님을 믿지 않았다는 것은 심각한 사태였다. 분명 예수님은 평소 당신이 죽어 부활하리라고 예언했기 때문이다. 이런 상황은 예수님이 제자들을 통해 자기의 뜻을 계속 펴리라는 계획에 차질을 가져올 수 있었다. 그래서 예수님은 열 한 명의 제자 앞에 직접 나타나서 그 부활을 받아들이게 한 것이다. 이로써 제자들 통한 복음 선포가 가능하게 되었다. 예수님은 복음을 선포하는 방식과 기적을 가져오는 기술까지 제자들에게 가르쳐준 다음 예언대로 하늘로 올라가 하느님의 오른편에 앉았다.

(4) 죽은 자를 위한 부활

예수님의 부활을 두고 좀더 복잡한 담론을 만들게 한 계기가 바울의 서신인 <죽은 자를 위한 부활>이다. 바울은 보통 사람들의 사후 부활에 대한 온갖 논란에 대해 나름대로 분명한 논리를 세워 변호했다. 바울은 죽은 자의 부활이 확실하기 때문에 세례를 받지 않고 죽은 자들을 위하여 대신 세례를 받는 행위는 정당하고 그래서 그것을 인정해야 한다고 주장했다.[136] 이로써 부활 신앙의 필연성과 사실성을 변증하였다.[137]

그 뒤로는 오직 '부활을 받기에 합당한 자들'에 국한하여 부활이 이루어진다는 것이 더 오래된 부활 전통을 반영하는 생각이라고 여겨지기도 했다. 예수님의 사례를 통하여 부활이 이루어진다는 것이 분명하여졌다. 그러나 어떤 선택이 작용하여 부활이 이루어지는지, 부활이 나 자신에게는 어떤 의미를 지니는지 등에 대한 성찰이 이루어져야 할 것이다. 특히 부활은 '시공을 넘어서는 초월 사건'[138]이기 때문에 더 어렵다. 이럴 때마다, "나는 부활이요 생명입니다. 나를 믿는 사람은 죽더라도 살 것입니다.

---

136 서동수, 「고린도전서 15 : 29, 죽은 자를 위한 대리세례와 바울의 부활론」, 『한국기독교신학논총』 115, 한국기독교학회, 2020, 43~44면.
137 차정식, 「생성기 기독교의 '부활' 신앙 모티프와 그 전개과정」, 『신학과 사회』 33-4, 21세기기독교사회문화아카데미, 2019, 26면.
138 백성호, 「기독인, 사도신경 오해 말라... 부활이 육신소생 아닌 까닭」, 『중앙일보』 2020.04.11.

또 살아서 나를 믿는 사람은 누구나 영원히 죽지 않을 것입니다."는 말씀을 되새겨야 할 것이라 생각한다. 예수님에 대한 믿음이 부활의 가장 중요한 조건인 것이다. 살아 있는 사람이 예수님에 대한 믿음을 가지면 '영원히 죽지 않'는다고 했다. 육체는 영원히 죽지 않는 것이 불가능하다. 육체가 부활한다 해도 육체로 부활한 이상 영원하지는 못하다. 이 지점에서 육체 부활과 영혼 부활의 갈림길에 서게 된다. 정양모 신부는 일생 동안 부활에 대해 명상한 바를 다음과 같이 요약했다.

> "사도신경에 그 고백[육신의 부활을 믿으며, 영원한 삶을 믿는다는 고백]이 있다. 그런데 사도신경 속의 육신 부활 신조도 참 조심해서 이해를 해야 한다. 글자 그대로만 보아 '시신이 소생한다'고 하면 곤란하다. 그건 구원이 아니다. 사도 바오로도 '부활의 육신은 신령한 육신이다. 영광스러운 육신이다.'고 했다. 다시 말해 이승의 육신이 아니라 이승을 초월한 육신이란 뜻이다... 이승의 몸은 결국 소멸하는 존재다. 그러니 이승의 육신이 부활한다 해도 결국 소멸할 수밖에 없다. 그건 구원이 아니다. 이승을 넘어서고, 이승을 초월해야 영원이 있다. 그것이 구원이다."[139]

부활을 구원으로 보아야 하며 그렇게 본다면 부활을 육신의 차원을 넘어서는 것으로 이해해야 한다는 메시지를 강하게 들려준다. 예수님의 부활을 이렇게 이해하고 해석함으로써 보통 사람의 부활을 명상할 수 있다. 이에 대해서도 정양모 신부는 "내가 이 생을 살다가, 예수님께서 그토록 강조하신 하느님 사랑 이웃 사랑으로 내가 익으면, 하느님께서 내 인생을

---

139 위의 글.

거두어 가신다. 수확하신다. 나는 거기에 부활의 깊은 뜻이 있다고 본다."
라고 해석해주었다.

부활담은 기독교의 죽음관을 엿볼 수 있는 가장 중요한 영역 중 하나다. 부활담의 부활에 대한 이해와 믿음은 스스로의 죽음에 대한 부담도 덜어줄 것이다. 그런 점에서 부활담은 죽음명상에 적극 활용될 수 있다. 특히 기독교를 신앙으로 가진 사람이 죽음명상을 할 때 부활담이 중심 자리에 놓여야 할 것이다.

죽음명상의 체계

	죽음명상
	1. 죽음 정견 공부
	2. 죽음서사 읽기와 성찰
남의 죽음	**3. 죽음 정견과 죽음서사를 통한 죽음명상**
	4. 임종 명상
	5. 조문 명상
	1. 나의 죽음에 대한 사띠 수행 1
	2. 나의 죽음에 대한 사띠 수행 2
나의 죽음	3. 들숨과 날숨에 대한 관찰
	4. 내 몸의 불안정성과 시신의 해체에 대한 명상
	5. 수면 수행 명상

제4장

죽음 정견과 죽음서사를 활용하는 죽음명상

임종과 바르도, 환생 및 부활, 해탈 등에 대한 죽음 담론을 공부함으로써 죽음 정견(正見)을 확립한다. 그와 함께 죽음서사를 읽으면 죽음을 간접적으로 경험할 수 있다.[140] 이 경험을 바탕으로 하여 죽음명상을 본격적으로 전개한다.

1. 죽음 정견과 죽음명상

(1) 죽음관

임종과 바르도, 환생 및 부활, 해탈 등에 대한 죽음 담론은 지금까지 선인들이 수행과 생사를 거듭하면서 축적한 혜안과 지혜를 근간으로 한 것

---

140 이강옥, 「죽음에 대한 명상과 수면 수행」, 『문학치료연구』 32, 한국문학치료학회, 2014, 25~28면.

이다. 죽음 담론에 대한 공부와 죽음 현상에 대한 이해는 명상의 바탕이면서 출발이다. 죽음명상이란 어떤 식으로든 죽음 관련 요소, 상황, 사유, 행동을 지속적으로 떠올리고 의문을 제기하고 답을 모색하는 과정에서 이미 자기가 갖추고 있는 죽음에 대한 인식과 감각을 조정하거나 보완하고, 그럼으로써 죽음에 대한 안정된 태도를 내면화해가는 것이다.

죽음을 직접 경험하지 못한 보통 사람은 스스로 죽음의 본질을 확인하는 것이 불가능하다. 그러므로 일단 죽음 현상을 외면하지 않으면서 끊임없이 죽음에 대해 질문하는 자세가 필요하다.

사람은 죽은 뒤에 뭔가를 남기는 것일까? 죽음 뒤 일정한 시간이 흐르면 다 사라져 아무것도 남지 않는 것일까? 일반적으로는 전자 쪽으로 생각하는 사람이 많다. 몸과 구분되는 의식 혹은 혼의 존재가 어떤 식으로든 지속한다고 보기 때문이다. 사실 죽고 나면 아무것도 남지 않는다는 일종의 '단멸론(斷滅論)'은 삶을 허무하게 만들 가능성이 크다. 그리고 쾌락주의를 따르거나 아무렇게나 살아가게 만들기도 한다. 교육적 차원이나 효용론적 차원에서 사람이 죽은 뒤에 뭔가가 남거나 어떤 형성력이 생긴다는 관점을 취하는 것이 바람직하다.

이와 관련하여 종교가 분명한 비전을 제시한다. 종교를 신봉한다면 그 종교에서 제시하는 생사관을 따라가는 것이 좋다. 종교가 없는 사람이라면 상대적으로 어느 한쪽을 선택할 수 있겠고 아니면 여러 가능태들을 선별적으로 추구해갈 수도 있을 것이다.

질문을 더 구체적으로 나아가게 할 수 있다. 천상계, 인간계, 아수라계, 극락, 천국 등 사람이 죽고 난 뒤 간다는 세계가 과연 실제로 존재하는 것일까? 죽어서 부활하는 것은 천국에서 영생을 누릴 수 있는 전제조건인가? 아니면 지상에서 부활하여 일상을 지속하는 것을 뜻할까? 부활한다면 육체와 영혼의 관계는 어떻게 되는가?

앞장에서 제시한 죽음 담론을 염두에 두면서 이런 질문들을 계속 이어 간다. 질문의 과정을 통하여 죽음에 대한 견해와 감각을 조정해가는 것이 다. 거기다 나름대로 상상과 예감, 믿음 등을 자기 삶의 단계에 알맞게 보 완하고 개입시켜간다.

(2) 임종과 새로운 시작

죽음의 과정을 거듭 관찰한 수행자의 보고에 의하자면, 임종까지의 시 간과 임종 직후 이탈한 혼이 이승과 다음 단계 사이에 있는 경계 영역에 잠시 머무는 때인 바르도 기간이 매우 중요하다는 것을 알 수 있다.

죽음을 어떻게 정의하든 죽어가는 이와 주위의 사람은 죽음이 다가가 고 있음을 느끼며 죽음 시각도 어렴풋이 예감한다고 한다. 죽음의 시각이 다가올 때 죽음의 표시로서의 북받치는 슬픔이 느껴진다. 그래서 죽어가 는 이나 주위의 사람이 임종을 할 수 있는 것이다.

오늘날 수많은 사람이 병원에 입원한 상태에서 임종을 맞는다. 그런데 응급환자를 위해 개발된 첨단 의료기술이 응급환자가 아닌 임종 단계의 사람에게도 적용되기 시작했다. 온갖 기계와 호스에 의지한 채 생명을 조 금 더 연장하다가 임종 단계에서 말 한마디 남기지 못하고 숨을 거둔다. 존엄하게 죽을 권리마저 박탈당한 셈이다. 능행스님은 '죽음이 임박해지 는 그 순간이야말로 우리의 전 생애가 꽃처럼 피어나는 순간'이라며 임 종 단계의 어수선한 분위기를 안타까워한다.[141] 우리는 먼저 이런 안타까 운 상황을 되풀이하지 않도록 '연명치료 거부 사전의향서'를 제출해두는

---

141 능행스님, 『숨죽음을 통해서 더 환한 삶에 이르는 이야기』, 마음의숲, 2015, 87면.

것을 생각해볼 필요가 있다. 또 죽어가는 이가 병원에서도 임종의 절차를 평화롭게 밟아가는 것을 보장하는 병원법 및 장례관련 법률을 개정하고 보완하는 게 마땅하다.

임종은 죽어가는 이가 삶을 마무리하는 의식이며 죽어가는 이와 계속 살아갈 사람 사이의 이별 의식이다. 그러니 다음과 같은 내용과 절차가 필요하다.

❶ 죽어가는 이의 생애에 대한 요약적 회고
❷ 죽어가는 이의 생애에 대한 긍정적 평가와 찬사
❸ 죽어가는 이와 계속 살아갈 사람 사이의 이해, 용서, 감사
❹ 유언의 생성과 기록
❺ 죽어가는 이를 위한 기도와 축원
❻ 임종 이후에 대한 안내와 인도

죽음 정견을 바탕으로 하여 임종에서는 이런 내용을 이런 절차에 따라 떠올려 시행할 것을 명심한다. 죽어가는 이를 내가 돌볼 때뿐 아니라 내가 죽어갈 때도 그렇게 할 수 있도록 명심한다.

죽음의 시각이 다가온다고 분명히 느끼면서도 두려워하거나 도피하려는 마음을 일으키지 않도록 평소 대비하여 둔다. 죽음의 순간이 다가오면 지금까지 결코 경험하지 못한 엄청난 고통이 두렵기만 하다. 그러나 죽어가는 이가 알맞은 보살핌과 안내를 받으면 편안하고 평화롭게 죽음을 맞이할 수 있다 한다.[142] 죽음의 순간을 두려워하거나 기피하기보다는 죽음

---

142 '런던에 있는 성 크리스토퍼 호스피스 병원의 연구결과에 따르면, 보살핌을 올바르게 받는다면 환자 중 98퍼센트는 평화로운 죽음을 맞이할 수 있다고 한다.'(능행스님, 『숨

의 순간이야말로 내 삶에서 가장 중요한 기회라고 생각할 수 있도록 한다. 죽음은 나의 혼에게 평화와 기쁨을 가져다주는 것일 테니 내 죽음을 담담하게 맞이할 수 있도록 한다.

남과 싸웠거나 남을 미워한 기억을 되살리기보다는 내가 자비롭게 남을 용서하고 사랑한 기억을 불러온다. 남이 내게 한 못마땅한 언행을 원망하기보다 남이 내게 베풀어준 은혜를 떠올리며 그들의 행복과 평화를 축원한다. 증오하고 집착하고 혼란된 부정적인 마음이 아니라 내려두어 안정된 긍정적인 마음을 갖도록 한다. 나의 일신이나 집안, 세상의 일들에 대한 걱정을 접고 편안하게 해방되기를 기도한다.

임종을 지켜보는 사람은 죽음을 맞이하는 이가 잘살아 왔다고 느낄 수 있도록 도와준다. 죽어가는 이가 마음의 평화와 기쁨을 누리기 위해서는 옆의 사람도 차분하고 평화로운 마음과 태도를 유지해야 할 것이다. 소위 마지막 일념(一念)이 지속될 수 있도록 소리나 촉감을 조심한다. 임종 순간의 평화와 기쁨은 더 많은 평화와 기쁨을 불러오기 때문이다.

주위 사람들은 죽어가는 이를 위해 '조념(助念)' 염불이나 기도를 해준다. 곧 숨이 끊어진다는 판단이 들면 주위 가족이나 친지들이 더 간절한 마음으로 염불하거나 기도해주는 것이다. 임종 단계에 이르면 정신이 혼미해지기 쉬우니 주위에서 조념염불과 기도를 대신해주는 것이 더욱 중요하다.

조념염불은 '나무아미타불'을 일정한 간격으로 간절히 염송하면 된다. 또 기도문을 읽거나 속으로 외워주어도 좋을 것이다. 이것은 죽어가는 이를 위한 기도이면서 자기 죽음에 대한 명상이 된다.

-죽음을 통해서 더 환한 삶에 이르는 이야기』, 마음의숲, 2015, 155면.)

극락왕생 기도문

영원한 생명의 빛으로 중생의 거친 업 받아주실 여래시여!
삼독의 거친 파도를 헤치며 살다가
병들고 지쳐버린 육신과 영혼이
이제 당신 앞에 섰나이다.

무량한 자비의 빛으로 받아주실 여래시여!
죽음은 결코 삶의 끝이 아니라
또 다른 삶의 시작이라는 진리의 말씀 의지하며
가랑잎 같은 육체의 사멸을 받아들이도록
지혜를 드리워 주소서.

무량한 광명의 빛으로 제 영혼 받아주실 여래시여!
이 세상 살면서 말과 행동,
그리고 어리석은 생각으로 지은 죄업
지성으로 참회하오니 자비를 드리워 주시옵소서.

사십팔원 원력으로 정토를 준비하신 부처님!
이 죽음이 윤회에서 벗어나는 고귀한 여정이 되게 하시어
다시는 고통스러운 중생의 몸으로
윤회하지 않기를 발원하옵니다.

영원한 생명의 나라로 이끌어 주시는 부처님!
극락정토에 피어나는 지지 않는 연꽃으로
피어나기를 서원하오며
보살의 대자비 성취하길 간절히 발원하옵니다.[143]

가톨릭 임종예식 기도문

> 생명의 주인이신 하느님.
> 살아 있을 때나 죽음의 순간에서나
> 저희를 보호하시며 이끄시나이다.
> 이제 ○○○을(를) 주님께 맡기오니
> 이 순간을 믿음으로 받아들이고
> 주님의 뜻에 기꺼이 따를 수 있는 은총을 주시며
> 영원한 구원의 은혜도 베풀어주소서.
> 우리 주 그리스도를 통하여 비나이다.
> 아멘.[144]

이와 같이 임종의 순간 우리가 자연스럽고도 알맞게 행동하고 또 그 과정에서 나 스스로 죽음명상을 수행할 수 있기 위해서는 평소 죽음 정견을 거듭 공부하고 성찰함으로써 그 정견을 내면화하고 있어야 할 것이다.

(3) 바르도 기간의 죽음명상

몸으로부터 이탈한 혼이 경계 시공간에 잠시 머무는 바르도는 49일쯤으로 산정된다. 바르도 기간 중에는 몸은 썩어가지만 거기서 빠져나온 혼은 생생하게 존재한다고 한다. 혼은 죽기 전과는 다른 몸을 상정하기도 하는데 그것을 중음신(中陰身) 혹은 의생신(意生身)이라고 일컫는다. 몸으로부터 빠져나온 혼은 누워있는 자신의 몸을 볼 수 있으며, 주변의 사람과

---

143 능행 편저, 『불교 임상기도집』, 아띠울, 2018, 121~123면.
144 대구 천주교 효목교회, 『상장예식』, 49면.

사물을 전과 다름없이 볼 수도 있다.[145]

혼은 죽은 이가 살아있을 때 행한 모든 언행을 기억한다. 죽은 이가 살았을 적에 보였던 부정적 습관은 죽은 뒤 혼에게 번뇌 망상과 두려움으로 느껴지고, 긍정적 습관들은 평화와 기쁨으로 느껴진다. 이런 현상은 주로 바르도 기간의 전반부에 일어난다고 한다. 바르도 기간의 전반부에 혼은 몸과 감정을 여전히 갖고 있다고 느끼기 때문이다. 그러다 후반부로 접어들면 다음 단계에 어떻게 될지 어렴풋하나마 느낄 수 있다고 한다.

바르도 후반부에 '극락정토로 가는 것'과 '환생하는 것'이 결정된다고 한다. 불교에서는 먼저 극락정토로 갈 수 있도록 죽어가는 이와 주위 사람들이 '나무아미타불'을 염송한다. 주위 사람들이 힘을 더해줄 수 있다.

당신 앞에 놓인 밝고 환한 빛을 향해 당당하게 걸어 들어가세요. 당신을 영접하기 위해 아미타부처님께서 오실 겁니다. 아주 밝고 환한 빛으로 오세요. 천천히 걸어 들어가면 뵐 수 있습니다. 당신이 밝은 빛 속으로 들어갈 때에 고통과 괴로움 없이 살게 될 거예요. 당신의 사대 四大가 흩어지는 걸 지켜보세요. 공적한 세상으로 돌아가는 과정을요.[146]

이와 같은 조언과 축원으로써 극락정토로 가기를 기원해줄 수 있다. 지금까지 공부하고 사유한 바르도 기간 죽어가는 이에게 나타나는 특징이 자연스럽게 환기되고 되새겨져야 할 것이다. 혼은 자기가 살아생전 해오던 습관과 이 순간 보이는 분위기에 따라 나아간다는 것을 특히 명심한

---

145 왕원 지음, 차혜정 옮김, 『중음에서 벗어나는 법』, 불광출판사, 2020, 87면.
146 능행스님, 『숨죽음을 통해서 더 환한 삶에 이르는 이야기』, 마음의숲, 2015, 172면.

다. 주위 사람들은 알맞은 기도를 해준다. '재생발원 기도'나 '재생을 위한 바르도 기도' 등을 할 수 있다.

재생발원 기도

영원한 생명의 빛으로 구원하실 아미타부처님이시여!
몸으로 지은 모든 죄업 눈물로써 참회하고
입으로 지은 모든 죄업 남김없이 참회하며
생각으로 지은 모든 죄업 지성으로 참회하오니
극락의 맑은 물로 모든 죄업 남김없이 소멸시켜 주소서.

무량한 광명의 빛으로 구원하실 시방제불이시여!
○○○님이
홀로 뒹구는 낙엽처럼 황량한 들판을 배회할 때
바른 길을 알지 못하여 허둥거릴 때
무량한 광명으로 지혜로운 고요와 평안을 얻을 수 있도록
손잡아 주소서.

영원한 생명의 빛으로 구원하실 여러 부처님들이시여!
죽어감 죽음의 순간에,
자비로운 부처님과 엄숙한 호법신들께 귀의합니다.
○○○님께서 자신이 태어날 곳을
스스로 선택할 수 있게 하옵소서.

재생의 삶을 선택하는 순간에
자비로운 부처님과 엄숙한 수호신께서

지혜의 빛으로 나쁜 길로 들어가지 않도록 보호하여 주시고
미래의 부모를 보게 될 때
그들을 자비로운 부처님으로 보게 하소서.

어머니 자궁 속으로 온전히 들어가는 순간에 ○○○존재가
인간으로서 완전하고 길상한 모습 두루 갖추어
온 중생을 이롭게 하는 사람으로 태어나게 하시옵소서.
그리되게 하소서.
그리되게 하소서.[147]

재상을 위한 바르도 기도

달과 같이 아름다운 님이시여!
천의 손으로
천의 눈으로
이 사바를 굽어살피소서.
성스러운 중생들의 어머니시여!
어머니의 시원한 눈빛은
윤회의 근본이 되는 욕망의 불꽃 꺼주십니다.
만 강의 만 달로
그 서광 중생들의 마음마다
달빛으로 와 주시며
뭇 중생들의 무지와 무명을 맑혀주십니다.
대성자모(大聖慈母)시여!
아름답고 눈부신 흰 능라의 빛은

---

147 능행 편저, 『불교 임상기도집』, 아띠울, 2018, 127~129면.

인드라 실오라기마다 황금빛으로 꽃 피어나니
관음의 어머니 위 없는 대자비를 찬미합니다.[148]

    사십구재에 동참하는 것은 바르도 기간 죽음명상을 집중적으로 수행하는 기회가 된다. 사십구재는 대체로 가족 친지 친구 등 망자와 친밀한 사람이 참여하게 되어 있다. 기회가 온다면 기꺼이 동참하여 망자가 깨달아 해탈하거나 좋은 곳으로 환생하도록 힘을 실어주면서 자신의 죽음을 사유하고 명상하는 기회로도 삼는다.

    이렇게 죽는 순간부터 시작되는 '새로운 탄생'의 계기들을 위해서라도 우리는 잘 살아야 한다는 암시를 스스로에게 하여야 한다. 죽음명상은 그런 암시 작용이 자연스레 이루어지게 할 것이다.

    죽음명상의 일환으로 시도하는 '죽음에 대한 사유'는 자신이 구축하고 있는 인식 틀에 얽매이지 않는 유연함이 필요하다. 죽음의 양상과 모습을 더 다양하게 떠올리면서 일상을 꾸려가도록 한다. 죽음의 과정과 현상, 단계에 대한 이해는 다른 사람과 함께 죽음 담론을 정리해 가거나 스스로 죽음에 대해 명상할 때 귀중하고 유용한 소재가 되며 죽음에 대한 사유를 깊게 하는 데 필수적인 지식 사항이 된다.

2. 죽음서사를 활용하는 죽음명상

    죽음 정견을 바탕으로 하여 죽음서사를 두루 읽는다. 죽음서사 읽기 과

---

148 능행 편저, 『불교 임상기도집』, 아띠울, 2018, 131면.

정은 읽기와 사색, 성찰과 비평을 넘어서서 명상에 이른다. 죽음의 각 단계와 관련된 서사들을 나누어 읽기도 하고 연결하여 감상하기도 한다. 명상자 혼자 읽기도 하고 상담자와 명상자가 생각과 느낌을 나눌 수도 있다.

(1) 저승생환담 활용

죽음서사 중에서 저승생환담이 가장 요긴하게 죽음명상에 활용될 수 있다. 저승생환담에는 임사체험이 그대로 담겨 있기 때문이다. 임사체험은 살아있는 사람으로 하여금 실제에 가장 가깝게 죽음을 느끼게 한다. 임사체험을 한 사람은 그 체험 뒤에 상당한 변화를 경험한다. 특히 임사체험자는 자기와 세계의 의미에 대해 근본적으로 새롭게 통찰하게 되어 남은 삶을 행복하게 영위하는 경우가 많다. 또 임사체험 뒤에 죽음에 대한 공포를 거의 극복한다 한다. 임사체험을 담은 저승생환담은 임사체험이 가져다주는 이와 같은 긍정적인 효과를 공유할 수 있게 한다. 임사체험담을 읽으면서 임사체험자가 먼저 겪었던 충격과 자기변화에 공감하며 내면화할 수 있다.

저승생환담의 저승 경험은 주인공으로 하여금 자신의 인색함과 비도덕성을 충격적으로 각성하게 하고 완전히 달라지게 만든다. 달라진 주인공은 나아가 다른 사람에게 저승의 메시지를 전하여 다른 사람도 달라지게 하는 교육자가 된다. 이런 저승생환담을 읽고 감상하는 과정에서 죽음교육과 죽음명상이 자연스레 이루어질 수 있다.

<저승 구경>(7-6, 경상북도 영덕군 달산면, 1980)에서 주인공 최씨 노인은 저승으로 잘못 갔다 돌아오는데, 그 경험을 계기로 하여 스스로 달라진다. 또 그 점을 이야기하여 자손들을 교육한다.[149] 최씨 노인은 저승길에 놓여

있던 짚신과 밥과 물의 고마움을 잊지 않는다. 이승으로 돌아오자 헐벗은 사람을 위해 옷을 적선하고 신발 없는 사람을 위해 신을 적선하고 배고픈 사람에게 먹을 것을 적선해야 한다는 저승의 메시지를 명심하며 실천한다. 명주 도포를 입고 좋은 미투리 신을 신고 외출하였다가도 헐벗은 걸인이 다 떨어진 짚신을 신고 있는 것을 보면 미투리를 벗어주고 도포도 벗어주어 자기는 속적삼만 입고 돌아오곤 하였다. 날아가는 까마귀에게도 술을 권할 정도가 된다. 다시 시작한 그의 삶은 자기가 가진 모든 것을 다 베풀어주는 쪽으로 전개된다. 이런 변화와 전환의 메시지가 가득한 이 텍스트는 읽는 이에게도 그런 쪽으로의 전환을 이끌게 된다. 이야말로 실천적 죽음명상에 해당한다.

<❶⑥ 저승 갔다 온 아주머니>에서 죽음명상이 더 나아갈 가능성을 확인한다. 음식점 종업원인 구연자는 주인이 들려준 임사체험을 구연한다. 구연자는 주인과 비슷한 일상의 고난을 겪어왔기에 주인의 일상 경험은 물론 저승 경험까지도 더 절실하게 공유하고 공감할 수 있었다. 여성 특유의 일상적 감각 덕으로 저승 풍경을 일상 풍경과 비슷하게 구체화했다. 독자는 저승 풍경에서 일상 풍경을 찾을 수 있고 일상 풍경에서 저승 풍경을 상상할 수 있게 된다. 이로써 죽음명상이 실감을 얻는다.

저승생환담은 죽음에 대한 성찰과 명상을 일으키는 서사적 힘을 가진다. 문헌 야담에서 사대부가 보인 태도에서도 그 점이 확인된다. <보살불방관유옥(菩薩佛放觀幽獄)>(『교감역주 천예록』, 406면)의 평결에서 사대부 편찬자 임방(任埅, 1640-1724)은 이렇게 평한다.

---

149 "우리 집안 최씨네들을 다 불러라... 저승 갔든 이얘기를 들어바라"(7-6, 596면)

아! 홍내범의 일은 부처가 사람을 속이는 이야기와 같다. 군자는 진실로 괴이한 것을 말하거나 이상한 일을 찬술해서는 안되리라.... 이로 미루어보면 홍내범이 말한 일은 비록 세상을 어지럽히는 일에 가깝지만 또한 세상에 경종이 될 만도 하다. 그러므로 나는 이 말을 적어 한 퇴지가 '그 하나는 취하고 그 둘을 따지지 않는 뜻'에 붙이고자 한다.

사대부인 임방은 임사체험담이 유교적 세계관과 어긋나며 세상을 어지럽히는 면이 있다며 껄끄러워하지만, 세상에 경종이 될 만한 점이 있음은 인정했다. 죽음 뒤의 세계를 어떻게 보든, 그것은 일정하게 이 세상의 삶의 방식과 긴밀하게 관련된다는 것을 강조하는 데에서 이미 죽음명상이 이루어지고 있는 것이다.

또 민중의 설화에서도 비슷한 상황을 확인한다. <❶⑧ 저승 갔다 와서 새사람 된 인색한 영감>에는 다음과 같이 구연 상황이 제시되어 있다.

앞 제보자에게 이야기를 더 해달라고 하던 중 제보자가 이 이야기를 구연했다. 구연 후 제보자는 요 세상이 저승 가면 모두 나타나는 모양이라고 하고, 청중은 영화필름처럼 나타난다고 말하며 이야기에 대한 생각을 말했다.

여기서 민중들은 이야기판에서 저승생환담을 구연하고 듣고 그에 대해 반응하면서, 죽는 것과 죽어서 가는 것, 일상 풍경과 저승 풍경 등에 대해 사유하고 성찰하고 있다. 저승에서 이승이 빠짐없이 떠올려진다는 생각은 죽으면 다 끝장이라는 발상과 정반대의 것이다. 이는 민중적 저승관이라 할 터인데, 저승에 가면 염라대왕이 심판을 한다는 발상과 비슷하면서도 다르다. 이승의 행실이 저승으로 이어진다는 점에서는 같지만, 타의가 아닌 스스로에 의해 이승 삶이 떠올려진다는 점에서 다르다. 이것은 이승에서의 삶을 잘 살아야 겠다는 주체적 각성에 바탕을 둔 것이다.

저승생환담에서 특히 부각되는 점은 저승을 이승과 비슷하게 묘사하거나[150] 저승이 이승과 긴밀하게 연결되도록 한다는 점이다. 어떻게 죽고 죽어서 어떻게 되는가는 어떻게 살아가느냐의 문제와 긴밀하게 연결되는 것이다. 그런 점에서 저승생환담은 어떻게 죽느냐 이전에 어떻게 살 것인가의 문제에 초점을 맞춘 것이라고 하겠다.

저승생환담은 이승에서의 삶의 태도에 대략 세 가지 대안을 제시한다. 첫째, 이승에서 응당 해야 할 가치 있는 일은 최선을 다해 스스로 마무리해야 한다. 그것을 마무리하기 위해서라면 저승에 가서라도 이승으로 돌아와야 한다고 강조한다. 이승의 삶에서 가치있는 일을 할 뿐 아니라 그 일을 마무리해야 한다는 것을 강조한 것이다. 다음으로 곤경에 처한 남을 적극적으로 도와주어야 한다.[151] 그런 자세는 이승에서뿐만 아니라 저승에서도 견지되어야 하며 필요하다면 이승과 저승을 넘나들면서까지 남이 처한 곤경을 해결하는데 나서야 한다. 궁극적으로는 남에게 베풀며 살아야 한다는 것을 가장 힘주어 강조한다. 인색함은 이승의 삶에서 가장 엄중하게 지탄받아야 마땅한 태도이다. 베푸는 삶에 대한 강조는 임사체험이 초래한 근본적인 존재전환을 통해서 이루어졌다.

---

150 가장 두드러진 작품이 <❶⑥ 저승 갔다 온 아주머니>와 <저승에 다녀온 사람 이야기>(정종택, 『증편 한국구비문학대계』 7-24, 경상북도 울진군 온정면, 2019) 등이다. 특히 후자는 "저승에 가니 여기 사는 거랑 똑같다."는 말을 두 번이나 반복한다.

151 <저승갔다 온 이야기(1)>(안대진, 3-1, 충청북도 중원군 주덕면, 1979); <저승갔다 돌아와 남의 집 빚 해결해준 사람>(김병두, 『증편 한국구비문학대계』 8-15, 경상남도 양산시 주진동, 2009)

이런 저승생환담을 이야기하고 들으며 자연스럽게 죽음과 저승 삶에 대해 성찰할 수 있다. 저승생환담은 이승에서 이런 자세와 마음가짐으로 살아가면 죽음을 걱정할 필요가 없고 죽어서 간다는 저승의 삶도 원만할 것이라는 점을 암시해주어 내면화하게 하기 때문이다. 이승에서 가치 있다고 인정받을 수 있는 일을 하고, 스스로도 꼭 해야 할 일은 마무리 한다. 남이 곤경에 처해 있으면 남을 도와 곤경을 헤쳐나갈 수 있도록 도움을 준다. 그리고 남들에게 조건 없는 베풂을 실천할 수 있도록 노력한다. 이렇게 살아가기만 한다면 저승으로 가는 것과 거기서의 삶에 대해 걱정할 이유가 없다. 죽음은 두려워할 과정이 아니라 담담하게 맞이할 수 있는 당연한 절차가 된다. 이는 근거 없이 죽음을 두려워하는 데서 비롯하는 죽음 강박증을 극복하고 삶을 편안하게 마무리하도록 이끌어줄 가능성이 크다. 그런 점에서 저승생환담은 죽음명상을 위한 유용한 텍스트가 될 수 있다.

사실 지금까지 기록된 저승생환담 텍스트 속에서는 임사체험자와 청자, 제2구연자와 청자 사이의 교섭과 소통, 충고와 공감의 장면들이 그대로 보이는 경우가 많다. 임사체험을 한 사람이 자기 경험을 다른 사람에게 적극적으로 이야기해준다. 임사체험자는 그 경험 덕으로 자기가 얼마나 큰 충격을 받고 자기도 모르게 달라졌는가를 진솔하게 진술한다. 청자는 그에 대해 반응하고 공감한다. 나아가 청자는 그 이야기를 다른 공간에서 다른 사람에게 이야기해주는 2차 구연자 노릇을 한다. 이런 과정이 거듭된다. 저승생환담 텍스트 속에서 죽음성찰, 죽음명상이 이루어지고 있는 것이다. 그러니 그것을 읽고 이해하고 사유하는 것 역시 자연스런 죽음성찰과 죽음명상이 된다.

(2) 임종담·수행득도담·해탈성불담 활용

❶ 임종담

임종담은 임종 사례를 두루 보여준다. 우리는 타인이 죽어가는 모습을 목도하거나 상상함으로써 나의 죽음을 대비할 수 있다. 가령 서경덕 선생이 "삶과 죽음의 이치를 안 지 내 이미 오래니 마음이 편안하다."라고 한 임종담을 통해 우리 자신도 평화롭고 편안한 죽음을 맞이할 조건이 무엇인지 곰곰이 생각하게 된다.

자식이나 손자의 할고(割股)나 단지(斷指) 이야기는 죽어가는 부모, 조부모께 지극한 정성을 다하는 행동을 부각시킨다. 어른들로 하여금 조금이라도 더 살게 해드린다는 것은 이승에 대한 집착을 조장하는 것이라고도 비판할 수 있겠지만 살아있는 사람이 어떤 계산도 없이 자신을 헌신하는 행동은 우리로 하여금 많은 것을 반성하고 성찰하게 한다.

집착을 완전히 내려둔 임종담은 보통의 임종담과 다른 위대함을 보인다. 병을 앓지 않아도 자연스레 죽을 수 있고 아무 동요없이 앉은 채로 죽어가는 도인의 이야기는 도대체 죽음 앞에서 초연할 수 있는 것이 어떻게 가능할지 지속하여 성찰하도록 만든다는 점에서 좋은 죽음명상 텍스트가 된다.

임종 단계에서 죽어가는 사람이나 주위에서 임종을 지켜보는 사람이 떠올리는 '다음 단계'는 '환생'이나 '극락정토행'이다. 극락정토의 존재를 믿고 법장 비구의 48대원, 그에 의한 아미타불(무량광불, 무량수불)의 극락 정신과 이미지를 간절히 떠올리고 그에 귀의하는 것이 중요하다. 특히 아미타 염불 수행은 평소 간절하게 지속적으로 이뤄져야 마땅하지만 급작스럽게 죽음을 맞이하게 된 보통 사람도 가능한 것으로 설명한다. 평소 염불 수행을 하지 않았더라도 임종 직전 아미타불을 열 번이라도 불러 십념(+念)을 이루면 극락 왕생이 가능하다고 한다. 아미타불 십념 염불은 죽음 앞에서 흔들리는 사람이 최후로 의지할 수 있는 것 중의 하나이다. 임종담 중에는 이 십념과 조념염불에 의해 극락왕생한 사례를 보여주는 것이 많다. 아미타 부처님의 영접과 극락정토로의 여행이 뚜렷하게 제시되었다는 점에서 환희롭기까지 하다. 나의 죽음 이후의 세상을 어떻게 떠올리고 맞이해야 할지 성찰하게 하니 귀중한 죽음명상 텍스트가 된다.

❷ 수행 득도담

부처에 대한 민중의 절대적 믿음이 해탈과 해방을 가져온다. <부처님 가슴에 꽂힌 칼>(1-6. 경기도 안성군 공도면, 1981), <부처님과 과거>(3-4, 충청북도 영동군 용산면, 1982) 등에서 그 점이 선연하다. 중생이 부처께 지극 정성을 드렸다는 데서 중생이 부처를 알아보았을 것이라 짐작한다. 부처를 알아보았다는 것은 스스로가 부처라는 증거가 된다. 그런 점에서 본래성불(本來成佛)론과 이어진다. 이들 이야기에서 분별심이 없거나 분별심을 갖추지 못한 주인공은 단순한 염불공덕을 올려 최고의 경지에 이른다. 분별심을 갖지 않은 것이 기본 동력이다.

일상생활의 감각을 존중하고 그것을 바탕으로 하여 깨달음으로 가는 길을 보여주는 이야기[152]도 소중하다. 이들은 불교 수행이 일상 삶으로부터 유리되지 않도록 한다. 그러나 분별심으로부터 완전히 해방된 단계를

---

152 <부처가 되기 원하는 중 여자 한량>(최유봉, 1-4, 경기도 남양주군 진접면, 1980, 923면), <산 부처 모신 며느리>(변수철, 7-14, 경상북도 달성군 유가면, 1983, 320면), <❸⑨>개가 된 어머니를 부처로 만든 효자>, <부처가 된 아버지>(오분련, 8-9, 경상남도 김해군 이북면, 1982, 826면), <깨달은 허망>(한태식, 5-5, 전라북도 정주시 연지동, 1987, 101면), <부처가 되어도>(강신용, 7-7, 경상북도 영덕군 강구면, 1980, 504면)

보여주지는 못한다. 여전히 맛있고 맛없는 것, 귀하고 귀하지 않는 것이라는 이분법적 잣대로 부처의 경지를 따지려 하기 때문이다. 이런 점을 염두에 두며 읽으면 좋은 공부가 된다.

<구렁이가 된 스님>(7-8, 경상북도 상주군 공검면, 1981), <대사의 인도환생>(『한국구비문학대계』2-6, 강원도 횡성군 공근면, 1983), <도를 깨친 상좌승>(8-8, 경상남도 김해군 상동면, 1982), <❸⑥화두로 도를 깨친 스님> 등에서는 대중들이 화두 수행에 대해서도 관심을 갖고 나름대로 수행해보려 했음을 알려준다. 이 이야기들은 화두수행의 가치와 효용을 보여준다. 나아가 재물에 대한 욕심이 깨달음으로 나아가는 데 결정적 걸림돌이 된다는 것을 알린다. 재물욕을 가진 승려가 구렁이로 화신하는 모티프를 통해 욕심에 대한 경각심을 충격적으로 보여준다.

아울러 이 유형은 아랫사람인 상좌로 하여금 나이 많은 웃어른 스님을 구원하고 지도하게 한다는 점에서 세속 통념을 파괴하고 있다. 경책과 가르침의 대상이 웃어른 스님인 것이다. 웃어른 스님은 자기가 거두어 가르쳐온 상좌가 자기보다 도가 높아져 자기를 가르치고 구원해줄 존재라는 사실을 인정해야 한다. 상좌에 비하면 자기는 세속의 자질구레한 욕심에서 벗어나지 못했고 그래서 죽어서 구렁이가 되어야 할 존재임을 충격적으로 인정해야 한다. 이 충격은 자기 부정에서 출발하여 '무아(無我)'의 진리로 나아가는 계기가 될 수 있다. 무아란 주체와 객관대상이 실체가 없으며, 조건이 구성되어 잠시 나타나는 현상일 따름이라는 가르침인데, 대중들이 일상에서 쉽게 터득하기 어렵고 내면화하기는 더욱 어렵다. 그런 점에서 그 궁극적 깨달음에 이르기 위해서 매개항이 필요하다. 웃어른 스님의 존재와 처지는 그런 매개항 역할을 할 수 있을 것이다.

특히 이 유형의 이야기들이 '뒤돌아보고' '되돌아가는' 대목을 부각시킨다는 점을 잘 살펴야 한다. 뒤돌아보고 되돌아가는 스님은 세속 욕망에 대한 집착을 버리지 못했기 때문이니, 이 이야기들은 이 점을 정확히 성찰해야 할 과제로 삼고 있는 바, 그 점을 죽음명상에서 소중하게 활용할 만하다.

가령 <❸⑥ 화두로 도를 깨친 스님>의 경우, 스님이 세속을 벗어나다가 뒤돌아보고 돌아갔다면, 상좌는 끝까지 돌아보지 않고 제 갈 길을 간다. 스님은 '불타는 절'로 돌아가 여전히 욕심을 부리며 살다 죽어 구렁이가 된다. 상좌는 그런 스님에게 화두 수행을 가르쳐 마침내 스님이 세속 욕심으로부터 해방되게 해준다. 그런 점에서 상좌는 수행과 깨달음을 이끌어주는 선지식의 전복된 모습이라고 할 수 있다.

이런 이야기들을 통해 민중들도 죽음을 앞두고는 욕심을 덜어내고 내려두는 것이 가장 중요한 일이라고 생각했음을 알 수 있다. 죽음명상에서 세속 욕심을 어떻게 덜어내고 내려둘 것인가라는 고민과 관련하여 <❸⑨ 개가 된 어머니를 부처로 만든 효자>가 특히 소중한 텍스트가 된다. 이 이야기는 '개로 태어난 어머니' 유형 설화[153] 중에서도 빼어난 사례라 할 수 있다. 어머니는 집안 살림만 하고 손자만 보살피다가 죽어 저승으로 간다. 염라왕이 그 점을 꿰뚫어 보고는 어머니를 개로 환생하게 한다. 어머니의 일생이 집 지키는 일만 하는 개의 행태와 유사했기 때문일 것이다. 여기서 염라왕의 조치는 상인가, 벌인가 곰곰이 생각하게 한다. 아들

---

153 <❻⑪ 돌아가신 어머니 여행시킨 효자>, <죽은 영혼이 개가 되는 이유>(4-5, 864면), <구신사의 개명당>(5-2, 86면), <팔도 구경 못해서 개가 된 사람>(5-7, 419면), <개무덤>(8-3, 576면), <❻⑩ 개로 환생한 시어머니>, <❸⑨ 개가 된 어머니를 부처로 만든 효자>, <개로 변한 어머니 모시기>(8-9, 807면), <고생한 어머니와 효자>(8-14, 356면) (『한국구비문학대계』 별책부록(I), 한국설화유형분류집, 한국정신문화연구원, 1989, 552~553면.)

은 자기 집 개가 어머니의 환신이라는 진실을 알게 되고 어머니가 구원될 수 있는 방안도 알게 된다. '전 살림을 다 팔아 가지고' '조선 팔도를 구경하는 것'이다. 집안일만 하는 것과 조선 팔도를 구경하는 것은 상반된 행위다. 어머니는 집안일만 한 하나의 극단 때문에 개로 태어났다. 이제 그 다른 극단인 팔도구경을 함으로써 전생의 한계를 넘어서서 마침내 부처가 된다.

그런데 '전 살림을 다 파는' 것은 무얼 뜻하는 것일까? '전 살림'이 어머니가 일생 동안 집안일만 하여 이룬 것이라면, 그것을 다 팔아서 팔도유람을 했다는 것은 재산에 대한 집착이나 세속적 계산으로부터의 해방됨을 뜻한다. 고로 세속계산이나 욕심으로부터 해방되는 것이야말로 부처가 되는 길임을 가르치고 있다고 하겠다.

이와 함께 '개로 태어난 어머니' 유형 이야기들을 서로 비교하며 따져보는 것도 죽음명상으로 가는 터전을 마련할 수 있다. '개로 태어난 어머니' 유형에 포함되는 이야기들은 서사적 골격을 공유하지만 변이를 보인다.

1) 개로 환생한 시어머니에 대해 며느리는 어떤 태도를 취하는가?
2) 아들이 조선팔도 유람을 떠날 때 어떤 조치를 하는가?
3) 어머니는 어떻게 되어 결말이 어떻게 되는가?

세 경우에서 이본들이 어떤 변이를 보이는가 살펴보는 과정은 어머니의 죽음과 환생이 함축하는 뜻을 깊이 새기는 데 도움을 준다. 1)은 전통적 고부갈등을 환기한다. 임신한 며느리가 개고기가 먹고 싶다며 개를 잡자고 고집을 피운다. 여기에 초점을 맞춘 이본이 <❻⑩ 개로 환생한 시어

머니>이다. 2)는 어머니를 위해 뭐든 할 수 있는 아들의 효심을 보인다. 특히 팔도여행을 위해 보통사람이 감내하기 어려운 경제적 부담을 부각시키곤 하는데 그럼으로써 경제적 집착을 덜어내는 수행이 이뤄진다. 여기에 초점을 맞춘 이본이 <❸⑨ 개가 된 어머니를 부처로 만든 효자>이다. 3)은 어머니의 구원이 어떤 성격을 지니며 화중들은 그것을 통해 결국 어떤 국면에 관심을 가지고 있었는가를 살피는 부분이다. 대체로 개는 팔도구경을 거의 마무리 한 단계에서 사라지거나 사고를 당해 죽는다. 그래서 그 자리에 묻어준다. 대부분 이본들은 그 '개무덤'이 명당이어 자식이 부자가 되고 영달했다는 쪽으로 귀결된다. <❻⑪ 돌아가신 어머니 여행시킨 효자>가 대표하는 사례다.

<❸⑨ 개가 된 어머니를 부처로 만든 효자>의 아들은 스님이 내려준 화두를 수행하는 과정에서 어머니를 성불시키고 마침내 모든 세속적 욕망으로부터 해방되는 결말을 만들었다. 이야말로 '개로 태어난 어머니' 이야기들의 생성과 변이 과정에서 이뤄낸 위대한 전환이라 할 것이다. 죽음명상이 그 점에 포착하는 것이 바람직하다.

요컨대, 세속에 대한 욕심을 버리지 못하는 사람을 그 자리에서 돌이 되게 하거나 파멸시키는 대신 생을 거듭해서라도 간절히 수행하여 결국 득도하고 해방되게 만들어주는 데서 죽음의 희망을 감지한다.

❸ 관음보살 득도담

관음보살 캐릭터는 남자가 이상적으로 그리는 또 하나의 여성상일 수 있다. 남녀 관계가 흐트러지곤 하는 오늘날에도 한 남자가 추구하는 것을 계산 없이 도와주는 자비와 구원의 여성상은 소중하다.

득도담에서 관음보살은 드높은 자리에서 누추한 세상으로 내려와 남자를 높은 자리로 이끌어주니 여성의 완전한 우위를 보여준다고도 하겠다. 마침내는 남녀 관계에 대해 우열이나 존귀를 함부로 적용하는 분별심을 극복하고 자유자재한 삶을 평화롭게 꾸려갈 혜안을 제시해준다. 관음보살 득도담은 죽음명상이 페미니즘까지 수용할 수 있는 자리를 마련해준다고 하겠다.

❹ 해탈의 풍경

해탈하는 도인이 죽음에 대한 초연한 마음을 말로 남길 때가 있다. 남추는 사람이 죽어서 스스로 흔적 남기지 않는 것을 넓은 바다를 지나가는 배나 푸른 산 위로 날아가는 학이 흔적을 남기지 않는 것에 비유했다. 자기의 죽음을 엄연한 자연현상과 동일시하여 물끄러미 바라보기만 하는 태도는 죽음을 앞두고 흔들리는 보통 사람들에게 소중한 지침이 될 수 있다.

해탈하는 과정과 해탈한 상태를 풍경으로 보여주기도 한다. 도 높은 승려가 편안히 앉아서 입적하는 날 온 골짜기가 대낮처럼 환하다. 집이 흔들리고 벼락 치는 소리가 들리는 때도 있다. 해탈하는 방이 대낮처럼 밝아지다가 그 빛이 다른 방으로 퍼져나간다. 하늘에서 음악소리가 들려오기도 한다. 음악소리와 함께 해탈한 존재가 백마를 타고 구름 속으로 사라지기도 한다.

평민이나 천민도 해탈할 때 독특한 풍경을 보여준다. 광덕·엄장, 노힐부득·달달박박, 욱면비, 관기·도성 등이 해탈할 때다. 광덕이 해탈할 때는 하늘로부터 음악 소리가 들려오고 하늘 빛이 땅에 드리워진다. 노힐부득은 금빛 미륵존상이 되어 연화대에 앉아 빛을 낸다. 뒤이어 달달박박도 그 물에 목욕하고는 무량수불이 되어 찬란한 빛을 낸다.

염불 수행을 하던 욱면비가 승천하는 풍경은 더 강렬하다. 절 마당에서 염불하던 욱면비는 공중의 '하늘 소리'가 인도하자 대웅전 안으로 들어가게 되고 서쪽으로부터 들려오는 '하늘 음악소리'를 신호로 하여 지붕 용마루를 뚫고 승천한다. 그녀는 연대에 잠시 앉아 진신의 모습을 보여주며 빛을 발산한다. 그 자리에서 성불한 것이다.

해탈이나 입적, 성불 순간의 형상과 소리는 보고 듣는 이로 하여금 세속의 티끌을 벗어던진 위대한 죽음에 대한 흠모와 동경을 불러일으킬 수 있다. 해탈성불담의 풍경은 천국이나 극락의 풍경과 함께 죽음명상을 이끌어준다. 이미지는 직접적이고 강력한 인상을 만들어주기 때문이다.

(3) 이승혼령담과 이승저승관계담 활용

죽음 뒤 혼이 이승의 공간에 계속 깃들어 있으며 사건을 일으키는 경우든, 저승으로 갔던 혼이 이승으로 와서 사건을 일으키는 경우든 이승의 일상에만 충실하게 살아가고 있는 사람을 불편하게 만들거나 긴장하게 만든다. 독자는 그 불편한 정황들을 살펴보면서 더 절실하게 죽음을 사유하게 된다.

혼이 이승에 머무는 것은 뚜렷한 이유나 목표가 알려져 있기도 하고 그렇지 않기도 하다. 이해받지 못한 원귀는 산 사람을 놀라게 하거나 졸도하게 만든다. 독자는 그 원귀로 하여금 원한이나 불만을 품게 한 것이 무엇이었는지 돌아보면서 성찰의 범위를 넓혀가게 된다.

혼은 스스로 나타난 이유를 뚜렷하게 알리기도 한다. 이성에 대해 못다 푼 욕정을 해소하기 위해서나 무덤의 불편함을 해결하기 위해서 혹은 이승의 자식이나 친지가 봉착하고 있는 문제를 풀어주기 위해서 혼이 나타난다.

살아남은 사람과의 관계를 끊기가 쉽지 않을 경우에 혼은 거듭 이승에 나타난다. <❹⑦하늘에서 귤 세 개를 던져주는 혼>을 여기에 해당하는 대표적인 텍스트로 삼을 수 있다. 전사한 젊은 이경류는 부인이나 자식, 어머니와 형제에 대한 애틋한 정을 금방 끊어내기가 어려웠다. 이경류는 어두워지면 왔다가 밝아지면 사라지기를 반복한다. 그러다 자신의 대상 날에 완전한 작별을 고한다. 대상 날이야말로 이승과 저승의 구분이 분명해지는 시점으로 인식한 것이다. 대상과 같은 죽음의례는 일정한 시점에서 이승과 저승을 분리시켜 각각이 고유한 질서를 지켜가게 한다는 점에서 소중하다고 하겠다.

그 외 대부분 귀신 야담은 귀신이 당면한 문제를 해결하기 위해 산 사람에게 나타난다. 한기(寒氣)를 풀기 위해 나타나기도 하고 버려진 시신의 장례를 부탁하기 위해 나타나기도 한다. 이국에서의 속박을 벗어나 고향으로 돌아가도록 도와달라는 호소를 하기 위해 나타나기도 한다. 이런 혼령들은 특정 공간이나 사람에 대해 문제나 원한을 안고 있다가 담력이 센 주인공을 만나 문제를 해결하고 원한을 풀 수 있게 된다. 여기서 귀신이나 혼령들은 악감을 먼저 갖고서 사람을 해치지 않는다. 원혼이 되기까지 감당해야 했던 부당한 처사와 불편한 상황을 용납할 수 없어, 귀신이 되어서라도 문제를 해결하기 위해 산 사람에게 부탁한 것이다. 몸에서 분리된 혼이 문제를 안게 되거나 원한을 갖게 되면 그 문제를 해결하고 원한을 풀 때까지 이승을 떠날 수 없다는 관념을 바탕으로 하고 있다. 또 산 사람은 능력껏 원혼의 원한을 풀어주어야 한다고도 생각한 것 같다. 그것은 산 사람이 산 사람의 억울함을 풀어주어야 한다는 정의감과 이어질 수 있다고 독자는 이해할 것이다.

반대로 힘과 능력을 가진 혼령은 이승에서 살고 있는 자손의 문제를 해결해주기 위해 나타나기도 한다. <김우서를 도운 부친의 혼령>(『어우야담』,

243면)이 대표적인 사례이다. 김우서(金禹瑞)의 부친은 죽은 뒤에도 집을 떠나지 않고 아들 우서를 돕는다. 김우서의 부친은 오히려 죽었기 때문에 더 자유자재로 아들의 멘토와 구원자 역할을 하기도 하는 것이다.

이렇듯 이승에 머문 혼령이 자기 존재를 드러내는 이야기에는 혼령과 산 자 사이의 공존과 보살핌을 실현하는가 하면 여전한 욕망을 충족시키기 위해 산 자를 파멸지경으로 떨어지게 한다. 사필귀정의 정의를 실현하기도 한다. 그런 점에서 이 역시 이승의 삶의 태도를 돌아보게 하는 힘이 매우 강하다. 고로 독자는 이승혼령담과 이승저승관계담을 읽으며 이승에서의 자기 삶을 반성하게 된다.

이승저승관계담 중 <❺① 허웅아기>는 거듭 읽어볼 가치를 갖고 있다. 이 이야기에는 죽은 사람과 산 사람, 저승과 이승이 연결될 수 있었으면 하는 소망이 가장 강렬히 깃들어 있다. 그 소망과 달리, 죽은 사람과 산사람, 저승과 이승은 분리될 수밖에 없다는 엄연한 사실에 대한 자각 역시 담겨 있다. 이 이야기를 통해 우리가 둘을 어떤 방식으로 분리시키고 또 어떤 점에서 긴밀히 연결시키면서 살아갈 수 있을지에 대한 성찰이 이루어질 수 있다.

나머지 이승저승관계담은 음식, 옷, 재물의 주고받는 것이다. 음식과 옷은 이승에서 저승 존재에게 제공된다. 저승이 이승에 의지해야 하는 중요한 이유를 제시한 셈이다. 반대로 재물은 저승에서 이승 존재에게 제공된다. 이승에서 가난을 극복하는 것은 참으로 어려운 것이라는 발상이 개입하였다. 이승저승관계담은 일상에서 가장 중요한 요소를 이승과 저승 존재들이 주고받아 서로 의존하는 이야기인 것이다. 그리고 그 주고받는 과정이 애틋하고 간절하다.

이승혼령담과 이승저승관계담은 혼이 죽은 몸의 기억을 그대로 갖고 있는 것으로 설정했다. 이는 죽음과 관련하여 가장 심각하게 고민을 하게 되는 가족과 친척, 친구 사이의 관계가 어떻게 되고 나는 그 관계를 어떻게 전환할 것인가에 대한 성찰을 유도한다. 그런 점에서 죽음명상 텍스트로 중요한 역할을 할 수 있을 것이다.

몸이 죽은 뒤에도 혼이 지속한다면, 그 혼은 살아있을 때의 가족과 친척, 친구 등과의 관계를 유지해야 하는가? 아니면 새로운 관계를 모색해야 하는가? 우선 아미타 극락왕생 신앙의 관점에서는, 가족에 대해 미련을 갖거나 집착하는 것이 극락왕생이나 해탈에 장애가 된다고 본다. 가족에 대한 집착은 혼이 응당 가야할 길을 막거나 돌려세운다는 것이다. 죽음명상에서는 이런 점을 충분히 거듭 사유해야 한다. 다른 한편, 죽기 전 관계를 맺었던 사람과 혼이 완전히 단절된다거나 또 그들을 위해 해줄 수 있는 일이 전혀 없다고 한다면, 죽음을 앞둔 시점에서 절망적 무력감에 빠질 수도 있을 것이다. 설사 그게 엄연한 사실이라 할지라도 상상이나 축원의 차원에서는 살아있는 사람들을 위해 혹은 죽은 혼을 위해 서로 뭔가를 해줄 수 있어야 한다. 후자의 관점에서 이런 텍스트가 유용하게 읽힐 수 있다.

보통 사람은 죽는다고 모든 관계가 사라지는 것은 아니라고 믿고 싶어 한다. 사람이 살아있을 때 아무리 최선을 다한다 하더라도 못다 이루거나 못다한 관계가 있을 것이다. 살아있을 때 최대한의 기회를 보장받아야 하겠지만 죽고 난 뒤에도 가능하다면 그런 기회를 갖고 싶어 할 것이다. 이승혼령담과 이승저승관계담은 그런 소박한 소망을 무시하지 않는다. 그런 마음으로 이승에 머무는 혼이나 저승에서 잠시 이승으로 온 혼의 이야기를 읽으며 사유하고 명상할 수 있다. 물론 이런 행위가 이승에 대한 집착을 조장해서는 안 될 것이다.

(4) 환생담과 부활담 활용

❶ 환생담

죽음명상에서 환생이나 부활은 사실 여부의 차원보다 믿음의 차원에서 접근하는 것이 바람직하다. 사람이 죽으면 환생하느냐 환생하지 않느냐, 부활하느냐 부활하지 않느냐는 것을 입증하려는 시도는 자칫 온갖 상충된 사례의 미궁에 빠져 헤어나오기 어려울 수 있다. 그보다는 이곳의 삶을 영위하고 죽음을 승화하는 데 환생담이나 부활담의 서사적 요소가 어떤 도움이 될 수 있다는 식으로 해석하고 내면화하는 것이 바람직하다.

환생을 추구하는 것은 지금 이곳에 대한 욕망이나 집착과 연결되었을 가능성이 크다. 그것은 해탈이나 해방을 추구하는 것과는 상반된다 하겠는데, 이승에서의 삶에 대한 욕망을 저버리지 못한 것이다. 혹은 이승에서 못다 이룬 것에 대한 한에서 비롯했다고도 할 수 있다. 이에 대한 비판도 가능하지만 연민의 시선도 필요하다.

다른 한편 환생이란, 어떤 사람이 이승 삶에서 보여준 선량한 인격에 대한 보상이라고도 생각할 수 있다. 또 선량한 인격은 지속 가능한 힘을 간직하기에 환생한다고도 볼 수 있다. 소위 원(願)에 의해 환생하는 원생(願生)은 중생 구원을 위해 세속으로 환생하는 불보살의 한 특징이다. 사람도 간절히 소원하여 환생할 수 있다는 것을 김대성의 경우를 통해 확인한다. 원(願)이 자기 욕심이 아니고 중생의 구원이며 불법의 구현이라는 점을 명심하며 환생담 읽기를 권유한다.

환생담 중에는 부부 관계와 관련된 경우가 많다. 부부 관계는 친구 관계와 마찬가지로 자기 의지에 따라 만들어지지만, 친구 관계와는 달리 일단 맺어지면 변경하기가 쉽지 않다. 전통사회에서는 더욱 그랬다. 부부 관계는 먼저 그 관계가 성립되는 과정이 간단치 않다. 당사자의 마음이 어느 정도 반영되었는가에 따라 복잡한 느낌과 반응이 있을 수 있다. 관계의 지속에서도 마찬가지다. 부부 관계의 형성과 지속에서의 복잡함을 해명하고 힘겨움을 모면하는 심리적 기제 중 하나는 '천생연분'이었다. 현생에만 국한하여 보면 어색하고 만족스럽지 못한 만남이지만 그런 만남의 근거가 전생에서 마련되어 있다고 한다면 어쩔 수 없이 만남을 인정하게 된다. 그런 점에서 천생연분은 이승의 부부관계를 고정시키고 미화하려고 만들어낸 기제라 할 수 있다. 그렇다면 그와 반대인 경우 즉, 부부관계를 바꾸기 위한 기제도 필요했을 것이다. 그러는 데 전생 요소를 끌어왔다.

'부부 짝 바꾸기' 이야기의 두 기둥은 '부부 생활의 가난'과 '알맞은 짝 다시 찾기'이다. 전자는 부부 생활에서 문제가 발생한 것이다. 이때 부부는 상대에게서 결함을 찾고자 한다. 예외 없이 남편의 입장이 기준이 된다. 남편은 곤궁한 살림에 절망하면서 근본 이유를 아내의 결함에서 찾는다. 결함이 있는 아내를 쫓아내고 다른 여자를 아내로 삼는 것이 문제 해결책이라고 생각한다.

그런데 아내의 결함으로 지적되는 것은 아내의 전생이 사람이 아니고 짐승이라는 것이다. 나는 사람이어서 아무 문제가 없는데 아내는 전생이 닭과 같은 짐승이어서 살림을 축내거나 사람의 도리를 다 못한다 생각한다. 여기서 사람 중심적 남자 중심적 관점을 발견한다. 남편인 내가 아닌 아내 탓을 하고 사람이 아닌 짐승 탓을 하는 것이다. 이리하여 '부부 생활의 가난'은 '알맞은 짝 다시 찾기'로 전환된다.

이것을 서술자의 관점에서 재해석할 수 있다. 사람 주인공과 짐승 짝이 만나 꾸려가는 이상한 결혼 생활을 비판적으로 생각해보게 한다는 점에서 사람 중심 세계관에 대해 반성하게 했다고 볼 수 있다. 이와 관련하여 보면 이본에 따라 차이가 많다. 어떤 이본은 사람 중심에 대한 반성 없이 짐승에 대한 폄하의 관점을 당연하게 개진한다. 반면 <궁합이 생긴 원인>(7-12, 경상북도 군위군 의흥면, 1984, 546면)과 같은 이본은 아예 주인공을 짐승으로 설정함으로써 '사람 : 짐승'의 이분법을 넘어서고 있다. 이 경우는 육도 중생 가운데 사람 이외의 다른 중생, 즉 지옥, 아귀, 축생 등에 나아가 그들을 제도하는 보살행인 이류중행(異類中行)의 일종으로 볼 여지가 있다. 이렇게 사람 중심의 관점이 이야기에 관철되어 있든 없든 간에 서술자의 차원에서 보면 전생이 '사람-짐승'인 부부 관계에 대한 일정한 성찰을 이끌고 있다고 하겠다.

죽음명상의 차원에서 이런 점들을 살펴본다. 우리가 일생을 살아오면서 언제나 나의 한계나 오류에 대해서는 기꺼이 성찰하지 않고, 남 탓을 주로 해온 것은 아닌가? 이런 점이 가장 절묘하게 서술된 사례를 <❻⑧ 노름장이의 횡재>에서 찾을 수 있다. 기와집 남자는 그 많은 재산을 노름으로 다 탕진했다. 그럼에도 불구하고 호랑이가 준 눈썹으로 보고 자기 아내가 닭인 걸 알고는, '저게 사람이 아니고 닭인 까닭이니, 우리 살림을 다 후벼 냈다.'며 책임을 아내에게 전가시킨다. 이처럼 우리는 현실 문제의 핵심을 잘 짚지 못하고 엉뚱한 탓만 하고 살아온 것은 아닌가? 부부 짝 바꾸기 이야기는 그런 성찰을 철저하게 이끌어가지는 못했다는 점에서 한계가 있다고 하겠다. 그러나 부부 짝 바꾸기 이야기가 이런 문제적 상황만이라도 보여주고 있다는 점에서 구연과 독서 과정에서 좀더 진지하고 구체적인 반성을 촉구하고 있다고도 할 수 있다. 이것이야말로 부부 짝 바꾸기 이야기가 명상 텍스트로 가지는 소중한 가치다.

죽음명상은 여러 차원에서 수행될 수 있지만, 죽음을 맞이하는 자신의 경험에 초점을 맞추자면 두 가지가 두드러질 것이다. 먼저 현생의 한평생에 대한 회고와 반성이다. 다음으로 나는 죽어서 어떻게 될 것인가라는 짐작과 상상이다. 현생의 한평생에 대한 회고와 반성 중 중심에 놓일 것 중의 하나가 부부 생활일 것이다. 부부 짝 바꾸기 이야기는 부부 생활에 대한 회고와 반성을 촉구하고 그 범례를 제공한다는 점에서 죽음명상 텍스트로서 요긴하게 활용될 수 있다. 남 탓을 일삼는 부부 짝 바꾸기 이야기를 읽으면서 명상자 스스로를 대입시켜 대상화할 수 있다. 이로써 자신의 자화상이 선명하게 그려질 것이다. 다음으로 부부 짝 바꾸기 이야기는 죽음 뒤의 나 자신을 실감나게 상상하는 기회를 준다. 부부 짝 바꾸기 이야기에서는 전생의 인연과 경험이 현생을 결정한다는 화소가 중요하게 작용하고 있으면서도 그 과정이 세세하게 서술되어 있지 않다는 점에서 '결락 부분'이 넓다. 명상자의 입장에서 그런 결락 부분을 메우는 일은 자신의 현생과 내생에 대한 관계를 정립하는 데 도움이 될 것이라 판단한다.

❷ 부활담

기독교의 부활담은 이승의 몸과 혼의 지속이란 지향성이 환생담보다 더 강력하게 작동된다. 다만 부활을 가능하게 하신 존재로서의 하느님을 전제한다는 점에서 환생담과 전혀 다른 자리에 있다. 부활은 하느님에 대한 흔들리지 않는 믿음과 지순한 헌신에 대한 지지와 보상이다.

그런데 부활을 몸의 차원으로만 보면 자가당착에 빠진다. 몸은 우리 눈앞에서 썩기에 부활한 몸은 자기를 부정하는 셈이기 때문이다. 그런 점에서 부활을 몸의 차원을 넘어서는 것으로 이해해야 한다는 가르침을 거듭 사유할 필요가 있다. 예수의 부활을 이렇게 이해하고 해석함으로써 보통 사람의 부활도 명상할 수 있다.

기독교 신앙을 가진 사람에게 부활은 천국행과 함께 죽음명상에서 가장 중요한 사항이 된다. 부활에 대한 이해와 믿음은 스스로의 죽음에 대한 부담도 덜어줄 것이다. 그런 점에서 부활의 서사는 죽음명상에 적극 활용될 수 있다.

3. 죽음명상 프로그램의 구안

이상 정리한 것과 같이 죽음 정견과 죽음서사 경험을 죽음명상 단계에서 활용한다. 명상은 이해의 수준을 넘어서서 공감과 통찰, 삼매의 수준까지 이르는 것임을 명심한다.

본격적 죽음명상을 시작하기 전 자기 참회부터 해야 할 것이다. 나는 지금까지 내 생명을 유지하기 위해 수많은 다른 존재들을 죽이거나 해쳐왔다. 내가 살기 위한 어쩔 수 없는 살생이라 할지라도 살생임에는 분명하다. 죽음을 명상하는 떳떳한 주체가 되기 위해서는 자기 죄업에 대한 참회를 통렬히 해야 할 것이다.

죽음의 본질과 과정에 대해 깨달은 분들이 가르쳐준 것은 죽음명상을 하는 데 결정적 동력이 되고 참조 틀이 된다. 그 가르침에 기대서 내가 죽음 현상을 떠올리고 질문하고 성찰하여 그 결과가 내 속으로 관철되는 것을 알아차린다. 그러면 죽음을 떠올려도 내 마음이 지나치게 흔들리지 않을 수 있다. 내 마음이 죽음을 떠올렸을 때 모아져서 수렴되는 영역이 만들어지는 것이다.

죽음명상에서는 사후 세계의 실재 여부를 논리적으로나 과학적으로 논증하거나 입증하려 하지 않는다. 죽음에 대한 논증이나 입증은 살아있는 사람으로서 불가능하며 가능하다 하더라도 신빙성을 보장받기 어렵다. 숙음명상은 각자가 가지게 되는 '사후 세계에 대한 태도(생각, 관념, 이미지, 믿음)' 혹은 관점을 중시한다. 죽음에 대한 태도나 관점이야말로 죽음 이후의 형편을 결정할 가능성이 크다. 어떤 사람이 평소 '나는 내가 죽으면 이렇게 된다고 생각해' 혹은 '나는 죽어서 이렇게 될 거야'라 말하거나 지속적으로 생각했다면, 과연 그렇게 될 가능성이 크다고 한다. 죽은 이후 지속되는 혼(그것을 믿는다면)은 그런 생각의 관성을 따라가기 때문이다.

저자가 대학생과 대학교수를 대상으로 하여 시행한 설문조사[154]에서 학생과 교수를 불문하고 죽음에 대해 놀랄 정도의 통찰을 갖춘 사람이 있는가 하면, 죽음에 대한 성찰을 게을리하거나 성급하게 중단하고 포기해버리는 사람도 있었다. 분명한 해답을 찾는 게 어렵더라도 죽음에 대한 질문을 끊임없이 이어가는 것은 죽음을 앞둔 우리들의 내면을 편안하게 해줄 뿐 아니라 오히려 살아있는 지금 이 순간을 더 진지하고 알차게 만들어 줄 것이다.

죽음명상은 명상자 자신의 종교적 배경과 긴밀하게 관련시켜 시행하는 것이 당연하다. 그러나 자기 종교의 죽음관을 일방적으로 받아들여 얽매일 이유는 없다. 종교적 가르침이나 성자의 혜안을 바탕으로 삼되 각자의 자유로운 상상력이나 의지를 존중하는 것이 바람직하다. 충분한 여유를 가지며 나만의 죽음관을 정립하고 나만의 죽음 감각을 내면화하는 것이 소중하다. 죽음명상을 통하여 스스로 형상화하고 의미 부여한 죽음의 세계는 나의 죽음을 편안하게 해줄 뿐 아니라 살아 있는 동안의 삶을 당당하고 밝게 만들어줄 것이다.

죽음명상의 단계를 다음처럼 정리할 수 있다.

---

154 이강옥 만듦, <죽음 의식에 대한 설문조사> 참조. 저자는 2014년 5월 10일에서 5월 19일에 걸쳐 Y대 사범대학에서 심층 설문조사를 시행했다. 20대 대학생 65명, 30대-50대 대학교수 20명을 대상으로 했다.

죽음 정견과 죽음서사 읽기에 의한 죽음명상		
죽음 정견	죽음서사 경험	연결 죽음명상
①		살생 참회.
② 살아있는 것은 죽어가는 과정임을 간파한다.	저승생환담, 임종담, 해탈성불담을 읽고 성찰한다.	죽음 현상을 지속적으로 떠올린다.
③ 임종을 사유한다.	임종담을 떠올린다. 임종담이 제시하는 메시지를 확인하고 느낀다.	자기의 죽음장면을 떠올린다. 죽음 순간 자기 의식 혹은 혼이 가질 태도에 대해 사유한다.
④ 바르도를 사유한다.	저승생환담을 읽고 사유한다. 임종담 중 바르도와 관련되는 부분을 읽고 성찰한다. 환생담 중 바르도와 관련되는 부분을 찾아 성찰한다.	몸과 혼의 관계에 대해 사유한다. 혼이 몸에서 빠져나가는 상황을 떠올리고 사유한다. 죽음의 순간 내 삶을 돌아보는 것을 사유한다. 사십구재 기도에 동참 축원하고 명상한다.
⑤ 환생 혹은 부활을 사유한다.	환생담을 읽고 사유한다. 부활담을 읽고 사유한다.	환생과 부활에 대한 나의 태도를 정립해간다.
⑥ 극락정토행 혹은 천국행을 사유한다.	임종담 중 아미타불 영접 관련된 부분을 찾아 읽고 사유한다. 부활담을 읽고 사유한다.	극락정토행과 천국행에 대한 나의 태도를 정립한다. 아미타불을 부르거나 부르지 않는다. 하느님을 부르거나 부르지 않는다.
⑦ 해탈 혹은 열반을 사유한다.	해탈성불담을 읽고 사유한다. 수행득도담을 읽고 사유한다. 열반담을 읽고 사유한다.	죽음 이전에도, 죽음 이후에도 얽매이지 않고 집착하지 않는 경지를 명상한다.
⑧ 사후 세계를 사유한다.	이승혼령담, 이승저승관계담을 읽고 사유한다.	죽음 이후의 세계에서의 존재방식을 명상한다. 내 혼이 있다면 어떻게 존재할 것인가 상상하고 명상한다.

이 죽음명상 프로그램 표의 각 단계를 연결시키는 방법은 다음과 같다.

첫째, ❶에서 ❽까지 순서대로 모두 진행한다.

둘째, 여덟 개의 번호를 넣은 통에서 하나만 추첨하여 집중 명상한다.

셋째, 명상자가 그날 마음의 상태에 부합하는 번호를 선택하여 그
것만 집중 명상한다.

이 죽음명상 프로그램을 진행하면 죽음 관련 사항이 다음과 같이 정돈
될 것이다.

(1) 혼의 소멸과 혼의 지속에 대해 나의 생각을 가다듬을 수 있다.

(2) 환생, 해탈, 극락왕생, 천국행 등에 대한 나의 생각을 정립할 수
있다.

(3) 내 가족이나 주위 분들의 임종을 보살필 능력을 갖출 수 있다.

(4) 내 죽음의 순간에 죽음 정견을 떠올리고 죽음서사 중 나를 감동
시켰던 인물이나 사건, 풍경을 떠올리며 귀감으로 삼을 수 있다.

(5) 내가 평화롭고 편안한 죽음을 맞이할 수 있다.

(6) 내가 죽은 뒤 가게 될 길을 떠올릴 수 있다.

(7) 죽음 다음 단계를 위해 지금 이 순간에 충실하고 진지하게 준비
할 수 있다.

(8) 내가 죽음명상을 통해 획득하고 내면화한 정견과 감각을 다른
사람에게도 전수하여 도움을 줄 수 있다.

(9) 이 죽음명상의 결과를 '나의 죽음에 대한 사띠 수행법'과 '수면
수행을 통한 환생의 일상화'에 응용할 준비를 할 수 있다.

죽음명상의 체계

	죽음명상
남의 죽음	1. 죽음 정견 공부
	2. 죽음서사 읽기와 성찰
	3. 죽음 정견과 죽음서사를 통한 죽음명상
	4. 임종 명상
	5. 조문 명상
나의 죽음	1. 나의 죽음에 대한 사띠 수행 1
	2. 나의 죽음에 대한 사띠 수행 2
	3. 들숨과 날숨에 대한 관찰
	4. 내 몸의 불안정성과 시신의 해체에 대한 명상
	5. 수면 수행 명상

우리는 일상적으로 죽음을 목도하고 경험한다. 그 상황을 애써 외면하는 것은 바람직하지 않다. 가령 운전을 하는 사람이라면 하루에도 여러 번 목도하는 로드킬 현장을 외면할 수만은 없다. 널브러져 있는 뭇 짐승들의 시신을 보며 그 명복을 빌고 삶과 죽음의 갈림길에 대해 더 진지한 성찰을 하려고 노력해야 한다.

가족이나 친지 친구의 죽음은 더 심각한 성찰로 이끈다. 임종이나 조문을 하기 때문이다. 임종을 앞둔 사람을 친구 친지가 방문하는 것은 제한적으로 허용된다.

기독교에서는 심방의 형식으로 '마지막 방문'이 이루어진다. 병원 심방이라 일컬을 수 있다. 병원 심방을 하는 사람들은 환자의 신앙 이력이나 병력, 가족 관계 등에 대해 두루 알고 가는 것이 바람직하다.[155] 환자가 마지막으로 안정을 얻을 수 있도록 도와줄 수 있고 방문자 자신도 죽음

---

155 서현, 「죽음 이해의 유형론 중 기독교적 죽음 이해 연구-기독교적 장례를 위한 제언」,
     장로회신학대학교 목회전문대학원, 2015, 66면.

에 대해 성찰할 기회를 맞이할 수 있게 된다. 가능하다면 '임종예배'도 드리면 좋다. 환자가 천국으로 갈 수 있다는 신념을 갖게 해주며 하나님의 가르침을 재확인할 수 있게 한다.[156]

가톨릭에서는 사제가 위독한 신자를 위하여 병자성사(病者聖事)를 실시한다. 올리브 기름이나 다른 식물성 기름을 병자의 이마와 손에 발라주며 병자성사 형식 경문을 봉송한다.

> 주님께서는 당신의 자비로우신 사랑과 기름 바르는 이 거룩한 예식으로 성령의 은총을 베푸시어 이 병자를 도와주소서. 또한 이 병자를 죄에서 해방시키시고 구원해 주시며 자비로이 그 병고도 가볍게 해주소서.

더욱 위급한 상황이 되면 고해성사, 병자성사와 함께 노자성체(路資聖體)를 받게 해준다. 신자는 그리스도의 몸과 피를 노자로 삼고 부활을 보증받아 안전해지게 된다고 한다. 그것은 "내 살을 먹고 내 피를 마시는 사람은 영원한 생명을 얻을 것이며, 나는 마지막 날에 그를 다시 살릴 것입니다"(『요한복음』 6장)라는 성경 말씀에 근거한다.

이를 위해 병원마다 호스피스 병실을 갖추게 하는 법 제정을 청원한다. 수술이나 입원 단계에서 생존 가능 기간이 두 달 이하로 진단되었을 때 옮겨가는 작은 독방이다. 또 입원하지 않은 경우도 호스피스 병실에서 임종을 할 수 있는 길도 열어주는 것이 바람직하다.

죽음담론과 죽음서사를 통해 죽음명상을 거듭해온 사람이라면 한 달

---

156 서현, 「죽음 이해의 유형론 중 기독교적 죽음 이해 연구-기독교적 장례를 위한 제언」, 장로회신학대학교 목회전문대학원, 2015, 68~69면.

에 한두 번은 있는 조문의 경험을 그 명상의 경험과 연결시킬 수 있을 것이다. 망자를 위한 기도의 형식과 내용을 자기 식으로 만들어서 장례식장에서 실천한다.

조문의 자리에서 행해지는 간절한 기도는 망자에게 큰 힘이 된다. 또 수많은 망자의 바르도가 지속되는 장례식장은 조문자가 죽음명상을 하는 최적지가 될 수 있다.[157] 애통한 분위기에서 생성되는 긴장감과 절박감은 죽음명상이 더 간절하게 지속될 수 있게 한다.

장례식장을 죽음명상의 공간으로 만들기 위해서는 장례식장의 공간배치를 새롭게 해야 한다. 오늘날의 장례식장에서는 조용히 앉아서 망자를 위해 기도를 올리거나 죽음에 대해 명상할 적당한 장소를 찾기 어렵다. 그래서 홀의 한켠에 방음 장치가 된 공간을 마련하여 기도실이나 명상실로 명명하는 게 필요하다. 조문자의 종교를 배려하여 공간을 구분해주면 더 좋다. 다음처럼 장례식장 공간을 재배치해보았다.

---

157 오늘날 장례식장의 공간 배치와 관습적 분위기는 그렇지 못하다. 관련 법령을 고쳐 혁신할 것을 권고한다.

명상실 혹은 기도실에서는 망자의 삶을 회상하여 망자가 그동안 이룬 긍정적 공적과 타인에게 베푼 정신적 물질적 은혜를 떠올려준다. 망자가 얼마나 가치 있는 삶을 꾸려왔는가를 명료하게 기억해준다. 산자가 떠올려주는 망자의 긍정적 가치는 망자의 혼이 새로운 선택을 하고 갈길을 흔들림 없이 가는 데 소중한 원동력이 된다는 확실한 관찰이 있다.

망자의 죽음을 계기로 하여 조문자는 죽음 일반에 대한 생각을 다시 정리하고 자신의 죽음을 어떻게 맞이할지 집중적으로 명상한다. 망자의 죽음이 만들어주는 절실함과 긴박함이 조문자의 죽음명상의 집중도를 드높여준다.

이상을 망자에 대한 축원과 조문자의 죽음명상이라 일컫는다면 다음으로 망자와 조문자의 종교에 따라 마련된 기도문을 염송하거나 읽는 것이 바람직하다. 주요 종교별 조문 기도문을 다음처럼 알맞게 수정하여 정리한다.

1. 기독교의 명상과 기도

임종과 조문에서 시행하는 기도는 목사님 주도로 이루어진다.
임종기도문은 다음과 같다.

우리의 생명이요 부활이 되신 하나님 아버지.
하나님의 정하여 주신 연수가 다하여 ○○○ 성도님이 하나님 곁으로 가셨습니다.
○○○ 성도님 영혼을 받아주옵시며, 하나님 안에서 즐거움과 영원

복락을 누리게 하여 주시옵소서.

"너희는 마음에 근심하지 말라 하나님을 믿으니 또 나를 믿으라. 내 아버지 집에 거할 곳이 많다."고 하신 주님께서 이 시간 저희들에게 영안을 열어 주셔서 잠깐 보이다가 없어지는 몸보다 영원한 세계를 볼 수 있게 하시며, 환란과 고생이 많은 육체보다 영원한 영광의 나라를 볼 수 있게 해주시옵소서.

하나님 아버지,

이 시간 성령님의 뜨거운 역사로서 마음속에 감동을 주시고, 저희들에게 위로와 격려와 권면을 더하여 주시옵소서. 특별히 우리 다 주 앞에 서는 그날까지 선한 싸움 잘 싸우고 달려갈 길 다 가도록 믿음 지키며 살게 하옵소서. 그리하여 장차 천국에 들어가 면류관 쓰고 영광 가운데 주님과 함께 살 수 있도록 격려하시고 용기와 능력을 더하여 주시옵소서. 오늘의 모든 장례절차를 주님이 주장하여 주옵시고 이 예배를 통하여 하나님께 영광이 되게 하시며 유족들과 온 성도들에게 큰 위로를 주옵소서.

예수 그리스도의 이름으로 간절히 기도드립니다. 아멘.

다음은 장례 예배 기도문이다.

사랑과 은혜가 풍성하시며, 영원히 변치 아니하시는 전능하신 하나님 아버지여!

지금 우리들이 이곳에 모여서 이 세상을 먼저 떠나 아버지 앞으로 가신 ○○○ 성도님의 장례식을 거행하려고 하오니 아버지께서 은혜와 사랑으로 인도하여 주시옵소서.

거룩하신 아버지 하나님이시여!

우리는 ○○○ 성도님이 세상에 있을 때에 아버지께서 크신 능력으로 지켜주시고 사랑의 손으로 인도하사 그리스도로 말미암아 구원을 얻어 영원한 후사가 되게 하여 주셨습니다. 원하옵기는 이 장례가 아버지의 은혜 가운데 이루어져 이로 말미암아 그의 유족과 친척들이 큰 위로를 받게 하옵시고 이곳에 모인 우리도 하나님의 거룩하신 교훈을 배우고 죄를 뉘우치는 것과 주님을 믿고 의지하고 믿음이 더욱 굳세게 하여 주시옵소서.

우리 주 예수 그리스도의 이름으로 기도하옵니다. 아멘.

이 기도문은 평신도의 입장에서 염송하는 것도 좋을 것 같다. 이 기도는 조문자가 조문하고 있는 한 사람을 위한 기도라기보다 비슷한 시점에서 소천한 성도 모두를 위한 기도로 보는 것이 좋다. 다만 조문자와 망자 사이의 특별한 관계를 생각하며 거기에 덧붙여 기도를 올려주는 시간을 가지는 것도 가능할 것이다. 조문자는 망자와 공유하는 밝고 아름다운 추억을 떠올린다. 조문자가 기억하는 망자의 고귀한 삶의 일화들을 연상한다.

2. 가톨릭의 명상과 기도

가톨릭 연도 기도문을 다음과 같이 수정했다.

지극히 어지신 하느님 아버지,
저는 그리스도를 믿으며 살다가 이 세상을 떠난 모든 이가
그리스도와 함께 부활하리라 믿으며

○○○를 아버지 손에 맡겨드리나이다.

○○○가 세상에 살아있을 때에

무수한 은혜를 베푸시어

아버지의 사랑과

모든 성인의 통공을 드러내 보이셨으니 감사하나이다.

하느님 아버지, 저의 기도를 자애로이 들으시어

○○○에게 천국 낙원의 문을 열어주시고

남아있는 저는 그리스도 안에서 다시 만날 때까지

믿음의 말씀으로 서로 위로하며 살게 하소서.

우리 주 그리스도를 통하여 비나이다.

아멘.

조문자가 망자의 형제나 친척, 친구일 때 그 관계가 반영된 기도문을 염송할 수 있다.

사람의 구원을 기뻐하시는 하느님,

저와 함께 주님을 섬기고 서로 사랑하며

구원의 길을 걸어온

○○○를 위하여

주님의 자비를 간구하오니

제 기도를 들으시고

○○○가 주님의 나라에서 영원한 행복을 누리게 하소서.

아멘.

가톨릭 교회에서는 문상객 기도문을 제공하고 있다. 다음은 가톨릭 대구 효목교회의 상장예식에서 옮겨온 기도문이다.

일반 문상객의 기도

성자를 죽음에서 부활하게 하신 하느님 아버지,
저희가 한마음 한뜻으로 드리는 간절한 기도를 인자로이 들어주시어
○○○에게 주님을 뵈옵는 영광을 주시고 저희에게는 슬픔에 잠겨
있는 가족을 돌보며 서로 돕고 위로할 수 있는 은총을 내려 주소서.
우리 주 그리스도를 통하여 비나이다.
아멘.

자녀의 기도

인자하신 주님,
저희 아버지(어머니)에게 생명을 주시고 한평생 은혜를 베풀어주심에
감사하나이다.
저희가 아버지(어머니)께 저지른 불효를 뉘우치며 간절히 청하오니
이제 주님께 돌아가는 저희 아버지(어머니)에게 자비를 베푸시어
믿는 이들에게 약속하신 영원한 생명으로 이끌어 주소서.
우리 주 그리스도를 통하여 비나이다.
아멘.

친구의 기도

생명의 원천이신 하느님 아버지,
○○○와(과) 저희는 주님의 은혜로운 손길에 따라 이 땅에서 서로
우정을 나누며 주님의 영광을 찬미하였나이다.

이제 저의 벗 ○○○가(이) 세상을 하직하고 저희 곁을 떠나니

비록 나약한 인간이오나 주님을 굳게 믿어 이 이별의 순간을 받아들이고

주님의 뜻에 기꺼이 따를 수 있는 은총을 베풀어 주소서.

희망과 용기의 원천이신 하느님 아버지,

저희 벗 ○○○를(을) 떠나 보내는 가족과 친척을 저희가 대신 보살핌으로써 계속해서 우정을 이어가게 하소서.

또한 ○○○를(을) 알고 지내 온 모든 이가 이별을 슬퍼하기보다는 함께 했던 날들을 기쁘게 회상하고 그동안 나누어 온 우정으로 이 세상이 차가움을 따뜻이 하게 하소서.

자비로우신 하느님 아버지,

마음을 다하여 간절히 청하오니

성자 우리 주 예수 그리스도의 공로를 보시어

저희 벗 ○○○에게 영원한 구원의 은혜를 베풀어 주소서.

우리 주 그리스도로 통하여 비나이다.

아멘.

이처럼 조문자는 망자와 자신 사이의 특별한 관계를 생각하며 일반적 기도를 보완한다. 그러기 위한 특별한 시간을 따로 만드는 것이다. 조문자는 망자와 공유해온 밝고 아름다운 추억을 떠올린다. 조문자가 기억하는 망자의 고귀한 삶의 일화들을 연상함으로써 망자의 성공스런 삶을 부각시켜준다.

3. 불교의 명상과 기도

임종법문(臨終法門)과 무상게(無常偈)를 다음과 같이 알맞게 번역하고 수정했다.

귀의불 양족존(歸依佛 兩足尊)
귀의법 이욕존(歸依法 離欲尊)
귀의승 중중존(歸依僧 衆中尊)

○○○ 주인공이여 명심하고 잘 들으소서.
모든 망상(妄想)에 걸리지 말고 신령스런 의식이 홀로 드러나 호호탕탕(浩浩蕩蕩) 하소서.
○○○ 주인공이여. 신령스런 의식이 홀로 드러나 호호탕탕 하소서.
○○○ 주인공이여. 신령스런 의식이 홀로 드러나 호호탕탕 하소서.
○○○ 주인공이여 명심하고 잘 들으소서.
업파랑에 헤매지 말고 신령스런 의식이 홀로 드러나 호호탕탕 하소서.

○○○ 주인공이여. 부처님 제자로서 세세생생(世世生生)에 나지도 않고 소멸하지도 않는 참 나를 깨달아 중생 제도 하소서.
○○○ 주인공이여. 신령스런 의식이 홀로 드러나 호호탕탕 하소서.

지금으로부터 무상게(無常偈)를 설하노니, 명심하여 잘 들으소서.

무상계(無常戒)는 열반에 이르는 요긴한 문이며
고해를 건너는 자비의 배입니다.
그러므로 모든 부처님들도 이 계에 의지하여 열반에 들어가셨고
모든 중생들도 이 계에 의지하여 고통의 바다를 건너갔습니다.

○○○ 영가시여,

오늘 당신은 육근(눈, 귀, 코, 혀, 몸, 뜻)과 육진(색, 소리, 냄새, 맛, 감촉, 개념)을
벗어나 신령한 의식이 뚜렷해져 위 없는 부처님의 맑은 계를 받게 되
었으니
이 얼마나 다행한 일입니까?

○○○ 영가시여,

겁화(세계가 파멸될 때에 일어난다는 큰불)가 타올라 광대한 대천세계가 무너
지고
수미산과 큰 바다도 없어져 남을 것이 없는데
하물며 이 몸이 생로병사와 근심 걱정 고뇌를 무슨 수로 피할 수
있으리오

○○○ 영가시여,

머리카락, 손발톱, 이빨 그리고 가죽, 살, 힘줄, 뼈, 골수와 때는
모두 흙으로 돌아가고,

침과 콧물, 고름, 피, 진액, 침, 가래, 눈물, 정액, 원기, 대변과 오줌은
모두 물로 돌아가고,
몸의 더운 기운은
불로 돌아가고,
들숨과 날숨, 움직이는 기운은
바람으로 변하여,
지수화풍(흙, 물, 불, 바람) 사대는 다 흩어지니
오늘 죽은 이내 몸은 마땅히 어디에 있다 하리오?

○○○ 영가시여,

이 몸뚱이는 흙과 물과 불과 바람으로 된 것이기에 거짓된 허상이니
조금도 애석해할 것이 아닙니다.
당신은 끝이 없는 오랜 옛날부터 오늘에 이르기까지
어리석은 무명(無明)으로 말미암아 행(行)을 지었고,
이 행으로 말미암아 식(識)을 지었고
식으로 말미암아 태중의 정신과 물질인 명색(名色)을 지었고
명색으로 말미암아 육입(六入)을 지었으며
육입으로 말미암아 촉(觸)을 지었고
촉으로 말미암아 수(受)를 지었으며
수로 말미암아 애(愛)를 지었고,
애로 말미암아 취(取)를 지었고
취로 말미암아 유(有)를 지었고,
유로 말미암아 생(生)을 지었으며
생으로 말미암아 늙음과 죽음과 근심과 슬픔과 고뇌를 지었습니다.

무명이 없어지면 행이 없어지고

행이 없어지면 식이 없어지고

식이 없어지면 명색이 없어지고

명색이 없어지면 육입이 없어지고

육입이 없어지면 촉이 없어지고

촉이 없어지면 수가 없어지고

수가 없어지면 애가 없어지고

애가 없어지면 취가 없어지고

취가 없어지면 유가 없어지고

유가 없어지면 생이 없어지고

생이 없어지면 늙음 죽음 근심 슬픔 고뇌도 다 없어지는 것입니다.

존재의　　본성은　　본래로부터

언제나　　적멸한　　모습이거니

불자가　　이도리　　깨닫는다면

오는생　　반드시　　성불하오리

모든것은　끊임없이　변천하오니

이것이곧　생멸무상　법칙이로다

생과멸이　모두함께　사라진다면

본래모습　고요하여　기쁨있으리

부처님께　지성으로　귀의하오며

가르침에　지성으로　귀의하오며

화합승에　지성으로　귀의하오며

과거세의 보승여래 응공 정변지 명행족 선서 세간해 무상사 조어장
부 천인사 불 세존께 지성 귀의 하나이다

○○○ 영가시여,

이제 당신께서는 오음(五陰)의 빈주머니를 벗어버리고
신령한 의식이 뚜렷이 드러나 부처님의 위없이 깨끗한 계를 받았으니
이 얼마나 기쁜 일이 아니겠습니까? 이 얼마나 통쾌한 일이 아니겠
습니까?

○○○ 영가시여,

서쪽에서	오신큰뜻	밝고도	분명하여
마음자리	깨끗하매	본성의	고향일세
묘한본체	맑고맑아	처소가	없는지라
산하대지	온누리에	참된빛이	나타나네

무상게 외 법성게, 보현행원품, 반야심경, 불설아미타경(佛說阿彌陀經), 『사
자의 서』 등을 염송하는 것도 좋겠다. 이런 기도문에는 연기, 무아, 공, 십
이연기 등 부처님 가르침이 완전하게 압축되어 있다. 이것을 염송하는 것
은 망자가 일념(一念)을 유지하며 죽음 다음 단계로 나아가는 데 힘을 실
어줄 수 있다. 또 조문자 자신이 번뇌망상으로부터 해방되어 남은 삶을
살아가는 계기도 마련할 수 있겠다.

죽음서사로는 <저승생환담>, <임종담과 해탈성불담>, <환생담>, <부활
담> 중 대표적인 텍스트들을 찾아 읽거나 떠올려 성찰하면 도움이 될 것
이다.

불교나 가톨릭을 신봉하는 사람은 기제사도 지낸다. 해마다 한번 이상

지내게 되는 제사 역시 죽음명상의 소중한 기회를 마련해준다. 기제사 때 모신 망자의 아름다운 생애를 회상하고 그분을 위하여 경전이나 성경 구절을 봉송해 올린다. 죽음서사로는 <이승혼령담>, <이승저승관계담>, <환생담> 등을 읽거나 떠올리며 성찰한다.

죽음명상의 체계

	죽음명상
남의 죽음	1. 죽음 정견 공부
	2. 죽음서사 읽기와 성찰
	3. 죽음 정견과 죽음서사를 통한 죽음명상
	4. 임종 명상
	5. 조문 명상
나의 죽음	1. 나의 죽음에 대한 사띠 수행 1
	2. 나의 죽음에 대한 사띠 수행 2
	3. 들숨과 날숨에 대한 관찰
	4. 내 몸의 불안정성과 시신의 해체에 대한 명상
	5. 수면 수행 명상

제6장

나의 죽음에 대한 사띠 수행과 수면수행

1. 나의 죽음에 대한 사띠 수행

(1) 경전에 정리된 죽음에 대한 사띠 수행

'죽음에 대한 사띠[158] 수행'은 '나 자신의 죽음'에 대한 본격 명상의 교본이 될 만하다. 『청정도론』은 그것을 요약 제시하고 있다.

---

[158] 사띠 : 대상의 개념이나 관념에 몰입하면 사띠는 이루어지지 않는다. 바른 사띠 즉 정념(正念)이 중요하다. 가령, 차가 지나갈 때 사띠를 하지 않는 사람은, 차 모양, 차의 방향, 차의 색깔 등 개념적이고 관념적인 부분을 인식함으로써 차가 지나가는 것을 안다. 반면 사띠 수행자는 차의 모습이 '내 눈이라는 문을 통해 보인다.'는 사실을 안다. 모든 형상은 내 눈에 보이는 것이라는 걸 알아차린다. 그러기 위해서는 몸과 마음이 '나'라고 착각하는 '아견(我見)'을 가져서는 안 된다. 사띠를 하면서 나와 세상을 바르게 알아차려야 한다. 몸과 마음에서 일어나는 모든 것을 대상으로 볼 수 있어야 한다. 그래야만 세상을 있는 그대로 볼 수 있다. 사띠 수행의 결과, 대상에 매몰되지 않고 대상을 인식할 수 있으며 대상의 속성을 관찰함으로써 무상, 고, 무아의 속성에 대한 이해가 깊어지고 대상에 대한 움켜잡음인 탐심(貪心)이 줄어들어 마침내 번뇌가 소멸된다.(거창 정토사 청현스님 법문, 2020.12.27.)
사띠는 기억하여 새기는 것이다. 사띠는 재무장관과 같다. 재무장관은 왕의 재산, 재물을 잘 정리하고 기억하여 왕에게 차례대로 환기시켜준다. 그와 같이 사띠도 선업(善業)

생명기능이 끊어진 것이라 불리는 죽음을 억념(憶念)하는 것이 죽음
에 대한 마음챙김[사띠]이다. 죽음에 대한 마음챙김을 닦고자 하는 사
람은 조용한 곳에 혼자 머물면서, '죽음이 올 것이고, 생명기능이 끊
어질 것이다' 혹은 '죽음, 죽음' 하면서 이치에 맞게 주의를 기울여야

의 법들을 기억하게 하고 알아차리게 한다. 사띠는 대상을 잊지 않도록 대상에 밀착하
여 대상에 머물고 대상을 챙기며 대상을 버리지 않는 상태다. 사띠는 좋지 않은 대상쪽
으로 마음이 달아나지 않도록 보호해주는 기능을 한다. 사띠를 수행하는 마음은 대상
을 붙들고 챙기고 버리지 않는다. 그것이 '새김 확립'이다. 이때 대상이란 사념처의 대
상인 신(身, 몸), 수(受, 느낌), 심(心, 마음), 법(法, 법) 등이다. 사띠는 대상에 대해 혼미
하지 않게 하여 중생의 방일함을 제거해주는 역할을 한다. 그러니 마음은 사띠를 믿고
의지해야 한다. 중생의 마음은 사띠에 의지하지 않으면 좋지 않은 대상만 즐기고 좋지
않은 대상에 머물게 된다. 그 결과 탐욕과 성냄 등 번뇌의 괴로움을 받게 된다. 사띠는
번뇌들이 마음을 괴롭히지 못하도록 보호해주고 보살펴준다. (우 소다나 사야도 법문)
한편 조준호 교수는 사띠를 '일상적인 사유와 감정의 흐름이 쉬었을 때 드러나는 의식
상태 또는 마음의 상태'로 보았다.(조준호, 「초기불교에 있어 止觀의 문제」,『한국선학』
1호, 한국선학회, 2000, 337면) '보는 눈이 적정하게 된다는 것은 수동적, 소극적이 되
어 간다는 것을 의미하고 이는 행(行)의 기능인 조작, 왜곡이 점차 쉬어가고 있다는 것
을 뜻한다... 일차적으로 조작, 왜곡의 눈을 쉬게 하여야 조작, 왜곡을 넘어 '있는 그대
로의 진실을 볼 수 있는 것'(如實知見)이다. 따라서 위파사나(Vipassana)의 조건으로서
의 사띠는 선정 이전의 평상시와는 달리 소극적이고 수동적인 눈으로 변할 때 갖추어
지는 것이다.'(조준호, 「사띠(sati/ smrti : 念) 이해에 대한 비판적 검토」,『한국불교학』
36집, 170면)라고 설명했다. 그런데 사띠 수행의 초기 단계에서는 의도적인 것이 없을
수 없으니 조준호 교수가 설명하는 사띠는 훨씬 성숙된 단계의 것으로서, 우리가 궁극
적으로 지향해야 할 것으로 이해한다.
'사띠(sati)'는 '초기불전연구원' 각묵 스님과 대림 스님에 의해 '마음챙김'으로 번역되
어 일반화되었다. 그러나 사띠는 '일상의 경계에 부딪혔을 때 그것을 대상으로 잘 관
찰하고 기억하며 그와 관련되는 부처님의 가르침까지도 기억해내어 작동되도록 한다.'
는 뜻이 된다. 이처럼 사띠에서는 '기억'도 중요한 역할을 하는데 '마음챙김'은 기억의
의미를 포함하지 않는다는 점에서 사띠의 번역어로는 적절하지 않다. 비슷하게 쓰이
는 '알아차림'도 그런 점에서는 마찬가지다. 조준호 교수는 '수동적 주의집중', '한국
빠알리성전협회' 전재성 박사는 사띠를 '새김'으로 번역하고, '진흙속연꽃'의 이병욱
선생은 '정념(正念)'으로 번역하여 '마음챙김'이나 '알아차림'이란 용어를 써서는 안
된다고 주장한다. 저자는 이런 문제제기에 공감하는 바이지만 또다른 혼란을 피하기
위해 '사띠'란 원어를 그대로 쓴다. (전재성 역주,『한 권으로 읽는 앙굿따라니까야 생
활 속의 명상수행』, 한국빠알리성전협회, 2007, 358면; 이병욱, 「국적불명 사띠번역어
'마음챙김'은 폐기되어야」, 다음 블로그(http://m.blog.daum.net/bolee591/16160091)

한다.[159]

그런데 죽음에 대한 사띠 수행을 시작하면 금방 본궤도에 들어가지 못하고 엉뚱한 쪽으로 흐른다. 대체로 사랑하는 사람의 죽음을 생각하고 슬퍼하게 되고, 싫어하는 사람의 죽음을 생각하고 기뻐하게 된다. 나와 관계없는 사람의 죽음을 생각하고 절박함을 일으키지 않으며, 자기의 죽음을 계속해서 생각하며 두려워하기만 한다. 이런 경우들은 모두 사띠가 되지 않고 절박함과 지혜가 없다고 본다.

이를 극복하기 위해 여덟 가지 형태로 죽음을 계속 생각하도록 가르친다. 즉, 1) 살인자가 칼을 내 목에 갖다 댄 것처럼 '나의 죽음도 반드시 오고야 말 것이다.'라고 계속해서 생각해야 한다. 2) 영원한 영화는 없으니 생명의 영화도 곧 끝이 난다고 죽음을 계속해서 생각해야 한다. 3) 큰 명성을 가진 사람들에게도 죽음이 왔던 것과 마찬가지로 나에게도 죽음이 올 것이라고 계속해서 죽음을 생각해야 한다. 4) 나의 몸은 여러 중생들과 공유하는 것이다. 여러 중생들은 내 몸에서 태어나서, 늙고, 죽고, 용변을 본다. 이 몸이 80가지 벌레들과 함께 하듯, 수백 가지의 병이라는 죽음 안의 조건과 뱀이나 전갈 등에 물리는 등 죽음 바깥 조건들을 공유한다. 이와 같이 몸을 여러 중생들과 공유하는 것으로 죽음을 계속해서 생각해야 한다. 5) 수명은 허약하고 힘이 없다. 목숨은 들숨날숨과 관련되어 있고, 추위와 더위 등과 관련되어 있고, 근본 물질과 관련되어 있고, 음식과 관련되어 있기 때문이다. 수명이 허약하고 힘이 없는 것으로 죽음을 계속해서 생각해야 한다. 6) 중생들의 수명이나 병, 시간, 몸을 내려놓

159　대림스님 옮김, 『청정도론』 2권, 초기불전연구원, 2004, 22면.

는 곳, 태어날 곳 등은 분명히 알 수가 없다는 뜻에서 '표상'이 없다. 이와 같이 표상이 없는 것으로 죽음을 계속해서 생각해야 한다. 7) 사람의 목숨이 붙어 있는 시간은 짧아서 네 다섯 입의 음식을 씹어 삼키는 동안만큼도 확신할 수 없다. 이와 같이 살아있는 시간이 한정된 것으로 죽음을 계속해서 생각해야 한다. 8) 사람의 수명은 매우 짧다. 그것은 오직 한 마음이 일어나는 동안만큼 지속한다. 마음이 소멸할 때 중생이 멸했다고 한다. 이와 같이 수명의 순간이 짧은 것으로 죽음을 계속해서 생각해야 한다.

이런 여덟 가지 중 어느 방법으로든 죽음을 계속 생각할 때 죽음을 대상으로 하는 사띠는 엉뚱한 곳으로 흐르지 않고 확립된다. 이렇게 죽음에 대한 사띠 수행을 해가면, '존재에 대해 즐거워하지 않는 인식을 얻고 목숨에 대한 집착을 버리며 재산을 많이 축적하지 않고 무상(無常)의 인식이 깊어진다.'고 그 공덕과 효험을 요약했다.[160]

위에서 말한 여덟 가지 방법 중 7)과 8)은 내가 죽는 순간까지의 시간이 매우 짧음을 생각하는 죽음 사띠라 하겠는데, 『앙굿따라 니까야』『죽음에 대한 마음챙김[사띠] 경』[161]이 그것을 정교하게 설명한다.

❶ 죽음에 대한 마음챙김[사띠] 경1(A6 : 19)

1. 한때 세존께서는 나디까에서 벽돌집에 머무셨다. 세존께서는 "비구들이여."라고 비구들을 부르셨다. "세존이시여."라고 비구들은 세존께 응답했다. 세존께서는 이렇게 말씀하셨다.

---

160 이상은 『청정도론』 2권의 23~39면을 근거로 정리함.
161 대림스님 옮김, 『앙굿따라 니까야』 4권, 여섯의 모음, 죽음에 대한 마음챙김 경 1, 89면; 전재성 역주, 『한 권으로 읽는 앙굿따라니까야 생활 속의 명상수행』, 한국빠알리성전협회, 2007, 358면.

2. "비구들이여, 죽음에 대한 마음챙김을 닦고 많이 [공부]지으면 큰 결실과 큰 이익이 있고 불사(不死)에 들어가고 불사를 완성한다. 비구들이여, 그대들은 죽음에 대한 마음챙김을 닦아라."

3. 이렇게 말씀하시자 어떤 비구가 세존께 이렇게 말씀드렸다.

"세존이시여, 저는 죽음에 대한 마음챙김을 닦고 있습니다."

"비구여, 그러면 그대는 어떻게 죽음에 대한 마음챙김을 닦는가?"

"세존이시여, 저는 이렇게 생각합니다. '참으로 나는 하루 밤낮밖에 살 수 없을지도 모른다. 세존의 교법을 마음에 새기리라. 그러면 참으로 지은 것이 많을 것이다.'라고, 세존이시여, 저는 이렇게 죽음에 대한 마음챙김을 닦습니다."

(4 ... 8)

9. 이렇게 말씀드리자 세존께서는 비구들에게 이렇게 말씀하셨다.

"비구들이여, 비구는 이와 같이 죽음에 대한 마음챙김을 닦는다.

'참으로 나는 하루 밤낮밖에 살 수 없을지도 모른다. 세존의 교법을 마음에 새기리라. 그러면 참으로 지은 것이 많을 것이다.'라고,

비구들이여, 다시 비구는 이와 같이 죽음에 대한 마음챙김을 닦는다.

'참으로 나는 하루 낮밖에 살 수 없을지도 모른다. 세존의 교법을 마음에 새기리라. 그러면 참으로 지은 것이 많을 것이다.'라고,

비구들이여, 다시 비구는 이와 같이 죽음에 대한 마음챙김을 닦는다.

'참으로 나는 한번 밥 먹는 시간밖에 살 수 없을지도 모른다. 세존의 교법을 마음에 새기리라. 그러면 참으로 지은 것이 많을 것이다.'라고,

비구들이여, 다시 비구는 이와 같이 죽음에 대한 마음챙김을 닦는다.

'참으로 나는 네다섯 입의 음식을 씹어 삼키는 시간밖에 살 수 없을지도 모른다. 세존의 교법을 마음에 새기리라. 그러면 참으로 지은 것이 많을 것이다.'라고,

비구들이여, 이러한 비구들을 일러 방일하게 살고, 번뇌를 멸하기 위하여 둔하게 죽음에 대한 마음챙김을 닦는다고 한다.

비구들이여, 비구는 이와 같이 죽음에 대한 마음챙김을 닦는다.
'참으로 나는 한 입의 음식을 씹어 삼키는 시간밖에 살 수 없을지도 모른다. 세존의 교법을 마음에 새기리라. 그러면 참으로 지은 것이 많을 것이다.'라고,
비구들이여, 다시 비구는 이와 같이 죽음에 대한 마음챙김을 닦는다.
'참으로 나는 숨을 들이쉬었다가 내쉬는 시간밖에 살 수 없을지도 모른다. 세존의 교법을 마음에 새기리라. 그러면 참으로 지은 것이 많을 것이다.'라고,
비구들이여, 이러한 비구들을 일러 부지런히 살고, 번뇌를 멸하기 위하여 예리하게 죽음에 대한 마음챙김을 닦는다고 한다."
10. "비구들이여, 그러므로 이와 같이 공부지어야 한다. '우리는 방일하지 않고 머무르리라. 번뇌를 멸하기 위하여 예리하게 죽음에 대한 마음챙김을 닦으리라.'라고, 비구들이여, 그대들은 참으로 이와 같이 공부지어야 한다."[162]

부처님은 경의 도입부에서 '죽음에 대한 사띠[死念]' 수행의 공덕과 효험에 대해 먼저 설하였다. "비구들이여, 죽음에 대한 마음챙김[사띠]을 닦

---

162 대림 스님 옮김, 『앙굿따라 니까야』 4권, 여섯의 모음, 『죽음에 대한 마음챙김』 경1 89
    면; 이 마지막 단락에 대해, 전재성 박사는 '마음챙김' 대신 '새김'이란 말을 사용하여
    이렇게 번역했다. "수행승들이여, 그러므로 이와 같이 '우리도 번뇌를 부수기 위해서
    방일하지 말고 치열하게 죽음에 대한 새김을 닦자.'라고 배워야 한다. 수행승들이여,
    이와 같이 배워야 한다."(전재성 역주, 『한 권으로 읽는 앙굿따라니까야 생활 속의 명
    상수행』, 한국빠알리성전협회, 2007, 361면)

으면 큰 결실과 큰 공덕이 있고 불사(不死)에 이르게 되며 불사(不死)를 완성한다.”라 하였다. 죽음에 대한 사띠 수행을 하면 ‘죽음을 극복’할 수 있다고 한 셈이다.

이 경전에서는 “죽음에 대한 마음챙김[사띠]을 하고 있는가?”라는 부처님의 물음에 대해 제자 비구들이 그렇다고 대답한 뒤, 각자가 수행해온 죽음에 대한 사띠 수행을 소개한다. 각 비구가 소개한 수행방법은 거의 동일한데 다만 사띠의 시점과 죽음의 시점 사이의 간격만이 다르다.

첫째 비구가 “세존이시여, 저는 이렇게 생각합니다. ‘참으로 나는 <u>하루 밤낮</u>밖에 살 수 없을지도 모른다. 세존의 교법을 마음에 새기리라. 그러면 참으로 지은 것이 많을 것이다.’라고. 세존이시여, 저는 이렇게 죽음에 대한 마음챙김을 닦습니다.”라고 말하면 둘째부터 여섯째까지 비구는 그 어법을 그대로 반복하면서 ‘지금과 자기 죽음의 시점 사이’의 간격을 줄여간다.

	비구	나는 ( )밖에 살 수 없을지도 모른다.
1	첫째 비구	하루 밤낮
2	둘째 비구	하루 낮
3	셋째 비구	한번 밥 먹는 시간
4	넷째 비구	네다섯 입의 음식을 씹어 삼키는 시간
5	다섯째 비구	한 입의 음식을 씹어 삼키는 시간
6	여섯째 비구	숨을 들이쉬었다가 내쉬는 시간

이에 대해 부처님은 1-4번째 비구들이 ‘방일하게 살고, 번뇌를 멸하기

위하여 둔하게 죽음에 대한 마음챙김[사띠]을 닦는다.'고 다소 부정적으로 평가한 반면, 5-6번째 비구들은 '부지런히 살고, 번뇌를 멸하기 위하여 예리하게 죽음에 대한 마음챙김을 닦는다.'고 긍정적으로 평가한다. 부처님은 이렇게 죽음에 대한 사띠 수행을 하는 비구들을 둘로 나누어 평가하면서, 자기 죽음이 더 가까운 때에 찾아올 수도 있다면서 절실하게 사띠 수행을 한 비구를 더 긍정적으로 평가했다. 부처님이 저쪽은 그르고 이쪽은 옳다고 분별하고자 한 것은 아닐 것이다. 죽음에 대해 사띠 수행을 하되, 자기 죽음의 순간이 더 가까이 다가온다는 쪽으로 사띠 수행을 하라고 가르친 것이다. 앞뒤 문맥을 이어서 해석하면, '내가 아무리 짧은 시간 안에 죽는다 하더라도, 부처님의 가르침을 확고히 마음에 새겨서 담는다면, 내가 죽음에 이르러도 나는 충분히 수행을 한 것이므로 죽음을 잘 받아들일 수 있다.'[163]라는 의미가 된다.

이를 일반화시켜보면,

1) '나의 죽음은 조만간 찾아올 것이고, 나의 생명 기능도 끊어질 것이다.'[164]라고 사유한다.
2) 그 짧은 시간에 나는 '세존의 가르침'이나 그에 준하는 '소중한 것'을 마음에 되살리고 새기고 사유한다.

이렇게 하는 것이 죽음에 대한 사띠의 내용이 될 것이다. 이때 관건이

---

163 문현공, 「초기불교 死念(maranasati) 수행법을 적용한 죽음교육 프로그램 연구 : 청소년 종교성 교육과 관련하여」, 동국대학교 박사학위논문, 동국대학교, 2016, 33면.
164 이에 대해 청현스님은 '1) 이 순간도 생멸하고 있다 2) 모든 것은 죽는다.'로(청현스님, 2020.12.27. 법문), 일창 담마간다 스님은 '1) 언제든지 죽을 수 있다. 2) 목숨은 영원하지 않다.'(일창 담마간다 스님, 2020.12.28. 법문)로 죽음 사띠의 내용을 요약했다.

되는 것은 각자에게 '소중한 것'은 어떤 것인가 하는 점이다. 소위 '버킷리스트'를 실현하는 것은 여전히 자기 욕망의 테두리를 벗어나지 못한 경우가 대부분이다. 물론 그걸 해보는 것이 나쁘지는 않다. 다만 자기 죽음을 앞둔 절박한 상황이라면, 더 근본적인 것을 사유하고 성찰하여 결정적으로 달라져야 하지 않을까 한다. 나에게 가장 '소중한 것'은 무엇인가? 각자가 진지하게 결정해야 할 사항이고 그것에서부터 본격적인 죽음명상이 시작된다.

❷ 죽음에 대한 마음챙김[사띠] 경2(A6 : 20)

한때 세존께서 나디까의 벽돌집에 머무셨다. 세존께서는 "비구들이여."라고 비구들을 부르셨다. "세존이시여."라고 비구들은 세존께 응답했다. 세존께서는 이렇게 말씀하셨다.

"비구들이여, 죽음에 대한 마음챙김[사띠]을 닦고 많이 [공부]지으면 큰 결실과 큰 이익이 있고 불사(不死)에 들어가고 불사를 완성한다. 비구들이여, 그러면 어떻게 죽음에 대한 마음챙김[사띠]을 닦고 많이 [공부]지으면 큰 결실과 큰 이익이 있고 불사(不死)에 들어가고 불사를 완성하는가?"

3. "비구들이여, 여기 비구는 <u>날이 지고 밤이 돌아왔을 때</u> 이와 같이 숙고한다.

'내게 죽음을 가져올 여러 조건이 있다. 뱀이 나를 물지도 모른다. 혹은 전갈이 나를 물지도 모른다. 혹은 지네가 나를 물지도 모른다. 그것으로 인해 죽을지도 모르고, 그것이 나에게 장애가 될지도 모른다. 혹은 발부리가 걸려 넘어질지도 모른다. 혹은 내가 먹은 음식이 탈이 날지도 모른다. 혹은 담즙이 성가시게 할지도 모르고, 가래가 성가시게 할지도 모르고, 마치 칼처럼 [관절을 끊는] 바람이 성가시게 할지도 모른다. 그것으로 인해 죽을지도 모르고, 그것이 나에게 장애가 될지도 모른다.'

비구들이여, 그 비구는 이와 같이 숙고해야 한다. '내가 이 밤에 죽게 되면 나에게 장애가 될, 아직 제거되지 않은 나쁘고 해로운 법(不善法)들이 나에게 있는 것은 아닌가? 비구들이여, 만일 비구가 자신을 반조하여서 '내가 이 밤에 죽게 되면 나에게 장애가 될, 아직 제거되지 않은 나쁘고 해로운 법들이 나에게 있다.'라고 알게 되면, 그는 그 나쁘고 해로운 법들을 제거하기 위해 강한 의욕과 노력과 관심과 분발과 불퇴전과 마음챙김을 행해야 한다.

비구들이여, 예를 들면 옷이 불타고 머리가 불타는 자는 옷이나 머리의 불을 끄기 위해서 아주 강한 의욕과 노력과 관심과 분발과 불퇴전과 마음챙김을 행해야 하는 것과 같다. 그와 같이 그 비구는 나쁘고 해로운 법들을 제거하기 위해서 강한 의욕과 노력과 관심과 분발과 불퇴전과 마음챙김을 행해야 한다.

비구들이여, 만일 비구가 자신을 반조하여서 '내가 이 밤에 죽게 되면 나에게 장애가 될, 아직 제거되지 않은 나쁘고 해로운 법들이 나에게 없다'라고 알게 되면, 그 비구는 밤낮으로 유익한 법에 공부지으면서 희열과 환희로 머물 것이다."[165]

---

165 전재성 박사는 이 단락을 이렇게 번역했다. "수행승들이여, 또한 수행승이 깊이 성찰하면서 이와 같이 '나는 밤에 나에게 죽음을 초래하고 나에게 장애가 되는 악하고 불건전한 원리를 버리지 못한 것이 없다.'라고 안다면, 수행승들이여, 그 수행승은 밤낮으로 그 기쁨과 희열로 착하고 건전한 가르침을 닦아야 한다." (전재성 역주, 『한 권으

4. "비구들이여, 여기 비구는 <u>밤이 지새고 날이 돌아왔을 때</u> 이와 같이 숙고한다.

(이하 3.과 동일)

비구들이여, 이와 같이 죽음에 대한 마음챙김을 닦고 많이 [공부]지으면 큰 결실과 큰 이익이 있고 불사(不死)에 들어가고 불사를 완성한다."[166]

여기서는 나를 죽음에 이르게 할 상황에 대한 마음챙김[사띠]을 강조했다. 나는 예상치 못한 어떤 돌발적 상황에 의해 죽음에 이르거나 장애를 겪게 될 수 있음을 절실히 떠올린다. '돌발적 상황'은 내가 죽음을 맞이할 시간이 가장 짧은 경우에 해당한다. 그런 돌발적 상황이 나에게 생길 수 있으니 당장, 자신에 대한 근본적 질문을 던져야 한다는 것을 강조했다.

근본적 질문 '내가 이 밤(그리고 낮)에 죽게 되면 나에게 장애가 될, 아직 제거되지 않은 나쁘고 해로운 법(不善法, 수행에 방해되는 요소)들이 나에게 있는 것은 아닌가?

---

166 로 읽는 앙굿따라니까야 생활 속의 명상수행』, 한국빠알리성전협회, 2007, 363면)
전재성 박사는 '마음챙김' 대신 '새김'이란 번역어를 사용하여 이 마지막 단락을 이렇게 번역했다. "수행승들이여, 죽음에 대한 새김을 이와 같이 닦고 이와 같이 익히면 불사에 뛰어들고 불사를 궁극으로 하는 커다란 과보와 커다란 공덕을 얻는다." (전재성 역주, 『한 권으로 읽는 앙굿따라니까야 생활 속의 명상수행』, 한국빠알리성전협회, 2007, 364면)

	경우 1	경우 2
가능한 답변	'내가 이 밤(그리고 낮)에 죽게 되면 나에게 장애가 될, 아직 제거되지 않은 나쁘고 해로운 법들이 나에게 있다.'	'내가 이 밤(그리고 낮)에 죽게 되면 나에게 장애가 될, 아직 제거되지 않은 나쁘고 해로운 법들이 나에게 없다'
자문자답 뒤의 사띠 수행	나쁘고 해로운 법들을 제거하기 위해 강한 의욕과 노력과 관심과 분발과 불퇴전과 사띠와 알아차림을 수행한다.	밤낮으로 유익한 법을 공부지으면서 희열과 환희로 머문다.
사띠 수행의 효과	결실과 큰 이익이 있고 불사(不死)에 들어가고 불사를 완성할 수 있다.	

경우 1과 경우 2의 차이는 나에게 '나쁘고 해로운 법[不善法]'이 남아 있는 것과 없는 것이다. 나쁘고 해로운 법이 남아 있으면 그걸 제거하기 위한 모든 노력을 다 기울여야 한다. 나쁘고 해로운 법이 남아 있지 않다면 '유익한 법'을 계속 공부하면서 희열과 환희를 느낄 수 있다. 그런 점에서 경우 2는 '죽음을 위한 마음챙김 경 1'에서 말한 '죽음에 대한 사띠 수행'이 훨씬 더 투명하고도 집중적으로 된 것이다. 사띠 수행의 효과는 '죽음에 대한 마음챙김 경 1'에서 말한 '죽음에 대한 마음챙김[사띠]을 닦으면 큰 결실과 큰 공덕이 있고 불사(不死)에 이르게 되며 불사(不死)를 완성한다.'라고 한 것과 같다. 어느 쪽으로든 죽음에 대한 사띠 수행은 큰 효과가 있고 역설적으로 '불사'를 완성하게 한다는 것을 강조했다.

이를 일반화시켜보면, 죽음에 대한 사띠 수행은,

1) 내가 곧 죽는다는 것을 언제나 환기한다.
2) 나는 지금 예측하기 힘든 다양한 상황이나 이유로 죽을지도 모

른다는 것을 인정하고 떠올린다.

3) '해로운 법'을 제거하기 위해 수행하고 '유익한 법'을 공부하며
희열과 환희에 머문다.

로 전개된다. '유익한 법'은 불자에게는 부처님 가르침이 될 것이며 존재
의 원리에 대한 깨달음으로서 '내가 가장 소중하게 여기는 것'이니 사람
에 따라 다를 수도 있다. 그것이 무엇인가에 대해서 가장 신중하게 결정
해야 할 것이다. 어떻든 죽음에 대한 사띠 수행을 하면 죽어도 '죽지 않
게'[不死] 된다. 그러니 죽음을 기꺼이 맞이할 수 있을 것이다.

(2) 내 몸의 불안정성과 시신의 해체에 대한 명상

죽음은 몸의 정상적 작동이 그치는 것이다. 그뒤 몸은 썩고 사라진다.
그것을 떠올리면 몸에 집착하지 않을 수 있으니 그 떠올림이 중요한 죽
음명상이 된다. 그래서 여러 경전에서 몸의 변화를 언급한다.

머리카락, 손톱, 이빨, 가죽, 살, 힘줄, 뼈, 골수, 때 등은 모두 흙으
로 돌아가고, 침, 고름, 피, 진액, 침, 가래, 눈물, 정액, 대변과 오줌 등
은 모두 물로 돌아가고, 몸의 더운 기운은 불로 돌아가고, 움직이는
기운은 바람으로 변하여, 지수화풍(흙, 물, 불, 바람) 사대(四大)는 다 흩어
지니 오늘 이내 육신은 어디에 머물러 있다 하겠는가?[167]

우습다 이 몸이여! 아홉 구멍으로부터 더러운 것이 늘 흘러나오니,
백 가지 천 가지의 부스럼 덩어리를 한 조각 엷은 가죽으로 싸놓았구

---

167 『원각경』, 제3 보안장(普眼章), 「몸에 대한 마음챙김(向身念)」, 『청정도론』 2, 40~83면
에서 놀랄 만큼 세밀하게 몸을 관찰하고 있다.

나. 가죽 주머니에 똥이 담겨 있고 피고름이 가득할 새, 냄새나고 더
러우니 아까워할 것 조금도 없도다. 하물며 백 년 동안 잘 길러 주어
도 숨 한 번에 은혜를 등지고 마는 것을 어찌하리오![168]

이렇듯 몸의 작동이 중지되고 분해되고 소멸되는 사실을 거듭 언급했
다. 내가 죽음을 두려워하는 것은 내 몸이 아름다운 상태로 유지될 수 있
다고 믿은 탓이다. 내 몸에 대한 그런 확신은 착각과 망상에서 비롯한 것
이어 근거가 없다. 만일 그것이 착각이고 망상이라는 점을 간파하고 착각
과 망상을 내려두면 죽음에 대한 두려움은 경감되고 사라질 것이다. 내
몸은 잠시 생생하고 공고한 것처럼 보이지만 시간이 지나면서 정반대로
변질된다.

살아있을 때 내 몸이 4대 요소 등으로 잠시 구성된 덧없고 더러운 것이
듯, 죽고 난 뒤 내 몸은 처참하게 분해되는 것이 엄연한 자연의 순리다.
내 시신이 어떻게 분해되어 마침내 사라지는가에 대한 생각은 살아있는
나를 잠시 고통스럽게 만들겠지만 시신의 분해됨과 사라짐은 분명한 사
실로 받아들일 수 있어야 할 것이다. 그런 받아들임이 우리로 하여금 자
기 죽음에 대해 좀더 의연하고 담담하게 만들어줄 것이기 때문이다.

『마음챙김의 확립 경』은 시신의 분해 과정을 냉철하게 기술해준다. 물
론 시신이 자연 상태로 방치될 경우다.

우리의 몸은 죽고 난 뒤 점차 부풀어 올라 검푸르게 되고 곪아 터
지고 물질이 줄줄 흐르기 시작한다. 소화 효소들이 위를 갉아먹기 시
작하고 눈은 부풀어 나온다. 온갖 미생물과 들짐승 날짐승들이 달라

---

168 『선가귀감』 68절.

붙어 분해하고 씹어먹는다. 동물들이 포식한 후 남은 살은 썩어 없어 진다. 결국 피가 묻은 해골만이 남는다.[169]

아날라요 비구는 시신 분해 과정에 대한 명상이 너무 부담스럽고 분잡하다면 해골이 분해되는 것에만 초점을 맞출 것을 권장한다.[170] 즉, 해골이 아직 힘줄에 의해 모양이 유지되어 사람의 그것처럼 보인다. 얼마 뒤 힘줄이 썩는다. 뼈가 흩어진다. 뼈들은 더 이상 사람의 것이라는 인상을 주지 못한다. 뼈와 해골을 얽어매고 있던 힘줄은 썩는다. 뼈들은 여기저기 흩어진다. 흩어진 뼈들은 빛이 바래고 삭고 부스러져 먼지가 된다.

썩어가는 시신에 대한 명상의 효과는, 이 순간의 호흡이 나의 마지막 호흡이 될지도 모른다는 것에 대한 알아차림과 결합되면 더 커진다고 도[171]했다.

이상을 통해 나의 죽음에 대한 사띠 수행은 1) 내가 살아 있을 때 2) 내가 죽을 때 3) 내가 죽고 난 뒤 몸의 변화 등의 단계로 이어지면서 명상의 효과를 더한다고 하겠다. 그런 점을 떠올리고 관찰하는 것만이 내 몸

---

169 아날라요 비구, 김종수 옮김, 『아날라요 비구의 마음챙김 확립 수행』, 불광출판사, 2019, 147~148면의 묘사를 요약한 것임. 이것은 『대념처경(大念處經)』에서 사념처 수행 중 신(身)을 사띠하는 사례를 제시한 다음 부분을 응용한 것이다. 즉, "비구들이여, 예를 들어 붉은 살점이 붙어있는 해골을 힘줄이 결합하고 있는 묘지에 버려진 시체를 보거나, 붉은 살점으로 더럽혀진 해골을 힘줄이 결합하고 있는 묘지에 버려진 시체를 보거나, 결합하는 힘줄이 사라져 손뼈는 손뼈대로, 다리뼈는 다리뼈대로, 경골은 경골대로, 대퇴골은 대퇴골대로, 요추는 요추대로, 척추는 척추대로, 두개골은 두개골대로, 뼈가 사방팔방으로 흩어진 채로 묘지에 버려진 시체를 보면, 비구는 이 몸과 비교하여, '이 몸은 이와 같은 현상[法]이고, 이와 같이 존재하고, 이와 같은 것에 지나지 않는다' 라고 생각한다오."(이중표, 『정선 디가 니까야』, 불광출판사, 2019, 415면)

170 아날라요 비구, 김종수 옮김, 『아날라요 비구의 마음챙김 확립 수행』, 불광출판사, 2019, 148~149면.

171 위의 책, 150면.

의 진실을 알고 죽음의 공포로부터 해방되는 길이다.

(3) 들숨과 날숨 관찰을 통한 죽음 순간에 대한 명상

들숨과 날숨은 생명 지속을 위한 가장 중요한 활동이다. 들숨이 내 생명이 지속되는 데 필수적인 요소를 받아들이는 '태어남'의 작용이라면, 날숨은 내 생명 지속을 위해 소비한 요소의 찌꺼기를 내보내는 '죽어감'의 작용이다. 그런 들숨과 날숨이 중단되는 상황이 죽음이다. 우리가 이 순간 내가 들이키는 들숨과 내쉬는 날숨이 마지막일 수도 있다고 사유한다면 그것은 바로 죽음을 명상하는 것이기도 하다.

> 다음 호흡이 마지막이 될 수 있다는 생각은 '비록 이 호흡이 마지막은 아닐지라도, 그것은 분명히 죽음에 더 가까운 하나의 호흡이다'라는 또 다른 생각을 더하는 것에 의해서 더욱 강화될 수 있다. 우리는 언제 죽음이 닥쳐올지는 모르지만 그것이 분명히 올 것이라는 것은 실제로 알고 있다. 모든 호흡과 함께, 우리는 명백히 죽음의 시간에 더 가까이 가고 있다. 바로 지금의 호흡은 결국 우리가 완전히 '호흡이 없는' 상태가 될 때까지 '한 호흡 더 적은' 호흡인 것이다.[172]

이렇게 호흡의 본질을 생각하며 호흡의 작동을 관찰한다면 우리는 자신의 죽음을 매순간 자각할 수 있게 된다. 그래서 어느 순간 진짜로 찾아온 '마지막 호흡' 뒤의 죽음을 편안하게 자연스럽게 맞이할 수 있을 것이다.

---

172 아날라요 비구, 김종수 옮김, 『아날라요 비구의 마음챙김 확립 수행』, 불광출판사, 2019, 156면.

2. 수면 과정을 통한 죽음수행 및 환생의 일상화

이제 나 스스로의 죽음을 유추하고 경험하는 죽음명상을 모색한다. 잠자는 과정은 내가 죽는 과정과 가장 유사하다는 사실은 이미 깨달은 분들에 의해 지적된 바 있고[173] 우리 스스로도 자주 절실히 느낀다. 저자는 생의 이른 시기부터 죽음에 대해 예민해져 죽음을 거듭 사유하였고 그러면서 자연스럽게 잠자는 과정이 죽어가는 과정과 유사하다는 직감을 가지게 되었다. 스스로 '수면 수행'이라 명명한 수행을 계속해왔다. 그 경험을 바탕으로 하여 '수면 수행'을 체계화한다.

(1) 예비 수행

생각 관찰

먼저 한 생각이 일어나고 그 생각이 사라지는 것을 관찰하여 그것이 나고 죽는 것이라 여긴다. 가만히 앉아 어떤 생각이 생겨나는 것을 알아차려 그것을 '나의 탄생'이라 암시한다. 그 생각이 사라지는 것을 알아차려 그것을 '나의 죽음'이라 암시한다. 내 생각이 일어나고 사라지는 것을 관찰하면 내가 얼마나 빠르게 한 생각을 일으키고 망각하고 또 다른 생각을 일으키고 망각하는 줄 알게 된다. 그것을 태어남과 죽음으로 암시해 가면 아주 빠른 속도로 태어남과 죽음을 경험하는 것이다.

호흡 관찰

죽음에 대한 사띠 명상에서 들숨과 날숨에 대한 관찰은 시도한 바 있

---

173 단정자춰, 『꿈·삶과 죽음을 바라보는 티베트 사람들의 지혜』, 호미, 2003, 8면.

다. 그때는 들숨을 쉬면서 그게 마지막일 수 있다는 생각에서 나의 죽음을 떠올리고, 날숨을 쉬면서 내가 죽으면서 모든 것을 포기하고 내려두는 것을 떠올렸다. 이제 이를 좀 더 넓혀 보자. 한 숨을 들이쉬어 내 몸에 힘이 생겨나고 신선한 기운이 일어나는 것을 태어나는 것이라 볼 수 있다. 한 숨을 내쉬는 것은 내 속의 힘과 기운이 빠져나가는 것이기에 죽어가는 것이라 볼 수 있다. 그러면 한번 숨을 들이쉬고 내쉬는 것에서 태어남과 죽음을 경험하게 된다. 이것은 모든 수행의 근본이 되니 가장 기초적인 것이면서 중요한 것이다.

구름 관찰

구름 관찰은 더 가시적이다. 바람이 알맞게 불어와 하늘의 구름이 모였다 사라지는 과정을 잘 관찰할 수 있는 때라면 구름 명상을 하기가 알맞다. 구름이 모였다 흩어지는 것을 관찰하는 것이다. 구름은 불교에서 한 생각 혹은 망상과 동일시된다. 그래서 앞에 한 생각 일어났다 사라지는 수행을 염두에 두면서 이제 더 뚜렷하게 구름을 관찰하는 것이다. 어떤 형태이든 구름이 바람에 실려와서 모이는 것을 관찰하면서 내가 태어났다고 암시하고 그 구름이 다시 바람에 실려 흩어져가는 것을 관찰하면서 내가 죽어간다고 암시한다.[174] 구름이 모였다 흩어지는 것에서 삶과 죽음을 경험한다.

이상과 같은 것은 본격적인 수면 수행을 하기 위한 예비적 수행이라 할 수 있다. 이런 일련의 예비적 수행은 수면 수행을 훨씬 원활하게 이루

---

174 우리들의 지혜로운 옛 스승들은 '태어남은 허공의 한 조각 구름이 홀연히 드러난 것과 같고, 죽음은 일어난 구름이 사라진 것이니, 즉 덧없이 일어났다 덧없이 사라진 것이 생사(生死)'라고 하였다.(강선희, 『체험으로 읽는 티벳 사자의 서』, 불광출판사, 2008, 23면)

어지게 한다.

(2) 본 수행

졸음을 느끼고 침대에 누워 차분히 잠들기를 기다리는 과정이야말로 죽음의 과정을 연상시킨다. 그것은 죽음의 과정과 별 차이 없다고 하겠다. 존 로크(John Locke)는 매일 밤 신이 내려와 나의 영혼을 죽이고 새로운 영혼을 불어넣는 경우를 떠올린 바 있다. 물론 로크가 이런 시나리오를 설정한 것은 그럴 경우 사람의 자기 동일성이 유지되는가 않은가를 성찰하기 위한 것이었다.[175] 아마도 로크는 사람이 자는 동안 자기 동일성이 심각하게 달라질 수 있다는 것을 의식하고 우려하기도 한 것 같다. 그럼에도 불구하고 잠을 죽음의 과정과 연결시켜 보지는 않은 것 같다.

하루는 나의 일생이고 잠자기 위해 침대에 누운 것은 내가 생을 마무리하기 위해 누운 것에 대응한다. 잠들기 직전에 어떤 것을 떠올리고 어떤 생각을 하고 누구에게 어떤 말을 하고자 하는가는 내가 죽기 전에 내 일생의 어떤 것을 떠올리고 임종 전 어떤 생각을 하고 임종 시 누구에게 어떤 유언을 하는가에 해당한다.

잠자기 위해 누운 침대는 병실의 침대거나 임종의 침대이다. 좀더 실감을 내기 위해서 침실을 널 안으로 혹은 무덤 안과 동일시하는 것도 괜찮다.

---

[175] 셸리 케이건, 박세연 역, 『죽음이란 무엇인가』, 엘도라도, 2013, 242면.

❶ 몸을 씻고서 몸과 마음을 정화시킨다

의례는 몸을 씻는 데서 시작한다. 몸을 씻으면서 자기 몸을 마지막으로 깨끗이 한다고 생각한다. 이때 몸만 깨끗하게 할 뿐 아니라 마음도 정화시킨다는 생각을 한다. 몸과 마음의 정화는 잠들기 위한 필수적 조건을 갖춘 것이다.

❷ 편하게 앉아서 하루를 정리한다

하루를 되돌아보며 정리한다. 가능하다면 일기를 쓴다. 일기를 쓰면 하루가 더 명시적으로 또렷하게 정리된다. 하루를 일생에 비견하면 일기 쓰는 것은 회고록을 쓰는 것이다.

❸ 누워서 하루를 전체적으로 회상한다

앉아서 정리한 하루를 누워서 다시 떠올린다. 두 번째 떠올리는 하루는 좀더 정돈된 모양이 된다. 누웠기 때문에 잠들기 전이라는 의식이 더 강해진다. 졸음이 오지만 이미 한번 정돈한 일련의 일들이기에 쉽게 떠오른다. 하루가 빨리 지나갔다는 느낌은 임종 때 나의 일생이 참 빨랐구나 하는 느낌과 동일하다. 하루가 빨리 흘러갔다는 느낌에서 일생이 빨리 흘러갔다는 임종 때의 느낌으로 나아간다. 하루를 찬찬히 떠올리는 과정에서 임종 때 일생을 차근차근 떠올리는 것으로 나아간다.

하루 중 어떤 문제적 국면에 의식이 머물게 된다. 특히 하루의 어느 시점 어느 장소에서 자기를 힘들게 했던 사람, 난감하게 만들었던 상황이 떠오르게 마련이다. 그러면 여기에 꽂혀 불만이나 분노, 슬픔 등의 감정이 일어나서 평정을 잃을 수 있다. 특히 의식이 희미해질 때 이런 감정이 더 쉽게 과장되어 일어난다. 이럴 때 하루 동안 있었던 좋았던 일, 멋진 순간, 고마운 사람들을 떠올리고, 나 스스로도 노력하여 자비와 용서의 마음을 일으킨다. 그래서 분노와 흥분의 마음이 누그러지게 한다. 그런 마음의 변화가 임종의 경험으로 그대로 전환된다. 임종 때 일생동안 있었던 좋은 일, 아름다운 일, 빛난 일, 나의 공적, 좋은 사람, 좋은 순간을 떠올리는 것이 편안한 죽음과 환생을 가능하게 하는 것이기 때문이다.

❹ **자비와 용서로 평정의 마음을 만든다**

일생 동안 다른 사람에 대해 원한을 만들지 않고 사람과 원만한 관계를 이끌어온 것이 중요하듯, 오늘 하루 만난 사람들에게 내가 부드럽게 잘 대해주었고 그들과 좋은 관계를 만들었음을 환기한다. 혹 불편하거나 안 좋은 관계가 있었다면 그런 것을 죽는 순간까지 가져갈 수 없듯이 잠들기 직전 화해하고 해결하고 용서하고 용서를 빈다. 일생의 작별을 하듯이 오늘 만난 사람들과의 이별의 장면을 떠올린다. 임종 순간 내 일생 한 일에 대해 만족해야 하듯 오늘 한 일에 대해 만족한 마음을 가지도록 한다. 임종 순간의 마음 상태가 중요하기에, 잠들기 직전 이 순간의 기분을 찬찬히 살핀다. 가능한 한 만족, 보람, 기쁨, 평화, 자비의 마음을 만들도록 힘쓴다.

❺ **잠들기 전 마지막 말을 남긴다**

졸음이 몰려오는 것이 느껴지고 곧 잠들려 할 것 같으면 하루를 마감하는 마지막 말을 떠올린다. 그것은 한 두 문장이나 한 단락 정도면 족하다. 이 훈련은 임종의 순간에 의식의 끈을 놓치지 않고서 일생을 마무리

하는 유언을 남길 수 있게 할 것이다. 자기가 떠올린 그 말을 천천히 충분히 음미한다.

❻ 잠든 뒤의 꿈과 깨어날 순간을 떠올린다

꿈 없는 잠을 잘 수 있지만, 꿈을 꾼다면 어떤 꿈을 꿀까 떠올린다. 꿈은 현실에서 쉽게 경험할 수 없는 어떤 경지를 경험하게 한다. 또한 꿈은 그 본질이 바르도와 흡사하여 다시 깨어났을 때의 형편을 결정하는 요소가 되기에[176] 더욱 중요하다. 구태여 떠오르는 꿈이 없으면 애써 떠올리려고 노력할 필요는 없다. 환생을 인정한다면, 잠자는 동안 좋은 꿈을 꾸는 것은 바르도 기간 중 좋은 의식상태를 유지하는 것에 대응한다. 좋은 꿈을 꾸고 그 꿈의 힘도 함께 얻어 다음날 아침 흡족한 마음으로 깨어나기를 기원한다. 그런 경험의 축적은 임종의 순간 좋은 바르도 기간을 염원하고 좋은 환생을 기원하는 것으로 이어질 것이다.

❼ 잠이 임박했음을 느끼며 숨을 약하게 느리게 들이쉬고 내쉰다

잠이 임박했음이 느껴지면 숨을 더 약하게 하고 느리게 한다. 의식의 작동을 멈춘다.[177] 매 들숨과 날숨이 마지막이라 느낀다. 어느 순간에든

---

176 강선희, 『체험으로 읽는 티벳 사자의 서』, 불광출판사, 2008, 93면.
177 이 즈음에 대해서는 다음과 같은 분석이 믿을 만하다.
　　'우리가 잠에 들 때 감각과 의식의 좀더 거친 층은 해체되고, 점차적으로 근원적인 빛이 짧게 순간적으로나마 드러나게 된다. 이렇게 감각과 의식의 거친 수위가 가라앉는다는 것은 카르마의 에너지 활동이 줄어들다가 마침내 멈추게 되고, 짧은 순간 지혜의 에너지로 전환된 영향임을 알 수 있다.
　　이는 죽음의 바르도 흐름과 비교해 볼 때 첫 번째인 '죽음의 순간 바르도'로 죽음을 맞이하면서 나타나는 마음의 본성인 정광명의 상태와 비교될 수 있다.'(강선희, 『체험으로 읽는 티벳 사자의 서』, 불광출판사, 2008, 93~94면)

의식을 놓아버린다. 그리고 잠을 청한다. 이것은 죽음의 순간이 왔을 때 들숨 날숨에 집착하지 않고 기꺼이 놓는 훈련이 된다. 이때 감정적이거나 의식적 활동이 다시 작동하는 것 같으면 그걸 의식함으로써 멈추게 한다. 그리고 더 힘을 빼고 조금 더 약하게 더 느리게 숨을 쉰다.

잠자는 과정

어떤 잠을 자는가와 어떤 꿈을 꾸는가는 다음날 깨어났을 때의 몸과 마음의 상태를 좌우한다. 그런 점에서 죽음 뒤 바르도 경험과 대응된다.[178] 바르도 기간 중 일어나는 현상을 꿈속에서 경험할지도 모른다는 생각을 하며 잠을 청한다.

깨어나기 과정

❶ 깨어난 직후 누워있는 상태에서 잠들기 전과 꿈을 회상한다

깨어나 금방 일어나지 말고 누운 채 잠들기 직전과 꿈과 깨어나기까지를 떠올린다.

'아, 내가 되살아 났구나.' '내가 환생했구나.'라고 생각한다. 그리고 잠들기 전의 기분과 상태가 오늘 아침에 이어진 것을 잔잔히 확인한다. 더욱이 환생을 '이전 단계의 어떤 것에 연(緣)하여 다음 것이 현상화되는 것'으로 이해할 때 아침의 나는 명백하게도 어제 밤의 나의 환생이라 할 수 있다. 환생을 인정하지 않는 기독교인의 경우라면 아침의 깨어남을 임사체험을 하고 돌아온 것이나 부활과 연결시킬 수 있을 것이다.

---

178 단정쟈춰, 『꿈·삶과 죽음을 바라보는 티베트 사람들의 지혜』, 호미, 2003, 8면.

❷ 새롭게 시작하는 하루에 대해 감사하고 언젠가 깨어나지 않을 아침을 떠올린다

또 하루를 시작하는 것을 '또 한 생을 받아서 살아갈 수 있구나.' 하고 생각한다. 새롭게 태어난 것을 감사하면서 아울러 나의 몸이 죽어 내가 다시 깨어나지 않을 어느 아침을 떠올린다. 그럴수록 오늘 아침에 대해 더 감사한다.

❸ 일어나 앉아서 떠올린 바를 기록한다

꿈이 기억된다면 일기장에 꿈 내용을 기록한다. 아침에 일어난 소감도 기록한다.

❹ 몸을 씻고 거울을 통해 자기 얼굴을 관찰한다

몸을 씻으면서 깨어난 자신을 확인한다. 거울을 통해 자기 얼굴을 찬찬히 관찰하면서 자기가 얼마나 달라졌나를 확인한다. 환생 혹은 부활이 이런 것이 아닐까 다시 생각한다. 덤으로 얻는 새로운 하루에 대해 감사한다.

❺ 하루를 기획한다

새롭게 얻은 하루를 알차게 보내기 위해 하루의 계획을 세운다. 하루를 소중하게 여기고 최선을 다하자고 자기 암시를 한다. 내가 다시 시작하게 된 하루는 또 다른 나의 일생이기에 일생을 소중하게 여기듯 하루를 알차게 보내자고 스스로 다짐한다. 그리고 다시 저녁노을과 지는 해를 떠올린다. 그렇게 속절없이 하루가 마무리되는 시간을 떠올리면서 하루 시간의 짧음을 연상한다.

이렇게 잠들고 깨어나는 과정을 반복하면서 죽음을 경험하고 환생 혹은 부활을 맞이할 수 있다. 잠들고 깨어나며 다시 잠드는 과정이야말로 우리가 죽음을 가장 유사하게 그리고 긍정적으로 경험하는 알맞은 과정이다.

우리는 잠들고 깨어나는 과정을 의식적으로 경험하면서 매일 죽음과 환생을 경험한다. 불교적으로 보면 환생이란 연기의 사슬을 벗어나지 못해 초래되는 고통의 연속이라 하겠지만, 매일 이루어지는 죽음과 환생은 끊임없는 태어남을 뜻하기에 그리 비관적인 것만은 아니라고 할 수 있다. 이렇게 비교적 긍정적인 죽음과 환생의 과정은 정작 우리 심장이 멈추고 숨이 끊어지는 진짜 죽음을 자연스럽게도 편안하게 맞이할 수 있게 할 것이다. 수면 수행을 통해 나의 죽음을 간접적으로 경험하고 내 죽음을 맞이할 준비를 충분히 한 사람에게 진짜 죽음은 어쩌면 윤회의 사슬을 박차고 나가 니르바나나 천국으로 향하는 결정적 기회가 될 수 있을지도 모르겠다.

수면 수행의 과정을 요약하면 다음과 같다.

[수면 수행의 단계]

	잠들가-꿈-깨어남	(임종-바르도-환생)
잠 1	몸을 씻고서 몸과 마음을 정화시킨다	(몸을 씻긴다)
잠 2	편하게 앉아서 하루를 정리한다	(일생의 일들과 기록들을 살핀다)
잠 3	침구에 누워 하루를 전체적으로 회상한다	(일생을 전체로 회상한다)
잠 4	자비와 용서로 평정의 마음을 만든다	(자비와 용서로 평정의 마음을 만든다. 주위에서 도와준다)

잠들가-꿈-깨어남	(임종-바르도-환생)
잠 5	잠들기 전 마지막 말을 남긴다	(유언을 남긴다)
잠 6	잠 든 뒤의 꿈과 깨어날 순간을 떠올린다	(임종과 바르도를 떠올린다. 평소 내가 생각해온 사후를 환기한다. 주위 사람들이 권고하고 소개하는 사후 삶을 받아들인다)
잠 7	잠이 임박했음을 느끼며 숨을 약하게 느리게 들이쉬고 내쉰다	(내 죽음이 임박했음을 몸과 혼으로 느낀다. 숨을 약하고 느리게 들이쉬고 내쉰다)
꿈	잠과 꿈	(죽는다. 혼으로 느끼고 본다. 바르도 경험을 한다)
깸 1	깨어난 직후 그대로 누워서 잠들기 전과 꿈을 회상한다	(환생한다. 전생의 기억을 더듬는다) (천국이나 극락으로 간다. 부활한다)
깸 2	새롭게 시작하는 하루에 대해 감사하고 언젠가 깨어나지 않을 아침을 떠올린다	(환생하거나 부활한 것에 대해 감사한다) (해탈을 떠올린다.)
깸 3	일어나 앉아서 떠오르는 바를 기록한다	(의식이 뚜렷해지고 기록의 능력을 얻었을 때 전생을 기록한다)
깸 4	몸을 씻고 거울을 통해 자기 얼굴을 관찰한다	(자기 얼굴을 보고 거기 깃든 전생의 흔적을 관찰한다)
깸 5	하루를 기획한다	(일생을 기획한다)

마무리

우리나라 인문학적 전통에는 다채로운 죽음 담론과 죽음서사가 존재한다. 그러나 그것들을 죽음명상이나 죽음교육으로 응용하거나 활용할 생각을 잘하지 못했다. 이 책은 이런 문제의식에 바탕을 두고서 서사문학, 문학치료학, 그리고 수행론의 자리에서 저술했다. 죽음담론을 정리하고 죽음서사 작품들을 두루 수집하여 정리했다. 죽음서사를 활용하는 죽음명상 프로그램을 정립하여 제공함으로써 독자로 하여금 자기 죽음을 담담하게 맞이하고 타자로 하여금 평화로운 죽음을 맞이하도록 도와줄 방안을 제시했다.

이 책은 크게 다섯 부분으로 구성되었다.

첫째, 죽음 현상에 대한 해석과 견해를 정리하여 죽음 정견(正見)을 마련하여 제시했다. 동서고금의 현인들이나 종교적 지도자, 선지자, 도인들이 제시한 견해를 충분히 받들었다. 일련의 죽음 현상을 '임종', '바르도', '환생', '부활', '해탈', '열반' 등으로 나누어 정리함으로써 죽음에 대한 이해를 도우고자 했다.

둘째, 죽음서사를 저승생환담, 임종담, 해탈성불담, 이승혼령담, 이승저승관계담, 환생담, 부활담 등으로 나눴다. 그 각각에 해당하는 서사 작품들을 수집 정리하고 가독성이 좋은 독서 텍스트로 구성하여 제시했다. 그리고 각각에 대한 해설을 붙였다. 저승생환담은 죽음을 간접적으로 경험하게 하는 서사다. 저승생환담은 죽음경험이 삶의 태도를 근본적으로 전환시켜주는 양상을 담고 있어 그것을 읽고 감상하는 것은 그런 존재전환의 길을 모색하는 데 도움을 줄 것이다. 임종담과 해탈성불담은 사람이 죽는 과정에서 삶에 대한 집착을 내려두고 번뇌 망상으로부터 해방되는 범례를 담고 있다. 임종담과 해탈성불담을 읽고 성찰하면 삶에 대한 집착을 경감시키고 그 굴레로부터 해방되는 데 도움을 얻을 수 있을 것이라 기대한다. 이승혼령담은 혼령이 봉착하는 문제를 해결해주는 것이 살아 있는 사람을 위하는 길이기도 함을 보여준다. 환생담은 해탈성불담과 대척의 자리에서 이곳의 삶을 보완하는 길을 모색하게 할 것이다. 이승저승 관계담은 보이지 않은 세상에 대한 상상력을 근간으로 하여 이곳의 삶을 확충하는 가능성을 감지하게 할 것이다. 죽음서사를 읽고 사유하는 경험은 죽음명상의 터전이 될 수 있을 것이다.

셋째, 죽음관련 정견과 죽음서사를 바탕으로 하는 죽음명상 프로그램을 제시했다. 그것을 활용하는 방법을 마련했다.

넷째, 장례와 조문 방식의 혁신을 통해 우리 일상에서 이루어지는 죽음경험을 죽음명상의 수준으로 끌어올리는 방안을 제시했다.

다섯째, 나 자신의 죽음을 명상하도록 하기 위해서 '죽음에 대한 사띠 수행법'과 '수면수행법'을 제시했다. 언젠가 당면할 나의 죽음을 앞당겨 떠올려 명상하는 것은 소중한 죽음 경험이 될 것이다. 내가 숨을 들이쉬고 내쉬는 것, 매일 잠들었다 깨어나는 것은 내가 죽고 다시 환생하는 것에 비견된다. 내가 숨을 들이쉬고 내쉬는 것, 잠들어 꿈꾸다 깨어나는 과정에 대한 세심한 관찰과 성찰이야말로 누구나 할 수 있는 가장 직접적 죽음명상이 될 수 있을 것이다. 이것은 죽음과 환생을 일상적으로 경험하게 함으로써 명상으로 승화시키는 것이다.

참고문헌

[자료]

김월운 역주, 『원각경 주해』, 동국역경원, 2003.

대림스님 옮김, 『가려뽑은 앙굿따라 니까야』, 초기불전연구원, 2008.

대림스님 옮김, 『앙굿따라 니까야』, 초기불전연구원, 2018.

대림스님 옮김, 『청정도론』 제1권, 제2권, 제3권, 초기불전연구원, 2009.

대한성서공회, 『신약전서와 시편·잠언』, 대한성서공회, 1998.

덕봉, 『전인치유농장』, http://blog.naver.com/PostList.nhn?blogId=petersun1118

무비 역주, 『금강경오가해』, 무비역주, 불광, 1992.

김탄허 현토 역해, 『능엄경』, 교림, 2008.

노명흠, 『동패락송』, 아세아문화사, 1990 영인.

서유영, 김종권 교주, 『금계필담』, 명문당, 1985.

신돈복, 『학산한언』, 『한국문헌설화전집』 8, 동국대학교 한국문학연구소, 1981.

신돈복 지음, 김동욱 옮김, 『국역 학산한언』 1,2, 보고사, 2007.

유몽인 지음, 신익철 외 옮김, 『어우야담』, 돌베개, 2006.

유화수 저, 이은숙 역주, 『계서야담』, 국학자료원, 2003.

이강옥 옮김, 『청구야담』 상·하, 문학동네, 2019.

『청구야담』, 아세아문화사, 1985 영인.

이규상 지음, 민족문학사연구소 옮김, 『18세기 조선인물지 병세재언록』, 창작과 비평사, 1997.

이병욱, 『진흙속의연꽃』, http://m.blog.daum.net/bolee591/16160091

이원명, 『원본 동야휘집』, 보고사, 1992 영인.

『계서야담』, 『한국문헌설화전집』 1, 태학사, 1981 영인.

일연, 최남선 편, 『삼국유사』, 민중서관, 1954.

임방, 정환국 역, 『교감역주 천예록』, 성균관대학교 출판부, 2005.

전재성 역주, 『한 권으로 읽는 앙굿따라니까야 생활 속의 명상수행』, 한국빠알리성전협회, 2007.

최운식, 『한국의 민담』, 시인사, 1987.

페데리꼬 바르바로 신부, 김창수 옮김, 『마태오 복음서 주해』, 크리스챤출판사, 1982.

페데리꼬 바르바로 신부, 김창수 옮김, 『마르코 복음서 주해』 2, 크리스챤출판사, 1987.

페데리꼬 바르바로 신부, 김창수 옮김, 『사무엘 상 하』, 크리스챤출판사, 1982.

페데리꼬 바르바로 신부, 김창수 옮김, 『다니엘서』, 크리스챤출판사, 1982.

페데리꼬 바르바로 신부, 김창수 옮김, 『마카베오서』, 크리스챤출판사, 1982.

페데리꼬 바르바로 신부, 김창수 옮김, 『마카베오 상 하/ 토비트/ 유딧/ 에스델』, 크리
　　　스챤출판사, 1984.

한국 천주교 주교회의 성서위원회 인준, 『한국 천주교회 창립 200주년 기념 신약성서』,
　　　분도출판사, 1993.

『한국구비문학대계』, 한국정신문화연구원, http://gubi.aks.ac.kr/web/Default.asp

『증편 한국구비문학대계』, 2-10; 2-11; 3-5; 4-7; 5-9; 5-9; 7-19, 한국학중앙연구원, 2013.

홍태한, 『한국의 민담』, 민속원, 1999.

『대반열반경(大般涅槃經)』, 이중표, 『정선 디가 니까야』, 불광출판사, 2019.

『대념처경(大念處經)』, 이중표, 『정선 디가 니까야』, 불광출판사, 2019.

[논제]

강세미, 「무속신화 속 '감당할 수 없는 불행'의 맥락과 의미 연구 : <도랑선비 청정각
　　　시>와 <지장본풀이>를 중심으로」, 건국대학교 대학원, 2019.

강선희, 『체험으로 읽는 티벳 사자의 서』, 불광출판사, 2008.

강진옥, 「저승여행담을 통해 본 제주도 무가 <혜심곡>과 <차사본풀이>의 관계양상」, 『구
　　　비문학연구』 39집, 한국구비문학회, 2014.

강진옥, 「<김치 설화>의 존재양상과 <차사본풀이>의 형성 문제」, 『비교민속학』 41집,
　　　비교민속학회, 2010.

강진옥, 「바리공주와 지장보살의 제의적 기능과 인물형상 비교」, 『구비문학 연구』 35
　　　집, 한국구비문학회, 2012.

곽정식, 「저승설화의 전승 양상과 현실주의적 성격」, 『어문학』 101집, 한국어문학회,
　　　2008.

곽혜원, 『존엄한 삶, 존엄한 죽음-기독교 생사학의 의미와 과제』, 새물결플러스, 2014.

구나라뜨나, 『우리는 어떤 과정을 통하여 다시 태어나는가』, 고요한 소리, 1980.

권태효, 「인간 죽음의 기원, 그 신화적 전개양상」, 『한국민속학』 43집, 한국민속학회,
　　　2006.

권복순, 「<차사본풀이>의 해설적 기능과 의미」, 『배달말』 49집, 배달말학회, 2011.

김경재, 『죽음과 부활 그리고 영생-기독교 생사관 깊이 읽기』, 청년사, 2015.

김명숙, 「'좋은 죽음'과 유학의 죽음관」, 『동양사회사상』 19집, 2009.

김명호, 『홍대용과 항주의 세 선비』, 돌베개, 2020.

김미영, 「저승설화의 유형과 특징 연구」, 강릉대학교 석사학위논문, 강릉대학교 교육대학원, 2003.

김열규, 『메멘토 모리, 죽음을 기억하라』, 궁리, 2001.

김재성, 「초기불교 및 상좌불교에서 죽음의 명상」, 『불교학연구』 제16호, 2007.

김선현, 「<도랑선비 청정각시>에 나타난 경계 공간의 서사적 함의」, 『구비문학연구』 44권, 한국구비문학회, 2017.

김형근, 「한국무속의 죽음세계 연구」, 『한국무속학』 34, 한국무속학회, 2017.

김효주, 『한국여행소설 연구』, 역락, 2013.

능행스님, 『불교 임상 기도집』, 아띠울, 2018.

능행스님, 『섭섭하게, 그러나 아주 이별이지는 않게』, 도솔, 2005.

능행스님, 『숨-죽음을 통해서 더 환한 삶에 이르는 이야기』, 마음의숲, 2015.

대구 천주교 효목교회, 『상장예식』, 2018.

디팩 초프라, 『죽음 이후의 삶』, 행복우물, 2007.

류정월, 「무속신화의 젠더화된 죽음관과 위무의 두 가지 방식 : <바리공주>와 <차사본풀이>를 중심으로」, 『여성문학연구』 35, 한국여성문학회, 2015.

리사 윌리엄스, 자야리라 옮김, 『죽음 이후의 또 다른 삶』, 정신세계사, 2011.

문현공, 「초기불교 死念(maranasati) 수행법을 적용한 죽음교육 프로그램 연구 : 청소년 종교성 교육과 관련하여」, 동국대학교 박사학위논문, 동국대학교, 2016.

박병동, 『설화와 역사』, 집문당, 2000.

박성환, 「임종 예배와 목회 돌봄」, 『복음과 실천신학』 44, 한국복음주의실천신학회, 2017.

박영호, 『죽음공부』, 교양인, 2012.

박희병, 『엄마의 마지막 말들』, 창비, 2020.

새무얼 버콜즈, 고수연 옮김, 『부처님과 함께한 지옥여행기』, 정신세계사, 2016.

샐리 티스데일, 박미경 역, 『인생의 마지막 순간에서, 죽음과 죽어감에 관한 실질적 조언』, 비잉, 2019.

서대석, 『무가문학의 세계』, 집문당, 2011.

서동수, 「고린도전서 15 : 29, 죽은 자를 위한 대리세례와 바울의 부활론」, 『한국기독교신학논총』 115, 한국기독교학회, 2020.

서 현, 「죽음 이해의 유형론 중 기독교적 죽음 이해 연구-기독교적 장례를 위한 제언」,

장로회신학대학교 목회전문대학원, 2015.

셸리 케이건, 박세연 역, 『죽음이란 무엇인가』, 엘도라도, 2013.

신동흔, 『우리신화 상상여행』, 나라말, 2018.

신동흔, 「서사무가 속의 울음에 깃든 공감과 치유의 미학-특히 <도랑선비 청정각시>를 중심으로」, 『한국무속학』 제32집, 한국무속학회, 2016.

신옥수, 「몰트만(J. Moltmann)의 부활 이해 : 통전적 성격을 중심으로」, 『선교와 신학』 50, 장로회신학대학교 세계선교연구원, 2020.

심우장, 「바리공주」에 나타난 숭고의 미학」, 『인문논총』 67집, 서울대학교.

아날라요 비구, 김종수 옮김, 『아날라요 비구의 마음챙김 확립 수행』, 불광출판사, 2019.

안병국, 「저승설화 연구」, 『우리문학연구』 16집, 우리문학회, 2003.

양한빛, 「한국인의 죽음관 고찰 : 무속을 중심으로」, 강남대학교 일반대학원, 2005.

엘리자베스 퀴블러 로스, 이진 옮김, 『죽음과 죽어감』, 이레, 2008.

엘리자베스 퀴블러 로스, 최준식 옮김, 『사후생』, 대화출판사, 2002.

왕원 지음, 차혜정 옮김, 『중음에서 벗어나는 법』, 불광출판사, 2020.

윤준섭, 「함경도 망묵굿 서사무가 연구」, 서울대학교 대학원, 2019.

이강옥, 『깨어남의 시간들』, 돌베개, 2019.

이강옥, 「죽음에 대한 명상과 수면 수행」, 『문학치료연구』 32, 한국문학치료학회, 2014.

이강옥, 「저승생환담의 서사적 특징과 죽음명상 텍스트로서의 가능성」, 『우리말글』 63집, 우리말글학회, 2014.

이강옥, 「부부 짝 바꾸기 이야기의 존재 양상과 죽음명상 텍스트로서의 가치」, 『우리말글』 68집, 우리말글학회, 2016.

이강옥, 『구운몽과 꿈 활용 우울증 수행치료』, 소명출판, 2018.

이강옥, 『한국 야담의 서사세계』, 돌베개, 2018.

이강옥, 「우울증 치료 프로그램에서의 자기 최면·생각 바꾸기·수행법」, 『문학치료연구』 21집, 2011.

이영수, 「저승설화의 전승 양상에 관한 연구-구전설화를 중심으로」, 『비교민속학』 33집, 비교민속학회, 2007.

이용범, 「한국무속의 죽음이해 시론」, 『한국학연구』, 38집, 고려대학교 한국 학연구소, 2011.

이은희, 「<도랑선비 청정각시>에 나타난 부부서사의 특성과 문학치료적 가치-부부서사의 '지속'을 위한 청정각시의 과제 수행을 중심으로」, 『문학치료연구』 29, 한국문학치료학회, 2013.

이중표,『정선 디가 니까야』, 불광출판사, 2019.

일창 담마간다스님,『가르침을 배우다』, 불방일, 2017.

일타큰스님,『윤회와 인과응보 이야기』, 효림출판사, 2019.

林綺雲외, 전병술 옮김,『죽음학-죽음에서 삶을 만나다』, 모시는 사람들, 2012.

정재걸,『(삶의 완성을 위한) 죽음교육』, 한국방송통신대학교 출판부 지식의날개, 2010.

정희진,「[정희진의 낯선 사이]무의미의 '승리', 김종철 선생님께」,『경향신문』, 2020.07.01.

제프리롱·폴 페리, 한상석 역,『죽음, 그 후-10년간 1,300명의 죽음체험자를 연구한 최초의 死後生 보고서』, 에이미팩토리, 2010.

조계종 교육원 불학연구소·전국선원 수좌회 편찬위원회,『간화선』, 조계종출판사, 2005.

툴쿠 퇸둡 림포체, 도솔 옮김,『평화로운 죽음 기쁜 환생』, 도서출판 청년사, 2007.

차정식,「생성기 기독교의 '부활' 신앙 모티프와 그 전개과정」,『신학과 사회』33-4, 21세기기독교사회문화아카데미, 2019.

청화 역주,『육조단경』, 광륜출판사, 2003.

청화 옮김,『정토삼부경』, 광륜출판사, 2007.

최덕규,『생.몽.사의 의식구조-삶과 죽음의 지평』2, 세창출판사, 2012.

최래옥,「저승설화연구」,『국어국문학』93, 국어국문학회, 1985.

최문규,『죽음의 얼굴-문학 속에서 인간은 어떻게 죽어가는가』, 21세기북스(북이십일), 2014.

최준식,『죽음, 하나의 세계』, 동아시아, 2006.

파드마 삼바바,『티벳 死者의 書』, 정신세계사, 1995.

히구치 가츠히코, 이원호 옮김,『죽음에의 대비교육』, 문음사, 1995.

저자 **이강옥**李康沃

경남 김해에서 출생했다.

서울대학교 국문학과를 졸업하고 서울대학교에서 문학박사학위를 받았다. 경남대학교 국
문학과 교수로 봉직했고 영남대학교 국어교육과 교수로 있다. 예일 대학교 비교문학과, 스
토니브룩 대학교 한국학과의 방문교수로 연구했다. 한국구비문학회, 한국어문학회, 한국고
전문학회, 한국문학치료학회 회장을 역임했다.

두계학술상(2020), 지훈국학상(2015), 천마학술상(2008), 성산학술상(1999) 등을 수상했다.
『한국야담의 서사세계』(2018), 『구운몽과 꿈 활용 우울증 수행치료』(2018), 『일화의 형성원
리와 서술미학』(2014), 『구운몽의 불교적 해석과 문학치료교육』(2010), 『한국야담 연구』
(2006), 『조선시대일화 연구』(1998), 『깨어남의 시간들』(2019), 『새 세상을 설계한 지식인
박지원』(2010), 『보이는 세상 보이지 않는 세상』(2004), 『젖병을 든 아빠 아이와 함께 크는
이야기』(2001) 등을 저술했고, 『청구야담』(2019), 『구운몽』(2006), 『말이 없으면 닭을 타고
가지』(1999) 등을 번역했다.

죽음서사와 죽음명상

초판 1쇄 발행 2020년 12월 29일
초판 2쇄 발행 2021년 10월 7일

저 자 이강옥
펴낸이 이대현
편 집 권분옥
디자인 최선주

펴낸곳 도서출판 역락
주 소 서울시 서초구 동광로 46길 6-6 문창빌딩 2층
전 화 02-3409-2058(영업부), 2060(편집부) | 팩시밀리 02-3409-2059
이메일 youkrack@hanmail.net
역락홈페이지 http://www.youkrackbooks.com
등 록 제303-2002-000014호(등록일 1999년 4월 19일)

ISBN 979-11-6244-520-4 93810